TWENTYSIX

Einblick in die Geschichte:

Die Gestalt führte sie durch den langen Gang des Nordflügels. Diana fiel auf, dass die einzigen Schritte, die sie hörte, ihre eigenen waren. Die Geräusche ihrer Schuhe auf dem Steinboden wirkten wie Verräter in der Weite der Lautlosigkeit. Lediglich der Hauch von Lavendel, der auf jedem Meter, den sie gegangen waren, zurückblieb, war lautloser Zeuge für die Anwesenheit der merkwürdigen Gestalt.
Diana verspürte keinerlei Angst mehr.
„In diesem Haus verschwinden Menschen!" – hörte sie nun wieder die alte Warnung in ihrem Kopf. Doch es machte ihr nichts mehr aus. Auf eine unerklärliche Weise war sie vollkommen mit sich und ihrem Schicksal im Reinen.
Ohne irgendetwas zu sehen, lief Diana immer weiter, ließ sich in unergründlichem Vertrauen von der kalten Hand führen, die sie mühelos immer weiter in die Tiefe der Dunkelheit zog. „Vielleicht ist es das", dachte Diana. „Vielleicht sind sie alle hier verschwunden. In der Dunkelheit irgendwo im Herzen dieses Hauses. Und ich werde ebenso verschwinden."

Über die Autorin:
Gisela B. Schmidt studierte Germanistik und Theologie in Tübingen.
Sie lebt mit ihrer Familie in der Nähe von Stuttgart.
»Vermächtnis mit Lavendelhauch« ist ihr Debütroman.

Gisela B. Schmidt:

Vermächtnis mit Lavendelhauch

(Romantischer Spannungsroman)

Bibliographische Information der Deutschen Nationalbibliothek:
Die Deutsche Nationalbibliothek verzeichnet diese Publikation in der Deutschen Nationalbibliografie, detaillierte bibliografische Daten sind im Internet über dnb.dnb.de abrufbar.
TWENTYSIX – Der Self-Publishing-Verlag
Eine Kooperation zwischen der Verlagsgruppe Random House
und BoD – Books on Demand

Herstellung und Verlag:
BoD – Books on Demand, Norderstedt

ISBN: 9783740767327

Meiner Familie gewidmet

Vermächtnis mit Lavendelhauch

Prolog

Liebe Diana,
sicherlich wunderst du dich darüber, dass ich ausgerechnet dich als meine Alleinerbin eingesetzt habe, zumal wir uns nicht mehr gesehen haben, seit du vierzehn Jahre alt warst und unsere Beziehung bis zum Zeitpunkt unserer letzten Begegnung auch nicht gerade von tiefer Verbundenheit zeugte. Ich weiß, dass du in späteren Jahren nochmals versucht hast, mich zu besuchen, aber ich habe ein Treffen mit dir bewusst verweigert. Das mag dir hart vorgekommen sein, doch ich hatte meine Gründe. Du bist mir sehr ähnlich, Diana, ähnlicher, als du glaubst. Deshalb konnte ich deinen Anblick, aber vor allem dich in deiner ganzen, mir so ähnlichen Persönlichkeit, einfach nicht ertragen. Deine Anwesenheit hätte mich unweigerlich an mich selbst erinnert. Mir vor Augen gehalten, wie mein Leben – wie *ich* hätte sein können und das hätte ich nicht verkraftet.

Ich war nicht immer die verbitterte, alte Frau, als die du mich kennengelernt hast. Auch ich war einmal jung, hatte Träume und eine Vorstellung davon, wie das Leben sein sollte. Den Kopf voller Abenteuer, erschien mir jeder Tag zu kurz, um ihn mit all dem Leben zu füllen, das ich in mir trug. Doch die Lebensfreude dieses Mädchens, das ich gerne war, wurde bitter ausgelöscht. Ich gebar ein Kind, ein kleines Mädchen, und gab ihm den Namen Elisabeth. Ich bin froh, dass ich die Worte schreiben kann, denn noch heute bereitet es mir großen Schmerz, ihren Namen auszusprechen, auch wenn ich ihn manchmal in die Unendlichkeit der tiefen Nacht flüstere, als könnte sie mich hören.

Mein kleines Mädchen verlor sein Leben viel zu früh. Durch meine Schuld. Ich verzweifelte an ihrem Schicksal und wurde von diesem Moment an meines Lebens nicht mehr froh. Nun bin ich alt und werde bald sterben. Wenn du diesen Brief erhältst, bin ich bereits

tot. Aber der Verlust meiner Tochter quält mich bis heute. Deshalb brauche ich dich, Diana.
Ich weiß, dass du Schriftstellerin bist. Eine sehr gute, wie ich finde, sei versichert, ich habe alle deine Romane verschlungen. Du hast die Gabe, deinen Romanfiguren Leben einzuhauchen. Ich fühlte mich beim Lesen auf eine besondere Weise mit ihnen verbunden, so als existierten sie wirklich und als würde ich sie sehr gut kennen. Aus diesem Grund brauche ich deine Hilfe, Diana. Ich weiß, dass meine Seele erst Frieden finden wird, wenn ich mit dem Verlust von Elisabeth versöhnt bin. Deshalb habe ich eine vielleicht seltsame, aber wichtige Bitte an dich:
Schenke meiner Tochter Elisabeth das Leben, das sie nie hatte. Schreibe einen Roman über sie und lass sie all das erleben, was ihr durch ihren frühen Tod verweigert wurde.
Ein Teil von mir ist mit ihr gestorben. Seit ihrem Tod bin ich nur noch eine leere Hülle. Die Trauer hat mich aufgefressen - so dachte ich. Doch nun, im Angesicht des Todes, spüre ich doch einen letzten Funken Seele und Liebe in mir und all dies gehört meiner Tochter. Es macht mir nichts aus zu sterben. Ich habe mein Leben verwirkt. Aber Elisabeth hat ein Leben verdient. Bitte, Diana, schenke es ihr. Du brauchst dich um dein eigenes Leben nicht zu sorgen. Gut Strentel wird dir ein wunderbares Zuhause sein und die mit der Erbschaft verbundenen finanziellen Mittel müssten ausreichen, um dir ein angenehmes Leben zu bereiten. Deshalb kann ich dich nur bitten, Diana: Bitte! Schenke meiner Tochter Elisabeth ein Leben. Und mir endlich meinen Frieden.

In Dankbarkeit,
deine Großtante Leonida

2018 Diana

Diana setzte den Blinker. Laut Navi war dies die letzte Kreuzung, bevor sie in ihrem neuen Zuhause ankommen würde. Sie konnte sich nicht daran erinnern, wann sie jemals in ihrem Leben so aufgeregt gewesen war. Ihre Erinnerungen an Gut Strentel waren nur noch schemenhaft, da sie das letzte Mal im Alter von vierzehn Jahren dort gewesen war. An die Erscheinung von Großtante Leonida, die damals das imposante Herrenhaus bewohnt hatte, konnte sie sich dagegen noch sehr gut erinnern. Dreimal im Jahr war Diana jeweils mit ihrer Mutter nach Gut Strentel gefahren, um der seltsamen alten Tante ein paar Tage Gesellschaft zu leisten: Nach den Osterfeiertagen für drei Tage, nach Weihnachten für drei Tage und zum Geburtstag der Großtante für drei Tage. Diana hatte nie das Gefühl gehabt, hier besonders willkommen zu sein, aber ihre Mutter hatte auf die Besuche bestanden, weil es der Anstand verlange, sich um Familienangehörige zu kümmern und seien sie auch noch so verschroben. Da Leonida nie eine eigene Familie gehabt hatte, sah sich Dianas Mutter in der Pflicht, die Feiertagsbesuche zu übernehmen. Und Diana hatte sie gezwungenermaßen immer dabei begleitet. Als Kind hatte sie sich keine größeren Gedanken über die Bindung zwischen ihrer Mutter und deren Tante gemacht. Doch als sie älter geworden war, hatte sie ihre ganz eigenen Überlegungen angestellt. Insgeheim vermutete sie längst, dass ihre Mutter so sehr an Großtante Leonida gehangen hatte, weil diese die einzige Verbindung zu ihrer eigenen Mutter darstellte: Friederike. Dianas Großmutter, war bereits mit 22 Jahren im Kindbett gestorben und so hatte Dianas Mutter nie die Möglichkeit gehabt, ihre eigene Mutter kennenzulernen. Immer wieder hatte Diana Gespräche belauscht, in denen ihre Mutter versucht hatte, Großtante Leonida über deren Schwester Friederike auszufragen. Doch offenbar wollte diese nicht über ihre verstorbene Schwester sprechen. Oder sie konnte es nicht. Denn als Friederike gestorben war, war Leonida gerade einmal sieben Jahre alt gewesen. Zu diesem Zeitpunkt war ihre große Schwester bereits aus der Familie verstoßen worden, weil sie einen Bürgerlichen geheiratet hatte. Zustände, die heutzutage fast lächerlich wirkten, überlegte Diana, während sie sich bemühte, das Lenkrad auf der holprigen Straße gerade zu halten.

Als Kind hatte Diana immer geglaubt, Großtante Leonida sei eine Königin, weil sie in einem Schloss wohnte, und tatsächlich stand Gut Strentel in seinen Dimensionen einem Schloss in nichts nach. Schmunzelnd erinnerte sie sich daran, wie ihre Mutter ihr immer genauestens vorgeschrieben hatte, in welchen Bereichen des riesigen Hauses sie sich aufhalten durfte und in welchen nicht, weil sie panische Angst davor gehabt hatte, Diana könne sich in den vielen Zimmern und Gängen verlaufen und werde erst nach Tagen und dem ausufernden Einsatz eines gigantischen Suchtrupps wieder ans Tageslicht befördert. Vollkommen abgemagert und psychisch aufs Schwerste traumatisiert, selbstverständlich. Ihre Mutter hatte schon immer über einen exklusiven Hang zur Dramatik verfügt. Trotz allem neigte sie bei ihrer Beurteilung von Gut Strentel zu eher pragmatischen Aussagen.

„Eine Schande, dass eine einzige Frau alleine ein solch riesiges Haus bewohnt, in dem locker zehn Familien unterkommen könnten“, hatte ihre Mutter regelmäßig auf der Heimfahrt geseufzt. Diana hingegen war da ganz anderer Meinung. Ihrer Ansicht nach verlieh es dem Herrenhaus und der gesamten Situation etwas Geheimnisvolles, dass Leonida als einsame Herrin in diesem schlossähnlichen Gebäude herrschte. Der Einzug von zehn Familien würde dem Anwesen jeglichen Zauber nehmen und es plump zu einem normalen Mehrfamilienhaus degradieren. Dazu war es nun wirklich viel zu schade. Zu gerne war Diana als Kind durch das Haus und die einzelnen Räume gestreift, während ihre Mutter brav und in standesgemäßer Manier den Tee mit Großtante

Leonida in einem der riesigen Zimmer mit den schweren Brokatvorhängen eingenommen hatte. Natürlich hatte die kleine Diana sich dabei nicht an die von ihrer Mutter vorgeschriebenen Aufenthaltsbereiche gehalten, sondern auch sämtliche verbotenen Winkel zu erforschen versucht, wobei sie sich nicht nur einmal tatsächlich fast dabei verlaufen hätte. Obwohl die Pflichtbesuche an sich immer eine eher lästige Angelegenheit gewesen waren, hatte sich Diana jedes Mal auf die drei Tage in dem verwunschenen Märchenschloss gefreut. Sie hatte sich die wildesten Geschichten ausgedacht, die sich in diesem Haus ereignet haben könnten und war der festen Überzeugung gewesen, als kleines Kind in dem riesigen Garten Feen und Elfen gesehen zu haben. Zudem war sie sich sicher gewesen, dass ein Geist in dem Haus sein Unwesen trieb. Bei dem Gedanken daran musste Diana heute noch grinsen. Wie abenteuerlich und geheimnisvoll ihr damals alles erschienen war. Und all das sollte nun ihr gehören. Nein, sollte nicht nur, es gehörte ihr. Die testamentarische Verfügung, der Auszug aus dem Grundbuch sowie sämtliche Schlüssel zu dem Anwesen befanden sich bereits in diesem Augenblick in ihrer Handtasche. Unweigerlich begann ihr Herz schneller zu schlagen. Sie hatte das Erbe einfach angenommen, ohne es sich vorher noch einmal anzusehen. Diese Unvorsichtigkeit könnte sich in wenigen Augenblicken leicht als großer Fehler entpuppen. Was, wenn Gut Strentel inzwischen eine völlig heruntergekommene Bruchbude war? Immerhin war sie seit 16 Jahren nicht mehr hier gewesen, was sie im Übrigen sehr bedauerte.
Als ihre Mutter der damals Vierzehnjährigen eröffnet hatte, dass sie auf Wunsch von Großtante Leonida nicht mehr mit nach Gut Strentel kommen dürfe, war sie ebenso überrascht wie sauer gewesen. Sie hatte sich nichts zuschulden kommen lassen, was dieses Verbot hätte rechtfertigen können. Leider hatte ihre Mutter ihr auch keine Erklärung für diese plötzliche Laune ihrer Großtante liefern können.

Diana dachte an den Brief in ihrer Handtasche. Erst in diesem hatte Leonida Diana den Grund für das Besuchsverbot erklärt. Diana hätte sie zu sehr an sich selbst erinnert. So ganz schlau wurde sie aus dieser Behauptung zwar nicht, aber ihre Großtante war schon immer eine sehr seltsame Frau gewesen. Ab dem Zeitpunkt des Besuchsverbots war Diana der Meinung gewesen, dass ihre Großtante schlichtweg nicht mehr ganz richtig im Oberstübchen sei, aber seit sie den Brief vom Notar erhalten hatte, empfand sie auch Mitleid für die verschrobene, alte Frau. Wie unglücklich musste sie gewesen sein. Wie schrecklich musste der Verlust ihres Kindes sie belastet haben, damit sie nun, quasi auf dem Sterbebett, noch einen solchen Wunsch äußerte.

Seltsam war allerdings, dass weder Diana noch ihre Mutter gewusst hatten, dass Leonida jemals ein Kind gehabt hatte. Auch die anderen Verwandten, mit denen sie gesprochen hatte, waren völlig überrascht gewesen, als sie nach einer Tochter von Leonida gefragt hatte. Niemand schien das Kind persönlich zu kennen oder überhaupt von einem Kind namens Elisabeth zu wissen. Im Gegenteil: Die meisten hatten völlig irritiert auf diese Frage reagiert.

Von vornherein war es Diana verlockend vorgekommen, das Gutshaus zu erben, aber als ihr klar geworden war, dass sie dann auch noch das Geheimnis um Elisabeth, die Tochter Leonidas, ergründen könnte, hatte ihr die Neugier keine Wahl gelassen. Der Entschluss war schneller gefasst gewesen als sie jemals sonst eine Entscheidung in ihrem Leben getroffen hatte: Sie würde als neue Herrin auf Gut Strentel wohnen und Elisabeth in einem Roman ein Leben schenken. Ein schönes Leben. Ein viel schöneres als das, was sie gehabt hätte, wenn sie nicht gestorben wäre, das hatte sich Diana im selben Moment geschworen, als sie die Besitzübernahme unterschrieben hatte. Und dazu wollte sie herausfinden, was mit Elisabeth passiert war. Aus dem Brief Leonidas ging lediglich hervor, dass Elisabeth früh gestorben sei. Und dass Leonida sich deshalb schuldig fühlte. Aber inwiefern sie tatsächlich Schuld am Tod ihres Kindes war oder wie genau Elisabeth gestorben war, darüber schwieg sich der Brief aus. Da auch sonst niemand weitere Informationen über das geheimnisvolle Kind zu haben schien, war sie bei ihren Nachforschungen also auf sich allein gestellt. Wenn überhaupt, dann würde sie aber im Herrenhaus Hinweise auf das Leben oder den Tod des Mädchens finden, da war sich Diana sicher.

Erschrocken machte sie eine Vollbremsung. Vollkommen versunken in ihre eigenen Erinnerungen wäre sie fast mit 80 Sachen in das schmiedeeiserne Eingangstor gekracht, das sich majestätisch vor ihr auftürmte. An ein Eingangstor konnte sie sich überhaupt nicht erinnern. Und doch stand es mitten im Weg. Offenbar war das Anwesen von einer riesigen Mauer umgeben und das Tor blockierte den einzigen Zufahrtsweg. Diana zog die Handbremse, legte den Leerlauf ein und griff nach ihrer Handtasche. Wenn dieses Tor zum Gut gehörte, dann musste ja auch der Schlüssel dazu in der Schatulle sein, die sie vom Notar erhalten hatte.

„Eingangstür, Keller, Küche, Vorratskammer, Hintereingang Süd, Hintereingang Nord…“, murmelte Diana vor sich hin, während sie Schlüssel für Schlüssel aus der schweren Schatulle griff und die beschrifteten Bändchen las. Es dauerte eine geschlagene Viertelstunde, bis sie alle Schlüssel einmal in der Hand gehabt hatte und Diana schämte sich ein bisschen, dass sie den Motor so lange hatte laufen lassen. Schuldbewusst schaltete sie den Wagen ab und starrte auf das kunstvoll verzierte Eingangstor. Offensichtlich war hierfür kein Schlüssel zu finden. Na toll. Scheiterte ihr Einzug in ihr neues Zuhause nun wirklich schon am Eingangstor?

Enttäuscht stieg Diana aus und betrachtete das monströse, aber dennoch elegant wirkende Ungetüm aus Metall. Mit etwas Glück würde sie sich an den Metallstäben nach oben hangeln und dann

über die Mauer klettern können. Das Auto müsste zwar draußen bleiben, aber die letzten Meter würde sie auch zu Fuß gehen können. Wenn ihre Erinnerung sie nicht täuschte, war es nur noch ein kleines Stück auf dem Kiesweg und dann müsste sie das Anwesen auch schon vor sich sehen.
Diana beschloss, dass es nach dieser langen Anfahrt einen Fußmarsch wert war, ihr neues Zuhause endlich in Augenschein nehmen zu können. Tasche für Tasche zog sie aus dem voll beladenen Kofferraum und warf sie mit Schwung über die Mauer. Zum Glück hatte sie nichts Zerbrechliches eingepackt, da der eigentliche Umzug erst in ein paar Wochen über die Bühne gehen sollte. Für die erste Besichtigung und die Eingewöhnung in ihrem neuen Zuhause hatte sie lediglich das Nötigste zusammengepackt: ein paar Klamotten, Duschzeug und Beautyartikel. Den Rest würde sie dann mit einem Umzugsunternehmen liefern lassen, wenn sie sich im Klaren darüber wäre, was sie hier überhaupt brauchen würde. Möbel sicherlich nicht viele, denn soweit sie sich erinnerte, war das Haus vollständig und sehr stilvoll eingerichtet.
Schließlich hatte sie alles notwendige Gepäck auf die andere Seite des Tors befördert, lediglich ihr Laptop und die Schatulle mit den Schlüsseln konnte sie weder über die Mauer werfen noch durch die engen Gitterstäbe schieben, ohne damit großen Schaden anzurichten, deshalb packte sie beides in einen Rucksack und schnallte sich diesen auf dem Rücken fest. Vorsichtig begann Diana das Tor empor zu klettern. Ihre Füße fanden schnell Halt auf den quer verlaufenden Rosenranken aus Eisen, die dem Tor als Verzierung und Diana nun als Stufen dienten. Schon konnte sie einen Fuß auf der Mauer abstellen und musste nur noch den restlichen Körper auf die Mauer hieven.
„Was machen Sie denn da?“
Die polternde Stimme erschreckte Diana so sehr, dass sie mit dem linken Fuß von der als Stufe dienenden, metallenen Rosenranke abrutschte. Mit beiden Händen klammerte sie sich an die

Eisenstäbe des Tors, während ihr rechtes Bein sich an der Mauer festklemmte. Ihr linkes Bein baumelte haltlos in der Luft, wodurch sie dem Mann, welcher der Stimme nach direkt hinter ihr stand, vermutlich ihr Hinterteil exakt auf Augenhöhe präsentierte.
Trotz ihrer misslichen Lage schaffte es Diana, ihrer Stimme einen selbstbewussten Klang zu verleihen:
„Ich wohne hier."
„Ach und deshalb brechen Sie ein?"
Da Diana den Mann nicht sehen konnte, fiel es ihr schwer, seine Gemütslage einzuschätzen. Es konnte gut sein, dass er sich gerade beim Anblick der auf Halbmast hängenden Diana krampfhaft das Lachen verkneifen musste. Ebenso gut konnte es aber auch sein, dass er sie ernsthaft für eine Einbrecherin hielt und gerade mit einer Schrotflinte auf ihren Rücken zielte. Mit einem etwas mulmigen Gefühl versuchte sie, mit dem linken Bein einen festen Halt zu finden, was ihr nach zwei missglückten Versuchen endlich gelang. Erleichtert kletterte sie herab und sprang schließlich unelegant auf den knirschenden Kies. Ihr rechtes Bein, mit dem sie sich auf der Mauer festgeklammert hatte, schmerzte, aber das wollte sie sich natürlich nicht anmerken lassen.
„Ich breche nicht ein, ich habe einen Schlüssel für das Tor", sagte sie nun betont selbstsicher.
„Haben Sie nicht!"
Also das war ja wohl die Höhe. Was erdreistete sich dieser Typ eigentlich. Diana musterte ihr Gegenüber einen Augenblick zu lange. Ein Naturbursche, vermutlich Mitte dreißig, mit wilden braunen Haaren, nahezu unverschämt schönen wasserblauen Augen und einem muskulösen Oberkörper, der sich durch das helle T-Shirt abzeichnete.
Offensichtlich ertappte er sie dabei, dass sie ihn etwas zu genau betrachtete, denn in seine Mundwinkel schlich sich ein Anflug von belustigtem Grinsen. Dennoch blieben seine blauen Augen

stechend auf sie gerichtet. Er wartete noch immer auf eine Erklärung.
„Ich habe wirklich einen Schlüssel“, versuchte es Diana erneut, nun aber doch etwas verunsichert. „Ich habe dieses Anwesen von meiner Großtante Leonida geerbt. Zusammen mit einer Schatulle voller Schlüssel. Allerdings ist der für dieses Tor hier irgendwie nicht dabei. Deshalb dachte ich, ich klettere einfach darüber hinweg. Ich konnte ja nicht wissen, dass die Nachbarschaftswache hier so gut funktioniert, dass ich gleich als Einbrecherin verhaftet werde.“ Ihre letzte Bemerkung sollte witzig klingen, doch die Unsicherheit in ihrer Stimme war nicht zu überhören.
„Trotzdem haben Sie keinen Schlüssel.“ Es war eine Feststellung, keine Behauptung.
Irritiert sah Diana ihn an. Wie konnte er nur so sicher sein, dass sie keinen Schlüssel hatte? War er etwa ein Wahrsager oder so etwas? Waren seine Augen deshalb so eigenartig blau?
„Sie können gar keinen Schlüssel haben, weil es überhaupt keinen Schlüssel zu diesem Tor gibt“, erklärte der junge Mann schließlich sichtlich erheitert. „Es steht immer offen, sehen Sie.“ Mit einem spitzbübischen Lächeln stieß er mit dem Fuß leicht gegen das Tor, das sofort aufsprang.
Diana wusste nicht, was in diesem Moment überwog: Der Ärger über sich selbst oder das peinliche Gefühl, sich gerade richtig zum Idioten gemacht zu haben.
„Aha“, murmelte sie deshalb nur und drehte sich schnell in Richtung des Tores um, damit er nicht sehen konnte, wie sie errötete. Wortlos durchschritt sie das schmiedeeiserne Kunstwerk und klaubte hektisch die Taschen zusammen, die sie zuvor hinübergeworfen hatte.
„Soll ich Ihnen vielleicht beim Tragen helfen?“
Wieder stand Diana mit dem Rücken zu dem jungen Mann und wieder verriet sein Tonfall nicht, ob er gleich vor Lachen losprusten würde, weil sie, beladen wie ein Packesel, der gleich

unter seiner Last zusammenbricht, vermutlich total bescheuert aussah, oder ob die Frage ernsthafte Hilfsbereitschaft signalisieren sollte.
„Geht schon!“, brummte Diana deshalb nur, ohne sich zu ihm umzuwenden. Dann lief sie energisch los, wobei sie versuchte, ihre unerschütterliche Coolness mit einem betont lässigen Gang zu unterstreichen. Bereits nach wenigen Metern löste sich allerdings der Henkel einer der Taschen, woraufhin sie mit dem Fuß in diesem hängen blieb und in einer slapstickartig anmutenden Bewegung derart stolperte, dass sie schließlich auf dem Bauch landete, begraben unter einem Berg von Taschen. Das war ja wohl der Höhepunkt der Peinlichkeit.
Diana hoffte nur, dass der Mann sich bereits blitzartig umgedreht hatte, davongetrottet war und von ihrem missglückten Transportversuch nichts mitbekommen hatte. Für den Fall, dass dem nicht so war, blieb sie lieber einfach in der Position liegen, in der sie gelandet war und hoffte, dass sich die Erde auf geheimnisvolle Weise unter ihr auftun und sie verschlingen würde, damit sie nicht in die vermutlich spotterfüllten Augen ihres neuen Bekannten blicken musste, den es inzwischen vor zurückgehaltenem Lachen ja fast zerreißen musste.
„Ich bin sicher, Sie würden das locker alleine schaffen, aber es würde mich in meiner Ehre als Gentleman kränken, wenn ich Ihnen nicht wenigstens mit ein paar Taschen behilflich sein könnte.“
Offensichtlich war der Fremde weder verschwunden, noch explodiert, denn Diana hörte seine höfliche Stimme genau neben sich. Vorsichtig nahm er die Taschen, die auf Diana gelandet waren, von ihr herunter und streckte ihr die Hand hin, um ihr aus ihrer misslichen Lage aufzuhelfen. Die wasserblauen Augen starrten sie tatsächlich an, aber entgegen ihrer Erwartung war in ihnen keine Spur von Spott zu erkennen, sondern lediglich eine

freundliche Aufforderung. Erleichtert nahm Diana die ihr dargebotene Hand und kam wieder auf den Füßen zum Stehen.
„Wenn Sie durchaus darauf bestehen, liegt es mir natürlich fern, Sie in Ihrer Ehre zu kränken.“ Diana versuchte bewusst, sich dem höflichen Tonfall, den er angeschlagen hatte, anzupassen.
„Es wird mir eine Freude sein“, erwiderte er lächelnd und belud sich mit den meisten Taschen, so wie zuvor Diana, nur dass es bei ihm sehr viel eleganter und erstaunlich leicht aussah.
Den Rucksack und zwei kleinere Taschen ließ er liegen. Vermutlich hatte er bereits kapiert, dass sie sich auf keinen Fall komplett von ihm bedienen lassen würde. Erleichtert schnappte sie sich die beiden Taschen und schleppte sie zurück ins Auto.
Als sie alles wieder in dem winzigen Kofferraum verstaut und beide ihre Hände wieder frei hatten, streckte Diana ihm lächelnd ihre Rechte entgegen.
„Ich bin Diana“, stellte sie sich nun endlich vor.
„Joschua.“
„Vielen Dank also, Joschua!“
Noch immer lächelnd setzte sich Diana hinters Steuer, wobei sie penibel darauf achtete, ihr Hinterteil zuerst auf den Sitz zu bugsieren. Dann lächelte sie Joschua noch einmal freundlich zu und nahm sich vor, nach ihrer peinlichen Nummer von eben ganz besonders lässig loszufahren. Mit Schwung drehte sie den Schlüssel im Zündschloss. Der Wagen gab ein erbärmliches Röcheln von sich, der Motor machte jedoch keinerlei Anstalten, anzuspringen. Verwirrt hielt sie inne. Sofort versuchte sie, die in ihr aufsteigende Nervosität mit einem gezwungenen Lächeln zu überspielen. Bitte nicht noch eine peinliche Situation, betete sie innerlich zu einem Gott, an den sie nicht glaubte. Doch dieser wollte sie nicht erhören. Auch beim erneuten Versuch gab der Wagen lediglich ein armseliges Röcheln von sich. Dann nur noch Stille.
„Tank leer?“

Joschuas harmlose Frage fühlte sich an, als ob ihr jemand einen Eimer Eiswasser über den Kopf geschüttet hätte. Vorsichtig, als wolle sie das Elend nicht sehen, schielte sie auf die Tankanzeige. Natürlich hatte Joschua Recht. Sie war schon auf Reserve angekommen gewesen und hatte dann wegen des blöden Tors auch noch eine Viertelstunde lang den Motor laufen gelassen. Offensichtlich war das zu viel für ihr kleines Auto gewesen.

„Ich kann Ihnen später einen Kanister Benzin vorbeibringen“, bot Joschua freundlich an.

Diana wunderte sich insgeheim, dass er noch immer nicht vor Lachen zusammengebrochen war. Wenn sie jemanden kennenlernen würde, der sich so viel Peinlichkeit innerhalb der ersten paar Minuten leisten würde, dann würde sie sich spätestens jetzt lachend im Kies wälzen und sich die schmerzenden Bauchmuskeln halten. Trotzdem nahm sie das Angebot gerne an. Schließlich konnte sie mit leerem Tank nicht zu einer Tankstelle im Ort fahren, zumal sie nicht einmal wusste, wo sie eine solche hätte suchen sollen.

Als Diana begann, ihre Taschen zum zweiten Mal aus dem Auto auszuräumen, packte Joschua wie selbstverständlich mit an. Erneut belud er sich mit den meisten der Taschen und ließ für Diana dennoch einige übrig. Dann marschierten sie zu Fuß den gepflegten Kiesweg entlang in Richtung des Anwesens.

Eine ganze Weile lang liefen sie schweigend nebeneinander her und Diana fragte sich, was Joschua wohl über sie denken mochte.

„Was haben Sie überhaupt vor meinem Anwesen getrieben, Joschua?“, fragte sie schließlich möglichst beiläufig, um die peinliche Stille zu durchbrechen.

„Ich wohne dort drüben.“ Da er beide Hände voller Taschen hatte, deutete er mit einer leichten Kopfbewegung hinter sich. „Wenn Sie hier einziehen, bin ich gewissermaßen Ihr nächster Nachbar.“

Wow, dachte Diana. *Da erbe ich zuerst aus dem Nichts ein Herrenhaus und jede Menge Geld und dann bekomme ich auch noch einen rattenscharfen Nachbarn dazu. Läuft bei mir.*
„Warum belustigt Sie das?“, fragte Joschua.
Diana hatte gar nicht bemerkt, dass sie beim Gedanken daran, dass ihr Leben gerade offenbar perfekt zu werden schien, angefangen hatte, breit zu grinsen. Zum vierten Mal seit der Begegnung mit Joschua musste sie total bescheuert aussehen. Bestimmt dachte er, sie sei nicht ganz takko in der Birne.
„Da vorne muss es sein“, lenkte sie schnell von sich ab und deutete geradeaus, da sie hinter der nächsten Biegung Gut Strentel vermutete. Und tatsächlich. Da stand es in all seiner Pracht und ließ Diana sprachlos innehalten. Mit vor Staunen weit aufgerissenen Augen wurde sie sich der Tatsache bewusst, dass sie nun Besitzerin eines wirklich riesigen Herrenhauses war.
Eine majestätische Freitreppe mit zwanzig Stufen führte hinauf zum Hauseingang, dessen Überdachung von vier weißen Säulen getragen wurde. Die Front des dreistöckigen Gebäudes wurde von unzähligen bodentiefen Sprossenfenstern geziert, die erstaunlicherweise sehr sauber und gut erhalten wirkten. Von vorne betrachtet konnte man meinen, es handle sich hier um ein quadratisches Haus mit einer riesigen Wohnfläche von mindestens 500m², aber Diana wusste, dass das nicht stimmte. In Wirklichkeit betrachtete man von vorne nämlich nur einen kleinen Teil des Gebäudes. Tatsächlich erstreckten sich im hinteren Teil des Gebäudes zwei lange Seitenflügel, von denen der eine, soweit Diana wusste, schon ewig nicht mehr genutzt wurde. Im anderen hatte sich Großtante Leonida häuslich eingerichtet, allerdings auch nur im vorderen Bereich des Flügels, denn im hinteren Bereich gab es noch unzählige weitere Zimmer. Zudem erstreckte sich hinter dem Haus ein riesiger parkähnlicher Garten. So viel Platz konnte ein Mensch alleine überhaupt nicht bewohnen und beim Anblick des riesigen Gebäudes fragte sich Diana, ob ihre Mutter nicht doch

irgendwie Recht damit hatte, es zu einem Mehrfamilienhaus umfunktionieren zu wollen. Beim Gedanken daran, dass sie nun selbst dafür verantwortlich sein sollte, sich um all dies zu kümmern, wurde Diana richtig schlecht.
„Ist alles in Ordnung?"
Die ehrliche Besorgnis in Joschuas Stimme riss Diana aus ihren Gedanken.
„Du bist ganz schön blass um die Nase", bemerkte Joschua und wechselte dabei ohne Umschweife vom „Sie" zum „du".
„Echt?" Verlegen wischte sich Diana mit der Hand über das Gesicht, als könne sie damit die Blässe wegwischen. Dass er sie plötzlich geduzt hatte, freute sie innerlich. Das machte ihn nicht mehr ganz so fremd. „Mir ist gerade nur bewusst geworden, dass dieses monströse Haus da nun tatsächlich mir gehört", murmelte sie entschuldigend.
„Ja, so etwas erbt man sicherlich nicht alle Tage", stimmte Joschua beiläufig zu, während er die Taschen vorsichtig vor der großen Freitreppe abstellte. Die Selbstverständlichkeit, mit der er auf das Haus zuging, dessen Größe ihn nicht weiter zu beschäftigen schien, ließ Diana vermuten, dass er schon öfter hier gewesen sein musste. Gerade wollte sie ihn danach fragen, da wandte sie ihren Blick schlagartig nach oben zu einem der Fenster im dritten Stock.
„Hast du das gesehen?", fragte sie alarmiert.
„Was denn?"
„Da am Fenster. Ich könnte schwören, der Vorhang hat sich gerade bewegt."
„Ja sicher, bestimmt das Hausgespenst!" Joschua lachte. „Dir muss doch klar sein, dass man so ein großes Haus niemals ohne Gespenst bekommt, oder? In Gut Strentel spukt es schon seit Jahrzehnten."
„Nicht lustig." Diana verschränkte beleidigt die Arme und zog einen Schmollmund. Erstens fand sie es nicht besonders toll, von Joschua so auf den Arm genommen zu werden und zweitens jagte

ihr allein der Gedanke, dass es in dem Haus spuken könnte, einen kalten Schauer über den Rücken. Es war ja wohl schon gruselig genug, allein in dem riesigen Haus wohnen zu wollen. Da konnte sie auf ein Gespenst gut und gerne verzichten. Auch wenn es dieses gratis dazugab.

„Jetzt sei nicht gleich eingeschnappt, ich mache doch nur Spaß“, beschwichtigte Joschua. „Wobei die Menschen im Dorf wirklich behaupten, dass es auf Gut Strentel spukt. Aber über solche Häuser werden ja immer die abenteuerlichsten Geschichten erzählt. Darüber brauchst du dir nun wirklich keine Gedanken zu machen. Ich für meinen Teil finde es wunderschön.“

„Ja.“ Diana fand es auch wunderschön. Und Joschua hatte Recht. Von so ein bisschen Dorfklatsch und ein paar Spukgeschichten sollte sie sich wirklich nicht ins Bockshorn jagen lassen. Trotzdem fühlte sie sich irgendwie beobachtet.

Schnell ließ sie ihren Blick über die Fenster streifen, konnte jedoch nichts Ungewöhnliches feststellen.

Ein plötzliches, durchdringendes Geräusch riss sie aus ihren Gedanken.

„Sorry, ich muss los!“ Joschua schaute auf das kleine piepende Gerät in seiner Hand, lächelte kurz entschuldigend, drehte sich um und lief einfach los.

„Danke für deine Hilfe!“, rief sie ihm nach. Doch Joschua hob nur kurz im Laufen seine Hand und wandte sich nicht mehr um.

Er musste es ja plötzlich ganz schön eilig haben. Vielleicht hatte seine Freundin versucht ihn zu erreichen, um ihm zu sagen, dass er sofort nach Hause kommen solle. Oder gar seine Frau? Wahrscheinlich, ach nein, ganz sicher hatte er zu Hause eine Frau und zwei Kinder, die mit dem Essen auf ihn warteten, dachte Diana schnippisch. Auf dem Land war man in diesem Alter normalerweise verheiratet und hatte Kinder. Zumindest war ihre Mutter dieser Meinung, mit der sie gegenüber Diana auch nicht hinter dem Berg hielt, denn sie wünschte sich sehnlichst

Enkelkinder. Und da Diana ein Einzelkind war, lastete diese Verantwortung auf ihr allein. Als Diana sich dann vor zwei Monaten auch noch von ihrem Freund Toni getrennt hatte, war für ihre Mutter eine Welt zusammengebrochen. Die Enkelkinder waren plötzlich in weite Ferne gerückt. Zudem war es für eine Schriftstellerin weitaus schwieriger, einen Mann zu finden als für Frauen mit bodenständigen Berufen wie zum Beispiel Krankenschwester oder Erzieherin. Auch von dieser Annahme war ihre Mutter absolut überzeugt und fragte ihre Tochter oft genug, ob sie sich nicht dazu hinreißen lassen könne, doch noch eine solide Ausbildung zur Krankenschwester zu machen. Als Diana ihr nun auch noch verkündet hatte, dass sie das Erbe von Tante Leonida annehmen und in das alte Herrenhaus einziehen wolle, war ihre Mutter den Tränen nahe gewesen. Sicher sah sie ihre einzige Tochter schon genau so enden wie Großtante Leonida: einsam und allein auf Gut Strentel, im besten Falle noch mit ein paar Katzen, die ihr Gesellschaft leisteten. Diana beschloss, egal was auch passieren würde, sich niemals eine Katze anzuschaffen. Dann war sie wenigstens vor dem Schicksal der einsamen alten Katzenlady gefeit.

Munter nahm sie ihren Rucksack und eine weitere Tasche und schritt die Stufen zu der riesigen Eingangstür aus schwerem Eichenholz hinauf.

Da! Da war es schon wieder gewesen. Schnell hob Diana den Kopf und schaute zu dem Fenster hinauf, hinter dem sie eine Bewegung wahrgenommen zu haben glaubte. Nichts. Lediglich ein Schwarm vorüberfliegender Vögel spiegelte sich in den Fensterscheiben.

„Na toll, jetzt werde ich schon paranoid“, murmelte sie und hievte keuchend eine weitere Tasche die massiven Stufen hinauf.

Als sie schließlich alle Gepäckstücke auf dem Treppenabsatz gestapelt hatte, zog sie den Schlüssel mit der Beschriftung „Haupteingang“ aus der Schatulle und öffnete die Tür in ihr neues Zuhause.

Sie war überrascht, wie ungenau sich der tatsächliche Anblick mit den Erinnerungen ihrer Kindheit deckte. Vor ihr erstreckte sich eine riesige Eingangshalle, deren Aufmachung sie noch recht genau vor Augen gehabt hatte, nicht aber deren fast erschlagende Größe. Auch die beeindruckende Treppe, die in den ersten Stock hinauf führte, wo sie schließlich in einer Galerie mündete, hatte sie bezüglich des optischen Eindrucks noch sehr genau in Erinnerung gehabt, aber wiederum nicht, dass diese so unglaublich lang war. Langsam ließ Diana ihren Blick durch die Halle schweifen. Sie war sich sogar fast sicher, noch zu wissen, welche Zimmer hinter den an die Eingangshalle grenzenden Türen lagen: ein großes Wohnzimmer, das Rosenzimmer, die Küche, ein Badezimmer, mehrere Gästezimmer und eine sehr gut ausgestattete Bibliothek. Außerdem noch die Zugangstüren zu den beiden Seitenflügeln. Diana war froh, dass sie sich so gut erinnern konnte. So wirkte das riesige Haus nicht ganz so fremd und einschüchternd, wie sie befürchtet hatte.
Sie beschloss, sich zunächst in diesen vorderen, ihr bekannten Zimmern häuslich einzurichten. Irgendwo müsste sie noch ein Schlafzimmer ausfindig machen, dann hätte sie hier unten schon so etwas Ähnliches wie eine eigene Wohnung. Die anderen Zimmer in den weiteren Stockwerken und Seitenflügeln würde sie dann schrittweise erkunden. Zeit dafür hatte sie ja nun genug.
Als sie ihr Gepäck nach und nach in das riesige Wohnzimmer schleppte, sehnte sie sich plötzlich Joschuas Anwesenheit zurück, der das in sehr viel geringerem Zeitaufwand und zudem optisch sehr viel ansprechender hätte bewältigen können. Vielleicht hätte sie ihm ein Trinkgeld geben sollen, überlegte Diana. Sie würde sich etwas einfallen lassen, mit dem sie sich nochmals bei ihm bedanken könnte.
Staunend sah sie sich in dem beeindruckenden Wohnzimmer um. Mehrere Sitzgruppen luden zur gepflegten Konversation ein. Die Tische und Ablagen waren stilvoll dekoriert und weiche Teppiche

verliehen dem viel zu großen Zimmer einen Hauch von Gemütlichkeit. Zudem wirkte der gesamte Raum seltsam bewohnt, als sei die Besitzerin eben erst hinausgegangen und käme gleich wieder zurück. In der hinteren linken Ecke stand ein Klavier. Diana versuchte, sich vorzustellen, wie es wohl gewesen war, als das Haus noch mit Leben gefüllt gewesen war. Sie wusste, dass Leonida schon in diesem Haus aufgewachsen war. Hatte sie damals am Klavier gesessen und die Gäste mit Klängen von Mozart und Beethoven unterhalten? Bestimmt waren in dem Wohnzimmer großartige Partys gefeiert worden, zumal eine breite Flügeltür direkt hinaus auf eine große Terrasse mit daran angrenzendem Garten führte.

Diana öffnete die Tür und betrat den elegant angelegten Garten im Innenhof des Hauses. Rechts und links erstreckten sich die beiden Seitenflügel von Gut Strentel und zeigten die wahre Größe des alten Herrenhauses. Plötzlich fühlte sich Diana seltsam klein zwischen den sie umgebenden Mauern. Der weitläufige Garten war in einem wunderbar gepflegten Zustand, was sehr erstaunlich war, da Leonida bereits im Januar verstorben war und das Haus demzufolge ein paar Monate leer gestanden haben musste. Diana war eigentlich davon ausgegangen, dass besonders die Außenanlagen etwas verwildert sein würden, aber der Rasen war frisch gemäht und auch die Blumenbeete wirkten ordentlich und gepflegt. Vermutlich beschäftigte Leonida einen Gärtner, der vielleicht noch nicht einmal mitbekommen hatte, dass sie verstorben war, überlegte Diana. Insgesamt gab es wohl sehr viel, was sie bezüglich dieses Hauses noch herausfinden musste. Leider waren die Grundrisse und Unterlagen zu Gut Strentel nicht besonders aufschlussreich, aber Diana hatte es nicht eilig. Sie wollte sich gemütlich Zeit lassen, das wunderbare Haus richtig kennenzulernen und angemessen zu würdigen. Immerhin würde sie den Rest ihres Lebens hier verbringen. Wobei ihr das, wenn sie ehrlich war, noch immer vorkam wie ein seltsamer Traum.

Diana ging in die Küche und stellte hocherfreut fest, dass auf der Anrichte eine nagelneue Kaffeemaschine stand. Zumindest wirkte sie sehr neu. Und, als hätte dieser Fund ihr Glück nicht bereits überstrapaziert, stand neben der Maschine auch noch ein angebrochenes Päckchen Kaffeepulver. Beim vorsichtigen Blick in die Tüte wirkte das Pulver einwandfrei und auch das Mindesthaltbarkeitsdatum war noch nicht abgelaufen. Ein kleiner Jubelschrei entfuhr ihr, als sie probehalber auf den kleinen Schalter drückte und ein zischendes Geräusch ihr sofort verriet, dass die Maschine offenbar funktionierte. Unglaublich, dass in diesem Haus, trotz des langen Leerstandes, nicht einmal der Strom abgeschaltet worden war. Großtante Leonida musste ein hervorragendes Verhältnis zu ihrem Strom- und Wasseranbieter gehabt haben. Sofort fühlte sich Diana noch ein bisschen wohler in dem alten Haus, da ihre Befürchtung, alles könne verfallen und marode sein und ihr unmenschliche Arbeit abverlangen, sich erneut als unnötig herausstellte.
Direkt beim Öffnen des ersten Schrankes fand sie die passenden Kaffeefilter, bestückte die Maschine damit und bereits wenige Minuten später erfüllte ein aromatischer Duft die alte Küche. Es war wirklich erstaunlich. Auch hier wirkte alles aufgeräumt und gut sortiert. Sogar im Kühlschrank befanden sich noch ein Käse und drei Becher Joghurt, die noch nicht abgelaufen waren.
Mit einer seltsamen Mischung aus tiefer Ruhe und völlig überspannter Aufregung nahm Diana ihre Tasse Kaffee, ging hinaus in den Garten und setzte sich auf einen der weißen Eisenstühle, die um einen plätschernden Springbrunnen gruppiert waren. Sie schloss die Augen und atmete tief den Duft der Rosen ein. Hier ließ es sich aushalten.
Obwohl sie es sich fest vorgenommen hatte, konnte sie sich nicht lange entspannen. Kaum hatte sie den heißen Kaffee leer getrunken, trieb sie die Neugierde wieder zurück ins Haus. Es gab noch so viel zu erkunden und zu entdecken. Außerdem wollte sie

sich schon einmal einigermaßen häuslich einrichten, bevor die Abenddämmerung einsetzte.
Nachdem sie ihre Sachen in Wohnzimmer, Bad und Küche verstaut hatte, machte sie sich auf die Suche nach einem geeigneten Schlafzimmer. In dem Zimmer, das genau an das Wohnzimmer angrenzte und in welchem Großtante Leonida vermutlich geschlafen hatte, wollte Diana sicher nicht übernachten. Beim Notar hatte sie erfahren, dass Leonida im Schlaf verstorben sei und sie wollte auf gar keinen Fall in demselben Bett schlafen, in dem ihre Großtante vermutlich ihren letzten Atemzug getan hatte. Im Moment wagte sie es ja noch nicht einmal, einen Blick in deren ehemaliges Schlafzimmer zu werfen, aber das war auch überhaupt nicht nötig. Wenn es eines in diesem Haus im Überfluss gab, dann waren es Zimmer.
Diana beschloss, sich ein Schlafzimmer im Nordflügel auszusuchen, weil es dort im bevorstehenden Hochsommer vermutlich weniger heiß war als im Südflügel. Zudem wollte sie im ersten Stock schlafen, da sie im Erdgeschoss immer Angst hatte, es könne jemand durch das Fenster einsteigen. Seit bei ihrer Freundin Marita, die im Erdgeschoss wohnte, einmal eingebrochen worden war, fühlte sich auch Diana nicht mehr wohl dabei, in einem ebenerdig zugänglichen Zimmer zu schlafen.
Als sie nun den Gang des Nordflügels entlang schlenderte, ließ sie sich, wie häufig, von ihrem Gefühl leiten und öffnete einfach eine Tür, die ihr sympathisch erschien: Die fünfte Tür links. Zugegeben, es war völlig unlogisch, nicht einfach die erste Tür zu nehmen, aber irgendetwas in Diana trieb sie dazu, die vorherigen Türen zu ignorieren und genau diese Tür zu öffnen. *Als Schriftstellerin ist man eben manchmal ein bisschen seltsam,* schmunzelte Diana in sich hinein, während sie sich überlegte, wie sie ihrer Mutter oder Freunden, die sie besuchen würden, ihre intuitive Wahl erklären wollte.

Als sie nun die Tür öffnete, war sie sich allerdings nicht einmal mehr sicher, ob sie nicht einfach behaupten könnte, dass sie mit Absicht das schönste Zimmer ausgewählt hätte, denn was da vor ihr lag, sah aus wie das Zimmer einer Prinzessin: Schwere weiße Vorhänge umrahmten die bodentiefen Sprossenfenster wie Gemälde aus Licht. Obwohl es nur eine Fensterfront gab, wirkte der Raum hell, freundlich und voller Leben. Auf dem großen Himmelbett in der Mitte des Raumes lag eine sorgfältig zurechtgezupfte Tagesdecke aus rosa Spitze. Unzählige Kissen in verschiedenen Größen luden dazu ein, sich mit Schwung auf das Bett zu werfen. Diana sah sich verschmitzt um, als wolle sie sicher gehen, dass sie niemand beobachtete. Dann nahm sie Anlauf und machte einen Purzelbaum auf das Bett, so wie sie es als Kind schon immer gerne getan hatte. Wenige Sekunden später wühlte sie sich lachend aus dem Meer von weichen Decken und sah sich weiter um: Neben dem Bett saßen mehrere Puppen in verschiedenen Größen um einen kleinen Tisch gruppiert, als tränken sie Tee. Unheimlich, befand Diana. Als Kind hatte sie gerne mit Puppen gespielt, aber als Erwachsene fand sie diese leblosen, menschenähnlichen Wesen irgendwie gruselig.
An der linken Zimmerwand war ein hübscher weißer Schminktisch aufgebaut, dessen Front mit Ornamenten aus Rosen verziert war. Auf dem Tischchen lagen ordentlich aufgereiht Haarspangen und eine Bürste, als seien sie eben erst benutzt worden. Vorsichtig drehte Diana mit der Hand den großen silbernen Spiegel. Wer war wohl vor diesem Spiegel frisiert worden? Als sie den Schrank öffnete, bestätigte sich ihre Vermutung, dass dies das Zimmer eines kleinen Mädchens gewesen sein musste. Vielleicht sogar das Zimmer von Leonidas Tochter?
Nachdenklich strich Diana über die Schnitzereien der alten Möbelstücke. Im Schrank hingen wunderschöne Kleider in verschiedenen Größen. Alle aus sehr teuren Stoffen und mit eleganten Schnittmustern. Das Mädchen, das diese Kleider

getragen hatte, musste aufgewachsen sein wie eine kleine Prinzessin. Fast tat sie Diana ein bisschen leid. Sie konnte sich gut vorstellen, wie die Kleine dazu angehalten worden war, sich ordentlich zu benehmen, sich nicht schmutzig zu machen, nicht zu rennen oder zu schreien.

An der hinteren Seite der Schrankwand blieb Dianas Blick plötzlich hängen. Was war das? Zwischen zwei Brettern konnte sie etwas Weißes erkennen. Schnell griff sie mit den Händen nach einem der Bretter und zog daran. Es ließ sich erstaunlich leicht lösen. Vorsichtig bog sie es vor und berührte den weißen Stoff, der dahinter zum Vorschein kam. Ganz langsam, um ihn nicht zu beschädigen, zog sie ihn aus seinem Versteck hinter der Schrankwand und betrachtete ihn genauer. Es handelte sich nicht um ein einfaches Stück Stoff. Was sie in den Händen hielt waren zwei Kleider. Und Moment. War das etwa Blut?

Vorsichtig hielt Diana den weichen Seidenstoff des einen Kleides in das hereinschimmernde Tageslicht. Da sah sie, dass die Rückseite des Kleidchens von unzähligen kleinen Löchern übersäht war. Wie gerne hätte sie festgestellt, dass diese nur das Ergebnis von Motten waren, die sich durch den zarten Stoff gefressen hatten. Doch das war leider nicht möglich. Denn das hübsche Kleidchen, das der Größe nach von einer maximal Zehnjährigen getragen worden sein konnte, war bedeckt mit kleineren und größeren Blutspritzern. Erschrocken ließ Diana es fallen und hob das andere weiße Kleid hoch. Es war deutlich größer als das erste. Vermutlich war es von einer jungen Frau getragen worden. Doch auch dieses war nicht mehr ganz rein. Von der Mitte abwärts war auch dieses Kleid mit Blut beschmiert. Das Ausmaß der Flecken war sogar noch schlimmer als bei dem kleineren Kleidchen.

Entsetzt ließ sich Diana auf den nächstbesten Stuhl fallen, den zarten Stoff fest in den Händen. Wem mochten diese Kleider gehört haben? Und warum waren sie voller Blut? Könnte es

vielleicht sogar sein, dass das Elisabeths Kleider waren? War sie womöglich durch einen Unfall ums Leben gekommen? Hatte Elisabeth eines davon getragen, als sie gestorben war? Aber wer hatte es dann hinter der Schrankwand versteckt und vor allem: Warum? War Elisabeth vielleicht ermordet worden? Leonida hatte in ihrem Brief geschrieben, Elisabeth sei durch ihre Schuld gestorben. Hatte Leonida etwa ihre eigene Tochter umgebracht und dann deren Kleid versteckt, um die Tat zu vertuschen? Das konnte Diana sich nun ganz und gar nicht vorstellen. Allerdings war Leonida schon eine sehr eigenartige alte Frau gewesen. Wenn sie mit der Schuld am Tod ihrer Tochter hatte leben müssen, erklärte sich die Verbitterung, die ihr immer deutlich anzusehen gewesen war. Aber eine Mörderin?
Diana bemerkte, wie der helle Stoff in ihren Fingern zitterte und zwang sich, gleichmäßig zu atmen. So hatte sie sich die Entdeckungstour in ihrem neuen Zuhause nicht vorgestellt. Und in einem Zimmer, in dem blutige Kleider in der Schrankwand versteckt waren, würde sie auf gar keinen Fall übernachten.
Mit wackeligen Beinen und einem mulmigen Gefühl verließ Diana das Zimmer wieder. Die Kleider ließ sie vorerst einfach auf dem Bett liegen. Zunächst brauchte sie eine kurze Pause und ein großes Glas Wasser. Danach würde sie sich erneut auf die Suche nach einem geeigneten Schlafzimmer machen.

1946 Leonida

Die achtjährige Leonida schlug die Augen auf und atmete tief ein. Der Duft unzähliger Rosen hatte bereits seinen Weg in ihr Schlafzimmer gefunden und durchströmte es mit frühlingshafter Süße. Endlich war es soweit: Die jährliche Gartenparty würde heute Abend stattfinden.
Schnell hüpfte Leonida aus dem Bett und zog sich das weiße Seidenkleid über, das Hanna gestern Abend schon für sie zurechtgelegt hatte. Barfuß huschte sie ans Fenster und linste durch die schweren Vorhänge. Es war noch früher Morgen, die Sonne schien gerade erst aufgegangen zu sein.
Leise schlich sie aus dem Zimmer und tapste den langen Flur entlang. Ihre Mutter hatte darauf bestanden, dass die Kinder während der Sommermonate im Nordflügel untergebracht wurden. Zum einen war es dort kühler und zum anderen wurden sie so weder durch die Vor- oder Nachbereitungen eines Festes noch durch deren tatsächliches Stattfinden gestört. Leonida hatte mehrfach erfolglos versucht, sich dieser Anordnung zu widersetzen, denn im Gegensatz zu ihrer Mutter konnte sie absolut nichts Störendes an einem Fest empfinden. Im Gegenteil. Alles, was damit zu tun hatte, war aufregend und spannend, doch ihre Mutter hatte nicht nachgegeben. Schmollend hatte sich Leonida fügen und ihre wichtigsten Sachen in das grüne Zimmer im Nordflügel umziehen müssen. Doch nur von so einer blöden Anordnung ließ sie sich natürlich nicht aufhalten.
Leonida wusste sehr wohl, dass es ihr nicht gestattet war, alleine aufzustehen. Den Regeln nach, hätte sie nach Hanna klingeln und sich von dieser für den Tag zurechtmachen lassen müssen, aber Leonida hatte die Befürchtung, dass dann alles wieder so ablaufen würde wie im letzten Jahr. Damals hatte sie die Anweisungen der Mutter brav befolgt und nach Hanna geklingelt. Diese hatte sie

angezogen und ihr das Frühstück auf das Zimmer bringen lassen. Anschließend war Nanny Marie gekommen und hatte darauf bestanden, mit ihr im Zimmer zu spielen und Bücher zu lesen. Danach hatte sie mit ihr einen Ausflug machen müssen. Als sie dann endlich am späten Nachmittag nach Gut Strentel zurückgekehrt waren, hatte sie lediglich an einem kurzen Abendessen im Rosenzimmer teilnehmen dürfen und war danach von Hanna direkt wieder ins Bett gebracht worden, während am Haupteingang die ersten Gäste eingetroffen waren. Von der großen Gartenparty, über die später alle wochenlang gesprochen hatten, hatte sie überhaupt nichts mitbekommen. Vor Ärger hatte sie die ganze Nacht kein Auge zugetan. Das würde ihr in diesem Jahr nicht noch einmal passieren.
Vorsichtig, um ihren Bruder im Nebenzimmer nicht zu wecken, schlich sie zur Galerie und spähte durch die Stäbe der Brüstung nach unten. Im großen Empfangsraum herrschte bereits geschäftiges Treiben. Dienstmädchen flitzten mit Geschirr und Gegenständen beladen hin und her. Stubenmädchen polierten die Treppengeländer, andere wischten Staub oder hängten gerade die frisch gewaschenen Vorhänge wieder auf. Die schweren Kronleuchter und Lampen glänzten bereits wieder wie neu. Aus der Küche strömte der Duft frisch gebackener Brote herauf und Leonida spürte, wie ihr bereits der Magen knurrte. Vielleicht gelang es ihr, sich unbemerkt in die Küche zu schleichen. Marthe, die dicke Köchin, würde ihr sicher heimlich ein leckeres Frühstück zaubern. Schließlich kannte sie Leonida bereits seit ihrer Geburt und hatte sofort einen Narren an dem Mädchen gefressen. Ständig behauptete sie, Leonida sei viel zu dünn für ihr Alter und verwöhnte sie mit Leckerbissen, die sie häufig speziell für ihren kleinen Sonnenschein zur Seite legte. Und Leonida liebte Marthe seit ihrer frühesten Kindheit. Aber nicht, weil sie sie mit Süßigkeiten vollstopfte, sondern weil es bei Marthe immer so wahnsinnig gemütlich war. Sie hatte jederzeit ein offenes Ohr und

ein liebes Wort übrig und wenn Leonida sehr traurig war, weil ihr Bruder Ferdinand sie mal wieder geärgert hatte, dann gab es nichts Besseres, als sich in Marthes üppigen Busen zu kuscheln und sich von ihr tröstend übers Haar streicheln zu lassen.

Ihre Mutter, die Gräfin von Strentel, war mit dieser Vorliebe von Leonida allerdings ganz und gar nicht einverstanden. Es gehörte sich ihrer Meinung nach nicht für eine junge Komtess, in der Öffentlichkeit zu weinen und schon gar nicht gehörte es sich, sich in der Küche herumzutreiben oder sich dem Personal in die Arme zu werfen. Deshalb blieben die Treffen von Marthe und Leonida auch meist geheim, es sei denn, ihr Bruder, Graf Ferdinand, verpetzte sie wieder einmal an die Mutter, um Leonida in Schwierigkeiten zu bringen. Dann musste sie sich jedes Mal eine Standpauke über angemessenes Verhalten einer Komtess anhören und bekam Zimmerarrest. Und Marthe wurde wie schon so häufig die Kündigung angedroht, falls sie sich weiterhin unterstehen würde, zu der jungen Komtess ein freundschaftliches Verhältnis zu pflegen. Allerdings wurde diese Drohung nie wahr gemacht, denn es gab weit und breit keine bessere Köchin als Marthe. Die Gräfin von Strentel war sich dessen sehr wohl bewusst und genoss den Neid ihrer Freundinnen viel zu sehr, als dass sie einer von ihnen Marthe einfach überlassen hätte. Auch Marthe wusste das, weshalb sie die Zurechtweisung jedes Mal mit demütig geneigtem Kopf entgegennahm, an ihrem Verhalten aber nichts änderte. Was sollte sie denn auch tun? Sie würde ihre kleine Sonnenprinzessin, die für sie fast wie eine eigene Tochter war, sicherlich nicht aus der Küche verbannen.

Leise schlich Leonida die Treppe hinunter, um möglichst unauffällig in die Küche zu gelangen. Die geschäftig durcheinanderwuselnden Dienstmädchen stellten kein Problem dar. Wenn sie die junge Herrin sahen, knicksten sie höflich und gingen dann schnell weiter ihrer Arbeit nach. Nach den Regeln des Hauses war es den Dienstmädchen nicht gestattet, die gräflichen

Familienmitglieder anzusprechen. Leonida musste nur achtgeben, dass sie nicht von Hanna oder dem Butler Johann entdeckt wurde. Oder – Gott bewahre – ihrer Mutter in die Arme lief. Aber Leonida hatte Glück. Ungesehen schaffte sie es in die Küche.

„Guten Morgen, Sonnenschein!“ Mit einem fröhlichen Lächeln schob Marthe ihr sofort einen Teller mit Butterbrot und Apfelstückchen hin, als habe sie sie schon erwartet.

„Guten Morgen, liebe Marthe“, entgegnete Leonida höflich. „Hab Dank für das leckere Frühstück.“

Leonida setzte sich und nahm einen Bissen. Die selbstgemachte Butter schmeckte einfach himmlisch.

„Erzählst du mir von der Party?“, fragte sie zwischen zwei Bissen.

Wenn es um die Party ging, war Marthe schlichtweg die perfekte Informationsquelle. Niemand wusste so genau über die Vorgänge im Haus Bescheid wie die alte Köchin. Was erstaunlich war, denn sie verließ ihre Küche so gut wie nie. Doch sie war eine Meisterin im Zuhören und so berichteten ihr alle Angestellten, sobald sie die Küche betraten, von dem, was draußen vor sich ging. Bei Marthe liefen alle Informationen zusammen und jeder wusste, dass sie mit diesen äußerst sorgsam umging. Niemals hätte sie getratscht oder die Informationen gar in böser Absicht gegen jemanden verwendet. Aber sie wusste alles und man konnte ihr alles anvertrauen. So war sie in den vielen Jahren ihrer Anstellung zu einer Art guter Seele des Hauses geworden.

„Das Essen wird, trotz der Lebensmittelrationierungen, sieben Gänge beinhalten“, begann Marthe stolz ihren Bericht. „Ihre Mutter hat angeordnet, dass dafür extra das Meissener Porzellan gedeckt werden soll. Zu Bruch gegangen ist dabei noch nichts, stattdessen haben aber schon zwei Wassergläser und der linke Absatz des neuen Stubenmädchens das Zeitliche gesegnet. Die Arme musste unter dem missbilligenden Blick von Johann auf Strümpfen hinauf in ihre Dachkammer laufen und ihn wieder kleben.“

„Oh nein!“, rief Leonida mitfühlend. „Ich werde gleich nachher mit Papa sprechen, dass er ihr ein neues Paar Schuhe schenkt.“
Liebevoll strich Marthe Leonida über die blonden Locken. Dieses Mädchen war wirklich erstaunlich. Sein Herz war so groß, dass es sich immerzu um alles und jeden kümmern wollte. Um die Angestellten genauso wie um seine Eltern und manchmal sogar um den missratenen Bruder. Auch Spinnen und Käfer, die sich ins Haus verirrt hatten, rettete es vor dem sicheren Tod durch die Stubenmädchen, indem es sie mit seinen eigenen kleinen gräflichen Händchen hinaus trug. Abenteuerlustig war sie ja, die kleine Komtess, aber nie kam ihr ein böses Wort über die Lippen. Immer war sie hilfsbereit, verständnisvoll und voller Liebe und Mitgefühl für alle Lebewesen. Mit ihren blonden Locken und dem zarten Puppengesichtchen wirkte sie zudem wie ein vom Himmel gefallener Engel, dachte Marthe, während sie einen weiteren Kuchen in den Ofen schob. Es war ihr enorm schwer gefallen, aus den äußerst knapp bemessenen Zutaten ein solch üppiges Mahl zu zaubern, doch sie wäre nicht Marthe, wenn sie diese Herausforderung nicht mit Bravour gemeistert hätte. Außerdem war sie sich sicher, dass die Zutaten, die ihr zur Verfügung standen, nicht auf ganz legalem Wege ins Haus gelangt sein konnten, denn es war äußerst seltsam, was ihr trotz der Rationierungen zum Kochen und Backen zur Verfügung stand. Zwar hatte sie gehört, wie Frau von Strentel gegenüber einer Freundin erwähnt hatte, dass großzügige Spenden vor der Party eingegangen seien, damit das Sommerfest wie immer in voller Pracht stattfinden könnte, doch so ganz glaubte die gute Marthe nicht daran. In Zeiten wie diesen hatte schlichtweg niemand etwas zu verschenken, Sommerfest hin oder her. Aber sie hatte Wichtigeres zu tun, als sich über die Herkunft der Lebensmittel den Kopf zu zerbrechen. Lieber war sie dankbar dafür, dass im Hause Strentel bisher noch niemand hatte hungern müssen und es – im Verhältnis zu anderen herrschaftlichen Häusern – erstaunlich wenig Entlassungen gegeben hatte. Äußerst

ungewöhnlich in diesen harten Zeiten. Dankbar verrichtete Marthe somit weiter ihre Arbeit und fragte nicht nach Hintergründen und Zusammenhängen. Stattdessen versuchte sie sogar bewusst, die gute Laune im Hause aufrecht zu erhalten.
Vor Schreck hätte sie fast das Blech fallen gelassen, als plötzlich ein ohrenbetäubendes Klirren und Scheppern vom Flur hereindrang. Schnell öffnete Marthe die Tür und spähte hinaus in den Empfangsraum. Auf dem Boden lagen bäuchlings zwei Stubenmädchen inmitten eines riesigen Scherbenhaufens. Marthe erkannte Franzi und die andere musste das neue Stubenmädchen Lioba sein, der kleine Unglücksrabe mit dem gebrochenen Absatz. Offensichtlich waren beide zusammengestoßen, woraufhin ihnen die Tabletts mit Tellern und Gläsern aus den Händen geglitten und auf dem Boden zerschellt waren.
Die kleine Leonida sprang auf und wollte schnell zu den beiden Stubenmädchen hinrennen, um zu sehen, ob sie verletzt wären, doch Marthe erwischte gerade noch einen Zipfel ihres Kleidchens und zog sie streng daran zurück. Keine Sekunde zu früh, denn auf der Galerie erschien soeben die Gräfin. Vermutlich hatte auch sie das unüberhörbare Scheppern zerberstenden Geschirrs aus dem Zimmer gelockt. Mit strengem Blick musterte sie die auf dem Boden liegenden Stubenmädchen.
„Diese Ungeschicktheit wird euch selbstverständlich vom Lohn abgezogen.“ Die scharfe Stimme der Gräfin durchschnitt die entstandene Stille wie ein Messer. Die Stubenmädchen standen schnell auf, knicksten und senkten schuldbewusst die Köpfe. Daraufhin drehte sich die Gräfin auf dem Absatz wieder um und schritt stolz zurück in Richtung ihres Schlafzimmers. An einer der Säulen der Eingangshalle lehnte Erbgraf Ferdinand und grinste.
„Wie ist denn das passiert?“, fragte Marthe die beiden Stubenmädchen, als sie sie in der Küche von den Scherben befreite und notdürftig verarztete.

„Es war meine Schuld“, erklärte Lioba zerknirscht. „Graf Ferdinand hat mir ein Bein gestellt und ich bin gestolpert und auf Franzi gefallen. Ich werde deinen Anteil selbstverständlich mit übernehmen, Franzi, du kannst ja nichts dafür.“
Obwohl sie versuchte, tapfer zu sein, konnte sie die heißen Tränen nicht unterdrücken, die ihr nun die Wangen hinunterkullerten. Was für ein furchtbarer erster Tag. Gestern erst hatte sie die Anstellung im Hause derer von Strentel bekommen und war so glücklich gewesen. Lioba war mit ihren 18 Jahren frisch verlobt und da ihr zukünftiger Ehemann ein Bäcker und bei den Menschen im Dorf hoch geachtet war, bedeutete ihr eine Anstellung in einem angesehenen Hause sehr viel. Sie hatte sich so sehr vorgenommen, ihm eine gute Ehefrau zu sein, die ihm Ehre machte und über die sich alle nur lobend äußerten. Und nun hatte sie sich direkt an ihrem ersten Tag den Absatz abgebrochen und musste mit einem geklebten Schuh ihren Dienst tun. Zudem musste die Gräfin jetzt denken, sie sei nicht einmal in der Lage, ein Tablett mit Gläsern zu transportieren, ganz abgesehen davon, dass sie nun in den ersten Wochen keinen Lohn nach Hause bringen würde. Vielleicht würde die Familie von Strentel sie auch direkt wieder entlassen. Das würde sich herumsprechen und wo sollte sie denn dann jemals wieder eine gute Stellung bekommen?
Verzweifelt fing Lioba an zu schluchzen und fand endlich Halt an Marthes üppigem Busen, an dem sich schon so viele Stubenmädchen vor ihr ausgeweint hatten.
„Das war nicht deine Schuld“, sagte Franzi, deren Stimme im Gegensatz zu Liobas fest und wütend klang. „Das war Ferdinands Schuld. Er hat dir ein Bein gestellt und ich bin mir fast sicher, dass er auch etwas mit deinem kaputten Absatz zu tun hat.“
„Dieser gemeine Fiesling!“, schnaubte Leonida. „Ich muss sofort zu Mama und ihr sagen, dass er es war“, schimpfte sie.
Doch Marthe versuchte, die aufgebrachten Gemüter zu beruhigen:

„Nun mal ganz langsam, ihr Lieben“, begann sie betont sanft, indem sie Lioba weiterhin mütterlich das Haar streichelte. „Graf Ferdinand ist nun mal der Erbgraf des Hauses, nicht wahr? Obwohl wir wissen, dass er manchmal nicht ganz recht tut mit seinem Handeln…“ erschrocken hielt sie inne und blickte vorsichtig zu Leonida, doch deren wutverzerrtes Gesicht verriet ihr, dass sie nicht befürchten musste, dass diese gegenüber ihren Eltern auch nur erwähnen würde, dass Marthe schlecht über den Erbgrafen gesprochen hatte. Daher fuhr sie fort: „Obwohl wir wissen, dass Graf Ferdinand mitunter zu Gemeinheiten neigt, so wissen wir doch genauso gut, dass die Gräfin voll und ganz hinter ihrem Sohn steht, nicht wahr?“ Alle anwesenden Mädchen, inklusive Leonida nickten zustimmend.
„Also“, erklärte Marthe ruhig weiter. „So werden wir also lernen müssen, uns mit der Situation zu arrangieren, nicht wahr? Lioba und Franzi werden lernen, besser darauf zu achten, was sie tun und besonders achtsam sein, wenn Ferdinand in der Nähe ist. Und du, mein Schatz“, sie warf Leonida einen liebevollen Blick zu. „Du wirst lernen müssen, deine Gefühle gegenüber deinem Bruder in Zaum zu halten. Er ist dein Bruder und er ist der Erbgraf und es wird verlangt, dass du ihm Respekt zollst.“
„Es bräuchte dringend mal jemanden, der ihm eine Tracht Prügel zollt“, entgegnete Leonida noch immer wütend, aber insgeheim wusste sie, dass Marthe natürlich wie immer Recht hatte. Sie hatte überhaupt keine Chance, sich gegen den großen Bruder aufzulehnen. Ihr Vater würde das allein schon aus Gründen der Etikette nicht dulden und ihre Mutter stand sowieso immer bedingungslos hinter Ferdinand, völlig egal, welche Bosheiten er sich auch ausdachte.
Obwohl die Stimmung in der Küche nun am absoluten Tiefpunkt war, mussten sich die beiden Stubenmädchen sofort wieder an ihre Arbeit machen. Leonida hingegen musste schnellstmöglich wieder zurück in ihr Zimmer, wenn sie nicht wollte, dass Hanna ihr

Verschwinden entdecken und sofort ihrer Mutter melden würde. Dann würde sie doch nur wieder Stubenarrest bekommen und ihr ganzer, sorgfältig geschmiedeter Plan wäre zunichte. Dieser besagte nämlich, dass sie den ganzen Tag über ungeheuer brav sein und sich dann unter einem Vorwand früh ins Bett verabschieden würde. Hanna würde sicherlich keinen Verdacht schöpfen, wenn sie Kopfschmerzen vortäuschte, denn ihre Mutter, die Gräfin, litt andauernd unter Kopfschmerzen und ließ sich deswegen häufig entschuldigen. Außerdem würde sich Hanna über den frühen Feierabend freuen. Dann könnte sie von ihrer Dachkammer aus noch einen Blick auf die rauschende Party im Innenhof mit all den edlen Gästen werfen und davon träumen, dass sie eines Tages selbst einen reichen Mann heiraten und als Gast auf eine solche Party eingeladen werden würde.
Leonidas Plan ging auf. Es gelang ihr, Hanna am Tage dazu zu bringen, mit ihr im Park die Schullektionen der vergangenen Wochen nochmals durchzugehen. Sie wolle sich im Lesen, Schreiben und Rechnen im nächsten Schuljahr verbessern, hatte sie behauptet und Hanna hatte sich über die fleißige Schülerin gefreut und gerne mit ihr wiederholt und geübt. Dabei gelang es Leonida, den Platz im Park strategisch so perfekt zu wählen, dass sie freien Blick auf die Sommerterrasse und den großen Innenhof hatte, in welchem die Party am Abend stattfinden sollte. Somit konnte sie immer wieder einen Blick auf die dortigen Vorbereitungen werfen.
Leider musste sie aus dem Augenwinkel auch immer wieder ihrem Bruder Ferdinand bei dessen Treiben zusehen. Dieser wiederum hatte seine Position so gewählt, dass er von der Terrasse aus nicht zu sehen war. Leonida konnte einfach nicht verstehen, wie jemand so viel Bosheit in sich tragen konnte wie ihr großer Bruder. Allein während der Zeit, in der sie mit Hanna im Park saß, schaffte er es, eine Katze derart fürchterlich zu quälen, dass ihr erbärmliches Maunzen sogar den Grafen in den Garten herbeieilen ließ. Dieser konnte aber nicht erkennen, was los war, da Ferdinand natürlich

genau in dem Moment, als er seinen Vater herbeistürmen sah, von dem Kätzchen abließ. Danach machte sich Ferdinand an verschiedenen Käfern zu schaffen, denen er die Beine einzeln nacheinander ausriss. Als ihm auch das keinen Spaß mehr machte, sammelte er möglichst viele Käfer in seiner Hand und drückte dann seine Faust so fest zu, dass er die kleinen Tierchen in seiner Hand zerquetschte. Ein befriedigtes Grinsen huschte über sein Gesicht, als er die toten Tierchen mit einem eiskalten Lächeln auf den Lippen aus seiner Faust auf den Boden schüttelte. Leonida dagegen liefen die Tränen über die Wangen und als sich auch im Gesicht von Hanna das blanke Entsetzen über so viel Grausamkeit spiegelte, wusste Leonida, dass diese ebenfalls hingesehen hatte. Doch keines der beiden Mädchen wagte es, ein Wort darüber zu verlieren.

Als Hanna vor einigen Monaten einmal gegenüber dem Grafenpaar das Verhalten deren Sohnes als aus pädagogischer Sicht bedenklich bezeichnet hatte, hatten diese lediglich gemeint, als künftiger Erbgraf müsse er eben seine Kräfte ausloten, das sei ganz normal. Wenn Hanna sich nicht wohl auf Gut Strentel oder der Erziehungsaufgabe nicht gewachsen fühle, dann werde sie nicht daran gehindert, sich eine neue Stelle zu suchen. Seit dieser Zurechtweisung hatte Hanna geschwiegen und war insgeheim einfach dankbar dafür, dass sie nur Leonida unterrichten musste, da es sich nicht schickte, dass der Erbgraf von einer Dame unterrichtet wurde. Mit Ferdinands Hauslehrer allerdings hatte sie das allergrößte Mitleid.

Am späten Nachmittag, als die Vorbereitungen immer hektischer wurden und das Eintreffen der ersten Gäste unmittelbar bevorstand, ging Ferdinand dazu über, die Dienstmädchen mit Haselnussgerten auf den Hintern und die Beine zu schlagen, wenn sie an ihm vorübergingen. Keine von ihnen wagte es, etwas zu sagen oder sich gar gegen die schmerzhaften Übergriffe zu wehren, aber Ferdinand hatte die größte Freude daran, dass sie von da an versuchten, ihm

so gut es ging aus dem Weg zu gehen. Es belustigte ihn, wie sie ihre schlanken Körper ängstlich in die eine oder andere Richtung verrenkten, um seinen Schlägen auszuweichen. Wenn er dann doch die eine oder andere erwischte, schlug er umso fester zu. Leonida war sich sicher: Wenn ihre Eltern das Personal nicht so überdurchschnittlich gut bezahlen würden, dann stünde die Familie längst ohne Personal und auf sich allein gestellt da, nur wegen der Bosheit ihres Bruders.
Als am späten Nachmittag die ersten Gäste eintrafen, wurde Leonida ganz selbstverständlich ins Haus geschickt. Kinder durften bei einem solchen gesellschaftlichen Anlass nicht dabei sein. Und Leonida gehörte mit ihren acht Jahren sowieso ins Bett, sobald das Abendessen vorbei war, zumindest wenn es nach der Meinung der Gräfin ging. Diese hatte Leonida den ganzen Tag lang zwar überhaupt nicht zu Gesicht bekommen, aber daran war sie gewöhnt. Die Gräfin war viel zu sehr damit beschäftigt, ihren gesellschaftlichen Aufgaben nachzukommen, als dass sie sich auch noch um Leonida hätte kümmern können. Für die Erziehung und Bildung der Kinder war das Personal zuständig, das schließlich gut dafür bezahlt wurde. Manchmal wünschte sich Leonida, ihre Mutter würde sich mehr für sie interessieren oder sie manchmal wenigstens kurz liebevoll in den Arm nehmen. Aber dafür war ja Marthe da.
An diesem Abend kam Leonida das Desinteresse ihrer Mutter allerdings gerade recht, denn der Trick mit den Kopfschmerzen hatte wie erwartet wunderbar funktioniert und Hanna hatte sich bereits in den Dienstbotentrakt verabschiedet.
Als sie die eleganten, langsamen Schritte ihrer Mutter auf dem Gang hörte, stellte sich Leonida trotzdem vorsichtshalber schlafend. Doch die Tür öffnete sich nicht. Ihre Mutter ging lediglich vorüber, um in die Empfangshalle zu gelangen, wo sie die vorbildliche Gastgeberin geben würde.

Als es wieder still war im Gang, stieg Leonida aus ihrem Bett und schlich den Flur entlang zur Galerie. Dort versteckte sie sich zwischen der Brüstung und einer großen Pflanze, sodass sie weder von unten noch vom Flur aus zu sehen war. Leider konnte sie nur die Empfangshalle überblicken, aber aus dem Wohnzimmer und von der Terrasse aus hörte sie bereits lautes Gelächter und Musik, was auf ein rauschendes Fest schließen ließ. Obwohl Leonida zu gerne dabei gewesen wäre, begnügte sie sich in dieser Nacht damit, die schönen Kleider der Damen zu betrachten, die die Empfangshalle betraten sowie den einen oder anderen Gesprächsfetzen aufzuschnappen. Obwohl die eigentliche Party nur in den unteren Räumen stattfand, erfüllte die Atmosphäre der Sommerparty das ganze Haus und auch, wenn sie sich versteckt halten musste, fühlte es sich in dieser Nacht doch ein bisschen so an, als wäre sie selbst dabei gewesen.
Es war weit nach Mitternacht, als Leonida sich erschöpft aber glücklich zurück in ihr Zimmer schlich. Aufgekratzt nahm sie Anlauf und sprang mit einem Purzelbaum in ihr Bett.
„Aaah!“ Der plötzliche Schmerz durchfuhr ihren Körper wie tausend Messerstiche. Ängstlich presste Leonida ihre Hand auf den Mund und lauschte, doch niemand schien ihren Schrei gehört zu haben. Vorsichtig stieg sie wieder aus dem Bett, um nachzusehen, was ihr solch plötzliche Schmerzen verursacht hatte: Glasscherben und Reißnägel. Ihr komplettes Bett war mit Glasscherben und Reißnägeln bestreut. Einige davon steckten nun jedoch in ihrem Rücken. Hilflos versuchte sie, die Hände so über den Kopf zu strecken, dass sie sich die Splitter aus dem Rücken ziehen könnte, doch jede kleinste Bewegung ihres Rückens bewegte die Splitter in ihrer Haut und ließ den Schmerz nur stärker werden.
Leonida hatte keine Wahl. Sie musste sich einen Morgenmantel überziehen und sich irgendwie ungesehen in die Küche schleichen oder es schaffen, eins der Dienstmädchen auf sich aufmerksam zu machen. Eines, das keine Fragen stellte, denn wie hätte sie erklären

sollen, dass sie ihr Bett wieder verlassen hatte, nachdem Hanna sie vor vielen Stunden liebevoll darin zugedeckt hatte?
Zum zweiten Mal an diesem Abend schlüpfte Leonida heimlich aus ihrem Zimmer und hatte auch diesmal Glück. Mit wenigen Handzeichen konnte sie der zufällig vorübergehenden Lioba begreiflich machen, dass diese ihr helfen musste. Eine halbe Stunde lang zupfte das geduldige Dienstmädchen die Reißnägel aus Leonidas Rücken und desinfizierte anschließend die kleinen Wunden.
„Lassen Sie das Kleid bloß nicht Ihre Mutter sehen, sonst gibt es richtig Ärger!“, warnte Lioba, als sie Leonida endlich vollständig verarztet hatte. Leonida nickte und beschloss, das Nachthemd irgendwo in ihrem Zimmer zu verstecken.
In seinem Zimmer hingegen lag Ferdinand in seinem warmen Bett und lachte sich über seinen gelungenen Streich in den Schlaf.

2018 Diana

Nachdem Diana den ersten Schock über das blutige Kleid überwunden hatte, fand sie schließlich im sechsten Zimmer auf der linken Seite ein perfektes Schlafgemach. Auch hier war alles ordentlich und wirkte, als sei es eben erst hergerichtet worden, damit jemand darin übernachten konnte. Vorsichtshalber öffnete Diana auch hier den Schrank. Noch eine solche Überraschung wie die mit dem blutigen Kleid würde sie sicher nicht verkraften. Doch zu ihrer Erleichterung fand sie nichts dergleichen. Stattdessen hingen im Schrank dieses Zimmers unzählige Kleider für eine erwachsene Frau. Aufgrund des Stils hielt es Diana aber für höchst unwahrscheinlich, dass diese Kleider Leonida gehört hatten, denn sie entsprachen eher der Mode der 1950er Jahre, weshalb sie vermutlich Leonidas Mutter, der alten Gräfin von Strentel gehört haben mussten.

Fröhlich nahm Diana einige Kleider aus dem Schrank und probierte sie neugierig an, wobei sie erfreut feststellte, dass diese ihr überraschend gut standen. Beim Blick in den Spiegel wurde ihr freudestrahlend bewusst, dass sie seit der Trennung von ihrem Freund Toni, vor sechs Monaten, offenbar einige Kilos abgenommen hatte. Die Kleider umschmeichelten ihre Figur zudem so elegant, dass auch die letzten Röllchen von Hüftspeck, die Diana schon immer gehabt hatte, nahezu unsichtbar wurden.

Beeindruckt von der Schönheit der Kleider und der Eleganz, die sie augenscheinlich ihrer jeweiligen Trägerin verliehen, fiel Diana ein, dass sie ja nicht nur das Haus geerbt hatte, sondern automatisch auch das gesamte Inventar und alles, was dazu gehörte. Folglich besaß sie nun ja auch all diese wunderbaren Kleider. Erneut hatte Diana das Gefühl, dass sie sich dringend setzen und ein Glas Wasser trinken sollte. Wenn sie nur daran dachte, dass nun jeder Stuhl, jedes Buch und jede Vase in diesem Haus ihr gehörte,

außerdem das Haus an sich und eine ordentliche Summe Bargeld, dann blieb ihr jedes Mal fast die Luft weg. Ein Glas Wasser schien fast nicht ausreichend zu sein, um diese Realität zu verkraften. Schnaps wäre eher passend. A propos – hatte sie nicht unten in der Küche eine schöne Flasche Rotwein stehen sehen?
Diana ging in die Küche und schenkte sich ein Glas ein. Auf halbem Weg nach draußen beschloss sie aber dann, dass es vielleicht doch besser wäre, gleich die ganze Flasche mitzunehmen. Sie würde sie kaum vollständig leer trinken, aber man wusste ja nie. Die Wege von Zimmer zu Zimmer waren in diesem Herrenhaus einfach viel zu lang, als dass man Lust haben könnte, ständig noch etwas Vergessenes zu holen. Das war vielleicht der einzige Nachteil, wenn man hier wohnte.
Genüsslich machte es sich Diana wenig später auf dem gusseisernen Stuhl im Garten gemütlich, auf dem sie bereits am Nachmittag gesessen hatte, und setzte sich so, dass sie ihren Blick über den weitläufigen Garten schweifen lassen konnte. Entspannt sog sie die klamme Abendluft ein. Hier zu sitzen und ein Glas Wein zu trinken, war die pure Lebensqualität. Sie würde den Abend genau so ausklingen lassen. Nur sie, der Wein und ihr Anwesen. Und morgen würde sie erst einmal ins Dorf gehen. Sie brauchte Lebensmittel und dringend ein paar Putzutensilien. Bestimmt gab es welche im Haus, aber Diana hatte bis jetzt noch nichts gefunden und danach zu suchen würde eventuell länger dauern als einfach ein paar neue Lappen und Putzmittel zu kaufen. Außerdem wollte sie sich dann noch ein Arbeitszimmer auswählen und einrichten, damit sie schnellstmöglich mit dem Schreiben des Romans über Elisabeth beginnen konnte, dem sie ihr Hiersein schließlich verdankte. Sie hatte zwar noch keinerlei Idee, aber dann müsste sie sich eben etwas einfallen lassen oder erst einmal mit Brainstorming beginnen. Tatsächlich war es das erste Mal, dass sie einen Roman aufgrund eines Auftrags schreiben würde. Normalerweise kamen ihr die Ideen einfach so in den Kopf,

entwickelten sich dann über Monate hinweg zu einer Geschichte, die dann irgendwann derart ihre Gedanken beherrschte, dass sie sie einfach aufschreiben musste. Und das ging dann auch immer überraschend schnell. Den Elisabeth-Roman würde sie einfach als eine experimentelle Herausforderung betrachten.

Eine plötzliche Veränderung in ihrer Wahrnehmung ließ sie alarmiert in ihren Gedanken innehalten. Diana sah in die Weite des parkähnlichen Gartens hinaus und erschauderte. Die Abendluft war warm und trocken und dennoch hatte sich in der Atmosphäre des Gartens irgendetwas derart verändert, dass es sie unangenehm fröstelte. Erneut hatte sie das Gefühl, als würde jemand sie beobachten. Als würde er ihr genau in den Nacken starren.

Ruckartig, als wolle sie den ungebetenen Beobachter überraschen, drehte sie sich um und ließ ihre Augen blitzartig umherschweifen. Da! War das nicht ein Schatten am Fenster? Diana kniff die Augen zusammen und fixierte eines der Fenster im Dachgeschoss, in welchem sie die Bewegung wahrgenommen zu haben glaubte. Oder war es doch das Fenster rechts daneben gewesen? Oder vielleicht doch das auf der anderen Seite? Minutenlang starrte sie nach oben, doch die Fenster lagen stumm und starr in der Fassade. Es regte sich nichts. Überhaupt nichts.

Verärgert über sich selbst schnaubte Diana. Wenn sie in diesem alten, riesigen Haus glücklich werden wollte, dann würde sie schleunigst ihre Anfälle von Verfolgungswahn in den Griff bekommen müssen. Sonst war sie in ein paar Wochen reif für die Klapse. Vermutlich war es nur wieder ein Vogel gewesen, der sich in der Scheibe gespiegelt hatte. Und sie benahm sich gleich wie ein Teenie, der einen verbotenen Horrorfilm gesehen hatte und sich danach weiß Gott was einbildete. Daran war nur Joschua mit seinem Geschwätz über Spukgeister in Herrenhäusern schuld.

Seufzend lehnte Diana sich zurück und trank einen weiteren Schluck Wein, doch die Stimmung war irgendwie dahin. Außerdem bemerkte sie nun, dass sie doch ganz schön müde war. Der Tag war anstrengender gewesen, als sie gedacht hatte. In wenigen Zügen trank Diana das Glas aus, stellte die offene Flasche zurück in die Küche und ging dann in ihr frisch auserwähltes Schlafzimmer, wo sie sofort in einen tiefen, traumlosen Schlaf fiel.

Am nächsten Morgen erwachte Diana, weil ihr die Sonnenstrahlen genau ins Gesicht schienen. Ein Blick auf die Uhr verriet ihr, dass es erst halb sechs war. Von jetzt an würde sie die schweren Vorhänge nachts zuziehen, beschloss sie schläfrig, drehte sich um und kuschelte sich noch tiefer in die üppigen Daunenkissen. Doch an Schlaf war überhaupt nicht mehr zu denken. Als Diana bewusst wurde, dass sie gerade im Himmelbett einer Gräfin in einem riesigen Herrenhaus aufwachte, konnte sie kein Auge mehr zu tun.
Voller Tatendrang sprang sie aus dem Bett und zog sich an. Normalerweise war sie mehr der Typ für Jeans und Shirt, aber heute verspürte sie den unerklärlichen Drang, ein Kleid tragen zu wollen. Sie öffnete den Schrank und wählte ein luftiges Sommerkleid aus, das zwar vermutlich der Gräfin gehört hatte und dementsprechend alt war, aber mit seinem Rundhalsausschnitt und dem hellen Blumenmuster durchaus auch in der heutigen Zeit als hübsches Sommerkleid getragen werden konnte. Kurz überlegte sie, ob sie es waschen sollte, aber es roch sauber und sah trotz seines Alters wie neu aus. Sie schlüpfte hinein und frisierte sich anschließend vor dem silbernen Spiegel auf dem Schminktisch, der dem aus dem Kinderzimmer überraschend ähnlich sah. Anschließend betrachtete sie sich in dem großen Wandspiegel.
„Da schau her, Kleider machen Leute“, staunte Diana beeindruckt über sich selbst. Tatsächlich blickte ihr aus dem Spiegel eine junge, elegante Frau entgegen, die man ohne Zweifel für eine Gräfin halten könnte. Auch wenn Diana keine war, da ihre Oma einen bürgerlichen geheiratet und damit den Adelstitel abgegeben hatte.

Obwohl niemand sie sehen konnte, schritt sie mit stolz erhobenem Kopf und geradem Rücken hinunter in die Küche, um sich ein Frühstück zu machen.
Wenn ihre Mutter sie so sehen könnte. Die würde aus allen Wolken fallen. Immer wieder hatte sie Diana angehalten, doch mehr aus sich zu machen. Mehr ihre weibliche Seite zu betonen und *die Frau in sich* zum Vorschein zu bringen. Vermutlich, weil sie gedacht hatte, dass Diana mit ihrer sogenannten weiblichen Seite endlich einen passenden Mann anlocken und ihr die lang ersehnten Enkelkinder schenken würde, denn dem Blick ihrer Mutter nach zu urteilen war die Definition von weiblicher Seite recht eindeutig: Hintern und Brüste. Doch Diana hatte sich in Jeans bisher einfach immer viel wohler gefühlt. Solange sie am Schreibtisch in einen ihrer Romane vertieft war, interessierte es sowieso niemanden, was sie trug. Doch als sie eben so vor dem Spiegel gestanden und sich von allen Seiten betrachtet hatte, hatte sie sich erstaunlich wohl in dem schicken Kleid gefühlt und zudem irgendwie elegant. Das Haus schien sie, ohne dass sie es beabsichtigte, zu verändern.
Nach dem Frühstück, das aufgrund des mager bestückten Kühlschranks aus einem Becher Joghurt und einer Tasse Kaffee bestanden hatte, wollte sich Diana auf den Weg in die Stadt machen. Leider hatte Joschua sich wegen des versprochenen Benzins noch nicht gemeldet. Eigentlich hatte er doch behauptet, dass er ihr einen Kanister vorbeibringen würde. Naja, dachte Diana. Ist eben kein Verlass auf die Männer. Aber davon wollte sie sich ihre gute Laune an diesem besonderen Tag nicht verderben lassen. Voller Tatendrang öffnete sie die Haustür, um sich zunächst einmal auf die Suche nach einer nahen Bushaltestelle zu machen.
Als sie den ersten Schritt nach draußen machte, stieß sie mit dem Fuß so fest gegen etwas Hartes, dass sie beinahe gestolpert und die große Freitreppe hinuntergefallen wäre. Reflexartig blickte sie zu Boden und sah den großen Benzinkanister, gegen den sie getreten

war. Daneben lag ein kleiner weißer Zettel, mit einem Stein beschwert, damit der Wind ihn nicht davontragen konnte.

„Liebe Diana,
war schon spät, wollte nicht stören.
Liebe Grüße und gute Fahrt,
Joschua.“

Sofort bekam Diana ein schlechtes Gewissen wegen ihrer vorherigen Gedanken, doch dann steckte sie erfreut den Zettel in die Hosentasche, schnappte sich den Kanister und machte sich auf den Weg zu ihrem Auto, das ja noch immer vor dem Tor stand.
Schnell bereute sie allerdings, dass Turnschuhe bei ihrem schicken neuen Outfit ein optisches Desaster gewesen wären und sie infolgedessen nun den Kiesweg bis zum Auto in Sandalen mit Absatz zurücklegen musste. Als das gefühlt hundertste Kieselsteinchen sich zwischen Schuh- und Fußsohle verirrt hatte, fluchte sie leise und beschloss, in Zukunft nur noch direkt vor dem Eingangsportal zu parken. Glücklicherweise klappte das Betanken des Autos mit dem Kanister reibungslos und so konnte sie sich sogleich auf den Weg ins Dorf machen.
Als sie wenig später in dem kleinen Dörfchen ankam, musste sich Diana zunächst einmal orientieren. Tatsächlich schien es hier einen kleinen Supermarkt zu geben. Ebenso einen Friseur, einen Blumenhändler, eine Apotheke und eine kleines, aber einladend wirkendes Eiscafé mit Blick auf einen kleinen See. Diana beschloss, vor ihrem geplanten Großeinkauf dort zunächst noch eine zweite Tasse Kaffee zu sich zu nehmen, da sie nun doch die Müdigkeit spürte. Immerhin war sie selten in ihrem Leben so früh aufgestanden und inzwischen war es schon fast halb zehn. Zeit hatte sie ja genug. Sie konnte sich schließlich ihre Arbeitszeit frei einteilen. Das war das Gute, aber zugleich auch die Herausforderung daran, wenn man Bücher schrieb. Man musste

dann arbeiten, wenn die Kreativität am höchsten war. Ein nine-to-five Job war das sicher nicht.
Beim Betreten des kleinen Cafés umfing Diana sofort die heimelige Atmosphäre, welche der Besitzer mit einer Mischung aus edler Raumgestaltung und rustikalen Möbeln erschaffen hatte. Entspannt ließ sie sich auf einem der weichen Sofas nieder und beschloss, zusätzlich zum Kaffee noch ein zweites Frühstück einzunehmen.
„Sie sind neu hier?“
Die Frage der Bedienung war mehr eine Feststellung, aber die hochgezogenen Augenbrauen verrieten Diana, dass sie trotzdem eine Antwort von ihr erwartete.
„Ja, richtig“, erwiderte sie. „Ich habe vor kurzem Gut Strentel geerbt und bin gestern erst dort eingezogen.“
Das Klirren einer Tasse in Kombination mit einem spitzen, hellen Schrei, ließ Diana erschrocken zusammenfahren. Als sie den Kopf wandte, um die Verursacherin dieser Geräusche ausfindig zu machen, wurde sie am Nebentisch fündig. Dort saß eine ältere Dame, die mit weit aufgerissenen Augen zu Diana herüberstarrte. Die Hand, aus der ihr die Tasse gefallen war, hing noch in der Luft, als wolle sie gleich einen Schluck zu sich nehmen. Irritiert sah Diana zuerst die alte Dame und dann die Bedienung an, doch diese verzog ihren Mund nur zu einem mitleidigen Lächeln, wobei Diana einfach nicht zuordnen konnte, ob das großzügig gespendete Mitleid ihr oder der alten Frau gelten sollte. Die Bedienung blieb jedoch die Erklärung schuldig, notierte schnell die Bestellung, wandte sich wortlos um und ging zurück in die Küche.
Kaum war sie außer Sichtweite, erhob sich die alte Frau am Nebentisch aus ihrem Sessel und kam herüber. Ungefragt setzte sie sich einfach neben Diana auf das Sofa und rückte mit ihrem Mund eine Spur zu dicht an deren Ohr.
„Sie müssen dort sofort wieder verschwinden!“

Die Mischung aus Fürsorglichkeit und Drohung in ihrer Stimme war irritierend.
Diana beschloss, einfach in die Offensive zu gehen: „Ich denke, das wäre doch reichlich dämlich, nachdem ich gestern erst eingezogen bin und zudem dort mietfrei wohne“, erklärte sie mit ernster Stimme, zwinkerte der alten Dame aber sogleich freundschaftlich zu. Vielleicht hatte diese nur einen Scherz gemacht und gleich würden sie zusammen lachen.
Doch entgegen Dianas Erwartung verlor der Gesichtsausdruck der alten Frau keine Spur von seinem besorgten Ernst.
„Vertrauen Sie mir, Schätzchen.“ Die Stimme der alten Frau wirkte brüchig. „Nehmen Sie Ihre sieben Sachen und verschwinden Sie von Gut Strentel so schnell Sie können, oder es wird Ihnen schlecht ergehen.“
„Na hören Sie mal.“ Nun war Diana wirklich ein bisschen aufgebracht. Was bildete diese Frau sich eigentlich ein? Ältere Damen durften ja gerne mal ein bisschen wunderlich sein, das wirkte oft sogar sehr charmant, aber das, was diese Frau sich da herausnahm, das war nicht okay. Und das musste sie sich auch nicht gefallen lassen. Auch wenn sie den größten Respekt vor älteren Menschen hatte, das ging nun doch eine Spur zu weit.
„Wenn Sie mir wirklich erklären wollen, dass ich aus einem wunderschönen Herrenhaus, das mich keinen Cent gekostet hat und in dem ich mich wirklich wohl fühle, wieder ausziehen soll, dann müssen Sie mir schon eine verdammt gute Erklärung dafür liefern“, setzte Diana der Warnung nun schlichtweg entgegen. Dem Ton in ihrer Stimme hatte sie dabei vielleicht einen Hauch zu viel Schärfe verliehen, denn die alte Frau wich erschrocken einige Zentimeter vor ihr zurück, fasste sich dann jedoch schnell wieder. Hektisch, als fürchtete sie, beobachtet zu werden, sah sie sich um. Dann hauchte sie fast tonlos in Dianas Richtung: „Es spukt auf Gut Strentel.“ Als wolle sie ihren Worten besonderen Nachdruck verleihen, nickte sie bekräftigend dreimal mit dem Kopf.

Obwohl es Diana nun doch etwas gruselte, weil die Frau derart überzeugend klang, beschloss sie in diesem Moment bei sich, dass die alte Dame offensichtlich nicht mehr ganz richtig im Kopf sein musste. Spuk. Geister. Was für ein Unsinn. Verschwörerisch winkte sie die Dame näher zu sich heran, die der Aufforderung auch sofort nachkam und Diana erwartungsvoll ansah.

„Ich bin Schriftstellerin“, hauchte Diana geheimnistuerisch. „Wenn sich auf Gut Strentel Geister herumtreiben, dann nur in meinen Romanen. Und im Allgemeinen komme ich mit diesen ganz gut zurecht.“

Als habe sie sofort verstanden, dass Diana sich über sie lustig machte, wirkte die alte Frau auf einmal völlig klar. Verärgert presste sie ihre Lippen aufeinander. Dann stand sie auf, drückte das Kreuz durch, was ihr eine enorm aufrechte Haltung und die Wirkung einer Größe verlieh, die Diana ihr niemals zugetraut hätte und sagte leise, aber bestimmt: „Gut Strentel ist verflucht. Das Böse, das Graf Ferdinand in dieses Haus gebracht hat, lebt dort weiter. Und es wird Sie vernichten. Es hat sie alle vernichtet. Sogar Gräfin Leonida ist ihm letztendlich erlegen.“ Ihre Augen, in denen zuvor noch ein ängstlicher Schimmer geherrscht hatte, wirkten nun traurig und verloren. „Sie können ihm nicht entkommen, Kindchen. Es sei denn, Sie sind hier, um sein böses Werk zu vollenden. Dann sollen auch Sie verdammt sein. Möge Gott Ihrer Seele gnädig sein.“

Mit diesen Worten drehte sich die alte Dame um und verließ den Raum, ohne sich noch einmal nach Diana umzuwenden.

Verwirrt sah diese ihr nach. Was war das denn bitte gewesen? Hatte die alte Frau sie etwa gerade verflucht? Instinktiv strich sie über ihre nackten Unterarme, auf denen sich bei den letzten Worten der alten Dame eine Gänsehaut gebildet hatte. Ganz schön gruselige Erfahrung so früh am Morgen. So hatte sie sich die Ankunft in ihrem neuen Heimatdorf nicht vorgestellt. Gerade, als sie sich die Worte der alten Dame nochmals genauer in Erinnerung rufen

wollte, stellte die Bedienung eine Tasse Kaffee und einen verlockend duftenden Apfelstrudel mit Vanilleeis vor ihre Nase.
„Tickt nicht mehr richtig“, murmelte sie dabei und unterstrich ihre Aussage mit der entsprechenden Handbewegung.
„Wer war das denn?“
„Ach, nur die alte Anni“, lachte die Bedienung. „Sie hat seit sie sehr jung war bei den von Strentels gearbeitet. Erzählt gerne von ihrer Zeit im Herrenhaus.“
„Oh!“, rief Diana interessiert und blickte durch die große Schaufensterscheibe der alten Dame nach, die nun gerade die Straße vor dem Eiscafé überquerte. Sie konnte gerade noch beobachten, wie diese aufgeregt winkend zwei andere Frauen auf sich aufmerksam machte, die auch sofort zu ihr hin liefen, bevor alle drei von einer großen Reklametafel verdeckt wurden. Zu gerne hätte Diana gewusst, was die alte Anni den beiden nun wohl erzählte.
„Sie wird ihnen vermutlich gerade den neuesten Dorfklatsch unterbreiten“, erklärte die Bedienung, als hätte sie Dianas Gedanken gelesen. „Es ist nicht so viel los hier in Lürnau, da ist der Einzug der neuen Gräfin auf Gut Strentel schon eine Sensation, die einer Titelseite würdig ist.“
„Oh nein, ich bin keine Gräfin“, wehrte Diana lachend ab und stellte sich vor. „Diana Schatt.“
„Sibylle Wegner.“ Die Bedienung nahm Dianas ausgestreckte Hand und schüttelte sie mit einer Kraft, die das tägliche Schleppen von Tellern und Eisbechern verriet. „Sie können aber nur Sib zu mir sagen, das macht jeder hier.“
„Okay Sib, dann bin ich nur Diana.“
„Die alte Anni hat dich ganz schön erschreckt, was?“, lachte Sib und wischte den Tisch mit einem feuchten Lappen nochmals ab, obwohl auf diesem kein Stäubchen zu sehen war. Eine dumme Angewohnheit von ihr, seit sie Besitzerin ihres eigenen Eiscafés war. Sib hatte, bevor sie sich selbstständig gemacht hatte, in einem

heruntergekommenen Laden im Nachbarort gearbeitet, in welchem dreckige Tische zum Alltag gehört hatten. Dabei hatte sie eine solche Aversion gegen sämtlichen Dreck und Staub entwickelt, dass man ihr jetziges Putzverhalten fast schon als neurotisch bezeichnen konnte.

„Naja“, murmelte Diana und schob sich einen Bissen von dem heißen Apfelstrudel in den Mund. „Man hört nicht alle Tage, dass das Haus, in dem man wohnt, verflucht ist – und man selbst vielleicht auch.“

„Ach, das ist doch nur der übliche Dorftratsch“. Lässig winkte Sib ab. „In einem winzigen Dörfchen wie Lürnau ist einfach verdammt wenig los. Oh nein, jetzt fluche ich auch schon.“ Sie lachte schallend. „Im Ernst, den Leuten hier ist einfach langweilig. Und so ein altes Herrenhaus eignet sich nun mal perfekt für Spukgeschichten aller Art. Obwohl die alte Anni natürlich der Überzeugung ist, dass jede einzelne davon wahr ist.“

„Was erzählt man sich denn so über Gut Strentel?“, fragte Diana interessiert und schob sich einen weiteren Bissen des leckeren Strudels in den Mund.

„Ach, dies und das.“ Sib begann nun, den Nebentisch mit ihrem Lappen zu bearbeiten, während sie weiter erzählte. „Viele aus dem Dorf sind davon überzeugt, dass es in dem alten Herrenhaus spukt. Hauptsächlich die älteren Semester, aber ein paar Jüngere glauben auch daran. Vor ein paar Jahren wollten ein paar Kids mal an Halloween eine Nacht auf dem Grundstück übernachten. Aber die damalige Besitzerin – Leonida von Strentel hieß sie glaube ich – hat sie verjagt. Anni im Speziellen erzählt immer wieder von einem bösen Grafen namens Ferdinand. Sie ist überzeugt davon, dass er mit dem Teufel im Bunde war oder selbst der Teufel ist oder so etwas. So genau höre ich da immer gar nicht zu. Auf jeden Fall ist Anni der festen Überzeugung, dass dieser Graf Ferdinand noch immer auf Gut Strentel sein Unwesen treibt, obwohl er offiziell längst verstorben ist.“

„Und was hat dieser böse Graf Ferdinand so Schlimmes verbrochen?“, fragte Diana neugierig. Von einem solchen Grafen hatte sie noch nie gehört. Überhaupt musste sie sich eingestehen, dass sie so gut wie nichts über die Familiengeschichte oder Gut Strentel wusste. Sie hatte nur Tante Leonida persönlich gekannt und das ja auch nur, bis diese sie aus Gut Strentel verbannt hatte. Zudem wusste sie, dass Leonidas Eltern Wilhelmine und Gustav von Strentel einem alten Adelsgeschlecht angehört und noch Grafentitel getragen hatten, obwohl diese Anfang des zwanzigsten Jahrhunderts offiziell abgeschafft worden waren. Die Grafen von Strentel hatten aber wohl sehr viel Wert auf ihre adelige Herkunft und die damit verbundene Etikette gelegt, das hatte ihr ihre Mutter einmal erzählt, als sie gefragt hatte, warum sie selbst und ihre Mutter keinen Grafentitel trugen. Da hatte diese ihr erklärt, dass ihre eigene Mutter, also Dianas Großmutter, damals eben nicht standesgemäß geheiratet und sich somit den Zugang zu Adelskreisen und damit auch zu ihrer eigenen Familie verbaut hatte. Diana konnte sich erinnern, dass ihr das als Kind sehr hart vorgekommen war und auch jetzt konnte sie die extreme Reaktion nicht wirklich nachvollziehen.
„Ich weiß nicht einmal, wer dieser Graf Ferdinand überhaupt war“, gestand Diana.
„Ich auch nicht.“ Sib zuckte mit den Schultern. „Soweit ich aus Annis Geschichten bisher heraushören konnte aber ein Bruder oder Cousin der kürzlich verstorbenen Gräfin oder so etwas. Er muss ungefähr das gleiche Alter gehabt haben wie Anni und die junge Gräfin Leonida. Auf jeden Fall hat er die Mädchen damals immer geärgert. Annis Enkelin hat mir erzählt, dass ihre Großmutter manchmal heute noch nachts aus dem Schlaf hochschreckt, weil sie Alpträume von diesem Ferdinand hat. Muss ein ganz schöner Teufelsbraten gewesen sein.“
Über diese Wortwahl musste Diana schmunzeln. „Ja, so ungefähr hat Anni das ja auch ausgedrückt.“

Nachdenklich verrührte sie das geschmolzene Vanilleeis mit den warmen Apfelstückchen.
„Du kannst ja mal Susan fragen, die Enkelin von Anni, wenn du Genaueres wissen willst. Soweit ich weiß, versucht Anni, seit ich denken kann, die Menschen in Lürnau davon zu überzeugen, dass Gut Strentel verflucht ist. Wenn jemand die ganzen Geschichten bestimmt tausendmal gehört hat, dann ist das Susan. Sie kümmert sich seit einigen Jahren um ihre Großmutter.
„Das werde ich bei Gelegenheit vielleicht wirklich machen“, sagte Diana und kramte nach dem Geld für die Rechnung.
„Oh, lass nur, neue Gäste sind immer eingeladen“, winkte Sib fröhlich ab.
„Vielen Dank, das ist ja nett!“, freute sich Diana. „Ich war auf jeden Fall nicht das letzte Mal hier. Wirklich gemütlich, dein Café. Und der Apfelstrudel war sensationell lecker.“
„Spezialität des Hauses. Und über neue Stammgäste freue ich mich natürlich immer.“ Sib versuchte cool zu wirken, doch ihre Wangen bekamen eine leichte Rötung vor Verlegenheit. Noch so eine seltsame Eigenschaft von ihr. Sie konnte einfach nicht damit umgehen, wenn jemand ihr Komplimente machte. Das war ihr so unangenehm, dass sie jedes Mal rot anlief. Und das wiederum war ihr dann so peinlich, dass der Rotton sich immer nur noch dunkler färbte. Schnell drehte sie sich um, winkte zum Abschied und verschwand mit einem „Beehren Sie uns bald wieder, Diana, Herrin von Gut Strentel“ in der Küche.
Diana verließ nachdenklich das Café. Am liebsten hätte sie sofort diese Susan ausfindig gemacht und sie nach den Geschichten von Gut Strentel ausgefragt. Aber erstens hatte sie noch einige Besorgungen zu erledigen und zweitens hätte sie nicht gewusst, wie sie die Enkelin der eigenartigen Anni nun so schnell finden sollte. Diana beschloss, ihrem ursprünglichen Plan zu folgen und zunächst im Kaufhaus ihre Einkäufe zu erledigen. Während sie die Straße überquerte, sah sie aus dem Augenwinkel, wie ein paar

ältere Damen sie anstarrten. Der Mundfunk schien hier auf dem Lande ausgezeichnet zu funktionieren. Vermutlich hatte Anni direkt nach dem Verlassen des Cafés einen ausgiebigen Spaziergang durch den Ort gemacht und jedem, dem sie begegnet war, von den Neuigkeiten erzählt. Eine neue Herrin auf Gut Strentel. Was für eine Sensation!

Im Supermarkt stand Diana etwas unsicher vor dem Regal. Normalerweise benutzte sie lediglich einen Badreiniger, einen Allesreiniger und einen Glasreiniger. Mit diesen drei Mitteln, ein paar Lappen und dem Staubsauger hatte sie ihre kleine Stadtwohnung ganz einfach und schnell blitzblank bekommen. Aber auf Gut Strentel gab es nicht nur Fliesen und Laminat. Dort waren echte Holzböden verlegt und viele Elemente waren sogar aus Marmor oder Naturstein. Diana war sich nicht sicher, ob man diesen Materialien mit einem schlichten Universalreiniger zu Leibe rücken durfte. Mit gerunzelter Stirn und zusammengekniffenen Augen versuchte sie, die mikroskopisch klein gedruckte Anleitung auf der Rückseite zu entziffern. Und tatsächlich. *Nicht für Stein und Marmor geeignet,* lautete der winzige Warnhinweis. Aber was sollte sie denn dann nehmen? Ratlos betrachtete sie die vielen verschiedenen Flaschen.

„Kann ich Ihnen behilflich sein, Gräfin?“

Die Neuigkeiten über ihre Ankunft schienen sich also nicht auf die Straße zu beschränken, sondern waren offenbar auch bereits in die Läden, vielleicht sogar schon in die Privathäuser eingedrungen.

„Ich bin keine Gräfin. Mein Name ist Diana Schatt“, versuchte Diana sofort richtigzustellen.

„Oh Verzeihung, natürlich“, flötete die Verkäuferin in einem Ton, der verriet, dass sie den bürgerlichen Namen zwar akzeptierte, Diana aber dennoch für eine Angehörige des höheren Adels zu halten schien, der man mit besonderer Höflichkeit begegnen musste. „Kann ich Ihnen helfen, Frau Schatt?“

Gräfin hin oder her. Tatsächlich war Diana in dieser Situation froh über die Hilfe und innerhalb kürzester Zeit hatte sie mit der Beratung der freundlichen Verkäuferin ein ansehnliches Arsenal an Putzutensilien zusammengestellt, welches die Verkäuferin noch mit verbal ausufernden guten Tipps anreicherte.
Nach einem kurzen Zwischenstopp in der Lebensmittelabteilung fuhr Diana mit einem voll beladenen Auto zurück zum Herrenhaus, wo sie dieses Mal tatsächlich direkt vor dem Eingang parkte. Als sie schließlich alle Einkäufe die große Freitreppe hinaufgeschleppt hatte, leuchtete ihr völlig ein, warum reiche Menschen, die in solch monströsen Häusern wohnten, Personal für derlei Aufgaben hatten. Durchgeschwitzt und völlig außer Atem ließ sie sich auf einen Stuhl fallen und trank einen halben Liter Wasser in einem Zug leer. Plötzlich fiel ihr Blick auf ihre Sporttasche und sie stutzte. Hatte sie diese nicht heute Morgen auf den Küchentisch gestellt? Und hatte sie den Reißverschluss nicht wieder geschlossen, nachdem sie beschlossen hatte, dass sie ihre Turnschuhe nicht brauchen und stattdessen die Sandalen anziehen würde? Krampfhaft versuchte sie sich zu erinnern, aber sie konnte nicht beschwören, dass sie nicht gedankenverloren den Reißverschluss offen gelassen und die Tasche doch auf den Boden gestellt hatte, wo sie jetzt stand. Aber sie ließ eigentlich nie den Reißverschluss ihrer Taschen offen, egal in welcher Situation. Ihn zu schließen, war ein eingeprägter Automatismus.
Diana versuchte, sich nicht verunsichern zu lassen. Vermutlich hatte sie sich am heutigen Morgen so sehr über ihr gelungenes Outfit gefreut, dass ihre normalen Alltagsroutinen dadurch ausgehebelt worden waren. Sie beschloss, zunächst ins Wohnzimmer zu gehen und aufzuschreiben, an welche Aussagen der verrückten Anni sie sich noch erinnerte.
Einen Grafen namens Ferdinand hatte es also wohl gegeben. Diana beschloss, schnellstmöglich herauszufinden, wer das gewesen sein könnte. Darüber hinaus wollte sie herausfinden, was Graf

Ferdinand so Schreckliches getan hatte, dass er die alte Anni noch heute in ihren Alpträumen heimsuchte.
Sie holte tief Luft und seufzte. Dann zog sie die Nase kraus und atmete verwundert erneut ein. Mit gerunzelter Stirn lief sie ein paar Schritte weiter und schnupperte nochmal. Kein Zweifel: Es roch nach Lavendel. Irritiert sah sich Diana in dem großen Wohnzimmer um. Lavendelgeruch war ja an sich nichts Ungewöhnliches. Das Seltsame war aber, dass in dem großen Wohnzimmer weit und breit kein Lavendel zu sehen war. Auch in den anderen Zimmern nicht. Diana hatte noch überhaupt keine Blumen im Haus aufgestellt. Der Duft musste irgendwie von draußen hereingekommen sein. Aber im Garten und auch vor dem Haus hatte Diana bisher noch keinen Lavendel gesehen. Nur Rosen in allen erdenklichen Farben und Variationen.
„Na toll, am Ende spukt es hier wirklich“. Diana versuchte, über ihre Wahrnehmung zu lachen, aber so ganz gelang es ihr nicht, den wahrgenommenen Geruch einfach abzutun, weil sie ihn schlichtweg nicht zuordnen konnte. Mit einem mulmigen Gefühl sah sie sich um, als erwarte sie, tatsächlich gleich einem Geist gegenüberzustehen, der diesen Duft von Lavendel verströmte. Aber natürlich tat sich nichts.
Nach wenigen Minuten fand Diana wieder zu ihrer alten Sicherheit zurück. Sie beschloss, später mal einen Rundgang um das Haus zu machen, um die Herkunft des seltsamen Geruchs ausfindig zu machen. Dass es spuken sollte, war nach wie vor einfach der blanke Unsinn.

1948 Lioba

So schnell sie konnte rannte Lioba in Richtung der Toiletten und übergab sich nahezu geräuschlos. In den vergangenen Wochen hatte sie gelernt, sich aus allen möglichen Situationen heimlich und schnell davonzuschleichen, um sich möglichst unbemerkt übergeben zu können. So langsam konnte sie allerdings ihren kleinen Bauch nicht mehr verbergen. Außerdem hatte sie Angst, dass das Strahlen, das – seit sie sich sicher war – nicht mehr aus ihrem Gesicht gewichen war, sie längst verraten hatte. Doch das Glück, das sie empfand, seit sie das Kind unter dem Herzen trug, verschaffte sich seinen Weg nach außen, ob sie wollte oder nicht. Vor einem Jahr hatte sie nach dem obligatorischen Verlobungsjahr endlich ihren Wilhelm geheiratet. Er war der beste Mann, den sie sich nur wünschen konnte und sie würde ihn lieben bis ans Ende ihrer Tage. Das hatte sie nicht nur vor Gott geschworen, sondern davon war sie auch in ihrem tiefsten Inneren absolut überzeugt. Und Wilhelm sagte immer: „Gott hat seine Hand im Krieg nur deshalb schützend über mich gehalten, weil er wollte, dass ich dich glücklich machen kann, mein Engel."
Nachdem sie, mehr oder weniger freiwillig, den Erzählungen ihrer verheirateten Freundinnen gelauscht hatte, hatte Lioba dann wahnsinnige Angst vor der Hochzeitsnacht gehabt. Zitternd wie ein kleines Reh hatte sie sich in ihrem Brautkleid auf das Bett gelegt und ängstlich abgewartet, was passieren würde. Sie liebte ihren Wilhelm und vertraute ihm. Niemals würde er ihr mit Absicht wehtun, da war sie sich absolut sicher. Aber ihre Freundinnen hatten ihr erzählt, dass es *immer* höllisch wehtat, egal, wie sehr der Mann seine Frau liebte oder Rücksicht nehmen wollte. Doch Wilhelm hatte die Angst in ihren Augen sofort gesehen. Anstatt sich sein eheliches Recht zu verschaffen, hatte er sich vollständig angezogen neben sie gelegt. Dann hatte er Lioba in den Arm

genommen wie ein kleines Kind und ihr ganz zärtlich das Haar gestreichelt. Stundenlang. Dabei hatten sie geredet. Sie hatte gewusst, dass es sich nicht gehörte, mit dem eigenen Ehemann darüber zu sprechen, aber Lioba hatte nicht anders gekonnt. Unter Tränen hatte sie ihm ihr Herz ausgeschüttet und ihm von ihrer Angst erzählt vor dem, was gleich geschehen sollte - geschehen musste, wenn sie die Ehe gültig vollziehen wollten. Wilhelm hatte mit all der Liebe reagiert, die er für seine Frau empfand. Er hatte sie getröstet, ihre Tränen weggeküsst und versprochen, so vorsichtig zu sein, als würde sie aus reinem Glas bestehen.
Als sie sich schließlich beruhigt hatte und das letzte Schluchzen verklungen war, hatte er sich streichelnd Zentimeter um Zentimeter ihres Körpers erobert, so vorsichtig, als würde sie bei der kleinsten ungeschickten Bewegung zerbrechen. Seine Küsse hatten sich auf ihrer Haut angefühlt wie die Berührung von Schmetterlingsflügeln, als er sie langsam ausgezogen hatte. Es war ihm gelungen, sie so sanft zu berühren, dass Lioba alles um sich herum vergessen und sich ganz in seine Hände ergeben hatte. Als Wilhelm schließlich in sie eingedrungen war, hatte sie nur einen kleinen Stich verspürt. Dann war es gewesen, als würde ihr ganzer Körper in Flammen stehen. Die angenehme Hitze hatte sie überflutet wie Wellen aus Leidenschaft. Der Raum, Wilhelm, sie selbst, alles hatte sich aufgelöst in einer alles umfassenden Hitze und Lioba hatte nichts mehr wahrgenommen außer dem Gefühl der absoluten Liebe.
In den folgenden Wochen hatte das junge Ehepaar fast täglich miteinander geschlafen. Anders als Lioba gedacht hatte, hatte sie Gefallen daran gefunden, mit ihrem Mann in einem Meer aus Leidenschaft zu ertrinken und immer mehr hatte sie es sogar gewagt, auch neue Dinge mit ihm auszuprobieren. Dinge, die sie nie für möglich gehalten hätte und über die sie mit niemandem sprach, auch nicht mit ihren neugierigen Freundinnen. Die Liebesnächte waren das ganz persönliche Geheimnis von Wilhelm und Lioba. Manchmal konnte sie es abends kaum mehr erwarten,

bis er endlich nach Hause kam, sie gegessen hatten und endlich wieder gemeinsam in ihr Ehebett verschwinden konnten.
Auch sonst war Wilhelm ein hervorragender Ehemann. Er sorgte rührend für sie, war aufmerksam und liebevoll, arbeitete fleißig, trank und spielte nicht und gab sich auch sonst keinen Ausschweifungen hin, abgesehen von den nächtlichen Abenteuern mit seiner Frau. Lioba versuchte, es ihm gleich zu tun und ihm die beste und vorbildlichste Ehefrau zu sein, die er sich nur wünschen konnte.
Doch obwohl sie sich so sehr bemühte, hatte bis jetzt ein Schatten auf dem jungen Glück gelegen. Trotzdem sie sich nahezu jede Nacht geliebt hatten, war Lioba auch nach elf Monaten noch nicht schwanger gewesen. Diese Tatsache hatte sie zusehends verunsichert, denn ihre Freundinnen waren alle meist wenige Wochen nach der Hochzeitsnacht mit der fröhlichen Nachricht herausgerückt, dass sie in anderen Umständen seien.
Zuerst hatte sich Lioba nichts dabei gedacht. Dass es zwei bis drei Monate dauern konnte, war angeblich normal, hatten ihre Freundinnen behauptet, die sie in ihrer Not um Rat gefragt hatte. Aber als schließlich ein halbes Jahr vergangen war und sich bei ihr selbst noch immer keine Anzeichen einer Schwangerschaft gezeigt hatten, war sie immer unruhiger geworden. Was, wenn sie gar nicht in der Lage war, Kinder zu bekommen? Wilhelm gegenüber hatte sie nicht von dieser Angst gesprochen, doch innerlich hatte sie dieser Gedanke sehr bedrückt, weshalb sie immer ruhiger und in sich gekehrter geworden war. Wilhelm hatte anfangs gewirkt, als würde er überhaupt nicht darüber nachdenken. Doch als fast ein Jahr vorübergegangen war, ohne dass Lioba schwanger geworden war, wurde auch er nachdenklich. Er liebte seine junge Frau über alles. Dass er einmal Kinder mit ihr haben würde, hatte er immer als eine Selbstverständlichkeit betrachtet. Es wäre ihm gar nicht in den Sinn gekommen, dass sie beide kinderlos bleiben könnten. So war auch Wilhelm mit der Zeit immer ruhiger und nachdenklicher

geworden. Die Liebesnächte hatten ihre Leidenschaft verloren, von der sie in den ersten Monaten ihrer Ehe gar nicht genug hatten bekommen können.

Eines Morgens dann war Lioba aufgestanden wie immer. Sie hatte sich angezogen und das Frühstück vobereitet. Als sie Wilhelm seine morgendliche Tasse Kaffee eingeschenkt hatte und der Duft in ihre Nase geströmt war, war ihr plötzlich unvorstellbar übel geworden. Gerade noch rechtzeitig hatte sie sich umdrehen können, da hatte sie sich auch schon in das große Spülbecken übergeben. Besorgt hatte Wilhelm sie angeschaut. So lange sie sich nun kannten – und das waren immerhin fast zehn Jahre – war Lioba noch nie ernsthaft krank gewesen. Er hatte sich nur daran erinnern können, dass sie einmal, als sie ungefähr vierzehn Jahre alt gewesen war, über Bauchschmerzen geklagt hatte, nachdem sie gemeinsam ein Pfund Kirschen verdrückt hatten. Ansonsten war sie schon immer das robusteste Mädchen in der ganzen Nachbarschaft gewesen. Kein Wunder, dass er sich schon als junger Kerl direkt in sie verliebt hatte. Und nun hatte Lioba als seine Ehefrau plötzlich in der Küche gestanden und sich in das Spülbecken übergeben.

Der Gedanke war beiden nahezu gleichzeitig gekommen. Als Lioba ihren Mund mit Wasser ausgespült hatte, war es ihr auf einmal wie Schuppen von den Augen gefallen. Und als sie sich umgedreht hatte, um Wilhelm ihren Verdacht ins Gesicht zu schleudern, hatte sie gerade noch sehen können, wie er auf sie zugerast kam, bevor er sie hochgehoben, freudestrahlend einmal im Kreis gedreht und dann erschrocken ganz vorsichtig wieder auf die Beine gestellt hatte, als sei ihm in diesem Moment eingefallen, dass er nun ganz besonders auf sie achtgeben musste.

„Wir bekommen ein Kind!“, hatten sie beide gleichzeitig ausgerufen, als sie sich gegenüber gestanden und sich gegenseitig in die Augen gesehen hatten, die von Freudentränen nur so funkelten.

Seit diesem Zeitpunkt behandelte Wilhelm seine Lioba wie ein rohes Ei. Er nahm ihr sogar immer wieder Aufgaben im Haushalt ab, was sich für einen Mann eigentlich nicht gehörte. Während er den Tisch abräumte und das Geschirr spülte, bestand er darauf, dass sie sich auf einen Stuhl setzte und die Füße hoch legte. Jeden Morgen küsste er sie zuerst auf die Stirn, dann auf den Mund und dann auf den Bauch, bevor er schließlich zunächst ihr und dann seinem ungeborenen Kind einen guten Morgen wünschte. Lioba und Wilhelm fühlten sich, als seien sie die glücklichsten Menschen auf der ganzen Welt.
Dennoch wollte Lioba noch damit warten, die frohe Neuigkeit öffentlich zu machen, denn zu oft hatte sie schon miterlebt und davon gehört, dass eine Frau ihr ungeborenes Kind in den ersten drei Schwangerschaftsmonaten wieder verloren hatte. Offensichtlich passierte das einfach manchmal. Die Ärzte meinten, die Kinder seien dann nicht überlebensfähig und der Körper stoße den Embryo deshalb einfach ab. Jeden Abend betete Lioba zu Gott, dass er das kleine Kind in ihrem Leib vor diesem Schicksal bewahren möge.
Und inzwischen gab es tatsächlich Grund zur Hoffnung. Denn die drei Monate waren fast um. Lioba befand sich in der zwölften Schwangerschaftswoche. Leider hatte die Übelkeit bisher kein bisschen nachgelassen. Immer, wenn bestimmte Düfte ihre Nase kitzelten, musste sie sich übergeben. Das war in der Villa Strentel allerdings eine etwas kompliziertere Angelegenheit, denn hier konnte sie ja nicht einfach ständig auf der Toilette verschwinden. Zudem waren die Wege zwischen den Räumen in dem pompösen Herrenhaus oft sehr weit. So erfand sie nach und nach kreative Ausflüchte, warum sie an bestimmten Tagen öfter mal verschwinden musste und versuchte, so gut es ging, dem Geruch von Kaffee und Eiern zu entkommen. Heute war ihr das leider nicht gelungen, weshalb sie sich nun bereits seit zehn Minuten die Seele aus dem Leib kotzte. Anschließend spülte sie sich sorgfältig

den Mund aus und nahm ein Pfefferminzbonbon. Vor dem Spiegel kontrollierte sie den Sitz ihrer Zimmermädchenuniform und ging wieder an ihre Arbeit. In zwölf Zimmern mussten noch die Betten gemacht werden.

Als Lioba mit dem Stapel frischer Bettwäsche in den Händen die Treppe hinaufstieg, hatte sie auf einmal das seltsame Gefühl, verfolgt zu werden. Nicht weil jemand hinter ihr die Treppe hinaufstieg, das war in einem Haus mit so vielen Menschen eher die Normalität, nein, sie fühlte sich seltsam beobachtet und bedroht. Obwohl kein Geräusch hinter ihr zu hören war, war sich Lioba sicher, dass da jemand war. Vorsichtig drehte sie sich um, um zu sehen, wer sich da hinter ihr nahezu geräuschlos die Treppe hinaufschlich.

„Buh!“

Vor Schreck ließ Lioba die frische Bettwäsche fallen und stieß einen spitzen Schrei aus. Ferdinand hatte sich genau hinter ihr positioniert und ihr, sobald sie sich umgedreht hatte, direkt ins Gesicht gebrüllt. Für einen Moment dachte Lioba, ihr Herz sei stehen geblieben und war fast beruhigt, als sie fühlte, wie schnell und heftig das Blut in ihrer Halsschlagader pulsierte. Ferdinand trampelte inzwischen lachend über die Bettlaken, die auf den Treppenstufen gelandet waren, weil Lioba sie vor Schreck fallen gelassen hatte. Offensichtlich hatte er von draußen extra eine Hand voll Erde mitgebracht, die er nun auf die Laken streute und dort festtrampelte. Zum Abschluss spuckte er auf sein Werk. Nichts erinnerte mehr an die sauberen und ordentlich gefalteten Laken, die Lioba vor wenigen Minuten von der Waschfrau abgeholt hatte. Blitzschnell hob sie das Durcheinander aus Stoff und Dreck von den Treppenstufen auf. Sie würde sich wohl eine gute Erklärung einfallen lassen müssen, warum sie nur fünfzehn Minuten, nachdem sie die frische Wäsche geholt hatte, erneut frische Bettwäsche brauchte. Die Wahrheit zu sagen hieße, den Erbgrafen

zu verraten und das gehörte sich nicht und würde ihr zudem weit mehr Ärger einbringen als ein paar verschmutzte Bettlaken.
Lioba klemmte sich die verschmutzte Wäsche unter die Arme und wollte die Treppe wieder hinunterlaufen. Dabei wich sie den Blicken von Ferdinand sorgfältig aus, um ihn bloß nicht zu provozieren.
Der junge Erbgraf jagte ihr eine Heidenangst ein. Seit Monaten schon schikanierte er sie und tauchte immer wieder ganz gezielt dort auf, wo sie gerade arbeitete. Völlig unerwartet stand er dann plötzlich vor, hinter oder neben ihr. Häufig tat er irgendetwas, was sie in ihrer Arbeit behinderte. Erst letzte Woche hatte er ihr einen Stapel Papiere, die sie im Auftrag des Grafen in dessen Büro hatte bringen sollen, einfach aus der Hand geschlagen, sodass die Papiere wild auf dem Boden verstreut liegen geblieben waren. Als Lioba dann hektisch versucht hatte, sie wieder aufzuheben und die ursprüngliche Reihenfolge wieder herzustellen, hatte er diese mit dem Fuß extra nochmals auf dem Boden durcheinandergewirbelt. Vergangenen Monat hatte sie den Auftrag gehabt, Blumensträuße, die die Gräfin sorgfältig im Garten zusammengestellt hatte, auf den Tischen in den repräsentativen Räumen des Herrenhauses zu verteilen. Doch immer, wenn sie eine Vase mit den Blumen auf einem der Tische platziert hatte, war Ferdinand daran vorbeigelaufen und hatte die entsprechende Vase mit einem hämischen Grinsen und einer betont weitläufigen Handbewegung vom Tisch gefegt. Lioba wusste, dass zerbrochenes Inventar des Hauses ihr vom Lohn abgezogen wurde und war nach der dritten zerbrochenen Vase in Tränen aufgelöst zu Marthe in die Küche geflüchtet. Marthe hatte versucht, sie zu trösten, aber hatte ihr auch nicht wirklich helfen können.
Ferdinand war schon immer der Schrecken aller Dienstmädchen gewesen, aber seit Lioba im Haus arbeitete, war es, als habe er es speziell auf sie abgesehen. Kein Tag verging, an dem er sie nicht auf irgendeine Art drangsalierte. Dabei waren die Tage, an denen er

ihr nur zerbrochenes Geschirr anlastete, noch die guten. Viel schlimmer fand es Lioba, dass Ferdinand ihr immer wieder regelrecht auflauerte. Sein plötzliches Erscheinen hatte etwas Gruseliges. Manchmal stand er einfach nur da und beobachtete sie. Wenn sie einen Raum verließ, verfolgte er sie häufig regelrecht. Manchmal folgte er ihr stundenlang wie ein Schatten und Lioba hatten dann die ganze Zeit schreckliche Angst davor, was er als nächstes tun könnte. Bei allem, was sie tat, ließ sie ihn dann nicht aus den Augen, obwohl sie seinen direkten Blicken so gut es ging auswich. Meist handelte er blitzschnell, sobald sie nur einen Moment nicht aufpasste. Am schlimmsten war es, wenn er sie anfasste. Er versuchte es immer als zufällige Berührungen zu tarnen, aber sie wussten beide, dass es die pure Absicht war. So griff er ihr beispielsweise im Vorbeigehen in die Haare und zog so fest daran, dass sich der sorgfältig geordnete Knoten löste und die langen dunklen Locken ihr wild ins Gesicht fielen. Oder er ging hinter ihr vorbei und streifte mit seiner Hand wie zufällig ihren Hintern. In solchen Situationen wusste Lioba nicht, ob sie gleich vor Wut in Flammen aufgehen oder vor Angst zu Eis erstarren sollte. Meist versuchte sie einfach, so schnell wie möglich aus dieser Situation herauszukommen, auch wenn das bedeutete, dass sie wieder einmal zu Marthe in die Küche flüchten musste und ihren eigentlichen Arbeitsauftrag nicht erledigen würde. Lioba hatte schon so viele Rügen wegen nicht erledigter Arbeit erhalten, dass sie sich fragte, warum die von Strentels sie überhaupt noch als Dienstmädchen behielten. Eigentlich hätten sie sie längst und gut begründet feuern können. Als sie das einmal in der Küche angesprochen hatte, hatte Franzi allerdings den Verdacht geäußert, dass die von Strentels ganz genau wüssten, wie Ferdinand mit Lioba umging und sie gerade deshalb nicht hinauswarfen. Dennoch duldeten sie sein Verhalten. Franzi vermutete, dass es ihnen ganz recht war, wenn er sich an den Dienstmädchen abreagierte, weil diese schließlich über dessen Verhalten schwiegen und Ferdinand sich dann wenigstens nicht an seinen Familienmitgliedern oder – Gott bewahre – gar an Fremden verging. Deshalb, so mutmaßte Franzi, sei auch die Bezahlung im Hause Strentel weit besser als in anderen Herrenhäusern in der Gegend.

Als Lioba die schmutzigen Bettlaken nun bei der Wäschefrau abgegeben und diese ihr wutschnaubend und mit einer ordentlichen Standpauke verbunden neue gegeben hatte, ging sie erneut die Treppe hinauf, sah sich dabei aber mehrmals um, weil sie befürchtete, dass Ferdinand sein übles Werk von vorhin wiederholen oder vielleicht sogar noch weiter treiben könnte, doch er war nirgendwo zu sehen.

Erleichtert rannte Lioba so schnell sie konnte in den Südflügel und huschte ungesehen in das erste Zimmer, in dem sie das Bett neu beziehen sollte. Mit wenigen gekonnten Handgriffen zog sie die alte Bettwäsche ab, warf sie auf einen Haufen neben dem Bett und griff nach dem neuen Laken und den nach Lilien duftenden blütenweißen Bezügen. Anschließend schüttelte sie die Kissen auf und strich die Decke glatt, so wie es die Gräfin wünschte und wie es ihr bei ihrem Dienstantritt gezeigt worden war. Dann nahm sie das Bündel mit der alten Wäsche und legte es vor die Tür. Wenn sie alle Zimmer fertig hatte, würde sie die alten Wäschestücke auf dem Rückweg wieder einsammeln und dann wieder zur Waschfrau bringen.

Vorsichtig öffnete Lioba die Zimmertüre einen Spalt breit und spähte hinaus, um sicherzugehen, dass Ferdinand ihr nicht im Flur auflauerte. Der Flur lag lang und still vor ihr. Niemand war zu sehen. Schnell und nahezu geräuschlos huschte Lioba hinaus und verschwand im Nebenzimmer. Das leise Klicken des Türschlosses war das einzige Geräusch, das die Stille durchdrang. Langsam beruhigte sich ihr Herzschlag. Sicherlich hatte Ferdinand inzwischen eine andere Beschäftigung gefunden.

Zimmer für Zimmer arbeitete sie sich durch den Südflügel, bezog die Betten neu, schloss hier und da eine Schranktür, band lose

Vorhänge wieder zurück oder strich Teppiche glatt. Zwar hatte jedes der Dienstmädchen seine genauen Aufgaben und ihre war es im Moment lediglich, die Betten frisch zu beziehen, aber es gab unter den Dienstmädchen so etwas wie ein stillschweigendes Abkommen, dass man sich gegenseitig unter die Arme griff. Sicherlich war das Mädchen, das für Vorhänge, Schränke und Böden zuständig war, noch mit einer anderen Aufgabe beschäftigt und Lioba kostete es nur wenige Sekunden mehr, das in Ordnung zu bringen, was die Gäste der gestrigen Soireé unordentlich hinterlassen hatten. Zudem hatte sie nun nur noch das letzte Zimmer vor sich. Wie in den meisten Fällen waren nicht alle Zimmer von den Gästen genutzt worden. Wer in der näheren Umgebung wohnte, fuhr meist in der Nacht noch nach Hause, lediglich die Besucher, die weiter entfernt wohnten, blieben über Nacht in der Villa Strentel. Außerdem gab es hier so viele Zimmer, dass bisher überhaupt noch nie alle gleichzeitig belegt worden waren. Lioba arbeitete nun schon seit zwei Jahren bei den von Strentels und doch war sie sich sicher, bisher noch nicht einmal alle Zimmer des riesigen Anwesens gesehen zu haben.
In ihre eigenen Gedanken versunken öffnete sie die Tür zum letzten Zimmer auf ihrer Liste, um ihre Arbeit zu vollenden. Als sie nach dem alten Laken griff, um es abzuziehen, hörte sie plötzlich hinter sich ein lautes Klicken. Erschrocken drehte sie sich um. An der Tür stand Ferdinand und hielt triumphierend den Schlüssel in der Hand, mit welchem er soeben die Tür hinter sich abgeschlossen hatte. Lioba erstarrte. Sie war gefangen.
Mit einem bösartigen Grinsen kam Ferdinand betont langsam auf sie zu. Auch als Lioba Schritt für Schritt zurückwich, ihren Peiniger dabei nicht aus den Augen lassend, schien er ihre sichtbare Angst in vollen Zügen zu genießen.
„Tut mir leid, dass du so lange auf mich warten musstest, meine Schöne.“ Das teuflische Funkeln in Ferdinands Augen löste das blanke Entsetzen in Lioba aus. Sie ahnte, was er vorhatte und als er

sich nun genüsslich über die Lippen leckte und am Reißverschluss seiner Hose spielte, während er Schritt für Schritt näher auf sie zu kam, war sie sich dessen sicher. Panisch überlegte sie, wie sie sich aus dieser Situation befreien könnte. Dabei war sie inzwischen so weit zurückgewichen, dass sie am Ende des Zimmers angekommen war. Die kalte Wand, die sie in ihrem Rücken spürte, machte ihr auf grausame Art bewusst, dass es für sie keinen Fluchtweg gab. Außer der Tür, die Ferdinand abgeschlossen hatte, war das Fenster der einzige Weg nach draußen, aber aus dem zweiten Stock zu springen bedeutete, wenn nicht den Tod, dann mit Sicherheit zumindest schlimme Verletzungen. Unbewusst hielt sich Lioba schützend die Hände vor den Bauch. Ferdinand war ihr nun schon so nah, dass sie die Hitze der Erregung spüren konnte, die von ihm ausging. Da riss er auf einmal die Augen auf und starrte sie ungläubig an.

„Du bist schwanger!"

Lioba war derart perplex, dass sie überhaupt nicht reagieren konnte. Sie war lediglich mit dem Gedanken beschäftigt, wie sie ihr ungeborenes Kind vor ihm schützen konnte.

„Mach sofort die Tür auf!" Ein lautes Rütteln, vermischt mit einem schrillen Kreischen, riss Lioba aus ihrer Erstarrung.

„Gott segne dich, kleine Leonida", entfuhr ihr ein erleichterter Seufzer. Noch nie war sie so froh gewesen, die Stimme von Leonida zu hören.

„Verehrte Komtess, die Tür klemmt!", schrie Lioba, die genau wusste, dass sie den Erbgrafen nicht verraten durfte. „Sie müssen bitte so schnell wie möglich Hilfe holen, Ihr Bruder Ferdinand und ich sind hier eingesperrt."

„Ich hole sofort meinen Vater und den Hausmeister", drangen die erlösenden Worte von Leonida durch die verschlossene Tür.

In Wirklichkeit klopfte Leonidas Herz mindestens genauso schnell wie das Liobas. Auch wenn ihr Auftauchen zufällig wirkte und auch so wirken sollte, war es alles andere als Zufall, dass sie genau

in diesem Moment an die Tür geklopft hatte. Leonida hatte im Wohnzimmer Klavier geübt, als sie Lioba aus den Augenwinkeln zur Treppe eilen gesehen hatte. Nichts Ungewöhnliches, aber als sie wenige Sekunden später wieder in die andere Richtung gelaufen war, nur um kurz darauf wieder zur Treppe zu eilen, war Leonida misstrauisch geworden. Obwohl die Dienstmädchen sich alle Mühe gaben, für die Herrschaften des Hauses möglichst unsichtbar zu sein, hatte sie in den vergangenen Jahren oft genug mitbekommen, wie Ferdinand die Dienstmädchen quälte. Auch, dass er es auf Lioba besonders abgesehen zu haben schien, war der aufmerksamen Zehnjährigen nicht entgangen. Leonida war ein sehr sanftmütiger Mensch. Gerade deshalb konnte sie es einfach nicht ertragen, wie Ferdinand die Dienstmädchen behandelte. Auch in der Küche hatte sie mehrfach mitbekommen, dass sich das eine oder andere Dienstmädchen wegen des Verhaltens von Ferdinand bei Marthe ausgeweint hatte. Meist hatten sie sofort damit aufgehört, wenn ihnen bewusst geworden war, dass Leonida ihre Klagen hören konnte, doch das Wenige, was sie gehört und gesehen hatte, genügte, um Leonida unglaublich wütend zu machen.
Als sie Lioba nun heute so ängstlich hin- und herhuschen gesehen hatte, hatte sie sofort ihre Klavierübungen unterbrochen und die junge Frau beobachtet. Als Lioba die Treppe zum zweiten Mal hinaufgegangen war, hatte Leonida erkennen können, wie sich Ferdinand hinter der großen Säule im Eingangsbereich versteckt hatte und dem Dienstmädchen wenig später nachgegangen war. Leonida hatte sich sofort hinterhergeschlichen. Dieses Mal würde sie verhindern, dass er Lioba ärgerte, hatte sie sich geschworen, auch wenn sie seine Wut dann selbst ausbaden müsste. Als sie dann Lioba und wenig später auch Ferdinand dasselbe Zimmer betreten gesehen hatte, da hatte sie sofort hinterher gewollt, aber mit Entsetzen feststellen müssen, dass er die Tür von innen verschlossen hatte. Also war ihr nichts anderes übrig geblieben, als

wie von Sinnen an der Tür zu rütteln und zu schreien, um möglichst viel Aufmerksamkeit auf sich zu ziehen. Nur so würde Ferdinand es nicht wagen, Lioba ein Leid anzutun.
Nun aber befand sie sich in einer Zwickmühle. Einerseits musste sie unbedingt Hilfe holen, aber wenn sie ihren Posten vor der Zimmertür verließ, ermöglichte sie Ferdinand damit, die Gelegenheit zu nutzen, um Lioba wenigstens kurz zu quälen. Nur solange sie direkt vor der Tür stand und er auch wusste, dass sie alles hörte, war Lioba in Sicherheit. Leonida dachte kurz nach und wählte dann eine ganz andere Strategie.
„Hilfe!“, brüllte sie, so laut sie konnte. „Hilfe, Hilfe, Hilfe, so helft mir doch!“
Alarmiert von dem Geschrei rannten sofort verschiedene Hausmädchen herbei und auch der Butler Johann eilte in - für seine Verhältnisse - sehr schnellen Schritten heran.
Leonidas Plan ging auf. Schnell erklärte sie, dass Lioba und Ferdinand in dem Zimmer eingesperrt seien, weil die Tür klemme. Eines der Hausmädchen rannte los und wenig später war der Gärtner da und stemmte mit einem Brecheisen die Tür auf. Ferdinand gab natürlich auch dann nicht zu, dass er den Schlüssel in der Tasche hatte.
Als die beiden vermeintlich Gefangenen aus dem Zimmer traten, gab er den perfekten Gentleman und machte sogar einen Diener vor Lioba, bevor er sie an sich vorbei als Erste aus dem Zimmer treten ließ. Nur Leonida konnte sein hämisches Grinsen sehen. Alle Bediensteten kümmerten sich zuerst um den Erbgrafen, wie es sich gehörte, und stellten fest, dass er gesundheitlich wohlauf war. Deshalb hörte nur Leonida, wie ihr Lioba im Vorbeigehen dankbar zuflüsterte:
„Gott segne Sie, Leonida von Strentel!“

2018 Diana

„Also hier werde ich auf jeden Fall nicht arbeiten", lachte Diana und bückte sich, um das Türschloss genauer begutachten zu können. Schließblech und Türschild waren völlig demoliert. Sie fragte sich, was hier wohl passiert war, dass diese Tür aufgebrochen worden war. Ein Blick in das Innere des Zimmers verriet, dass es sich um ein ganz normales Schlafzimmer handelte. Vielleicht verfügte es über einen Tresor, an welchen jemand zu gelangen versucht hatte.

Diana tastete die Wände ab, schaute hinter die goldgerahmten Gemälde, die dem Zimmer, gleich wie den vorherigen, etwas Majestätisches verliehen und klopfte die Schrankwände ab. Nichts. Falls es einen Tresor gab, für den es sich einzubrechen gelohnt hätte, so war er extrem gut versteckt. Da Diana aber nicht auf der Suche nach einem Tresor, sondern auf der Suche nach einem geeigneten Büro war, ließ sie es dabei bewenden und setzte ihre Entdeckungstour durch das Herrenhaus weiter fort. Bei den unzähligen Räumen musste es doch einen geben, der gemütlich und zugleich anregend genug war, um ihr die perfekte Atmosphäre zum Schreiben des Romans zu garantieren. Im Nordflügel hatte sie sich bereits während ihrer Suche nach einem passenden Schlafzimmer einige Räume angesehen. Hierbei schien es sich überwiegend um normale Schlaf- oder Gästezimmer zu handeln, deshalb versprach sie sich für ihre Suche nach einem passenden Büro vom Südflügel mehr. Außerdem waren die Räume des Südflügels heller, weil mehr Tageslicht hereindrang. Als Diana kurze Zeit später vier weitere Räume im Südflügel für unzulänglich befunden hatte, fand sie es endlich: das perfekte Büro.

Es lag im ersten Stock, tatsächlich ganz am Ende des Südflügels. Diana war nie aufgefallen, dass die Enden der Seitenflügel nicht wie erwartet eckig, sondern abgerundet waren. Da dieses das letzte Zimmer am Ende des Südflügels war, hatte es nicht nur Fenster zu beiden Seiten, sondern durch die bodentiefen Sprossenfenster in dem runden Erker strömte auch das Licht wie ein Wasserfall herein. Wenn sie hier ihren Schreibtisch platzieren würde, dann hätte sie nicht nur das perfekte Licht, sondern zugleich auch beim Schreiben einen wunderschönen Blick auf den weitläufigen Park, der sich hinter Gut Strentel über mehrere Hektar erstreckte. An den Wänden könnte sie zwischen den Fenstern Bücherregale aufstellen. Diana liebte es, umgeben von Büchern zu schreiben. In Gesellschaft vieler toller Geschichten fiel es ihr viel leichter, eigene Geschichten zu schreiben. Kurz hatte sie deshalb überlegt, ihren Schreibplatz direkt in der Bibliothek des Hauses einzurichten, aber als sie nachgesehen hatte, hatte sie festgestellt, dass das keine gute Idee war. Zwar war der Raum vom Boden bis zur Decke mit Büchern vollgestopft, aber dadurch, dass die hohen Regale die gesamte Wandfläche einnahmen, erschien der Raum an sich zu dunkel und drückend. Es fehlten die Freiheit, die Weite und das Licht des fantastischen Raums, in dem sie sich nun befand. Diana konnte es kaum erwarten, ihn einzurichten. Auf der Suche nach einem Schreibtisch und einem bequemen Stuhl, auf dem sie auch mehrere Stunden würde schmerzfrei sitzen und schreiben können, lief sie durch das Haus und wurde dabei sehr schnell fündig. Ein alter Schreibtisch aus dunklem Holz mit extravaganten Schnitzereien hatte es ihr besonders angetan. Leider musste sie feststellen, dass sie sich diesen sofort wieder aus dem Kopf schlagen musste, wenn sie nicht durch irgendeine spontane Verschiebung im Raum-Zeit-Kontinuum innerhalb der nächsten Minuten zu Superwoman mutierte, denn das wunderschöne, antike und vermutlich sehr wertvolle Möbelstück war leider viel zu schwer. Niemals würde sie es schaffen, diesen Schreibtisch die Treppe hoch zu tragen. Also beschränkte sie sich vorerst auf ein weißes Beistelltischchen und einen mit rotem Samtpolster bezogenen Stuhl. Hauptsache ihr Hintern und ihr Laptop hatten es bequem und das würde sich innerhalb der kommenden Stunden schon erweisen. Falls nicht, gab es nun wirklich genügend Stühle und Tischchen, die sie ausprobieren konnte. Eigentlich hätte Diana den Raum zuerst einmal wischen müssen, aber es kribbelte ihr zu sehr in den Fingern. Wegen Großtante Leonidas Bitte, einen Roman über deren Tochter Elisabeth zu verfassen, war sie schließlich hier und nun wollte sie endlich damit beginnen, diesen zu schreiben.

Zwei Stunden und drei Tassen Kaffee später starrte Diana noch immer auf das leere Display ihres Laptops, auf dem sie gerade mal ein Wort geschrieben hatte: Elisabeth. Normalerweise hatte Diana keine Schwierigkeiten damit, ihre Romane zu beginnen. Die berühmt berüchtigte „Angst vor dem leeren Blatt“ war ihr völlig fremd. Es gab immer einen ersten Satz und deshalb schrieb Diana meist einfach darauf los und war hinterher überrascht, was ihre über die Tasten huschenden Finger nahezu selbstständig fertig gebracht hatten. Doch dieses Mal war es irgendwie anders. Diana hatte sich in den vergangenen zwei Stunden wirklich das Hirn zermartert, um einen halbwegs passenden Anfangssatz zu finden. Mehrfach hatte sie einen Satz geschrieben und anschließend sofort wieder gelöscht, weil er ihr, noch während sie ihn niederschrieb, völlig unpassend und bescheuert vorkam. Teilweise waren ihre Gedanken dann abgeschweift. Sie hatte sich vorgestellt, wie die Schriftsteller früher das wohl gemacht hatten, die ja ihre Geschichten noch alle auf Papier geschrieben und abgegeben hatten. Es musste die Hölle sein, wenn man sich bei jedem Satz, den man schrieb absolut sicher sein musste, dass es der richtige war, denn ansonsten musste man die komplette Seite herausreißen und nochmals neu beginnen. Ein falsch aufgeschriebener Anfangssatz hatte so Unmengen an Papier kosten können. Unweigerlich drängte sich Diana das Bild eines Schriftstellers auf, der immer und immer wieder einen Satz auf seiner

Schreibmaschine tippte, das Blatt dann herausriss, zerknüllte und dann in einen bereits überquellenden Papierkorb warf. In seinem linken Mundwinkel baumelte eine halb aufgerauchte Zigarre, die den Raum in einem blauen Dunstschleier verschwinden ließ und von seiner Stirn tropfte der Schweiß in Perlen herab, während er wütend wieder und wieder auf die Tasten seiner Schreibmaschine einhackte. In seinem aufgeschlagenen Terminkalender war ein Treffen mit seiner Verlobten notiert, die nun schon seit einer geschlagenen halben Stunde in ihrem gemeinsamen Lieblingscafé am See auf ihn wartete. Na toll. Über diesen Schriftsteller hätte sie sofort einen kompletten Roman schreiben können, ärgerte sich Diana. Warum fiel ihr das bei Elisabeth nur so schwer?
Nachdenklich nippte sie an ihrem inzwischen kalt gewordenen Kaffee. *Kalter Kaffee macht angeblich schön, aber leider nicht schlau*, dachte Diana verärgert über sich selbst und ließ ihren Blick aus dem Fenster schweifen. Den Blick von der Enge des Raumes zu befreien hieß meist auch, die eigenen Gedanken zu befreien, deshalb sah sie so gerne in die unbegrenzte Weite, wenn sie an einer Stelle in ihren Romanen nicht weiterkam. Von weiterkommen konnte hier allerdings noch gar keine Rede sein, denn sie hatte ja noch nicht einmal wirklich angefangen.
Verzweifelt kaute Diana auf ihrer Unterlippe. Vielleicht würde ihr ja ein kurzes Brainstorming helfen.
Sie nahm sich ein leeres Blatt und einen Bleistift. ELISABETH, schrieb sie in Großbuchstaben in die Mitte des Blattes und darüber LEONIDA (Mutter). Das war es aber dann auch schon wieder. Vielleicht fiel ihr absolut gar nichts zu Elisabeth ein, weil sie absolut gar nichts über sie wusste, grübelte Diana. Über ihre bisherigen Romanfiguren wusste sie zwar auch nichts, aber über die gab es auch nichts zu wissen, weil sie komplett Dianas Fantasie entsprangen. Man konnte ihnen einfach nach Belieben ein Leben, eine Familie, Freunde, Hobbys und Erlebnisse andichten. Bei Elisabeth war das irgendwie anders. Zwar hatte Leonida gewollt,

dass sie für Elisabeth ein Leben erfand, aber trotzdem hatte Elisabeth ja wirklich gelebt. Auch wenn sie schon jung gestorben war, so hatte sie doch eine Mutter und einen Vater gehabt und war unter bestimmten Umständen an einem bestimmten Ort mit bestimmten Menschen geboren worden. Wenn Diana nun einfach von Anfang an etwas erfand, würde sie immer das Gefühl haben, der wahren Elisabeth nicht gerecht zu werden.
Grübelnd klopfte sie mit der Spitze des Kulis, den sie noch in der Hand hielt, auf das Blatt, auf dem noch immer einsam die beiden Namen standen. Eigentlich gab es nur einen Weg, gestand sich Diana ein: Wenn sie einen Roman über Elisabeth schreiben wollte, dann würde sie zunächst herausfinden müssen, wer Elisabeth wirklich gewesen war. Dazu würde sie mit Menschen sprechen müssen, die die von Strentels gekannt hatten. Die verrückte Anni wäre keine schlechte Adresse. Dieser Plan hatte nur den einen Fehler, dass sie eben verrückt war. Aber vielleicht konnte sie sich trotzdem an Elisabeth erinnern. Die Erinnerung an den ominösen Grafen Ferdinand schien sich ja über all die Jahrzehnte bestens erhalten zu haben.
Je eindringlicher Diana überlegte, desto mehr fand sie Gefallen an der Idee, etwas über die echte Elisabeth in Erfahrung zu bringen. Schließlich hatte sie einen Geistesblitz: Sie würde eine kleine Gartenparty veranstalten. Immerhin war es schon Ende Juni und die Abende waren wunderbar lau. Sie könnte die nächsten Nachbarn von Gut Strentel zu einem Abendessen einladen. Dann könnte sie sich als neue Besitzerin des Anwesens vorstellen und gleichzeitig die Nachbarn ausfragen, was sie über Gut Strentel und vor allem über Elisabeth wussten. Außerdem würde eine Party dem riesigen Haus sicher guttun und etwas von der Einsamkeit nehmen, die sich in den Monaten des Leerstandes in den Räumen ausgebreitet hatte. Sofort war Diana Feuer und Flamme für ihre Idee.

Bereits eine Stunde später hatte sie zehn handschriftliche Einladungen verfasst. Die Namen in der Anredezeile hatte sie dabei jeweils frei gelassen, weil sie schlichtweg keine Ahnung hatte, wie die Nachbarn hießen. Sie würde dann einfach an den Briefkästen die Namen ablesen und eintragen, bevor sie die Briefe einwarf. Obwohl sie die kleine Party am liebsten noch am selben Abend hätte stattfinden lassen, wollte sie den Nachbarn doch ein paar Tage Zeit lassen, um sich darauf einzustellen. Außerdem mussten unter der Woche die meisten vermutlich arbeiten. Wenn jemand morgens um sechs Uhr aufstehen musste, würde er wohl kaum die Lust verspüren, sich die halbe Nacht um die Ohren zu schlagen. Deshalb setzte sie als Termin den kommenden Freitagabend fest. Außerdem verschaffte ihr dies genügend Zeit, das Haus, naja zumindest die Räume, die die Gäste zu sehen bekommen würden, ordentlich herzurichten und zu putzen sowie genügend Lebensmittel und Getränke einzukaufen, ohne die es schließlich keine Party geben konnte.
Mit neu gewonnenem Enthusiasmus machte sich Diana auf den Weg in ihre neue Nachbarschaft.
Am ersten Haus, an dem sie vorüberkam hing ein großer blauer Briefkasten. Diana fischte eine Einladung und den mitgenommenen Kugelschreiber aus ihrer Tasche und las den Namen auf dem Briefkasten ab: Joschua & Jana Heilig. Diana spürte, wie die plötzliche Enttäuschung sie übermannte. Sie hatte zwar bereits damit gerechnet, dass Joschua eine Familie hatte, aber dies nun tatsächlich bestätigt zu wissen, war doch nochmal eine andere Sache. Andererseits wäre es auch sehr ungewöhnlich gewesen, wenn ein so gut aussehender Typ noch solo wäre. Seufzend schrieb Diana die Namen auf die Einladung und wollte gerade den Brief einwerfen, als die Tür schwungvoll aufgerissen wurde.

„Sie können Ihre Werbung direkt wieder mitnehmen“, keifte eine hochgeschlossene blonde Frau, in der linken Hand die Türklinke, in der rechten Hand einen Topflappen schwenkend.
„Oh, nein“, verteidigte sich Diana lächelnd. „Das ist keine Werbung. Es ist eine Einladung zu…“
„Wir brauchen auch keine Einladung. Weder zu einer Aktionärsversammlung, noch zu einem Kundentreffen der Bank oder irgendeiner ominösen Spendenaktion.“
Die hübsche Mitdreißigerin mit der überdurchschnittlich perfekten Figur, wie Diana beschämt feststellen musste, wedelte mit dem Topflappen, als wolle sie eine lästige Fliege verscheuchen.
Das fing ja gut an. Wenn alle Nachbarn so reagierten, dann konnte sie sich die Idee mit der Party gleich wieder abschminken.
„Ich bin die neue Nachbarin“, versuchte es Diana erneut und machte eine kleine Pause, weil sie fast damit rechnete, dass die blonde Frau sie wieder unterbrechen würde. Doch diesmal sah diese sie nur erstaunt an.
„Wo sind sie denn eingezogen? Ich wusste gar nicht, dass etwas zum Verkauf stand.“ Die Überraschung in ihrer Stimme war nicht zu überhören und zeugte eindeutig von einer Frau, die immer über alles Bescheid wusste, was sich in ihrer Nachbarschaft abspielte.
„Nein, nein.“ Nun nahm Diana einen neuen Anlauf und streckte der jungen Frau freundlich ihre Hand zur Begrüßung entgegen. „Ich bin Diana Schatt, ich bin auf Gut Strentel eingezogen. Und ich habe das Haus nicht gekauft, sondern geerbt“, stellte sie klar.
„Ach du liebe Güte, Sie Arme. Da haben Sie sich ja einen Klotz ans Bein binden lassen.“ Theatralisch schlug sie die Hände über dem Kopf zusammen, hielt aber gleich darauf erschrocken inne, als sie Dianas irritierten Blick sah. „Oh, tut mir leid, so war das nicht gemeint. Ich bin Jana Heilig und ich bin immer ein bisschen zu direkt.“ Lachend ergriff sie Dianas noch immer ausgestreckte Hand und schüttelte sie mit einer Kraft, die Diana ihr aufgrund ihrer optischen Erscheinung gar nicht zugetraut hätte.

„Scheiße, mein Auflauf!“ Mit einem Schrei drehte Jana sich um und rannte ins Haus, vermutlich in das Zimmer, aus dem gerade dichte Rauchschwaden durch das Fenster drangen.
Diana stand etwas überfordert vor der offenen Haustür.
„Soll ich die Feuerwehr rufen?“
„Nein, nein, alles gut. Kommen Sie einfach rein, immer der Nase nach.“
Diana fühlte sich zwar etwas unwohl dabei, einfach in ein fremdes Haus hinein zu laufen, aber Jana schien ein Mensch zu sein, der geradeheraus sagte, was er meinte, deshalb folgte sie der Aufforderung einfach und stand schließlich in einer knallroten Küche. Jana stand am Herd und hielt eine Auflaufform mit einem schwarzen Etwas in der Hand.
„Klarer Fall für die Bio-Tonne. Joschua wird ganz schön enttäuscht sein. Ich hab ihm seinen Lieblingsauflauf versprochen und jetzt hat er sich die ganze Woche darauf gefreut.“
„Tut mir leid. Das ist meine Schuld. Mein Auftauchen hat Sie abgelenkt, sonst wäre das bestimmt nicht passiert.“
„Ach Unsinn, ich bin einfach eine schlechte Köchin.“
Mit Schwung pfefferte Jana den Auflauf in die Biotonne.
„Und was ist jetzt mit Ihnen und Gut Strentel und irgendeiner Einladung?“, fragte Jana, während sie die Auflaufform in heißem Wasser einweichte.
„Ich habe Gut Strentel von meiner Großtante geerbt und bin kürzlich eingezogen. Da hatte ich die Idee, meine neuen Nachbarn zu einer kleinen Einweihungsparty einzuladen. Die Einladung liegt jetzt schon in Ihrem Briefkasten.“
„Oh, wie cool, eine Party. Endlich mal was los hier. Klar kommen wir.“
Die Tatsache, dass Jana zusagte, ohne weder das genaue Datum noch die Uhrzeit der Party zu kennen, war der beste Beweis dafür, dass hier anscheinend wirklich nicht besonders viel los war. Und sie hatte *wir* gesagt. Also würde sie mit Joschua kommen.

„Wunderbar!“, sagte Diana, ehrlich erfreut.
Als sich die Frauen verabschiedeten, fand es Diana fast ein bisschen schade, dass Jana so nett zu sein schien. Wenn Joschua schon vergeben war, dann hätte sie es ganz gut gefunden, seine Frau wenigstens ein bisschen hassen zu können. Aber bei Jana war das schwierig. Obwohl sie sehr direkt zu sein schien und die beiden Frauen nicht gerade den besten Start hingelegt hatten, war Jana ihr mit ihrer unbefangenen Art auf Anhieb sympathisch.
Das Einwerfen der übrigen Einladungen verlief völlig unspektakulär, da die anderen Nachbarn entweder nicht zu Hause waren oder gar nicht mitbekamen, dass Diana etwas bei ihnen in den Briefkasten warf. Danach erledigte sie wie geplant ihre Einkäufe und machte sich dann wieder auf den Heimweg.
Zurück auf Gut Strentel fing sie sofort damit an, wie eine Verrückte die Böden in der Empfangshalle, dem Wohnzimmer, der Küche und im Badezimmer zu schrubben. Dann staubte sie die Bücherregale in der Bibliothek ab, wischte alle Flächen mit einem feuchten Lappen ab und klopfte die schweren Teppiche aus, was wirklich eine Herausforderung war und sie richtig ins Schwitzen brachte.
Danach befreite sie die Gartenmöbel von Spinnenweben und wischte sie anschließend feucht ab. Erneut war sie überrascht, in was für einem guten und sauberen Zustand das Haus eigentlich war. Mit ein paar Handgriffen war das bisschen Staub und Dreck schnell beseitigt. Zufrieden verstaute sie die Putzutensilien und begann, im Internet nach einem passenden Menü zu suchen, das sie ihren Gästen bei der anstehenden Party servieren könnte. Leider hatte sie Jana nicht gefragt, um welchen Auflauf es sich bei Joschuas Lieblingsauflauf gehandelt hatte, sonst hätte sie ja diesen machen können. Aber das wäre vielleicht auch ein bisschen langweilig für ein Einstandsmenü.
Nachdem sie einige Internetseiten nach einem möglichst einfachen, aber nicht zu banal erscheinenden Menü durchforstet hatte,

entschied sich Diana schließlich für ein Vier-Gänge-Menü, das vergleichsweise leicht zuzubereiten war. Vor allem konnte sie die einzelnen Gänge schon vorher vorbereiten, sodass sie selbst auch entspannt am Essen teilnehmen könnte und nicht die ganze Zeit nur mit Kochen beschäftigt sein würde. Schließlich wollte sie die Zeit ja auch noch nutzen, um die Gäste über Gut Strentel und Elisabeth auszufragen. Da konnte sie die wertvolle Zeit nicht am Herd verschwenden.

An diesem Abend war Diana wirklich stolz auf das, was sie alles an einem einzigen Tag hinbekommen hatte. Völlig erschöpft ließ sie sich in das riesige Himmelbett fallen und schlief sofort tief und fest ein.

In der Nacht schreckte sie mehrmals hoch. Sie träumte so wild, dass sie wiederholt im Schlaf meinte, Geräusche zu hören, aber immer, wenn sie vor Schreck zusammenfuhr und richtig zu sich kam, war nichts zu hören. Es herrschte absolute Stille. Trotzdem wurde Diana zum ersten Mal bewusst, dass sie völlig allein in diesem riesigen Haus war. Wenn nun jemand mitten in der Nacht einbrechen würde, dann könnte sie nichts tun. Allerdings – und dieser Gedanke beruhigte sie wieder ein bisschen – gab es auch mehr als genug Möglichkeiten, sich vor potenziellen Einbrechern zu verstecken und im Versteck abzuwarten, bis die Polizei eingetroffen war. Und außerdem war bei der Anzahl der Räume die Wahrscheinlichkeit, dass ein Einbrecher ausgerechnet in ihr Schlafzimmer kam, verschwindend gering. Mit diesem beruhigenden Gedanken schlief Diana wieder ein. Obwohl sie immer wieder aufwachte, beschloss sie, sich nicht von irgendwelchen eingebildeten Geräuschen verrückt machen zu lassen. Sie würde sich eben erst noch daran gewöhnen müssen, allein in einem so riesigen Haus zu wohnen und vor allem, allein in diesem zu schlafen. Aber wenn ihre Großtante Leonida das Jahrzehnte lang geschafft hatte, dann würde sie das auch schaffen.

Erschöpft kuschelte sie sich etwas tiefer in die dicke Daunendecke und ergab sich erneut in einen wirren Traum.

1948 Ferdinand

Wütend brach Ferdinand einen Zweig aus dem großen Haselnussstrauch und ließ ihn geräuschvoll durch die Luft sausen. Fast hätte er sie erwischt, diese hübsche kleine Schlampe. Wenn seine bescheuerte kleine Schwester Leonida ihm nicht in die Quere gekommen wäre, dann hätte er sie gehabt. Endlich. Was hatte Leonida überhaupt in dem Zimmer gewollt? Fragen konnte er sie leider nicht, sonst würde er sich nur verdächtig machen. Er war eigentlich ganz froh darüber, dass niemand von den Herbeigerufenen Fragen gestellt hatte. Aber dazu waren sie vermutlich alle zu dumm. Von der gesamten Dienerschaft war doch nicht einer in der Lage, wirklich nachzudenken. Deshalb waren sie ja auch nur Diener und würden es immer sein. Außer Lioba. Lioba war anders.

Gleich als er sie zum ersten Mal gesehen hatte, hatte er gewusst, dass dieses Stubenmädchen etwas Besonderes war. Mit Augen so groß wie Kastanien hatte sie sich im Herrenhaus umgesehen. Er hatte sie beobachtet. Tief beeindruckt war sie von der Größe des Hauses gewesen und doch war sie nicht in sich zusammengesunken wie die übrigen Dienstboten, bei der Erkenntnis, wie gering sie im Vergleich mit der Pracht von Gut Strentel waren. Mit hoch erhobenem Kopf und straffen Schultern hatte sie sich die Räume zeigen lassen. Hätte man ihr etwas anderes angezogen, hätte man dieses arme Dienstmädchen gut und gerne für die Gräfin des Hauses höchstselbst halten können. Ihre Anmut und Schönheit hatten Ferdinand von Anfang an fasziniert. Er war ihnen nachgelaufen, der alten Mamsell Hösch und der neuen Dienstmagd, deren Name Lioba lautete, wie er schnell erfuhr. Mit „Lioba“ hatte sie sich vorgestellt. Ein Name wie ein Lied, so melodisch, dass er klang wie Gesang aus ihrem kirschroten Mund. Zu schön, um von der krächzenden Aussprache

der alten Mamsell Hösch verunstaltet zu werden. Man müsste allen Menschen verbieten, diesen Namen auszusprechen, außer mir und ihr selbst, dachte Ferdinand.
Noch nie hatte er so empfunden. Vom ersten Tag an, als Lioba in den Dienst der von Strentels getreten war, hatte er sie nicht mehr aus den Augen gelassen. Er wollte – nein, er musste ihr nahe sein. Sie ansehen, ihre Nähe einatmen.
So unauffällig wie möglich, damit die anderen Menschen auf dem Gut keinen Verdacht schöpften, hielt er sich in ihrer Nähe auf, so oft es ging. Selbst wenn er gewollt hätte, er konnte nicht anders. Dieses Mädchen zog ihn an wie das Licht die Motten. Es war wie ein Zwang. Wenn Ferdinand morgens aufstand, versuchte er so schnell wie möglich herauszufinden, wo Lioba sich aufhielt, um dann nach einem kurzen Frühstück, das die Bezeichnung kaum verdient hatte, sofort ihre Nähe zu suchen. Nichts machte ihn glücklicher, als wenn er ihr so nahe kam, dass er ihren Duft einatmen konnte. Lioba roch nach reifen Rosen auf dem Höhepunkt ihrer Blüte. Wenn er diesen Geruch tief in sich aufsog, war es, als würde er sich an ihr berauschen.
Manchmal stellte er sich vor, wie es wäre, wenn sie nicht nur ein kleines Dienstmädchen wäre, sondern auch aus adeligem Hause stammen würde, wie er. Wenn er seinen Eltern verständlich machen könnte, dass sie eine gute Partie wäre. Wenn er Lioba vor den Augen des Hochadels zum Traualtar führen und ein Familie mit ihr gründen könnte. Doch viel zu schnell zerplatzten diese Tagträumereien an der Realität. Lioba war nun einmal keine Adlige, sondern nur ein gewöhnliches Dienstmädchen und damit nicht für mehr als eine kleine Gespielin zu gebrauchen. Ferdinand wusste das. Von Kindheit an war ihm die Etikette eingeimpft worden, auf die seine Eltern so großen Wert legten. Von klein auf war er dazu erzogen worden, der Erbgraf zu sein, der selbstverständlich später einmal eine junge Dame des Hochadels ehelichen und Gut Strentel übernehmen würde. Eine Beziehung

mit einem einfachen Dienstmädchen war nicht nur unpassend, sondern ganz und gar unmöglich. Zudem hatte Ferdinand am Beispiel seiner großen Schwester Friederike deutlich gesehen, wie hart seine Eltern sein konnten, wenn es um die Wahl des richtigen Ehepartners ging. Friederike hatte sich für die Heirat mit einem Bürgerlichen entschieden. Sofort hatten die Eltern sie aus der Familie ausgestoßen und den Geschwistern jeglichen weiteren Kontakt verboten. Unerbittlich und irreversibel. Nicht einmal auf der Beerdigung ihrer ältesten Tochter waren sie gewesen, als diese viel zu früh im Kindbett verstorben war. Nein, eine Liebschaft oder gar eine Ehe des Erbgrafen mit Lioba war ganz und gar undenkbar. Und dennoch spürte Ferdinand, wie die Eifersucht ihn zerfraß, als er mitbekam, dass Lioba diesen Wilhelm geheiratet hatte, einen dreckigen, langweiligen Bäcker. Wenn Ferdinand nur daran dachte, dass Lioba ihn jeden Morgen mit ihren großen Rehaugen anblickte, wurde er fuchsteufelswild. Er wollte sich gar nicht vorstellen, dass dieser grobschlächtige Bäcker mit seinen rauen, mehligen Händen ihre zarte Alabasterhaut berühren durfte. Dass dieser Wilhelm durch ihre braunen Locken strich und jede Nacht bei ihr liegen durfte. Allein bei dem Gedanken bohrte sich die Eifersucht wie ein Stachel in Ferdinands Herz. Er war der Erbgraf. Er war angesehen, reich und von blauem Blut. Doch ausgerechnet das, was er am meisten haben wollte, würde ihm für immer versagt bleiben.
Wütend holte Ferdinand mit seiner Haselnussgerte aus und versetzte einem Kätzchen, das sich am Wegesrand sein Fell putzte, einen derartigen Hieb, dass es rückwärts umfiel und dann vor Schmerz maunzend im Gebüsch verschwand, wo seine klagenden Laute noch eine ganze Weile zu hören waren und schließlich verstummten. Ferdinand überlegte kurz, ob er nach dem Kätzchen suchen sollte. Er hatte es unerwartet fester getroffen, als er eigentlich beabsichtigt hatte. Vielleicht verendete es gerade in dem struppigen Gebüsch. Eine kurze Anwandlung von Mitleid durchfuhr ihn, doch dann fasste er sich schnell wieder und lief

weiter. Und wenn schon. Es war nur eine räudige Katze. Davon gab es hunderte.

Als er der Meinung war, sein Gemüt durch den ausgiebigen Spaziergang in der weitläufigen Gartenanlage etwas beruhigt zu haben, machte er sich auf den Weg zurück zum Anwesen. Doch der Gedanke, der seit Stunden in seinem Kopf kreiste, ließ ihn nicht mehr los: Lioba war schwanger. Sie trug ein Kind von diesem ungehobelten Klotz von Ehemann in sich. Noch schlimmer, als sie nicht besitzen zu können, war, stetig vor Augen zu haben, dass ein anderer es tat. Ferdinand spürte, wie erneut eine heiße Wut in ihm aufstieg. Er beschloss, sich ein bisschen an den Dienstmädchen abzureagieren. Unter den Neuen waren ein paar besonders schreckhafte Exemplare. Diesen würde er auflauern und sobald sie nicht aufpassten, ihnen mit seiner Rute auf die strammen Hinterteile schlagen. Ferdinand liebte das Geräusch, das die Rute machte, wenn er sie durch die Luft sausen und dann sicher platziert auf den Körpern der Mädchen landen ließ, die versuchten, ihm so gut es ging auszuweichen. Doch noch mehr liebte er die schmerzvollen Aufschreie, wenn er eines der Mädchen erwischt hatte. Es war ein lustiges, erregendes Spiel.

Grinsend vor Vorfreude schlich er die große Treppe hinauf und positionierte sich hinter der linken Säule, um auf sein nächstbestes Opfer zu warten.

Plötzlich spürte er etwas an seinem linken Bein. Vermutlich eine Spinne, die sich auf dem Spaziergang in seinem Hosenbein verirrt hatte und nun an seinem Bein hinaufkletterte.

Ferdinand hatte nichts gegen Spinnen, im Gegenteil. Ihnen ihre acht Beine nacheinander auszureißen bereitete ihm eine solche Freude, dass er sich über jede Spinne freute, die seinen Weg kreuzte.

Ferdinand versuchte, durch das Hosenbein zu fassen, aber die Spinne krabbelte zu schnell hinauf. Also versuchte er, sie von außen zu zerquetschen. Mehrfach drückte er mit seinem Daumen auf sein Bein, genau auf die jeweilige Stelle, an der er die krabbelnden Beinchen spürte, doch das kleine Tierchen war einfach zu flink. Schließlich versuchte er, dem kleinen Krabbler von oben herab den Weg abzuschneiden. Dazu öffnete Ferdinand den obersten Knopf seiner Hose und steckte die Hand in den Hosenbund, aber der war zu eng. Ferdinand erhob sich, um dem Bund etwas mehr Spielraum zu verschaffen und steckte seine Hand noch tiefer in die Hose, um das Tierchen zu erreichen und endlich seinem vorgesehenen Schicksal zuführen zu können. Plötzlich hörte er einen erstickten Schrei. Als er aufsah, blickte er direkt in die vor Angst weit aufgerissenen Augen von Lioba, die genau vor ihm stand, ein Tablett mit Limonade und Gläsern in der Hand, das sie zur Gräfin bringen sollte. Als sie Ferdinand so stehen sah, nur wenige Zentimeter vor sich mit hochrotem Kopf und der Hand in der Hose, wich sie erschrocken vor ihm zurück, den Blick starr auf ihn gerichtet. Ferdinand wollte gerade noch seine Hand nach ihr ausstrecken, doch da war es schon zu spät: Lioba hatte im Zurückweichen nicht an die Treppe hinter sich gedacht. Nahezu geräuschlos fiel sie die vielen kalten Steinstufen hinunter und blieb regungslos am Fuß der Treppe liegen.

Entsetzt starrte Ferdinand auf das leblose Bündel hinab und überlegte, was er nun tun sollte. Sollte er um Hilfe rufen oder lieber verschwinden und so tun, als habe er den Sturz überhaupt nicht mitbekommen, ja als sei er nicht einmal in der Nähe gewesen. Das wäre vermutlich das Beste.

Obwohl Ferdinand sofort den Beschluss gefasst hatte, so schnell wie möglich vom Ort des Geschehens zu verschwinden, konnte er den Blick nicht von Lioba abwenden. Trotz des harten Sturzes hatte ihr verrenkter Körper etwas unfassbar Weiches. Ferdinand hätte sie so gerne berührt. Vielleicht, wenn er sich ganz leise hinunterschlich. Bisher schien noch niemand etwas von dem Unglück mitbekommen zu haben.

Langsam stieg er die Stufen hinab. Da sah er, dass sich um Lioba herum eine Lache von Blut gebildet hatte, die langsam immer größer wurde. Lioba lag mitten darin, wie ein Gemälde in einem Rahmen aus Blut. Ferdinand konnte den Blick nicht von ihr abwenden. So etwas Schönes und Anmutiges hatte er noch nie zuvor gesehen. Langsam streckte er seine Hand aus, doch kurz bevor er ihr Haar berührte, hielt er inne. Er wollte diese Schönheit nicht durch eine Berührung zerstören. Fast andächtig kniete er neben dem reglosen Körper nieder und betrachtete ihn fasziniert.

Ein schriller Schrei zerstörte die andächtige Stille und ließ Ferdinand hochschrecken. Anni, die kleine Tochter von Mamsell Hösch, stand in der Eingangstür, hatte Augen und Mund weit aufgerissen und schrie wie am Spieß, als sei *sie* die Treppe hinuntergefallen und nicht Lioba.

Schnell stand Ferdinand auf und verschwand geräuschlos in einem der vielen Gänge. Gleich würden jede Menge Angestellte herbeieilen, da wollte er nicht bei Lioba gesehen werden. Um dieses Balg Anni würde er sich später kümmern. Sie würde es nicht wagen, ihn zu verraten, dafür würde er schon sorgen. Er war sowieso von Anfang an dagegen gewesen, dass die Haushälterin ihre Tochter mit auf das Gut bringen durfte. Aber seine Mutter war von der Qualität ihrer Arbeit so überzeugt, dass sie es erlaubt hatte, sofern Anni kleinere Botengänge im Haus übernahm.

Wütend verschanzte sich Ferdinand in seinem Zimmer. Das Bild der blutenden Lioba vor der großen Steintreppe würde er für immer in seinem Herzen tragen.

Das Geschrei der kleinen Anni ließ in Windeseile Bedienstete aus allen Winkeln des Hauses herbeieilen. Schnell hatte sich eine dichte Traube aus besorgten Menschen um das am Boden liegende Mädchen gebildet, doch die kleine Leonida war die Erste, die sie erreichte. Sie kniete sich neben den Kopf der reglos am Boden liegenden Lioba und prüfte deren Puls. Der Saum ihres weißen

Spitzenkleides sog sich unbemerkt mit dem Blut aus der immer noch wachsenden Lache voll.
„Wir brauchen Hilfe! Jemand muss sofort einen Arzt holen!“. Die Stimme der Zehnjährigen klang so selbstbewusst wie die einer erwachsenen Frau. Dann wies sie in einer absoluten Ruhe und Bestimmtheit zwei der männlichen Dienstboten an, Lioba ins Wohnzimmer zu tragen. Als Leonida verlangte, den reglosen Körper von Lioba auf das weiße Sofa zu legen, zögerten die beiden Männer einen Moment. Das Sofa würde danach von den Blutflecken ruiniert sein, das war klar. Doch Leonida ließ keinen Zweifel zu. Resolut dirigierte sie den leblosen Körper des jungen Dienstmädchens auf das Sofa. Als der Graf und seine Frau in dem großen Salon eintrafen fanden sie ihre zehnjährige Tochter kniend bei dem Dienstmädchen wachend. Hinter ihr stehend wie zwei Soldaten den Butler und den Gärtner. Erst der herbeigerufene Arzt konnte das kleine Mädchen dazu überreden, ihre Position zu verlassen. Das ehemals weiße Sofa war längst von Blut durchtränkt.

2018 Diana

Ein heller Sonnenstrahl kitzelte Dianas Gesicht. Wohlig räkelte sie sich in den warmen Daunenkissen und schlug dann die Augen auf. Schließlich wandte sie sich glücklich zur Seite und war fast ein bisschen enttäuscht, als sie den Platz neben sich leer vorfand. Nach diesem intensiven Traum hatte sie fast erwartet, Joschua neben sich schlafend vorzufinden. Das Glück, das sie in ihrem Traum empfunden hatte, wurde durch das Aufwachen nicht getrübt. Doch beim Anblick der leeren Bettseite hatte Diana das Gefühl, die Leere des Bettes breite sich in ihrem Inneren aus.
„Hör auf zu spinnen!“, wies sie sich selbst zurecht und sprang aus dem Bett. Durch nichts würde sie sich heute die Laune verderben lassen, denn heute war der große Tag. Am Abend würden die Nachbarn zu ihrer Willkommensparty anrücken. Bis dahin gab es noch viel zu tun.
Diana sprang unter die Dusche und stellte das Wasser eiskalt. Als es so plötzlich ihren von der Nacht noch warmen Körper berührte, entfuhr ihr ein spitzer Schrei. Dennoch war sie dankbar für die Abkühlung. Denn obwohl es nur ein Traum gewesen war, hatte sie ein bisschen ein schlechtes Gewissen. Schließlich war Joschua ein verheirateter Mann und im Traum hatte sie seine Frau mit ihm betrogen, die sie zu allem Überfluss auch noch sehr nett fand. Absurd, welche Streiche einem Träume manchmal spielen konnten. Dabei hatte sich Diana, als sie Jana kennen gelernt hatte, fest vorgenommen, ihre Gefühle für Joschua zu unterdrücken. Schließlich kannte sie ihn noch nicht einmal richtig. Allein aufgrund des kurzen Zusammentreffens von Verliebtheit zu sprechen, war kindisch und unreif und erinnerte eher an einen dummen kleinen Teenager als an eine erwachsene Frau, die zudem noch die Besitzerin eines derartigen Anwesens war. Wieder ertappte sie sich dabei, wie sie von sich selbst eine innere

Veränderung erwartete. Als würde das Haus von ihr einfordern, sich entsprechend ihrer neuen Stellung zu verhalten und anzupassen. Dabei hatte sie genau genommen ja überhaupt keine Stellung. Sie war weder eine Gräfin, zumal es Grafentitel seit Anfang des 20. Jahrhunderts sowieso nur noch pro forma gab, noch hatte sie mit dem Erbe des Anwesens irgendeine gesellschaftliche Stellung auszufüllen oder Ähnliches. Dennoch hatte sie das Gefühl, als zwinge sie das Anwesen in die Rolle der herrschaftlichen Hausherrin und das verlangte nun mal nach einem bestimmten angemessenen Verhalten und Auftreten.
Diana wunderte sich über sich selbst. Noch vor wenigen Monaten hätte sie jeden ausgelacht, der ihr erzählt hätte, dass sie einmal Wert auf einen besonderen Kleidungsstil legen würde. Natürlich legte sie Wert auf ein gepflegtes Äußeres, doch im privaten Bereich trug sie nun einmal am liebsten Jogginghosen und Schlabber-Shirts, die ihr einige Nummern zu groß, aber dafür einfach unendlich bequem waren. Niemals hätte sie gedacht, dass sie sich in ein enges Designerkostüm quetschen würde und das auch noch freiwillig. Und doch bereitete es ihr eine unbändige Freude, als sie nun erneut den massiven Kleiderschrank mit den unzähligen eleganten Kleidern öffnete und sich schließlich für ein taubengraues Kostüm entschied, das zu allem Überfluss auch noch wie angegossen passte. Diejenige ihrer Vorfahrinnen, der dieser Kleiderschrank gehört hatte, musste zufällig die gleiche Größe und Statur gehabt haben wie sie selbst.
Entzückt nahm Diana ein weiteres Kleid aus dem Schrank. Der himmelblaue Seidenstoff des eleganten Abendkleides entsprach fast genau ihrer Augenfarbe und würde ihre Augen wunderbar zur Geltung bringen, überlegte sie und schalt sich innerlich dafür, dass sich ihre Gedanken dabei schon wieder zu Joschua verirrten.
Als sie wenig später gut gelaunt in die große Küche hinunterschritt, überlegte sie kurz, ob es nicht doch etwas dämlich war, für den Kochmarathon, den sie für das geplante Vier-Gänge-Menü vor sich

hatte, ein Kostüm anzuziehen, aber irgendwie schien nichts anderes mehr zu ihr zu passen. Selbst Jeans und Shirt erschienen ihr plötzlich unangemessen. *Seltsam, dass einen ein Haus verändern kann*, grübelte Diana. Dennoch ließ sie das Kostüm an und begann mit der Zubereitung der ausgewählten Speisen.
Nach sechs Stunden zwischen Schüsseln und Töpfen, Dämpfen und Backofenhitze, betrachtete Diana ihr Werk. Voller Stolz stellte sie fest, dass ihr tatsächlich alle geplanten Gerichte auf Anhieb gelungen waren. Sie musste morgen unbedingt eine gute Bewertung auf der Internetseite abgeben, auf der sie die Rezepte gefunden hatte. Es war genial einfach gewesen und schmeckte, zumindest nach dem, was sie probiert hatte, einfach köstlich. Außerdem – und das machte Diana fast ebenso stolz wie der Anblick des fertig zubereiteten Vier-Gänge-Menüs – hatte sie während der vielen Stunden des Kochens und Backens keinen Augenblick lang an Joschua gedacht.
Während sie sich ein zweites Mal an diesem Tag unter die kalte Dusche stellte, spürte sie, wie die Aufregung langsam von ihr Besitz ergriff. Wer würde wohl am Abend kommen? Diana hatte in jenen zehn Häusern, die dem Herrenhaus am nächsten gelegen waren, die Einladungen eingeworfen. Somit waren streng genommen nicht alle Eingeladenen sogenannte Nachbarn im eigentlichen Sinne, aber unmittelbare Nachbarn hatte Gut Strentel sowieso nicht, weil es durch den weitläufigen Park vom eigentlichen Wohngebiet abgetrennt war. Und hinter dem Anwesen erstreckten sich lediglich angrenzende Felder und ein dichter Wald. Wenn also aus den zehn Familien, die Diana eingeladen hatte jeweils im Schnitt vier Personen kamen, dann würde sie ungefähr 40 Gäste haben. Für diese Personenanzahl hatte sie auch gekocht. Zwar glaubte Diana, dass nicht aus jedem Haushalt auch eventuell vorhandene Kinder mitkommen würden, da es sich schließlich um eine Abendveranstaltung handelte, aber sicher war sicher. Lieber gab es zu viel zu Essen, als dass es ausging. Das hatte ihr ihre

Mutter, die Königin aller Gartenpartys, bereits als kleines Mädchen beigebracht.
„Die Stimmung einer Party wird immer vom Essen beeinflusst. Von der Qualität, aber auch von der Masse“, hatte diese ihr Mantra immer wieder wiederholt, während sie unzählige Häppchen mit Zahnstochern durchspießt hatte.
Diana wurde fast ein bisschen ehrfürchtig, wenn sie an ihre Mutter als Gastgeberin dachte. So lange sie sich erinnern konnte, hatte ihre Mutter immer wieder Partys bei ihnen zu Hause veranstaltet und jede einzelne davon war bis ins kleinste Detail gelungen gewesen. Obwohl Diana immer mitbekommen hatte, dass die Vorbereitungen extrem aufwändig waren und sehr viel Zeit beanspruchten, wirbelte ihre Mutter während der Party mit Leichtigkeit von einem zum anderen, schüttelte Hände, servierte Häppchen, machte Konversation, sorgte dafür, dass alle zu essen und zu trinken hatten und sich amüsierten. Ein enormer Stress, könnte man meinen, aber erstaunlicherweise schien ihre Mutter sich dennoch auch selbst immer bestens zu amüsieren. Erst am nächsten Tag, wenn sie die Spuren der vergangenen Party beseitigte, entfleuchte ihr manchmal der ein oder andere Seufzer, aber Diana war sich nicht sicher, ob das wirklich wegen der Aufräumarbeiten war oder vielleicht doch eher daher rührte, dass ihre Mutter dem Sekt wieder einmal allzu sehr zugesprochen hatte.
Eigentlich hätte sie auch einfach ihre Mutter anrufen und diese um die Organisation der Party bitten können, überlegte Diana. Die hätte das alles mit Leichtigkeit bewältigt. Aber darum ging es nicht. Gut Strentel war nun *ihr* Haus. Es waren *ihre* Nachbarn und *ihre* Willkommensparty, also sollte es auch *ihre* Organisation sein. Ihre Mutter hätte zwar die perfekte Gastgeberin abgegeben, aber sicherlich nicht den perfekten Gast. Wobei sie vermutlich schon ein bisschen angesäuert sein würde, dass sie nicht wenigstens eingeladen worden war. Diana beschloss einfach, ihr gar nichts

davon zu sagen. Wie sollte sie denn jemals von der Party erfahren, wenn Diana sich nicht selbst verplapperte?
Diana stieg aus der Dusche und trocknete sich ab. Dann zog sie einen eleganten Hosenrock und eine weinrote Bluse an. Vor dem Eintreffen der Gäste würde sie sich dann nochmals umziehen und in das himmelblaue Seidenkleid schlüpfen, das sie sich bereits über dem Badewannenrand zurechtgelegt hatte, sorgfältig glattgestrichen, damit es keine Knitterfalten bekommen konnte.
Dann ging Diana wieder nach unten. Es war erst 15 Uhr. Bis zum Eintreffen der Gäste würde es noch mehrere Stunden dauern. Eigentlich könnte sie sich jetzt noch gemütlich auf das weiche Sofa legen und sich ausruhen, bevor ihr großer Abend begann, doch dafür war sie viel zu aufgeregt. Nervös lief sie das gefühlt hundertste Mal in die Küche und zählte die Getränkekisten durch, die am Morgen geliefert worden waren. Sie kam zu keinem anderen Ergebnis als bereits die vorherigen Male. Es war alles da, exakt so, wie sie es bestellt hatte.
Unruhig wie ein Tiger im Käfig lief Diana in dem riesigen Esszimmer hin und her, in welchem sie bereits für 50 Personen gedeckt hatte. Sie rechnete zwar nur mit 40, aber wie gesagt: sicher war sicher. Nachdem sie auch hier die Teller und Gläser nochmals nachgezählt, hier und da eine Gabel zurechtgerückt oder an einer Serviette gezupft hatte, warf sie einen Blick auf die große Standuhr und stellte mit Entsetzen fest, dass erst eine Stunde vergangen war. Wenn sie nicht verrückt werden wollte vor Nervosität, dann musste sie hier raus. Weg von allem, was mit der Party zu tun hatte.
Diana beschloss, einen Spaziergang durch den zauberhaften Garten zu machen. Die frische Luft würde ihr helfen, den Kopf frei zu bekommen und sich zu entspannen. Im Haus würde sie ja doch keine Ruhe finden. Außerdem hatte sie das Grundstück sowieso noch nicht begutachtet. Das Einzige, was sie bisher gesehen hatte waren die Anlagen in der unmittelbaren Nähe des Hauses, die sehr gut gepflegt waren. Sie würde bald mal herausfinden müssen, ob es

einen Gärtner gab, der sich um die Anlagen kümmerte und was dieser kostete. Ansonsten würde sie einen Gärtner beauftragen müssen, denn sie hatte weder besonders viel Ahnung von Gartenarbeit, noch hatte sie wirklich große Lust dazu, sich mit Pflanzen zu beschäftigen oder Rasenflächen zu mähen. Bevor sie nach Gut Strentel gezogen war, hatte sich diese Frage auch nie gestellt, da ihre kleine Wohnung lediglich über einen winzigen Balkon verfügt hatte, gerade genug, um mit den engsten Freunden abends ein Glas Wein zu trinken. Es durften aber auf keinen Fall mehr als vier engste Freunde werden. Bereits ab drei Personen wurde es schon fast unangenehm kuschelig. Ein seliges Lächeln breitete sich auf Dianas Gesicht aus, als sie an ihre alte kleine Wohnung und ihr altes beengtes Leben dachte. Sie war immer zufrieden gewesen und einigermaßen über die Runden gekommen. Aber sie brauchte auch nicht viel, um glücklich zu sein. Hätte ihr noch vor wenigen Wochen jemand gesagt, dass sie ein Herrenhaus erben und sich ihr Leben damit grundlegend verändern würde, sie hätte ihn für verrückt erklärt.
Vor sich hin lächelnd lief Diana den weißen Kiesweg entlang, der von der Terrasse aus vom Haus weg führte. Bereits nach wenigen Metern stellte sie beeindruckt fest, dass das gesamte Gelände hervorragend gepflegt zu werden schien. Überall leuchteten Rosen in verschiedenen Farben. An mehreren Stellen des Weges durchschritt der Spaziergänger eiserne, mit Kletterrosen berankte Bögen. An den Seiten des Weges waren, wie kleine Wegbegleiter, immer wieder weiße Säulen mit kleinen Marmorfiguren darauf aufgestellt. Seitab des Weges konnte Diana kleine Rückzugsmöglichkeiten entdecken: Eine Sitzgruppe aus weißen Stühlen und einem kleinen Tischchen, an anderer Stelle eine romantische Schaukelbank. Hinter zwei Linden stand sogar eine weiße Hollywoodschaukel. Am Ast einer großen Eiche war ein geflochtener Schaukelkorb aufgehängt, in den man sich hineinsetzen konnte. Diana staunte darüber, wie wunderbar sich all

die kleinen Details in das Gesamtbild fügten. Als einzelne Gegenstände waren sie überhaupt nicht auffällig, lediglich, wenn man ihnen den Blick genau zuwandte, wurde einem bewusst, dass es sich hier um raffiniert positionierte Orte der Entspannung handelte.

Inzwischen war Diana schon eine ganze Weile gelaufen. Auch hier, ganz schön weit vom Herrenhaus entfernt, waren die Rasenflächen noch gepflegt, aber es fiel auf, dass in dieser Entfernung an Blumen gespart worden war. Bildeten diese am Haus selbst noch ein buntes Meer aus Farben und Düften, so fanden sich hier hinten hauptsächlich Bäume und Sträucher. Aber auch diese kreierten eine schöne Atmosphäre, stellte Diana fest.

Eine kleine Gruppe wild wuchernder Sträucher erregte plötzlich ihre Aufmerksamkeit. Insgesamt standen die Bäume und Sträucher hier hinten eher frei, aber ordentlich beschnitten. Um dieses Gebüsch jedoch, schien sich schon seit ewigen Zeiten niemand mehr gekümmert zu haben, wodurch es optisch völlig aus dem Rahmen fiel.

Alles, was besonders ist, ist interessant, dachte sich Diana. Ihr schriftstellerischer Spürsinn schlug sofort Alarm. Es musste einen Grund dafür geben, dass ausgerechnet in dieser Ordnung ein paar Sträucher so chaotisch vor sich hin wucherten.

Ihre Neugier war geweckt. Warum ließ man diesen Teil absichtlich verwildern, während der übrige Garten so akkurat gepflegt wurde? Und warum in dieser abgelegenen Ecke des Anwesens, in die vermutlich sowieso nie jemand kam? Vielleicht gerade deshalb?

Mit einem Gefühl innerer Unruhe marschierte sie auf die seltsame Pflanzengruppe zu. Als sie an den Büschen entlangging, stellte sie fest, dass diese in einer Art Kreis angeordnet waren, so als wollten sie in ihrer Mitte etwas verbergen. Nun war ihre Neugier endgültig nicht mehr zu bremsen. Da die Büsche mannshoch und sehr dicht gewachsen waren, gab es nur leider keine Möglichkeit, durch sie hindurchzuspähen.

Diana lief einmal an den Sträuchern entlang. Ihr erster Eindruck bestätigte sich: es handelte sich tatsächlich um eine kreisförmige Anordnung. Leider gab es aber keine Öffnung, die in die Mitte hineinführte. Also versuchte sie, sich einfach zwischen den Büschen hindurchzuzwängen. Das bereute sie aber sogleich schmerzhaft, als sie feststellte, dass zwischen den Büschen auch Sträucher mit Dornen gepflanzt waren. Diana hatte keine Ahnung, wie diese Sträucher hießen, aber sie kannte sie von ihrer Nachbarin. Diese hatte eine Hecke aus dieser Pflanze. Dunkelrote Blätter und fiese Stacheln, die Spaziergänger regelmäßig in die Arme piekten, wenn sie dem Grundstück zu nahe kamen. Diana hatte sich sogar schon den Ärmel einer Bluse an den Dornen zerrissen, als sie im Vorübergehen die Hecke gestreift hatte. Ein ekelhaftes Zeug. Wer auch immer diese Dornensträucher in die Kreisformation der Büsche gepflanzt hatte, wollte offenbar um jeden Preis verhindern, dass sich jemand Zugang zum Inneren des Kreises verschaffte.
„Aber nicht mit mir!“ Indem Diana mit sich selbst sprach, versuchte sie sich Mut zu machen, denn etwas unheimlich wurde ihr die ganze Angelegenheit langsam schon. Wenn jemand mit aller Gewalt das Innere dieses Sträucherkreises zu schützen versuchte, dann wäre es vielleicht das Beste, wenn sie den Wunsch einfach respektieren, die Buschformation ignorieren und weitergehen würde, ohne auch nur einen weiteren Gedanken an die seltsame Anordnung zu verschwenden. Bestimmt sogar wäre dies das Beste. Aber nun konnte Diana nicht mehr anders. Sie musste unbedingt wissen, was hier verborgen werden sollte.
Sie lief zu einem der großen Bäume und brach sich einen dicken Ast ab. Damit versuchte sie, die Dornen zur Seite zu drücken, was aber nur teilweise gelang. Ein Paar Dornen und Kratzer bekam sie trotzdem ab, aber mittlerweile schoss ihr das Adrenalin der Aufregung über ihre Entdeckung derart durch die Adern, dass sie den Schmerz gar nicht mehr wahrnahm. Als sie sich endlich durch

die Büsche gezwängt hatte, traute sie ihren Augen kaum: In der Mitte des Kreises waren weder Pflanzen noch Büsche zu sehen, sondern lediglich ein kreisrundes Rasenstück, in dessen Mitte zwei verwitterte Holzkreuze standen. Offenbar handelte es sich um eine Grabstätte, genau genommen sogar um zwei. Diana hielt den Atem an. Wer oder was mochte hier wohl begraben sein? Und warum hatte sich jemand die Mühe gemacht, die Gräber derart zu schützen? Blieb zu hoffen, dass es sich nur um Haustiere handelte.

Als sie die Kreuze näher betrachtete, erkannte sie, dass in der Mitte, wo die beiden Bretter sich kreuzten, jeweils sehr grob ein Buchstabe eingeritzt war. Auf dem linken Kreuz ein E und auf dem rechten Kreuz ein F.

„Ein E?“ Diana schluckte. Das Herz klopfte ihr bis zum Hals und ihr wurde schlagartig so heiß, als ob sie plötzlich 40 Grad Fieber bekommen hätte. Konnte es sein… War es etwa möglich, dass… nein! Dieser Gedanke war einfach zu absurd. Das „E“ war sicher nur ein Zufall. Selbst wenn Leonidas Tochter Elisabeth als Kind gestorben war, hätte man sie doch sicherlich nicht im Garten des Anwesens beerdigt. Und vor allem nicht so. Als Angehörige der gräflichen Familie hatte man sie sicherlich in der großen Familiengruft auf dem örtlichen Friedhof beigesetzt, in welchem auch Leonida vor wenigen Wochen ihre letzte Ruhe gefunden hatte. Diana hatte bei der Beerdigung leider nicht darauf geachtet, wer noch in der Familiengruft beigesetzt war, aber sie beschloss, in den nächsten Tagen nochmals hinzugehen und nachzuschauen. Dann könnte sie bei dieser Gelegenheit gleich ein paar Blumen auf Großtante Leonidas Grab ablegen. Dafür war es sowieso allerhöchste Zeit. Diana trat näher an die Kreuze heran und versuchte, irgendwelche Details oder Hinweise zu erkennen, aber es blieben zwei schlichte Holzkreuze mit jeweils einem Buchstaben.

Enttäuscht und mit einem etwas mulmigen Gefühl machte sie sich auf den Rückweg zum Haus. Vielleicht sollte sie besser die Polizei rufen und verlangen, dass die Gräber ausgehoben und untersucht würden. Dann hätte sie Gewissheit. Aber andererseits wäre das ganz schön übertrieben. Wenn die Familie dort tatsächlich nur ihre Haustiere begraben hatte, dann würde die Polizei sie entweder auslachen oder ganz schön sauer sein, wenn sie mit großem Aufwand Hunde oder Katzen exhumierte. Wenn sich aber doch Leonidas Tochter Elisabeth in einem der Gräber befand, was hatte sie dann gewonnen? Dass diese tot war, wusste sie sowieso, welchen Unterschied machte es, wo sie begraben lag? Wenn ihr Leben ohnehin schon so kurz und grausam gewesen war, warum sollte sie sie dann auch noch im Tod stören? Stellte sich nur die Frage, wer dann unter dem Kreuz mit dem Buchstaben „F" begraben lag. Diana beschloss, die Sache erst einmal auf sich beruhen zu lassen und sich im Dorf ein bisschen umzuhören. Vielleicht war es ja gar kein so großes Geheimnis, wie die Büsche den Anschein verliehen. Vielleicht wusste jeder Bescheid über die beiden Kreuze. Bei den Nachbarn könnte sie gleich mit ihrer Befragung beginnen, denn diese würden in nicht einmal einer Stunde eintreffen.

Diana hatte sich länger als gedacht im Garten aufgehalten. Wenn sie sich vor dem Beginn der Party noch duschen und umziehen wollte, dann musste sie sich nun tatsächlich ein bisschen beeilen. Im Laufschritt erreichte sie schließlich die immer noch offen stehende Terrassentür und musste feststellen, dass sie die Weitläufigkeit des Anwesens gehörig unterschätzt hatte. Schnell sprang sie unter die Dusche – zum dritten Mal an diesem Tag – schlüpfte dann in das himmelblaue Seidenkleid und schritt durch die kleinen Parfümtröpfchen, die sie großzügig in die Luft gesprüht hatte. Dann steckte sie ihre Haare zu einer eleganten Frisur und legte schließlich die dezente goldene Kette mit der einzelnen weißen Perle um, die ebenfalls aus Großtante Leonidas Nachlass stammte. Ihre eigenen Perlenohrringe passten perfekt dazu und rundeten ihre elegante Erscheinung gekonnt ab. Als Diana sich

schließlich im Spiegel betrachtete, konnte sie selbst kaum glauben, was sie da sah. Die elegante junge Dame, die ihr aus dem golden gerahmten Spiegel entgegenlächelte, hatte überhaupt nichts mehr mit der lässigen Schriftstellerin in Jogginghose und Schlabbershirt gemein, die vor wenigen Tagen auf diesem Anwesen eingetroffen war. Sie musste sogar zugeben, dass man sie so tatsächlich als hübsch bezeichnen konnte.
Stolz drückte sie den Rücken durch, straffte die Schultern und hob den Kopf. Dann legte sie ein bezauberndes Lächeln auf und beschloss, dass sie sich so Joschua auf jeden Fall präsentieren konnte. Sollte er ruhig sehen, was er verpasste. Kaum hatte Diana diesen Gedanken gedacht, bereute sie ihn auch schon wieder. Sie musste sich Joschua einfach aus dem Kopf schlagen. Er war verheiratet und mit verheirateten Männern fing man nun einmal einfach nichts an. Basta! Eine Frau musste ihren Prinzipien treu bleiben, auch wenn Joschua der perfekte Grund wäre, um mit diesen zu brechen. Aber Diana wusste, dass sie jeglichen Funken von Selbstachtung verlieren würde, wenn sie sich auf einen verheirateten Mann einlassen würde. Trotzdem gefiel es ihr, dass sie in diesem Aufzug sehr hübsch auf ihre Gäste wirken musste. *Und wer weiß*, dachte sie, *vielleicht gibt es in diesem Dorf ja noch mehr Typen wie Joschua. Wer kann schon ahnen, wer da heute Abend alles in mein Haus hereinschneit.*
Majestätisch ertönte wenig später der alte Türgong und erfüllte das edle Gemäuer mit seinem Klang. Für Diana kam das Geräusch einer Erlösung gleich, denn die letzten Minuten hatte sie lediglich damit zugebracht, wie ein aufgescheuchtes Huhn im Haus, insbesondere in dem längst für das Essen gedeckten Speisezimmer hin- und herzulaufen. Die Aufregung hatte sie dazu gebracht, immer und immer wieder kleinste Details der Dekoration zu überprüfen und zu verändern. Dabei hatte sie höllisch aufpassen müssen, nicht vor Nervosität ins Schwitzen zu geraten, denn um

ein weiteres Mal zu duschen, war die Zeit nun wirklich zu knapp geworden.
Diana öffnete die schwere Eichentür und stand einem kleinen, sehr alten Mann gegenüber, der wirkte, als sei er eben aus einem Märchenbuch gefallen. Seine gewiss über neunzig Jahre sah man ihm deutlich an. Die Falten in seinem Gesicht hatten sich zu regelrechten Furchen ausgebildet. Von dem schlohweißen Haar waren nur noch wenige Strähnen übrig geblieben, die er sorgfältig über den ansonsten kahlen Schädel gekämmt hatte. Das Gewicht des von harter Arbeit gekrümmten Körpers fing ein Stock mit interessant wirkenden Schnitzereien ab, auf den er sich stützte. Alles an diesem Mann wirkte wie eine Mahnung der Zeit an die Vergänglichkeit des Körpers. Fast alles. Denn die blitzenden Augen, die Diana nun abenteuerlustig anstrahlten, waren die eines kleinen Jungen.
„Merker!“ Das Lächeln, mit dem er sich vorstellte hätte nicht spitzbübischer sein können und passte so gar nicht zu der runzeligen Hand, die er Diana nun zur Begrüßung entgegenstreckte.
„Diana Schatt, ich freue mich sehr, dass Sie gekommen sind!“
Das war die absolute Wahrheit. Dass Herr Merker, der sich sichtlich schwer tat, sich zu bewegen, den weiten Weg nach Gut Strentel auf sich genommen hatte, war nicht nur erstaunlich, sondern auch eine besondere Ehre. Außerdem versprach allein die Anwesenheit von Herrn Merker einen sehr interessanten Abend. Die Lebenserfahrung, die er mit seiner Persönlichkeit ausstrahlte, war förmlich greifbar.
„Und ich bin Maximilian Merker.“
Die interessante Erscheinung von Herrn Merker hatte Dianas Aufmerksamkeit so gebündelt auf sich gezogen, dass sie gar nicht bemerkt hatte, dass da noch jemand war.
Der alte Herr Merker schmunzelte, als er Dianas erschrockenen Blick sah und ergänzte: „Mein jüngster Urenkel.“

„Diana Schatt, es freut mich sehr. Herzlich Willkommen auf Gut Strentel.“
Maximilian musterte die Gastgeberin vielleicht einen Augenblick zu lange, weswegen sie leicht errötete. Schnell bugsierte sie ihre ersten beiden Gäste in das Empfangszimmer des Hauses. Dort hatte sie ein paar Drinks vorbereitet, von denen sie den beiden Männern nun freundlich etwas anbot. Kaum hatte Diana die beiden mit Getränken versorgt, als der Türgong erneut ertönte. Vor der Tür stand diesmal eine junge Frau mit wilden roten Locken, die sie mit einem blauen Haarband zu bändigen versucht hatte. Ihre Augen waren smaragdgrün und bildeten einen auffälligen Kontrast zum knalligen Rot ihrer Haarpracht.
„Hey, ich bin Susan. Hab’ gehört hier steigt ’ne Party?“
Mit der Geste einer Zirkusartistin präsentierte sie eine Flasche Sekt, die sie aus ihrer überdimensional großen Handtasche zog und streckte sie Diana entgegen.
Lachend nahm diese die Flasche entgegen und führte Susan ebenfalls in das prunkvolle Empfangszimmer, wo der alte Herr Merker es sich bereits auf einem barocken Sofa gemütlich gemacht hatte, in der linken Hand ein Glas Wasser, das er nun erhob, um der eintretenden Susan fröhlich zuzuprosten. Maximilian betrachtete eines der großen Gemälde im goldenen Prunkrahmen und drehte sich erst um, als Susans quirlige Stimme ertönte:
„Der Merker-Clan auch am Start, das hätte ich mir ja denken können!“ Sie lachte schallend und stürmte dann zuerst auf den alten Herrn Merker und anschließend auf Maximilian zu und umarmte beide überschwänglich. Susan gehörte zweifelsohne zu den Menschen, die auf keiner Party fehlen durften. Kaum dass sie das Haus betreten hatte, erfüllte sie die alten Gänge und Räume mit purem Leben, allein durch ihre Anwesenheit. Diana beobachtete, wie unbefangen sie mit den beiden Merker-Männern redete und war ein bisschen eifersüchtig auf Susans Ausstrahlung. Seit sie den Raum betreten hatte, schien sich das Haus förmlich mit Energie zu

füllen. Susan verströmte eine derartige Lebensfreude, dass Diana sich neben ihr automatisch ein bisschen blass und unscheinbar vorkam. Zugleich bewunderte sie die junge Frau aber auch schlichtweg und war ihr innerlich dankbar, dass sie genau so war, wie sie war. Noch vor wenigen Stunden hatte Diana Angst gehabt, dass der Abend vielleicht fürchterlich steif werden könnte, aber spätestens jetzt war klar, dass jegliche Art von Steifheit neben Susan einfach überhaupt keinen Platz hatte. Noch bevor sie ihr ein kühles Willkommensgetränk anbieten konnte, hatte Susan sich schon ein Sektglas von dem liebevoll arrangierten Tablett geschnappt und verwickelte Maximilian Merker in ein Gespräch über das imposante Ölgemälde, das er ebenso intensiv betrachtet hatte. Diana hätte gerne zugehört, was die beiden darüber sprachen, doch der erneute Klang des Türgongs zwang sie zurück zum Eingang.

Läuft ja wie am Schnürchen, dachte sie erfreut bei sich und riss erstaunlich schwungvoll die schwere Eichentür auf, gespannt, welche interessanten Persönlichkeiten nach den Merkers und Susan nun noch hereinschneien würden. Für einen kurzen Moment dachte sie, ihr bliebe die Luft weg, aber zu ihrer eigenen Überraschung hörte sie sich selbst mit sehr ruhiger und freundlicher Stimme sagen:

„Oh, hallo, schön, dass ihr gekommen seid.“ Im gleichen Moment korrigierte sie sich aber. „Schön, dass du gekommen bist. Wo ist denn Jana?“

„Jana lässt sich entschuldigen. Sie hat einen üblen Migräneanfall.“

Trotz ihrer innerlichen Freude über diese Information, für die Diana sich mal wieder in derselben Sekunde in Grund und Boden schämte, versicherte sie ihr aufrichtiges Bedauern und meinte das zu ihrer eigenen Verwunderung auch absolut ernst. Einerseits tat es ihr wirklich leid, dass Jana nicht gekommen war. Immerhin hatten sie sich sehr gut verstanden und Jana hatte ein sehr heiteres Gemüt, sodass sie sicherlich ein Gewinn für die Stimmung des Abends gewesen wäre. Andererseits war Diana aber auch auf eine gewisse Weise erleichtert darüber, dass sie nicht mit ansehen musste, wie Joschua ihr die Aufmerksamkeit zuteil werden ließ, die sie selbst sich insgeheim wünschte.

„Ähem, kann ich reinkommen?“

„Oh natürlich, entschuldige bitte!“

Diana war so verwirrt von ihren widerstreitenden Gefühlen gewesen, dass sie einfach gedankenverloren und wortlos in der Tür stehen geblieben war, anstatt Joschua hereinzubitten. Musste sie sich eigentlich bei jeder Begegnung mit ihm zur kompletten Idiotin machen? Verlegen führte sie ihn in den Empfangsraum zu den anderen, wo er sofort freudig begrüßt wurde. Auch hier sorgte die Nachricht von Janas Migräneanfall für Bedauern. Insbesondere Susan schient enttäuscht. Offenbar hatten die beiden Frauen schon vor einigen Tagen beschlossen, auf der anstehenden Party auf Gut Strentel gemeinsam sämtliche Sektvorräte zu plündern. Aber dann mussten sie das eben verschieben, bemerkte Susan schließlich achselzuckend.

Diana war erleichtert, dass alle bisher Anwesenden sich offenbar bestens zu verstehen schienen. Erstens zeugte es von einem ausgesprochen harmonischen Nachbarschaftsverhältnis und zweitens ersparte es lästige Vorstellungsrunden und steifen Small Talk. Das zeigte sich bereits jetzt im Empfangsraum, denn obwohl die Party noch gar nicht richtig begonnen hatte und erst vier Gäste anwesend waren, hatte sich bereits innerhalb weniger Minuten eine lebhafte Unterhaltung entsponnen. Joschua unterhielt sich angeregt mit dem alten Herrn Merker darüber, wann und wie Joschua die Bäume und Sträucher in seinem Garten zurückschneiden sollte. Offenbar hatte der alte Mann wirklich Ahnung von Pflanzen und Joschua schien seine Meinung aufrichtig zu schätzen. Ab und an nahm er sogar sein Handy und machte sich Notizen. Oder er schrieb sich nebenher Nachrichten mit Jana, so genau konnte Diana das natürlich nicht erkennen, aber für so unhöflich hielt sie ihn eigentlich nicht. Außerdem schien Joschua viel zu interessiert bei der Sache zu sein, als dass er nebenbei Nachrichten schreiben könnte. Diana betrachtete ihn intensiv. Wenn er sprach, bewegte sich sein ganzer Körper mit. Ab und zu lachte er über eine Bemerkung von Herrn Merker. Dann erschienen kleine Grübchen auf seinen Wangen. Seine Augen hatten einen fast unnatürlichen Glanz. Alles an diesem Mann war einfach zum Dahinschmelzen schön. Als er plötzlich seinen Kopf hob und Diana direkt in die Augen schaute, fühlte sie sich auf seltsame Weise ertappt. Doch er lächelte sie entwaffnend an.

Unsicher, ob sie etwas sagen sollte, erwiderte sie sein Lächeln und ging dann rasch zu dem kleinen weißen Beistelltisch, um Herrn Merker noch ein Glas Wasser einzuschenken. Schnell tauschte sie das volle Glas gegen dessen leeres aus, was er mit einem dankbaren Lächeln quittierte, seinen Redeschwall über den Baumschnitt von der großen Eiche in Joschuas Garten aber nicht unterbrach. Um sich abzulenken, gesellte sich Diana zu Susan und Maximilian, die sich so lautstark über den vermutlichen Preis des Ölgemäldes unterhielten, dass Diana für einen Moment befürchtete, die Diskussion könnte in einen Streit ausarten. Maximilian schätzte den Wert des Bildes auf ungefähr 1000 Euro, während Susan der Meinung war, dass das allein schon der Rahmen wert sei.

„Was meinst du denn, Diana?“, fragte sie schließlich und drehte sich so aufgebracht zu ihr um, dass dabei einige Tropfen Sekt aus ihrem inzwischen dritten Glas herausschwappten und auf dem Boden landeten. Mit entschuldigendem Blick kniete sie sich einfach auf den Boden und wischte die Tropfen mit dem Ärmel ihres Kleides ab.

„Keine Ahnung.“ Diana zuckte die Schultern und schaute Susan fasziniert dabei zu, wie diese versuchte, ihr Glas mit der einen Hand stabil zu balancieren, während sie mit dem Ärmel der anderen Hand den Boden wischte. „Da ich es nicht verkaufen will,

ist es vermutlich egal, was es kostet. Ich hätte übrigens auch einen Putzlappen.“
„Schon fertig.“ Mit einem strahlenden Lächeln nahm Susan wieder eine aufrechte Position ein. „Was gibt’s denn eigentlich zu essen?“
„Oh, die Königin der Themenwechsel“, bemerkte Maximilian schnippisch. „Kann ich davon ausgehen, dass der plötzliche Wechsel des Gesprächsthemas bedeutet, dass ich Recht habe?“
„Nein, das bedeutet lediglich, dass ich Hunger habe.“
Alle im Raum lachten.
„Aaaaalso“, begann Diana. „Als Vorspeise habe ich sechs verschiedene Salate vorbereitet. Als zweiten Gang Bruschetta und verschiedene Antipasti. Als Hauptgang gibt es Pasta mit verschiedenen Saucen zur Wahl: Käse-Schinken, Gemüse, Scampi, Knoblauch oder Pilzsauce. Und als Nachtisch Tiramisu *und* beziehungsweise *oder* gemischtes Eis.“
„Hört sich verdammt lecker an.“ Genießerisch leckte sich Susan die Lippen. „Besonders das Tiramisu *und oder* gemischte Eis. Ich nehme natürlich *UND*.“
„Bist du Italienerin?“, fragte Maximilian.
„Nein, nein.“ Diana winkte lachend ab. „Das war nur das einzige Vier-Gänge-Menü, das ich in so großen Mengen zu kochen imstande war. Sowohl von den Kapazitäten meiner Küche als auch von meinen kulinarischen Fähigkeiten her.“
„Ich wiederhole, ich möchte gerne Tiramisu *und* Eis. Und wenn das bedeutet, dass wir uns dazu erst durch die anderen drei Gänge fressen müssen, dann schlage ich vor, dass wir damit schnellstmöglich beginnen. Lasst uns zuschlagen oder auf was warten wir noch?“
„Ehrlich gesagt würde ich gerne noch auf die restlichen Nachbarn warten.“
Dass sie mit dieser Aussage den Eifer von Susan ein bisschen ausbremsen würde, war Diana durchaus klar gewesen, aber mit dem plötzlich eintretenden Schweigen hätte sie nicht gerechnet.

Susan sah aus, als hätte sie gerade eine Ohrfeige kassiert. Der alte Herr Merker starrte auf seine Schuhe und Maximilian wandte den Blick wieder dem Ölgemälde zu, auf dem er gerade etwas furchtbar Spannendes entdeckt zu haben schien. Joschua stierte konzentriert in sein Sektglas, das er verlegen in den Händen drehte. Was war denn jetzt los? Fragend schaute sie in die Runde, aber alle schienen sehr bemüht, ihren Blicken auszuweichen. Schließlich sagte der alte Herr Merker leise und ohne von seinen Schuhen aufzublicken: „Es wird außer uns niemand mehr kommen."
Der Tonfall in seiner Stimme ließ keinen Zweifel daran, dass er mit seiner Behauptung absolut Recht hatte.
„Aber warum denn nicht?" Diana wusste nicht, was überwog. Die Verwunderung oder die Enttäuschung.
„Weil das Haus verflucht ist." Kaum hatte Susan es ausgesprochen, stürzte sie ihr volles Glas Sekt in einem Zug hinab, als könne es die eben ausgesprochenen Worte wegspülen und damit ungeschehen machen.
Eine ganze Weile lang wusste keiner der Anwesenden so recht, was er sagen sollte.
Auch Diana wusste nicht, wie sie sich nun verhalten sollte. Wie reagierte man denn bitte richtig auf die Behauptung, dass sein eigenes Haus verflucht sei? Und was sollte das überhaupt bedeuten: Verflucht? War eine komische alte Frau mit Kopftuch und Kristallkugel an Gut Strentel vorbeimarschiert und hatte gruselige Zauberformeln vor dem Haus gemurmelt? Zumindest stellte Diana sich vor, dass man so etwas verfluchte, aber eigentlich kannte sie sich mit Flüchen gar nicht aus. Überhaupt - der Abend war bisher doch so gut gelaufen, warum fingen sie denn jetzt mit so einem Unsinn an? Es gab wohl keinen größeren Stimmungskiller als diesen. Schließlich entschied sie, dass es ihre Aufgabe als Gastgeberin war, die peinliche Stille zu durchbrechen.
„Also ich garantiere euch, dass dieses Haus nicht verflucht ist", warf sie daher ein und versuchte ihre Worte besonders heiter

klingen zu lassen, aber der echauffierte Unterton in ihrer Stimme war nicht zu überhören.
„Jetzt sei mal nicht sauer auf *uns*, *wir* sind ja hier“, verteidigte sich Susan.
„Glaubt ihr also nicht, dass mein Haus verflucht ist?“
„Ach Quatsch“, lachte Joschua. „Das sind alles Ammenmärchen.“
Maximilian nickte bestätigend und prostete Joschua kumpelhaft zu.
Der alte Herr Merker räusperte sich hörbar. „Verflucht oder nicht, für mich ist das egal. Da ich 50 Jahre lang als Gärtner hier gearbeitet habe, hätte mich ein etwaiger Fluch sowieso längst erwischt, da kommt es auf einen Abend mehr oder weniger nun wirklich nicht mehr an.“ Verschmitzt zwinkerte er Diana zu, was ihren Unmut über die abergläubischen Dorfbewohner aber auch nicht besänftigen konnte. „Oh, das hätte ich fast vergessen“, fügte er erschrocken hinzu, „mein Sohn lässt Sie herzlich grüßen und lässt sich entschuldigen, er hatte schon eine wichtige Verabredung. Aber er wird die nächsten Tage sowieso noch auf Sie zukommen, um mit Ihnen die weitere Gartenpflege zu besprechen.“
„Wieso das denn?“
„Na, weil er sich seit ein paar Jahren nun um die Gartenanlage von Gut Strentel kümmert.“
„Ach, Ihr Sohn ist mein Gärtner?“, rief Diana gleichermaßen erstaunt wie erfreut aus. „Und ich habe mich schon die ganze Zeit gefragt, warum die Anlage hier so wunderbar aussieht.“
„Oh, dieses Kompliment wird ihn sicher freuen“, lächelte der alte Herr Merker und fügte dann entschuldigend hinzu: „Seine Frau wollten wir eigentlich mitbringen, aber sie ist leider eine von denen, die sich vor dem Fluch fürchtet. Sie sieht es nicht gerne, dass mein Sohn hier arbeitet.“
„Mach’ dir nichts daraus“, versuchte Susan zu trösten und legte Diana mütterlich den Arm um die Schultern. „Lasst uns doch einfach einen schönen Abend zusammen haben und uns endlich zum Tiramisu *und oder* Eis durchfressen.“ Ihre letzten Worte

unterstrich sie mit derart ausufernden Grimassen, dass Diana nun tatsächlich lachen musste, aber innerlich war sie noch immer enttäuscht.
Trotzdem bat sie ihre vier Gäste nun betont fröhlich in das hübsch dekorierte Speisezimmer. Sie hatte sich so viel Mühe gegeben, es wäre echt unfair, sich den Abend jetzt durch Menschen verderben zu lassen, die gar nicht da waren. Ihren Gästen gegenüber, die gekommen waren, und auch sich selbst gegenüber. Diana beschloss, dass sie das Beste aus diesem Abend machen würde. Sie würden Spaß haben, sie würden gemeinsam lachen, das gute Essen genießen und sich vielleicht später am Abend hemmungslos zusammen betrinken. An Getränken mangelte es ja nun wirklich nicht. Allerdings stand ihr erneut ein peinlicher Moment bevor, denn angesichts der reich gedeckten Tafel konnten die vier Nachbarn nicht umhin, ihr mitleidige Blicke zuzuwerfen. Es war offensichtlich, wie viele Stunden sie investiert hatte, um eine so beeindruckende Tafel für fünfzig Gäste zu erschaffen. Und nun standen sie mit fünf Leuten in dem großen Raum und alle wussten nicht so recht, wo sie sich am besten hinsetzen sollten. Etwas unschlüssig traten sie von einem Fuß auf den anderen. Als sie sich aber schließlich alle zusammen an einem Ende des Tisches niedergelassen hatten und ihre Teller mit den bunten Salaten füllten, begannen alle, sich merklich zu entspannen. Die Stimmung wurde immer besser, was zum einen Susan mit ihrer Frohnatur zu verdanken war, zum anderen aber auch dem wohlschmeckenden Rotwein, dem alle gleichermaßen üppig zusprachen.
Als sie sich tatsächlich endlich durch alle Gänge gegessen hatten und Susan ihre mittlerweile dritte Portion Tiramisu mit Eis verputzte, obwohl sie bereits bei der ersten Portion versichert hatte, gleich zu platzen, konnte Diana einfach nicht anders. Den ganzen Abend hatte sie schon darauf gewartet, dass einer der Anwesenden nochmals auf das Fehlen der anderen Gäste oder den Fluch selbst zu sprechen kam. Aber keiner hatte bisher noch ein Wort darüber

verloren. Im Gegenteil. Alle schienen dieses Thema sorgfältig zu umschiffen. Selbst als Diana bewusst versucht hatte, die Gespräche in diese Richtung zu lenken, hatte immer jemand sofort elegant das Thema gewechselt. Nun konnte sie nicht mehr anders. Sie musste es endlich wissen, auch wenn sie dann Gefahr lief, ihre Frage zu bereuen, weil ihr die Antwort eventuell nicht gefiel:
„Was stimmt denn nun eigentlich nicht mit meinem Haus? Also Gut Strentel?“
„Mit Gut Strentel ist alles in Ordnung“, winkte Susan ab und träufelte das zermatschte Eis auf ihr Tiramisu.
„Komm schon, Susan, jetzt mal die Karten auf den Tisch.“ Diesmal würde Diana nicht locker lassen. Jeder schien zu wissen, was mit Gut Strentel los war, aber keiner schien es ihr sagen zu wollen. „Ich finde, ich habe ein Recht darauf, zu wissen, was über mein Haus gesagt wird. Schließlich muss ich hier wohnen. Als ich neulich im Dorf war, hat sich eine alte Frau mir gegenüber auch schon so komisch verhalten. Das war total gruselig. Sie meinte, ich solle sofort von hier verschwinden. Dann hat sie von irgendeinem Grafen geredet und dass ich auf der Seite des Bösen stünde oder so. Richtig unheimlich. Und jetzt kommt ihr an und erzählt mir, dass die Nachbarn sich weigern, mich zu besuchen, weil das Haus verflucht sei. Da stimmt doch irgendwas nicht. Ganz blöd bin ich auch nicht.“
„Das war bestimmt die alte Anni“, lachte Joschua. „Die kann einem auch wirklich Angst einjagen. Als wir noch Kinder waren, hat sie uns regelmäßig zu Tode erschreckt mit ihren Gruselgeschichten über den bösen Grafen Ferdinand. Gibt es noch was von dem Grappa?“
Diana stand auf, nahm die leere Flasche, die vor Joschua stand, stellte sie auf den Getränkewagen und nahm eine volle herunter.
„Es gibt noch literweise Grappa und von mir aus kannst du alles austrinken“, sagte sie, während sie die Flasche öffnete und mit

einem demonstrativen Knall vor ihm abstellte. „Im Gegenzug musst du mir aber erzählen, was du über Gut Strentel weißt."
„Im Prinzip eigentlich nur das, was die alte Anni uns immer erzählt hat", antwortete Joschua ausweichend. Dann goss er sein Glas voll, nippte kurz und ließ an einem wohlwollenden Gesichtsausdruck erkennen, dass auch der neue Grappa ihm schmeckte. „Die alte Anni war so eine Art Mädchen für alles damals. Ihre Mutter war wohl hier Haushälterin oder so."
„Ja, die alte Mamsell Hösch", nickte Herr Merker. „Ich erinnere mich noch gut an sie. Eine sehr strenge, aber gerechte Frau. Unter ihrer Leitung funktionierten die Dienstmädchen wie ein Uhrwerk. In dem großen Haushalt war es auch dringend nötig, dass jemand den Überblick hatte. Die alte Hösch hatte alles perfekt im Griff. Ohne sie wäre gar nichts gelaufen."
„Aber ich denke die Gräfin, also Frau von Strentel hat den Haushalt geführt." Verwundert runzelte Diana die Stirn.
Herr Merker lachte. „Wilhelmine von Strentel? Die wusste ja nicht einmal, wie ihre Angestellten heißen. Wie gesagt, ich war jahrzehntelang hier angestellt und ich bin mir absolut sicher, dass die Gräfin bis zum Schluss nicht gewusst hätte, ob ich der Gärtner, der Klempner oder der Kammerdiener ihres Mannes bin." Erneut lachte er sein kehliges Lachen. „Nein, die Gräfin bezahlte ihre Angestellten. Und sie bezahlte sie außerordentlich gut. Dafür erwartete sie aber auch, dass sie sich um nichts zu kümmern brauchte. Sie gab Partys, repräsentierte die gräfliche Familie im Hause und außer Haus, empfing Gäste und kümmerte sich um wohltätige Zwecke. Für alles andere hatte sie Personal. Nicht einmal um ihre Kinder kümmerte sie sich selbst. Die Tochter, Leonida, hatte eine eigene Erzieherin und der Sohn, Ferdinand", Herr Merker zögerte, als wisse er nicht genau, wie er sich richtig ausdrücken sollte. „Nun ja, Ferdinand hatte sehr viele verschiedene Erzieher, die allesamt an diesem Jungen verzweifelten."

Dianas Augen begannen zu leuchten. „Handelt es sich etwa bei diesem Ferdinand um denselben, vor dem die alte Anni mich warnen wollte?“
Herr Merker nickte. „Ein Satansbraten, der seinesgleichen sucht.“ Erschrocken hielt er kurz inne und bekreuzigte sich mit den Worten: „Und seinesgleichen hoffentlich nicht findet. Ein Mensch von dieser Sorte ist genug, um die ganze Welt ins Unglück zu stürzen.“
Susan nickte wissend. „Ja, so ungefähr hat meine Großmutter sich auch immer ausgedrückt.“
„Dann ist der ominöse Graf, der hier spuken soll, also der Bruder von Großtante Leonida“, schlussfolgerte Diana. Endlich kamen sie der Sache mal einen Schritt näher. Sie würde nicht zulassen, dass der Abend endete, bevor sie nicht vollständig über das Haus und seinen Ruf aufgeklärt war. „Und was war bitte so schlimm an Leonidas Bruder? Er war doch nur ein kleiner Junge?“ In ihrem Kopf sah sie einen kleinen blonden Jungen in abgewetzten Lederhosen vor sich, der an einem Stock schnitzte.
„Dieser ’kleine Junge’, wie du das so harmlos formulierst, war der Teufel in Person!“ Herr Merker sah sich vorsichtig um, als befürchte er, dass Ferdinand gleich irgendwo im Zimmer auftauchen und ihn für seine Worte zur Rechenschaft ziehen würde. Aber nichts geschah. Diana nutzte die kleine Pause schnell, um allen nochmals ordentlich die Gläser vollzuschenken. Etwas in ihr sagte ihr, dass sie dem Kern der Geschichte nun ganz nahe war und sie wollte nicht riskieren, dass wieder jemand damit ablenkte, dass er um ein frisches Getränk bat.
Herr Merker nahm einen tiefen Schluck aus seinem Rotweinglas und fuhr dann mit so leiser Stimme zu sprechen fort, dass alle Anwesenden unweigerlich ein Stück näher zusammenrückten, was die Situation allerdings nur noch unheimlicher machte: „Ferdinand war nicht nur böse, er war schlichtweg DAS BÖSE in Person. Schon als kleiner Junge quälte er alles, was er in die Finger bekam.

Tiere, Menschen, sogar Büsche und Pflanzen. Nur, wenn er etwas zerstören oder malträtieren konnte, schien er glücklich zu sein. Seine Schwester Leonida war das genaue Gegenteil und litt sehr unter dem Verhalten ihres Bruders. Viel bekam ich zwar nicht mit, weil ich ja die meiste Zeit im Garten beschäftigt war, aber man redet halt unter Angestellten. Und aus der Ferne sah ich öfter, wie er die Dienstmädchen mit Haselnussgerten schlug, die er aus den Sträuchern gebrochen hatte. Wenn er in meine Nähe kam, versuchte ich sofort, ihm aus dem Weg zu gehen. Aber als sich unsere Blicke doch einmal trafen, habe ich es genau gesehen."

„Was?", hauchte Diana fast tonlos.

„Das Böse blitzte in seinen Augen." Wie zur Bestätigung seiner eigenen Worte nickte Herr Merker und trank erneut einen großen Schluck Wein.

„Und warum sollte mein Großonkel hier spuken?" drängelte Diana. Und Herr Merker erzählte bereitwillig weiter, nicht aber ohne sich vorher noch einmal sorgfältig im Raum umgesehen zu haben, ob der alte Graf nicht doch plötzlich auftauchte oder sonst eine seltsame Erscheinung auf seine unheimliche Anwesenheit hindeutete. Joschua, Maximilian und Susan hatten schon seit Ewigkeiten kein Wort mehr gesagt. Alle drei lauschten gebannt den Erzählungen des alten Mannes, die das Gespräch dominierten und nur hin und wieder einmal von Fragen seitens Diana unterbrochen wurden.

„Als Ferdinand noch ein Kind war, hofften alle, dass er mit den Jahren, die er heranwuchs, vernünftig werden würde. Ganz besonders wohl die Dienstmädchen, die am allermeisten unter seinen Attacken zu leiden hatten. Als eines der Dienstmädchen die Treppe hinunterstürzte, wurde unter den Angestellten sogar gemunkelt, dass Graf Ferdinand etwas damit zu tun habe."

„Was? Aber warum haben denn seine Eltern nichts unternommen? Wenn sie so viel Geld hatten, hätten sie sich doch die beste Erziehung leisten können?"

„Wilhelmine von Strentel wollte nicht sehen, dass ihr Sohn böse war. Sie schaute einfach weg, wenn er seine furchtbaren Taten ausübte. Den Dienstmädchen bezahlte sie horrende Summen, fast das Doppelte wie sie in anderen Haushalten hätten verdienen können. Bei den anderen Adelsfamilien wurde sie deshalb für ihre Großzügigkeit bewundert, aber alle hier wussten, dass es eine Art Schweigegeld war. Und weil man hier so gut verdiente, fand sich auch immer wieder schnell neues Personal, wenn eine Angestellte kündigte, weil sie die Quälereien von Ferdinand nicht mehr aushielt. Mehrere Erzieher haben wohl versucht, der Gräfin ins Gewissen zu reden, aber dann waren sie schneller ihren Job los als sie das Alphabet aufsagen konnten. Ich habe das alles zwar nicht am eigenen Leib erfahren, aber wie gesagt, man redet eben unter dem Personal. Der alte Graf verteidigte seinen Sohn immerzu. Er sagte, es schade nicht, wenn der Erbe eines so großen Anwesens etwas Biss zeige. Mit einem Weichling könne er nicht viel anfangen.“
„Und was ist aus Ferdinand geworden? Sie sagten, alle hätten gehofft, dass er vernünftig werden würde.“
„Oh, das war eine ganz komische Geschichte.“ Herr Merker zögerte. Er schien zu überlegen, ob er Diana das wirklich erzählen wollte. Doch diese spürte sein Zögern und setzte sofort ihren absoluten Bettelblick auf.
„So genau weiß ich das auch nicht“, versuchte Herr Merker auszuweichen. „Es trugen sich auf einmal sehr seltsame Dinge zu. Es schien damit zu beginnen, dass ein Freund des alten Grafen wohl verstarb und dessen Frau die von Strentels bat, ihren Sohn aufzunehmen. Ab diesem Moment wurde Ferdinand nicht nur bösartig, sondern irgendwie auch noch seltsamer als sonst. Er schlich misstrauisch durch die Gegend, sprach wenig und schien immer und überall plötzlich aufzutauchen und zu verschwinden wie ein Geist. Als die Tochter des Hauses, Leonida, dann schwer krank wurde, wurde er immer eigenartiger. Er *tat* zwar weniger

Böses, aber man hatte das Gefühl, dass er immer bösartiger *wurde*. Ich habe zu dieser Zeit gar nichts mehr von ihm mitbekommen, weil ich ihm so gut es ging aus dem Weg gegangen bin, wie die meisten anderen auch.“

„Leonida war schwer krank? Das wusste ich ja überhaupt nicht. Was hatte sie denn?“

„Das weiß ich gar nicht so genau.“ Die Erinnerung an das kleine schwer kranke Mädchen schien den alten Mann traurig zu stimmen. „Sie lag monatelang im Bett. Sterbenskrank. Niemand durfte zu ihr, aus Angst vor einer möglichen Ansteckung. Nur die Gräfin selbst und ein einziges Dienstmädchen durften das Zimmer von Leonida unter höchsten Sicherheitsvorkehrungen betreten. Und die Ärztin natürlich, die allerdings nur für eine kurze Zeit da war, was schon höchst verwunderlich war, wenn man bedenkt, dass die Kleine monatelang dahinsiechte.“

„Aber man muss doch wenigstens einen Verdacht gehabt haben, was sie hatte, oder?“ Diana überlegte. Leonida hatte auf sie zwar meistens sehr traurig, aber niemals ernsthaft krank gewirkt. Im Endeffekt schien sie also wieder vollständig genesen zu sein.

„Im Vertrauen gesagt“, Herr Merker rückte mit seinem Gesicht ein bisschen näher an das von Diana heran, obwohl das überflüssig war, weil sowieso alle Anwesenden mucksmäuschenstill waren, um ja kein Wort zu verpassen. „Unter uns Angestellten wurde gemunkelt, dass Ferdinand schuld an Leonidas Krankheit war.“

„Wie das denn?“

„Na, dass er sie vielleicht vergiftet hat oder derart geschlagen, dass sie sich sämtliche Knochen gebrochen hatte.“

Diana überlegte. Das war eine heftige Anschuldigung, aber es machte Sinn. Dann wäre auch verständlich, warum niemand das Zimmer betreten durfte. Gar nicht wegen der Ansteckungsgefahr, sondern weil niemand die blauen Flecken und eingegipsten Knochen von Leonida sehen durfte.

„Leider haben wir nie herausgefunden, ob wir mit unserer Vermutung Recht hatten. Das Mädchen kam einfach eines Tages wieder aus dem Zimmer. Das Grafenpaar verkündete den Angestellten mit großer Freude, dass ihre Tochter wieder vollständig genesen sei. Doch das Mädchen wurde nie wieder wie zuvor. Vor ihrer Krankheit war sie ein liebes, aufgeschlossenes und sanftmütiges Wesen gewesen. Alle Angestellten hatten die kleine Leonida geliebt. Auch als sie in ihrer Jugend zu einer bildschönen jungen Dame herangewachsen war. Aber als sie das Zimmer nach vielen Monaten geheilt verlassen konnte, war sie verschlossen und eingeschüchtert. Sie wirkte traurig und unzugänglich und blieb das auch, soweit ich weiß, bis zu ihrem Tod. Nicht einmal die alte Köchin, mit der sie sich von klein auf bestens verstanden hatte, konnte noch zu ihr durchdringen."

Eine Welle tiefen Mitleids durchströmte Diana. Wie gerne hätte sie das kleine Mädchen gekannt, das ihre Großtante den Erzählungen nach vor ihrer Krankheit gewesen war. Stattdessen hatte sie leider nur die alte, verbitterte Frau kennengelernt, die einsam auf ihrem Gut hockte und Zeit ihres Lebens auf den Tod zu warten schien. Konnte Ferdinand wirklich schuld daran sein? Hatte er vielleicht in einem Wutanfall seine Schwester derart schlimm zugerichtet, dass ihr Körper monatelang gebraucht hatte, um sich von den Schlägen zu erholen?

„Was war denn mit Ferdinand, als Leonida wieder da war? Hat er sich irgendwie auffällig verhalten?"

„Das weiß keiner so genau. Er verschwand für längere Zeit. Nach einigen Jahren hörten wir, dass er wohl ausgewandert sei. Außerdem hatte er angeblich inzwischen geheiratet. Auch wenn niemand die Frau kannte, hatte doch jeder aufrichtiges Mitleid mit ihr. Alle hofften nur, dass sie ebenso böse sein möge wie Ferdinand, damit sie nicht allzu sehr unter ihm zu leiden hätte. Sie starb dann aber wohl recht früh, woran weiß ich leider nicht. Einige Jahre später verschwand Graf Ferdinand plötzlich

vollständig. Dieses Mal wusste niemand, wohin. Ein solches Verschwinden führt natürlich sofort zu Gerüchten und Tratsch. Es war ein riesiger Skandal und irgendwie war Gut Strentel darin verwickelt. Die Polizei war ein paar Mal hier, aber ich habe nichts Genaues mitbekommen. Und die Gräfin fragen mochte ich nicht. Die Menschen im Dorf glauben allerdings, dass Graf Ferdinand inzwischen gestorben und als Geist nach Gut Strentel zurückgekehrt ist, um hier weiterhin sein böses Spiel zu treiben."
„Ach daher die Angst vor dem großen, bösen Grafen Ferdinand und davor, mich in meinem Haus zu besuchen." Diana warf verstehend den Kopf zurück.
„Dann habe ich ja Glück, dass ich ihm bisher noch nicht begegnet bin. Immerhin müsste er mich als neue Besitzerin ja ganz schön hassen."
Den ganzen Abend lang unterhielten sie sich eigentlich nur über Gut Strentel. Der alte Herr Merker erzählte von der gräflichen Familie und vor allem von Ferdinand und Leonida, aber auch die eine oder andere lustige Geschichte aus den Reihen der Angestellten. Es war ein sehr spannender, aber auch lustiger Abend und nach und nach reihte sich eine leere Weinflasche an die andere.
„Warum hast du denn das Erbe überhaupt angenommen?" Es war das erste Mal seit einer gefühlten Ewigkeit, dass Joschua etwas sagte. Seine kratzige Stimme holte Diana endgültig wieder in die Gegenwart zurück. Entweder er hatte bereits jetzt zu viel Alkohol getrunken oder es kam daher, weil er schon zu lange nichts mehr gesagt hatte, aber der leicht raue Klang seiner Stimme war unglaublich sexy. Diana riss sich zusammen, um sich nicht anmerken zu lassen, wie hingerissen sie von Joschuas Anblick war. So leicht angetrunken wirkte er sehr lässig. Die braunen Haare fielen ihm wild in die Stirn und durch das Kerzenlicht bekamen seine wasserblauen Augen einen fast unnatürlichen Glanz.

„Aus Neugier“, antwortete Diana schließlich. „Meine Großtante hat mir geschrieben, ich solle einen Roman über ihre Tochter schreiben.“
„Eine Tochter? Das muss ein Irrtum sein.“ Der alte Herr Merker war bei Dianas Bemerkung aufgeschreckt als habe ihn etwas gebissen. „Gräfin Leonida hatte keine Kinder. Sie war ja nicht einmal verheiratet.“
„Das dachte ich auch“, seufzte Diana unendlich enttäuscht. Nach dem, was Herr Merker gerade alles über das Haus und seine Bewohner erzählt hatte, hatte sie wirklich gehofft, er würde ihr von Elisabeth erzählen können.
„Meine Großtante schrieb, ihre Tochter habe Elisabeth geheißen“, erklärte Diana und blickte den alten Gärtner fragend an, als könne der Name irgendwelche Erinnerungen in ihm wach rufen. Doch der schüttelte nur den Kopf und hob abwehrend die Hände.
„Nein, nein, das wüsste ich. Im ganzen Haus gab es während meiner Dienstzeit und auch danach niemanden dieses Namens, da bin ich mir absolut sicher.“
„Vielleicht haben Sie sie ja nur vergessen“, startete Diana erneut einen verzweifelten Versuch.
„Junge Dame!“ Der sonst so sanftmütige alte Mann wirkte auf einmal ungewöhnlich streng und völlig nüchtern. „Ich mag alt sein und meine Körperteile mögen manchmal vergessen, wie sie zu funktionieren haben, aber mein Gehirn funktioniert tadellos. Ich bin weder verkalkt noch unaufmerksam. Es gab hier keine Elisabeth. Da bin ich mir hundertprozentig sicher.“
„Tut mir leid. Ich dachte nur… Sie waren eine große Hoffnung für mich.“ Diana tat es aufrichtig leid. Sie hatte den netten Mann nicht beleidigen wollen, aber die Hoffnung hatte sie einfach getrieben. Es war ihr unangenehm, ihn verletzt zu haben. Aber zum Glück schien Herr Merker nicht nachtragend zu sein.
„Ist schon gut“, lenkte er ein. „Gib mir noch ’was von dem hervorragenden Wein, junge Dame, und ich vergesse, trotz

funktionierenden Gehirns alles, was du mir gerade unterstellt hast." Er schenkte ihr ein Lächeln, das keinen Zweifel daran ließ, dass er ihr ihre Fragen keineswegs übel nahm.
Diana war zwar ein bisschen enttäuscht darüber, Elisabeth noch immer keinen Schritt näher gekommen zu sein, aber sie war doch froh über all die Neuigkeiten, die sie heute erfahren hatte. Nun, da sie einen guten Einblick in den Charakter von Ferdinand erhalten hatte, konnte sie ein bisschen besser nachvollziehen, warum die Dorfbewohner solche Angst vor ihm hatten, dass sie es nicht einmal wagten, das Gut zu betreten. In diesem Haus musste eine solch unheimliche Atmosphäre geherrscht haben, dass sie den Dorfbewohnern noch heute Angst einjagte. Tatsächlich hatte sie damals bei ihrer Ankunft auch so ein seltsames Gefühl gehabt. Diana erinnerte sich. Als ob sie beobachtet würde. Und auch in den ersten Nächten war sie häufiger nachts hochgeschreckt, weil sie sich eingebildet hatte, etwas gehört zu haben. Das hatte sie aber auf Joschuas Gerede von Spuk und natürlich auf die Gewöhnung an die neue Umgebung geschoben. Nun, da sie den Hintergrund kannte, und wusste, dass dieser böse Graf Ferdinand hier sein Unwesen getrieben hatte und laut der Dorfbewohner immer noch trieb, ließ das ihre ganzen Eindrücke in einem ganz anderen Licht erscheinen. Was, wenn ihr Großonkel wirklich das Böse nach Gut Strentel gebracht hatte und es sich hier breit gemacht hatte? Was, wenn wirklich ein Fluch auf dem Haus lastete? Diana bekam eine Gänsehaut.
„Ist alles in Ordnung?" Überrascht stellte Diana fest, dass die Stimme von Joschua ihren ehemals samtweichen Klang wieder angenommen hatte.
„Ja, alles okay." Sie versuchte ein Lächeln. „Die Geschichte über meinen Großonkel hat mir wohl mehr zugesetzt, als ich mir eingestehen wollte."
„Siehst du und genau das wollte ich vermeiden." Der alte Herr Merker schaute etwas bedröppelt drein, doch Diana versicherte

ihm sofort, dass das nicht seine Schuld sei. Sie habe es ja unbedingt wissen wollen und sei ihm sehr dankbar für seine Erzählungen. Susan gähnte. Verwundert schaute Diana auf die Uhr. Es war inzwischen weit nach Mitternacht. Sie hatte gar nicht bemerkt, wie schnell die Zeit verflogen war.

„Ich denke, ich sollte mich jetzt besser auf den Weg machen." Susan nahm ihre Tasche und stand auf. „Sonst schlafe ich noch hier im Sitzen ein." Sie ließ ihren besorgten Blick über den Tisch schweifen. Es stand noch alles so da wie am Anfang. Das Geschirr, das Essen, die Gläser und unzählige Flaschen Wein. „Soll ich dir noch beim Aufräumen helfen, oder…?"

„Nein lass nur", unterbrach Joschua. „Nimm du lieber die zwei Herren hier mit, die sehen auch aus, als wäre das Sandmännchen schon vor einigen Stunden hier gewesen."

Maximilian drohte Joschua spielerisch mit der Faust, aber er war zu müde, um noch eine schlagfertige Antwort zu geben.

„Ich bin noch fit, ich kann noch bleiben und helfe Diana beim Aufräumen. Macht ihr mal lieber, dass ihr in eure Bettchen kommt."

Diana wurde heiß und kalt. Hatte Joschua das eben wirklich gesagt? Wie sollte sie das denn bitte überleben? Den ganzen Abend hatte sie wirklich gut durchgehalten. Hatte versucht, ihn nicht anzustarren. Sich die größte Mühe gegeben, nicht jedes Mal eine Gänsehaut zu bekommen, wenn Joschua etwas sagte. Sie hatte sich so zusammengerissen und nun sollte sie wirklich mit ihm zusammen aufräumen? Mit ihm alleine in einem Raum bleiben? Und das in ihrem angetrunkenen Zustand und während seine Augen glänzten wie Edelsteine im Sonnenlicht? Das würde sie nicht überleben.

„Nein, geht nur alle, ich mach das schon." Verzweifelt versuchte sie ihrem Martyrium zu entgehen, aber Joschua war einfach zu nett.

„Das kommt ja überhaupt nicht in Frage. Kusch, ab ins Bettchen mit euch. Wir machen das."
Und mit diesen Worten hatte er das Regiment übernommen. Susan, Maximilian und der alte Herr Merker verabschiedeten sich wortreich und machten sich schließlich, dankbar für den schönen Abend, auf den Weg nach Hause. Und Diana blieb mit Joschua in dem großen Speisesaal zurück.

1948 Lioba

Als Lioba wieder zu sich kam, hatte sie keine Ahnung, wo sie war. Das große Zimmer, in dem sie erwachte, hatte sie noch nie in ihrem Leben gesehen. Sie lag in einem riesigen Himmelbett zwischen Bergen von Kissen. Die schweren Brokatvorhänge an den Fenstern waren achtsam ein Stück zugezogen, genau so, dass noch etwas Licht hereinfiel, die Sonnenstrahlen das Bett aber nicht erreichten, um die Kranke nicht zu wecken. Schwere Ölgemälde zierten die Wände und von der Decke hing ein voluminöser Kronleuchter. Dem Stil nach würde sie sagen, dass sie sich noch immer auf Gut Strentel befand. Aber warum lag sie in einem Bett? Das Letzte, woran sie sich erinnern konnte war, dass Graf Ferdinand mit der Hand in seiner Hose vor ihr gestanden hatte und dann… ja, dann war sie gestürzt. Hatte er sie gestoßen? Oder war sie von selbst gefallen? Lioba versuchte krampfhaft, sich zu erinnern, doch davon schienen die Schmerzen in ihrem Kopf nur noch schlimmer zu werden. Vorsichtig tastete sie an ihre Stirn und fühlte den dicken Verband, in welchem ihr Kopf eingehüllt war. Dann weitete eine plötzliche Angst ihre Augen. Instinktiv griff sie sich an den Bauch. Was war mit ihrem Kind?

„Hallo?“, rief sie vorsichtig. „Ist da jemand?“

„Ja, ich bin hier!“ Eine kleine Gestalt schreckte hinter den Kissenbergen am Fußende des Bettes hoch und kam an ihre Seite gestürmt. Gerührt erkannte Lioba die kleine Anni, die Tochter von Mamsell Hösch. Offensichtlich hatte man ihr aufgetragen, bei der Verletzten zu warten, bis sie wieder zu sich kam. Sie war vermutlich die Einzige, die man in dem großen Haushalt für längere Zeit entbehren konnte.

„Was ist mit meinem Kind?“, fragte Lioba sofort, obwohl ihr im gleichen Moment bewusst wurde, dass das kleine Mädchen weder von ihrer Schwangerschaft wusste, noch vermutlich über ihren

gesundheitlichen Zustand aufgeklärt war. „Warte einen Moment, ich hole meine Mutter!“
„Nein, bleib bei mir!“, rief Lioba, die auf keinen Fall alleine in dem fremden Zimmer bleiben wollte, doch da war die kleine Anni auch schon verschwunden.
Als Mamsell Hösch wenige Minuten später das Zimmer betrat, brauchte sie kein Wort zu sagen. Ihre verweinten Augen und ihr trauriger Gesichtsausdruck ließen kaum einen Funken Hoffnung zu. Schließlich schüttelte die Mamsell bedauernd den Kopf und Lioba fühlte, wie ihr Herz in ihrem Inneren zerbarst. Eng umschlungen beweinten die beiden Frauen das verlorene Kind.
Von Liobas Schmerz bekamen die anderen Personen im Haushalt nicht viel mit. Die Gräfin bezahlte ihr eine große Summe dafür, dass sie über den Vorfall schwieg und so weitermachte als wäre nichts weiter geschehen. Der dumme kleine Sturz auf der Treppe, den sie ihrer eigenen Ungeschicklichkeit zuzuschreiben hatte, wie es nach außen hin dargestellt wurde, war eine Woche lang Gesprächsthema Nummer eins, weil Lioba krankheitsbedingt ausfiel. Anschließend ging alles seinen gewohnten Gang und der Sturz war schnell vergessen. Doch Lioba war nicht mehr dieselbe. Still und in sich gekehrt erledigte sie ihr Tagewerk zuverlässig wie immer, doch sie sprach nicht, wenn man sie nicht direkt etwas fragte und niemand sah sie je wieder lächeln. Wilhelm war mehrfach drauf und dran, die gräfliche Familie für Liobas Unglück zur Rede zu stellen, doch Lioba rang ihm das Versprechen ab, sich herauszuhalten. Zu gut lebten sie von dem üppigen Lohn Liobas, den der Graf nach dem Sturz nahezu verdoppelt hatte. Deshalb kam es für sie auch überhaupt nicht in Frage, sich nach einer Stelle in einem anderen Haushalt umzusehen. Es würde an der Situation ja doch nichts ändern. Nichts und niemand konnte ihr das verlorene Kind zurückbringen.
Ferdinand ließ sie seit ihrem Sturz in Ruhe. Ab und an ertappte sie ihn zwar dabei, wie er sie aus der Ferne beobachtete, doch er kam

nicht mehr in ihre Nähe, sprach sie nicht an und berührte sie nicht mehr. Das war sehr angenehm im Vergleich zu früher, aber der Preis, den sie dafür bezahlt hatte, war zu hoch. Alles würde sie in Kauf nehmen, wenn sie nur ihr Kind wieder hätte. Doch es war nicht mehr rückgängig zu machen. Und auch eine neue Schwangerschaft wollte sich nicht einstellen. Lioba war verzweifelt, doch schließlich fügte sie sich demütig ihrem Schicksal.

1950 Leonida

Leonida war sauer. Seit Jahren musste sie nun schon mit ansehen, wie Ferdinand Unglück über Gut Strentel und alle Menschen, die dort lebten, brachte. Sie konnte es zwar nicht beweisen, aber sie war sich sicher, dass Ferdinand sogar etwas mit dem Unfall von Lioba vor knapp zwei Jahren zu tun gehabt hatte. Liobas Wunden waren inzwischen längst verheilt und es sprach auch niemand mehr darüber. Aber für Leonida war Ferdinand einfach der furchtbarste Mensch, den es auf der ganzen Welt gab. Auch wenn ihr ihre Eltern immer einreden wollten, dass sie verpflichtet war, ihn zu lieben, weil er schließlich ihr Bruder sei.

Inzwischen war sie zwölf Jahre alt und hatte es immer wieder aufrichtig versucht, aber sie konnte ihn einfach nicht lieben. Nicht einmal mögen konnte sie ihn. Am liebsten wäre es ihr, wenn er einfach fort ginge und nie mehr wieder zurückkäme. Sie würde ihn sicherlich nicht vermissen. *Alles wäre besser, wenn er weg wäre*, dachte Leonida, während sie durch den weitläufigen Park streifte. Vorhin war sie in der Küche Lioba begegnet und als diese auf die Frage hin, wie es ihr gehe, nur traurig den Kopf gesenkt hatte, war Leonidas Zorn auf Ferdinand aufs Neue entbrannt. Die Köchin hatte ihr daraufhin zu einem Spaziergang durch den Park geraten, um ihr Gemüt wieder ein bisschen abzukühlen.

Alles wäre einfach schöner ohne Ferdinand, überlegte Leonida. Sein mieser Charakter lag wie ein Schatten auf Gut Strentel. Das riesige Haus wirkte bedrückend und eng, wenn er in der Nähe war. Fröhliche Menschen wurden plötzlich still und ängstlich und sogar das Gras schien einen leichten Grauschimmer zu bekommen, wenn Ferdinand in der Nähe war. Dennoch musste sich Leonida widerwillig damit abfinden, dass sie es niemals würde ändern können. Er war nun einmal der Erbgraf. Er würde später das Sagen haben in Gut Strentel, wenn sie schon längst außerhalb verheiratet

worden war und nicht mehr hier lebte. Wenigstens müsste sie dann nicht mehr mit ansehen, wie sich Ferdinand dem Dienstpersonal gegenüber verhielt. Wobei sowieso davon auszugehen war, dass alle samt und sonders ihre Kündigung einreichen würden, wenn er hier der Chef des Hauses würde. Warum ihr Vater ihm nicht einmal gehörig die Leviten las, konnte sie einfach nicht verstehen. Und ihre Mutter schien sich sowieso nicht dafür zu interessieren, was mit ihren Kindern los war. Allzu oft hatte Leonida schon das Gefühl gehabt, dass sie nur Kinder bekommen hatte, weil man dies von einer Gräfin so erwartete. Es war ihre Pflicht, den Fortbestand des Geschlechts zu sichern. Das hatte sie mit der Geburt von Ferdinand getan. Leonida war nur noch eine hübsche Zugabe, die man Gästen gegenüber ausstellen und vorführen konnte, wie eine besonders wertvolle Puppe. Aber ansonsten wusste die Gräfin mit ihren Kindern nicht viel anzufangen. Leonida hatte eher das Gefühl, dass sie sie in ihrem Leben störten. Deshalb versuchte sie auch, ihre Mutter so wenig wie möglich zu behelligen. Wenn ich später einmal Kinder habe, dachte Leonida, dann werde ich eine ganz andere Mutter. Eine Mutter, die mit ihren Kindern verstecken spielt und Kuchen backt und ihnen abends vor dem Schlafengehen einen Gute-Nacht-Kuss gibt. Eine Mutter, die sich warm und weich anfühlt, wenn sie einen in den Arm nimmt und die zuhört, wenn man ihr etwas erzählen will. Eine Mutter, die nach Apfelkuchen und frisch gewaschener Wäsche duftet, so wie Marthe.
Für Leonida war völlig klar, dass sie einmal eine Mutter sein würde. Schließlich war auch sie eine Gräfin. Egal, mit welchem Adligen sie verheiratet würde, es würde auch ihre Pflicht sein, den Haushalt zu führen und den Fortbestand des Geschlechts durch möglichst viele Kinder zu sichern. Und sie freute sich darauf. Am liebsten wollte sie mindestens fünf Kinder haben. Eine bunte Mischung aus Jungen und Mädchen. Und diese würden nicht immer nur brav und still sein müssen, sondern sie würden lachen und toben dürfen. Aber Leonida würde großen Wert darauf legen,

sie ordentlich zu erziehen. Ihre Kinder würden nett und höflich sein und mit allen Menschen freundlich und zuvorkommend umgehen. Ein Verhalten wie das von ihrem gemeinen Bruder Ferdinand würde sie niemals dulden, das schwor sie sich bereits jetzt, obwohl sie mit ihren zwölf Jahren noch weit davon entfernt war, eigene Kinder zu haben. Trotzdem machte sie der Gedanke an eine eigene kleine Familie unglaublich glücklich.
Plötzlich blieb Leonida wie erstarrt stehen und riss ungläubig die Augen auf. Das Herz schlug in ihrer Brust so fest, als wolle es gleich herausspringen. Ein Stück von ihr entfernt an dem weißen Gartentisch saß der Vater ihrer zukünftigen Kinder. Der Mann, den sie auf immer und ewig lieben und ehren würde, bis dass der Tod sie schied, da war sie sich absolut sicher, obwohl sie ihn in diesem Augenblick zum ersten Mal in ihrem Leben sah. Leonida hatte es nie verstanden, wenn die Dienstmädchen in der Küche über die Liebe gesprochen hatten. Und über die Behauptung, dass es eine Liebe auf den ersten Blick geben würde, hatte sie gemeinsam mit der Köchin Marthe jedes Mal herzhaft gelacht. Dass man sein Herz an einen Mann verlieren sollte und ihm gegenüber all diese besonderen Gefühle empfinden könnte, die die Mädchen immer wieder in allen Facetten beschrieben, war ihr reichlich albern vorgekommen. Vor allem, wenn die Mädchen dabei noch so bescheuert gekichert hatten. Und nun stand sie einfach da und konnte nicht anders als den jungen Mann anzustarren. Konnte nichts anderes empfinden als tiefe, warme, glückselige Liebe, die sie von den Zehenspitzen bis zu den Haarwurzeln durchströmte. Und keine Beschreibung, die sie je gehört hatte, genügte, um das auszudrücken, was sie empfand. Leonida hatte das Gefühl, sie würde verbrennen, so heiß war ihr auf einmal. Vorsichtig fühlte sie sich mit einer Hand die Wange. Tatsächlich schien diese zu glühen und doch konnte sie nicht anderes tun als diesen jungen Mann zu betrachten. Sein kurzes braunes Haar war unten scharf ausrasiert. Die oberen Haare waren etwas länger und mit einem eleganten

Schwung zur Seite gelegt. Eine einzelne Haarsträhne fiel ihm immer wieder ins Gesicht, während er vertieft in dem vor ihm liegenden Buch las. Seine Gesichtszüge waren, soweit Leonida das an seinem Profil erkennen konnte, sehr scharf geschnitten und dennoch wirkten sie unglaublich weich und harmonisch. Wer war dieser Mann? Sie würde unbedingt herausfinden müssen, wie er hieß, woher er kam und wann sie ihn wiedersehen könnte. Sie würde jeden Augenblick, in dem es ihr möglich war, in seiner Nähe sein, das stand fest. Auch wenn das hieß, dass sie die Anwesenheit von Ferdinand auch würde ertragen müssen. Ferdinand. Erst jetzt wurde Leonida bewusst, dass ihr Bruder neben dem jungen Mann saß. Und noch ein dritter, etwas älterer Mann saß daneben. Soweit Leonida wusste, handelte es sich bei diesem um den neuen Hauslehrer von Ferdinand. Erst der Anblick ihres Bruders riss Leonida aus ihrer Schockstarre und ihr wurde bewusst, dass sie noch immer mitten auf dem Kiesweg stand, vermutlich schon seit mehreren Minuten oder vielleicht sogar Stunden?

Schnell sah sie sich um, ob irgendjemand ihre Anwesenheit bemerkt hatte, doch die drei Männer waren so vertieft in ihre Lektion, dass sie gar nicht zu ihr herübersahen. Außer ihnen war weit und breit niemand zu sehen. Glück gehabt. Erleichtert hastete Leonida ein Stück zurück und versteckte sich hinter einer üppigen Kugel aus Buchs. In ihrem Versteck beschloss sie, dass sie das Risiko in Kauf nehmen musste, dass ihr kleines Herz vielleicht auf einmal stehen bleiben würde, weil es sich beim Anblick des Mannes ihrer Träume völlig verausgabte, und beobachtete ihn weiter. Sie hätte ihn tagelang einfach nur anschauen können. Wie sich seine Mundwinkel leicht bewegten, während er stumm den vor ihm liegenden Text las. Wie sich seine Brust sachte hob und senkte, wenn er atmete. Wie seine Lippen die Wörter formten, wenn er sprach.

Erst als die Jungen schließlich ihre Schulbücher zusammenpackten, bemerkte Leonida, wie spät es schon geworden war. Bestimmt

würde sie Ärger bekommen, weil sie nicht pünktlich zum Umziehen für das Abendessen in ihrem Zimmer zurücksein würde. Aber das war es ihr wert. Hanna würde schon verstehen, dass sie sich verspätet hatte, wenn sie ihr erst erzählen würde... nein! Es wäre wohl besser, wenn sie die Begegnung mit dem jungen Mann und besonders ihre Gefühle für ihn zunächst für sich behalten würde. Also versuchte Leonida, sich zusammenzureißen. Man sollte ihr nicht ansehen, dass sich ihr gesamtes Leben gerade mit einem Schlag verändert hatte.
Leonida hoffte, dass ihr auch beim Abendessen niemand anmerken würde, wie sehr sie sich innerhalb der letzten Stunden gewandelt hatte. Ihr war, als sei sie eine völlig andere Person geworden, nur durch den Anblick des Mannes, den sie liebte. Etwas in ihrem Herzen hatte sich geöffnet und ließ ihr die ganze Welt verändert erscheinen. Gegenüber Hanna schwieg sie eisern, obwohl diese natürlich sofort bemerkte, dass etwas nicht stimmte.
Frisch eingekleidet und frisiert ging Leonida die große Treppe hinab wie auf Wolken. Obwohl ihr Magen vor Hunger knurrte, war sie sich sicher, dass sie keinen Bissen hinunterbringen würde. Überhaupt hatte sie kein bisschen Lust darauf, an diesem Tisch zu sitzen. Viel lieber würde sie sich damit beschäftigen, herauszufinden, wann und wo sie den hübschen jungen Mann wiedersehen könnte. Doch wie sollte sie das anstellen? Ferdinand musste wohl wissen, wer er war, wenn er mit ihm zusammen gelernt hatte, aber Ferdinand würde sie niemals danach fragen wollen. Nicht einmal, wenn es die letzte Möglichkeit wäre.
Grübelnd durchschritt Leonida die zweiflügelige Tür zum Speisesaal, die der Butler ihr höflich aufhielt und traute ihren Augen nicht. Ihr Traummann saß dort am Tisch. Konnte das wirklich wahr sein oder spielte ihr ihre Fantasie einen dummen Streich? Sie zwang sich, weiterzugehen und setzte sich auf den Stuhl, den der Diener ihr zurechtrückte. Leider befand sich dieser genau gegenüber von dem jungen Mann. Leonida starrte auf das

Besteck vor sich, als habe sie noch nie im Leben eine Gabel gesehen und wagte nicht, aufzublicken. Sie spürte, wie ihr die Röte in die Wangen stieg und hatte keine Ahnung, wie sie sich verhalten sollte. Als sie schließlich doch vorsichtig aufsah, traf ihr Blick die wasserblauen Augen ihres Gegenübers und ihr Herz setzte für einen Schlag aus. Der junge Mann sah ihr direkt in die Augen und lächelte sie freundlich an. Leonida war sich sicher, sie würde gleich ohnmächtig vom Stuhl kippen. Die dröhnende Stimme ihres Vaters rettete sie vor der nahenden Ohnmacht und sie wandte ihm dankbar den Blick zu. Solange sie ihren Vater ansah, würde sich ihr Herz vom Anblick des jungen Mannes einen Moment erholen können.

„Liebe Familie, ich möchte euch einen besonderen Gast vorstellen: Eduard von Belzner.“

Eduard. Ein Name so schön wie die Person, die er schmückte. Dieser Klang. E-du-ard. In ihrem Kopf flüsterte Leonida tausendmal seinen Namen, während die Worte ihres Vaters wie Begleitmusik daran vorbeirauschten.

„Eduards Vater, Karl von Belzner, war ein sehr guter Freund von mir. Schon als junge Männer waren wir eng befreundet und der Krieg schweißte uns auf Leben und Tod zusammen, da wir Seite an Seite kämpften. Bereits dort versprachen wir uns gegenseitig, uns unserer Kinder anzunehmen, sollte dem anderen etwas passieren. Nun, unglücklicherweise ist dieser Fall nun eingetreten. Mein geliebter Freund, Karl von Belzner, starb vergangenes Jahr an einer Lungenentzündung. Seine Frau, Edwina von Belzner, bat mich, mich ihres Sohnes anzunehmen, da sie ihm nicht den Vater ersetzen könne, er aber ein männliches Vorbild brauche, denn er ist der Erbe des Hauses Belzner. Ich erwarte, dass ihr alle Eduard aufnehmt wie ein Familienmitglied.“ Gustav von Strentel ließ seinen Blick prüfend schweifen, doch alle Augen waren auf ihn gerichtet und warteten darauf, dass er fortfuhr. „Eduard, ich heiße dich in meiner

Familie herzlich Willkommen." Der Hausherr erhob sein Glas und die Anwesenden taten es ihm gleich.
Leonida hatte keine Ahnung, wie sie jemals die Gefühle wieder in Ordnung bringen sollte, die in ihr tobten. Der Mann ihrer Träume würde bleiben. Er würde hier auf Gut Strentel sein, jeden Tag mit ihr gemeinsam am Tisch sitzen. Sie würde ihn jeden Tag sehen, vielleicht sogar seine Stimme hören. In seiner Nähe sein. Obwohl Leonida vor Aufregung und vor Konzentration darauf, sich nichts anmerken zu lassen, keinen Bissen aß, war sie an diesem Abend einfach unglaublich glücklich.

2018 Diana

„Oh Oh!“ Zerknirscht ließ Joschua seinen Blick über das Chaos aus Flaschen, Gläsern, Tellern und Essensresten schweifen. „Ich schlage vor, wir bringen lediglich die Essensreste in den Kühlschrank und lassen den Rest erst einmal bis morgen so stehen“, schlug er vor.

„Du musst mir nicht helfen, wenn du nicht willst“, lenkte Diana sofort ein. „Ich verstehe gut, wenn du auch lieber nach Hause willst.“ Sie lächelte verständnisvoll, aber ein bisschen enttäuscht war sie schon. Trotz ihrer Angst vor dem Alleinsein mit Joschua, hatte sie sich innerlich gleich doppelt gefreut, als dieser ihr angeboten hatte, beim Aufräumen zu helfen. Einerseits war sie dann nicht mit dem ganzen Chaos alleine und zusätzlich konnte sie sogar seine Nähe noch ein bisschen länger genießen. Das war überhaupt das Beste daran. Während des ganzen Abends hatte sie nahezu in dem Gefühl, ihm nahe zu sein, gebadet. Jedes Mal, wenn er sie angesehen hatte, hatte sie das Gefühl gehabt, in der Tiefe seiner wasserblauen Augen zu ertrinken. Es hatte sie wahnsinnig viel Kraft gekostet, ihre chaotischen Empfindungen in Zaum zu halten, damit die anderen Anwesenden und auch er selbst nichts bemerkten. Als hätte sie die Kontrolle verloren, himmelte sie Joschua an wie ein verliebter Teenager. Was machte er nur mit ihr? Sie durfte sich auf keinen Fall in ihn verlieben. Er war verheiratet mit einer wunderbaren Frau und zudem lebten sie hier in einem winzigen Dorf. Sie würde ihm ständig begegnen, auf jedem Fest und sogar beim Einkaufen in dem winzigen Supermarkt, der die einzige Möglichkeit bot, sich mit Lebensmitteln einzudecken, ohne kilometerweit fahren zu müssen. Außerdem schien Joschua, nach dem, was sie den Gesprächen des Abends entnommen hatte, in der kleinen Gemeinde überaus beliebt zu sein. Eine Affäre mit ihm käme einem gesellschaftlichen Selbstmord gleich. Und das, wo sie doch gerade erst hergezogen war und hier Fuß fassen wollte. Nein, sie durfte einfach nichts für ihn empfinden. Und doch fuhren die Emotionen mit ihr Achterbahn. Egal, ob er sie nur ansah oder mit ihr sprach, Diana hatte jedes Mal das Gefühl, in ihrem Bauch würden hundert Wunderkerzen abbrennen und die kleinen Fünkchen explodierten bis in ihren Kopf hinauf.

„Natürlich helfe ich dir, deshalb bin ich doch extra geblieben."

Ja, natürlich, warum auch sonst. Sie musste sich doch eingestehen, dass sie ein bisschen gehofft hatte, er sei ihretwegen geblieben, um noch mehr Zeit mit ihr zu verbringen, aber dann schob sie den Gedanken sofort wieder weit von sich.

„Ich meine nur, wir sollten vielleicht erst einmal nur das Nötigste machen und den Rest auf morgen verschieben, damit wir hier keinen Scherbenhaufen verursachen. Oder kannst du etwa noch gerade laufen?" Grinsend sah er sie an und durch Dianas Körper fuhr eine Hitzewelle. „Also ich muss gestehen, dass ich doch den ein oder anderen Grappa zu viel erwischt habe und ich würde für meine Koordinationsfähigkeit nicht mehr garantieren", lachte er. „Sicherlich kann ich unter Aufbietung all meiner Konzentration die Essensreste einigermaßen in den Kühlschrank zielen, aber an dem Geschirr, das meiner Meinung nach nicht gerade nach billiger Supermarktware aussieht, möchte ich mich mit knapp zwei Promille eigentlich nicht mehr vergreifen." Zur Demonstration seiner Koordinationsschwierigkeiten schnappte er sich eine Salatschüssel und schwankte theatralisch mit ihr in Richtung Küche. Kurz vor der Tür erhob er den Arm mit der Schüssel wie ein Speerwerfer, wodurch es tatsächlich so aussah, als habe er vor, sie in den Kühlschrank zu werfen. Diana musste unweigerlich lachen. Und sie musste ihm Recht geben. Wenn sie in ihrem angetrunkenen Zustand aufräumten, würde sicherlich das ein oder andere gute Stück aus dem Porzellanbestand des Hauses das Zeitliche segnen. So beschränkten sie sich auf die von Joschua

vorgeschlagenen Maßnahmen, was schon genügend Zeit beanspruchte.
Als sie schließlich alle verderblichen Essensreste in der Küche verstaut hatten, ließ sich Joschua erschöpft auf einen der harten Stühle plumpsen.
„Absacker?“
„Klaro!“
Erst als Diana ebenfalls saß und Joschua ihr den Rotwein ins Glas goss, spürte sie, wie müde sie tatsächlich war.
„Wie spät ist es denn überhaupt?“
Joschua sah auf seine Armbanduhr. „Kurz nach vier. Eigentlich lohnt es sich gar nicht mehr, schlafen zu gehen.“
Ohne Schlaf würde sie den Tag nicht überleben, da war sie absolut sicher. Diana sah auf und erschrak, als sie den Blick von Joschua traf. Ihr war gar nicht bewusst gewesen, dass sie sich auf den Stuhl direkt neben Joschua gesetzt hatte. Ein fataler Fehler, den sie sicherlich vermieden hätte, wenn sie nicht so unglaublich erschöpft gewesen wäre. Den ganzen Abend hindurch hatte sie penibel darauf geachtet, dass immer genügend Abstand zwischen ihr und Joschua herrschte, im besten Falle hatte sie sogar darauf geachtet, dass sich ein Möbelstück zwischen ihnen befand. Nur so konnte sie sichergehen, dass sie nicht doch irgendwann dem unwiderstehlichen Drang nachgeben könnte, eine Hand auszustrecken und ihn zu berühren. Dieser Mann zog sie an wie ein Magnet. Sobald er auch nur in Sichtweite war, hatte Diana das Gefühl, so stark von ihm angezogen zu werden, dass sie wirklich viel Kraft und Beherrschung aufbieten musste, um nicht einfach zu ihm zu gehen und sich in seine Arme zu werfen. Und nun schien alle Mühe umsonst, denn jetzt saß er direkt neben ihr, ihre Beine nur wenige Zentimeter voneinander entfernt. Oberkörper und Gesicht waren ihr zugewandt und sie hätte nur eine Hand ausstrecken brauchen, um ihn zu berühren. Ein heißer Stromschlag fuhr durch ihren Körper und beraubte sie jeglicher Selbstkontrolle.

Mit offenen Augen träumte Diana davon, wie sie die Augen schließen und ihr Gesicht ganz langsam dem seinigen entgegenrecken würde, so wie in einer der amerikanischen Schnulzen, die sie so sehr liebte. Und dann würde er ihr Gesicht in seine Hände nehmen und sie lange und zärtlich küssen. Und sie würde sich in seine Arme ergeben und einfach geschehen lassen, was auch immer geschah.
„Wie willst du denn jetzt weiter vorgehen?"
„Was?" Erschrocken zuckte Diana zusammen. Wie sie weiter vorgehen wollte? Sie wollte ihn küssen, bis ihm die Luft wegblieb und ihm dann ganz unelegant die Kleider vom Leib reißen. Aber das durfte er niemals erfahren.
„Ich meine, wegen Elisabeth", ergänzte er etwas irritiert, weil Diana ihn anstarrte, als hätte seine einfache Frage sie völlig aus der Fassung gebracht.
„Ach so, dabei meintest du."
„Was dachtest du denn, wobei?"
„Unwichtig." Schnell kramte Diana in ihrem übermüdeten Hirn nach einer Idee. „Vielleicht die Dorfbewohner befragen?"
„Das ist nicht dein Ernst?" Joschua lachte amüsiert. „Die lassen sich ein Vier-Gänge-Menü entgehen, weil sie glauben, dass Graf Ferdinand hier spukt. Ich kann mir nicht vorstellen, dass von denen einer mehr weiß als der alte Herr Merker. Das gibt nur Zunder für neue Gerüchte."
„Da hast du auch wieder Recht." Enttäuscht zuckte Diana die Achseln. „Ich war so überzeugt davon, dass heute Abend ein paar Menschen zu meiner Party kommen würden, die eine engere Verbindung zu Gut Strentel hatten und auch etwas über Elisabeth wissen. Ich konnte ja nicht ahnen, dass meine Großtante eine so extreme Einzelgängerin war. Und dass das Haus einen so schlechten Ruf hat, liegt mir ehrlich gesagt auch etwas schwer im Magen. Wobei ich nicht hundertprozentig sicher bin, ob das nicht

vielleicht doch eher die dritte Portion Eis ist, die sich einen Weg nach draußen suchen will."
„Fotos."
„Was? Du willst fotografieren wie ich kotze?"
„Nein!" Beim Anblick von Dianas entsetztem Gesichtsausdruck lachte Joschua laut auf. „Nein, ich meine du solltest dir die Fotos aus der Zeit mal genauer anschauen. Es muss doch in einer Familie wie dieser Fotoalben geben, wenn nicht sogar Chroniken, in denen die Familiengeschichte aufgeschrieben wurde. Hast du da mal nachgesehen?"
Dianas Augen begannen zu leuchten. Die Müdigkeit war wie weggeblasen. Natürlich! Warum war sie da nicht selbst drauf gekommen? Von einem plötzlichen Energieschub durchflutet sprang sie auf: „Ich schau mal in der Bibliothek nach."
„Halt!" Reflexartig griff Joschua nach Dianas Handgelenk und hielt sie fest. Diana erstarrte. Den ganzen Abend lang hatte sie jegliche Berührung mit Joschua sorgsam vermieden und nun geschah es doch. In dem Moment, in dem Joschuas Haut die ihrige berührte, stoben tausend Funken in ihrem Körper durcheinander. Ihr wurde schwindelig und sie fühlte, dass ihr gleich die Luft wegbleiben würde. Als sie versuchte, sich zum Einatmen zu zwingen, spürte sie, dass sie die Augen geschlossen hatte. Sie musste sie wieder öffnen, sofort, doch ihre Lider gehorchten ihr einfach nicht. Plötzlich spürte sie eine sanfte Wärme an ihrem Gesicht, die von dem Körper ausging, der nun dicht vor ihr stand. Sie roch das herbe After-Shave und war sich sicher, wenn sie den Kopf nur ein kleines bisschen nach vorne neigte, würde sie an seiner Brust lehnen. Plötzlich spürte sie eine Hand, die ihr liebevoll über den Kopf strich. Sie konnte nicht anders, sie musste ihn einfach berühren. Ohne jegliche Macht über ihre Sinne ließ sie zu, dass ihre Arme sich selbstständig machten, nach vorne streckten und den männlichen Körper vor sich umschlangen. Sie spürte den

Stoff seines Hemdes an ihrer Wange und eine Hitze, die ihren ganzen Körper erfüllte.
„Entschuldige." Vorsichtig löste sich Joschua aus ihrer Umarmung und trat einen Schritt zurück. „Es tut mir leid, ich glaube ich habe wirklich zu viel getrunken."
Diana öffnete die Augen. Oh Gott, war das peinlich.
„Es ist meine Schuld", murmelte sie, aber weniger, weil sie es so meinte, sondern weil sie in Filmen gesehen hatte, dass die Frauen das meistens so sagten. „Ich habe auch zu viel getrunken." Sie überlegte einen Moment, wie sie es formulieren sollte, ohne dass Joschua sie missverstehen könnte. Dann sagte sie vorsichtig: „Versteh' mich bitte nicht falsch, ich möchte dich wirklich nicht hinauswerfen und ich bin dir sehr dankbar für deine Hilfe…"
„Aber?", unterbrach Joschua und sein spitzbübisches Grinsen brachte Diana derart aus dem Konzept, dass sie überlegte, ob sie sich diesen seltsamen Moment eben vielleicht nur eingebildet hatte. Doch Joschua schien darauf zu warten, dass sie ihre Erklärung vollendete.
„Aber vielleicht solltest du jetzt besser nach Hause gehen. Bitte nicht falsch verstehen", fügte sie erneut hinzu.
„Versteh' du mich jetzt bitte auch nicht falsch", erwiderte Joschua und knetete verlegen seine Hände. „Aber ehrlich gesagt bin ich viel zu betrunken, um noch nach Hause zu gehen."
Diana erstarrte. Wie bitte? Zu betrunken, um nach Hause zu gehen? Ja, aber wo wollte er denn dann hin? Er konnte ja wohl schlecht hierbleiben.
„Soll ich dir ein Taxi rufen?"
Joschua lachte laut auf. „Glaubst du wirklich, dass es hier auf dem Dorf ein Taxiunternehmen gibt? Also, man merkt wirklich, dass du aus der Großstadt kommst." Dann wurde er wieder ernst. „Nein, ehrlich gesagt, dachte ich, ich könnte vielleicht hier schlafen."
Diana riss schockiert die Augen auf.

„Nicht bei dir im Bett“, beschwichtigte Joschua schnell, als er Dianas entsetzten Blick sah. „Ich hatte eigentlich gehofft, dass es in einem dieser unzähligen Zimmer hier irgendwo ein leerstehendes Bett gibt. Ich brauche auch nichts. Nur eine Matratze.“
Diana wollte nicht fragen, aber es brach einfach aus ihr heraus: „Was sagt denn Jana dazu, wenn du einfach hier übernachtest?“
„Jana?“ Joschua wirkte erstaunt. „Die ist ganz froh, wenn sie ihre Ruhe hat. Wenn sie Migräne hat, ist sie am liebsten für sich allein.“
Naja, das würden die beiden unter sich klären müssen, dachte Diana. Schließlich waren es zwei erwachsene Menschen. Sie selbst würde lediglich dafür sorgen müssen, dass Jana keinen falschen Eindruck von der Situation bekam oder ihr gar am Ende noch eine Eifersuchtsszene machte.
„Meinetwegen kannst du in einem der Gästezimmer übernachten“, gab Diana sich geschlagen und deutete in die Richtung, wo sie den Südflügel vermutete. „Es gibt ungefähr zwanzig davon im Südflügel.
„Och, eines reicht völlig“, lachte Joschua.
Alles Weitere geschah einfach, sodass Diana das Gefühl hatte, sie wäre nur eine Beobachterin, die einer völlig Fremden dabei zuschaute, wie sich ihr Traummann in einem Zimmer, nur wenige Türen entfernt von ihrem eigenen Schlafzimmer, einquartierte. Aber sie war viel zu müde und zu betrunken, um sich noch Gedanken zu machen. Als Joschua schließlich versichert hatte, dass er wirklich nichts mehr brauche, außer einer ordentlichen Portion Schlaf, ging Diana endlich in ihr eigenes Zimmer, wo sie sich völlig erschöpft auf das weiche Bett fallen ließ und an Ort und Stelle, noch vollständig angezogen, einschlief.

Ein leises Geräusch weckte sie aus ihrem komaähnlichen Zustand. Sie schlug die Augen auf und horchte. Waren das Schritte? Ja,

eindeutig. War Joschua etwa auf dem Weg zu ihr? Was, wenn er gleich die Tür öffnete und zu ihr ins Zimmer kam?
Schnell tastete Diana an ihrem Körper entlang und stellte beruhigt fest, dass sie noch immer das himmelblaue Seidenkleid anhatte, das inzwischen wohl ziemlich zerknittert war. Aber das war immer noch besser als ihr peinlicher Schäfchenschlafanzug, den sie normalerweise trug. In diesem Moment war sie ihrem Rausch, der verhindert hatte, dass sie sich vor dem Schlafengehen noch umzog, sehr dankbar, auch wenn sie ihn in ein paar Stunden wegen eines üblen Katers vermutlich verfluchen würde.
Schnell warf sie sich in eine Position, die ihrer Meinung nach einigermaßen sexy aussah, falls Joschua wirklich gleich durch die Tür treten sollte. Sie streckte sich lang und zog den Bauch ein. Den Hals reckte sie besonders weit nach oben und drehte das Gesicht etwas zur Seite. Hastig drapierte sie ihre Haare so, dass sie einen weichen Rahmen um ihr Gesicht bildeten. Dann legte sie die linke Hand leicht angewinkelt über ihren Kopf. *Bescheuert*, dachte sie bei sich. Nie im Leben würde sie wirklich so schlafen. Nie im Leben würde überhaupt irgendjemand so schlafen. Aber es sah bestimmt sehr gut und vor allem sexy aus.
Die Schritte kamen näher. Hielten vor der Tür. Dann: Stille. Joschua musste jetzt genau vor der Türe stehen. Diana versuchte, gleichmäßig zu atmen, aber ihr Herz schlug so schnell und fest gegen ihre Brust, dass sie nur zu einer flachen Schnappatmung in der Lage war. Wenn Joschua sie so vorfinden würde, würde er ihr niemals glauben, dass sie schliefe, da konnte sie sich noch so verführerisch zwischen den Laken räkeln. Plötzlich erklangen die Schritte wieder. Ein vorsichtiges, leises Geräusch, das sich nun wieder entfernte. Diana wusste nicht, ob sie enttäuscht oder erleichtert sein sollte. Ihr Herz hätte nichts lieber gewollt, als dass diese Tür sich öffnete und Joschua wie selbstverständlich in ihr Schlafzimmer kam. Doch ihr Verstand wusste genau, dass es besser war, dass er wieder ging. Dennoch fühlte sie einen kleinen

unverschämten Hauch von Glück. Denn dass er überhaupt in Erwägung gezogen hatte, nachts in ihr Schlafzimmer zu kommen, bewies doch, dass sie sich den magischen Moment vorhin nicht nur eingebildet hatte. Es gab eine Anziehungskraft zwischen ihnen. Und offensichtlich hätte sie Chancen bei ihm gehabt. Wenn da nicht Jana wäre. Jana. Diana seufzte. Wirklich schade, dass sie so nett war.

1951 Leonida

Lieber Eduard,
wie geht es dir? Mir geht es gut. Ich hoffe, du findest den Briefanfang nicht total bescheuert. Ich finde ihn eigentlich nicht so gut. Aber ich habe Hanna gefragt, wie man einen Brief anfängt und sie hat gesagt, man muss nach dem Befinden der anderen Person fragen. Und was Besseres fällt mir für den Anfang auch gar nicht ein. Ehrlich gesagt, fällt mir überhaupt nicht ein, wie ich dir das schreiben soll, was ich dir so dringend sagen muss. Ja, MUSS, denn es verbrennt mir das Herz, wenn ich es noch länger für mich behalte. Und die Zeit wird langsam knapp. Bald wird es vielleicht zu spät sein und damit kein Unglück geschieht, musst du es unbedingt wissen. Du musst mir bitte versprechen, dass du diesen Brief niemandem zeigst und ihn gleich vernichtest, wenn du ihn gelesen hast. Wenn meine Eltern mitbekommen, was ich dir schreibe, dann bekomme ich riesigen Ärger. Es weiß niemand davon, außer Hanna und die hat gesagt, es sei eine ganz dumme Idee und ich solle es besser bleiben lassen. Aber ich kann nicht. Obwohl mir die Worte fehlen, um dir zu sagen, was ich dir sagen will, muss ich es tun.
Es ist nun fast ein Jahr her, dass du hierher zu uns gekommen bist. Es war der 12. Mai, diesen Tag werde ich nie vergessen. Seit einem Jahr haben wir kaum mehr als ein paar Sätze am Tag miteinander gesprochen. Und doch glaube ich, dass du bereits weißt, was ich dir sagen will. Bestimmt siehst du es jedes Mal, wenn unsere Blicke sich auch nur für einen Moment treffen. Vielleicht hast du es sogar schon gleich am ersten Tag gesehen, als wir uns im Speisesaal gegenübersaßen und Papa dich als unseren Hausgast vorgestellt hat. Damals hat er dich in unserer Familie willkommen geheißen. Überhaupt hat Papa erwartet, dass wir dich aufnehmen wie ein Familienmitglied. Ich habe es versucht. Ich kann es nicht.

Für mich wirst du niemals wie ein Bruder sein. Niemals. Ich weiß, dass du und Ferdinand inzwischen geworden seid wie Brüder und – bitte vergib mir – das kann ich einfach nicht verstehen. Warum gibst du dich mit ihm ab? Dass du mit ihm gemeinsam lernen musst, verstehe ich, da ihr euch einen Hauslehrer teilt, aber warum gibst du dich in deiner Freizeit mit ihm ab? Hast du noch nicht gesehen wie böse Ferdinand ist? Wenn er mit dir zusammen ist, benimmt er sich zwar fast normal, aber glaube mir, er ist zu Dingen fähig, die du dir noch nicht einmal vorstellen kannst. Es tut mir weh, dich in seiner Gesellschaft zu sehen. Denn du bist ganz anders als er. Das ist es aber eigentlich auch nicht, was ich dir sagen will. Verzeih', ich bin eine ganz schlechte Briefeschreiberin. Überhaupt ist das mein erster eigener Brief. Natürlich musste ich schon viele Briefe schreiben. Ich helfe Mama immer bei den Einladungen und Dankeskarten und manchmal diktiert mir auch Papa für seine Korrespondenzen, weil ich eine so schöne Handschrift habe, sagt er. Aber einen Brief wie diesen habe ich noch nie geschrieben. Also bitte verzeih', wenn er etwas holprig klingt. Das ist natürlich auch nicht das, was ich dir sagen will. Also ich mache es jetzt einfach und hoffe, dass du nicht über mich lachst, aber ich bin sicher, so etwas würdest du nie tun. Dafür bist du viel zu lieb. Die Wahrheit ist, Eduard, dass ich verliebt in dich bin. Vom ersten Tag an, als du zu uns kamst. Du weißt es nicht, aber ich habe dich damals schon im Garten mit Ferdinand sitzen gesehen, bevor Vater dich uns vorgestellt hat. Von dem Moment an, als ich dich zum ersten Mal gesehen habe, bin ich in dich verliebt. Ich habe das ganze Jahr über versucht, meine Gefühle in den Griff zu bekommen, aber es geht einfach nicht. Wenn ich morgens aufwache, dann bist du mein erster Gedanke und wenn ich abends einschlafe mein letzter. Am Tage halte ich ständig Ausschau, ob ich dich irgendwo auf dem Anwesen entdecken kann. Und wenn ich dich dann sehe, dann lege ich alles daran, in deiner Nähe bleiben zu können. Natürlich ganz unauffällig, aber allein in deiner Nähe zu sein, macht mich glücklich. Die Wahrheit ist, Eduard, ich kann mir nicht mehr vorstellen, ohne dich zu leben. Allein der Gedanke daran, dass du uns eines Tages wieder verlassen könntest, macht mich ganz krank. Weißt du noch, als ich im vergangenen Sommer so böse gestürzt bin und mir den Knöchel verstaucht habe? Das war das Beste, was mir je passiert ist, weil du mich auf deinen Armen bis ins Haus getragen hast. Die Schmerzen habe ich gar nicht mehr gespürt, nur deine Nähe. Ich habe mir sogar gewünscht, dass ich mich öfter verletze, nur weil ich dann hoffen kann, dass du mich wieder trägst. Ich hoffe, du hältst mich nicht für verrückt. Und doch bin ich es. Verrückt nach dir, nach deiner Nähe. Ich bin süchtig nach deinen Blicken. Wenn du mich nur an einem Tag anschaust, so bin ich eine ganze Woche glücklich.

Vermutlich hat Hanna Recht und es ist ganz unpassend und unverschämt, dass ich dir mein Herz so ausschütte. Aber ich muss es tun. Verzeih' mir. Ich habe das Gefühl, dass ich sonst platze. Das also ist der Grund, warum ich dir schreibe. Ich liebe dich, Eduard. Und ich habe eine Bitte:

Heirate mich.

So, jetzt ist es heraus. Bitte heirate mich!

Das mag dir vorkommen wie der übereilte Wunsch eines kleinen Mädchens, aber ich meine es ganz ernst.

Todernst, Eduard.

Bitte heirate mich! Ich kann mir mein Leben nicht mehr anders vorstellen als als Ehefrau an deiner Seite. Und ich kann mir keine schlimmere Hölle vorstellen als den bloßen Gedanken daran, dass du eine Andere heiraten könntest. Mama hat neulich so etwas angedeutet. Ich habe gehört, wie sie zu Papa gesagt hat, dass du nun ein gewisses Alter erreicht hättest und dir bald eine Frau auswählen solltest. Papa meinte, er glaube auch nicht, dass du allzu lange bleiben würdest. Bitte Eduard, du darfst nicht gehen. Und du darfst keine Andere heiraten. Sonst sterbe ich vor Kummer. Ich weiß, man darf niemanden erpressen und ich kann dich nicht

zwingen, mich zu lieben, aber Eduard, ich bitte dich! Bitte! Wenn du mir nur die Chance gibst, deine Ehefrau zu sein, dann werde ich alles tun, um dich glücklich zu machen. Ich werde eine so perfekte Frau sein, dass du dich auch in mich verlieben wirst. Und ich verspreche dir, wir werden glücklich. Für immer. Ich weiß, dass es viel hübschere, viel klügere und viel reichere Frauen für dich gäbe. Aber keine wird dich so sehr lieben wie ich es tue.
Bitte verurteile mich nicht dafür, dass ich dir einen so ungehörigen Brief schreibe. Ich musste es einfach tun. Ich wusste einfach nicht, wie ich dir sonst meine Gefühle mitteilen soll und nur das kann vielleicht verhindern, dass du uns verlässt. Bitte vernichte diesen Brief sofort. Aber lass mich doch wissen, ob ich hoffen darf. Nun liegt mein Glück, mein Schicksal, mein Leben ganz in deinen Händen.
Für immer die Deine,
Leonida

Liebe Leonida,
zunächst sei versichert, dein Brief ist sicher bei mir angekommen. Ich werde ihn sorgfältig verwahren und vor fremden Blicken mit meinem Leben verteidigen. Deine Bitte muss ich aber leider ablehnen: Ich kann diesen Brief nicht vernichten. Im Gegenteil. Wie von einer unsichtbaren Macht gezwungen, muss ich ihn immer und immer wieder lesen und obwohl ich seinen Inhalt mittlerweile fast auswendig kann, scheinen mir die Worte doch jedes Mal aufs Neue fremd und überraschend. Du scheinst eine hervorragende Schauspielerin zu sein, denn niemals wäre ich auf den Gedanken gekommen, dass du so für mich empfinden könntest.
Du schienst mir gegenüber immer sehr zurückhaltend, bisweilen sogar fast abweisend. Allzu oft hatte ich das Gefühl, dass du mich nicht besonders leiden magst, weil du deinen Blick von mir abwandtest, wenn ich ihn suchte. So manche Nacht lag ich wach und grübelte, womit ich dich wohl gegen mich aufgebracht haben könnte und was ich tun könnte, um dich zu besänftigen. Wenn ich das Gespräch mit dir suchte, warst du meist kurz angebunden und hattest nur wenige Wörter oder Halbsätze für mich übrig. Das traf mich schmerzlich. Oh Gott, das muss sich nun anhören wie ein Vorwurf, aber das soll es keinesfalls sein. Ich bin wohl noch untalentierter darin, mich in Gefühlsangelegenheiten klar auszudrücken als du. Entschuldige bitte, das sollte keine Beleidigung sein, aber dein Brief zeugt wirklich von einem sehr konfusen Gedankengang. Meiner allerdings auch, denn obwohl ich mich anstrenge, wollen mir meine Gedanken nicht gehorchen und meine Finger scheinen ein Eigenleben entwickelt zu haben. Sie schreiben einfach, was sie wollen, ohne dass ich richtig darüber nachdenken kann. Da du aber so offen warst, so will ich es auch sein. Was ich dir nämlich zu sagen versuche, Leonida, ist, dass auch ich mich längst in dich verliebt habe. Ja, es ist wahr, Leonida, ich liebe dich! Und ich war noch nie in meinem Leben so

glücklich wie zu dem Zeitpunkt, als ich deinen Brief gelesen habe. So viele Monate lang quält die Liebe zu dir nun schon mein Herz.
Ja, leider ist es nicht schön, dich zu lieben, Leonida. Einerseits dachte ich, dass meine Liebe zu dir immer unerwidert bleiben wird. Das allein wäre schon schlimm genug. Aber nun, da ich weiß, dass auch du mich liebst, ist es noch viel schlimmer. Denn es darf ja nicht sein, Leonida. Es ist ja völlig egal, welche Gefühle wir füreinander haben. Ich dürfte ja nicht mit der Tochter des Mannes, der mich so großherzig in seiner Familie aufgenommen hat, eine Liebschaft eingehen. Selbstverständlich könnte ich ganz offiziell um deine Hand anhalten. Aber bevor du 14 Jahre alt bist, darf ich das nicht. Mein guter Ruf und der meiner Familie wären sofort ruiniert. Nach den Regeln des Adels darf bei uns nur eine Frau umworben werden, die 14 Jahre alt ist oder älter. Dann warten wir eben noch ein Jahr? Ja, glaub mir, meine Liebe, das war auch mein erster Gedanke. Leider aber besagt die Familientradition, dass die Männer derer von Belzner an ihrem 16. Geburtstag ihre Verlobung bekannt geben müssen. Es wird also von mir erwartet, dass ich an meinem 16. Geburtstag bekannt gebe, wen ich heiraten werde und selbstverständlich sollte ich mich vorher bereits mit meiner Braut getroffen haben und auch unsere Eltern werden sich einige Male treffen und über die Bedingungen und Umstände der Hochzeit verhandeln. Das ist es vermutlich, was deine Eltern miteinander besprochen haben. Natürlich gehen sie davon aus, dass ich an meinem 16. Geburtstag den Namen meiner zukünftigen Braut verkünde und dann von hier abreise, um mein eigenes Leben vorzubereiten. Da mein 16. Geburtstag aber vor deinem 14. Geburtstag sein wird, ist es leider nicht möglich, dass ich dich als meine Braut vorschlage.
Ich zerbreche mir den Kopf, wie ich diesen Tag umgehen kann, denn nun, da ich weiß, dass auch du mich liebst, kommt für mich natürlich keine andere Frau mehr in Frage als du. Obwohl ich weiß, dass es nahezu aussichtslos ist, werde ich eine Möglichkeit

finden, Leonida, das verspreche ich dir. Ich werde mit meiner Mutter sprechen. Sie ist eine sehr freundliche und liebevolle Person, die immer das Beste für uns wollte. Und seit Vaters Tod ist es ihr besonders wichtig, uns Kinder glücklich zu sehen. Ich werde sie bitten, noch ein Jahr zu warten. Ich werde ihr sagen, dass ich dich als meine Braut haben möchte. Sicher wird sie Verständnis zeigen. Ich werde auf dich warten und du wirst meine Braut werden, eine andere Möglichkeit gibt es für mich nicht.

Bis dahin, Leonida, freue ich mich über jede kleine Aufmerksamkeit von dir. Jeder Blick von dir ist für mich, als würde man mich mit Gold überschütten. Jedes Wort von dir, als würde eine Wolke mich davontragen. Ich bitte dich, Leonida, auch wenn wir noch nicht zusammen sein dürfen, schenke mir Blicke und Worte, die mich bis dahin am Leben halten und mir zeigen, dass es sie gibt: die Hoffnung auf das ganz große Glück.

Auf ewig der Deine,

Eduard

2018 Diana

„Hast du gut geschlafen?“

Aus vom Schlafmangel gezeichneten, winzigen Augen blinzelte Diana über den Rand ihrer Kaffeetasse hinweg. Nachdem die Schritte in der Nacht sich wieder entfernt hatten, hatte sie einfach keinen Schlaf mehr finden können. Was, wenn Joschua es sich anders überlegt hatte und doch noch in ihr Zimmer käme? Unruhig hatte sie sich von einer Seite auf die andere gedreht und versucht einzuschlafen. Sie hatte sich eingeredet, er würde schon nicht kommen und schließlich hatte sie die Erholung bitter nötig. Aber so sehr sie auch versucht hatte, Schlaf zu finden, es hatte einfach nicht mehr geklappt. Stattdessen hatte sie völlig übermüdet mit offenen Augen im Bett gelegen, an die Decke gestarrt und jedem kleinsten Geräusch gelauscht. Und tatsächlich hatte sie kaum eine Stunde nach dem ersten Mal erneut Schritte gehört. Wieder hatte sie sich sofort in Position geworfen, wieder war ihr das Herz fast aus der Brust gesprungen und wieder waren die Schritte verklungen, ohne dass die Tür sich geöffnet hatte.

„Sehr gut, danke.“ Joschua lächelte freundlich wie ein Hotelgast, den man nach seinem Befinden fragte. „Dieses Bett ist aber auch so etwas von angenehm. Vielleicht sollte ich es dir einfach abkaufen“, scherzte er. „Kaum dass ich mich gestern Abend hineingelegt hatte, sind mir sofort die Augen zugefallen und ich bin eingeschlafen wie ein Stein. So gut und so tief habe ich schon ewig nicht mehr geschlafen.“

„Willst du etwa behaupten, du hast durchgeschlafen?“ Die Überraschung war größer als die Angst vor den möglichen Konsequenzen ihrer Frage. Vielleicht war es ihm ja unangenehm, dass sie gehört hatte, wie er zu ihrem Zimmer gelaufen war und sich dann doch nicht hineingewagt hatte.

„Total durchgeschlafen. Wie ein Toter“, sagte er ernst.

Diana sah ihn forschend an. Wollte er sie auf den Arm nehmen? Warum log er ihr so derart dreist ins Gesicht? Als verheirateter Mann nachts vor dem Zimmer einer anderen Frau herumzuschleichen, das war ja die eine Sache, das hätte man ja einfach totschweigen können. Schwamm drüber und vergessen wäre die Angelegenheit. Aber dass er nun extra derart versicherte, dass er durchgeschlafen hätte, war ja schon ein bisschen frech. Darüber ärgerte sie sich nun so, dass sie beschloss, ihn auflaufen zu lassen.

„Vielleicht schlafwandelst du ja nachts."

„Ich? Nein. Nicht, dass ich wüsste."

Nun wirkte Joschua so ehrlich irritiert, dass Diana stutzte. Vielleicht hatte er wirklich nicht mitbekommen, dass er nachts herumgewandelt war. Aber warum war er dann so gezielt zu ihrer Tür gelaufen? Wenn jemand schlafwandelte, dann doch sicherlich einfach irgendwo und nicht so zielsicher wie Joschua in der vergangenen Nacht. Oder hatte sie sich die Schritte etwa nur eingebildet?

„Bist du dir sicher, dass du nicht schlafwandelst?", fragte sie vorsichtig.

Joschua legte nachdenklich den Kopf schief. „Beschwören würde ich es natürlich nicht, da ja die Schlafwandler normalerweise selbst nichts davon mitbekommen, aber da ich heute Morgen in exakt derselben Position aufgewacht bin, in der ich gestern Nacht eingeschlafen bin, gehe ich davon aus, dass ich mich keinen Zentimeter bewegt habe. Warum interessiert dich das so? Schreibst du gerade ein Buch über Schlafwandler oder warum werde ich hier verhört, Frau Hauptkommissarin?"

Joschua lachte, aber Diana war nicht nach Scherzen zumute. Wenn er sich nicht bewegt hatte, dann sprach tatsächlich alles dagegen, dass er ein Schlafwandler war. Das war nicht gut. Das war gar nicht gut. Denn wenn Joschua nicht schlafwandelte, dann gab es nur drei mögliche Erklärungen für die nächtlichen Schritte. Die erste Möglichkeit war, dass Joschua sie direkt anlog und sehr wohl im Vollbesitz seiner geistigen Kräfte und hellwach nachts zu ihrem Zimmer marschiert war. Die zweite Möglichkeit war, dass sie sich die Schritte nur eingebildet hatte. Aber Diana war nicht der Typ, der sich Sachen einbildete. Obwohl – oder vielleicht gerade weil – sie Romane schrieb und sich dabei mit erfundenen Figuren und Geschichten auseinandersetzte, war es ihr im normalen Leben umso wichtiger, Fakten und Fiktion strikt voneinander zu trennen. Und die dritte Möglichkeit wollte sie eigentlich direkt wieder von ihrer Liste streichen. Wenn Joschua nämlich nicht durch den Flur gelaufen war und sie sich die Schritte trotzdem nicht eingebildet hatte, dann musste das bedeuten, dass jemand anderes nachts den Gang entlanggelaufen war. Entweder ein Einbrecher oder vielleicht sogar Graf Ferdinand, der möglicherweise doch noch hier sein Unwesen trieb.

„Was ist denn los, du wirst ja ganz blass?“ Joschua sah ehrlich besorgt aus. Dann nahm er unaufgefordert ihr Glas, goss Wasser hinein und reichte es ihr. „Trink das. Es gibt zwar die absurdesten Mittelchen und widerlichsten Mixgetränke gegen Kater, aber meiner Meinung nach hilft klares Wasser immer noch am besten.“

Dankbar nahm Diana das Glas entgegen und leerte es in einem Zug. Ihr war zwar nicht schlecht, aber allein der Gedanke daran, dass es in diesem Haus tatsächlich spuken könnte und der Geist vielleicht letzte Nacht sogar fast in ihr Zimmer gekommen war, war einfach zu heftig. Und das, obwohl sie nicht einmal an Geister glaubte. *Alles Unfug*, versuchte sie sich selbst zu beruhigen. Aber es half nichts. Der Gedanke an den alten Grafen hatte sich in ihr festgebissen wie eine Zecke.

„Was ist denn los mit dir? Soll ich einen Rettungswagen rufen?“ besorgt sah ihr Joschua in die Augen, als könne er darin erkennen, was sie derart aus der Bahn geworfen hatte.

Diana fasste sich ein Herz. Sie musste einfach die Wahrheit wissen.

„Joschua“, begann sie und sah ihm dabei fest in seine wasserblauen Augen, die sie nun irritiert anstarrten. Vermutlich überraschte ihn die plötzliche Strenge ihres Tonfalls. „Ich werde dir jetzt eine Frage stellen und du musst sie mir bitte ganz ehrlich beantworten.“
„Ich gebe keine Auskunft über meine Kontoverbindung“, versuchte Joschua die eisige Stimmung etwas aufzulockern, die sich plötzlich im Esszimmer ausgebreitet hatte wie ein unsichtbarer Teppich.
„Das ist nicht witzig.“ Der Ton, mit dem Diana ihn zurechtwies, ließ ihn förmlich zusammenzucken. Nie hätte er gedacht, dass diese junge hübsche Frau derart streng wirken könnte. Aber es machte ihm auch bewusst, wie ernst es ihr offensichtlich war.
„Ich frage dich genau ein Mal. Und ich erwarte, dass du mir eine ehrliche Antwort gibst. Ich verspreche dir, ich werde zu niemandem ein Wort darüber verlieren, aber du musst mir ehrlich antworten, verstehst du?“
Joschua nickte. Was konnte diese lebenslustige Frau nur derart aus der Fassung gebracht haben? Als er vor ein paar Minuten zum Frühstück gekommen war, war noch alles in Ordnung gewesen. Sie hatte gelächelt, gut, ein bisschen müde zwar, aber das hatte sie sich kaum anmerken lassen. Und nun war sie innerhalb weniger Minuten von einer freundlichen Gastgeberin zu einer unerbittlichen Inquisitorin mutiert. Eigentlich erst, als sie mit dem Thema des Nachtwandelns angefangen hatte. Fragend blickte er sie an. Er wurde einfach nicht schlau aus ihrem Verhalten.
„Bist du in der vergangenen Nacht mehrmals durch den Flur gelaufen und vor meiner Tür stehen geblieben?“
„Nein!“
Seine Antwort war klar und fest.
„Lüg’ mich bitte nicht an, Joschua. Auch wenn es unabsichtlich war, musst du es mir sagen.“
Er konnte sich beim besten Willen nicht erklären, warum sie so zerknirscht dreinschaute.

„Ich bin weder durch den Flur gelaufen noch habe ich vor deiner Tür gestanden“, wiederholte er ernst. „Ich hätte keinen Grund, dich anzulügen. Ich weiß ja nicht einmal, wo überhaupt dein Schlafzimmer ist.“
Daran hatte sie gar nicht gedacht. Oh Gott, er hatte Recht. Wie hätte er denn wissen sollen, welches ihre Schlafzimmertür war? Raten? Bei der Anzahl der Zimmer wäre ein Treffer auf Ratebasis allerdings relativ unwahrscheinlich. Diana lief ein kalter Schauer den Rücken hinunter. Wenn Joschua es nicht war, dann…
„Warum willst du denn das überhaupt wissen?“
„Das kann ich dir nicht sagen, sonst hältst du mich für verrückt.“
„Im Moment halte ich dich lediglich für ein bisschen seltsam. Ich finde es ehrlich gesagt ganz schön beunruhigend, wie sich deine Stimmung und auch deine Gesichtsfarbe innerhalb der letzten Minuten verändert haben. Und wenn du mir nicht bald eine Erklärung dafür liefern kannst, dann bin ich wirklich dafür, dass wir einen Krankenwagen rufen und dich ordentlich durchchecken lassen.“
„Ein Arzt wird da auch nicht helfen können.“
„Wobei denn, um Himmels Willen? Sag mir doch einfach, was auf einmal mit dir los ist.“
„Nichts, schon in Ordnung.“
„Nichts ist in Ordnung. Gestern Abend war alles in Ordnung, vor einer Stunde war alles in Ordnung, aber jetzt ist nichts mehr in Ordnung. Du bist leichenblass, fragst mich nach meinen Schlafgewohnheiten und schaust drein als hättest du ein Gespenst gesehen. Was ist denn nur los mit dir?“
„Vielleicht *habe* ich ein Gespenst gesehen. Oder besser gesagt, gehört.“
„Wie bitte?“
„Sieh mich bitte nicht an, als sei ich verrückt. Ich meine es ernst.“
Fast hätte Joschua laut aufgelacht, aber Diana sah derart bedrückt aus, dass ihm das Lachen im Hals stecken blieb. Da er nichts

weiter sagte, sondern Diana nur ungläubig anstarrte, beschloss sie, ihm von ihrem nächtlichen Erlebnis zu erzählen.

„Ich habe heute Nacht Schritte auf dem Flur gehört. Jemand ist den Flur entlanggelaufen und dann direkt vor meinem Zimmer stehengeblieben. Zweimal. Wenn du es nicht warst, dann spukt es wirklich in diesem Haus."

Joschua runzelte skeptisch die Stirn. „Und dass du das geträumt hast ist…"

„Vollkommen unmöglich", unterbrach sie ihn. „Ich habe die ganze Nacht wach gelegen, weil ich dachte, du kommst gleich in mein Zimmer…"

Erschrocken schwieg Diana und nahm schnell einen tiefen Schluck aus dem Wasserglas, das Joschua ihr bereits wieder aufgefüllt hatte. Sie hasste dieses warme, kribbelnde Gefühl in ihrem Kopf, wenn sie genau spürte, wie ihr die Röte ins Gesicht stieg, aber sie konnte nichts dagegen tun. Doch ganz der Gentleman sah Joschua einfach darüber hinweg.

„Es gibt keine Geister, Diana."

Er sprach mit ihr wie ein Vater mit einem verängstigten Kind. Doch auch wenn das wohl tröstlich wirken sollte, konnte es Diana nicht wirklich beruhigen.

„Aber ich habe die Schritte gehört", versicherte sie.

„Das ist ein altes Haus. Es kann doch sein, dass die Geräusche, die du gehört hast, von der Heizung kamen."

„Die Heizung ist aus."

„Vielleicht sind es alte Holzbalken, die sich in der Wärme und Kälte ausdehnen und zusammenziehen. Holz knackt nun mal. Mit ein bisschen Alkohol im Blut und etwas Fantasie kann man das schon mal mit Schritten verwechseln."

„Das Knacken von Balken kommt nicht näher und bleibt dann vor der Tür stehen."

Nun fiel Joschua auch nichts mehr ein.

„Was immer du da gehört hast, es war sicher kein Geist. Aber wenn du willst, dann kannst du gerne bei uns übernachten, bis du den Schrecken überwunden hast. Oder ich kann hier schlafen."
„Und Jana?" Nun fand es Diana doch wichtig, Joschua mal darauf hinzuweisen, dass er knapp einen Kilometer entfernt noch eine Frau hatte, die krank im Bett lag. Was dachte er sich eigentlich dabei? Nun hatte er schon eine Nacht bei ihr verbracht. Gut, in einem anderen Zimmer und mit Wissen und Einverständnis von Jana, aber er konnte doch nicht einfach so entscheiden, dass sie bei ihnen schlafen sollte, ohne seine Frau zu fragen. Das war ja schon extrem unverschämt. So hätte sie ihn gar nicht eingeschätzt.
„Jana kann auch hier schlafen, wenn du willst."
„Nein, ich meinte, ob du Jana nicht erst einmal fragen willst, bevor du mich zu euch einlädst oder eine weitere Nacht hier verbringen willst."
„Ach so. Nein. Jana hat gerne Gäste. Sie wäre sicherlich begeistert, wenn ich dich mitbringe. Dann würde sie dich bekochen und dich dazu überreden, abends eine Flasche Rotwein mit ihr zu trinken, bis ihr beide so blau seid, dass ihr das Bett fast nicht mehr findet."
Diana wunderte sich. Dass er sich so gar keine Gedanken darüber machte, was seine Frau davon halten könnte, wenn er so viel mit einer anderen Frau zu tun hätte, war schon sehr seltsam. Eine solche Ehe wäre nichts für sie. Andererseits bewies das vielleicht auch nur, dass sich die beiden gegenseitig absolut hundertprozentig vertrauten und das war in diesem Maße ja schon wieder bewundernswert.
„Vielen Dank für dein Angebot, aber ich glaube, ich komme schon klar." Diana atmete tief durch. Vielleicht musste sie sich auch einfach nur ein bisschen zusammenreißen. Schließlich war ja nichts passiert. Und wenn sie wirklich in diesem Haus leben wollte, wie sie es sich vorgenommen hatte, dann würde sie wohl damit leben müssen, dass hier hin und wieder seltsame Dinge vorgingen. Immerhin war das Haus mehrere hundert Jahre alt und

sicherlich hatten die ganzen Menschen, die bereits hier gelebt und gearbeitet hatten, etwas von sich zurückgelassen. Aber das machte ja gerade den Charme von alten Häusern wie Gut Strentel aus. Und vielleicht hatte Joschua ja wirklich Recht und sie hatte nur ganz normale Geräusche gehört, die sie einfach durch die Mischung aus Alkohol, Müdigkeit und Gruselgeschichten über Graf Ferdinand falsch interpretiert hatte.
Diana versuchte ein heiteres Lächeln.
„Kommst du wirklich zurecht?“, fragte Joschua besorgt.
„Alles okay“, versicherte sie. Ich habe vermutlich wirklich überreagiert. Ich kann ja nicht hier leben, wenn ich bei jedem kleinen Geräusch, das dieses alte Gemäuer von sich gibt, gleich eine Panikattacke bekomme.“
Sie versuchte zu lachen, doch es klang eher künstlich als heiter. Joschua kniff die Augen zusammen und sah sie prüfend an, dann entschied er aber, dass es besser wäre, nichts mehr dazu zu sagen und wechselte das Thema.
„Ich würde vorschlagen, dass wir jetzt kurz das Chaos von gestern Nacht beseitigen, oder?“
Diana nickte.
„Dann würde ich anschließend kurz nach Hause gehen, duschen und mir was Frisches anziehen. Danach kann ich gerne wieder kommen und wir suchen mal nach den Fotoalben, okay?“
Die Fotoalben. Die hatte Diana aufgrund der nächtlichen Schritte schon fast vergessen. Plötzlich fühlte sie sich von neuem Tatendrang durchflutet. Vielleicht würde sie heute Elisabeth und ihrem Leben einen Schritt näher kommen. Ihre Augen begannen zu leuchten.
„Du kannst das machen, wie du willst“, sagte sie. „Du brauchst mir weder beim Aufräumen noch beim Suchen helfen. Ich bin dir schon sehr dankbar für deine Idee.“
„Natürlich helfe ich dir beim Aufräumen und beim Suchen.“ Joschua wirkte fast ein bisschen beleidigt, dass sie in Erwägung

gezogen hatte, ihn auszuschließen. „Erstens habe ich es versprochen und zweitens finde ich diese Geschichte von einer angeblichen Tochter der Gräfin mehr als spannend. Ich kann es selbst kaum abwarten, die Fotos zu sichten.“
„Wenn es überhaupt welche gibt“, bremste Diana ihn aus.
„Sicher.“
So schnell sie konnten machten sich die beiden ans Aufräumen, wobei sich herausstellte, dass das Chaos schlimmer aussah, als es in Wirklichkeit war. Nach knapp zwei Stunden waren sämtliche Spuren des vergangenen Abends beseitigt, der Boden frisch gewischt und alles wieder dort verstaut, wo es hingehörte.
Als Joschua sich verabschiedet hatte, ließ Diana ihren Blick durch das ordentliche Speisezimmer schweifen. Jetzt, wo sie plötzlich wieder alleine war, erschien es ihr noch riesiger als zuvor. Es war sehr schön gewesen, es gestern so mit Leben erfüllt zu sehen. Allein durch die paar Menschen hatte das Zimmer einfach festlich, warm und angenehm gewirkt. Das Lachen der Gäste und besonders das Geschnatter von Susan, hatten dem Raum Wärme und Freundlichkeit verliehen. Nun, da es wieder leer war, wirkte es so einsam und kalt, dass es Diana fröstelte. Vielleicht war es doch keine so gute Idee gewesen, alleine in dieses Herrenhaus einzuziehen. Sicher, abenteuerlich war es nach wie vor, aber ein Haus wie dieses schrie förmlich nach vielen Menschen. Die Räume waren dazu da, mit Leben gefüllt zu werden, sei es durch viele Kinder oder auch durch Angestellte, aber ohne Menschen war die Einsamkeit in diesen Räumen nahezu unerträglich. Diana fragte sich, wie Leonida das nur ausgehalten hatte. Immerhin hatte sie jahrzehntelang alleine in diesem riesigen Haus gelebt. Und soviel sie wusste, war Leonida nicht einmal eine Freundin von großen Partys gewesen. Wie konnte eine einzelne Frau das nur aushalten? Wenn sie hier blieb, dann würde sie sich auf jeden Fall etwas einfallen lassen müssen, damit wieder Leben in die alten Gemäuer kam. Diana war sich noch nie so sicher gewesen wie in diesem

Moment, dass sie unbedingt eine große Familie haben wollte. Fehlte nur noch der passende Mann. Bis dahin würde sie wohl immer wieder Partys veranstalten müssen. Wenn sie sich ein bisschen im Dorf eingelebt hätte und die Menschen sie ein bisschen besser kennen würden, dann würden bestimmt auch mehr von ihnen ihren Einladungen folgen. Und wer weiß, vielleicht war unter den Männern aus dem Dorf ja auch jemand dabei, der als zukünftiger Herr von Gut Strentel in Frage kam. Obwohl sie sich im Moment niemand anderen als Joschua an ihrer Seite vorstellen konnte. Aber das würde sich mit der Zeit vielleicht von selbst erledigen. Hoffte sie zumindest.

Zuversichtlich riss sich Diana vom Anblick des leeren Speisezimmers los, um die Bibliothek zu suchen. Sie hatte Joschua zwar versichert, dass er ihr bei der Suche nach alten Fotos helfen dürfe, aber das hieß ja nicht, dass sie nicht schon einmal alleine beginnen könnte.

Zunächst sah sie in dem großen Bibliothekszimmer neben dem Wohnzimmer nach, in dem die Familie früher die Gäste empfangen hatte. Riesige Regale waren mit wertvollen Büchern und Sammelbänden ausgestattet. Viele davon hatten sogar noch einen uralten Ledereinband und waren mit Sicherheit sehr wertvoll. Jedoch konnte Diana unter dem sorgfältig geordneten Bestand kein einziges persönliches Werk finden. Keinen Schmöker, den man einfach so zum eigenen Vergnügen las und schon gar kein Fotoalbum. Hier schien man nur die prestigeträchtigen Bücher auszustellen. Das Zimmer sollte lediglich Eindruck auf die Besucher machen, die hier empfangen wurden, mit Getränken und kleinen Snacks auf dem runden Tisch zwischen den zwei üppigen Sofas. Allerdings war sich Diana sicher, als Kind auch schon einmal einen anderen Raum gesehen zu haben, der ebenfalls mit Regalen voller Bücher ausgestattet war. Damals hatte sie sich bei einem der üblichen Pflichtbesuche in der Weihnachtszeit davongeschlichen, als ihre Mutter mit Großtante Leonida Tee

getrunken hatte. Sie war durch die unzähligen Gänge gestreift und hatte einfach wahllos Türen geöffnet. Das Haus war ihr vorgekommen wie ein riesiger Adventskalender. Hinter jeder Tür hatte sich eine neue Überraschung verborgen. Diana erinnerte sich noch gut daran, wie sehr sie sich gewünscht hatte, sie würden etwas länger auf Gut Strentel bleiben, zumindest so lange, bis sie alle Türen einmal geöffnet und alle Zimmer gesehen hätte. Stattdessen war ihre Erkundungstour jäh unterbrochen worden, da sie von ihrer schimpfenden Mutter wieder eingesammelt worden war. Bei ihrem Streifzug durch das Haus hatte sie sich nämlich weiter von den Tee Trinkenden entfernt als erlaubt und war dabei sogar noch in den verbotenen Trakt vorgedrungen. Ihre Mutter hatte sie eine Stunde lang gesucht und ihr eine gehörige Standpauke gehalten. Anschließend hatte sie eine Woche lang Hausarrest bekommen. Aber das war es wert gewesen. Bei diesem Streifzug hatte Diana damals auch das Zimmer mit den vielen Büchern entdeckt, an dessen Position im Haus sie sich nun krampfhaft zu erinnern versuchte. Vor ihrem inneren Auge sah sie noch deutlich die stabilen hölzernen Regale, die mit Büchern unterschiedlichster Größe und Farbe vollgestopft waren. Vielleicht hatte sie Glück und es waren auch ein paar Fotoalben dabei.
Aus einer groben Ahnung heraus marschierte sie in den Nordflügel. Soweit sie sich erinnern konnte, hatte Leonida in ihren späteren Jahren immer nur den Südflügel bewohnt und der Nordflügel war deshalb verboten gewesen. Laut ihrer Mutter gerade deshalb, weil er nicht bewohnt war. So wusste ja niemand, in welchem Zustand er sich befand. Möglicherweise könnten Steine oder Balken von der Decke fallen. Zumindest waren das immer die Horrorvisionen ihrer Mutter gewesen. Aber ganz so schlimm würde es schon nicht sein. Auf jeden Fall sei es kein Spielplatz für Kinder. Doch erstens war Diana nun kein Kind mehr und zweitens gehörte ihr das Haus. Einen für sie verbotenen Trakt gab es jetzt also nicht mehr.

Mit klopfendem Herzen schritt Diana durch den langen Gang. An den ersten Türen lief sie einfach vorbei. Sie wusste, dass dahinter die verschiedenen Schlafzimmer oder auch Gästezimmer lagen, denn sie hatte sich die Zimmer ja erst vor wenigen Tagen angeschaut, als sie auf der Suche nach einem geeigneten Schlafzimmer gewesen war. Also begann sie erst in der Mitte des Ganges mit ihrer Suche. Einen Moment lang war sie wieder das achtjährige Mädchen, das in einem großen Schloss nach dunklen Geheimnissen hinter verbotenen Türen suchte. Wie damals legte sie auch jetzt bei jeder Tür vorsichtig die Hand auf die Klinke und atmete einmal tief durch, voll der gespannten Erwartung, was sich hinter der Tür wohl für ein Zimmer verbergen würde. Im Gegensatz zu damals rangen ihr die üppig ausgestatteten Gästezimmer allerdings kein übermäßiges Staunen mehr ab, obwohl sie zugeben musste, dass es noch immer enorm beeindruckend war, so viele perfekt hergerichtete Zimmer zur Verfügung zu haben. Doch dieses Mal ging es nicht um die vielen Zimmer, sondern nur um das eine, das sie suchte. Das Zimmer mit den hohen Regalen und den wild zusammengewürfelten Büchern darin. Und tatsächlich: Nachdem sie elf Türen geöffnet hatte, fand sich hinter der zwölften das Zimmer mit den vielen Büchern. Diana war überrascht, wie gut sie es noch in Erinnerung gehabt hatte. Es war ein eher kleiner Raum, verglichen mit den Wohnräumen. An den Seiten ragten ringsum stabile Regale bis an die Decke hinauf. In der Mitte des Raumes befanden sich lediglich ein alter Stuhl aus einfachem Holz sowie ein kleiner Tisch mit kunstvoll gedrechselten Beinen. Suchend ließ sie ihren Blick über die rustikalen Holzregale schweifen. Jetzt konnte sie auch klar erkennen, warum sie den Raum als so chaotisch in Erinnerung behalten hatte. Die Bücher waren weder nach Größe noch nach Farbe sortiert. So konnte es sein, dass mitten in einer Reihe plötzlich ein riesiges Buch herausragte, während drei Bücher weiter ein ganz winziges nahezu in der Reihe verschwand. Braune

Ledereinbände standen neben rotem Leinen oder gelben Buchrücken aus papiernen Umschlägen. Alles war bunt, wild und scheinbar völlig willkürlich hingestellt. Umso auffälliger war eine Reihe von vielen Büchern mit denselben Buchrücken in einem der mittleren Regale. Lediglich die Jahreszahlen auf den Buchrücken unterschieden sich. Sie begannen im Jahr 1830, dem Baujahr von Gut Strentel. Das wusste Diana noch aus den Unterlagen, die ihr der Notar mitgegeben hatte. Das letzte Buch trug die Zahl 1960. Vorsichtig zog Diana den ersten Band mit der Zahl 1830 heraus. Es handelte sich tatsächlich um ein Album. Allerdings enthielt es keine Fotos. Wie dumm von mir, dachte Diana. Wie konnte sie auch 1830 schon Fotos erwarten. So etwas gab es in dieser Zeit noch gar nicht. Dennoch schien die Familie das Bedürfnis gehabt zu haben, ihre Familiengeschichte in Bildern festzuhalten, denn als sie unwillkürlich begann, ein paar Seiten des Albums umzublättern, sah sie, dass irgendjemand sich tatsächlich die Mühe gemacht hatte, das Gebäude und die Menschen im Jahr 1830 zu zeichnen. Das war ganz schön fortschrittlich und Diana empfand zum ersten Mal in ihrem Leben fast ein bisschen Stolz, dass sie zu dieser Familie gehörte.
Vorsichtig tastete sie über eine der Zeichnungen und blätterte dann zurück zum Anfang. Auf der ersten Seite war eine Skizze von Gut Strentel zu sehen. Erstaunt stellte sie fest, dass sich von 1830 bis heute nahezu nichts geändert hatte. Offensichtlich hatten die jeweiligen Besitzer des Gutes das Haus immer erhalten, ohne etwas daran zu verändern. Diana wurde ganz seltsam zumute. Was für ein eigenartiges Gefühl, in diesem Haus, das immer noch gleich aussah wie auf dem Bild vor 200 Jahren, gerade in einem Raum zu stehen und dieses alte Bild anzuschauen. Das war irgendwie grotesk. Sie könnte jetzt nach draußen gehen und sich in die gleiche Position stellen, die der Zeichner damals eingenommen hatte, dann würde das Haus exakt gleich aussehen wie auf dem Bild. Und doch war das Haus auf dem Papier längst Vergangenheit. Das war schon

unheimlich, wenn man genauer darüber nachdachte. Vermutlich würde das Haus in weiteren 200 Jahren immer noch genauso aussehen wie immer. Aber Diana und ihre Kinder wären dann längst Vergangenheit und auf irgendeinem Friedhof zu Staub zerfallen.
Vorsichtig blätterte Diana die Seiten mit den detailverliebt gezeichneten Bildern um und tauchte ab in die Welt um Gut Strentel vor knapp 200 Jahren. Je weiter sie blätterte, desto häufiger erkannte sie immer wieder erstaunliche Ähnlichkeiten zu den Menschen, die sie aus ihrer Familie und Verwandtschaft kannte, wodurch sie sich den unbekannten Menschen auf den Zeichnungen plötzlich seltsam verbunden fühlte.
Auf eigenartige Weise gerührt schloss sie schließlich das Album und schob es zurück zwischen die anderen. Es war wirklich seltsam. Obwohl diese Menschen längst tot waren und sie nicht einmal ihre Namen wusste, so verdankte sie ihr Dasein doch nur der Tatsache, dass es diese Menschen, ihre Vorfahren, einmal gegeben hatte. Diana beschloss, sobald sie das Schicksal von Elisabeth aufgeklärt hatte, näher nachzuforschen, wer die Menschen auf den Bildern alle waren und was sie auf Gut Strentel erlebt hatten. Doch zuerst wollte sie endlich herausfinden, was mit Elisabeth geschehen war.
Diana überlegte. Leonida war 1938 geboren, da war sie sich absolut sicher, denn das wusste sie noch von der kürzlichen Testamentseröffnung. Das letzte Album stammte aus dem Jahr 1960. Da war Leonida also gerade mal zweiundzwanzig Jahre alt gewesen. Das perfekte Alter, um ein Kind zu bekommen, zumindest zur damaligen Zeit und in der damaligen adeligen Gesellschaft. Sie erinnerte sich daran, wie ihr ihre Mutter einmal gesagt hatte, sie habe Glück, dass ihre Oma einen Bürgerlichen geheiratet und sie damit von ihren adeligen Pflichten entbunden hätte. Sonst hätte sie, laut Familientradition, mit spätestens 18 ihre Verlobung bekannt geben müssen und wäre wohl mit 20 Jahren

schon das erste Mal Mutter geworden. Diana erinnerte sich noch sehr gut an die Situation. Der Gedanke daran, dass sie schon Mutter sein könnte, hatte die zwei Frauen damals ziemlich amüsiert, denn Diana war gerade erst nach Hause gekommen, um dort ihre ersten Semesterferien zu verbringen. Sie hatte die Uni im Kopf gehabt, Partys, das Leben, aber sicher nicht Mann und Kinder. Gemeinsam mit ihrer Mutter hatte sie auf ihre Oma angestoßen, die sie vor dem gräflichen Etikettenzwang bewahrt hatte. Leonida dagegen war sehr wohl der Etikette der gräflichen Familie unterworfen gewesen. Also hatte sie bestimmt mit neunzehn geheiratet und war danach wohl schwanger geworden, was auch immer danach Furchtbares mit ihrem Ehemann und dem Kind geschehen war. Wenn Diana also etwas über die kleine Familie herausbekommen wollte, musste sie in den Alben von 1957 bis 1960 nachforschen. Das war ja überschaubar.

Gespannt griff Diana nach dem schweren Buch mit dem Aufdruck 1957. Wenn sie richtig gerechnet hatte, war es sogar das Jahr, in dem Leonida neunzehn Jahre alt geworden war. Vermutlich würden sich in diesem Album die Bilder von Leonidas Hochzeit finden. Ehrfürchtig schlug sie das Album auf.

Die erste Seite zeigte eine Großaufnahme von Gut Strentel in einer sehr gut erhaltenen Farbfotografie. Das Bild auf der nächsten Seite zeigte die Familie, ordentlich aufgestellt vor dem Eingang des Herrenhauses. Ein für diese Zeit typisches Familienbild. Diana lief ein kalter Schauer den Rücken hinunter. Obwohl es ein Familienbild war, das lediglich vier Personen zeigte, wirkte es eher wie eine Aufnahme aus einem Gruselkabinett. Die Personen waren allesamt gut gekleidet und von einem gepflegten Äußeren, aber trotzdem ging von dem Foto eine derart düstere Aura aus, dass Diana sich einen Moment lang beherrschen musste, um das Album nicht sofort wieder zuzuschlagen.

Mit einem mulmigen Gefühl betrachtete sie die Personen auf dem Bild genauer. Der Graf und die Gräfin waren unschwer an ihrer eleganten Kleidung zu erkennen, aber diese wäre nicht einmal nötig gewesen, um ihre Stellung zu verdeutlichen. Allein die Ausstrahlung genügte, um sicher zu sein, dass es sich bei dem streng dreinblickenden Paar in der Mitte um den Grafen und seine Frau handelte. An der rechten Seite des Grafen stand ein junger Mann. Das musste Graf Ferdinand sein. Und an der Seite der Gräfin stand eine junge Dame. Das war zweifelsfrei Leonida. Schlagartig war Diana klar, was ihre Großtante mit ihrer Ähnlichkeit gemeint hatte. Diana und Leonida hätten im selben Alter als Zwillinge durchgehen können. Überrascht stellte Diana fest, wie wenig sich die Gesichtszüge ihrer Großtante in den vielen Jahrzehnten verändert hatten. Obwohl sie auf dem Foto erst 19 Jahre alt war und keine einzige Falte in ihrem makellosen Gesicht zu sehen war, wirkte sie bereits hier vom Leben gezeichnet wie eine alte Frau. Die dunklen Augen lagen tief in ihren Höhlen und unter den Augen zeigten sich dicke Augenringe. Vielleicht war Leonida in der Nacht vor dem Foto auf einer Party gewesen, überlegte Diana. Das kannte sie von sich selbst. Nach einer ordentlich durchgefeierten Nacht sah man morgens einfach immer aus, als sei man über Nacht spontan um viele Jahre gealtert. Es war ja nicht besonders abwegig, dass eine Neunzehnjährige eben mal die eine oder andere Nacht durchfeierte. Auch, wenn es sich bei dieser Neunzehnjährigen um die Tochter des Grafen handelte. Auch Adelige mussten schließlich Spaß haben. Allerdings sah das Gesicht, das ihr von diesem Bild entgegenblickte, ganz und gar nicht nach Spaß aus. Ihre Augen, dachte Diana. Es waren ihre Augen, die sie so fürchterlich alt wirken ließen. Sie hatten einen ganz eigenartigen, traurigen Glanz. Als habe sich ein Schatten in ihnen festgesetzt. Obwohl sie lächelte, wirkte ihr Gesicht düster und kalt. Während die Gräfin in ihrer aufrechten Körperhaltung mit hochgerecktem Kinn eine zeitlose Eleganz und einen unbeugsamen Stolz ausstrahlte, ging von Leonidas Erscheinung eine Leere aus, die bei Diana eine unangenehme Gänsehaut verursachte. Obwohl

das ganze Dorf sich vor dem Geist von Graf Ferdinand fürchtete, war es auf dem Bild eindeutig Leonida, die zum Fürchten aussah. Graf Ferdinand stand aufrecht neben seinem Vater und blickte vollkommen neutral in die Kamera. Das Böse, von dem alle behauptet hatten, es habe sich in seinen Augen gespiegelt, konnte Diana nicht erkennen. Der junge Graf schien ein ganz normaler junger Mann zu sein, zugegeben sogar ein recht gutaussehender. Seine blonden, halblangen Haare bildeten einen weichen Kontrast zu seinem scharfkantig geschnittenen Gesicht, aus dem wache, aber keinesfalls bösartige Augen blitzten. Diana tat sich wirklich schwer, die Horrorgeschichten, die sie in den vergangenen Tagen gehört hatte, mit diesem jungen Mann in Verbindung zu bringen. Sie seufzte. Zu gerne hätte sie sich näher mit Leonida und ihrer Familie beschäftigt, aber sie war schließlich hier, um Elisabeths Schicksal aufzuklären.
Schließlich rang sie sich dazu durch, weiterzublättern. In diesem Album befanden sich unzählige Bilder vom Haus, alle genau mit Datum versehen. Außerdem viele Bilder von verschiedenen Menschen und den Ereignissen, die auf Gut Strentel über das Jahr hinweg stattgefunden hatten. Offensichtlich hatte es bereits damals sehr viele Partys in diesem Haus gegeben. Zu jedem besonderen Anlass im Jahr gab es auch Bilder von einem entsprechenden Fest: Weihnachten, Ostern, die Geburtstage der Familienmitglieder, aber auch von dem berühmten Sommerfest, von dem Dianas Mutter ihr einmal erzählt hatte, von Erntedank, einem Frühlingsfest und einer traditionellen Schlittenfahrt. Die Fotos zeugten von rauschenden Ballnächten mit Wein, Musik und Tanz. Die Gäste waren augenscheinlich allesamt aus gutem Hause, viele von ihnen vermutlich adelig. Damen in eleganten Abendkleidern und Herren in maßgeschneiderten Anzügen prosteten dem Fotografen höflich zu, ein perfektes Lächeln auf den Lippen. Neidlos musste Diana anerkennen, dass es der gräflichen Familie offensichtlich zu jeder

Zeit problemlos gelungen war, das große Anwesen mit Leben zu füllen. Etwas, das Diana noch würde lernen müssen.
Als sie das erste Album durchgesehen hatte, hatte sie zwar das Gefühl, der Familie und der Geschichte von Gut Strentel emotional ein wichtiges Stück nähergekommen zu sein, aber zu Elisabeth hatte sie noch immer nicht den kleinsten Hinweis gefunden.
Enttäuscht stellte sie das Album zurück ins Regal und nahm sich schnell den nächsten Band mit der Aufschrift 1958 heraus. Dieselben Feste, teilweise sogar dieselben Personen, nur eben um ein Jahr gealtert. Bilder von dem kunstvoll hergerichteten Garten, von der Apfelernte und dem Grafenpaar beim Ausritt. Doch auch im zweiten Album fand Diana keinen Hinweis auf Elisabeths Existenz. Verwundert stellte sie auch dieses Album zurück ins Regal. So langsam musste sie etwas finden. Zumindest eine Schwangerschaft müsste Leonida doch langsam anzusehen sein. Allerdings hatte sie auch noch immer keine Bilder von Leonidas Hochzeit gefunden. Diana überlegte. War Leonida überhaupt verheiratet gewesen? Ehrlich gesagt konnte sie sich gar nicht daran erinnern, dass jemals ein Mann auf Gut Strentel gewesen war. Aber wenn Leonida ein Kind bekommen hatte, dann *musste* sie einfach verheiratet gewesen sein. Ein uneheliches Kind wäre für die gräfliche Familie, die so sehr die Etikette befolgte, sicherlich nicht in Frage gekommen. Diana stutzte. Was, wenn doch? Was, wenn Leonida tatsächlich unehelich schwanger geworden war? Vielleicht wusste deshalb niemand von Elisabeth. Ein uneheliches Kind wäre sicherlich eine Schande für die Familienehre der Grafen gewesen. Vielleicht hatten sie die Existenz von Elisabeth einfach vertuscht, weil es ihnen peinlich gewesen war. Ja, das könnte eine Erklärung sein. Dann war auch klar, warum die Menschen im Dorf nichts von einem Kind von Leonida wussten. Aber war es überhaupt möglich, auf einem Gut mit so vielen Menschen das Leben eines Kindes zu verheimlichen? Nein, das war Unsinn. Bei so vielen Angestellten, die ja zum großen Teil sogar selbst in dem Haus gewohnt hatten,

war es ganz und gar unmöglich, ein Kind vor den Bediensteten zu verheimlichen. Zumindest die alte Anni, die Großmutter von Susan, hätte ja dann mal irgendetwas von diesem Kind erzählen müssen. Wenn Diana Susans Erläuterungen richtig verstanden hatte, dann war Anni von ihrer frühesten Kindheit an auf dem Gut gewesen und hatte sich dort auch frei bewegen können. Sie hätte doch mitbekommen müssen, wenn es einen Skandal um ein uneheliches Kind gegeben hätte, oder? Allerdings hätte sie ja auch mitbekommen müssen, dass Leonida überhaupt ein Kind bekommen hatte, das früh verstorben war. Aber auch davon hatte sie gegenüber Susan wohl nichts erwähnt. Sonst hätte diese ja gestern etwas Licht ins Dunkel bringen können. Aber Susan hatte gestern auf Dianas Nachfrage nach Elisabeth genauso überrascht reagiert wie alle anderen. Wie sie es auch drehte und wendete, Diana wurde einfach nicht schlau aus der Sache. Es blieb ihr nichts anderes übrig, als endlich konkrete Beweise für Elisabeths Existenz zu finden.

Nachdenklich sah sich Diana die Alben von 1959 und 1960 durch, aber auch hier blieb ihre Suche erfolglos. Enttäuscht klappte sie schließlich das letzte Album zu. Sie hatte sich wirklich mehr von den Fotos versprochen, aber es gab nicht einmal einen Hinweis auf eine Schwangerschaft Leonidas.

„Hab ich dich endlich!“

Panisch zuckte Diana zusammen.

„Bist du bescheuert?“ Keuchend schnappte sie nach Luft. „Ich habe fast einen Herzinfarkt bekommen.“

„Entschuldige bitte, das wollte ich nicht.“ Grinsend reichte Joschua Diana eine Hand und half ihr von dem kalten Boden auf, auf den sie sich der Einfachheit halber mit dem Album gesetzt hatte.

„Hast du etwa schon angefangen?“ Joschua wirkte tatsächlich ein bisschen enttäuscht. Er war von Natur aus überaus neugierig und hatte sich wahnsinnig darauf gefreut, die Alben zu durchforsten. Mit dem Duschen und Umziehen hatte er sich extra beeilt, um

schnellstmöglich wieder nach Gut Strentel zurückkehren zu können.
„Ehrlich gesagt bin ich eigentlich sogar schon fertig."
Joschua schaute derart zerknirscht drein, dass er Diana ein bisschen leid tat. Hätte sie gewusst, dass es ihm so wichtig war, die Alben anzuschauen, dann hätte sie… nein, wenn sie ehrlich war, hätte sie auch dann nicht gewartet. Sie war selbst viel zu neugierig gewesen.
„Tut mir leid." Das tat es wirklich.
Als Joschua mit einer lässigen Handbewegung abwinkte, fiel sein Blick auf die Reihe der Alben im Regal. „Willst du etwa sagen, du hast innerhalb einer Stunde diese ganzen Alben durchgeschaut? Das sind mindestens hundert!"
„130, um genau zu sein. Nein, nur die letzten vier habe ich durchgesehen. Ich suche ja nach einem Hinweis auf das Kind von Leonida. Wenn sie mit achtzehn ihre Verlobung bekannt gegeben hat, dann hat sie vermutlich mit neunzehn geheiratet und anschließend ein Kind bekommen. Also wird die Geburt vermutlich in die Jahre 1958/59 gefallen sein."
„Wie kommst du denn darauf, dass sie mit achtzehn ihre Verlobung bekannt gegeben hat? Vielleicht hat sie ja auch erst viel später geheiratet."
„Familientradition", sagte Diana schlicht und war innerlich sehr stolz darauf, dass ihr das so selbstverständlich über die Lippen ging als würde sie sich bestens mit den Regeln und Gebräuchen der Familie von Strentel auskennen.
Joschua nickte anerkennend. „Und? Hast du etwas gefunden?"
„Leider nein. Nichts. Nicht einmal einen Hinweis auf ihre Schwangerschaft."
„Vielleicht in späteren Alben…?"
„Leider hört die Reihe mit dem Album von 1960 auf."
„Scheiße." Er kassierte einen strengen Blick von Diana und hob sofort entschuldigend die Augenbrauen. „Oh Verzeihung, so eine

Wortwahl ist in Gegenwart einer Lady wirklich unangebracht. Mist“, korrigierte er sich etwas unbeholfen, doch Diana lachte nur.
„Tja, einen Versuch war es wert“, sagte sie enttäuscht und stellte achselzuckend auch das letzte Album wieder zurück ins Regal.
„Haben die wirklich zu jedem Jahr ein eigenes Fotoalbum?“ Ungläubig strich Joschua mit dem Finger über die Buchrücken mit den eingeprägten Jahreszahlen. „Das muss ja ein Heidenaufwand sein, so etwas zu erstellen.“ Wahllos nahm er eines der dicken Bücher aus dem Regal und schlug es auf.
„1950. Kannst du dir das vorstellen? Das war kurz nach dem zweiten Weltkrieg. Unglaublich, dass das noch gar nicht so lange her ist.“ Gedankenversunken blätterte er die Seiten um und betrachtete lange die verschiedenen Fotos. Diana beobachtete ihn. Mit der linken Hand hielt er das aufgeschlagene Album so, dass die Muskeln an seinem Unterarm deutlich hervortraten. Mit der rechten Hand blätterte er vorsichtig, fast zärtlich, die einzelnen Seiten um. Langsam, beinahe ehrfürchtig, ließ er dann seinen Blick über die einzelnen Bilder wandern. Eine braune Haarsträhne war ihm aufgrund des geneigten Kopfes ins Gesicht gefallen, doch das schien ihn nicht zu stören. Dann veränderte sich sein Gesichtsausdruck schlagartig. Die Augen, die zuvor noch konzentriert die einzelnen Fotos betrachtet hatten, starrten weit aufgerissen auf einen Punkt und bewegten sich nicht mehr. Joschuas Mund war halb geöffnet einfach stehen geblieben. Was sah er nur, das ihn so erschreckte? 1950 war Leonida gerade mal zwölf Jahre alt gewesen. Dass er in diesem Album einen Hinweis auf Elisabeth gefunden haben könnte, war absolut unmöglich. Dennoch schien ihn irgendetwas in diesem Album völlig aus der Fassung zu bringen. Alarmiert sprang Diana auf.
„Was ist, hast du etwas gefunden?“
Joschua antwortete nicht. Er starrte nur weiterhin auf denselben Punkt und bewegte sich keinen Millimeter.

Verärgert lief Diana zu ihm hin. Was auch immer er da sah, es konnte wohl kaum so interessant sein, dass er sie deshalb ignorieren musste. Sie stellte sich so nah neben Joschua, dass sie unweigerlich den Duft seines Duschgels riechen konnte und verfolgte seinen Blick in das Album hinein. Und da erstarrte auch sie.
Eine Weile lang standen beide einfach schweigend nebeneinander, unfähig auch nur die kleinste Regung zu zeigen und starrten auf das Foto in dem Album.
„Das kann nicht sein“, hauchte Diana schließlich ungläubig und sah Joschua direkt an. Dann wieder das Foto. Dann wieder Joschua.
„Was zum Teufel geht hier vor?“, stammelte Joschua fassungslos.
„Ich habe keine Ahnung“, stieß Diana hervor. „Aber das auf dem Foto bist zweifellos du, Joschua.“
„Das sehe ich auch.“
„Wie kommst du denn auf ein Foto von 1950? Bist du vielleicht ein Zeitreisender oder sowas?“
„Diana, das ist wirklich nicht lustig.“
Diana fand es auch nicht lustig. Eigentlich hatte sie die Frage ernst gemeint. Es war zwar absurd, dass es so etwas wie Zeitreisende geben könnte, aber das Foto, das sie beide anstarrten, war genauso absurd und doch war es real. So ernst hatte Diana Joschua noch nie gesehen. Offensichtlich war er genauso überrascht wie sie, sich plötzlich auf diesem Foto zu sehen. Aber der Mann auf dem alten Bild war Joschua, da gab es gar keinen Zweifel.
„Ich glaube, ich brauche jetzt dringend einen Schnaps.“
Ohne das Album aus der Hand zu legen, ließ Joschua sich von Diana in die Küche dirigieren, wo sie erst vor wenigen Stunden die Schnapsreste des gestrigen Abends verstaut hatten. Schnell griff Diana nach dem Grappa, dem sie gestern so ausgiebig zugesprochen hatten und schenkte ihrem Gegenüber und zur Sicherheit auch sich selbst ein ordentliches Glas ein. Es war ihr

gelungen, Joschua so zu einem der Küchenstühle zu bugsieren, dass er sich lediglich setzen musste, was auch gut war, denn er starrte noch immer wie hypnotisiert auf das Foto. Zur Sicherheit schenkte Diana gleich noch einen zweiten Grappa ein und schob ihn in seine Reichweite.

„Wenn das hier so weitergeht, werde ich bei dir noch zum Alkoholiker."

Sehr gut, er sprach wieder und scherzte sogar. Dann hatte er den ersten Schrecken wohl überwunden. Diana setzte sich auf die andere Seite des Tisches und starrte ebenfalls wieder auf das Foto. Darauf waren zwei junge Männer abgebildet. Der eine war zweifellos Graf Ferdinand im Alter von ungefähr sechzehn Jahren. Er saß auf einer der weißen Gartenbänke, die auch jetzt noch hinten bei den Rosenbüschen standen. Diana war erst gestern bei ihrem kurzen Spaziergang daran vorbeigekommen. Neben ihm saß ein junger Mann, der Joschua wie aus dem Gesicht geschnitten war.

„Also, wenn ich nicht hundertprozentig wüsste, dass das nicht möglich ist, dann würde ich sagen, der junge Mann auf dem Foto bist du. Es ist echt ein gruseliges Gefühl, dich auf diesem alten Foto zu sehen und zugleich hier in der Küche sitzen zu haben."

„Na, frag mich mal. Ich würde ja selbst sagen, dass das ich bin." Joschua hob hilflos die Arme in die Luft. „Ich fühle mich gerade, als wäre ich in einer beschissenen Zeitschleife gefangen oder als hätte ich einen mächtigen Filmriss. Als müsste ich den jungen Mann auf dem Foto kennen, der mir da so vertraut seinen Arm um die Schultern legt, aber ich habe ihn noch nie in meinem Leben gesehen. Und das kann ja auch gar nicht sein. 1950 war ich nicht geboren, das auf dem Foto bin nicht ich, verdammt noch mal."

Obwohl Diana überrascht war, dass Joschua derart die Fassung verlor, konnte sie seine Gefühlslage gut nachvollziehen. Sie wollte gar nicht daran denken, wie sie wohl reagieren würde, wenn sie selbst plötzlich auf einem Foto von 1950 zu sehen wäre.

„Der andere junge Mann ist Graf Ferdinand“, erklärte Diana. „Er sieht genauso aus wie auf den Familienbildern.“
„Und wer ist der Typ, der aussieht wie ich?“
„Ich habe keine Ahnung.“ Sie hätte Joschua zu gerne getröstet, aber ihr fiel einfach nichts ein, was sie in dieser Situation hätte sagen oder tun können. Das Ganze war einfach zu absurd. „Vielleicht können wir irgendwie herausbekommen, wer der andere Mann ist“, schlug sie ermutigend vor.
„Das werden wir wohl müssen, sonst kann ich keine Nacht mehr ruhig schlafen.“
Der Blick, mit dem er sie ansah, war so flehend und verzweifelt, dass Diana nicht mehr anders konnte. Sie streckte ihre Hand aus und griff über den Tisch hinweg nach seiner. Kaum berührten sie sich, da wusste sie schon, dass es ein Fehler gewesen war. Schneller als sie es kontrollieren konnte, stieg ihr wieder eine heiße Röte ins Gesicht und in ihrem Bauch machte der eben getrunkene Grappa eine wilde Achterbahnfahrt. Schnell ließ sie seine Hand wieder los, stand auf und ging zum Spülbecken, wo sie ihm den Rücken zuwandte, bis ihr Gesicht wieder einen normalen Farbton bekam. Alibimäßig ließ sie sich ein Glas Wasser ein und trank es in einem Zug leer. Das kalte Wasser kühlte auch ihre Gefühle wieder ein bisschen herunter, sodass sie sich nach kurzer Zeit wieder gefahrlos zu Joschua umdrehen konnte.
„Ich schlage vor, wir gehen wieder zurück in den Raum mit den Alben. Dann schauen wir einfach von vorne nach hinten alles systematisch durch, bis wir einen Hinweis darauf haben, wer der Junge ist, der aussieht wie du, oder eben darauf, was mit Elisabeth passiert ist. Dann müssen wir jetzt eben zwei Rätsel lösen.“
Joschua nickte und stand unverzüglich auf. Nachdem er den ersten Schock überwunden hatte, wollte er nur noch eines: herausfinden, was er mit dem jungen Mann auf alten Foto zu tun hatte, der ihm glich, als wären sie Zwillingsbrüder.

Wieder in dem Raum angekommen, beschlossen sie, dass es wohl das Beste wäre, bei der Suche nach weiteren Hinweisen strategisch vorzugehen. Also nahm Joschua sich das Album mit der Jahreszahl 1950 vor und Diana sah sich das Album mit der Zahl 1951 genauer an. Bisher waren sie ja nicht weiter als bis zu dem geheimnisvollen Bild gekommen.

„Also in diesem Album taucht dein Zwilling immer wieder auf. Bis zum Ende des Jahres", stellte Diana sachlich fest. Leider stand bei keinem der Bilder eine Erklärung dabei. Hätte sie selbst diese Alben erstellt, dann würde unter jedem Bild nicht nur das jeweilige Aufnahmedatum stehen, sondern auch die Namen der abgebildeten Personen sowie das Ereignis und ein lustiger Kommentar dazu. Früher einmal, hatte sie fast einen Sport daraus gemacht, Fotos in Alben zu kleben und zu kommentieren. Allerdings hatte sich das mit dem Aufkommen von Fotohandys schnell erledigt. Inzwischen hatte sie, wie vermutlich die meisten Menschen, viel zu viele Fotos auf dem Handy und wenn später mal jemand von ihren Nachkommen diese sichten würde, würde er auch nichts damit anfangen können. Vermutlich würde er sich nur fragen, was sie dazu gebracht hatte, ein Foto davon zu machen, wie sie im Kopfstand versuchte, ein Glas Wasser zu trinken.

„Hier, das ist komisch", unterbrach Joschua ihren Gedankengang. „Im Album von 1950 tauche ich, also mein Doppelgänger, erst im Frühjahr auf. Er ist weder auf den Fotos von der Schlittenfahrt im Januar noch beim Frühlingsball im März unter den Anwesenden."

„Vielleicht ein entfernter Verwandter oder ein Austauschschüler", überlegte Diana. „Das würde auch erklären, warum er den anderen Familienmitgliedern so ganz und gar nicht ähnlich sah. Lass uns doch mal sehen, ob er bis 1960 bei der Familie ist oder vielleicht nur ein Jahr. Das würde dann für einen Austauschschüler sprechen."

Schnell nahmen sie das Album von 1952 aus dem Regal. Hier war der junge Mann mit den wasserblauen Augen sogar auf dem traditionellen Familienfoto auf der ersten Seite zu sehen, was dafür sprach, dass es sich bei ihm um mehr handelte als nur um einen einfachen Gast.

„Hatte deine Tante Leonida vielleicht noch einen Bruder, von dem du nichts weißt?"

„Nein, ganz sicher nicht." Diana schüttelte den Kopf. „Erstens würde er dann als ein Erbe im Stammbaum auftauchen und zweitens wäre er doch dann irgendwo in den anderen Alben auch zu sehen. Warum sollte er denn erst 1950 plötzlich auftauchen? Das macht doch gar keinen Sinn."

„Nein, da hast du Recht."

„Oh, das ist ja seltsam." Hektisch blätterte Diana immer wieder ein paar Seiten vor und wieder zurück. „1952 taucht er nur auf Fotos bis November auf. Danach ist nichts mehr von ihm zu sehen."

„Zeig her." Schnell ging Joschua zu Diana und setzte sich neben sie. Nah. Zu nah. Wieder spürte Diana das verräterische Kribbeln, das sich in ihrem ganzen Körper ausbreitete. Und das zu einem so unpassenden Zeitpunkt.

„Tatsächlich. Ab November ist er einfach verschwunden. Vielleicht doch ein Austauschschüler."

„Dann ist es aber trotzdem seltsam, dass er dir so ähnlich sieht. Du weißt nicht zufällig, ob irgendein Verwandter von dir als Austauschschüler hier auf Gut Strentel war?"

Joschua rollte mit den Augen und grinste. „Ist das dein Ernst, Diana? Der Sinn eines Austauschs ist es doch, andere Länder und Kulturen kennenzulernen. Glaubst du wirklich, dass jemand aus meiner Familie in eine Austauschfamilie im selben Ort geht? Das wäre doch ziemlich dämlich."

„Oh", sagte Diana nur, die natürlich zugeben musste, dass er Recht hatte. „Das heißt aber, deine Familie hat schon immer hier im Ort gelebt?"

„Soweit ich weiß, ja. Das Haus, in dem Jana und ich wohnen, hat früher mal Großmutter gehört. Vor zehn Jahren hat sie aber

beschlossen, dass es zu groß für sie alleine ist und so hat sie es uns überschrieben und ist in ein Seniorenheim bei Bantenau gezogen. Das ist nur zwei Orte weiter."
Diana erinnerte sich an Bantenau. Bei ihrer Herfahrt war sie durch das malerische Örtchen durchgekommen. Plötzlich schoss ihr ein Gedanke durch den Kopf.
„Wann ist deine Oma geboren?"
„1932, wieso?"
„Na, weil sie den jungen Mann, falls es ein Verwandter von dir ist, vielleicht gekannt hat. Er muss ja dann quasi ihr Nachbar gewesen sein. Frag sie doch einfach."
„Das wird nicht gehen." Ein dunkler Schatten legte sich plötzlich auf Joschuas Gesicht und verdrängte die freudige Neugier, die sich eben noch in seinen Augen gespiegelt hatte. „Sie ist voriges Jahr gestorben."
„Oh, das tut mir leid." Tatsächlich tat es Diana gleich doppelt leid. Schließlich hatte Joschua nicht nur seine Großmutter verloren, sondern mit ihr auch die Hoffnung, etwas über seinen Doppelgänger zu erfahren.
„Uns wird schon etwas einfallen", versuchte Diana ihn aufzumuntern, doch in Wirklichkeit wusste sie nicht, was das sein könnte.
Vorsichtig streckte sie ihre Hand aus und legte sie tröstend auf Joschuas Schulter. Da drehte er sich zu ihr um und sah ihr direkt in die Augen. Der Raum um sie herum begann immer mehr zu verschwimmen in einem zarten wasserblauen Schleier, in dem sie zu ertrinken drohte. Gerade, als ihre Beine so weich wurden, dass sie sie nicht mehr zu tragen drohten und sie sich Halt suchend an Joschuas starker Schulter festklammerte, spürte sie, wie sein Arm sie umfasste und festhielt. Es war falsch. Es durfte einfach nicht sein und doch hatte sich noch nie etwas so gut angefühlt wie seine Hand auf ihrem Rücken. Ihr Blick hing wie gefesselt in dem Seinen fest und sie fühlte nur, wie alles um sie herum sich in

Belanglosigkeit verlor, während sein Gesicht sich langsam dem Ihren näherte. Sie spürte, wie sich ihre Lider schlossen. Dann verlor sie sich im Rausch der explodierenden Funken in ihrem Körper, als sich seine Lippen unendlich sanft auf ihre legten.
Als er sich zurückzog und sie die plötzliche Kälte auf ihren Lippen spürte, brauchte sie einen Moment, um wieder zu sich zu kommen. War das gerade wirklich geschehen? Hatte er sie wirklich geküsst? Fragend sah sie ihn an. Wollte er ihr nicht wenigstens eine Erklärung liefern, für das, was gerade geschehen war? Wollte er sich nicht herausreden, wenigstens rechtfertigen?
„Was soll das?“, fragte sie schneidender als beabsichtigt.
„Tut mir leid, wenn ich dich überrumpelt habe.“ Forschend betrachtete er ihr Gesicht, als könne er darin ihre Gedanken ablesen. „Ich dachte… ich hatte das Gefühl, du wolltest das auch. Da war so ein Moment… ich… entschuldige.“
Er dachte, sie wollte das auch? Und wie sie es gewollt hatte. Sie hatte sich, seit sie ihm zum ersten Mal begegnet war, nichts mehr gewünscht als diesen Moment. Und doch war es falsch. Falscher als falsch. Er war verheiratet, Herrgott nochmal. Und sie war keine Ehebrecherin.
„Nein, ich wollte das nicht!“ Diana war selbst erstaunt darüber, wie fest und überzeugend ihr diese Lüge über die Lippen ging.
„Dann tut es mir aufrichtig leid.“ Zerknirscht trat Joschua einen Schritt zurück und hob entschuldigend die Arme.
„Ich werde einfach so tun, als ob nichts geschehen wäre“, lächelte Diana gönnerhaft, doch in ihrem Inneren war sie überglücklich, dass es geschehen war und wusste, dass sie diesen Moment für immer feiern würde.
Die Stimmung war allerdings nun zerstört. Wortlos räumten die beiden die Alben wieder an ihren Platz zurück. Sie versprachen, sich gegenseitig zu melden, falls sie etwas über den unbekannten Doppelgänger oder über Elisabeth herausfänden, dann verabschiedete sich Joschua kühl nach Hause.

Diana war enttäuscht. Der Tag hatte so vielversprechend begonnen. Und nun hatte sie lediglich ein Rätsel mehr, das einer Lösung bedurfte und zudem war sie auch noch zur Ehebrecherin geworden. Das war wirklich ein trauriges Fazit für einen Tag. Außerdem war sie unglaublich müde. Diana beschloss, das einzig Richtige zu tun: Sie würde ein heißes Bad nehmen und dann einfach schlafen gehen. Völlig egal, dass es erst später Nachmittag war. Da sie in der vorigen Nacht nicht geschlafen hatte, hatte sie die Erholung bitter nötig. Und nach dem Kuss mit Joschua eben war der Tag sowieso gelaufen. Sie musste schlafen. Ganz einfach viel und schnell und ausgiebig schlafen.

Kraftlos schleppte sie sich ins Bad und drehte das heiße Wasser auf. Im Schrank hatte sie eine Flasche mit Badezusatz gefunden, der, wenn die Aufschrift stimmte, aus den eigenen Rosen aus dem Garten von Gut Strentel gepresst worden war.

Als sie vorsichtig ein paar Tropfen davon in das heiße Wasser träufelte, breitete sich schlagartig ein überwältigender Rosenduft aus, sodass Diana instinktiv die Augen schloss und den süßen Duft tief einatmete. Sie musste unbedingt herausfinden, woher diese Essenz stammte, wer sie gepresst hatte und wo sie noch mehr davon bekommen konnte.

Seufzend ließ sie sich in das heiße, duftende Wasser gleiten. Nur schade, dass sie im „Herausfinden“ offensichtlich eine echte Niete war. Sie lebte nun schon seit über einer Woche auf Gut Strentel und über Elisabeth, der sie eigentlich ihr Hiersein verdankte, hatte sie noch überhaupt nichts herausgefunden. Lediglich, dass es eine Person auf Gut Strentel gegeben hatte, die ihrem neuen Nachbarn ähnelte wie ein Zwillingsbruder. Eine Information, die eher hinderlich als hilfreich war bei der Suche nach Elisabeths Leben und Tod, da sie nur noch mehr Verwirrung stiftete und verhinderte, dass Diana ihre gesamte Konzentration auf Elisabeth lenken konnte.

Ich bin die schlechteste Detektivin der Welt, dachte sie seufzend. Anstatt Informationen über mein Zielobjekt zu finden, finde ich eine neue Person, die noch mehr Rätsel aufgibt. Und weil das noch nicht genügend Chaos verursacht, knutsche ich gleich noch mit dem Mann von meiner netten Nachbarin herum. Toll gemacht Diana. Wütend auf sich selbst hielt sie die Luft an und tauchte in dem heißen Wasser unter, wo sie sich auf seltsame Weise geborgen fühlte. Es tat gut, so vollkommen von Wärme eingehüllt zu werden.
Prustend ausatmend tauchte sie wieder auf. Was war das? Panisch drehte sie sich um. Hatte sich eben nicht die Badezimmertür geschlossen? Sie hatte das leise Klicken genau gehört und diesmal würde ihr niemand einreden können, dass sie sich das nur eingebildet hatte. Nicht einmal sie selbst. So schnell sie konnte, ohne in der rutschigen Badewanne den Halt zu verlieren, stand sie auf, stieg aus der Wanne und griff hektisch nach dem weißen Bademantel, den sie sich bereitgelegt hatte.
„Hallo? Ist da jemand?“
Das Haus blieb still. Beunruhigt überlegte Diana, was sie tun sollte. Sollte sie nachsehen, ob da jemand war? Aber was, wenn es tatsächlich ein Einbrecher war, der sie vielleicht niederschlagen oder gar umbringen würde, wenn sie ihn erkannte. Vielleicht war es besser, ihn in Sicherheit zu wiegen. Sie könnte ja einfach so tun, als dächte sie, sie habe sich getäuscht und weiter baden. Immerhin war es besser, beklaut zu werden als umgebracht. Aber dann würde sie keine ruhige Minute mehr haben. Diana beschloss, ganz vorsichtig und möglichst unerkannt nachzusehen, ob da jemand war.
Geräuschlos öffnete sie die Badezimmertür und trat hinaus auf den Gang. Blitzschnell sah sie nach links und rechts, doch auf dem langen Gang war niemand zu sehen. Diana lauschte in die Stille. Nichts. Es war so still im Haus, dass sie sogar den Schaum in der Badewanne knistern hörte.

Zehn Minuten verharrte sie an Ort und Stelle und lauschte auf jedes kleinste Geräusch. Türen klapperten im Wind. Diana erinnerte sich, dass sie vorhin ein paar Fenster geöffnet hatte, um zu lüften. Die hatte sie vor lauter Rosenduft völlig vergessen. War die Badezimmertür etwa wegen des Luftzugs zugefallen? Möglich war es schon. Sicherheitshalber blieb Diana weitere zehn Minuten regungslos an Ort und Stelle, doch außer den Türen und ein paar Fenstern, die im Wind klapperten, war nichts zu hören. Da war niemand.

Du bist aber auch ein Angsthase, dachte sie bei sich. In einem so großen Haus klapperte nun mal ab und an irgendwas, sie durfte sich einfach nicht von jedem Mäuschen ins Bockshorn jagen lassen. Entschlossen, sich von diesem Vorfall nicht aus der Fassung bringen zu lassen, ging Diana zurück ins Badezimmer, doch das Badewasser war inzwischen nur noch lauwarm. Und sich nochmal ein neues Bad einzulassen, dazu hatte sie einfach keine Lust. Also zog sie den Stöpsel und sah mit einer fast meditativen Ruhe dabei zu, wie das Wasser Liter für Liter im Abfluss verschwand. Dann hielt sie inne und sog irritiert die Luft ein. Verwirrt griff sie nach der Flasche mit dem Badezusatz. Rosen. Da stand eindeutig Rosen. Warum roch es dann jetzt plötzlich nach Lavendel? Diana öffnete die Flasche und roch daran. Eindeutig. Rosen. Aber im Raum roch es ohne Zweifel nach Lavendel. Ungläubig schüttelte sie den Kopf und kniff sich in den Arm. Jetzt wurde sie wirklich langsam verrückt. Vielleicht war ihr Schlafmangel inzwischen so gravierend, dass er ihre Sinne völlig durcheinanderbrachte. Sie kannte sich in medizinischen Angelegenheiten zwar überhaupt nicht aus, aber sie hatte mal gelesen, dass Schlafentzug sogar eine Foltermethode war, da der Körper dann nicht mehr richtig funktionierte. Insbesondere die Augen. Testpersonen, denen man unter medizinischer Aufsicht kontrolliert Schlaf entzogen hatte, hatten von Sehstörungen, Koordinationsproblemen und teils sogar Wahnvorstellungen berichtet. Vielleicht drohte ihr das aktuell auch.

Schneller als üblich schlüpfte sie in ihren bereitgelegten Pyjama und ging in ihr Schlafzimmer. Dort schloss sie das Fenster, zog die Vorhänge zu und kuschelte sich in die dicken Daunenkissen. Jetzt würde sie endlich schlafen. Erschöpft schloss sie die Augen, nur um sie in der nächsten Sekunde wieder aufzureißen. Da waren wieder Schritte. Direkt in dem Raum über ihr. Regungslos lag sie im Bett und lauschte. Nichts.
Diana wartete.
Nichts.
Konnte sie sich wirklich etwas so intensiv einbilden? Als sie auch nach weiteren zwanzig Minuten des Lauschens nichts weiter hörte, stand sie auf und verschloss sicherheitshalber die Zimmertür. Dann schlurfte sie am Rande der Kraftlosigkeit zurück ins Bett, zog sich die Decke über den Kopf und fiel endlich in einen tiefen, traumlosen Schlaf.

1952 Leonida

Der überwältigende Duft von hunderten von Rosen schlug Leonida entgegen, als sie sich nervös über die steinerne Brüstung lehnte. Von hier oben hatte sie einen perfekten Blick. Sie konnte sich gar nicht mehr daran erinnern, wann sie zum ersten Mal hier oben gesessen und das hektische Treiben beobachtet hatte, das sich jedes Jahr im Haus abspielte, wenn der Frühlingsball vorbereitet wurde. Vielleicht war sie vier Jahre alt gewesen, vielleicht auch erst zwei. Sie konnte sich nur daran erinnern, dass sie in jedem Jahr von dem betörenden Rosenduft geweckt worden war, der das ganze Haus durchströmte, und dann immer sofort zur Brüstung gelaufen war, um das bunte Treiben zu beobachten. Jahrelang waren die Vorbereitungen ein ganz besonderes Erlebnis für Leonida gewesen. Doch in diesem Jahr war es noch besonderer als all die bisherigen Male, denn in diesem Jahr würde sie nicht wie in den vierzehn Jahren bisher um 20 Uhr von Hanna ins Bett gebracht werden. Im Gegenteil. In diesem Jahr würde Hanna schon viel früher kommen, um ihr beim Umziehen zu helfen. Dann würde sie in das gelbe Chiffonkleid schlüpfen, in dem sie laut Marthe aussah wie eine kleine Sonne und Hanna würde ihr die Haare zu einer besonders eleganten Frisur stecken. In diesem Jahr würde sie niemand von der großen Treppe verscheuchen, an der sie versuchte, möglichst viel vom Treiben und Reden der Erwachsenen mitzubekommen, nein, in diesem Jahr würde sie stolz die große Treppe hinunterschreiten und sich mitten ins Getümmel stürzen. So lange hatte sie darauf hingefiebert und endlich war es soweit. Endlich war sie vierzehn und durfte damit offiziell an den großen Bällen und Festen der Familie teilnehmen. Es war einfach fantastisch und allein schon Grund genug, dass ihr das Herz fast aus der Brust springen könnte vor Aufregung.

Und doch spürte Leonida einen großen Schmerz, wenn sie an den bevorstehenden Abend dachte. Denn es gab noch einen viel gewichtigeren Grund für ihr Herzklopfen. Nicht nur sie würde dieses Mal am Frühlingsball teilnehmen. Auch Eduard würde dabei sein. Eduard. Allein beim Gedanken an ihn verwandelten sich ihre Beine schlagartig in eine unkontrollierbare Masse aus Pudding, sodass sie sich sicherheitshalber auf die oberste Stufe der großen Steintreppe sinken ließ, den Kopf auf die Arme stützte und ihren Gedanken nachhing. Eduard. Er war so wunderbar. Vor über einem Jahr hatte sie das Mutigste getan, was sie je in ihrem Leben zustande gebracht hatte: Sie hatte ihm in einem Brief ihre Gefühle gestanden. Als er ihr geantwortet hatte, dass auch er sie liebe, aber erst umwerben dürfe, wenn sie vierzehn sei, waren ihr die Tränen unaufhaltsam die Wangen hinuntergeströmt, aber sie hätte beim besten Willen nicht sagen können, ob es Tränen der Freude oder der Trauer gewesen waren. Wie wunderbar war es, dass er sie ebenfalls liebte. Aber, ach, wie furchtbar war es, dass sie noch zu jung für ihn war. Es war einfach schrecklich. Denn es war gekommen, wie es hatte kommen müssen: Als Eduard sechzehn Jahre alt geworden war, hatte die Gesellschaft von ihm erwartet, dass er den Namen seiner zukünftigen Braut bekannt gab. Und er hatte sich gefügt. Er war einfach zu gutherzig. Denn auf die Verlobung mit Gabriele von Trochtenau hatte er sich nur eingelassen, um seiner Mutter keinen Kummer zu bereiten. Seitdem ihr Mann, Eduards Vater, gestorben war, war sie eine gebrochene Frau. Ihr einziger Stolz waren ihre Kinder, Bernadette und Eduard, und ihr einziges Ziel, diese in angesehene Familien zu verheiraten. Bernadette hatte bereits im vorigen Jahr in eine sehr angesehene Familie eingeheiratet, aber Eduard hatte sich bisher standhaft geweigert, sich eine Braut auszuwählen.

Zwei Monate vor seinem sechzehnten Geburtstag hatte seine Mutter Eduard dann zu sich gerufen. Sie hatte ihn bekniet, geweint und gefleht, er möge sich bitte unbedingt eine Braut auswählen,

damit sie vor der Gesellschaft nicht ihr Gesicht verlöre. Denn hinter ihrem Rücken werde schon getuschelt, sie sei als alleinerziehende Mutter nicht in der Lage, die Traditionen bei ihren Kindern durchzusetzen und würde dadurch die Familie von Belzner dem Untergang weihen. Eduard hatte es nicht ausgehalten, seine Mutter so verzweifelt zu sehen und hatte schließlich eingewilligt, Gabriele von Trochtenau zu heiraten.
Kaum war er jedoch nach Gut Strentel zurückgekehrt, hatte er seine Entscheidung bitter bereut, denn Leonida hatte bereits vor seiner Ankunft von seiner Verlobung erfahren und der Blick, mit dem sie ihn angesehen hatte, als er nun auf das Gut zurückgekehrt war, hatte ihm fast das Herz gebrochen. Wie gerne hätte er sie in den Arm genommen, ihre Tränen mit seinen Lippen getrocknet und ihr versichert, wie leid ihm das alles tat. Stattdessen musste er unentwegt vorsichtig sein, dass niemand die viel zu langen Blicke, die er ihr zuwarf, bemerkte und als das deutete, was sie tatsächlich waren: Liebeskummer. Es durfte ja niemand wissen, dass er und Leonida sich in den vergangenen Monaten unzählige Briefe geschrieben hatten, in denen sie sich gegenseitig ihre Gefühle offenbart hatten. Glühende Geständnisse ewiger Liebe und Treue, immer mit dem Versprechen, einen Weg zu finden, damit sie für immer zusammen sein konnten. Und nun war er nach Wochen, in denen sie ihn sehnlichst vermisst hatte, zurückgekommen und war verlobt. Verlobt mit Gabriele von Trochtenau, einer der begehrtesten jungen Damen auf dem Heiratsmarkt. Während der Graf und die Gräfin von Strentel Eduard freudig umarmt und ihm beeindruckt zu dieser hervorragenden Wahl gratuliert hatten, war für Leonida die Welt zusammengebrochen. Und als sie schließlich an der Reihe gewesen war, ihm zu seiner Verlobung zu gratulieren, da hatte sie nur mit allergrößter Mühe die Tränen zurückhalten können. Äußerlich hatte sie höflich gelächelt und ihm artig die Hand gereicht, doch in ihrem Inneren war etwas zerbrochen, was sich nie wieder würde reparieren lassen.

Seit diesem verhängnisvollen Tag war Leonida Eduard so gut es ging aus dem Weg gegangen. Zwar hatte sie bemerkt, dass er in scheinbar unbeobachteten Momenten immer wieder ihre Nähe suchte, doch es war ihr dann jedes Mal gelungen, so schnell zu verschwinden, dass er keine Chance gehabt hatte, auch nur ein Wort zu ihr zu sagen. Sie wollte nicht hören, was er zu sagen hatte. Wollte keine Entschuldigungen und keine Rechtfertigungen. Sie wusste, wie es war, in familiären, traditionellen Zwängen gefangen zu sein und sie nahm ihm nicht übel, dass er sich ihnen gefügt hatte. Doch sie würde es auf keinen Fall ertragen, ihm in seine wasserblauen Augen zu sehen. Allein seine Stimme zu hören, wenn er mit anderen sprach, bereitete ihr seelische Qualen und eine Berührung von ihm würde sie nicht überleben, da war sie sich sicher.
Hanna hatte ihr vor einigen Tagen einen Brief von Eduard übergeben, doch Leonida hatte ihn ungelesen ins Feuer geworfen. Sie wollte auch nicht *lesen*, warum er das getan hatte. Es war nun einmal so. Er hatte sich entschieden und sie würde sich damit abfinden müssen. Dann würde sie eben einsam und unglücklich sterben. Niemals, da war sie sich absolut sicher, niemals würde sie einen anderen Mann lieben können als ihn. Die Erkenntnis, ihn für immer verloren zu haben hatte sich angefühlt, als habe die Welt in diesem Augenblick aufgehört, sich zu drehen. Und doch sollte heute Abend, so wie in jedem Jahr, so als sei nichts gewesen, der Frühlingsball stattfinden. Der Ball, auf den sie sich vierzehn Jahre lang gefreut hatte. Und jetzt saß sie, anstatt sich darauf zu freuen, oben hinter der Treppenbrüstung wie ein kleines Mädchen und überlegte ernsthaft, ob sie nicht einen Migräneanfall vortäuschen sollte. Nur so könnte sie sichergehen, dass sie Eduard nicht begegnen würde. Andererseits war der Frühlingsball auch endlich eine Möglichkeit, sich von Eduard abzulenken. Es waren so viele Gäste eingeladen, dass es eigentlich nicht allzu schwierig sein

dürfte, Eduard aus dem Weg zu gehen. Aus den letzten Wochen hatte sie schließlich genügend Übung darin.
Je näher der Zeiger der großen Standuhr in Richtung der grazil geschwungenen Acht rückte, desto nervöser wurde Leonida. Es war nur ein Ball, versuchte sie sich selbst zu beruhigen. Innerhalb der Saison gab es unzählige davon in den verschiedenen Adelshäusern. Und doch war dieser Ball ihr erster und damit einfach besonders, da konnte sie sich einreden, was sie wollte.
Unruhig zupfte sie immer wieder den Rock des sonnengelben Kleides zurecht. Am liebsten hätte sie eine Haarsträhne zwischen den Fingern gedreht, wie sie es so gerne tat, wenn sie aufgeregt war, aber sie wollte auf keinen Fall die kunstvolle Frisur zerstören, für die Hanna über eine Stunde lang gebraucht hatte. Behutsam schlüpfte sie in die zarten Schuhe, die Hanna ihr an die Kommode gestellt hatte, mit dem Rat, sie erst ganz zum Schluss anzuziehen, da die schmerzenden Füße am nächsten Morgen ihr jede Sekunde ohne Schuhe danken würden. Dann setzte sie sich auf das Bett und wartete. Sie kannte das Protokoll. Es gab ganz klare Abläufe, wie sie bei ihrem ersten Ball der Gesellschaft als Tochter des Hauses präsentiert würde. Leonida wusste, dass alle sie anstarren würden. Besonders die heiratsfähigen Männer. Denn indem sie der Gesellschaft vorgestellt wurde, konnte sie ab diesem Moment für eine Verlobung ausgewählt werden. Hoffentlich würde sie auf der großen Treppe nicht stolpern.
Als es dreimal an der schweren Zimmertür klopfte, war Leonida zwar perfekt hergerichtet, aber innerlich noch ganz und gar nicht bereit. Trotzdem stand sie auf, öffnete die Tür und legte ihre behandschuhte Hand sanft auf den dargebotenen Arm ihres Vaters, in dessen Augen sich ebenfalls blitzend die Aufregung spiegelte, die er auch durch seinen betont ruhigen Gang nicht zu übertünchen vermochte.
Nun war es also soweit. Etwas wackelig schritt sie neben ihrem Vater den Gang entlang zur großen Treppe. Vielleicht hätte sie

doch üben sollen, in diesen Schuhen zu laufen, die ihr mit ihren Absätzen so ganz und gar nicht vertraut waren, doch der starke Arm ihres Vaters hielt sie sicher und fest. Dankbar sah sie zu ihm auf und war überrascht, als sie seine Augen vor Stolz glänzen sah. Es war ihr nicht bewusst gewesen, dass dieser Moment auch für ihren Vater ein ganz besonderer war. Leonida konnte sich nicht erinnern, dass er sie je mit so viel Liebe angesehen hatte. Gerührt lächelte sie zurück.

„Bereit?“

Leonida nickte und schluckte gegen den Kloß an, der sich in ihrem Hals breit machte.

„Dann los.“

Ihr Vater holte tief Luft, richtete sich auf und führte Leonida, die ebenfalls den Kopf stolz erhoben hielt, zur obersten Stufe der Treppe. Am Fuß der Treppe standen in einem Halbkreis alle Gäste des Frühlingsballs.

„Es ist mir eine große Freude und eine Ehre, Ihnen heute meine Tochter Leonida Sophia Maria Theresia Regula von Strentel präsentieren zu dürfen.“

Der Applaus war überwältigend. Leonida war einfach unendlich froh und dankbar, dass ihr Vater eine solche Stärke ausstrahlte, als sie Seite an Seite die große Steintreppe hinunterschritten. Obwohl sie furchtbare Angst davor hatte, Eduard unter den unten stehenden Gästen zu erblicken, zwang sie sich, den Kopf zu heben und geradeaus in die Menschenmenge zu blicken. Als sie in die glänzenden Augen ihres Vaters gesehen hatte, hatte sie sich fest vorgenommen, jeden Moment dieses besonderen Abends in sich aufzusaugen. Denn obwohl die Umstände nun mehr als widrig waren, so würde es diesen besonderen Abend eben nur ein einziges Mal in ihrem ganzen Leben geben. Es war ein Abend, der das Leben einer jungen Frau für immer prägte und massiven Einfluss auf ihre Stellung in der Gesellschaft hatte. Alle Frauen über vierzehn, die Leonida kannte, erzählten immer und immer wieder

von ihrem ersten Ball und ihrer Einführung in die Gesellschaft. Gestern Abend war sogar ihre Mutter bei ihr gewesen. Als Hanna Leonida für das Bett zurecht gemacht hatte, war plötzlich Wilhelmine von Strentel ins Zimmer gekommen. Sie hatte Hanna hinausgeschickt und Leonida dann die Haare gebürstet. Das hatte sie noch nie getan. Dabei hatte sie von ihrem ersten Ball erzählt und Leonida hatte mit leuchtenden Augen zugehört. Schließlich hatte Wilhelmine von Strentel Leonida sogar zugedeckt und ihr einen Gute-Nacht-Kuss gegeben. Auch das hatte sie zuvor noch nie getan, zumindest nicht, soweit Leonida sich erinnern konnte. Ein so langes Gespräch hatte sie überhaupt noch nie mit ihrer Mutter geführt. Sie standen sich einfach nicht besonders nahe. Umso überraschter war Leonida, dass ihre Mutter sie auch fragte, wie sie sich fühle, am Abend vor ihrem großen Tag und so sog sie gierig jeden kleinen Anflug von Zuneigung auf, den ihre Mutter ihr an diesem Abend entgegenbrachte.
Als Leonida nun die Treppe an der Seite ihres Vaters hinunterschritt, versuchte sie, sich alle guten Ratschläge ihrer Mutter noch einmal ins Gedächtnis zu rufen und sofort zu befolgen. In ihrem Kopf hörte sie die Stimme ihrer Mutter, als stünde diese direkt neben ihr: Halte den Rücken gerade und drücke die Schultern hinunter, sodass Dekolleté und Hals möglichst lang wirken. Den Kopf gerade so weit erhoben, dass es stolz, aber nicht überheblich wirkt. Auf den Lippen ein leichtes, freundliches Lächeln. Den Blick geradeaus. Starre nicht, aber achte darauf, auch nicht zu schnell zwischen den einzelnen Personen hin und her zu schauen, das wirkt nervös und unsicher. Setze in hohen Schuhen den Ballen zuerst, sodass deine Ferse gerade so den Boden berührt, nur das wirkt leicht und elegant genug. Gehe nie zu schnell, aber auch nicht zu langsam. Haltung, um Himmels willen. Egal was passiert, bewahre immer Haltung.
So schritt Leonida die große Treppe hinab. An den faszinierten Augen der Gäste erkannte sie, dass sie ihre Aufgabe gut meisterte,

denn sie erntete nur freundliche und bewundernde Blicke. Äußerlich wirkte sie ruhig und stolz, doch innerlich waren ihre Nerven bis zum Zerreißen gespannt. Obwohl sie es so lange geübt hatte, musste sie sich nun zwingen, den Kopf gerade zu halten, da jeder Blick die Gefahr barg, die Augen von Eduard zu treffen. Und obwohl es für sie das Schlimmste wäre, ihn unter den Zuschauern zu erkennen und ihm in die Augen blicken zu müssen, so ertappte sie sich doch dabei, wie sie ihn in der Menge der Umherstehenden suchte. Doch vergeblich.

Eduard ahnte, wie sehr es Leonida verunsichern würde, ihn zu sehen. Deshalb hatte er sich unauffällig an den Rand der Zuschauermenge gestellt, so positioniert, dass eine hohe Pflanze seinen Anblick verdeckte, wenn man von der Treppe aus herabblickte. Mit Tränen in den Augen wurde er Zeuge dessen, wie die schönste Frau, die er je in seinem Leben gesehen hatte, am Arm ihres Vaters die große Steintreppe hinunterschritt, die einer Berührung ihrer Füße gar nicht würdig war. In seine Gedanken schob sich unweigerlich die Vorstellung von Leonida in einem langen weißen Hochzeitskleid, wie sie die Stufen hinunterschritt, um am Fuß der Treppe von ihm, ihrem zukünftigen Ehemann in Empfang genommen zu werden. Das wäre der richtige Platz für ihn und nicht der, hinter einer Zimmerpflanze, sorgfältig verborgen vor ihren Blicken. Eduards Herz krampfte sich zusammen, als er sich seiner eigenen Hilflosigkeit bewusst wurde. Schließlich drehte er sich unauffällig um und verließ die Eingangshalle, um dieser Situation zu entfliehen, die er einfach nicht mehr ertragen konnte.

Leonida begann die Aufmerksamkeit immer mehr zu genießen. Als sie feststellte, dass sie auch nach längerer Zeit Eduard nicht unter den Anwesenden erblickte, entspannte sie sich merklich. Vielleicht gab es tatsächlich eine Chance für sie, den Abend zu genießen.

Nachdem sie der Gesellschaft vorgestellt worden war, begaben sich alle Gäste in den großen Ballsaal, wo Leonida zusah, wie ihr Vater mit ihrer Mutter gemeinsam die Tanzfläche eröffnete. Sie war

immer wieder fasziniert davon, wie schön es aussah, wenn ihre Eltern zusammen tanzten. Er, ein großer, eher stämmiger Mann und sie eine leichtfüßige, elegante Elfe, die in seinen starken Armen zu schweben schien. Ein Bild wie aus einem Märchenbuch. Nach und nach bevölkerten auch die übrigen Gäste die Tanzfläche und es dauerte nicht lange, bis Leonida von einem jungen Herrn aufgefordert und elegant auf die Tanzfläche geführt wurde. Wie im Schlaf bewegten sich ihre Füße so, wie es ihr der private Tanzlehrer in den vielen Übungsstunden beigebracht hatte und sie fühlte, wie sie den Tanz mit dem jungen Mann, der sich als Graf Leopold von Falkenstein vorgestellt hatte, wirklich genießen konnte. Möglicherweise lag es auch daran, dass er einfach ein sehr guter Tänzer war. Leonida schwebte über die Tanzfläche und genoss das Gefühl der Schwerelosigkeit, als Graf Leopold sie die unzähligen Drehungen des Wiener Walzers führte. Doch plötzlich verkrampfte sich ihr Körper. Da war er. Aus dem Augenwinkel hatte sie eindeutig die wasserblauen Augen gesehen, die nur Eduard gehören konnten. Auch er tanzte den Wiener Walzer mit einer jungen Dame.
„Ist alles in Ordnung?“, fragte Graf Leopold erstaunt, denn beim Versuch, Eduard im Blick zu behalten, drehte Leonida immer wieder unkontrolliert den Kopf, wodurch die vormals so perfekten Drehungen zu einem leichten Schlingern wurden.
„Ja, selbstverständlich“, erwiderte Leonida schnell und zwang sich, sich auf den Tanz zu konzentrieren. Als die Musik verklang und sie sich höflich mit einem Knicks bei Graf Leopold für den Tanz bedankte, konnte sie Eduard nicht mehr sehen. Doch sie hatte nicht lange Zeit, ihn mit ihren Blicken zu suchen, denn schon stand der nächste Anwärter bereit, um sie auf die Tanzfläche zu führen. Gehorsam dankte Leonida und ließ sich von ihm zum Takt der Musik über die Tanzfläche wirbeln. Nach drei weiteren Tänzen mit drei anderen Herren, bat sie einen weiteren Anwärter um Verständnis, dass sie eine kurze Pause benötige, um sich etwas

frisch zu machen. Tatsächlich war sie leicht ins Schwitzen gekommen, was sich für eine Dame ganz und gar nicht gehörte, daher war sie sich sicher, dass sogar ihre Mutter, die sie bisher den ganzen Abend nicht aus den Augen gelassen hatte, diese Ablehnung billigen würde.
Froh, der strengen Kontrolle ihrer Mutter und dem anstrengenden Protokoll für einen Moment entkommen zu sein, flüchtete sie sich in ihr privates Badezimmer, um sich wieder frisch zu machen und nach Hanna zu läuten, die ihre Frisur noch einmal kontrollieren und gegebenenfalls in Ordnung bringen sollte.
Während sie auf Hanna wartete, betrachtete sie sich im Spiegel und ihr wurde zum ersten Mal bewusst, dass sie heute wirklich hübsch aussah. Obwohl ihr Haar sich etwas gelöst hatte und sich auf ihrer Stirn kleine Schweißperlen gebildet hatten, strahlte ihre Haut eine jugendliche Frische aus und ihre Augen glänzten wie im Fieber. Die geröteten Wangen wirkten eher aufregend als abschreckend.
Vorsichtig befeuchtete sie eines der bereitliegenden Handtücher mit kaltem Wasser und tupfte sich das Gesicht ab.
„Entschuldigen Sie bitte, Komtess, wenn Sie dann so weit wären.“
Leonida trocknete sich sorgsam ab und ging zurück in das Ankleidezimmer, in dem Hanna schon mit Kamm und Haarklammern in den Händen wartete. Sie setzte sich vorsichtig, um ihr Kleid nicht zu zerknittern, auf den Stuhl und Hanna begann sofort damit, ihre Frisur wieder in Ordnung zu bringen.
„Lassen Sie die Schuhe besser an“, sagte Hanna schnell, als Leonida ihre Schuhe von den Füßen streifen wollte.
„Aber ich dachte, ich gönne meinen Füßen ein bisschen Erholung, während ich sitze“, wand Leonida ein, hielt jedoch spontan inne.
„Niemals die Schuhe ausziehen, bevor der Abend vorbei ist, alte Damenregel“, sagte Hanna ernst, lächelte dann aber höflich. Schließlich stand es ihr nicht zu, der jungen Gräfin irgendwelche Tipps zu geben oder gar Anweisungen zu erteilen. Doch Hanna kannte die junge Gräfin nun schon so lange, dass sie wusste, diese

würde den Hinweis zu schätzen wissen und ihre gut gemeinte Einmischung nicht als vorlaut empfinden.
„Wenn Sie die Schuhe zwischendurch ausziehen, werden Sie nachher nicht mehr hineinkommen“, erklärte Hanna schnell, als sie der abwartende Blick von Leonida traf. „Die Füße schwellen sofort an. Wenn Sie sich mit Gewalt später wieder in die Schuhe zwängen, werden Sie den gesamten Abend über Schmerzen haben. Wenn Sie sie einfach anbehalten, dann spüren Sie es nicht so sehr.“ Bescheiden senkte Hanna den Kopf.
„In diesem Falle behalte ich sie natürlich an“, sagte Leonida und lächelte Hanna im Spiegel dankbar zu. Diese beendete gerade ihre Arbeit an Leonidas Haaren und packte die Utensilien anschließend wieder in eine kleine Tasche. Dann stand sie da und trat unruhig von einem Fuß auf den anderen.
„Das wäre dann alles, vielen Dank, Hanna“. Leonida nahm an, dass Hanna gerne das Geschehen auf dem Ball weiter beobachten wollte und deshalb so unruhig war, doch Hanna bewegte sich trotz der Entlassung nicht von der Stelle.
„Vielen Dank, Hanna, du darfst dann wieder gehen.“
Hanna bewegte sich noch immer nicht. Stattdessen nestelte sie nervös mit den Fingern an der Tasche ihres Kleides herum.
„Was ist denn noch, Hanna? Hast du etwas?“
„Sie dürfen bitte nicht böse auf mich sein.“
„Warum sollte ich denn böse auf dich sein?“
„Bitte versprechen Sie es.“
Nun wurde auch Leonida ein bisschen nervös. Was hatte Hanna denn nur angestellt? In all den Jahren, in denen sie sich nun bereits um Leonida kümmerte, hatte sie nie etwas Dummes getan. Sicher hatte sie kleine Fehler gemacht, aber niemals mit Absicht und meist waren sie kaum der Rede wert gewesen. Hanna war eine tadellose Angestellte, deren Arbeit sogar von der Gräfin gutgeheißen wurde und das sollte was heißen. Was konnte dieses brave Mädchen denn nur getan haben? Leonida konnte sich beim

besten Willen nicht vorstellen, was Hanna so in Unruhe versetzen könnte.
„Liebste Hanna“, versprach sie seufzend. „Ich verspreche dir, dass ich dir nicht böse sein werde, völlig egal, was du angestellt hast.“
Obwohl sie das verlangte Versprechen nun erhalten hatte, schien Hanna sich nicht beruhigen zu können. Im Gegenteil. Ihre Hände begannen zu zittern, als sie nun an ihrer kleinen Tasche herumnestelte und ein winziges Zettelchen zum Vorschein brachte. Als sie es Leonida übergab, bemerkte diese, dass die Hände der Zofe ganz feucht waren vor Aufregung.
„Es tut mir wirklich Leid, Komtess, es steht mir völlig fern, mich in Ihre privaten Angelegenheiten einzumischen und ich hätte es auch nie getan, aber der Graf bat mich, Ihnen das hier zu geben.“
Schnell, als erwarte sie trotz des Versprechens ein riesiges Donnerwetter, zog sich Hanna zur Tür zurück, wartete dort aber brav auf weitere Anweisungen von Leonida. Diese blickte Hanna stutzend an. Dann betrachtete sie unschlüssig den kleinen Zettel. Warum schrieb ihr Ferdinand denn eine Botschaft? Er hätte sie doch einfach unten im Ballsaal kurz beiseite nehmen können, wenn er etwas mit ihr zu besprechen hatte. Oder meinte Hanna mit Grafen etwa ihren Vater. Hatte er doch etwas auszusetzen gehabt an ihrer Präsentation?
Schnell entfaltete Leonida das kleine Stück Papier und zuckte vor Schreck zusammen, als sie die Handschrift erkannte: Eduard. Der Brief war von Graf Eduard. Von ihrem Eduard.
Einen Moment lang war Leonida versucht, den Zettel ungelesen wegzuwerfen, doch sie hätte nicht gewusst wohin, denn eine Feuerstelle war nicht in der Nähe und an allen anderen Stellen war die Gefahr viel zu groß, dass einer der Hausangestellten ihn fand. Leonida blinzelte ein paar Mal die Tränen weg, die ihr beim Erkennen von Eduards Handschrift in die Augen gestiegen waren und wandte sich dann wieder an Hanna:

„Du kannst gehen Hanna, das ist alles. Ich danke dir für deine Hilfe.“ Leonida war klar, dass Hanna nicht wusste, ob sie das Wort Hilfe auf die Frisur oder die Übergabe des Briefes beziehen sollte, doch sie wusste selbst nicht genau, ob sie ihr dafür dankbar sein sollte. Als die schwere Tür schließlich mit einem Klicken hinter Hanna ins Schloss fiel, begann Leonida zu lesen. Es handelte sich nur um eine kurze Nachricht und doch hatte Leonida das Gefühl, als hätte jedes Wort das Gewicht eines gesamten Romans.

Liebe Leonida,
bitte triff mich um Mitternacht beim Rosenpavillon. Bitte. Ich warte auf dich. Bitte komm. Bitte.
Ewig der Deine,
Eduard

Leonida glaubte, auf der Stelle in Ohnmacht fallen zu müssen. Was fiel diesem Kerl überhaupt ein? Wie kam er nur darauf, dass sie ihn treffen würde? Noch dazu um Mitternacht auf einem Ball. Sollte das etwa romantisch sein? Diese Romantik sollte er sich besser aufheben für seine Verlobte, Gabriele von Trochtenau, die in nicht allzu ferner Zukunft seine Frau werden würde.
Wütend knüllte sie den kleinen Zettel zusammen. Wo sollte sie ihn nur verstecken? In diesem Moment wünschte sie sich, sie wäre ein Mann, dann hätte sie wenigstens eine Tasche an ihrem Anzug. Eine solche suchte man natürlich an ihrem Ballkleid vergeblich. Sorgsam sah sie sich um. Schließlich fiel ihr Blick auf das alte Ölgemälde an der Wand. Abgebildet war ein Strauß bunter Blumen. Ein Stillleben. Sehr dekorativ und dennoch zeitlos. Soweit Leonida sich erinnern konnte, hatte es schon immer dort gehangen. Vorsichtig hob sie das Bild von der Wand und betrachtete den Rahmen auf der Rückseite. Wie sie vermutet hatte, ließ sich der Zettel zwischen Rahmen und Bild stecken. Wunderbar. Hier würde garantiert niemand nachsehen. Beruhigt ging sie wieder nach unten

und sofort in Richtung Tanzfläche. Was sie jetzt brauchte, war ein richtig schneller Wiener Walzer, der ihren Körper so sehr durchwirbelte, dass der Gedanke an Eduard keine Chance hatte, sich in ihrem Kopf festzusetzen.
Kaum erschien sie wieder im Ballsaal, da strömten auch schon mehrere Herren auf sie zu, die alle darauf brannten, mit ihr zu tanzen. Dankbar nahm sie die Aufforderungen an und tanzte, bis sie das Gefühl hatte, in ihren Lungen würde ein Feuer brennen und sie würde ersticken, wenn sie nicht sofort an die frische Luft käme. Dankend lehnte sie eine erneute Aufforderung ab und trat alleine hinaus auf die große Sommerterrasse. Im Sommer wäre diese nun voll mit Menschen, die sich unterhalten und sich unter dem Sternenhimmel amüsieren würden. Doch die Frühlingsluft war noch sehr kühl. Lange durfte sie nicht draußen bleiben, sonst würde sie sich schrecklich erkälten.
Leonida breitete die Arme weit aus und sog die klare kalte Luft tief in ihre Lungen ein. Der Wind trug den Klang der Glockenschläge von der weit entfernten Turmuhr herüber. Leonida zählte. Mitternacht. Sie redete sich ein, sie habe alles unter Kontrolle. Versicherte sich selbst, sie würde nur ein kleines Stück durch den Garten gehen und dann wieder zurück zur Tanzfläche, um weiter mit unzähligen Männern zu tanzen, die ihr nichts bedeuteten. Doch ihre Beine trugen sie wie selbstverständlich durch das feuchte Gras und Leonida wusste genau, wohin ihr Weg führte.

Seit einer halben Stunde wartete Eduard nun schon im Rosenpavillon. Er hatte so sehr gehofft, dass Leonida kommen würde. Er hatte es sich so sehr gewünscht. Und er war sich so sicher gewesen, dass sie auftauchen würde. Als er aber die Glockenschläge der Turmuhr hörte und noch immer nichts von ihr zu sehen war, ließ er sich enttäuscht auf die harte Bank des Pavillons sinken und schlug die Hände vor die Augen. Es war vorbei. Alles war vorbei. Er hatte alles kaputt gemacht. Sie würde

nicht kommen. Und er konnte es ihr nicht einmal verdenken. Wie tief musste sie die Verlobung mit Gabriele von Trochtenau verletzt haben. Was musste sie sich nur gedacht haben, als sie durch andere von seiner Verlobung erfahren hatte. Und das nur wenige Wochen, nachdem er ihr versprochen hatte, dass er auf sie warten würde. Er hatte alles kaputt gemacht. Wenn er die Liebe seines Lebens nun für immer verloren hatte, dann war das allein seine eigene Schuld. Er hatte Leonida verletzt, er hatte es verdient, zu leiden. Ach, wenn sie ihm doch nur die Chance geben würde, sich zu erklären. Verzweifelt begann er zu schluchzen. Doch schnell fasste er sich wieder. Was war er nur für eine Memme! Zuerst zerstörte er sein Leben und das der Frau, die er liebte, und dann saß er in einem fremden Garten in einem Rosenpavillon und heulte wie ein kleiner Junge. Beschämt wischte er sich die Tränen aus den Augen, richtete sich auf und strich mit den Händen seinen Anzug glatt.
Als er sich aufsetzte und den Blick wieder geradeaus richtete, erstarrte er. Träumte er? Nein. Er hätte sie auch in absoluter Dunkelheit und unter tausenden von Frauen erkannt. Ihre blonden Locken waren zu einer kunstvollen Frisur aufgesteckt, in der das wertvolle Diadem im Mondlicht glitzerte. Das gelbe Chiffonkleid strahlte, als würde mitten in der Nacht die Sonne aufgehen. Leonidas blasse Haut verlieh der gesamten Erscheinung etwas Unwirkliches. Doch Eduard war sich sicher, dass es keine Einbildung war, dass sie nun mit festen Schritten auf ihn zukam. Und dann stand sie vor ihm. Ihre Blicke trafen sich und alles, was er sagen wollte, war bereits gesagt. Alles, was sie ihm hatte an den Kopf werfen wollen, löste sich in Belanglosigkeit auf. Was in der Welt geschah, jenseits dieses Rosenpavillons war völlig bedeutungslos, denn es gab nur sie beide. Es gab keine Fragen, keine Antworten. Nur ihrer beider Blicke, die zu einem verschmolzen.
Langsam hob Eduard seine Hand und legte sie sanft auf ihre Wange. Dann näherte er sein Gesicht dem Ihren und küsste zärtlich

eine Träne von ihrer Wange, die sich aus dem Augenwinkel fortgestohlen hatte.
„Es wird alles gut, mein Liebling“, flüsterte er. Und sie wusste, dass es stimmte. Er liebte die Andere nicht. Er liebte sie. Nur sie alleine. Und sie würden für immer glücklich zusammen sein, so wie sie es bereits seit Monaten geplant hatten. Doch wie wollte er das anstellen?
„Du kannst deine Verlobung mit ihr nicht einfach lösen“, schluchzte Leonida, die es nicht über sich brachte, den Namen der anderen Frau auszusprechen.
„Das wird nicht nötig sein“, hauchte Eduard sanft und strich Leonida liebevoll über die Wange. Doch diesmal hielt sie seine Hand fest.
„Ich tauge nicht zur *anderen Frau*“, sagte sie mit unerwartet fester Stimme. „Ich will deine Frau sein. Nicht deine Geliebte.“
„Du wirst meine Frau sein.“ Eduard lächelte. „Ich werde die Verlobung nicht lösen müssen, weil Gabriele es tun wird.“
„Wie meinst du das?“ Leonida blickte ihn überrascht an, doch in seinen Augen spiegelte sich die reine Wahrhaftigkeit.
„Wir lieben uns nicht.“
Leonida glaubte unter dem zärtlichen Blick Eduards schmelzen zu müssen, blieb aber tapfer aufrecht vor ihm stehen.
„Gabriele liebt mich ebenso wenig, wie ich sie liebe. Wir haben der Verlobung nur zugestimmt, um unsere Eltern zu beruhigen. Ich habe vor der Verlobung lange mit ihr gesprochen. Ich erklärte ihr, dass ich eine Frau brauche, mit der ich zum Schein eine Verlobung eingehen könne, weil die Frau, die ich liebte noch nicht heiratsfähig sei. Ich versprach ihr, die Verlobung so zu lösen, dass ich als der Böse dastünde und sie rein und frei aus der Verbindung herausginge. Dass es ihr dann völlig frei stünde, sich neu zu verloben und ich ihr sogar bei der Wahl eines neuen Ehemannes behilflich sein und nur das Beste über sie erzählen würde. Da hat

sie gelacht. Kannst du dir das vorstellen, Leonida, sie hat einfach gelacht.“
Nun musste sich Leonida wirklich setzen. Gespannt, wie die Geschichte weitergehen würde, setzte sie sich auf die kalte Bank des eisernen Pavillons und blickte Eduard erwartungsvoll an.
„Als sie sich wieder beruhigt hatte, erzählte sie mir, dass dies das Beste sei, das ihr hätte passieren können, denn sie liebe ebenfalls einen Anderen. Allerdings sei ihr Geliebter ein Bürgerlicher und sie wisse einfach nicht, wie sie ihren Eltern beibringen solle, dass sie nur diesen und keinen Anderen heiraten würde. Sie brauche einen guten Plan, aber ihre Eltern drängten auf die Verlobung. Die scheinbare Verlobung mit mir würde ihr ein wenig Zeit verschaffen, um mit ihrem Geliebten einen geeigneten Plan zu schmieden und so lange ihre Eltern hinzuhalten. Da ihr Ruf aber sowieso ruiniert sei, wenn sie einen Bürgerlichen heirate, brauche ich mich nicht zu opfern und die Verbindung zu lösen. Sie würde das übernehmen. Dann könne ich mit der Frau meines Herzens eine völlig legitime Ehe eingehen, die meine Mutter ja dann auf jeden Fall billigen würde, weil sie bestimmt wolle, dass ich nach der Enttäuschung mit Gabriele endlich glücklich würde. Ist das nicht unglaublich?“
Das war es in der Tat. Leonida konnte nicht fassen, was sie da hörte. Konnte es wirklich wahr sein? Meinte es das Schicksal so gut mit ihnen, dass es ihrer Liebe derart in die Karten spielte?
„Ist das auch wirklich wahr?“
„Jedes Wort.“ Eduard sah sie so voller Liebe an, dass Leonida glaubte, vor Glück gleich platzen zu müssen. „Wir werden noch ein paar Monate warten, damit Gabriele und ihr Geliebter in Ruhe einen Plan schmieden können und dann geht es los. Gabriele wird die Lösung der Verlobung und ihre Partnerschaft mit dem Bürgerlichen bekannt geben. Ein halbes Jahr später, dein Einverständnis vorausgesetzt, werde ich unsere Verlobung bekannt

geben. Und ein weiteres Jahr später können wir dann schon heiraten. Was sagst du dazu?
„Was ich sage?“, Leonida konnte ihr Glück kaum fassen. „Ich sage, ich werde Gabriele von Trochtenau auf ewig dankbar sein. Ich habe ihr in Gedanken so Unrecht getan. Ich muss mich unbedingt bei ihr entschuldigen.“
„Ach, mein perfekter kleiner Engel.“ Eduard hob sie an den Hüften hoch und drehte sie einmal im Kreis. Dann stellte er sie behutsam wieder auf ihre Füße und kniete vor ihr nieder in das feuchte Gras.
„Ich weiß, wir dürfen es noch nicht offiziell machen, aber ich möchte, dass du ihn bereits jetzt als Zeichen meiner Liebe trägst.“ Er zog eine kleine rote Schatulle aus seiner Anzugtasche und öffnete sie, sodass ein atemberaubend schöner Diamantring zum Vorschein kam. „Leonida Sophia Maria Theresia Regula von Strentel, willst du meine Frau werden?“
„Ja! Und wie ich will!“ Lachend fiel Leonida Eduard um den Hals. Dann gewann sie ihre Fassung wieder, stellte sich aufrecht vor ihn hin und hielt ihm ihre rechte Hand entgegen. Langsam schob Eduard den Ring auf ihren Ringfinger. Er passte wie angegossen.
„Es wird auffallen, wenn ich ihn trage“, überlegte sie, während sie glückselig den funkelnden Diamanten betrachtete.
„Du darfst ihn auf keinen Fall vor unserer offiziellen Verlobung tragen“, stimmte Eduard zu. „Streif ihn wieder ab und trage ihn bis auf Weiteres an einer langen Kette um den Hals. Niemand darf ihn sehen, bis wir offiziell verlobt sind.“
Schweren Herzens nahm Leonida den Ring wieder ab und gab ihn Eduard zurück.
„Du musst ihn für mich aufbewahren. Dieses blöde Kleid hat keine Tasche.“
„Dieses blöde Kleid ist das schönste Kleid, das ich je in meinem Leben gesehen habe. Weil es von der Liebe meines Lebens getragen wird.“
„Warte nur, bis du mein Hochzeitskleid siehst.“

Sie lachten.
Dann war beiden klar, dass es höchste Zeit war, zum Ball zurückzukehren. Ein längeres Verschwinden würde sicherlich auffallen. Wenn das nicht bereits geschehen war. Und da passierte es. Leonida sah in Eduards wasserblaue Augen und schloss die Ihrigen. Dann spürte sie nur noch, wie seine samtweichen Lippen sich auf ihre Lippen legten und dort lange, sehr lange und doch viel zu kurz verweilten. Als sich ihre Lippen schließlich trennten, fühlte sich Leonida, als stünde sie in Flammen. Vom ersten Moment an, in dem sie Eduard damals gesehen hatte, hatte sie gewusst, dass sie ihren ersten Kuss von ihm bekommen würde. Aber sie hätte sich niemals träumen lassen, dass er so perfekt werden würde.
Wie in Trance kehrte Leonida auf den Ball zurück. Zum Glück hatte scheinbar niemand ihr Fehlen bemerkt. Die Gäste hatten inzwischen dem Wein und Champagner sehr ausgiebig zugesprochen und so fielen Leonidas hitzige, gerötete Wangen niemandem auf. Niemandem außer Ferdinand, der sie aus zusammengekniffenen Augen beobachtete. Seine Schwester hatte ein Geheimnis, da war er sich ganz sicher. Und er würde keine Ruhe geben, bis er wüsste, was es war.

2018 Diana

Der laute Türgong weckte Diana aus ihrem Dornröschenschlaf. Sie streckte sich und lächelte selig. So gut hatte sie schon ewig nicht mehr geschlafen. Sie hatte nicht einmal eine grobe Vorstellung davon, wie lange sie überhaupt geschlafen hatte. Ein paar Stunden vermutlich. Es hätte sie aber auch nicht überrascht, wenn es ein paar Tage oder gar Wochen gewesen wären. Es klingelte erneut. Diana sprang aus dem Bett und betrachtete sich in dem langen Wandspiegel. So konnte sie auf keinen Fall Besuch empfangen. Ihre Haare sahen aus, als hätte eine Gruppe Vögel darin genistet und der kuschelige Schlafanzug mit den niedlichen Schäfchen gehörte zwar zu ihren gemütlichsten, sicherlich aber nicht gerade zu ihren ansehnlichsten Outfits.

Schnell hüpfte sie aus dem Bett und sprang ans Fenster. Vielleicht konnte sie den Besucher vertrösten. Sie riss das Fenster auf und sah hinunter. Oh nein! Vor der Haustür stand Jana. Hatte Joschua etwa doch so schnell ein schlechtes Gewissen bekommen und seiner Frau den Kuss gebeichtet? Bestimmt war Jana wütend und nun hier, um sie zur Rede zu stellen. Dabei war der Kuss wirklich von ihm ausgegangen. Und es war in einer Ausnahmesituation passiert. Eine dämliche Ausrede, okay, aber vielleicht gerade gut genug, um Jana ein bisschen zu besänftigen. Diese klingelte inzwischen schon wieder. *Was tun?*, überlegte Diana. Sollte sie einfach so tun, als wäre sie nicht da? Aber wie lange würden sie sich in einem winzigen Dörfchen wie Lürnau schon aus dem Weg gehen können? Früher oder später würden sie doch aufeinandertreffen und dann lieber hier als im Supermarkt, wo sämtliche Dorftratschen die Auseinandersetzung live mitbekamen. Außerdem fand sie eine Flucht angesichts der Sachlage unfair. So bitter es auch war, sie war Jana eine Erklärung schuldig. Und wenn sie dann doch eine Ohrfeige kassieren würde, bitteschön, das hatte sie verdient. Allein

dafür, dass sie sich die ganze Zeit in Gedanken an Joschua herangemacht hatte. Hoffentlich war Jana keine Frau, die öfter mal zuschlug, aber aggressiv hatte sie auf Diana bei ihrer ersten Begegnung eigentlich nicht gewirkt. Allerdings hatte sie da auch noch nicht mit deren Mann herumgeknutscht.
Es klingelte erneut. Diana beschloss, sich der Situation zu stellen. Seufzend riss sie das Fenster auf und rief hinunter: „Einen Moment, ich komme gleich."
Dann ging sie zum Spiegel und strich sich wenigstens ein paar Mal mit der Bürste durch die Haare. Plötzlich hielt sie inne. Was war das? Langsam sog sie die Luft durch ihre Nase. Lavendel. Es roch eindeutig wieder nach Lavendel. Die ganze Zeit schon, nur hatte sie es erst jetzt bewusst registriert. Sie roch erneut. Kein Zweifel. Das war derselbe Geruch wie gestern Abend. Woher kam das nur? Vielleicht war draußen irgendwo ein riesiges Lavendelbeet, dessen Duft, wenn der Wind günstig stand, durch die Ritzen des Gemäuers oder die undichten Fenster ins Haus hereindrang. Es klingelte erneut.
„Ja, ich komme ja!" Diana legte die Bürste weg und zog sich einen schlabberigen Pulli über. Das pure Elend, dachte sie, als sie noch einen kurzen Blick in den Spiegel warf. Aber vielleicht war das gar nicht so schlecht. Vielleicht hatte Jana dann ein bisschen Mitleid mit ihr und ging nicht ganz so scharf mit ihr ins Gericht.
Es klingelte wieder.
Schnell lief Diana den langen Gang entlang und die große Steintreppe hinunter. Dann atmete sie einmal tief durch und öffnete die Tür.
„Wie siehst du denn aus?" Der Blick von Jana wäre ein Foto wert gewesen.
Diana wusste nicht, was sie darauf erwidern sollte, also sagte sie erst einmal einfach gar nichts.

„Wir müssen reden“, sagte Jana schlicht und Diana war froh, dass sie ihr nicht direkt eine gescheuert hatte. Davor hatte sie am meisten Angst gehabt.
„Kann ich reinkommen?“
„Ja, natürlich, entschuldige.“ Diana löste sich aus ihrer Starre und führte Jana in die gemütliche Küche, bereit, sich jede Art von Vorwürfen ruhig anzuhören und alles zu akzeptieren, was Jana ihr an den Kopf warf. Sie hatte Mist gebaut. Aber sie würde dazu stehen.
„Kaffee?“
„Gerne.“
Erstaunlich, wie ruhig Jana blieb. Diana bewunderte sie für ihre Beherrschung. Bestimmt kochte sie innerlich vor Wut. Aber, wie es ihre Mutter schon immer gepredigt hatte: Eine Dame verliert niemals die Contenance. Offensichtlich war Jana eine echte Dame. Schweigend stellte Diana die Kaffeetasse vor Jana ab und setzte sich mit ihrer eigenen in der Hand auf den Platz gegenüber. Jana wirkte zwar sehr ruhig, aber für den Fall, dass der Schein trog, war es sicherlich besser, einen Tisch zwischen sich zu haben.
„Joschua hat mir erzählt, was gestern passiert ist.“ Sie schwieg einen Moment und sah Diana einfach nur an. Der Ausdruck in ihren Augen war nicht zu deuten. War es Enttäuschung? Traurigkeit? Entsetzen? Fassungslosigkeit? Vielleicht eine Mischung aus allem. Vielleicht erwartete sie auch, dass Diana etwas dazu sagte, aber diese schwieg lieber. Nach einer langen Pause fuhr Jana fort.
„Ich hätte nie für möglich gehalten, dass so etwas passieren könnte. Ganz schön krass.“
Diana schwieg eisern weiter.
„Auf jeden Fall war er ziemlich durcheinander, als er es mir erzählt hat. Zuerst wurde ich gar nicht schlau aus der Geschichte beziehungsweise aus dem, was er da zusammengestammelt hat, aber so nach und nach konnte ich es mir zusammenreimen.“

Diana schwieg.
„Echt heftig. So verwirrt habe ich Joschua noch nie gesehen. Er hat sogar geweint."
„Hör zu, Jana, es tut mir wirklich unendlich leid."
„Es tut dir leid?" Jana schien irritiert. „Das ist alles, was du mir dazu sagen kannst? Also da hatte ich mir von dir aber wirklich mehr erhofft."
Die Enttäuschung in ihrem Gesicht war nicht zu übersehen.
„Es tut mir wirklich, wirklich aufrichtig leid." Diana schämte sich in Grund und Boden. „Ich will es auch gar nicht entschuldigen, aber es war einfach eine total unwirkliche Situation. Außerdem waren wir völlig übermüdet und hatten bestimmt auch noch ein paar Promille Restalkohol. Ich weiß, das hört sich wie eine lahme Ausrede an, aber es lag wirklich an der Situation. Ich hätte sonst niemals so die Beherrschung verloren. Es tut mir so leid, Jana, ich weiß gar nicht, was ich sagen soll. Ich weiß, dass es keine Entschuldigung dafür gibt, und du kannst mich gerne hassen, wenn du willst, aber ich kann es nicht mehr rückgängig machen. Ich würde es, wenn ich könnte, bitte glaub mir. Wenn ich bei Sinnen gewesen wäre, das musst du mir glauben, dann hätte ich ihn niemals, niemals, nie geküsst!"
„Wen?"
„Na, Joschua!"
„Du hast Joschua geküsst?" Der überraschte Schrei von Jana war bestimmt bis in die Nachbarhäuser zu hören. Diana erstarrte. War es möglich, dass Jana gar nichts von dem Kuss gewusst hatte? Dass Joschua ihr gar nichts davon erzählt hatte? Na bravo, dann hatte sie gerade eine Beziehung zerstört und Joschua in die Pfanne gehauen. Unglaublich. Mit dieser Aktion war sie bestimmt für immer und ewig der Dorfklatsch Nummer eins und unwiederbringlich erledigt. Aber warum war Jana dann hier, um mit ihr zu reden?
„Ihr habt euch echt geküsst?", fragte Jana nun erneut und strahlte über das ganze Gesicht. Diana fühlte sich wie im falschen Film.

„Ja. Gestern Nacht. Ich dachte, darüber sprächen wir gerade. Bist du nicht gekommen, um mich deshalb zur Rede zu stellen?“
„Wie bitte, was? Welchen Film schiebst du denn? Ihr habt euch echt geküsst?“
„Ja, aber...“
„Komm an meine Brust, liebste Schwägerin.“ Mit einem Satz war Jana aufgesprungen und fiel Diana so stürmisch um den Hals, dass diese vor Schreck ihre Kaffeetasse fallen ließ, die klirrend auf dem Fliesenboden zerschellte. Was war denn jetzt los?
„Das ist ja irre“, sprudelte Jana los, als sie Diana endlich aus ihrer schraubstockartigen Umarmung frei gab. „Weißt du eigentlich, wie lange ich schon darauf warte, dass mein Bruder endlich mal eine Frau anschleppt? Ich habe schon befürchtet, er ist vielleicht schwul. Was heißt befürchtet, das wär’ ja auch nicht schlimm, ich bin für alles offen, nicht dass du denkst… aber das ist natürlich… ach, das ist einfach wundervoll.“
„Bruder?“ Nun war es an Diana, überrascht zu kreischen. „Willst du mir erzählen, Joschua ist dein Bruder?“
„Ja natürlich, was dachtest du denn?“
„Ich dachte, ihr wärt verheiratet!“
Prustend lachte Jana los. „Also das wäre nicht nur strafbar, sondern auch echt seltsam. Außerdem ist er so gar nicht mein Typ.“
Diana konnte sich nicht daran erinnern, jemals in ihrem Leben so erleichtert gewesen zu sein. Und nun platzte das Lachen auch aus ihr heraus. Und dann lachte sie so sehr, dass sie sich gar nicht mehr beruhigen konnte. Jana und Joschua Heilig waren Geschwister. War denn das zu fassen? Und sie hatte wirklich gedacht, sie wären ein glückliches Ehepaar. Was hatte sie sich für Gedanken gemacht. Wie hatte sie sich geschämt. Dabei hätte sie Joschua einfach abknutschen und völlig skrupellos in ihr Bett schleifen können.
„War Joschua irgendwie sauer auf mich?“ Diana schluckte, als sie sich daran erinnerte, wie die Geschichte gestern ausgegangen war.
„Nicht, dass ich wüsste, wieso?“

„Weil ich ihn ziemlich schroff zurechtgewiesen habe nach dem Kuss gestern. Ich dachte ja, wir würden dich betrügen." Entschuldigend zuckte sie mit den Schultern.
„Deine Schuldgefühle ehren dich sehr, aber meinetwegen könnt ihr knutschen, bis euch die Lippen bluten."
„Ich glaube, da muss ich wohl noch etwas in Ordnung bringen."
„Jetzt schau nicht so zerknirscht. Joschua ist nicht nachtragend. Und nun genug des Gequatsches über meinen geschätzten Bruder, zeig mir lieber endlich mal das Foto von Joschuas Doppelgänger."
Ach, deshalb war sie hier. Sie wollte die Geschichte von Joschuas Doppelgänger klären. Natürlich. Nun machten auch ihre Worte vom Anfang Sinn. Diana hatte sie nur völlig falsch interpretiert. Joschua war wegen des Fotos durcheinander gewesen, nicht wegen des Kusses. Und da hatte Jana Recht, die Sache mit dem Foto war eine ganz schön krasse Geschichte.
Schnell lief Diana in die kleine Bibliothek und fischte das Album heraus. Gespannt wartete sie, bis Jana sich bis zum entsprechenden Foto durchgeblättert hatte.
„Wahnsinn", keuchte diese. „Das ist ja wirklich nicht zu fassen! Wie Zwillinge! Jetzt verstehe ich, warum Joschua so durcheinander war. Wenn ich mich plötzlich auf einem uralten Foto selbst sehen würde… ich würde durchdrehen, glaube ich."
„Hast du vielleicht eine Ahnung, wer das sein könnte? Er muss ja irgendwie mit euch verwandt sein, sonst wäre die Ähnlichkeit bestimmt nicht so gravierend."
„Tatsächlich habe ich einen Verdacht!" Jana sah Diana verschwörerisch an und machte mit Absicht eine lange Pause.
„Jetzt spann' mich nicht auf die Folter", drängelte Diana. „Wenn du weißt, wer das sein könnte, dann rück' es raus."
„Eduard."
„Eduard?"
„Ja, Eduard, der Bruder von meiner Oma. Ich bin durch Zufall darauf gekommen. Als ich ein kleines Mädchen war, habe ich

meine Oma mal gefragt, warum sie eigentlich hierher nach Lürnau gezogen ist. Ich meine, es ist ja wirklich ein winziges Kaff am Arsch der Welt und ich wusste, dass die Vorfahren meiner Oma eigentlich aus der Nähe von Konstanz stammen. Also ein ganz schön weiter Weg hierher. Und da hat sie mir erzählt, dass sie gemeinsam mit Opa, ihrem zweiten Mann, hierhergezogen sei, um ihren Bruder zu suchen. Der sei als junger Mann plötzlich verschwunden. Davor habe er auf Gut Strentel gelebt. Aber dann sei er kurz vor seiner Hochzeit mit einer angesehenen Adeligen auf einmal spurlos verschwunden. Diese war wohl so verzweifelt über den Verlust ihres Verlobten, dass sie völlig durchgedreht ist und irgend so einen Zirkusartisten geheiratet hat. Aber das ist eine andere Geschichte. Auf jeden Fall hatte Oma immer den Verdacht, dass mit Gut Strentel etwas nicht stimmt und sie wollte dort mit der Suche nach ihrem Bruder beginnen, wo er zuletzt gesehen worden war und wo sich seine Spur verloren hatte. Deshalb sind sie hierhergezogen. Damit sie vor Ort sein konnte."

„Wow. Das ist eine heftige Geschichte. Und du glaubst, dass der Mann auf dem Bild der Bruder deiner Oma ist? Wie hieß er noch gleich?"

„Eduard. Genau. Das würde die Ähnlichkeit erklären, weil sie ja verwandt sind. Und als meine Oma alt und senil wurde, da hat sie Joschua oft Eduard genannt. Wir haben nie verstanden, was das sollte und dachten, sie könne sich eben keine Namen mehr merken. Aber vielleicht hat sie ihn auch einfach verwechselt und dachte tatsächlich, dass ihr kleiner Bruder endlich wieder aufgetaucht sei."

„Wie traurig."

„Ja. Wirklich traurig." Jana senkte den Kopf. „Als meine Oma dement wurde, wurde sie auch sehr trübsinnig. Sie sagte immer, es mache sie furchtbar wütend, dass sie nach und nach immer mehr Dinge vergesse. Und sie habe Angst davor, uns, ihre eigenen Enkel irgendwann nicht mehr erkennen zu können. Obwohl sie genau wisse, dass das passieren werde. Sie bat mich damals schon um

Verzeihung für den Moment, wenn sie mich später vergessen würde. Sie meinte, es täte ihr unglaublich leid, aber sie würde uns ja nicht mit Absicht vergessen. Wir mussten ihr versprechen, ihr nicht böse zu sein und ihr immer wieder zu erklären, wer wir waren, wenn es denn soweit wäre, dass sie sich nicht mehr an uns erinnern könne."

„Deine Oma scheint eine ganz tolle Frau gewesen zu sein."

„Oh ja, das war sie. Als sie mich dann wirklich nicht mehr erkannte, hatte sie einen Gesichtsausdruck, der nicht nur traurig war, sondern trauernd. Es war ganz furchtbar. Umso komischer war es dann, als Joschua hereinkam und sie plötzlich über das ganze Gesicht strahlte. 'Eduard, da bist du ja endlich, wo bist du nur gewesen?', hat sie gerufen. Joschua hat ihr gesagt, dass er Joschua heiße und bei der Arbeit gewesen sei, wie jeden Tag. Aber sie hat nur gestrahlt und gejubelt und ist ihm um den Hals gefallen, als hätte sie ihn jahrzehntelang nicht gesehen. Sie wollte ihn gar nicht mehr loslassen. Jetzt weiß ich auch endlich warum." Jana seufzte. „Sie dachte, ihr Bruder sei endlich wieder da. Und wir haben es einfach nicht verstanden."

„Ihr konntet ja nicht wissen, dass Eduard ausgesehen hat wie Joschua", versuchte Diana zu trösten.

Jana zuckte die Schultern. „Nein. Aber so im Nachhinein betrachtet ist es ganz schön traurig. Damals haben wir darüber gelacht, dass sie Joschuas Auftauchen so gefeiert hat."

„Ist der echte Eduard denn irgendwann wieder aufgetaucht?", fragte Diana.

Jana runzelte die Stirn. „Soweit ich weiß nicht. Oma hat damals, wie gesagt, nur behauptet, dass er auf Gut Strentel als junger Mann zuletzt gesehen worden sei. Danach verliert sich seine Spur."

„Aber ein Mensch verschwindet doch nicht einfach."

„Ich kann dir auch nicht mehr sagen als ich weiß." Jana zuckte die Achseln und blätterte beiläufig in dem Fotoalbum. Vermutlich bemerkte sie es selbst gar nicht, aber Diana fiel auf, dass Jana

immer wieder liebevoll über die Fotos strich, auf denen Eduard abgebildet war. Dann klappte sie das Album zu und sah auf.
„Gibt es noch mehr von diesen Alben?"
„Klar, jede Menge. Hat dir Joschua das nicht erzählt? Sie beginnen im Jahr 1830 und gehen bis ins Jahr 1960. Danach gibt es keine Alben mehr. Zumindest haben wir keine gefunden. Joschua, also Eduard, taucht aber nur in den Jahren 1950 bis 1952 auf den Fotos auf. Dann nicht mehr."
„Seltsam." Jana legte den Finger an die Lippen und überlegte. „Kann es sein… ich meine, hältst du es für möglich, dass Eduard tatsächlich 1952 hier verschwunden ist? Oma hat immer gesagt, als junger Mann, kurz vor seiner Hochzeit sei er verschwunden. Das könnte zeitlich doch hinkommen, oder?"
„Weiß nicht. Möglich ist alles." Diana musste zugeben, dass es nicht abwegig war. „Obwohl mir der Gedanke, dass jemand aus meiner Familie etwas mit dem Verschwinden eines Menschen zu tun hat, ehrlich gesagt gar nicht gefällt." Zerknirscht kaute sie auf ihrer Unterlippe herum.
Jana schlug das Foto, welches Diana ihr zuerst gezeigt hatte, erneut auf und betrachtete es lange.
„Erstens ist das nur eine Hypothese und zweitens sagt ja niemand, dass deine Familie etwas mit seinem Verschwinden zu tun hatte. Vielleicht ist Eduard ja auch einfach abgehauen. Hat kurz vor der Hochzeit doch noch kalte Füße bekommen und sich vorsichtshalber ins Ausland abgesetzt. So etwas soll es geben."
Diana war Jana dankbar, dass sie versuchte, ihre Familie zu verteidigen, aber nach allem, was sie inzwischen über Gut Strentel und seine bisherigen Bewohner gehört hatte, kam es ihr leider gar nicht mehr so unwahrscheinlich vor, dass Gut Strentel tatsächlich irgendetwas mit dem Verschwinden von Eduard zu tun hatte.
„Ehrlich gesagt ist das Haus schon ein bisschen unheimlich", eröffnete sie Jana plötzlich.
„Wie meinst du das?"

„Na, es ist so groß und undurchschaubar.“
„Also, das ist jetzt keine große Überraschung. Das muss dir doch wohl klar gewesen sein, als du hier eingezogen bist, oder?“
„Ja schon, aber das ist eben noch nicht alles.“
Jana runzelte fragend die Stirn.
Als wolle sie sicher gehen, dass sie niemand belauschte, beugte sich Diana nahe zu Jana hinüber und erzählte sehr leise von ihren seltsamen Wahrnehmungen: „Ich habe manchmal das Gefühl, dass ich nicht allein bin in diesem Haus. Manchmal klappert es plötzlich irgendwo und ich dachte auch schon, dass ich Schritte gehört hätte.“
Gespannt hatte Jana zugehört, doch jetzt musste sie heftig lachen. „Also wirklich, Diana, das sind keine seltsamen Wahrnehmungen, das ist ganz normal. Bei uns im Haus knackt und knirscht es auch überall. Das ist einfach bei alten Häusern so. Und die Schritte, also ich will dir jetzt wirklich keine Angst machen, aber die stammen bestimmt von kleinen Mäuschen, die es sich im Laufe der Jahrzehnte hier gemütlich gemacht haben. Das ist aber wirklich kein Grund, an Geister zu glauben.“
Diana verzog das Gesicht. „Ja, mach dich nur lustig über mich, aber ich finde es wirklich komisch. Die ganze Atmosphäre ist auch so eigenartig. Eben so, als ob es spuken würde.“
„Jetzt lass dich mal nicht verrückt machen.“ Aufmunternd lächelte Jana. „Ich finde es eigentlich sehr schön, wenn ein altes Haus Atmosphäre hat. Das liegt einfach daran, dass von jedem Menschen, der darin gelebt hat, irgendwie etwas zurückbleibt. Deshalb sind wir ja auch in das alte Haus von Oma gezogen. Ich habe das Gefühl, dass sie in den Räumen irgendwie noch lebendig ist. Aber das ist nichts Beunruhigendes, sondern schön. Und wenn du überlegst, wie viele Menschen schon auf Gut Strentel gelebt haben, dann ist es doch völlig normal, dass von dem einen oder anderen noch ein bisschen Atmosphäre übrig ist.“ Verschmitzt zwinkerte sie Diana zu.

Sie hatte ja Recht. Vermutlich war das Haus einfach nur groß und alt und unheimlich, aber sie hatte sich nun mal dazu entschieden, hier zu leben und das würde sie jetzt auch durchziehen.
„Wenn du willst, kannst du auch ein paar Nächte bei uns schlafen“, bot Jana an.
„Das hat Joschua auch gesagt.“ Diana lachte. „Da habe ich euch noch für ein Ehepaar gehalten.“ Sie schüttelte ungläubig den Kopf. Wie schnell sich alles ändern konnte. Eine einzige, winzige Information konnte plötzlich ein ganzes Leben verändern.
„Ich möchte aber lieber hierbleiben. Wenn ich Hinweise auf Elisabeth, die Tochter meiner Großtante, oder nun eben auch auf Eduard finden will, dann werde ich wohl am ehesten hier suchen müssen.
„Was ist denn mit deiner Großtante?“, fragte Jana. „Joschua hat irgendetwas von einem Brief erzählt, den sie dir hinterlassen habe. Steht da nichts über das Haus und seine Geschichte drin? Oder eben über Elisabeth und Eduard?“
„Über Elisabeth hat sie nur geschrieben, dass diese viel zu früh gestorben sei, was auch immer das heißen mag. Und dass es ihre eigene Schuld gewesen sei, dass sie gestorben ist. Dass ich ihr deshalb eben ein Leben als Roman schreiben soll. Aber mehr gibt der Brief leider auch nicht her. Und über Eduard steht gar nichts drin. Kein Sterbenswörtchen. Über das Haus auch nicht. Du kannst den Brief gerne lesen, wenn du willst, es sind nur knapp zwei Seiten.“
„Nein, lass mal.“ Enttäuscht ließ Jana die Schultern sinken. „Aber es muss doch irgendeinen Weg geben, etwas über die beiden herauszufinden.“
Diana zuckte ratlos die Schultern. Das hatte sie ja auch gehofft, aber im Moment sah es leider so aus, als würden sie statt Antworten immer nur neue Rätsel finden.

„Scheiße, ich muss los.“ Hektisch stand Jana auf und griff nach ihrer Handtasche, die sie über den Stuhl gehängt hatte. „Tut mir leid, ich bin schon viel zu spät dran, kommst du klar?“
„Ja natürlich.“
„Okay, dann bis demnächst.“ Jana küsste Diana flüchtig auf beide Wangen und eilte dann in Richtung Eingangstür. „Und melde dich sofort, wenn du was herausfindest“, rief sie, als sie sich im Gehen umwandte. „Oh, meine Handynummer.“ Jana machte eine Vollbremsung, zog eine Visitenkarte aus ihrer Handtasche und legte sie auf das kleine Konsolentischchen. Dann hetzte sie weiter und war auch schon zur Tür hinaus.
Diana sah nur noch, wie die schwere Eingangstür ins Schloss fiel, dann war sie wieder alleine.
Ihr Blick fiel auf die große Standuhr in der Eingangshalle. Es war gerade einmal eine Stunde vergangen, seit sie aufgestanden war, in dem Glauben, vor ihrer Haustür stünde eine betrogene Ehefrau, die mit ihr abrechnen wolle. Wie schnell konnte sich doch alles verändern. Erst jetzt merkte sie, dass sie sich völlig erschlagen fühlte von den ganzen neuen Informationen, die gerade auf sie eingeprasselt waren und sie beschloss, dass sie sich durchaus eine weitere Tasse Kaffee genehmigen durfte. Außerdem wollte sie sich die Alben von 1950 bis 1960 nochmals genauer anschauen. Wenn sie schon keinen Hinweis auf Elisabeth finden würde, dann vielleicht wenigstens einen Hinweis auf das Verschwinden von Eduard. Warum war er nur zwei Jahre auf Gut Strentel gewesen? Und viel wichtiger: Warum war er gegangen und vor allem, wohin? Bestand vielleicht sogar die Möglichkeit, dass er irgendwo, an irgendeinem Ort der Welt noch lebte? Es wäre ja schon irgendwie total cool, wenn sie ihn aufspüren könnten. Dann könnten er und Joschua sich einmal von Angesicht zu Angesicht gegenüberstehen. Das wäre doch krass.
Diana schlug das Album von 1950 auf und sah sich erneut die Bilder an. Irgendetwas war seltsam, aber sie konnte sich einfach

nicht erklären, was. Immer und immer wieder schaute sie sich die Menschen auf den Fotos an.
Dann blieb ihr Blick abrupt an einem der Fotos hängen. Diana sog scharf die Luft ein. Blätterte nach vorne. Schaute. Blätterte zurück. Da stimmte doch etwas nicht. Ja, es war eindeutig. Sie sah nochmal genau hin. Eindeutig. Es war auf allen Bildern zweifelsfrei zu erkennen, auf denen mehrere Familienmitglieder abgebildet waren. Immer, wenn eine Situation scheinbar beiläufig fotografiert worden zu sein schien, sah entweder Eduard zu Leonida oder Leonida zu Eduard. Es waren verstohlene, heimliche Blicke, die niemandem auffielen, der nicht ganz genau hin sah. Nie sahen sie sich gleichzeitig an, im Gegenteil. Sie schienen den Blicken des jeweils anderen sorgsam auszuweichen. Und doch schienen sie sich gegenseitig zu beobachten. Hatten sie davon gewusst, dass der jeweils andere sie beobachtete? War zwischen den beiden etwa etwas gewesen, wovon die anderen Familienmitglieder keine Ahnung gehabt hatten? Was bedeuteten diese Blicke?
Schnell nahm sich Leonida das Album von 1951 vor. Dasselbe Phänomen. Auf allen Bildern, auf denen die beiden gleichzeitig abgebildet waren, sah entweder Leonida zu Eduard oder Eduard zu Leonida. Verrückt. Aufgeregt blätterte sie weiter. Allerdings gab es hier keine Fotos mehr, auf denen beide zusammen zu sehen waren. Erst wieder im Album von 1952. In diesem Jahr war Eduard verschwunden, zumindest hatte das die Großmutter von Jana und Joschua behauptet. Also sah Diana sich auch die Fotos von 1952 genauer an. Vielleicht würde sie hier einen Hinweis auf Eduards Verschwinden finden. Sie hatte keine Ahnung, was sie suchte, aber vielleicht würde sein Gesichtsausdruck irgendetwas über seine Pläne verraten. Wenn er vorgehabt hatte, zu verschwinden, würde sich das vielleicht in irgendeiner Art und Weise in seinem Gesicht spiegeln.

Diana betrachtete jedes einzelne Foto, auf dem er zu sehen war, ganz genau. Vergeblich. Die Gesichtsausdrücke verrieten nicht das Geringste über sein Geheimnis.
Enttäuscht ließ sie sich auf dem Stuhl zurücksinken. Das war doch wie verhext. Es musste doch möglich sein, irgendeine Information zu Eduard oder Elisabeth zu bekommen. Beide schienen wie vom Erdboden verschluckt zu sein. Wobei die Sachlage bezüglich Elisabeth ja noch viel schlimmer war als bei Eduard, denn bei ihr gab es ja nicht einmal einen Hinweis auf ihre Existenz. Oder konnte es vielleicht sein, dass…
Ein seltsames Geräusch unterbrach ihren Gedankengang. Da war jemand im Haus. Diana hörte eindeutig Schritte, begleitet von einem anderen Geräusch, das sie nicht zuordnen konnte. War es ein Kratzen? Ein Schleifen? Diana nahm ihr Handy vom Tisch und wählte den Notruf.
„Hallo, ist dort die Polizei?“, flüsterte sie so leise, dass der Mann auf der anderen Seite sie gerade noch verstehen konnte. „Bei mir ist jemand im Haus. Ein Einbrecher. Bitte kommen Sie schnell. Gut Strentel, Birkenallee 45, mein Name ist Diana Schatt. Die Haustür lasse ich einen Spalt offen. Bitte beeilen Sie sich.“
Der Mann auf der anderen Seite der Leitung versprach, sofort einen Streifenwagen loszuschicken und betonte mehrfach, dass sie sich bis zum Eintreffen der Polizisten in der Küche verstecken solle.
Vorsichtig erhob sie sich von ihrem Stuhl und schlich zur Haustür. Sie öffnete die Tür einen Spalt, wie angekündigt, und schlich wieder zurück in die Küche. Es war sicher das Vernünftigste, hier zu warten, bis die Polizei kam und den Einbrecher festnahm. Nur leider war sie nicht besonders vernünftig, wie sie sich schnell eingestehen musste. Geräuschlos lief sie zur Anrichte. Dort nahm sie ein langes Messer aus dem hölzernen Messerblock. Es war zwar fragwürdig, ob sich ein Einbrecher oder vielleicht auch ein Gespenst von einem Messer beeindrucken ließe, aber es war besser

als nichts. Zur Sicherheit griff sie noch nach einer gusseisernen Bratpfanne. Damit könnte sie demjenigen, wer auch immer sich in ihrem Haus aufhielt, ordentlich eins überziehen. Obwohl sie mal gelesen hatte, dass eine Bratpfanne keine sinnvolle Waffe gegen Einbrecher war, da die meisten Menschen im Falle des Falles meist Hemmungen hatten, ordentlich zuzuschlagen und die Einbrecher gar nicht k.o. gingen. Das würde ihr nicht passieren.
Schnell zog sie die Schuhe aus und lief dann barfuß, um bloß kein unnötiges Geräusch zu machen, in Richtung Wohnzimmer, von wo das kratzende Geräusch noch immer zu hören war. Vielleicht versuchte gerade jemand, einen Tresor zu knacken. Diana hatte noch gar nicht gewusst, dass da einer war.
Vorsichtig blickte sie am Türrahmen vorbei in den Raum hinein. Eine dunkle Gestalt machte sich an einem der wertvollen Ölgemälde zu schaffen. Diana schloss ihre Finger fester um den Griff des Messers und erhob die Bratpfanne, bereit zum Schlag. Dann nahm sie all ihren Mut zusammen und schrie: „Keine Bewegung. Hände nach oben und Blick zur Wand lassen, ich bin bewaffnet!“
„Nicht schießen, bitte nicht schießen!“, bettelte eine zittrige Frauenstimme und streckte sofort gehorsam die Hände in die Luft.
„Was machen Sie in meinem Haus?“, schrie Diana und war froh, dass man ihrer Stimme die Panik, die sie eigentlich empfand offenbar nicht anmerkte.
„Na, sauber.“
„Was?“
„Ich mache sauber. Wie jede Woche.“
Erst jetzt erkannte Diana, dass das lange Ding, das die Frau in ihren erhobenen Händen hielt, keinesfalls ein Brecheisen war, wie sie sich eingebildet hatte, sondern ein dunkelgrauer Staubwedel. Irritiert betrachtete sie die dunkle Gestalt. Der Stimme und der Figur nach handelte es sich offensichtlich um eine Frau. Sie war mit einer schwarzen Hose und einem schwarzen T-Shirt bekleidet

und hatte ihre dunklen Haare mit einem roten Dreieckstuch zusammengebunden. In den Händen, die sie immer noch hoch erhoben hatte, hielt sie rechts einen Staubwedel und links einen Lappen. Ungefähr einen Meter neben ihr auf dem Boden stand ein Eimer mit einem Wischmop. Diana stutzte. Hatte sie etwa gerade ihre eigene Putzfrau bedroht? Und warum wusste sie nichts davon, dass sie überhaupt eine Putzfrau hatte? So ganz traute sie der Sache noch nicht.
„Warum putzen Sie mein Haus?“
„*Ihr* Haus?“ Die Frau war aufrichtig überrascht, behielt aber brav die Hände oben. „Warum sollte ich denn sowas tun? Ich putze das Haus der Gräfin von Strentel und diese sind Sie der Stimme nach offensichtlich nicht.“
Ganz schön frech für eine Einbrecherin, dachte Diana. Dann sagte sie mit fester Stimme: „Großtante Leonida oder wie sie sagen, die Gräfin von Strentel, ist verstorben. Ich bin die Erbin, Diana Schatt. Und das hier ist mein Haus.“
„Waaaaas?“ Die Frau ließ vor Schreck die Hände sinken, drehte sich um und sah Diana ungläubig an. Dass Diana bewaffnet war, schien sie völlig vergessen zu haben. Aber als Diana erkannte, wen sie da vor sich hatte, ließ sie die Bratpfanne ebenso wie das Messer ohnehin sinken und hielt beides nur noch locker in den Händen. Die Frau, die ihr gegenüberstand und sie voller Trauer anblickte, war um die sechzig Jahre alt. Trotz der tiefen Falten, die ihr die Jahre ins Gesicht gezeichnet hatten, wirkte sie körperlich erstaunlich fit. Nun, da sie Diana ansah und erkannte, dass von dieser offenbar keine größere Gefahr auszugehen schien, ging sie zum Sofa und ließ sich kraftlos darauffallen.
„Wann ist sie denn gestorben? Und wie?“
„Im Januar. Herzversagen im Schlaf. Ein schöner Tod. Aber sollten Sie das nicht wissen, wenn Sie jede Woche hier sind, um zu putzen?“ Misstrauisch beäugte Diana die fremde Frau, die bei ihren Worten auf dem Sofa in sich zusammengesunken war. Es konnte ja

auch sein, dass es sich bei der harmlos wirkenden Frau um eine sehr raffinierte Trickbetrügerin handelte. Verbrechen kannten schließlich kein Alter, das wusste sie aus Zeitungsberichten ebenso wie aus ihren Romanen, in denen sie auch gerne genau diejenigen Figuren zu Tätern machte, von denen man es am wenigsten erwartete. Sicherheitshalber legte sie die Bratpfanne außerhalb der Reichweite der alten Frau auf den Boden und behielt das Messer in der Hand. Die Frau hatte inzwischen angefangen zu weinen.

„Oh nein, wie schrecklich. Und ich war nicht da.“ Geräuschvoll schnäuzte sie sich in ein altmodisches Stofftaschentuch. „Ich war ein halbes Jahr lang bei meiner Nichte in Hamburg und habe sie versorgt. Brustkrebs.“

„Krebs ist ein Arschloch!“, platzte es aus Diana heraus, ehe sie überlegen konnte.

„Wem sagen Sie das.“ Die fremde Frau nickte zustimmend. „Zum Glück ist sie nun wieder über dem Berg. Aber dass Leonida ausgerechnet stirbt, während ich meiner Nichte beim Überleben helfe… also das ist doch tragisch.“ Nun ließ sie ihren Tränen freien Lauf und begann hemmungslos zu weinen.

Diana bekam furchtbares Mitleid mit der Frau. Solch eine Trauer nur vorzuspielen, das traute sie ihr schlichtweg nicht zu. So abgebrüht kam ihr die Fremde einfach nicht vor. Vorsichtig ging sie zu ihr hinüber und legte ihr tröstend die Hand auf die Schulter. Da drehte die Frau ruckartig ihren Oberkörper und warf sich hemmungslos schluchzend in Dianas Arme. Diese wusste nicht so recht, wie sie damit umgehen sollte, dass ihr eine fremde Frau weinend in den Armen lag. Beruhigend strich sie ihr über das graue Haar, auf dem das Kopftuch inzwischen längst verrutscht war. Da bemerkte sie, dass sie noch immer das Messer umklammert hielt und kam sich angesichts der Situation reichlich lächerlich vor. Beschämt legte sie es hinter sich auf ein Regalbrett des großen Bücherbords.

Erst als Diana bereits spürte, dass die Tränen der fremden Frau ihr Oberteil schon völlig durchnässt hatten, beruhigte sich diese allmählich und setzte sich wieder aufrecht auf das Sofa.
„Entschuldigung“, murmelte sie und wischte sich mit dem Stofftaschentuch die letzten Tränen aus den Augen.
„Ist schon in Ordnung“, sagte Diana leise und das meinte sie auch so. „Sie müssen Großtante Leonida sehr gemocht haben.“
„Oh ja.“ Sie nickte lächelnd. „Ich würde sagen, wir waren so etwas wie Freunde.
Was? Freunde? Diana hatte keine Ahnung gehabt, dass Großtante Leonida mit irgendjemandem befreundet gewesen wäre. Soweit sie wusste, war sie immer nur einsam und alleine gewesen.
„Ich wusste gar nicht, dass Großtante Leonida Freunde hatte“, sagte sie überrascht und im selben Moment wurde ihr bewusst, wie gemein das klingen musste. Doch die fremde Frau schien sich darüber keineswegs zu wundern.
„Freun*de* hatte sie auch nicht“, sagte sie nur. „Nur mich. Und ich sagte *so etwas wie* Freunde. Sie war schon sehr eigen, unsere Gräfin. Oh entschuldigen Sie bitte, ich wollte nichts Schlechtes über sie sagen.“ Erschrocken hielt sie inne, doch Diana winkte ab.
„Lassen Sie nur, ich weiß schon, dass meine Großtante reichlich seltsam war. Aber darüber hinaus weiß ich ehrlich gesagt leider nicht viel über sie. Ich habe sie zum letzten Mal gesehen, als ich vierzehn war.“
„Und dann hat sie Ihnen trotzdem das Gut vermacht?“ Die fremde Frau wirkte sehr überrascht, doch dann bekam sie sofort wieder den erschrockenen Gesichtsausdruck, den Diana schon zuvor bei ihr gesehen hatte und fing hektisch an, sich zu entschuldigen: „Oh, verzeihen Sie bitte, es steht mir natürlich keinesfalls zu, über Ihre Privatangelegenheiten zu urteilen, Frau… Schlatt?“
„Schatt, Diana Schatt“, korrigierte Diana. „Aber Sie können gerne einfach Diana zu mir sagen.“

„Ich bin Emma.“ Sie streckte Diana die Hand entgegen, welche diese nahm und vorsichtig schüttelte. „Tja, dann packe ich mal meine Sachen, Diana. Da du sehr viel jünger bist als Leonida, wirst du wohl kaum meine Hilfe im Haushalt benötigen.“
„Oh, nein, wenn es dir Recht ist, würde ich dich gerne als Putzfrau, Haushälterin oder was auch immer du bisher hier warst, behalten“, wandte Diana sofort ein und das nicht nur, weil sie die Enttäuschung im Gesicht von Emma sofort wahrgenommen hatte. „Ich habe mich sowieso schon die ganze Zeit gefragt, wie ich das alles hier schaffen soll. Den Haushalt, meine ich. Ich bin nämlich nicht gerade die beste Hausfrau, musst du wissen. Du sagst mir einfach, was du hier bisher so gemacht hast und wie viel Gehalt du von mir bekommst und dann behalten wir alles so bei wie bisher, einverstanden?“
Ein Strahlen erhellte Emmas Gesicht. „Einverstanden. Ich bleibe sehr gerne“, sagte sie und ihre Freude war echt.
„Außerdem bist du die erste Person, die Leonida etwas besser gekannt zu haben scheint“, sagte Diana. „Vielleicht kannst du mir weiterhelfen. Es gibt da ein paar Dinge, die ich gerne über sie erfahren würde.“
„Wenn du mir verrätst, was du wissen willst, dann helfe ich dir natürlich sehr gerne“, erwiderte Emma freundlich.
Dianas Herz begann zu klopfen. Konnte es sein? War sie nun endlich mal an einem Punkt angekommen, an dem sie ein paar Antworten erhalten könnte, statt immer nur auf neue Rätsel und Fragen zu stoßen? Eine angenehme Aufregung machte sich in ihr breit.
„Hände hoch und keine Bewegung, Polizei!“
Erschrocken fuhren Diana und Emma gleichermaßen zusammen und hoben reflexartig die Hände in die Luft.
„Oh nein, die hatte ich ganz vergessen.“ Diana wandte sich entschuldigend an die zwei Polizisten, die mit gezückten Waffen in der Wohnzimmertür standen und auf die beiden Frauen zielten.

„Das ist ein Missverständnis!“, sagte sie verlegen. „Es war kein Einbrecher, es war nur meine Putzfrau.“
„Wer sind Sie?“, fragte der eine Polizist und machte keinerlei Anstalten, seine Waffe herunterzunehmen.
„Mein Name ist Diana Schatt, ich habe Sie vorhin angerufen.“
„Aha.“ Der eine Polizist ließ seine Waffe sinken und steckte sie in das Halfter zurück. Der andere hingegen verharrte in seiner Position und forderte barsch: „Ausweis!“
Diana war froh, dass sie ihren Ausweis immer in der Hülle ihres Handys mit sich trug, das sie vorsichtshalber mit ins Wohnzimmer genommen hatte. Wie sie es aus Filmen kannte, legte sie den Ausweis auf den Boden und schob ihn schwungvoll hinüber in Richtung der Polizisten.
„Das ist keine Waffe, sondern ein Ausweis, den können Sie mir auch einfach in die Hand geben“, bemerkte dieser schmunzelnd, während er den Ausweis vom Boden aufhob und das Bild auf dem Dokument intensiv mit Dianas Gesicht verglich.
„Also Frau Schatt“, brummte er dann in belehrendem Tonfall, während nun auch er seine Waffe wieder einsteckte. „Wir haben wirklich Besseres zu tun als kilometerweit durch die Pampa zu fahren und in abgelegenen Bonzenhäusern Putzfrauen zu verhaften, können Sie sich das eventuell vorstellen?“
Diana fand die Aussage des Polizisten ziemlich daneben, beschloss aber, dass man es sich mit der Polizei besser nicht verscherzte, schon gar nicht dann, wenn der Fehler wie in diesem Falle auf ihrer Seite lag. Daher schwieg sie und nickte lediglich brav. Daraufhin verabschiedeten sich die Polizisten flüchtig und waren dann auch schon wieder verschwunden.
„Upsi!“ Diana grinste schelmisch. Obwohl die Aktion sehr peinlich gewesen war, war es ja auch irgendwie lustig. Emma lachte nur.
„Ach, mach dir keine Sorgen, so etwas passiert.“
Diana war froh, dass die Polizisten so schnell wieder verschwunden waren, denn nun konnte sie Emma endlich

bezüglich ihrer Beziehung zu Leonida löchern und vielleicht dem einen oder anderen Geheimnis auf die Spur kommen, auf das sie in den vergangenen Tagen gestoßen war.
Trotzdem fand sie, dass man ein paar Grundregeln der Höflichkeit dennoch einhalten sollte. Also bot sie Emma zunächst etwas zu trinken an, was diese dankbar annahm. Auf den Schock, den beide durch ihre unerwartete Begegnung hinter sich hatten, blieb es allerdings nicht nur bei Kaffee und Wasser, sondern Diana stellte sicherheitshalber noch eine Flasche Vodka auf den kleinen Beistelltisch im Wohnzimmer. Aus Erfahrung wusste sie, dass ein Schuss Vodka auf Eis mit Zitrone nach einem Schock wahre Wunder wirken konnte. Emma erwies sich bereits hier als sehr hilfreich, denn sie wusste nicht nur, wo die passenden Gläser zu finden waren, sondern zeigte Diana auch den Schrank mit den Keksvorräten, der so üppig gefüllt war, dass sie gleich drei Packungen herausnahmen.
Als sie es sich schließlich auf dem ausladenden Sofa bequem gemacht hatten, stellte Diana endlich die Frage, die sie schon seit Wochen unbeantwortet mit sich herumtrug: „Hast du eine Ahnung, wer Elisabeth war?“
„Elisabeth?“
„Ja.“
„Der Name sagt mir irgendetwas, aber ich komme gerade nicht drauf, in welchem Zusammenhang ich ihn gehört habe.“ Grübelnd legte Emma die Stirn in Falten. „Ich hatte ja keine Ahnung, mit was für schwierigen Fragen du hier aufwarten würdest“, lachte sie dann. „Ich dachte, du fragst mich eher, wie Leonida so war, Dinge über das Gut, ihr Leben und so. Jetzt fragst du mich gleich so konkret nach irgendwelchen Personen.“
„Nicht *irgendwelchen* Personen“, korrigierte Diana. „Elisabeth war Leonidas Tochter.“
„Leonida hatte eine Tochter?“ An der Überraschung in Emmas Gesicht konnte Diana ablesen, dass diese ihr bei dieser Geschichte

auch nicht würde weiterhelfen können. Offensichtlich hörte sie gerade zum ersten Mal davon, dass Leonida eine Tochter gehabt hatte. Genauso wie alle anderen Personen, die sie bisher diesbezüglich gefragt hatte. Es war wirklich frustrierend.
„Warte, jetzt weiß ich es wieder, sie hat nach ihr gerufen!"
„Nach Elisabeth?"
„Ja. Es ist inzwischen Jahre her, da kam ich zum Putzen und fand sie schlafend hier auf dem Wohnzimmersofa. Ich beschloss, sie einfach schlafen zu lassen und zunächst die anderen Räume fertig zu säubern. Doch auf einmal hörte ich sie schreien. Sie rief genau diesen Namen: Elisabeth. Immer und immer wieder. Schließlich entschied ich, dass es wohl besser wäre, sie aus diesem offensichtlichen Alptraum zu retten. Doch als ich sie weckte, starrte sie mich mit weit aufgerissenen Augen an und schrie: 'Umgebracht. Meine Elisabeth. Einfach umgebracht.' Es war total unheimlich. Aber als ich sie fragte, wen sie meine, hat sie mich nur verständnislos angeschaut. Sie hatte mich nun erkannt und als ich sie fragte, wer Elisabeth sei und wer sie umgebracht habe, meinte sie nur, ich solle doch keinen Unsinn reden, sie habe nur schlecht geträumt."
„Umgebracht?" Diana war bei Emmas Schilderung ein kalter Schauer über den Rücken gelaufen. „Großtante Leonida hat mir in einem Brief geschrieben, dass Elisabeth, ihre Tochter, früh gestorben sei. Aber von *umgebracht* stand da kein Wort."
„Wie gesagt, ich habe keine Ahnung, was geschehen sein könnte, ich kann dir nur sagen, was an diesem Nachmittag war. Ihr Gesichtsausdruck… ich bekomme heute noch eine Gänsehaut, wenn ich daran denke. Und wenn du mir jetzt auch noch sagst, dass Elisabeth ihre Tochter war… Ich will es mir gar nicht vorstellen." Emma rieb sich die Oberarme, als wäre ihr auf einmal furchtbar kalt.
„Aber wer könnte denn ihre Tochter umgebracht haben?", überlegte Diana.

„Ich habe keine Ahnung.“ Entschuldigend drehte Emma die Handflächen nach oben. „Ich wüsste ehrlich gesagt niemanden, der in der Lage wäre, ein Kind umzubringen. Außer…“
„Ja?“
Doch Emma traute sich nicht, ihren Verdacht auszusprechen. Als Diana jedoch bat und bettelte, beugte sich Emma schließlich so nah zu ihr hinüber, dass ihre Lippen fast Dianas Ohr berührten und flüsterte kaum hörbar: „Graf Ferdinand.“ Dann sah sie sich um, als befürchte sie, er stünde irgendwo im Raum und könne sehen oder hören, dass sie ihn verdächtigt hatte.
„Leonidas Bruder?“, fragte Diana. „Ich habe schon gehört, dass über ihn gesagt wird, er sei besonders grausam gewesen und würde noch immer hier spuken, aber glaubst du wirklich, dass er Leonidas Kind umgebracht haben könnte? Kanntest du ihn denn?“
„Leider.“ Emma seufzte. „Ich wuchs ja bereits in meiner Kindheit als Dienstmädchen auf Gut Strentel auf.“
„Oh, das wusste ich nicht.“ Diana war überrascht, dann aber breitete sich eine unbändige Freude in ihr aus. Emma war das, was man ein Geschenk des Himmels nennen könnte. Sie hatte Leonida gut gekannt, ja sogar jahrzehntelang mit ihr zusammengelebt. Und nun verriet sie, dass sie sogar auf Gut Strentel aufgewachsen war. Das war unglaublich. Dann war sie vielleicht der Schlüssel zu den alten Fotoalben. Sie würde die Menschen kennen, die dort abgebildet waren. Bestimmt würde sie einige Rätsel aufklären können. Freudestrahlend schaute Diana Emma an, als diese mit ihrer Erzählung fortfuhr: „Meine Mutter, Hanna, war die Kammerzofe von Leonida. Sie hat sich schon um sie gekümmert, als diese noch ein kleines Mädchen war. Als meine Mutter dann wieder schwanger wurde und eigentlich entlassen worden wäre, hat Leonida sich persönlich dafür eingesetzt, dass sie bleiben durfte. Meine Mutter durfte sich weiterhin um Leonida kümmern und mich und meine Schwestern sogar auf Gut Strentel großziehen. Das hier ist gewissermaßen mein Zuhause“, erzählte sie stolz.

„Das ist ja fantastisch!“, rief Diana begeistert. „Dann hast du ja alles live mitbekommen, was sich seinerzeit hier im Herrenhaus abgespielt hat.“
„Naja, nicht wirklich“, wiegelte Emma ab. „Ich war ja noch ein kleines Mädchen. Da bekommt man nicht so besonders viel mit beziehungsweise, man kann die Dinge, die geschehen, nicht richtig einordnen. Wenn du mir zum Beispiel gerade erzählst, dass Leonida eine Tochter namens Elisabeth gehabt hat, dann frage ich mich wirklich, wann denn das bitte gewesen sein soll. Denn soweit ich mich erinnern kann, hatte sie *niemals* eine Tochter. Sie war ja nicht einmal schwanger.“
„Das ist in der Tat sehr eigenartig.“ Diana war bitter enttäuscht. Sie hatte wirklich gehofft, mit Emma nun endlich das Rätsel um Elisabeth lösen zu können. Doch ihre Geschichte blieb weiterhin undurchschaubar.
„Vielleicht musst du die Sache anders angehen“, schlug Emma schließlich vor, als sie den bedrückten Gesichtsausdruck von Diana sah. „Wenn man keine Antworten bekommt, stellt man manchmal auch einfach die falschen Fragen.“ Ein verschmitztes Lächeln huschte über ihr Gesicht.
„Wie meinst du das?“
„Na, du fragst immer nach Leonidas Tochter. Ich frage mich eher, woher denn eine solche Tochter hätte stammen sollen, denn Leonida war nie verheiratet.“
Diana richtete sich abrupt auf. Emma hatte völlig Recht. Warum war sie da nicht selbst drauf gekommen? Wenn Leonida eine Tochter gehabt hatte, dann musste diese ja schließlich auch einen Vater gehabt haben. Aber warum lächelte Emma bei diesem Hinweis so verschmitzt.
„Weißt du etwa irgendetwas über einen möglichen Vater von Elisabeth?“, fragte sie und ahnte schon, dass es so sein musste, denn Emma grinste wie ein Honigkuchenpferd.

„Allerdings.“ Ihr Lächeln war nun so breit, dass man einen Keks quer hätte hineinschieben können.
„Eduard.“
„Eduard?“ Diana konnte nicht fassen, dass Emma gerade diesen Namen genannt hatte. Vor nicht einmal drei Stunden hatte sie von Jana erfahren, dass es diesen jungen Mann namens Eduard überhaupt gegeben hatte und nun könnte er, laut Emma, der Vater von Elisabeth sein? Diana wurde fast ein bisschen schwindelig bei dem Gedanken, dass die Geschichten der beiden rätselhaften Personen vielleicht schicksalhafter zusammenhingen, als sie je hätte vermuten können.
„Eduard war die Liebe ihres Lebens“, begann Emma zu erzählen.
„Ich habe ihn auf Fotos in den Familienalben gesehen“, erklärte Diana.
„Dann hast du mir ein Bild voraus“, sagte Emma schmunzelnd. „Ich kenne ihn nur aus Erzählungen deiner Großtante. Leonida hat immer und immer wieder von Eduard geschwärmt. Er war nach dem Tod seines Vaters nach Gut Strentel gekommen und die beiden haben sich vom ersten Moment an ineinander verliebt. Allerdings durften sie nicht zusammen sein, weil Eduard mit einer anderen Frau verlobt war. Leonida hat mir aber verraten, dass sie sich monatelang heimlich Briefe geschrieben haben. Als sie dann vierzehn geworden war, haben sie sich sogar heimlich getroffen. Immer und immer wieder hat sie mir von der Nacht eines Frühlingsballs erzählt, in der die beiden sich das erste Mal heimlich getroffen haben. In dieser Nacht hätten sie sich sogar heimlich verlobt, hat Leonida behauptet. Obwohl Eduard offiziell einer anderen Dame versprochen war. In dieser Nacht haben sie sich wohl auch zum ersten Mal geküsst. Du hättest mal sehen sollen, wie Leonidas Augen glänzten, wenn sie davon erzählt hat. Sie hat mir sogar einen Ring gezeigt, den er ihr angeblich in der Nacht gegeben hat. Ein wunderschöner Diamantring. Danach, haben sie sich wohl noch mehrere Male heimlich getroffen. Was,

wenn in einer dieser Nächte diese Tochter entstanden ist, Elisabeth?“

Wow. Diana dachte an die verstohlenen Blicke, die sie bei den beiden auf den Fotos erkannt hatte. Sie hatte also Recht gehabt, zwischen Leonida und Eduard war mehr gewesen als nur eine freundschaftliche Beziehung. Konnte das möglich sein? War Eduard vielleicht wirklich der Vater von Elisabeth? Aber, nein. Das konnte nicht sein.

„Aber Eduard kann nicht der Vater von Elisabeth gewesen sein“, murmelte sie schließlich gedankenverloren.

„Warum nicht?“

„Weil Eduard 1952 verschwunden ist. Da wäre Leonida gerade mal 15 Jahre alt gewesen.“

„Na und?“ Emma schien dieser Umstand ganz und gar nicht zu beunruhigen. „Mit 15 kann man durchaus ein Kind bekommen. Du hast Recht, es wäre vermutlich ein Skandal gewesen, aber es würde auch erklären, dass ich nichts davon mitbekommen habe. Als Leonida 15 war, war ich gerade mal drei Jahre alt. Wobei...“ Nachdenklich legte sie den Finger an die Lippen.

„Was?“ Diana hielt die Spannung kaum aus. Konnte das sein? War Leonida wirklich mit 15 Mutter geworden?

„Jetzt wo wir so darüber reden…“ Emma machte eine nachdenkliche Pause, in der sie sich zu erinnern schien. „Als ich noch ganz klein war, war Leonida tatsächlich für eine lange Zeit furchtbar krank. Meine Mutter meinte nur, sie sei so schlimm erkrankt, dass sie ihr Zimmer nicht verlassen dürfe. Und außer ihr selbst und Leonidas Mutter dürfte auch sonst niemand hinein. Ich hatte schreckliche Angst um Mama, weil ich natürlich dachte, dass Leonida eine furchtbar ansteckende Krankheit hätte. Damals war meine Mutter schwanger mit meinen Geschwisterchen.“

„Geschwisterchen?“

„Ja, Zwillinge. Das wussten wir aber zu dem Zeitpunkt natürlich noch nicht. Es war eine riesige Überraschung, als ich statt einem

Geschwisterchen gleich zwei bekam. Und auch noch zwei Mädchen. Ich war überglücklich.“ Emma lächelte selig bei der Erinnerung. „Jedes Mal, wenn meine Mutter in das Krankenzimmer ging, habe ich mir Sorgen gemacht, dass ihr oder meinem kleinen Geschwisterchen in ihrem Bauch etwas passieren könnte. Aber kann es nicht sein, dass die Krankheit von Leonida nur vorgetäuscht war? Wenn sie nur alle behauptet haben, dass sie krank sei, damit niemand ihre Schwangerschaft bemerkte?“

„Glaubst du wirklich…?“ Die Erinnerung an das Gespräch ihres Nachbarschaftsabends drängte sich plötzlich brennend in ihre Gedanken. „Obwohl, jetzt, wo du es sagst… Herr Merker hat vor ein paar Tagen auch so etwas erwähnt. Dass Leonida als Kind furchtbar krank gewesen sei, meine ich. Glaubst du wirklich, das war gar keine Krankheit?“

Emma nickte. Erfreut darüber, dass Diana ihren Gedankengang offenbar verstanden hatte.

„Du meinst…“ Diana wagte kaum zu atmen. „Aber das hieße ja, Eduard und Leonida hatten eine heimliche Affäre, als Leonida fünfzehn war.“

„Vierzehn!“, verbesserte Emma. „Mit fünfzehn müsste sie ja dann schon das Kind bekommen haben.“

Diana nickte und überlegte weiter. „Mit vierzehn. Und dann hat sie heimlich das Kind bekommen. Das macht aber auch keinen Sinn.“

„Warum nicht?“

„Weil Eduard 1952 schon verschwunden ist. Da war Leonida noch vierzehn. Außerdem: Warum hätte er denn verschwinden sollen, wenn er mit Leonida ein gemeinsames Kind hatte?“

„Vielleicht genau deshalb!“ Emmas Augen blitzten verstehend. „Vielleicht wurde ihm bewusst, dass er Mist gebaut hatte. Immerhin hatte er die Tochter des Hauses geschwängert und das, obwohl er mit einer Anderen verlobt war. Das muss man sich erst einmal leisten. Da kann ich sogar verstehen, dass er sich lieber aus dem Staub gemacht hat.“

„Und warum sollte Ferdinand das Kind dann getötet haben?“
„Stimmt, du hast Recht.“ Emma sah aus wie ein Anwalt, dem man gerade mit einer einzigen Frage seine gesamte Strategie zerpflückt hatte. Nachdenklich rührte sie in ihrer Kaffeetasse. Plötzlich riss Diana erkennend die Augen auf. „Oder!“, sie machte eine kunstvolle Pause und vergewisserte sich, dass Emma ihr auch wirklich ihre gesamte Aufmerksamkeit schenkte. „Oder, nicht Ferdinand hat Elisabeth umgebracht, sondern Eduard. Vielleicht hat er sein eigenes Kind getötet, um seinen Fehltritt zu vertuschen und ist dann abgehauen. Dann wäre auch nachvollziehbar, warum er nie wieder aufgetaucht ist.“
Die Erkenntnis traf sie wie ein Schlag. Ja, so würde die Geschichte tatsächlich einen Sinn ergeben. Aus dieser Sicht wäre sogar mehr als nachvollziehbar, dass Leonida den Schmerz über den Verlust von Elisabeth ihr Leben lang nicht überwunden hatte. Sie hatte nicht nur ihre Tochter verloren, sondern auch miterlebt, wie die Liebe ihres Lebens zum Mörder und Verräter wurde. So viel Schmerz konnte niemand ertragen.
„Aber…“ Diana hielt inne und überlegte wieder. „Glaubst du wirklich, dass Leonida dir so von Eduard vorgeschwärmt hätte, wenn er ihre gemeinsame Tochter umgebracht hätte?“
Plötzlich drängte sich Diana schmerzhaft eine weitere Idee auf, die sie kaum auszusprechen wagte.
„Glaubst du…, ich meine, hältst du es vielleicht für möglich…“ Sie brach mitten im Satz ab. Nein, das wäre zu grausam. Doch Emma sah sie verstehend an.
„Du meinst, dass Leonida selbst Elisabeth umgebracht hat?“
Diana nickte. Genau das hatte sie gedacht, aber das wäre einfach zu furchtbar.
„Das kann ich mir nicht vorstellen“, versuchte Emma zu beschwichtigen. „Ich kannte sie wirklich lange und wirklich gut. Sie war sicher nicht fähig zu einem Mord.“

„Manchmal sind es genau die Menschen, von denen man es am wenigsten erwartet“, sagte Diana leise und wünschte sich in diesem Moment, sie hätte den Gedanken niemals ausgesprochen.
Nach einer ganzen Weile des Schweigens, in der beide Frauen ihren Gedanken nachhingen, spekulierten Diana und Emma noch ein bisschen weiter über das Schicksal von Elisabeth, doch sie kamen immer zu demselben Ergebnis: Die ganze Geschichte machte nur Sinn, wenn Elisabeth in einer heimlichen Liebesnacht mit Eduard entstanden war und entweder dieser, um die Affäre zu vertuschen, das Kind umgebracht hatte und dann geflohen war oder Leonida selbst ihre Tochter getötet hatte. Was für eine heftige Geschichte. Sie hätte glatt aus einem von Dianas Romanen stammen können.
Schließlich stellten die beiden Frauen fest, dass es schon früher Abend war und Emma verabschiedete sich. Dankbar umarmte Diana die Frau, die ihr nun ganz und gar nicht mehr fremd war, zum Abschied und fühlte sich fast ein bisschen einsam, als sie nun alleine wieder in das riesige Wohnzimmer zurückging. Der Gedanke an Leonida und die bohrende Frage, welch schlimmes Schicksal Elisabeth wohl erlitten hatte, ließen ihr einfach keine Ruhe.
Diana empfand tiefes Mitleid mit ihrer Großtante und schämte sich furchtbar dafür, dass sie sie in den letzten Jahren immer als einsame und schrullige alte Frau betrachtet hatte, ohne über ihr Leben auch nur das Geringste zu wissen. Ein nagendes Schuldgefühl breitete sich in ihr aus. Sie würde wohl noch eine Weile brauchen, bis sie die neuen Informationen verdaut hatte. Und wie sie Jana und Joschua verklickern sollte, dass ihr Großonkel Eduard vermutlich ein feiger Mörder gewesen war, wusste sie beim besten Willen auch noch nicht.
Erst jetzt bemerkte Diana, wie die Spekulationen mit Emma und überhaupt deren Entdeckung sie erschöpft hatten. Ihr Magen knurrte und sie war schon wieder unglaublich müde. Völlig

unkreativ bestellte sie sich eine Pizza und öffnete eine Flasche Rotwein. Normalerweise fand sie es erbärmlich, alleine zu trinken, doch angesichts der Umstände würde sie sich ohne schlechtes Gewissen ein oder zwei Gläschen Rotwein genehmigen. Wenigstens würde sie dann endlich einmal gut schlafen.
Exakt eine halbe Stunde später klingelte es. Diana zählte fünfzehn Euro aus ihrem Geldbeutel ab und ging zur Eingangshalle. Für eine Pizza inklusive Trinkgeld müsste das auf jeden Fall reichen. Sie öffnete die Tür und fiel fast in Ohnmacht.
„Ich dachte, du bist die Pizza“, stammelte sie, als sie in seine wasserblauen Augen blickte.

1952 Leonida

Aufgeregt bürstete Leonida bestimmt zum zehnten Mal ihr Haar. Sie wusste, dass Eduard es liebte, wenn es ihr wie flüssige Seide über die Schultern fiel. Obwohl es in der Dunkelheit der Nacht sowieso niemand sehen würde, würde sie es mit ein paar Haarklammern feststecken, wie es sich für eine ordentliche junge Dame gehörte. Aber wenn sie an ihrem geheimen Treffpunkt angekommen war, würde Eduard die Nadeln wie jedes Mal mit seinen sanften Fingern lösen und tief den Duft einatmen, den ihr Haar dann verströmte. Unzählige Male hatten sie sich in den vergangenen Monaten in dem kleinen Rosenpavillon getroffen. Immer waren es kurze, harmlose Treffen mit hastig gemurmelten Liebesschwüren und unschuldigen Küssen auf Hände oder Wangen. Es genügte ihnen, sich einfach anzusehen und mit ineinander verschlungenen Fingern dem anderen zu lauschen, wenn er etwas sagte oder erzählte. Die gemeinsame Zeit war allzu kurz, da niemand ihr Fehlen bemerken durfte. Kaum hatten sie sich getroffen, mussten sie sich auch schon wieder trennen. Doch in dieser Nacht sollte es anders sein.

Leonida hatte Eduard einen Brief geschrieben. Sie wollte sich nachts aus dem Zimmer davonstehlen und bat ihn, dasselbe zu tun. Die Nächte in diesem Sommer waren besonders lau und so hätten sie endlich einmal ein paar Stunden, in denen sie beieinander sitzen und die Nähe des anderen genießen könnten. Die Idee war ihr vergangene Woche gekommen, als ihre Eltern ein paar Freunde eingeladen hatten. Zwei von ihnen hatten abends noch einen Spaziergang durch den Garten gemacht und anschließend davon geschwärmt, wie wundervoll romantisch der Garten in der Dunkelheit der Nacht sei. Allein das Wort „romantisch" hatte Leonida sofort an Eduard denken lassen und so hatte sie den Plan geschmiedet, ihn in dieser Sommernacht im Rosenpavillon zu treffen.

Wie immer hatte sie Hanna den Brief gegeben, damit diese ihn heimlich Eduard zukommen lassen sollte. In den vergangenen Monaten hatte Hanna sich als wahrer Goldschatz erwiesen. Da sie sich nicht nur um Leonida kümmerte, sondern zugleich auch dafür zuständig war, die Zimmer der Herrschaften auf Ordnung zu kontrollieren und die Hausmädchen gegebenenfalls zurechtzuweisen, hatte sie natürlich Zugang zu allen Zimmern. Es war für sie ein Kinderspiel, die liebevollen Briefchen zwischen Leonida und Eduard hin und her zu transportieren. Als Eduard das erste Briefchen unter seiner Bettdecke gefunden hatte, war er ganz schön erstaunt gewesen. Doch dann hatte er die akkurate Handschrift mit den ausladend geschwungenen Bögen sofort erkannt. Obwohl er zu diesem Zeitpunkt keine Ahnung gehabt hatte, wie das Briefchen unter seine Bettdecke gekommen war, hatte er sich gefreut, dass Leonida einen Weg gefunden hatte, wie sie sich jenseits der Augen und Ohren der anderen ihre Gedanken und Gefühle mitteilen konnten. In Anbetracht dessen, wie viele Personen in diesem Haushalt lebten, war das wirklich eine Meisterleistung. Aber so war sie eben, seine schlaue, wunderschöne Leonida.

Wenige Wochen nach dem ersten Brief hatten ihre geheimen Treffen im Rosenpavillon begonnen, nach denen sich Eduard jedes Mal sehnte, kaum dass sie sich getrennt hatten. Er liebte sie so sehr. Ihr Haar, das nach Lavendel duftete, wenn er es aus dem festen Gefängnis der Haarklammern löste. Ihre Augen, die so abenteuerlustig blitzten, dass man meinte, es würden Funken aus ihnen sprühen. Ihre Haltung, die immer aufrecht und elegant war, aber so sehr belebt wurde durch ihre wilde Gestik, wenn sie ihm erzählte, was sie in den vergangenen Stunden und Tagen alles erlebt hatte. Er konnte ihr stundenlang zuhören und war allein dadurch derart von Glück erfüllt, wie er es nie für möglich gehalten hatte. Es reichte ihm völlig aus, ihrer Stimme zu lauschen, sie anzusehen und ihre kleine, zarte Hand zu halten. Und das würde ihm genügen bis zu ihrer Hochzeitsnacht. Bis dahin würde er sie nicht anrühren, das hatte er sich geschworen. Dann, und erst dann, würde sie ganz ihm gehören. Für immer und ewig. Und er würde mit ihr ein so glückliches Leben verbringen, wie sie es sich in ihren kühnsten Träumen nicht ausmalen könnte. Er würde nicht nur *versprechen*, sie zu lieben, zu achten und zu ehren, sondern er würde es *tun*. Er tat es bereits jetzt und er würde nicht damit aufhören, bis zu seinem letzten Atemzug. Oh, er liebte sie so sehr.

Auch jetzt dachte Eduard an Leonida. Wie sehr sehnte er den Tag herbei, an dem sie sich beide nebeneinander für die Nacht zurecht machen würden. Dann würden sie nebeneinander unter die Bettdecke schlüpfen und wenn er am nächsten Morgen erwachte, dann würde sie noch immer neben ihm liegen. „Nicht mehr lange", seufzte Eduard, wie um sich selbst zu trösten. Dann schloss er Leonida in sein Nachtgebet ein, löschte das Licht und kroch alleine unter die warme Daunendecke.

Leonida huschte barfuß durch das feuchte Gras. Es fühlte sich seltsam kalt an in dieser warmen Sommernacht. Doch um jegliches Geräusch zu vermeiden, hatte sie auf Schuhe lieber verzichtet. Wenn sie gleich im Rosenpavillon in Eduards wasserblaue Augen blicken würde, würde sie sowieso nichts mehr spüren, außer die Wärme der tiefen Liebe, die sich in ihr ausbreiten würde, als hätte sie ein Stück der Sonne verschluckt. Leonida lächelte allein bei dem Gedanken, heute endlich ein paar ungestörte Stunden mit ihm verbringen zu können. Ihn sprechen zu hören, seine Hand zu halten. Mehr brauchte sie nicht, um glücklich zu sein. So schnell sie konnte, ohne außer Atem zu kommen, huschte sie durch die sternenklare Nacht.

Als sie am Rosenpavillon ankam, wusste sie sofort, warum die Freunde ihrer Eltern gesagt hatten, dass es besonders romantisch

sei. Das Metall des Pavillons glitzerte geheimnisvoll im Mondlicht und die weißen Rosenbüsche, die um den Pavillon herum angeordnet waren, leuchteten ebenfalls hell, als wären es kleine Stückchen, die jemand aus dem Mond herausgebrochen hatte, um den Rosenpavillon in weißes Licht zu tauchen. Trotzdem war der Pavillon so dicht mit Rosen berankt, dass man in sein Inneres nicht hineinsehen konnte.
Es sieht aus wie in einem Märchen, dachte Leonida bei sich und betrat in einer seltsamen Ergriffenheit den Pavillon. Eduard war noch nicht da. Also setzte sie sich auf die runde Sitzbank, schloss die Augen und wartete. Sie spürte die Kälte der metallenen Lehne durch das dünne Kleid. Bestimmt würde Eduard gleich kommen. Sie hatte Hanna den Brief heute extra bereits nachmittags mitgegeben, damit er ihn rechtzeitig fände. Es war ja das erste Mal, dass sie sich mit ihm schon in der Nacht treffen wollte und nicht erst am nächsten Tag. Aber es machte nichts, wenn er sich ein bisschen verspätete, denn sie würden ja die ganze Nacht lang Zeit haben. Bis um fünf Uhr, wenn die ersten Mädchen ihren Dienst antraten und die Öfen in den Zimmern anfeuerten. Spätestens dann mussten sie sich wieder zurück in ihr jeweiliges Bett geschlichen haben. Aber bis dahin war noch lange Zeit. Glücklich lehnte Leonida sich mit geschlossenen Augen zurück, fühlte das kitzelnde Gras an ihren nackten Füßen und dachte in purer Glücksseligkeit an Eduard.
„Entschuldige die Verspätung."
Leonida zuckte erschrocken zusammen. Ihr verwirrter Blick spiegelte sich in den bösartig funkelnden Augen von Ferdinand, der im Eingang des Pavillons stand und hämisch grinste. Ängstlich wollte sie zurückweichen, doch hinter sich fühlte sie nur das kalte Metallgestell des Pavillons, das ihr jegliche Möglichkeit zur Flucht versperrte. Leonida öffnete den Mund zu einem Schrei, doch es kam nur ein ersticktes Röcheln heraus, denn schon war Ferdinand vor ihr und drückte ihr mit bloßen Händen die Kehle zu.

„Ein Laut und ich bringe dich um", knurrte er und Leonida schloss tonlos die Lippen.
„Raffinierte kleine Hexe!", zischte er in ihre Richtung. „Sich über eine Dienstbotin heimlich mit dem Geliebten verabreden. Auf sowas muss man erstmal kommen." Er gab ein leises, hämisches Lachen von sich. „Aber ich habe eine Überraschung für dich, kleine Schwester: Dein geliebter Eduard wird heute nicht kommen. Er ahnt nicht einmal, dass er hier sein sollte, denn das hier", triumphierend schwenkte er Leonidas Brief durch die Luft, „hat er nie gesehen."
Leonida schluckte trocken. Ferdinand hatte sie durchschaut. Und nicht nur das. Er hatte den Brief an Eduard abgefangen. Jetzt war alles aus. Mit Panik in den Augen sah sie, wie Ferdinand die rechte Hand von ihrem Hals löste und ein Messer aus der Hosentasche zog. Als sie den eiskalten Stahl an ihrer Kehle spürte, wusste sie, dass er es ernst meinte. Regungslos ließ sie sich von ihm auf das kalte, nasse Gras zerren. Ferdinand keuchte und riss ihr mit funkelnden Augen das dünne Kleid vom Leib. Dann öffnete er seine Hose und Leonida spürte etwas Hartes an ihrem Oberschenkel. Panik machte sich in ihr breit. Dann spürte sie dankbar, wie eine dumpfe schwarze Ohnmacht von ihr Besitz ergriff und ließ zu, dass sie in eine dunkle Leere hinüberglitt, als Ferdinand wie ein Tier über sie herfiel.
Als Leonida wieder zu sich kam, brannte jeder Zentimeter ihrer Haut und ihre Beine und Rippen fühlten sich an als seien sie gebrochen. Ferdinand stand grinsend vor ihr und zog sich die Hose wieder an.
„Wenn du irgendjemandem davon erzählst, dann bringe ich nicht nur dich um, sondern auch ihn, das verspreche ich dir", zischte er drohend in ihre Richtung und Leonida wusste, dass sie schweigen würde. Wie tot lag sie im nassen Gras, die Augen panisch aufgerissen und den Mund zu einem stummen Schrei geöffnet. Erst

als Ferdinand außer Sichtweite war, wagte sie es, geräuschlos zu weinen.
Vorsichtig griff sie sich an den Oberschenkel, wo sie eine klebrige Flüssigkeit spürte. Als sie ihre Hand betrachtete, war sie voller Blut. Eine ganze Weile noch lag sie regungslos weinend auf dem nassen Boden. Dann richtete sie sich tränenüberströmt auf, hielt notdürftig das zerrissene Kleid zusammen und floh zurück ins Haus. In ihrem Zimmer zog sie sich hastig aus. Sie musste unbedingt das zerrissene, blutbefleckte Kleid loswerden. Wenn sie es in den Müll warf, würde eines der Hausmädchen es finden, vielleicht sogar Hanna. Im Nordflügel gab es einige Gästezimmer, die nie benutzt wurden. Lautlos rannte Leonida dorthin und öffnete wahllos eine der Türen. Wie erwartet fand sie das Zimmer leer und ungenutzt. In dem großen Schrank hingen unzählige Kleider. Leonida schob sie zur Seite und betrachtete die Rückwand. Wie sie es in Erinnerung hatte, war ein Brett etwas lose. Vor wenigen Jahren hatte sie schon einmal ein blutiges Kleid dort verschwinden lassen. Mit aller Kraft zog sie an dem Brett, sodass sie es ein bisschen weiter von der Wand lösen konnte. Dann stopfte sie hektisch das Kleid dahinter und drückte das Brett zurück in seine ursprüngliche Position. Niemand würde die Kleider hier finden. Schnell huschte sie zurück in ihr Schlafzimmer. Dann ging sie ins Badezimmer und ließ sich ein heißes Bad ein. Obwohl ihr ganzer Körper wie Feuer brannte, als sie sich in das heiße Wasser setzte, nahm sie einen rauen Waschlappen und schrubbte wie verrückt ihren gesamten Körper ab, als könne sie die Tat ihres Bruders von sich abwaschen, wenn sie sich nur genug Mühe gab.
Erst als sich die gerötete Haut schließlich fast taub anfühlte, stieg sie aus der Wanne, zog sich an und verkroch sich in ihrem Bett. Dort weinte sie, bis das Kissen völlig durchnässt war und die brennenden Augen ihr vor Erschöpfung zufielen.

2018 Diana

„Tut mir leid, dich enttäuschen zu müssen“, grinste Joschua. „Hätte ich das gewusst, hätte ich natürlich eine Pizza mitgebracht.“
Diana winkte ab und lächelte. „Nette Nachbarn sind immer willkommen. Mit Pizza natürlich besonders gerne, aber ohne geht auch. Komm rein.“ Innerlich klopfte sich Diana selbst anerkennend auf die Schulter, weil es ihr gelang, so locker und scheinbar unbefangen mit Joschua umzugehen, obwohl sie nun wusste, dass er nicht verheiratet war. Zum Glück konnte er nicht sehen, wie schnell ihr Herz klopfte.
„Ich dachte, ich komme lieber persönlich, um dir die neuesten Neuigkeiten mitzuteilen“, erklärte er, als sie das große Wohnzimmer betraten und Joschua sich auf das gemütliche Sofa setzte. Verrückt, dachte Diana. Zuerst hatte sie ewig im Dunkeln getappt und jetzt überschlugen sich die Neuigkeiten geradezu.
„Ich habe auch ganz erstaunliche Dinge erfahren“, sagte sie mit leuchtenden Augen, als sie an das Gespräch mit Emma dachte und ihr klar wurde, dass Joschua ja von alledem noch gar nichts wusste.
„Du hast versprochen, anzurufen.“
„Ich bin noch nicht dazu gekommen.“ Sie hob entschuldigend die Arme. „Meine Informationsquelle ist Leonidas Putzfrau beziehungsweise jetzt meine Putzfrau und sie hat sich eben erst verabschiedet.“
„Oh, ach so, ich verstehe. Ok, dann erzähl’ jetzt“, drängte Joschua.
„Du zuerst.“
„Na gut, aber nicht, dass du währenddessen Informationen vergisst.“
Diese Befürchtung quittierte Diana lediglich mit einem ironischen Blick. Dann sah sie Joschua erwartungsvoll an, als er begann, von seinen neuesten Erkenntnissen zu berichten.

„Ich habe mal ein bisschen recherchiert. Ich meine, in Zeiten des Internets kommt man ja an einige Informationen, an die man früher nicht gekommen wäre. Und da deine Familie zudem adelig und zur damaligen Zeit auch recht bekannt war, dachte ich, dass sich vielleicht etwas über Graf Ferdinand im Internet findet."
„Und?"
„Ich hatte Recht. Es gibt was."
„Jetzt mach es doch nicht so spannend, was hast du herausgefunden?" Diana ärgerte sich, dass sie nicht sofort nach der Begegnung mit der seltsamen Anni selbst auf die Idee gekommen war, mal im Internet zu recherchieren, aber irgendwie war sie von den ganzen neuen Eindrücken so überfordert gewesen, dass ihr das gar nicht in den Sinn gekommen war.
„Also", begann Joschua bewusst langsam und grinste sie spitzbübisch an. Offensichtlich machte es ihm Spaß, sie ein bisschen zappeln zu lassen. Doch dann konnte er sich selbst nicht mehr zurückhalten und sprudelte einfach los:
„Bestimmt hast du dich schon gefragt, warum Leonida auf Gut Strentel gewohnt hat, obwohl ihr älterer Bruder Ferdinand der Erbgraf war, oder?"
Diana stutzte. „Nein, ehrlich gesagt habe ich darüber überhaupt noch nicht nachgedacht."
Überrascht sah Joschua sie an. Ihn selbst hatte diese Tatsache von Anfang an verwundert.
„Ist ja auch egal, auf jeden Fall habe ich herausgefunden, warum."
„Und warum?"
„Ferdinand hat das Erbe ausgeschlagen. Er wollte Gut Strentel nicht."
Wie konnte denn jemand ein so wundervolles Haus wie Gut Strentel ablehnen? Nun war es an Diana überrascht zu sein: „Ist nicht dein Ernst."
„Doch! Als er volljährig war, ist er direkt ins Ausland gegangen. Er war wohl in London, Mailand und dann sogar in Indien. Dort hat er

ein Unternehmen für Feinkost-Tees gegründet, die FVS-Tea-Company. Mit seiner Firma war er so erfolgreich, dass er in Indien ein Vermögen gemacht hat. Leonida hat daher Gut Strentel übernommen, inklusive des gesamten Inventars und Barvermögens. Ferdinand ist nicht mehr nach Deutschland zurückgekehrt. Bis auf ein einziges Mal. Und jetzt kommt der Knaller."
Joschua machte eine dramatische Pause, bis Diana schließlich anfing vor Spannung mit den Füßen zu zappeln.
„Das einzige Mal, dass er zurückgekehrt ist, war vor ziemlich genau zwanzig Jahren. Laut der Aussage eines seiner Mitarbeiter in Indien wollte er nach Gut Strentel, um irgendetwas mit seiner Schwester zu besprechen. Diese habe wohl auch von dem geplanten Besuch gewusst. Seltsamerweise sei er aber nie dort angekommen. Zumindest hat deine Großtante das behauptet, als sie von der Polizei dazu befragt wurde. Sein Mitarbeiter in Indien hatte ihn als vermisst gemeldet, nachdem er sich fünf Wochen lang nicht mehr gemeldet hatte, eigentlich aber schon nach zwei Wochen wieder hatte zurück sein wollen. Anscheinend ist er einfach…", er schnippte mit den Fingern, „verschwunden."
Diana riss die Augen auf. „Ferdinand ist auch verschwunden?"
„Wieso denn *auch*?"
„Na, weil Eduard doch auch plötzlich verschwunden war." Erst als sie Joschuas völlig irritierten Gesichtsausdruck bemerkte, kam ihr in den Sinn, dass Jana ihm vielleicht noch gar nichts von ihren Erkenntnissen erzählt hatte. Also fasste sie für ihn kurz zusammen, was Jana ihr am Morgen erzählt hatte und ergänzte es direkt um die Informationen, die sie eben von Emma erhalten hatte. Joschua hörte ihr gebannt zu, runzelte mal die Stirn oder seufzte, aber er unterbrach sie keinen Augenblick. Nicht einmal, als sie ihm erzählte, dass Eduard offensichtlich sein Großonkel war. Erst, als Diana schließlich den Verdacht äußerte, Eduard könne das gemeinsame Kind von sich und Leonida umgebracht und sich dann

aus dem Staub gemacht haben, zuckte er zusammen, als habe sie ihn ins Gesicht geschlagen.
Als Diana ihren Bericht schließlich beendete und Joschua erwartungsvoll ansah, schwieg er nur und sein Blick ging ins Leere. Vermutlich musste er erst einmal verdauen, was er da gerade gehört hatte. Diana war es ja selbst auch so gegangen. Deshalb sah sie ihn einfach nur schweigend an und wünschte sich insgeheim, sie könnte Gedanken lesen. Glücklicherweise klingelte es in diesem Moment an der Tür und die Pizza wurde endlich geliefert.
Schweigend aßen sie, während jeder seinen eigenen Gedanken nachhing. Als Diana die Stille schließlich nicht mehr aushielt, Joschua aber auch nicht einfach plump ansprechen und ihn so aus seinen Gedanken reißen wollte, räusperte sie sich vorsichtig, aber gerade laut genug, um ihn dazu zu bringen, ihr in die Augen zu sehen.
„Und? Was sagst du dazu?“, fragte sie vorsichtig.
Joschua blickte etwas traurig drein und runzelte nachdenklich die Stirn. „Wie man es dreht und wendet, wir werden uns wohl mit dem Gedanken anfreunden müssen, dass entweder in deiner oder in meiner Verwandtschaft jemand ein Mörder war. Und zwar ein ziemlich brutaler, denn ein Kind umzubringen ist ja wohl so ziemlich die kaltblütigste Art von Mord überhaupt.“
Da hatte er allerdings Recht. Diana lief es eiskalt den Rücken hinunter. Auch ihr war der Gedanke direkt furchtbar erschienen, dass Leonida Elisabeth umgebracht haben könnte. Und obwohl es an der Grausamkeit der Tat überhaupt nichts änderte, musste sie sich eingestehen, dass sie insgeheim immer noch hoffte, dass Eduard der Mörder war.
„Vielleicht sogar ein Doppelmörder“, führte Joschua seinen Gedankengang fort.
„Wie meinst du das?“
„Na, findest du es nicht auch mehr als seltsam, dass Graf Ferdinand ausgerechnet dann verschwunden ist, als er nach Gut

Strentel zurück wollte? Und dass deine Tante behauptet hat, er sei dort nie angekommen?“

„Willst du etwa behaupten, dass Leonida Ferdinand umgebracht haben soll?“ Gegen ihren Willen wurde Diana ein bisschen sauer auf Joschua, weil er Leonida nun auch noch für das Verschwinden von Ferdinand verantwortlich machen wollte. Trotzdem musste sie zugeben, dass es möglich war.

Offenbar hatte Joschua den bissigen Unterton in Dianas Stimme sofort bemerkt, denn er ließ seine Stimme sofort ein bisschen sanfter klingen, als er ihr seinen Gedankengang offenlegte.

„Ich will gar nichts behaupten“, besänftigte er sie vorsichtig. „Aber überlege doch mal: Was, wenn Leonida ihr Baby wirklich umgebracht hat? Vielleicht hat Ferdinand das herausgefunden und wollte deshalb zurück nach Gut Strentel, um sie zur Rede zu stellen.“

„Oder um sie zu erpressen“, überlegte Leonida. „Nach dem, was ich bisher über meinen Großonkel Ferdinand gehört habe, scheint eine Erpressung besser zu ihm zu passen, als dass er Leonida ins Gewissen reden wollte.“

„Oh!“ Joschua sah Diana anerkennend an. „Da hast du natürlich Recht, dann macht es aber noch mehr Sinn. Stell dir vor, Ferdinand kam hier an und hat Leonida erpresst. Dass er sie anzeigt, wegen Kindsmord vielleicht. Soweit ich weiß, verjährt Mord nicht. Was, wenn sie dann aus Panik ihren eigenen Bruder umgebracht hat?“

Er hatte Recht. Was Joschua da von sich gab, machte absolut Sinn, auch wenn Diana es nicht hören wollte. Wie verzweifelt musste Leonida nur gewesen sein. Und wie schrecklich musste es für sie gewesen sein, damit zu leben, dass sie zwei Menschen umgebracht hatte? Ihre eigene Tochter und ihren eigenen Bruder. Diana durfte gar nicht daran denken. So etwas hätte sie Leonida niemals zugetraut.

„Tut mir leid, aber es sieht wirklich alles danach aus, dass deine Großtante eine Mörderin gewesen ist“, sagte Joschua zerknirscht und sah Diana entschuldigend an.
Diese atmete geräuschvoll aus. Irgendwie war das alles einfach zu viel für einen Tag. So sehr sie sich auch gewünscht hatte, die wahre Geschichte Elisabeths herauszufinden, so dachte sie in diesem Moment doch daran, dass es vielleicht besser gewesen wäre, die Vergangenheit ruhen zu lassen und für Elisabeth einfach eine Geschichte in Romanform zu erfinden, so wie ihre Großtante Leonida es eigentlich von ihr verlangt hatte. Die Wahrheit war nicht gut. Zu erkennen, dass Leonida eine Mörderin war, war nicht gut. Herauszufinden, dass in diesem Haus so viel Leid stattgefunden hatte, war nicht gut. Nein, das war einfach alles nicht gut.
Auf einmal sehnte sich Diana nach ihrer alten Ahnungslosigkeit und ihrem vormaligen Zustand absoluter Unwissenheit. Aber dorthin konnte sie nicht zurück. Nie wieder. Nicht, nachdem sie all das erfahren hatte, was sie nun wusste. Es gab nur einen Weg und das war vorwärts. Wenn sie jemals wieder dieses unangenehme Gefühl loswerden wollte, das durch diese ahnungsvolle Ungewissheit verursacht wurde, dann musste sie einfach herausfinden, was wirklich passiert war. Mit Elisabeth, mit Eduard, mit Ferdinand, mit Leonida.
Diana seufzte.
„Tut mir leid, ich wünschte, ich könnte dir sagen, dass deine Großtante ein unschuldiges Opfer ist, aber es sieht leider nicht danach aus.“
„Schon gut.“
Joschuas Worte waren ehrlich und mitfühlend, aber das konnte Diana in diesem Moment auch nicht trösten. Außerdem war ihr das alles einfach zu viel. Sie wollte erst einmal in Ruhe über alles nachdenken. Allein sein. Ihre Gedanken ordnen. Gedankenverloren sah sie auf die Uhr. Es war bereits kurz vor acht.

„Hast du noch was vor?“
„Nein, nein“, wiegelte Diana schnell ab. „Ich habe nur bei den ganzen Gesprächen irgendwie jegliches Zeitgefühl verloren.“
„Wir könnten ja auf diesen Schock eine hübsche Flasche Wein aufmachen“, schlug Joschua vor. „Dann könnten wir den Abend vielleicht etwas angenehmer ausklingen lassen als die letzten Stunden waren.“ Sein spitzbübisches Grinsen ließ Diana vermuten, dass es ihm deutlich leichter fiel als ihr, die verwirrenden, neuen Informationen zu akzeptieren. Klar, es war ja auch nicht seine Großtante, die eine Doppelmörderin war. Und er war auch nicht derjenige, der im Haus einer Mörderin lebte und ihr gesamtes Vermögen besaß.
„Ehrlich gesagt, bin ich ziemlich müde und fertig. Vielleicht sollten wir die hübsche Flasche Wein lieber auf einen passenderen Abend verschieben.“
„Schmeißt du mich gerade raus?“, fragte Joschua perplex.
„Ich weiß nicht, wie ich das jetzt formulieren soll, ohne dass du es falsch verstehst“, begann Diana vorsichtig, „aber das war ein ganz schön harter Tag für mich. Ich habe keine Ahnung, was ich davon halten soll, dass ich die Nachfahrin und Erbin von einer Frau bin, die möglicherweise zwei Menschen umgebracht hat. Einer Frau, die ich eigentlich immer für etwas schrullig, aber total harmlos gehalten habe. Mit der ich Mitleid hatte. Mein ganzes Bild von Tante Leonida gerät gerade ins Wanken. In meinem Kopf drehen sich die Gedanken so schnell wie in einem Karussell mit kaputter Bremse und ich weiß einfach nicht, wie ich mit den ganzen Informationen und der ganzen Situation umgehen soll.“ Nun fing Diana tatsächlich an zu weinen. Ob aus Verzweiflung, Erschöpfung oder Hilflosigkeit, wusste sie allerdings selbst nicht. Sofort stand Joschua auf, setzte sich neben sie auf das Sofa und nahm sie fest in den Arm. Es tat gut, festgehalten zu werden. Dankbar drückte Diana ihren Kopf an seine Brust, genau so, wie Emma es heute Morgen bei ihr getan hatte und dann ließ sie ihre Tränen einfach

zu. Sie weinte lautlos, gar nicht so, wie man es aus den Schnulzen kannte, die sie zur Ablenkung so gerne sah. Schließlich richtete sie sich auf und drehte Joschua sofort den Rücken zu.
„Entschuldige bitte, ich habe die Fassung verloren." Immer noch abgewandt putzte sie sich die Nase und strich mit dem Finger unterhalb der Augenlider entlang, um zu prüfen, ob ihre Mascara verlaufen war und sie in diesem Falle gleichzeitig unauffällig wegzuwischen.
„Ist schon gut." Diana konnte an Joschuas Stimme hören, dass er meinte, was er sagte. „Ich wollte nur eigentlich hier schlafen."
Abrupt drehte Diana sich um und starrte Joschua entgeistert an. „Was?"
„Na, ich dachte, ich könnte ja hier schlafen."
„So eine bin ich nicht!" Empört verschränkte Diana die Arme. Glaubte er wirklich, dass sie so einfach rumzukriegen war? Frechheit.
„Nein, versteh' mich nicht falsch, ich dachte nur… naja, Jana hat erzählt, dass du Angst davor hast, nachts hier im Herrenhaus allein zu sein. Dass du dir schon verschiedene Geister eingebildet hättest und so und da dachte ich, wenn ich hier schlafe, dann hättest du vielleicht weniger Angst."
Na toll. Schlagartig wurde Diana bewusst, dass sie sich gerade wohl die perfekte Chance auf eine heiße Nacht mit Joschua gründlich versaut hatte. Manchmal war sie aber auch einfach selten dämlich. Deshalb hatte Joschua wohl vorgeschlagen, die hübsche Flasche Wein zu trinken. Sie hätten einen gemütlichen Abend zusammen verbringen können und dann, wenn die Flasche leer gewesen wäre, hätte Joschua dezent anmerken können, dass es ja nun doch schon etwas spät geworden sei und der Weg zurück nach Hause in der Dunkelheit doch etwas schwierig sei. Dann hätte sie natürlich höflich vorgeschlagen, dass er auch bei ihr übernachten könne und nachdem er selbstverständlich wie ein Gentleman das Gästezimmer bezogen hätte, wäre sie nachts zu ihm geschlichen.

Oder er zu ihr. Und dann hätten sie in aller Selbstverständlichkeit die Nacht zusammen verbringen können. Oder aber, noch viel einfacher, sie hätte ihn einfach direkt bitten können, in ihrem Zimmer zu schlafen, weil sie Angst vor den Geistern habe, die nachts im Herrenhaus ihr Unwesen trieben. Das war nicht einmal gelogen. Etwas unheimlich war ihr das alles noch immer. Aber dieser Zug war nun wohl abgefahren. Und dummerweise hatte sie auch tatsächlich noch immer den Drang, allein zu sein und ihre Gedanken zu ordnen.

„Es tut mir wirklich total leid." Diana hob entschuldigend die Arme. „Ich würde mich wirklich sehr freuen, wenn du hier übernachtest. In jeder beliebigen Nacht. Nur heute nicht. Ich kann es dir nicht erklären, ich habe einfach das Gefühl, ich sollte jetzt lieber allein sein und erst einmal mit meinen Gedanken und Gefühlen klarkommen. Wenn die Geister mir wieder Angst machen wollen, dann werden sie wohl eine Nacht warten müssen. Ich bin jetzt erst einmal mit anderen Dingen beschäftigt."

„Alles klar, kein Problem." Joschua stand auf und trank sein Wasserglas in einem Zug leer. „Dann sollte ich aber jetzt auch besser gehen, bevor es stockdunkel ist."

„Sei mir bitte nicht böse."

„Ach Unsinn." Joschua schenkte Diana ein strahlendes Lächeln und sie war mehr als dankbar, dass es kein bisschen aufgesetzt wirkte. Offensichtlich sah Joschua nicht nur unverschämt gut aus, sondern war auch noch verständnisvoll und geduldig. Was für ein Mann. Diana hätte sich wirklich dafür ohrfeigen können, dass sie ihn nun gewissermaßen vor die Tür setzte. Aber wenigstens würde sie ihn noch hinausbegleiten.

Als sie die schwere Eingangstür öffnete, erstarre sie.

„Toni!"

„Mein Engel. Endlich habe ich dich gefunden. Man, das ist aber auch am Arsch der Welt hier."

Bevor Diana reagieren konnte, hatte Toni sie schon an sich gezogen und umarmte sie fest. Kraftvoll befreite sich Diana aus der Umarmung.
„Soll ich vielleicht doch lieber bleiben?“, fragte Joschua, der Dianas Gesichtsausdruck nicht einzuschätzen wusste.
„Nein, danke, ich komme schon klar. Du kannst ruhig gehen.“
„Ja, besser is’ mal du machst dich vom Acker“, sagte Toni abfällig und musterte Joschua skeptisch.
Joschua warf Diana einen letzten fragenden Blick zu, doch diese nickte bestätigend. Zwei Männer, die ihretwegen aneinandergerieten, das würde sie heute wirklich nicht mehr verkraften. Mit Toni würde sie schon fertig werden.
„Was willst du?“, fragte sie barsch, als Joschua sich sichtlich widerwillig auf den Heimweg gemacht hatte.
„Na, meine Frau sehen. Das Haus, in dem wir unsere Kinder großziehen werden.“ Lachend hob Toni Diana hoch und drehte sie einmal im Kreis. Als er sie abstellte, wollte sie sich gerade die Haare aus dem Gesicht streichen, da hatte er sie schon an sich gezogen und küsste sie stürmisch auf den Mund.
Als Joschua sich umdrehte und sah, wie die beiden sich küssten, spürte er, wie eine heiße Wut in ihm hochstieg. Wie hatte sie ihn nur so zum Narren halten können. Ließ ihn am ausgestreckten Arm verhungern und warf sich dann diesem Typen in die Arme. Vermutlich hatte er deshalb so schnell verschwinden müssen. Bestimmt waren die beiden bereits verabredet gewesen und sein Überraschungsbesuch hatte sie nun natürlich etwas in Bedrängnis gebracht. Von wegen, tolle Frau. Von wegen, zugreifen, so lange sie noch zu haben ist. Von wegen, sie ist total verliebt in dich. Jana hatte mal wieder nur Unsinn geredet. Diana war weder zu haben noch verliebt in ihn, das bewies der heiße Kuss mit diesem komischen Typen gerade ja wohl mehr als deutlich. Wütend trat er in den harten Kies, als könne er seine Gefühle in den Boden hineinstampfen.

Währenddessen wand sich Diana störrisch aus der unangenehmen Umarmung.
„Spinnst du?“
„Aber Diana, Schatz, willst du mich nicht hereinbitten?“
„Toni, ich habe keine Ahnung, was für einen Film du schiebst, aber ich werde dich weder hereinbitten, noch bin ich dein Schatz oder werde jemals wieder dein Schatz sein. Ich möchte, dass du jetzt von hier verschwindest. Sofort.“
Toni blickte so zerknirscht drein, als habe er überhaupt nicht mit dieser Reaktion gerechnet. Zudringlich streckte er eine Hand aus, um Diana die widerspenstige Haarsträhne aus dem Gesicht zu streichen, die sich schon wieder aus dem lockeren Knoten gelöst hatte.
„Finger weg.“
„Aua.“
Damit, dass sie tatsächlich zuschlagen würde, hatte er nun wirklich nicht gerechnet. Sie aber auch nicht. Erschrocken darüber, dass Toni sie wirklich zu Handgreiflichkeiten reizen konnte, verschränkte sie die Arme und trat einen Schritt zurück.
„Was bist du nur so zickig?“
„Ich bin nicht zickig, ich will, dass du gehst.“
„Aber Schatz, wir können doch nochmal von vorne anfangen. Du und ich. In diesem Palast hier. Wir können ein Leben in Saus und Braus führen, völlig sorgenfrei. Nur wir zwei. Und unsere Familie.“
„Du kannst ein Leben mit deinen Schlampen führen. Nicht hier und auf gar keinen Fall mit mir!“ Erstaunt stellte Diana fest, dass sie nicht einmal mehr sauer war, wenn sie daran dachte, dass Toni sie gleich vier Mal mit verschiedenen Frauen betrogen hatte. Der Schmerz, den sie empfunden hatte, war längst verpufft, der Zorn verraucht. Toni war ihr einfach völlig egal. Schnell trat sie rückwärts wieder durch die Tür und knallte sie Toni direkt vor der Nase zu. So dicht, dass sie sich nicht einmal sicher war, ob sie

seine Nase vielleicht sogar erwischt hatte, denn er stieß einen kurzen Schmerzensschrei aus, der sogar durch das dicke Eichenholz deutlich zu hören war.
„Dann rück’ wenigstens was von der vielen Kohle ’raus, die du angeblich geerbt hast“, schrie er nun und polterte mit den Fäusten gegen das massive Holz.
Also darum ging es ihm. Offenbar hatte Toni Wind davon bekommen, dass mit der Erbschaft von Gut Strentel auch eine größere Summe Bargeld verbunden war und davon wollte er sich nun etwas abgreifen. Na, das passte ja mal wieder zu ihm.
„Verschwinde!“, schrie Diana laut. „Du wirst keinen Cent von mir sehen und wenn du auf dieser Türschwelle vergammelst.“
„Dämliche Schlampe!“, brüllte Toni. Dann besann er sich wieder und klopfte erneut. Als Diana nicht reagierte, rief er ein paar Mal ihren Namen. Klingelte. Rief sie wieder. Erst schmeichelnd, dann immer wütender. Schließlich sah er ein, dass er diesen Kampf verloren hatte und ging fluchend zurück zu seinem Auto, das er in der großen Kiesauffahrt geparkt hatte. Diana atmete tief durch und lehnte den Kopf von innen an die schwere Eingangstür. So ein großes Herrenhaus hatte auch etwas Gutes. Es konnte ja spuken so viel es wollte, aber in diesem Falle hatten die dicken Mauern sie vor ihrem Ex Toni beschützt. Zum ersten Mal fühlte sich Diana ganz und gar nicht mehr verloren in dem riesigen Gebäude, sondern sicher und geborgen. Wie in einem richtigen Zuhause.

1952 Leonida

Leonida wagte kaum zu atmen, als ihre Mutter das Zimmer betrat. Mit strengem Blick musterte Wilhelmine von Strentel das kleine Häufchen Elend in dem großen Himmelbett.

„Steh auf, damit ich dich ansehen kann", sagte sie streng.

Leonida gehorchte. Nur mit einem dünnen Nachthemd bekleidet wühlte sie sich aus den dicken Decken und stellte sich möglichst aufrecht vor ihre Mutter hin, weil sie wusste, dass diese nichts mehr hasste als Menschen, die sich nicht aufrecht hielten. „Nur der Pöbel geht gebückt", sagte sie stets verächtlich, wenn Leonida es wagte, ihren Oberkörper etwas lockerer zu halten. Mit erhobenem Kopf und durchgedrückter Wirbelsäule stand sie also vor ihrer Mutter. Obwohl sie glaubte, vor Scham gleich ohnmächtig werden zu müssen, ließ sie es zu, dass ihre Mutter sie vom Scheitel bis zu den Füßen eingehend betrachtete. Dann legte Wilhelmine von Strentel eine Hand auf den Bauch ihrer Tochter und sah ihr fest in die Augen.

„Du bist krank?"

„Ja, Mutter."

„Was hast du?"

„Mir ist ständig übel. Ich fühle mich schwach und müde", antwortete Leonida wahrheitsgemäß.

„Du bist nicht krank." Der schneidende Ton in Wilhelmine von Strentels Stimme schmerzte, als hätte sie ihr direkt ins Gesicht geschlagen.

„Du bist schwanger, du dumme Gans."

Leonida schluckte. Sie hatte es befürchtet, aber bis jetzt hatte sie gehofft, dass es nur ein dummer Infekt wäre. Das ständige Erbrechen morgens nach dem Aufstehen, das hatte sie vor wenigen Jahren erst bei Lioba, einem der Dienstmädchen gesehen. Damals hatte sie nicht verstanden, warum Lioba sich ständig übergeben musste und sich große Sorgen gemacht, dass diese sterbenskrank sei. Deshalb hatte sie Hanna gebeten, Lioba zu helfen. Aber Hanna hatte nur gelacht und ihr erklärt, dass Lioba nicht krank sei, sondern das ständige Erbrechen ein großer Grund zur Freude, denn Lioba sei endlich schwanger mit dem Kind, das sie sich so lange gewünscht habe. Da hatte Leonida sich mit Lioba gefreut. Warum dieses Kind dann trotzdem nicht zur Welt gekommen war, das hatte sie allerdings bis heute nicht begriffen. Sie hatte damals ebenfalls Hanna gefragt, doch diese hatte angefangen zu weinen und sich geweigert, es ihr zu erklären. Sie hatte ihr befohlen, es einfach gut sein zu lassen und sie hatte versprechen müssen, Lioba niemals auf das Kind anzusprechen. Das war das einzige Mal in ihrem Leben gewesen, dass ein Dienstmädchen ihr eine Anweisung erteilt hatte. Aber Leonida hatte gespürt, wie wichtig es Hanna war, dass sie in dieser Sache gehorchte, und weil sie Hanna wirklich mochte, hatte sie sich bis heute an ihr Versprechen gehalten. Nun aber, da sie sich selbst seit Wochen morgens erbrechen musste, hatte sie oft an Lioba denken müssen. Und natürlich war ihr auch selbst schon der Gedanke gekommen, dass sie vielleicht schwanger sein könnte. Diesen Gedanken aber nun als furchtbare Gewissheit aus dem Mund ihrer Mutter zu hören, war schlimm. So schlimm, dass Leonidas Magen sich sofort wieder verkrampfte und sie hastig ins Badezimmer eilte. Als sie zurückkam, traf sie der vorwurfsvolle Blick ihrer Mutter.

„Dir ist ja wohl klar, dass du diesen Bastard nicht behalten wirst“, sagte sie sachlich.

Leonida nickte schweigend. Sie wusste zwar noch überhaupt nicht, welche Gefühle sie diesem Kind gegenüber hatte und was es für sie bedeuteten würde, Mutter zu werden, doch Wilhelmine von Strentel blickte sie so streng an, dass Leonida niemals gewagt hätte, ihr zu widersprechen.

„Von wem ist es?“, fragte die Gräfin nun ebenso sachlich.

Als würde sie sich nach dem Wetter erkundigen, dachte Leonida. Doch sie schwieg weiterhin eisern. Ferdinand hatte ihr gedroht, sowohl sie als auch jeden Mitwisser umzubringen, wenn sie jemals über diese Nacht sprechen würde. Und Leonida hatte keinen Zweifel daran, dass er es tun würde. Wenn sie ihn an ihre Mutter verriet, wäre das ihrer beider Todesurteil.
„Wer? Leonida! Wer ist der unselige Vater dieses verfluchten Bastards?“ Wilhelmine von Strentel war nicht gewohnt, dass jemand nicht tat, was sie verlangte und schon gar nicht ihre Tochter. Doch nun starrte sie lediglich in das leere Gesicht Leonidas, die mit versteinerter Miene ihrem Blick standhielt. Wilhelmine von Strentel fühlte, wie eine unbändige Wut in ihr aufstieg. Wut auf dieses ungezogene Kind, das sie und ihre Familie bei der ganzen Gesellschaft in Verruf bringen könnte. Wut auf den Menschen, der ihre Tochter geschwängert hatte. Wut auf das Kind im Bauch ihrer Tochter. Wilhelmine von Strentel holte aus und schlug Leonida mit aller Kraft ins Gesicht. Leonidas Wange brannte. Heiße Tränen des Schmerzes und der Verzweiflung stiegen ihr in die Augen. Doch sie blieb aufrecht stehen und sie schwieg. Wilhelmine von Strentel wusste nur eines: Dieses Kind musste verschwinden und zwar bevor jemand Wind davon bekam. Leonidas Bauch nach zu urteilen war es schon deutlich zu spät für einen Abbruch der Schwangerschaft. Sie würde das Kind zur Welt bringen müssen. Und dann würde Wilhelmine von Strentel dafür sorgen, dass es aus ihrer Familie beseitigt wurde. Und zwar so, dass niemand auch nur den geringsten Verdacht schöpfen konnte. Sie hatte auch schon einen Plan.
Die Gräfin ging zu Leonidas Bett und zog an der langen Schnur. Wenige Augenblicke später stand Hanna in der Tür.
„Sie haben nach mir geläutet?“
Wilhelmine von Strentel bedeutete dem Dienstmädchen mit einer Geste hereinzukommen und schloss die Tür hinter ihr.
„Hanna, in welchem Monat bist du jetzt?“, fragte die Gräfin.

„Verehrte Gräfin, ich bin im fünften Monat“, antwortete Hanna und strich sich lächelnd über ihren Bauch, der sich unter der klassischen Uniform schon deutlich gewölbt hatte. Erstaunt ließ die Gräfin ihren Blick zu Hannas Bauch wandern und sah ihr dann prüfend wieder ins Gesicht. Sie konnte weder ein Anzeichen noch einen Grund für eine Lüge bezüglich ihres Schwangerschaftsmonats erkennen.
„Bist du sicher? Dein Bauch ist erstaunlich dick“, hakte die Gräfin nach und musterte Hanna durchdringend.
„Ich bin ganz sicher, Herrin“, sagte Hanna strahlend. „Erst gestern war ich beim Arzt. Er hat es bestätigt.“
Die harten Gesichtszüge der Gräfin entspannten sich sichtlich.
„Setz dich, Hanna.“
Hanna war irritiert. Noch nie hatte die Gräfin sie gebeten, sich hinzusetzen und es gehörte sich auch einfach nicht für ein Dienstmädchen, in Anwesenheit der Herrschaft zu sitzen. Zögernd näherte sie sich dem Stuhl, auf den die Gräfin wies, blieb aber neben ihm stehen. Doch die Gräfin nickte ihr bestätigend zu und so setzte sich Hanna vorsichtig auf den Stuhl und blickte ihre Herrin erwartungsvoll an. Sicherlich würde sie ihr gleich eine Erklärung für diese seltsame Situation liefern.
„Hanna“, begann die Gräfin mit einem so weichen Klang in der Stimme, wie es Hanna niemals für möglich gehalten hatte. „Du bist nun schon seit wie vielen Jahren in unseren Diensten?“
„Sieben, verehrte Gräfin.“
„Und haben wir dich in den sieben Jahren immer gut behandelt, Hanna? Es hat dir doch an nichts gefehlt, nicht wahr?“
Hanna dachte an Ferdinand und seine Bosheiten, unter denen sie besonders die ersten Jahre furchtbar zu leiden gehabt hatte, doch sie ahnte, dass die Gräfin nichts anderes als Zustimmung gelten lassen würde. Und im Vergleich zu den Geschichten, die sie von ihren Freundinnen aus anderen Haushalten kannte, wurde sie hier

auf Gut Strentel wirklich sehr gut behandelt und vor allem außerordentlich gut bezahlt.
„Ich habe keinerlei Anlass zu klagen, Madame“, sagte sie höflich. „Ich bin Ihnen außerordentlich dankbar, dass ich schon so lange in diesem Hause dienen darf. Und der Gedanke, dass ich Gut Strentel in ein paar Monaten verlassen muss, wenn ich mein Kind zur Welt bringe, bedrückt mich ehrlich gesagt jetzt schon.“ Es war die Wahrheit. Allerdings rührte Hannas Sorge weniger daher, dass sie nicht mehr für die von Strentels tätig sein durfte als vielmehr daher, dass sie das Geld dringend hätte gebrauchen können. Noch wussten sie und ihr Mann nicht genau, ob sein spärliches Gehalt genügen würde, um die gesamte Familie zu versorgen.
„Hanna, was würdest du sagen, wenn ich dir anböte, trotz des Kindes weiter bei uns zu arbeiten?“
Hanna sah die Gräfin verständnislos an.
„Ja, mehr noch, ich würde dir sogar garantieren, dass du bis ans Ende deines Lebens in unseren Diensten stehen darfst und finanziell somit für den Rest deines Lebens abgesichert sein wirst.“
Die Gräfin schien ihre Sorgen zu kennen, stellte Hanna überrascht fest. So viel Einfühlungsvermögen hätte sie der sonst so gefühlskalt wirkenden Frau gar nicht zugetraut.
„Das wäre natürlich ein Traum, verehrte Gräfin, aber wie sollte das denn gehen?“
„Das wird ganz einfach gehen.“ Die Gräfin von Strentel lächelte. „Du wirst weiterhin für die Bildung und Erziehung von Leonida zuständig sein. Deine Tochter und dieses Kind, wenn es denn geboren ist, darfst du zu deinem Dienst selbstverständlich mitbringen. Was hältst du davon?“
Hanna war sich nicht sicher, ob sie wachte oder träumte. Das wäre die Lösung all ihrer Probleme.
„Herrin, ich… das wäre einfach wunderbar“, strahlte Hanna.

„Gut. Dann soll es so sein.“ Wilhelmine von Strentel lächelte zufrieden. Hanna wusste nicht, was sie sagen sollte. Doch die Gräfin ließ ihr dazu auch gar keine Zeit.
„Natürlich verlange ich eine kleine Gegenleistung von dir, Hanna.“
Aha, da war er. Der berühmte Haken. Aber egal, welche Gegenleistung das sein sollte, eine lebenslange finanzielle Absicherung und damit Sorglosigkeit war jede Gegenleistung wert, da war sich Hanna sicher. Deshalb blickte sie die Gräfin auch nur fragend an.
„Du musst mir dein absolutes Stillschweigen garantieren“, verlangte diese nun ernst. „Versprichst du beim Leben deines ungeborenen Kindes, zu niemandem ein Wort über unser Abkommen zu sagen?“
„Ja!“ Hannas Stimme klang fest und überzeugt.
„Nun denn.“ Es fiel der Gräfin offensichtlich schwer, zu erklären, was sie verlangte, doch Hanna war eine geduldige Zuhörerin. Sie wartete einfach ab, bis die Gräfin weitersprach.
„Meine Tochter ist schwanger.“
Intuitiv sah Hanna zu Leonida und starrte sie an. Diese senkte den Blick zu Boden. Natürlich! Hanna hätte sich ohrfeigen können. Warum war sie da nicht selbst drauf gekommen? Zu oft hatte Leonida sich in den vergangenen Wochen verstohlen über den Mund gewischt, wenn Hanna morgens das Zimmer betreten hatte. Der latente Geruch von Erbrochenem lag immer in der Luft, egal, wie oft Hanna das kleine Badezimmer auch lüftete. Sie hatte allerdings vermutet, dass Leonida entweder eine ernsthafte Magenkrankheit hatte oder dass sie, wie viele Mädchen in ihrem Alter, unter einer Form der Magersucht litt, bei der die Mädchen das Essen, das sie zu sich nahmen, kurze Zeit später wieder erbrachen. An eine Schwangerschaft hatte sie einfach nicht gedacht. Obwohl sie selbst schwanger war. Und obwohl sie selbst es gewesen war, die die heimlichen Briefe zwischen Leonida und Eduard hin- und hergeschmuggelt hatte. Oh Gott, Eduard. Hanna

versuchte, sich ihre plötzliche Erkenntnis nicht anmerken zu lassen. Ob er wohl wusste, dass er Vater wurde?
„Ich sehe deinem erschrockenen Gesicht an, dass du nichts davon wusstest. Das ehrt dich“, fuhr die Gräfin fort. „Nun, wie dem auch sei, es ist nun mal so, dass Leonida das Kind auf keinen Fall behalten kann. Doch in diesem Falle spielt uns das Schicksal in die Hände. Wenn ich es richtig einschätze – und ich denke, das kann ich durchaus nach drei eigenen Schwangerschaften – ist meine Tochter, wie du, im fünften Monat schwanger. Daher mache ich dir folgendes Angebot, Hanna: Ab morgen früh bis zur Geburt des Kindes wird Leonida hier in diesem Zimmer isoliert. Wir werden erklären, dass sie an einer schlimmen, ansteckenden Krankheit leidet. Niemand darf zu ihr außer du, ich und der Arzt. So können wir die Schwangerschaft vor den anderen geheim halten. Sobald dein oder Leonidas Kind zur Welt kommt, wirst du ebenfalls hier im Zimmer bleiben. Wir werden behaupten, du habest dich angesteckt. Wenn dann beide Kinder geboren sind, wirst du Leonidas Bastard als dein Kind annehmen und behaupten, du habest Zwillinge geboren.“ Die Gräfin holte einmal tief Luft und sah Hanna prüfend an. Der Plan war ebenso einfach wie genial. Niemand würde sich darüber wundern, dass Hanna Zwillinge zur Welt gebracht hatte. Und Leonida würde nach der Geburt so geschwächt sein, dass man ihr durchaus glauben würde, dass sie sich von einer langen Krankheit erholte. So würden sie das Kind Leonidas ohne größere Schwierigkeiten los und der Ruf der Familie war nicht in Gefahr. So lange Hanna schwieg, würden nicht einmal die Dienstboten von Leonidas misslicher Lage erfahren. Und Hanna würde schweigen, dafür würde sie schon sorgen. Die Gräfin sah ihre Bedienstete fragend an, doch diese schien mit ihren Gedanken völlig abwesend zu sein.
„Hanna?“

„Ja, bitte?“ Hanna zuckte erschrocken zusammen, als habe die Gräfin sie bei etwas Verbotenem ertappt. Sie schien verwirrt, doch um auf Gefühle Rücksicht zu nehmen, war jetzt einfach keine Zeit.
„Nimmst du mein Angebot an?“
„Wie bitte?“
„Ob du mein Angebot annimmst?“
„Oh, entschuldigen Sie bitte vielmals, verehrte Gräfin.“ Erst jetzt blickte Hanna der Gräfin wieder direkt in die Augen, so als würde sie gerade erst aus einer langen Ohnmacht wieder zu sich kommen. Trotzdem hatte sie jedes Wort verstanden. Genau deshalb war sie ja so verwirrt. Allein die Nachricht, dass Leonida schwanger war, hatte Hanna völlig aus der Bahn geworfen. Aber dass ihr nun auch noch fast befohlen wurde, dieses Kind als das Ihrige anzunehmen und als Zwilling ihres eigenen Babys auszugeben, das war eine Idee, auf die sie nicht einmal im Traum gekommen wäre.
„Ich bitte um Verzeihung, verehrte Gräfin, ich wüsste gerne, was Leonida dazu sagt.“
„Wozu sagt?“
„Na, zu allem. Entschuldigen Sie bitte, Frau von Strentel, Leonida hat noch gar nicht gesagt, ob ihr das Recht wäre, wenn ich ihr Kind einfach als meines annehmen würde.“
„Leonida hat auch nichts dazu zu sagen.“ Die Gräfin bedachte ihre Tochter mit einem abfälligen Blick, doch Leonida stand einfach nur da. Schweigend und unbeweglich wie eine Statue.
„Also. Nimmst du mein Angebot an?“
Hanna blickte noch einmal zu Leonida, doch diese zeigte keinerlei Anzeichen dafür, dass sie sich irgendwie in das Gespräch einbringen wollte.
„Selbstverständlich nehmen ich Ihr Angebot an, verehrte Gräfin“, sagte Hanna schließlich traurig. Leonida tat ihr furchtbar leid. Aber sie wusste, dass sie gut für ihr Kind sorgen würde. Sie würde ihm eine gute Mutter sein und Leonida würde es immer in ihrer Nähe haben und könnte es aufwachsen sehen. Zudem würde es weder

Leonidas noch ihrem eigenen Kind an irgendetwas mangeln, da durch die Zuwendungen der Gräfin beide gut versorgt sein würden, da war sich Hanna sicher. Vielleicht war die Idee der Gräfin wirklich brillant, so schrecklich sie auch auf den ersten Blick scheinen mochte. Leonida konnte scheinbar rein in eine gute Ehe gehen. Eduard würde ja sowieso bald Gabriele von Trochtenau heiraten. Er würde sich wohl kaum um sein Kind von Leonida kümmern. Vielleicht war die Gräfin gar nicht so herzlos, wie sie immer gedacht hatte, sondern einfach nur verdammt schlau.
„Es wird mir eine Ehre sein, Leonidas Kind mit meinem gemeinsam als Zwillinge großzuziehen", sagte sie schließlich und ließ damit keinen Zweifel daran, dass sie der Gräfin ganz genau zugehört hatte. „Und selbstverständlich werde ich bis zu meinem Tod kein Wort darüber verlieren, das schwöre ich bei meinem Leben. Es wird mir eine Ehre sein, auch weiterhin in Ihrem Hause dienen zu dürfen."
Wilhelmine von Strentel schenkte Hanna das freundlichste Lächeln, das sie zustande brachte. Sie war unglaublich stolz auf sich. Noch vor nicht einmal einer Stunde hatte sie die Entdeckung der Schwangerschaft Leonidas eiskalt überrascht. Und nun hatte sie das Problem so schnell und reibungslos gelöst, als hätte es nie eines gegeben. Obwohl sie noch immer wütend auf Leonida war, die sich in eine so missliche Lage gebracht hatte, verspürte sie ein innerliches Glück wie schon lange nicht mehr, als sie sich nun endlich direkt an Leonida wandte.
„Nun denn, meine Tochter. Ich hoffe, du liebst dieses Zimmer sehr. Denn du wirst es die kommenden sechs Monate nicht mehr verlassen."
Dann verließ Wilhelmine von Strentel das Zimmer mit triumphierend erhobenem Kopf, um den Arzt zu rufen und anschließend die Bediensteten, die Verwandten und die Familie davon zu unterrichten, dass Leonida eine ansteckende Krankheit

habe und das Zimmer bis auf Weiteres nicht verlassen dürfe. Alles andere würde sie lediglich abwarten müssen.

2018 Diana

„Aaaaaaah, warum weiß ich nichts davon, dass du in Lürnau auf Gut Strentel wohnst?“ Der schrille Schrei war so durchdringend, dass Diana das Telefon ruckartig einige Zentimeter weit von ihrem Ohr weg hielt. Doch auch aus einem halben Meter Entfernung konnte sie Marita, die ohne eine Antwort abzuwarten einfach weiterplapperte, bestens verstehen.

„Man, man, man, da verliert man sich mal ein paar Monate aus den Augen und schon ist die alte Kindergartenfreundin eine Gräfin geworden. Ich glaub’ es ja nicht. Ich dachte, deine Mutter hätte vielleicht ein Gläschen Prosecco zu viel getrunken, als sie mir das erzählt hat. Wann bist du denn umgezogen? Ach, stimmt ja, deine Mutter hat gesagt, das war erst im Juni. Ganz spontan wohl. Deine Großtante hat dir das Haus vererbt? Echt? Wart ihr so dicke oder wie? Du hast mir gar nie von ihr erzählt. Man, man, man, du machst ja Sachen, Diana.“

Diana hatte bereits ein paar Mal den Mund geöffnet, um Marita eine Antwort zu geben, ihn dann aber wortlos wieder geschlossen, weil Marita einfach keine Pause machte, die eine Antwort ermöglichte. Marita war ja völlig aus dem Häuschen wegen Dianas Umzug nach Gut Strentel. Und jetzt, da sie ihre Kindergartenfreundin an der Strippe hatte, wurde Diana auch klar, warum. Natürlich! Marita war vor ungefähr 10 Jahren in das kleine Örtchen Lamenau gezogen. Der Liebe wegen. Lamenau lag nur ungefähr fünf Kilometer von Lürnau entfernt, Diana war bei ihrer Herfahrt durch das malerische Örtchen durchgefahren. Aber dabei hatte sie keine Sekunde lang daran gedacht, dass Marita ja hier wohnte.

Nachdem Marita damals umgezogen war, hatten sie sich irgendwie aus den Augen verloren. Diana erinnerte sich daran, dass sie dagegen gewesen war, dass ihre beste Freundin wegen einem

Typen hunderte von Kilometern weit von ihrer Heimat weg zog. Sie hatte den Kerl einmal gesehen und er war ihr nicht ganz koscher vorgekommen. Außerdem, so musste sie sich aus heutiger Sicht eingestehen, war sich schlichtweg eifersüchtig gewesen. Da kam so ein Typ aus dem Nichts und entführte praktisch ihre Freundin. Natürlich hatte Diana das gar nicht gepasst. Wenn Marita allerdings noch immer in Lamenau wohnte, dann hatte die Beziehung vielleicht doch funktioniert. Endlich holte Marita Luft und Diana nutzte sofort die Gelegenheit:
„Hey, Marita, wie schön, von dir zu hören.“ Ihre Freude war echt. Das Gefühl der Überrumpelung durch den plötzlichen Anruf war schon nach wenigen Sekunden der angenehmen Freude darüber gewichen, eine gute Freundin in der Nähe zu wissen. Obwohl sie sich seit mindestens fünf Jahren komplett aus den Augen verloren hatten, war ihr Marita sofort wieder emotional nahe. So war das bei allen sehr guten Freunden, die sie hatte. Auch wenn sie sie monatelang nicht sah und keinen Kontakt hatte, so war dann, wenn sie sich wieder trafen, alles so, als hätten sie sich gestern erst gesehen. Diana waren das tatsächlich die liebsten Freunde. Mit Menschen, die sich selbst monatelang nicht meldeten und einem dann am Telefon Vorwürfe machten, warum man sich nicht gemeldet hatte, konnte sie nicht besonders viel anfangen. Die ständigen Rechtfertigungen waren ihr einfach zu blöd. Marita wollte allerdings auch nach fünf Jahren keine Rechtfertigungen und keine Erklärungen. Sie freute sich einfach, dass Diana, ihre alte Kindergartenfreundin, nun wieder in ihre Nähe gezogen war. Und Diana ging es genauso.
„Hast du nicht vielleicht Lust, spontan auf einen Kaffee vorbei zu kommen?“
„Lust? Und wie ich Lust habe. Aber gerade keine Zeit, leider. Ich muss meine Große gleich vom Kindergarten abholen und dann sind wir mit einer Freundin zum Spielen verabredet.“

„Du hast eine Tochter?“, fragte Diana erstaunt. Eigentlich sollte sie das nicht überraschen. Denn wenn die Beziehung von Marita wirklich gehalten hatte, dann war es irgendwie naheliegend, dass sie früher oder später mit ein paar Kindern gekrönt wurde.
„Zwei, Schätzchen, ich habe zwei Töchter.“ Der Stolz in Maritas Stimme war nicht zu überhören. „Meine Kleine ist gerade zwei Monate alt.“
„Oh, wie süß! Die würde ich ja gerne mal kennen lernen.“
„Wirst du. Früher, als dir lieb ist“, sagte Marita verschwörerisch und lachte.
Diana war irritiert. „Wie meinst du das?“
„Hör zu, ich weiß, es ist echt unhöflich, gleich mit der Tür ins Haus zu fallen, aber ich bräuchte mal deine Hilfe.“
„Oh.“ Diana wusste gar nicht, was sie in diesem Moment empfand. Überraschung? Enttäuschung? Obwohl sie Marita immer sehr gern gehabt hatte, kam es ihr doch ein bisschen seltsam vor, dass sie so plötzlich bei ihr anrief und so zielstrebig ihre Hilfe wollte. Brauchte sie etwa Geld? Vermutlich hatte ihre Mutter Marita am Telefon direkt erzählt, dass sie nicht nur Gut Strentel, sondern damit auch eine erhebliche Summe an Bargeld geerbt hatte. Diana hoffte insgeheim, dass Marita nicht nur deshalb angerufen hatte. Das wäre zwar nicht schlimm, aber irgendwie schade. Bei Toni hatte sie es verstehen können. Dass der ein geldgieriger Arsch war, hatte sie bereits nach wenigen Wochen in der Beziehung gewusst. Deshalb hatte sie sein Besuch kürzlich auch nicht im Mindesten gewundert. Überrascht, ja, aber nicht gewundert. Es passte zu ihm. Aber Marita? Sie nach Jahren um Geld anzubetteln, passte überhaupt nicht zu ihr. Trotzdem. Um der alten Freundschaft willen, würde sie ihr geben, was sie benötigte.
„Wie viel brauchst du denn?“, fragte Diana und versuchte, sich ihre Enttäuschung möglichst nicht anmerken zu lassen.
„Ungefähr zwei Stunden“, sagte Marita. „Hat es dir deine Mutter etwa schon erzählt?“

„Äh, nein." Jetzt war Diana doch verwirrt. „Wieso zwei Stunden? Wofür denn und wie meinst du das?"
„Na, ich wollte dich fragen, ob du am Donnerstag vielleicht für zwei Stunden auf meine Kleine aufpassen könntest. Damit ich zu einem Vorstellungsgespräch kann."
„Hast du nicht gerade gesagt, deine Kleine sei erst zwei Monate alt?"
„Ja, aber ich brauche den Job, um einen Platz in der KiTa zu bekommen. Ich würde da erst anfangen, nachdem Nina ein halbes Jahr alt ist. Sie ist auch total pflegeleicht. Sie kann sich ja noch nicht einmal fortbewegen. Vermutlich wird sie einfach die kompletten zwei Stunden auf ihrer Krabbeldecke liegen und gemütlich schlafen. Also, was ist, kannst du sie zwei Stündchen nehmen?"
„Ich weiß es nicht." Diana zögerte. „Also ich habe Zeit und ich würde es auch gerne machen, aber ich hatte noch nie mit einem so kleinen Baby zu tun. Deshalb habe ich ehrlich gesagt ein bisschen Angst, dass ich da etwas falsch mache."
„Och, da kannst du eigentlich gar nichts falsch machen. Ich füttere und wickle sie vorher und lasse dir ein Fläschchen da. Und wie gesagt, es ist die Zeit, in der sie sonst ihren Mittagsschlaf hält, also wird sie höchstwahrscheinlich sowieso nur schlafen."
Diana überlegte. Zwei Stunden waren wirklich keine lange Zeit. Und Babys liebte sie sowieso. Sie hätte auch kein Problem damit, die Kleine einfach zwei Stunden lang herumzutragen.
„Also gut, ich mach's."
„Suuuuuuupi!" Maritas Ausruf war eine Mischung aus Freudenschrei und Seufzer der Erleichterung.
„Du kannst ja morgens schon zum Kaffee kommen, damit ich die Kleine ein bisschen kennenlernen kann, oder?"
„Klar, gerne. Um zehn?"
„Geht klar."

Schnell. Einfach. Unkompliziert. So war es zwischen ihnen immer schon gewesen.
Als Diana den Hörer auflegte, freute sie sich wie verrückt darauf, Marita am Donnerstag endlich wieder zu sehen.

Als am Donnerstag um kurz nach zehn die laute Türglocke durch das Gut schallte, war Diana schon bestimmt vier Mal zur Tür gelaufen, weil sie dachte, sie hätte Marita kommen gehört. Nun sprintete sie zur Tür und riss sie so schwungvoll auf, wie es das Gewicht des massiven Holzes zuließ. Lachend fielen sich die beiden Frauen in die Arme. Und wie Diana vermutet hatte, war es, als hätten sie sich niemals aus den Augen verloren.
Lachend und schwatzend gingen sie ins Wohnzimmer, wo Diana bereits Kaffee und Kuchen bereitgestellt hatte.
„Schau mal, was ich in einem der Gästezimmer gefunden habe." Fröhlich präsentierte Diana die perfekt ausgestattete Babywiege.
„Oh mein Gott, ist die hübsch." Marita hielt sich staunend die Hand vor den Mund.
„Ich weiß leider nicht, wem sie gehört hat, aber ich dachte, für Nina wäre sie vielleicht genau passend."
Strahlend legte Marita ihre kleine Tochter in die kunstvoll verzierte Wiege und begann damit, sie sanft zu schaukeln. Nina gluckste und lächelte selig.
„Meine Güte, die ist aber auch zum Fressen süß", entfuhr es Diana, als sie lächelnd das niedliche Menschlein betrachtete.
„Ja, mit zwei Monaten will man sie am liebsten auffressen und in der Pubertät fragt man sich, warum man es nicht getan hat", lachte Marita. „Hat zumindest meine Mutter gesagt, als sie uns letzte Woche besucht hat."
„Ach ja, wie geht es denn deiner Mutter? Und wie geht es euch denn? Bist du noch mit…" Diana hielt inne. Wie peinlich. Sie hatte tatsächlich den Namen von Maritas damaligem Freund vergessen.

„Ronny", half ihr Marita auf die Sprünge und ihr unbeschwertes Lachen bewies, dass sie Diana überhaupt nicht böse war, wegen ihres Namensverlustes.
„Wir sind inzwischen seit vier Jahren verheiratet und haben zwei von diesen niedlichen Wesen hier." Sie zeigte auf Nina, die zufrieden mit ihren Fingerchen spielte. Weil Diana ihre Überraschung nicht verbergen konnte, fügte sie hinzu: „Ich weiß, du konntest ihn noch nie leiden, aber glaub mir, er ist ein wunderbarer Mann. Wir sind sehr glücklich."
„Das freut mich für euch. Wirklich", sagte Diana und sie meinte es ehrlich. „Vielleicht habe ich mich in meiner jugendlichen Eifersucht ja auch einfach täuschen lassen. Vielleicht sollten Ronny und ich uns einfach noch einmal begegnen. Unter erwachseneren Umständen."
„Das halte ich für eine prima Idee", strahlte Marita. „Aber jetzt erzähl' endlich du mal! Wie kommt es, dass du plötzlich eine Gräfin bist und in diesem wahnsinnig tollen, gruseligen Haus wohnst?"
Und Diana erzählte. Die ganze verrückte Geschichte von Leonidas Brief bis hin zu Tonis überraschendem Auftauchen am gestrigen Abend. Marita hörte gespannt zu und unterbrach sie nicht ein einziges Mal. Erst als Diana ihren Bericht über ihre Erlebnisse der vergangenen Wochen beendet hatte, fing Marita an zu lachen.
„Ich wusste ja, dass du Romane schreibst, aber dass du sie auch erlebst, ist mir neu."
Und dann redeten die beiden Frauen einfach darauf los: Über die letzten zwanzig Jahre, über Männer im Allgemeinen und Ronny und Joschua im Besonderen. Über das Leben als Hausfrau und Mutter, über Romane und über Kinder. Über Gut Strentel und darüber, was alles über das Gut getratscht wurde in der Gegend. Denn selbstverständlich hatten sich die Gerüchte bis in den Nachbarort verbreitet und Marita hatte in den vergangenen zehn Jahren einiges über Gut Strentel und die dortigen Bewohner gehört.

So erfuhr Diana, dass sich die Menschen in Lamenau erzählten, dass das Gut verflucht sei, weil Graf Ferdinand dort umgebracht worden sei. Seitdem spuke er auf dem Gut und bringe heimlich alle Menschen um, die dort auftauchten. Doch ihre Leichen würden niemals gefunden. Nach der Erzählung der Lamenauer waren auf dem Gut schon ein Stubenmädchen, mehrere Jugendliche und mindestens drei erwachsene Besucher verschwunden. Ein bisschen mulmig wurde Diana dann doch, als sie Marita erklärte, dass das Verschwinden zum Teil schon einen wahren Kern habe, weil zumindest Eduard und Ferdinand spurlos verschwunden seien und auch von Leonidas Tochter keine Spur zu finden war. Doch Marita lachte nur und meinte, das sei alles Unfug. Dann hätte ja auch Leonida verschwinden müssen und Diana lebte nun auch schon etwas länger dort. Insgesamt glaubte Marita kein bisschen an Gespenster. Sie war überzeugt, es würde sich für das Verschwinden von Eduard und Ferdinand eine ganz normale Erklärung finden lassen. Und bezüglich Elisabeth hatte sie auch eine ganz eigene Theorie.

„Niemand außer dir hat je von dem Kind gehört?“, fragte sie interessiert nach.

„Nein. Niemand. Und ich weiß davon ja auch nur aus ihrem Brief.“

„Kann es dann nicht sein, dass sie gar nie ein Kind hatte und sich nur eingebildet hat, dass sie Mutter wäre? So etwas gibt es manchmal. Und nach dem, was man so über die von Strentels hört, wäre es gar nicht so unwahrscheinlich, dass deine Großtante ein bisschen verwirrt im Kopf war.“

Nun musste sich Diana wirklich zusammenreißen, dass sie nicht sauer auf ihre älteste Freundin wurde. Erst wurde behauptet, dass Leonida eine Doppelmörderin sei und jetzt wollte Marita sie auch noch für verrückt erklären.

„Du hast sie doch gar nicht gekannt“, verteidigte sie ihre Verwandte. „Großtante Leonida war vielleicht ein bisschen seltsam, aber ganz sicher nicht verrückt. Du wärst auch traurig,

wenn du jahrelang in Einsamkeit in einem so großen Haus leben müsstest."
„Nein. Ich würde einfach in eine kleinere Wohnung ziehen." Marita legte nachdenklich die Stirn in Falten. Dann bemerkte sie, dass Diana sie böse anstarrte.
„Tut mir leid, ich wollte sie nicht beleidigen", beschwichtigte sie schnell. Das war ganz und gar nicht ihre Absicht gewesen. Sie hatte einfach nur ausgesprochen, was sie dachte. „Ich bin ein ganz schöner Arsch. Komme nach Jahren hierher, bitte dich, auf mein Kind aufzupassen und ziehe dann deine Verwandtschaft durch den Dreck, entschuldige bitte, Diana, ich weiß nicht, was in mich gefahren ist."
„Schon gut." Diana hatte Marita bereits verziehen, als sie ihr erschrockenes Gesicht gesehen hatte. So war sie einfach, ihre Marita. Redete frei heraus, wie ihr der Mund gewachsen war, ohne über die Konsequenzen nachzudenken. Das konnte manchmal verletzend sein, aber dafür konnte man sich immer sicher sein, dass es ehrlich war. Dann schnatterten die beiden wieder weiter, tranken viel zu viel Kaffee und aßen Kuchen, bis ihnen fast schlecht wurde. Ehe sie sich versahen, war es Zeit für Marita, zu ihrem Vorstellungsgespräch aufzubrechen. Schnell stillte und wickelte sie die kleine Nina, die daraufhin zufrieden in ihrer Wiege einschlief, genau wie Marita es prophezeit hatte. Marita stellte das Babyphon auf und gab Diana den Empfänger.
„Du musst natürlich nicht die ganze Zeit neben der Wiege stehen und Ninchen beim Schlafen zuschauen", grinste sie. Mach einfach, was du magst. Wenn sie schreit, nimmst du sie raus. Wenn du zu weit weg bist, beschwert sich der Empfänger mit einem schrillen Piepen, also keine Sorge."
Diana nickte. Das schien ja alles viel einfacher zu werden als erwartet.
Zuversichtlich sah sie schon kurze Zeit später dabei zu, wie Marita in ihren alten Renault stieg und davonfuhr.

„Jetzt sind wir wohl auf uns allein gestellt, wir zwei“, flüsterte Diana mit einem Blick auf Nina, die leise vor sich hin schnarchte. Der winzige Körper lag völlig entspannt da und Diana fragte sich, wann sie wohl selbst zum letzten Mal so tiefenentspannt geschlafen hatte. Vielleicht war es gar keine dumme Idee, wenn sie sich einfach auf das Sofa legte und auch ein Nickerchen machte. Die kleine Nina würde sich schon melden, wenn sie aufwachte. Wenig später kuschelte sich Diana wohlig auf das Sofa, schloss die Augen und war sofort eingeschlafen.
Als sie eine Stunde später erwachte, fühlte sie, dass das Sofa zwar bequem wirkte, aber zum Schlafen einfach nicht taugte, denn ihr Rücken fühlte sich an, als habe sie auf einem Brett geschlafen. Etwas steif setzte sie sich auf und streckte ihre Arme weit in die Luft. Dann bog sie den Oberkörper etwas nach links und etwas nach rechts und tatsächlich knackte etwas in ihrem Rücken, allerdings auf eine sehr angenehme Art und Weise. Ein Blick auf die Uhr verriet ihr, dass es noch gut eine Stunde dauern würde, bis Marita wieder zurückkam. Diana horchte, doch von der kleinen Nina war nichts zu hören. Das war ja wirklich einfacher als erwartet. Vielleicht schlief sie ja tatsächlich durch, bis ihre Mama wieder da war. Diana beschloss, sich ein Glas Wasser aus der Küche zu holen. Trotz des vielen Kaffees fühlte sie sich ein bisschen ausgetrocknet. Seit dem Aufstehen hatte sie noch nichts getrunken außer Kaffee und nichts gegessen außer Kuchen.
Leise, um den kleinen Gast nicht zu wecken, stand sie auf, um in die Küche zu gehen, doch plötzlich erstarrte sie mitten in der Bewegung und blinzelte ungläubig. Dann atmete sie mehrmals vorsichtig ein. Es roch nach Lavendel. Eindeutig. Es war exakt derselbe Geruch, den sie schon während ihres Bades und ganz zu Beginn ihres Aufenthaltes in der Küche gerochen hatte. Unsicher sah sie sich in dem großen Wohnzimmer um, doch es war weit und breit niemand zu sehen. Als sie einen Luftzug spürte, bildete sich auf ihrem Arm eine feine Gänsehaut. Obwohl es kein bisschen kalt

war, ging sie zum Fenster und schloss es. Vielleicht hatte der Luftzug den Geruch von Lavendel hereingeweht. Diana ging zu der hübschen Wiege, um zu sehen, ob es der kleinen Nina vielleicht durch den Luftzug zu kalt geworden sein könnte. Das fehlte noch, dass sie auf die Kleine aufpassen sollte und sie mit einer Erkältung zurückgab. Leise beugte sie sich über das Schlafplätzchen der Kleinen und erstarrte: Die Wiege war leer!
Automatisch tastete Diana mit der Hand die leere Matratze ab, obwohl das völliger Unsinn war, denn in der Wiege war weder eine Decke noch ein Kissen noch sonst irgendetwas, unter dem ein Baby sich hätte verstecken können.
Panisch drehte sich Diana ein paar Mal um sich selbst, um jeden Winkel des Raumes mit ihren Augen abzuscannen. Doch es war gänzlich unmöglich, dass ein acht Wochen altes Baby aus der Wiege kletterte und davonkrabbelte. Marita hatte ihr versichert, die Kleine könne sich noch nicht einmal alleine umdrehen.
Plötzlich durchfuhr es Diana wie ein Messerstich. Das Fenster! Sie hatte es nie geöffnet. Als sie eingeschlafen war, waren alle Fenster geschlossen gewesen. Jemand musste sich Zugang zum Haus verschafft und Nina aus der Wiege gestohlen haben. Und das, während sie selbst selig auf dem Sofa geschlummert hatte. Wie furchtbar! Marita würde sie umbringen. Nein, sie würde sich selbst umbringen. Wie konnte sie nur schlafen, während jemand neben ihr ein kleines Baby entführte. Diana spürte, wie ihr vor Verzweiflung und Panik die Tränen über die Wangen strömten. Mit zitternden Fingern griff sie nach ihrem Handy und wählte zum zweiten Mal in diesen Tagen die Nummer der Polizei.
„Hilfe! Sie müssen sofort kommen! Aus meinem Haus wurde ein Baby entführt, die kleine Nina, sie ist weg, jemand hat sie gestohlen, bitte kommen Sie sofort!“ Diana wurde inzwischen so von ihrem eigenen Schluchzen überwältigt, dass sie sich Mühe geben musste, verständlich zu sprechen. „Diana Schatt ist mein Name, bitte kommen Sie sofort nach Gut Strentel!“

Wo war Nina nur? Wer entführte denn bitte ein kleines Baby aus seiner Wiege? Und wie um Himmels Willen sollte sie das alles nur Marita erklären? Gar nicht. Sie musste Nina finden, bevor Marita zurückkam. Aber wo sollte sie nur suchen? Völlig aufgelöst rannte Diana nach draußen. Bestimmt war der Entführer durch das Fenster geflohen.

„Wo bist du?“, schrie sie in die Weite des Gartens hinaus, aber natürlich meldete sich niemand.

„Gib sofort die kleine Nina zurück!“, schrie Diana verzweifelt, doch es regte sich nichts. Es war so still, dass ihr der große Garten, der ihr sonst so gemütlich erschienen war, vorkam wie ein Verräter. Diana rannte blindlings durch das Gras, schaute rechts und links. Dann rannte sie zurück zum Haus und um das Haus herum, so lange, bis sie völlig außer Puste war. Mit letzter Kraft rannte sie zum Kiesrondell vor dem Eingangsportal, doch auch hier war keine Menschenseele zu sehen.

Auf Gut Strentel verschwinden Menschen! Immer und immer wieder kreiste ihr der Satz durch den Kopf wie eine Mahlzeit, die einem nicht gut bekam. Zuerst Eduard, dann Ferdinand und jetzt Nina. Ein kalter Schauer lief ihr den Rücken hinunter. *Auf Gut Strentel verschwinden Menschen!* Diana wurde furchtbar schlecht.

Als sie die Polizeistreife mit Sirene und Blaulicht in die Auffahrt brausen sah, brach sie schließlich erschöpft und schluchzend zusammen.

Zügig stiegen die beiden Polizisten aus und stürmten sofort zu Diana hin. Einer von ihnen hob sie sanft, aber bestimmt vom Boden auf und stützte sie. Obwohl Diana den Polizisten nicht kannte, tat es ihr gut, sich in dieser furchtbaren Situation an jemandem festhalten zu können. Erst als er zu sprechen begann, bemerkte sie, dass es sich um denselben Polizisten handelte, der erst vor wenigen Tagen bei ihr gewesen war.

„Nun beruhigen Sie sich erst einmal“, sagte er in einem betont ruhigen Tonfall, in der Hoffnung, dass dieser auf Diana abfärben

würde. „Erklären Sie doch erst einmal, was eigentlich geschehen ist.“
„Sie müssen Nina finden. Bitte, schnell! Sie müssen sie finden!“, rief Diana nur immer und immer wieder, die sich nicht in der Lage fühlte, längere zusammenhängende Erklärungen für die Situation abzugeben.
„Ist Nina das verschwundene Baby?“, fragte der andere Polizist sachlich. Offensichtlich waren sie von der Notrufzentrale über die Sachlage informiert worden. Umso unverständlicher war es für Diana, dass sie nicht sofort losstürmten, um mit einer Hundertschaft von Polizisten, Hunden und dem ganzen Programm das Haus und das Gelände zu durchsuchen. Genau das sagte sie den beiden Beamten auch, als diese sie weinend zurück in Richtung des Hauses führen wollten.
„Zeigen Sie uns doch zunächst einmal, wo das Kind verschwunden ist. Damit wir uns ein Bild von der Situation machen können“, verlangte der Polizist ruhig aber bestimmt, als Diana ihn verständnislos anblickte. „Wir müssen zunächst den Tatort begutachten“, erklärte er freundlich. „Vielleicht findet sich dort ein Hinweis darauf, wo das Baby sein könnte oder wer es entführt haben könnte.“
„Nina, das Baby heißt Nina“, schluchzte Diana verzweifelt.
„Ich kann Ihre Verzweiflung verstehen“, sagte der Polizist, der Diana stützte, beruhigend. „Aber ich verspreche Ihnen, wir werden alles tun, um Ihre Tochter zu finden.“
„Nina ist nicht meine Tochter.“
„Nicht?“
„Nein, sie ist die Tochter von meiner Freundin Marita. Ich sollte nur zwei Stunden auf sie aufpassen.“
„Na, das hat ja wohl nicht geklappt“, entfuhr es dem anderen Polizisten, der von seinem Kollegen sofort mit einem festen Puff in die Seite zum Schweigen gebracht wurde. Aber er hatte Recht, dachte Diana. Er hatte völlig Recht. Es war ihre Aufgabe gewesen,

auf Nina aufzupassen und stattdessen hatte sie sich auf das Sofa gelegt und geschlafen. Als ob sie nicht zu jedem anderen Zeitpunkt auch hätte schlafen können. Das würde sie sich nie verzeihen.

„Können Sie uns bitte die Telefonnummer der Mutter geben?“ Die Bitte des Polizisten klang logisch, doch für Diana war sie der Untergang. Wenn die Polizei bei Marita anrief und ihr sagte, dass ihre Tochter verschwunden sei, die sie in Dianas Obhut gegeben hatte, dann würde das mit Sicherheit das Ende ihrer jahrzehntelangen Freundschaft bedeuten. Trotzdem war ihr völlig klar, dass die Polizisten Marita informieren mussten.

„Kann *ich* sie anrufen?“, fragte sie vorsichtig, in der Hoffnung, dass Maritas Schock etwas geringer wäre, wenn sie selbst die Situation erklärte und nicht plötzlich die Polizei sie auf dem Handy anrief.

Der Polizist machte eine zustimmende Handbewegung und blickte so verständnisvoll drein, als könne er nachvollziehen, was in Diana vorging.

Dianas fummelte den kleinen Zettel aus ihrer Hosentasche, auf den Marita beim Abschied eilig ihre neue Handynummer gekritzelt hatte. Ihre Finger zitterten so sehr, dass sie sich dreimal vertippte, während sie Maritas Nummer wählte und sie ärgerte sich maßlos, dass sie die Nummer nicht gleich in ihr Handy eingespeichert hatte. Endlich hatte sie es geschafft und die richtige Ziffernfolge eingetippt.

„Marita? Du musst bitte sofort zurückkommen. Nina ist verschwunden… sie hat in ihrer Wiege geschlafen und plötzlich war sie weg… jemand hat sie entführt… Ich bin eingeschlafen… es tut mir so leid Marita, ich… die Polizei ist schon hier und… bitte komm sofort… Oh Gott, es tut mir so leid.“

Diana legte auf. Sie hatte nur die Mailbox erreicht und hoffte, dass Marita bei ihrem unzusammenhängenden Gestammel nicht sofort in Panik verfallen würde. Der Polizist blickte sie fragend an.

„Ich habe nur die Mailbox erreicht, aber ich…, was ist das? Halt!“ Aus dem Augenwinkel konnte Diana gerade noch sehen, wie eine dunkle Gestalt zwischen den Büschen verschwand. Sofort begann sie zu rennen, doch schnell wurde sie von den beiden Polizisten überholt, die die Gestalt ebenfalls gesehen hatten. Diana überraschte es, in welch erstaunlich guter körperlicher Verfassung die Polizisten waren, denn sie selbst hatte sich eigentlich immer für recht fit gehalten, aber die beiden Polizisten überholten sie mit Leichtigkeit. Keuchend jagte sie hinter ihnen her. Plötzlich waren die beiden Beamten mitsamt der schwarzen Gestalt hinter einer dichten Buschgruppe verschwunden. Diana kämpfte sich ebenfalls durch das Dickicht und spürte nicht, wie ihr die Äste die nackten Oberarme zerkratzten. Schließlich konnte sie die schwarze Gestalt in einiger Entfernung wieder erkennen. Sie rannte wie ein Wiesel und versuchte, die Polizisten abzuhängen, indem sie wilde Haken schlug. Doch der eine Polizist war ihr nun sehr dicht auf den Fersen. Plötzlich machte er einen beherzten Sprung und stürzte sich mit seinem ganzen Gewicht auf die dunkle Gestalt, die dadurch zu Boden gerissen wurde. Diana entfuhr ein Jubelschrei, obwohl sie vor lauter Anstrengung kaum mehr Luft bekam. Schnell war der zweite Polizist bei dem Knäuel aus Armen und Beinen angekommen, woraufhin ein wildes Gerangel entbrannte, denn die dunkle Gestalt wollte sich offensichtlich nicht widerstandslos überwältigen lassen. Schließlich zog der zweite Polizist seine Waffe, richtete sie beherzt auf die Kämpfenden und schrie „Keine Bewegung“.
In diesem Moment war auch Diana bei den Männern angekommen. Die dunkle Gestalt lag nun auf dem Bauch, mit dem Gesicht zum Boden. Der Polizist, der sie mit dem beherzten Sprung überwältigt hatte, drückte ihr gerade die Arme auf dem Rücken zusammen und legte ihr Handschellen an. Dann drehte der Polizist die überwältigte Person auf den Rücken. Trotz des heißen Wetters trug sie eine Skimaske, was allerdings ein Beweis dafür war, dass es

sich nicht um einen harmlosen Spaziergänger handelte. Dianas Herz klopfte. Trotz der Anwesenheit der Polizei und der Tatsache, dass sie den Verbrecher geschnappt hatten, fühlte sie die Angst angesichts der dunklen Gestalt. Der Polizist steckte seine Waffe zurück in das Halfter und beugte sich zu der überwältigten Person hinab, um ihr die Skimaske vom Kopf zu ziehen.

„Du?!?“, schrie Diana fassungslos.

„Sie kennen den Mann?“

„Allerdings. Das ist Toni, mein Ex-Freund.“ Diana konnte nicht fassen, was sie da sah. Da saß Toni ganz in schwarz gekleidet im Gras und blickte sie aus zornig funkelnden Augen an. Diana spürte, wie eine kalte, blanke Wut in ihr aufstieg. Erst jetzt wurde ihr bewusst, dass er Nina augenscheinlich nicht dabei hatte. „Wo ist Nina? Was hast du mit ihr gemacht?“, schrie sie außer sich vor Wut.

„Welche Nina?“, fragte Toni aus zusammengebissenen Zähnen.

„Das kleine Baby, du Arschloch, wo ist sie?“

„Ich weiß nichts von einem Baby.“

„Du hast sie aus der Wiege gestohlen, während ich daneben geschlafen habe. Wo ist sie? Sag sofort, wo sie ist!“ Diana war nun außer sich vor Wut.

„Du spinnst doch.“ Toni lachte. „Du hast überhaupt kein Kind, du Verrückte. Nur ein altes Haus und Unmengen an Zaster.“

Nun konnte sich Diana nicht mehr zurückhalten. Schneller als die Polizisten reagieren konnten, stürmte sie auf Toni zu und schlug mit den Fäusten wie besessen auf ihn ein. „Wo ist Nina? Wo ist sie?“, schrie sie dabei pausenlos.

Hilflos, weil er sich aufgrund der Handschellen nicht verteidigen konnte, versuchte Toni, sein Gesicht wegzudrehen, doch schon war einer der beiden Polizisten bei Diana und zog sie unsanft von ihm weg. Doch Diana konnte sich nicht beruhigen. „Wo ist sie? Was hast du mit ihr gemacht? Gib sie sofort zurück!“, schrie sie immer wieder und versuchte, sich aus dem festen Griff des Polizisten zu

befreien. Nun wurde es diesem allerdings auch zu bunt. Wortlos drehte er ihr die Arme auf den Rücken und legte ihr ebenfalls Handschellen an. Verblüfft hielt Diana inne und sah den Polizisten fassungslos an.
„Was soll das denn?“
„Wenn Sie sich beruhigt haben, nehme ich sie wieder ab“, erklärte dieser gelassen. „Wir versuchen hier in einem Entführungsfall zu ermitteln und das können wir nicht, wenn Sie wie wild auf unseren Tatverdächtigen einschlagen.“
„Schon gut, schon gut!“, beschwichtigte Diana.
„Gut“, konstatierte der Polizist sachlich. „Dann können Sie uns ja jetzt unsere Arbeit machen lassen.“ Beiläufig nahm er ihr die Handschellen wieder ab und blickte Toni durchdringend an. Sein Kollege hatte inzwischen dessen Ausweis aus Tonis Hosentasche herausgefummelt und betrachtete ihn eingehend.
„So, Herr Anton Bilger.“ Er räusperte sich kurz und trat dann noch einen Schritt näher auf Toni zu. „Wo ist das Kind?“
„Ich habe immer noch keine Ahnung, wovon Sie sprechen“, antwortete Toni gleichgültig.
Diana konnte einfach nicht fassen, dass er derart abgebrüht war. Und mit diesem Typen war sie einmal zusammen gewesen. Am liebsten wäre sie sofort wieder auf ihn losgegangen, doch sie hatte keinen Zweifel daran, dass der Polizist sie sofort wieder in Achter legen würde, deshalb blieb sie mit geballten Fäusten stehen und biss die Zähne zusammen.
„Nun, Herr Anton Bilger, es ist so. Vor nicht einmal einer Stunde wurde aus diesem Haus“, er zeigte mit einer Handbewegung auf Gut Strentel, „ein Kind entführt. Ein kleines Baby namens Nina. Klingelt da was bei Ihnen?“
„Nein.“
„Nun, Herr Bilger, wir haben Sie aufgegriffen, in schwarzer Kleidung und mit Skimaske, unweit des Tatorts und nur wenige Minuten nach der Entdeckung der Entführung. Vielleicht können

Sie da nachvollziehen, dass Sie das ein bisschen verdächtig macht.“ Die Ironie in seinen Worten war nun nicht mehr zu überhören.
„Ich habe aber kein Kind entführt.“
„Nun, Herr Bilger, angesichts der Umstände wird es Ihnen vielleicht einleuchten, dass es uns schwer fällt, Ihnen das zu glauben.“
„So, genug des höflichen Gequatsches“, mischte sich jetzt der zweite Polizist ein, der bis dahin schweigend das Geschehen verfolgt hatte. „Herr Bilger, sagen Sie uns einfach, wo Sie das Kind hingebracht haben. Wenn es unverletzt ist und wir es schnell finden, dann wird Ihnen das vor Gericht sicher positiv ausgelegt.“
„Ich habe immer noch keine Ahnung, wovon Sie sprechen“, sagte Toni gleichgültig.
„Herr Bilger“, begann der andere Polizist wieder. „Selbst, wenn Sie dem Kind etwas angetan haben. Weit kann es ja nicht sein. Wir werden es finden und dann werden Sie sich für Ihre Tat verantworten müssen. Eine Kooperation mit uns kann Ihnen nur zum Vorteil gereichen.“
Diana lief es eiskalt den Rücken hinunter. Diesen Gedanken hatte sie bisher noch gar nicht zugelassen. Was, wenn Toni die kleine Nina nicht nur entführt, sondern ihr tatsächlich etwas angetan hatte?
„Ich kann mich nur wiederholen“, sagte Toni und nun klang er tatsächlich ein bisschen verzweifelt. „Ich habe keine Ahnung, wovon Sie reden. Ich habe weder ein Kind gesehen, noch wusste ich, dass überhaupt eines in dem Haus war.“
„Aha!“ Es war völlig klar, dass keiner der drei Anwesenden Toni auch nur ein Wort glaubte. „Vielleicht wollen Sie uns dann erklären, warum Sie sich schwarz bekleidet und mit einer Skimaske im Gesicht auf diesem Anwesen herumtreiben?“
„Schon gut, schon gut, ich gebe alles zu“, lenkte Toni ein.

„Na bitte“, entfuhr es dem einen Polizisten. Der andere und Diana schwiegen. Sie wollten nun einfach schnell erfahren, was Toni zu sagen hatte und vor allem endlich hören, wo die kleine Nina war.
„Ich gebe zu, ich bin in das Haus eingestiegen“, sagte Toni seufzend. „Aber ich bin nicht einmal eingebrochen. Die Küchentür stand offen. Ich wollte eigentlich nur sehen, ob irgendwo im Haus Bargeld rumliegt.“ Er bedachte Diana mit einem verächtlichen Seitenblick. „Du hast ja wohl nun mehr als genug davon und ich habe Schulden. Also dachte ich mir, wenn du irgendwo Geld rumliegen lässt, dann wird es dir auch nicht schaden, wenn ich es an mich nehme. Ich habe dann in der Küche und den ersten drei Zimmern gesucht, aber weiter bin ich gar nicht gekommen, denn dann habe ich schon Schritte gehört. Ich habe mich dann im dritten Zimmer im Schrank versteckt. Als ich die Polizeisirene gehört habe, habe ich es aber mit der Angst bekommen und bin schnell aus der Küchentür wieder abgehauen. Dabei habt ihr mich schon erwischt und das war auch schon die ganze Geschichte.“
„Und das sollen wir glauben?“ Der eine Polizist sah ihn skeptisch an.
„Es ist die Wahrheit. Ich wollte wirklich nur ein bisschen Kohle.“
„Und was hast du mit Nina gemacht?“ Diana zitterte noch immer vor Wut, wenn sie Toni nur ansah.
„Ich habe wirklich keine Ahnung, von was für einer Nina ihr die ganze Zeit redet. Ich wollte nur das Bargeld. Ich habe keins gefunden und bin wieder raus. Das war’s. Wirklich, ich schwöre es. Ich habe kein Kind gesehen.“
Toni wirkte nun so aufrichtig verzweifelt, dass Diana nachdenklich die Stirn runzelte. Als er sie wegen der anderen Frauen damals angelogen hatte, da hatte sie ihm deutlich angemerkt, dass er log. Jetzt aber wirkte er irgendwie aufrichtig, obwohl Diana nach wie vor überzeugt davon war, dass Toni die kleine Nina hatte.
„Überhaupt, warum sollte ich denn ein Kind entführen? Was sollte mir das denn bringen?“

„Lösegeld?“ sagte der jüngere Polizist schnippisch.
„Stimmt.“ Die Art, wie Toni dem Polizisten zustimmte ließ vermuten, dass er darauf tatsächlich noch gar nicht gekommen war. „Aber ich schwöre, ich habe mit einer Entführung nichts zu tun.“
Ratlos blickten sich die Polizisten an und auch Diana wusste nicht so recht, was sie von Tonis Aussage halten sollte.
Nach einer ganzen Weile machte der ältere der beiden Polizisten einen Vorschlag: „Vielleicht sollten wir Herrn Bilger erst einmal in den Streifenwagen bringen. Dann sehen wir uns den Tatort an. Das hatten wir ja ohnehin vor, bevor wir Herrn Bilger hier ertappt haben. Aber ich warne Sie, Herr Bilger. Wenn wir auch nur den geringsten Hinweis darauf finden, dass Sie doch etwas mit der Sache zu tun haben, dann sieht es verdammt schlecht für Sie aus. Ich lasse mich sehr ungern zum Narren halten.“
Als sie beim Streifenwagen ankamen, setzten Sie Toni dann doch nicht in das Auto, sondern beschlossen, dass er mit ins Wohnzimmer kommen sollte. Der ältere Polizist erhoffte sich davon, an Tonis Gesichtsregungen ablesen zu können, ob er log oder die Wahrheit sagte. Zudem könnte er vielleicht aus einem unbedachten Blick oder einer beiläufigen Geste Hinweise auf den Aufenthaltsort der kleinen Nina finden. Zumindest erklärte er dies Diana flüsternd, während der jüngere Polizist Toni bereits ins Haus führte. Schnell hatten Diana und der ältere Polizist die beiden wieder eingeholt. Diana hatte sich äußerlich zwar inzwischen ein bisschen beruhigt, war aber noch immer extrem angespannt. Wenn sie nur daran dachte, dass die kleine Nina irgendwo hilflos im Gebüsch liegen könnte, wurde ihr richtig schlecht und ihr kamen sofort die Tränen. Schlimm genug, wenn Toni etwas mit ihrem Verschwinden zu tun hatte und sie belog. Aber noch schlimmer wäre es tatsächlich, wenn er die Wahrheit sagte und wirklich nichts mit ihrem Verschwinden zu tun hätte. Das hieße nämlich dann in der Konsequenz, dass es noch einen weiteren Entführer geben

musste und dann hatten sie mit Toni lediglich wertvolle Zeit verschwendet.
Mit schnellen Schritten hastete Diana ins Wohnzimmer. Die Wiege stand immer noch am selben Fleck. Diana stürmte darauf zu und berührte das weiße Holz.
„Da! Hier hat sie gelegen und….“ Diana verstummte. Wie zu einer Statue erstarrt stand sie vor der Wiege und starrte auf das schlafende Kind. Dann fasste sie sich sofort wieder, hob die Kleine heraus und drückte sie fest an sich.
„Oh kleiner Schatz, Gottseidank, da bist du wieder! Wo bist du nur gewesen?“ Tränen der Erleichterung strömten Diana über die Wangen, während die kleine Nina wie am Spieß zu schreien begann, weil sie so unsanft aus ihrem Schlaf gerissen worden war. Liebevoll streichelte Diana ihr den Rücken und wippte sanft mit den Knien. Schnell ließ die Kleine sich wieder beruhigen und schmiegte ihr warmes Gesichtchen an Dianas Hals.
„Ist das das verschwundene Kind?“, fragte der ältere Polizist verwirrt.
„Ja, das ist sie. Das ist die kleine, süße, wunderbare Nina.“
„Aber dann ist sie doch gar nicht verschwunden.“ Der jüngere Polizist kratzte sich grübelnd am Kopf.
„Ja. Nein. Ich meine, doch, sie war schon verschwunden. Ich kann mir auch nicht erklären, warum sie jetzt plötzlich wieder in ihrer Wiege lag.“
„Na, Hauptsache, sie ist wieder da“, murmelte der jüngere Polizist etwas schnippisch. „Allerdings kommt es mir langsam schon ein bisschen seltsam vor, dass sie uns zweimal innerhalb weniger Tage wegen eines Verbrechens rufen, das keines ist“, fügte er dann etwas säuerlich hinzu. „War ihre Putzfrau vielleicht mit dem Kind spazieren?“
Diana verstand die Anspielung auf den Einsatz in der vergangenen Woche ganz genau. Das war ja wohl eine Frechheit.

„Nein, meine Putzfrau ist heute überhaupt nicht da“, antwortete sie deshalb genauso schnippisch.
„Nun ja, Frau Schatt“, begann der ältere Polizist versöhnlich. Natürlich hatte er von seinen Kollegen von dem Einsatz gehört, bei dem eine Frau ihre eigene Putzfrau für eine Einbrecherin gehalten hatte. „Es ist ja schon seltsam, dass Sie geradezu von der Idee besessen zu sein scheinen, dass Ihnen jemand etwas Böses will. Könnte es vielleicht sein, dass Sie sich nur eingebildet haben, dass die Kleine verschwunden war?“
„Also das ist ja wohl die Höhe!“ Diana konnte es nicht fassen. „Glauben Sie etwa, ich bin verrückt?“ Doch ein Blick auf die Polizisten verriet ihr, dass sie mit diesen Worten offenbar den Nagel auf den Kopf getroffen hatte. „Ich bin nicht verrückt. Die Wiege war leer. Nina lag nicht darin. Ich weiß auch nicht, warum sie jetzt wieder so friedlich schlafend drin lag.“
„Ich glaube Ihnen ja“, sagte der ältere Polizist in einem Tonfall, mit dem man normalerweise versuchte, Geisteskranke zu beruhigen, damit sie nicht vom Dach sprangen oder eine Geisel erschossen. „Aber vielleicht sollten wir Sie doch besser zu einem Arzt bringen. Das war ja auch eine ganz schöne Aufregung für Sie. Vielleicht wäre es besser, wenn Sie sich von einem Arzt einfach einmal anschauen lassen.“
„Ich bin nicht verrückt. Und ich brauche keinen Arzt“, sagte Diana mit fester Stimme und hätte Toni am liebsten eine Ohrfeige verpasst, da er da stand und breit grinste.
In diesem Moment flog die Tür auf und Marita stürmte völlig außer sich herein. „Oh mein Gott, was ist passiert, wo ist meine Kleine? Oh.“ Sofort ging sie auf Diana zu und nahm ihr Nina aus dem Arm, die friedlich vor sich hin gluckste. Dann drückte sie die Kleine fest an sich und sah sich verwirrt um. „Ist das der Mann, der meine Tochter entführt hat?“, fragte sie, als ihr Blick auf Toni fiel, der noch immer die Handschellen um hatte.
„Nun, Frau...“

„Reiser“
„Frau Reiser“, erläuterte der ältere Polizist. „Sie brauchen sich keine Sorgen zu machen, es war offensichtlich alles nur ein Irrtum.“
„Ein Irrtum?“ Nun war Marita vollständig verwirrt. „Diana, was geht hier vor?“
„Dürfte ich Sie vielleicht einen Moment alleine sprechen?“
Marita nickte und der ältere Polizist begleitete sie zur Tür hinaus. Diana kochte. Bestimmt erklärte er ihr jetzt vorsichtig, dass ihre Freundin eine absolute Schraube locker hatte und sie doch ihre Tochter lieber nicht mehr in die Obhut dieser Verrückten geben sollte. Diana hoffte nur, dass Marita ihr im Anschluss Zeit und Gelegenheit geben würde, ihre Version der Geschichte zu erzählen. Im Moment war sie einfach zu erschöpft, um sich noch ein weiteres Mal mit den Polizisten anzulegen. Außerdem war sie selbst verunsichert. Wie konnte es denn sein, dass Nina einfach so wieder in ihrer Wiege gelegen und geschlafen hatte? Vielleicht wurde sie ja wirklich verrückt und hatte sich nur eingebildet, dass die Kleine verschwunden war. Eigentlich konnte sie sich das überhaupt nicht vorstellen, aber welcher Verrückte konnte sich schon selbst vorstellen, dass er verrückt war?
Völlig in ihren Gedankengang versunken nahm sie aus dem Augenwinkel wahr, wie der Polizist Toni die Handschellen abmachte.
„Was machen Sie denn da?“
„Da es keinen Fall gibt, gibt es auch keinen Täter. Sie können gehen, Herr Bilger.“
„Das ist doch nicht Ihr Ernst?“ Diana konnte es nicht fassen. Immerhin hatte Toni versucht, sie zu bestehlen.
„Doch.“
„Aber er wollte mich bestehlen.“
„Er hat aber nichts gestohlen.“
„Aber er ist bei mir eingebrochen.“

„Genau genommen ist er das nicht. Da die Küchentür offen stand, handelt es sich der Definition nach nicht um einen Einbruch."
Beim Anblick von Tonis triumphierendem Grinsen hätte Diana ihm am liebsten schon wieder eine Ohrfeige verpasst. Normalerweise neigte sie nicht zur Gewalt, aber Toni brachte wirklich das Schlechteste in ihr zum Vorschein. Auch dem Polizisten schien das hämische Grinsen von Toni zu missfallen. Verächtlich musterte er ihn. Dann erhellte sich seine Miene plötzlich und er fügte hinzu: „Allerdings können Sie Herrn Bilger wegen Hausfriedensbruchs anzeigen. Immerhin hat er Ihr Grundstück und Ihr Haus gegen Ihren Willen betreten, wenn ich das recht verstehe. Und Sie können ihm ein offizielles Hausverbot erteilen."
Tonis Grinsen fiel in sich zusammen, dafür wurde das des Polizisten umso breiter.
„Gut, dann möchte ich Herrn Bilger hiermit wegen Hausfriedensbruchs anzeigen und ein offizielles Hausverbot erteilen", sagte Diana sachlich während sich der Beamte rasch einige Notizen machte.
„Gut, dann müssten Sie bitte im Laufe der Woche noch zu uns aufs Revier kommen und die Anzeige zu Protokoll geben."
„Mache ich."
Nun öffnete sich die Tür erneut und der ältere Polizist kam mit Marita zurück, die Nina immer noch an sich gepresst hielt. Diana war erleichtert, dass sie nicht so wütend aussah, wie sie befürchtet hatte. Eher besorgt. Schließlich verabschiedeten sich die Polizisten und versprachen, Toni im Streifenwagen mitzunehmen und erst außerhalb des Gutes wieder auf freien Fuß zu lassen.
„Wie geht es dir?", fragte Marita vorsichtig, als die beiden wieder alleine waren.
„Mir?", fragte Diana erstaunt. „Wie geht es dir denn? Marita, es tut mir so leid, ich hätte nicht schlafen dürfen. Das hätte niemals passieren dürfen. Ich habe total versagt. Bitte hasse mich nicht."

Maritas Blick wurde nur noch besorgter. „Du glaubst immer noch, dass Nina wirklich verschwunden war?“, fragte sie ungläubig.
„Ich wünschte, ich hätte es mir nur eingebildet, Marita, aber sie war wirklich weg.“ Diana konnte mit Worten gar nicht ausdrücken wie leid es ihr tat. Aber Marita schien sie gar nicht ernst zu nehmen. Anscheinend hatte der ältere Polizist sie gut bearbeitet.
„Diana, glaubst du nicht, es wäre besser, wenn ich dich zu einem Arzt bringe?“
„Marita.“ Diana seufzte. „Ich bin nicht verrückt. Egal, was dir der gute Mann da eben alles über mich erzählt hat.“
„Und dass du deine eigene Putzfrau mit einem Einbrecher verwechselt hast?“
„Ein dummer Irrtum. Ich hatte diese Frau noch nie gesehen. Sie war die Putzfrau meiner Großtante.“
„Aber ein Kind verschwindet nicht einfach und taucht dann wieder auf, Diana.“
„Ich weiß. Ich kann es mir doch selbst nicht erklären.“ Der ruhige Tonfall, in dem Marita mit ihr sprach, brachte Diana nun endgültig zum Weinen. Wie sollte sie ihr nur erklären, dass Nina wirklich verschwunden gewesen war. Sie konnte es sich ja selbst nicht erklären. Aber sie hatte es sich nicht eingebildet. Sie war nicht verrückt. Sie war einfach nicht verrückt. Trotzdem war sie fast dankbar dafür, dass Marita ihr nicht glaubte, denn so war sie wenigstens nicht sauer. Hauptsache, die kleine Nina war wohlbehalten wieder zurück.
„Das Vorstellungsgespräch ist übrigens sehr gut gelaufen.“
Diana war überrascht, dass Marita anscheinend versuchte, das Thema zu wechseln. Ein eindeutiges Zeichen dafür, dass sie ihr kein Wort glaubte, denn sonst hätte sie sicherlich nicht so leichtfertig hingenommen, dass ihre Tochter für eine Weile entführt gewesen war. Diana atmete tief durch. Vielleicht war es das Beste, wenn sie einfach akzeptieren würde, dass Marita sie für verrückt

hielt. Sie war sich ja nicht einmal mehr sicher, ob nicht vielleicht doch etwas dran war.
Marita blieb noch eine knappe halbe Stunde, erzählte von ihrem Vorstellungsgespräch und versuchte, möglichst lockere und belanglose Themen anzusprechen. Doch Diana spürte, dass ihre Freundin längst nicht mehr so unbefangen war wie noch am Morgen. Und sie hatte Recht. Marita gab sich wirklich Mühe, sich nicht anmerken zu lassen, dass sie am liebsten sofort ihre Tochter geschnappt und Gut Strentel mit quietschenden Reifen verlassen hätte. Die ganze Situation war ihr unheimlich. Sie hatte gewusst, was man sich über Gut Strentel erzählte. Sie kannte die ganzen Spukgeschichten von verschwundenen Menschen und der seltsamen alten Frau, die einsam und allein auf Gut Strentel gelebt hatte und gestorben war. Das war offensichtlich die Großtante von Diana gewesen. Marita wusste, dass das Gutshaus den Menschen im Dorf unheimlich war. Sie wäre niemals dorthin gekommen. Aber Diana war früher ihre beste Freundin gewesen. Marita hatte sich einfach nicht vorstellen können, dass Diana irgendwo lebte, wo es gruselig war. Und selbst wenn es in dem Haus gruselig wäre, würde Diana das Haus mit ihrer Lebensfreude schon so verändern, dass es nicht mehr gruselig war. So hatte Marita zumindest gedacht. Und nun musste sie feststellen, dass nicht Diana das Haus, sondern das Haus Diana veränderte. Nicht das Haus wurde lebenslustiger, sondern Diana wurde unheimlich. Marita konnte mit der Behauptung, dass Nina verschwunden gewesen sei, einfach nichts anfangen. Entweder Diana hatte sich das wirklich nur eingebildet, dann war sie tatsächlich verrückt. Oder sie hatte die Geschichte einfach erfunden. Dann war sie aber auch verrückt, weil das schon eine sehr krasse Form der Aufmerksamkeitssuche wäre. Marita wäre am liebsten sofort mit den Polizisten von hier verschwunden. Dass sie blieb, war nur der alten Freundschaft geschuldet.

„Ich muss jetzt leider los“, entschuldigte sie sich, als sie nach weiteren zehn Minuten auf die Uhr blickte. „Leg dich bitte ein bisschen hin und ruhe dich aus. Und sei so gut und mach einen Termin beim Arzt.“
Diana verdrehte die Augen. „Mal sehen.“
„Bitte Diana, mir zuliebe.“ Maritas Bitte war aufrichtig. Immerhin war Diana viele Jahre lang ihre beste Freundin gewesen. Wenn sie Probleme hatte, auch wenn sie psychischer Art waren, dann hatte sie Hilfe verdient.
Die Verabschiedung der beiden Frauen war außergewöhnlich steif, vor allem verglichen mit der Begrüßung, die noch nicht einmal vier Stunden zurück lag. Als Marita mit ihrem alten Renault davonbrauste, war sich Diana sicher, dass sie sie so schnell nicht wiedersehen würde. Ein Gefühl, das sich anfühlte wie Liebeskummer stieg in ihr auf. Traurig schloss sie die Tür und ging zurück ins Wohnzimmer. In der Luft lag noch immer ein zarter Hauch von Lavendel.

1952 Leonida

„Wo ist meine Frau?“ Die sonore Stimme des Grafen von Strentel füllte mit Leichtigkeit das gesamte Speisezimmer. Eine Stimme, der man automatisch gehorchte, wenn man nicht für immer in Ungnade fallen wollte. Deshalb wagte es das Zimmermädchen auch nicht, dem Hausherrn in die Augen zu sehen, als sie ihm antwortete.
„Verzeihen Sie, gnädiger Herr, ich weiß es nicht.“
„Geht es ihr nicht gut?“
„Das weiß ich nicht, verehrter Graf.“
„Haben Sie nicht nach dem Befinden meiner Frau gefragt?“
„Doch, selbstverständlich, Herr. Aber die gnädige Frau hat gesagt, es ginge mich nichts an.“
Gustav von Strentel stutzte. Dass seine Frau beim Abendessen fehlte, war keine Seltenheit. Aber normalerweise nannte sie einen Grund für ihr Fernbleiben. Das verlangte nicht nur der Anstand, sondern das war sie ihm als ihrem Ehegatten auch schuldig. Immerhin war es ihre Aufgabe, ihm bei Tisch Gesellschaft zu leisten, für eine angemessene Konversation zu sorgen und ihn über die aktuellen Vorgänge im Haus aufzuklären. Dass sie einfach unentschuldigt fehlte, war inakzeptabel. Verärgert stand er auf. „Entschuldige mich bitte für einen Moment, mein Sohn, ich möchte der Sache auf den Grund gehen. Du darfst gerne in meiner Abwesenheit mit dem Abendessen beginnen. Das unpassende Verhalten deiner Mutter soll dir nicht zum Nachteil gereichen.“
Ferdinand sah ihm nach, wie er majestätisch aus dem großen Speisesaal schritt. Einen Moment lang überlegte er, was er tun sollte. Auch ihm kam das unentschuldigte Fehlen seiner Mutter mehr als eigenartig vor.
Unbemerkt folgte er seinem Vater die Treppe hinauf und durch den langen Flur. Als der Graf dann im Zimmer der Gräfin verschwand,

sah sich Ferdinand schnell um, doch er hatte Glück. Vom Personal war niemand zu sehen. Normalerweise aßen die Angestellten, während die Herrschaft aß, im Dienstbotentrakt. Lediglich die Diener, die für die Bewirtung im Speisesaal zuständig waren sowie die Köchin waren noch in den oberen Räumen zugegen, aber die Köchin verließ nie die Küche während des Essens und die Bediensteten im Speisesaal würden dort warten, wenn sie bemerkten, dass sowohl der Graf als auch der Erbgraf den Speisesaal verlassen hatten. Also drohte von Seiten der Bediensteten keine Gefahr. Er konnte unbemerkt lauschen. Ferdinand stellte sich so dicht wie möglich vor die Zimmertür und presste sein Ohr an das kalte Holz. Gerade rechtzeitig, um die Auseinandersetzung seiner Eltern mit anzuhören.

„Bist du krank?“

„Nein!“

„Dann verlange ich umgehend eine Erklärung für dieses Verhalten.“

„Leonida ist schwanger.“

„Was?“

„Deine Tochter ist schwanger.“

Eine lange Pause trat ein und Ferdinand konnte sich förmlich vorstellen, wie seinem Vater die Gesichtszüge entgleist waren. Er selbst stand völlig fassungslos vor der Tür und versuchte, einen klaren Gedanken zu fassen. Leonida war schwanger? Was sollte er denn jetzt tun? Das Kind musste von ihm sein. Er wusste, dass Eduard Leonida niemals angerührt hätte. Dafür war er viel zu edelmütig. Doch woher wusste seine Mutter davon? Hatte Leonida ihr etwa entgegen seines Verbotes von der Nacht erzählt? Wie sollte er sich jetzt nur verhalten? Er musste unbedingt mit Leonida sprechen.

„Was soll das?“

Auf der Stelle begann Ferdinand zu zittern, als er sich so plötzlich seinem Vater gegenüber sah, dessen dunkle Augen ihn zornig anfunkelten.
„Es gehört sich nicht, an den Türen anderer zu lauschen."
„Ach lass doch, Gustav, er muss es ja sowieso erfahren", rief die Gräfin aus dem Inneren des Zimmers.
Gustav von Strentel ergriff seinen Sohn grob am Arm und stieß ihn ins Zimmer, bevor er sich noch einmal in dem langen Flur umblickte und die Tür anschließend leise hinter sich schloss.
„Hast du gehört, was mit deiner Schwester ist?", fragte Gustav von Strentel im Tonfall eines Polizisten, der einen Verbrecher verhörte.
Ferdinand nickte stumm.
„Weißt du etwas darüber?" Durchdringend sah der Graf ihn an und Ferdinand hatte keine Ahnung, ob sein Vater etwas ahnte, bereits alles wusste oder ob die Frage lediglich genaueren Nachforschungen diente. Doch er würde nichts verraten. Niemals. Also zuckte er nur die Schultern und schüttelte den Kopf. Die Gräfin trat zu Ferdinand und nahm ihn liebevoll in den Arm.
„Lass ihn doch den Schrecken erst einmal verdauen, Gustav. Sicher verstört es ihn ebenso wie mich, dass seine Schwester offensichtlich eine kleine Hure ist."
Ferdinand nickte und versuchte, ein möglichst entsetztes Gesicht zu machen.
„Ja, Mutter", brachte er schließlich mit Mühe hervor. „Ich hätte niemals gedacht, dass Leonida so dumm sein könnte, sich in ihrem Alter einem Mann hinzugeben. Ich dachte, sie spielt noch mit Puppen."
Die Gräfin lachte schrill. „Deine Naivität ehrt dich, mein Sohn, doch augenscheinlich musst du deine gute Meinung von deiner Schwester einer großen Korrektur unterziehen. Dieses kleine Flittchen hat sich nicht nur hingegeben, wie du es so freundlich ausdrückst, sondern sich sogar schwängern lassen. Und sie weigert sich, mir zu verraten von wem."

Ferdinand war froh, dass man den Felsbrocken der Erleichterung, der ihm in diesem Moment vom Herzen fiel, nicht hören konnte. Sorgfältig versuchte er, seine Unschuldsmiene zu bewahren, als sein Vater nun das Wort ergriff.

„Das ist wirklich nicht zu glauben. Wir müssen unbedingt dafür sorgen, dass der Bastard verschwindet. Und zwar bevor irgendjemand etwas davon mitbekommt."

„Sei unbesorgt, mein geliebter Mann, das habe ich längst veranlasst. Leonida wird uns keine Schande bereiten, dafür garantiere ich."

Und dann erklärte sie dem Grafen und ihrem Sohn, welchen Plan sie sich ausgedacht hatte.

Die beiden Männer zeigten sich beeindruckt. Der Graf machte keinen Hehl daraus, dass er stolz auf das intrigante Geschick seiner Frau war, doch insbesondere Ferdinand war begeistert und lobte seine Mutter über alle Maßen für ihren scharfen Verstand. Insgeheim jubelte er, denn so würde niemals irgendjemand von seiner Tat erfahren. Leonida würde schweigen, da war er sich ganz sicher. Offenbar hatte er ihr so viel Angst eingejagt, dass sie nicht einmal ihrer Mutter anvertraut hatte, was in jener Nacht geschehen war. Das war einfach perfekt. Für alle Fälle würde er aber noch einmal nachlegen.

Als die drei schließlich doch noch gemeinsam ein kurzes Abendessen eingenommen hatten und der Graf und die Gräfin sich ins Bett begaben, schlich Ferdinand sich hinauf zu Leonidas Zimmer.

Ohne anzuklopfen trat er ein. Leonida stand vor dem Spiegel und betrachtete ihren Bauch. Als sie das Klicken der Tür hörte, drehte sie sich ruckartig um und sah mit schreckgeweiteten Augen in das bedrohliche Gesicht ihres Bruders.

„Ich habe nichts verraten. Ich schwöre es", sagte sie hastig und wich intuitiv zurück. „Ich habe Mutter kein Wort verraten, bitte tu mir nichts." Als sie spürte, dass sie im Zurückweichen mit dem

Rücken an die kalte Wand stieß, hielt sie schützend eine Hand vor ihr Gesicht und die andere vor ihren Bauch. Ferdinand begann zu lachen. Ein leises, aber teuflisches Lachen.
„Ich weiß, dass du geschwiegen hast. Das hast du brav gemacht. Und du wirst auch weiter schweigen. Denn wenn du irgendjemandem etwas verrätst, dann werde ich zuerst den Mitwisser töten und anschließend dich und dein Kind. Auch in diesem Zimmer gibt es viele Möglichkeiten, so dumm zu stürzen, dass man sich eine tödliche Kopfwunde holt, Leonida." Mit einem hämischen Grinsen ging er drohend noch einen Schritt weiter auf sie zu. „Habe ich mich klar ausgedrückt?"
Leonida nickte, ohne zu bemerken, dass ihr die Tränen über das Gesicht strömten.
„Braves kleines Mädchen." Ferdinand tätschelte ihr immer noch grinsend den Kopf, holte dann aus und schlug ihr plötzlich mit der flachen Hand ins Gesicht. Als sie erschrocken eine Hand auf die schmerzende, tränennasse Wange presste und in sich zusammensank, beugte er sich hinab und zischte: „Schlaf gut, Schwesterherz."
Dann drehte er sich um und verließ das Zimmer.
Wie so oft in den vergangenen Wochen blieb Leonida einfach auf dem Boden sitzen und weinte heiße Tränen der Verzweiflung.
Als sie wenige Minuten später erneut hörte, wie sich die Tür öffnete, kauerte sie sich noch enger zusammen und presste das Gesicht in ihre Arme. Was wollte er denn noch? Sie totschlagen? Sollte er es doch einfach tun. Wenigstens brauchte sie sich dann nicht mehr vor ihm zu fürchten.
Vor Schreck erstarrte sie, als sie plötzlich eine warme Hand auf ihrer Schulter fühlte. Das musste Hanna sein. Warum war sie mitten in der Nacht zurückgekommen? Sie sollte doch längst schlafen. Außerdem wollte sie niemanden sehen. Und sie wollte auch nicht, dass Hanna sie so sah.

„Bitte geh wieder, Hanna.“ Sagte sie leise, mit tränenerstickter Stimme. „Bitte lass mich alleine.“
„Ich bin nicht Hanna, mein Liebling.“
Die sanfte Stimme berührte sie sofort an der tiefsten inneren Stelle ihres gebrochenen Herzens. Mit brennenden Augen hob sie den Kopf und traf seinen von Liebe und Schmerz erfüllten Blick.
„Eduard!“
Ohne zu überlegen warf sie sich in seine Arme und ließ zu, dass er sie fest an sich drückte und ihr beruhigend über den Kopf streichelte. Verzweifelt küsste er sie immer und immer wieder auf das nach Lavendel duftende Haar. Als sie sich schließlich etwas beruhigt hatte, hob er sie einfach hoch und trug sie in ihr Bett. Liebevoll deckte er sie zu, nahm ihre Hand und streichelte vorsichtig ihre zarten Finger. Schließlich war das Schluchzen vollständig verebbt und Leonida atmete zum ersten Mal seit Stunden wieder ruhig und gleichmäßig. Ernst blickte Eduard sie an.
„Wer hat dir das angetan, mein Liebling?“
Leonida presste die Lippen aufeinander und schüttelte den Kopf. Sofort schossen ihr wieder die Tränen in die Augen. Eduard reagierte sofort, nahm sie wieder in den Arm und drückte sie sachte an sich.
„Scht, scht, scht“, machte Eduard gleichmäßig, so lange, bis sie sich wieder beruhigt hatte.
„Hanna kam zu mir.“ Erklärte er dann. „Sie denkt, dass das Kind von mir ist. Aus ihrer Sicht ist das ja auch eine naheliegende Schlussfolgerung. Schließlich hat sie uns seit Monaten geholfen, uns heimlich zu verabreden.“
Erschrocken blickte Leonida ihn an.
„Nein, nein, sie wollte dich nicht verraten, wirklich nicht!“, beruhigte er sie sofort, als er die Panik in ihrem Blick sah. „Sie fand nur, ich sollte wissen, dass ich Vater werde. Sie weiß, wie sehr wir uns lieben. Deshalb hat sie angeboten, dass sie das Kind nur

behält, bis wir beide volljährig und verheiratet sind. Dann würde sie uns das Kind übergeben. Offiziell sollten wir es von ihr adoptieren. Sie ist wirklich wunderbar, deine Hanna." Eduard lächelte. Er könnte sich nichts Schöneres vorstellen als ein Kind mit Leonida großzuziehen. „Ich habe ihr nichts gesagt. Ich habe sie einfach in dem Glauben gelassen, dass ich der Vater sei. Aber du und ich, wir wissen beide, dass das nicht sein kann, mein Herz. Und ich kenne dich inzwischen gut genug, um sicher zu sein, dass es außer mir keinen Anderen gibt. Also bitte, mein Liebling. Welches Monster hat dir das angetan?"

„Niemand", flüsterte Leonida.

Eduards Miene verfinsterte sich augenblicklich. Plötzlich wusste er es. Nur ein Mensch war grausam genug, ein vierzehnjähriges Mädchen zu vergewaltigen. Nur ein Teufel war in der Lage, Leonida derart einzuschüchtern.

Doch Leonida verstand seinen Blick falsch. Er sah so wütend aus. Warum war er nur plötzlich so wütend auf sie? Dachte er etwa, sie habe ihn doch betrogen? Wie konnte er nur glauben, dass sie sich je einem Anderen außer ihm hingeben könnte.

„Bitte glaube mir, Eduard, ich habe nie einen Anderen außer dir geliebt."

„Ich weiß", sagte Eduard, doch seine Stimme klang hart und kalt. In Gedanken war er längst dabei zu überlegen, wie er Ferdinand für seine Tat zur Rechenschaft ziehen könnte. Er würde ihn töten. Die einzige Möglichkeit, diesem Teufel das Handwerk zu legen, war, ihn ein für alle Mal von diesem Erdboden zu tilgen. Er musste ihn vernichten. Und mit ihm alles Böse, das er über Leonida gebracht hatte. Wütend stand er auf.

Verzweifelt klammerte sich Leonida an seinem Arm fest. „Bitte glaube mir doch, ich liebe dich, Eduard! Nur dich! Ich werde das Kind nicht behalten. Niemand wird von meiner Schwangerschaft erfahren, Eduard. Bitte! Wir können das Leben leben, das wir uns immer erträumt haben. Du und ich. Ich liebe dich doch, Eduard.

Nur dich!“ In ihrer Verzweiflung hatte Leonida keinen Blick dafür, dass Eduards Wut vielleicht gar nicht ihr gelten könnte.
Sanft löste Eduard ihre Finger von seinem Arm. Er würde Ferdinand jetzt töten müssen. Jetzt sofort, noch in dieser Nacht. Jede Minute, die dieser Dämon länger lebte, war eine Gefahr für die Menschheit. Mit zornigem Blick wandte er sich an Leonida. „Ich muss jetzt gehen.“
„Bitte geh nicht. Bitte bleib. Du musst mir glauben. Ich liebe dich, Eduard!“
„Ich liebe dich auch, Leonida. Ich werde dich immer lieben. Doch jetzt muss ich gehen.“ Eduard versuchte, seiner Stimme die Sanftheit zurückzugeben, die sie so besonders machte, doch die kalte Wut in ihm ließ die Worte hart aus ihm herausbrechen. Er küsste Leonida so liebevoll wie er nur konnte auf die Wange und verließ das Zimmer. Leonida blieb traurig zurück. In diesem Moment war sie sich nicht sicher, ob sie Eduard jemals wieder sehen würde.
Eduard dagegen war sich sicher, dass er den Rest seines Lebens mit Leonida verbringen würde. Sie würde das Kind zur Welt bringen. Sobald sie volljährig waren, würde er sie heiraten und dann würden sie das Kind, das Hanna bis dahin betreut hätte, von ihr adoptieren und großziehen. Zwar war es zur Hälfte das Kind des Teufels, aber zur Hälfte war es auch das Kind eines Engels. Seines Engels. Und er würde dafür sorgen, dass das Kind nur diese Seite in sich ausprägte. Sie würden viele gemeinsame Kinder haben, er und Leonida. Und er würde sie lieben und ehren, wie er es geplant und ihr in tausend Schwüren versprochen hatte. Doch vorher würde er Leonida rächen und Ferdinand töten.
Es war Zufall, dass Eduard aus dem großen Fenster im ersten Stock blickte und Ferdinand entdeckte. Da lag er mitten in der Nacht im Gras hinter der Buchsbaumhecke und blickte in den Sternenhimmel. Das Gesicht selbstzufrieden, im Mundwinkel eine Zigarette. Genüsslich blies er den Rauch in den Nachthimmel.

Eduard spürte, wie sich alles in ihm verkrampfte. Wie im Rausch stieg er die Treppen hinab und schritt durch die große Terrassentür. Kaum bemerkte er, wie sich seine Finger fest um die steinerne Figur schlossen, als er sie von ihrem Sockel hob. Es würde ein Leichtes sein, Ferdinand mit der schweren Figur den Schädel einzuschlagen. Er musste nur den Überraschungsmoment nutzen. Zielsicher schritt er auf den im Gras Liegenden zu. Nur noch zwei Meter trennten ihn von dem Befreiungsschlag, der das Leben von Leonida für immer verändern würde.

Das Knacken eines brechenden Astes, auf den Eduard trat, riss Ferdinand aus seinen Gedanken. Alarmiert drehte er sich um. Der funkelnde Zorn in Eduards Augen und die zum Schlag erhobene Steinfigur sprachen eine deutliche Sprache.

Flink wie ein Wiesel sprang Ferdinand auf und duckte sich unter dem Schlag hinweg, der mit Schwung ins Leere ging. In Sekundenschnelle war er hinter Eduard gesprungen, dessen Oberkörper durch das Gewicht der durch die Luft sausenden Statue leicht nach unten gebeugt wurde und drückte ihm die brennende Zigarette in den Nacken. Dessen Körper verkrampfte sich, doch gerade, als ihm ein Schmerzensschrei entweichen wollte, griff Ferdinand nach der Steinfigur, riss sie dem überraschten Eduard aus den Händen und platzierte mit Schwung einen exakten Schlag auf dessen Hinterkopf. Tonlos sank Eduard zu Boden und sackte leblos in sich zusammen. Ferdinand betrachtete den reglosen Kameraden. Dann grinste er verächtlich, holte erneut aus und schlug mit aller Kraft zu. Anschließend schob er Eduard so gut er konnte etwas tiefer unter die Buchsbaumhecke und ging zurück ins Haus.

2018 Diana

Als die durchdringende Türglocke ertönte, zuckte Diana zusammen. Sie erwartete niemanden und sie hatte absolut keine Lust auf noch eine böse Überraschung. Vorsichtig spähte sie aus dem Fenster. Als sie erkannte, wer sie da besuchen kam, rannte sie zur Tür, atmete einmal tief durch und kontrollierte ihr Erscheinungsbild mit einem kurzen Blick in den Wandspiegel. Dann richtete sie sich auf, setzte ihr strahlendstes Lächeln auf und öffnete die Tür.

„Wir müssen reden."

Überrascht über die Strenge in seinem Tonfall sah Diana in das angespannte Gesicht von Joschua, der ihr Lächeln nicht erwiderte.

„Komm doch herein. Willst du einen Kaffee?"

„Gerne." Joschua folgte ihr zwar in die Küche, aber Diana hatte irgendwie das unangenehme Gefühl, dass etwas nicht stimmte. Schnell goss sie zwei Tassen Kaffee ein und reichte eine davon Joschua, der als Dank nur flüchtig nickte.

„Lass uns doch ins Wohnzimmer gehen, da ist es gemütlicher", schlug Diana vor und ging einfach voraus, als Joschua ihr keine Antwort gab, sondern nur gleichgültig mit den Schultern zuckte. Sie setzten sich, Diana auf das bequeme Canapé und Joschua auf das kleine Sofa gegenüber. Noch immer lächelte Diana Joschua strahlend an, doch dieser wich ihrem Blick sorgfältig aus, was sie zutiefst verunsicherte.

„Ich freue mich, dass du gekommen bist", versuchte sie schließlich ein Gespräch in Gang zu bringen, weil die Stille schon nach kurzer Zeit äußerst unangenehm war.

„Ach ja?" Joschua zog eine Augenbraue nach oben und sah sie nun endlich an. „Vorgestern hast du dich noch gefreut, dass ich gegangen bin."

„Was?"

„Hör zu, Diana, ich habe wirklich keine Lust auf irgendwelche Spielchen. Ich bin ein ganz normaler Mann vom Lande. Vielleicht etwas einfacher gestrickt als die coolen Typen aus der Stadt und längst nicht so hip, aber ich bin zufrieden mit meinem Leben, so wie es ist.“

Verunsichert runzelte Diana die Stirn. Irgendwie konnte sie überhaupt nicht einordnen, was er ihr gerade sagen wollte. Sie hatte sich wirklich gefreut, dass er gekommen war. Aber sein Tonfall gefiel ihr gar nicht. Schnell überlegte sie, aber ihr fiel nicht ein, warum er so sauer auf sie sein könnte.

„Ist irgendetwas nicht in Ordnung?“

„Nun ja, eigentlich ist gar nichts in Ordnung.“

„Wie meinst du das?“

Joschua zögerte kurz. Er schien mit sich selbst zu ringen. Doch schließlich sprach er weiter. „Diana, ich werde jetzt ganz offen sein und du kannst mir glauben, das fällt mir nicht leicht. Eigentlich bin ich ganz gerne allein und behalte meine Gefühle und Gedanken auch lieber für mich. Aber Jana meinte, wenn ich irgendetwas an der aktuellen Situation verändern wolle, dann müsse ich offen mit dir reden.“ Er sah sie an, als ob er auf eine Zustimmung von ihr wartete, also nickte sie kaum merklich. Joschua sprach weiter: „Diana, ich weiß nicht genau, wie ich es dir sagen soll, aber ich mag dich. Ich weiß, wir kennen uns noch nicht lange und wirklich nicht besonders gut, aber irgendetwas an dir fasziniert mich. So sehr, dass ich ständig an dich denken muss. Es mag dich vielleicht verwundern, aber ich habe nicht allzu viel Erfahrung im Umgang mit Frauen. Mit Beziehungen und so. Ich bin, wie gesagt, eher ein Einzelgänger. Frag doch Jana, wenn du mir nicht glaubst.“

Diana hatte laut aufgelacht. Dass dieser wahnsinnig gut aussehende und erotische Mann da vor ihr saß und ernsthaft behauptete, nicht viel Erfahrung im Umgang mit Frauen zu haben, klang für sie wie ein schlechter Witz. Das passte einfach nicht zusammen. Diana hatte das Gefühl, dass allein durch seine Anwesenheit die Luft mit einer unerträglich prickelnden Spannung geladen war. Wenn sich seine Lippen beim Sprechen bewegten, musste sie sich wirklich Mühe geben, nicht ständig auf sie zu starren und sich vorzustellen, wie sie sich anfühlten, wenn er sie küsste. Auch jetzt bemerkte sie, dass sie ihn aufs Peinlichste anschmachtete und sie versuchte, so schnell wie möglich wieder eine neutrale Haltung einzunehmen. Schließlich sollte er wissen, dass sie ihn ernst nahm, wenn er sich ihr gegenüber schon so zu öffnen bereit war.

„Diana", setzte er wieder an, „ich habe keine Ahnung, was du mit mir machst, aber vom ersten Augenblick an, als du wie ein Klammeräffchen über der Mauer hingst, fand ich dich furchtbar interessant. Alles an dir macht mich neugierig auf mehr. Ich will dich unbedingt kennenlernen. Will wissen, wie du wirklich bist, was du denkst, was du fühlst, was dich beschäftigt, was dich freut und was dir Angst macht. Ich will alles über dich wissen, will stundenlang einfach mit dir dasitzen und mit dir reden. Aber gleichzeitig will ich überhaupt nicht, dass wir reden, sondern will dich einfach nur küssen und in meinen Armen halten. Du bringst mich völlig durcheinander." Joschua seufzte. Dass Diana ihn mit ihren großen Augen ansah und wieder dieses verführerische Lächeln auf den Lippen hatte, machte ihm die Sache nicht gerade einfacher.

„Wo war ich?", fragte er plötzlich wie ein zerstreuter Professor, als hätte er bei einem wissenschaftlichen Vortrag kurz den Faden verloren. Diana nutzte die Gelegenheit.

„Joschua", sagte sie sanft. „Was du da sagst, hört sich alles wundervoll an und ich fühle mich total geschmeichelt. Ich finde dich auch toll, aber vermutlich hat dir das Jana längst gesagt. Ich fand unseren ersten Kuss traumhaft schön. Ich habe dich nur deshalb so schroff abgewiesen, weil ich dachte, du seist verheiratet. Mit Jana. Aber so ist es nicht und ich dachte eigentlich, wir könnten nun nochmal von vorne anfangen. Du hast gesagt, du

magst mich auch. Also ehrlich gesagt verstehe ich nicht, wo das Problem ist."
„Wer."
„Was?" Diana sah ihn stirnrunzelnd an.
„*Wer* das Problem ist", erklärte Joschua. „Ich weiß auch nicht, wie er heißt, aber ich muss wissen, was zwischen dir und dem Typen läuft."
„Welchem Typen denn?" Nun war Diana ehrlich überrascht. Der Einzige, mit dem sie sich wünschte, dass etwas lief, saß gerade vor ihr und plapperte irgendwelche Dinge, die sie nicht verstand.
„Na, der, den du geküsst hast, nachdem du mich rausgeworfen hattest."
„Wer…? Ach Toni!" Diana schlug sich mit der flachen Hand an die Stirn. Nun ging ihr ein Licht auf. Na klar! Falls Joschua sich noch einmal umgedreht und gesehen hatte, wie Toni sie geküsst hatte, dann musste er die Situation ja falsch verstehen. Dabei hatte sie Toni so übel abblitzen lassen wie noch nie zuvor jemanden in ihrem Leben. Und noch lächerlicher kam ihr der Gedanke vor, dass Joschua wirklich glaubte, sie hätte noch etwas mit Toni am Laufen. Diana lachte und lachte und konnte sich gar nicht mehr beruhigen. Erst als sie bemerkte, mit welchem Ernst Joschua noch immer da saß und sie traurig anstarrte, beruhigte sie sich. Dann stand sie auf, setzte sich neben Joschua auf das Sofa und nahm seine Hand.
„Toni ist mein Ex-Freund", erklärte sie ruhig. „Er ist hier aufgetaucht, weil er gehört hat, dass ich Geld geerbt habe und er nun etwas davon abhaben wollte. Mit dem Kuss hat er mich völlig überrumpelt. Wenn du einen Augenblick länger hingesehen hättest, dann hättest du eine filmreife Ohrfeige gesehen, die einzige und zugleich bestimmt beste, die ich je in meinem Leben verteilt habe. Und er hatte sie verdient. Oh mein Gott, er hat sie so sehr verdient, das kannst du dir gar nicht vorstellen. Ich habe Toni abserviert, nachdem er mich mit mehreren Frauen nacheinander, vielleicht auch gleichzeitig, wer weiß das schon, betrogen hat. Ich will mit

diesem Mistkerl nichts mehr zu tun haben. Das kannst du mir glauben."
Erneut wurde sie von einem kurzen Lachanfall geschüttelt. Und diesmal konnte auch Joschua sich ein Grinsen nicht verkneifen.
„Dein Ex-Freund?", fragte er schmunzelnd. „Und du hast ihm wirklich eine verpasst?"
„Eine so Laute, dass du den Schall eigentlich noch hättest hören müssen", lachte sie.
„Na dann."
Völlig überraschend zog Joschua Diana plötzlich an sich und küsste sie stürmisch auf den Mund. Dann ließ er sie wieder los und sah sie lachend an. „Bekomme ich jetzt die zweite Ohrfeige deines Lebens?", fragte er schelmisch. Doch Diana antwortete nicht, sondern zog ihn nun ihrerseits an sich und küsste ihn. Erneut explodierten die tausend Funken in ihrem Körper und Diana wäre sich sicher gewesen, dass sie noch nie jemanden so leidenschaftlich geküsst hatte, wenn sie nur in der Lage gewesen wäre, irgendetwas zu denken. Und dieses Mal gab es nichts, was sie hinderte. Keine Missverständnisse, keine falschen Annahmen und keine unnötigen Hemmungen. In dem Moment, als ihre Lippen sich endlich trafen, wussten beide, dass dies der Anfang von etwas war, das sie noch nicht in Worte fassen konnten. Überwältigt von Gefühlen gaben sie sich einfach einander hin, ohne nachzudenken, ohne zu sprechen, ohne irgendetwas. Es waren Küsse der absoluten Bedingungslosigkeit.
Als sie sich schließlich Minuten später voneinander lösten, brannten Dianas Lippen und sie wünschte sich, dass dieses Gefühl für immer bleiben würde. Wie zwei verliebte Teenager saßen sie den Rest des Abends auf dem Sofa und knutschten. Zwischendurch schafften sie es gerade mal, sich etwas zu essen zu bestellen und eine Flasche Wein zu öffnen. Und als Joschua an diesem Abend schließlich zum ersten Mal bei Diana übernachtete, erschien es

Diana wie das Selbstverständlichste der Welt, dass sie mit Lippen aus Feuer in seinen wasserblauen Augen ertrank.

1952 Leonida

„Eduard war es. Ich habe ihn getötet."
„Was?" Schlaftrunken setzte sich die Gräfin in ihrem Bett auf. Der Graf knipste das Licht an. Dass ihr Sohn mitten in der Nacht in ihrem Schlafgemach stand, war bisher noch nie vorgekommen.
„Wie kannst du es wagen, mitten in der Nacht unseren Schlaf zu stören, Sohn?"
„Nun lass ihn doch erst einmal sprechen, Gustav. Er wird schon seine Gründe haben, nicht wahr, mein Großer?"
„In der Tat, Mutter." In diesem Moment war Ferdinand wirklich dankbar, dass seine Mutter immer bedingungslos hinter ihm stand. Dass sie ihn sogar vor ihrem Ehemann in Schutz nahm, damit hatte nicht einmal er gerechnet.
„Eduard hat Leonida geschwängert", setzte er erneut an. „Ich hatte schon länger den Verdacht, dass er und Leonida sich heimlich treffen. Nachdem ich heute dann erfahren habe, dass sie schwanger ist, habe ich ihn zur Rede gestellt. Er hat alles zugegeben. Er hat sich mit Leonida getroffen. Vor einigen Monaten, haben die beiden es getrieben. Ab diesem Zeitpunkt wohl immer wieder. Als ich ihm gedroht habe, euch alles zu verraten, ging er mit einer Statue auf mich los. Doch ich konnte sie ihm entreißen und habe ihn erschlagen. Es war Notwehr."
Mit aufgerissenen Augen hatte das Grafenpaar den Schilderungen ihres Sohnes zugehört. Die Gräfin war die Erste, die sich wieder fasste.
„Wo ist sie jetzt?"
„Ich denke, Leonida ist in ihrem Zimmer."
„Nicht Leonida, die Leiche. Wo ist Eduards Leiche?"
„Im Garten hinter der Buchsbaumhecke."
„Wir müssen sie sofort verschwinden lassen. Steh' auf, Gustav."

Wortlos erhob sich der Graf aus dem gemeinsamen Bett. Obwohl er nun schon Jahrzehnte mit dieser Frau verheiratet war, erstaunte ihn ihr kalter Verstand immer wieder aufs Neue. Doch in dieser Situation war er vielleicht unbezahlbar. Sie hatte völlig Recht. Sie mussten die Leiche dieses Verräters so schnell wie möglich verschwinden lassen.
„Wir werden erklären, er sei abgereist."
Die Männer blickten Wilhelmine von Strentel fragend an.
„Wir werden morgen die Nachricht verbreiten, Eduard sei bereits gestern Abend aus familiären Gründen spontan abgereist. Er wolle seine Familie unterstützen und komme in ein paar Wochen wieder. Wenn er dann nicht mehr auftaucht, werden die Leute annehmen, er sei auf der Rückreise zu seiner Familie verschwunden."
Bewundernd sahen die beiden Männer dabei zu, wie die Gräfin schwarze Kleidung aus dem Schrank nahm. Dann ließen sie sich schweigend von ihr aus dem Haus dirigieren.
Eduard lag leblos noch immer an der Stelle, an der Ferdinand ihn liegen gelassen hatte. Unterhalb einer klaffenden Kopfwunde hatte sich ein Blutfleck gebildet, der das Gras dunkel verklebte. Angewidert verzog die Gräfin das Gesicht beim Anblick des Toten. Dann fühlte sie seinen Puls an der Halsschlagader und schüttelte zufrieden den Kopf. Schweigend, jedoch mit eindeutigen Gesten, wies sie die beiden Männer an, wo sie anfassen sollten. Zu dritt schleppten sie die Leiche von Eduard von Belzner in den hintersten Teil des Gartens. Inmitten einer Gruppe aus dornigen Sträuchern und Büschen schaufelten Ferdinand und der Graf ein tiefes Loch. Dort warfen sie die Leiche ihres Hausgastes hinein und häuften die Erde wieder darauf. Mit den Füßen trampelten sie die aufgehäufte Erde platt und streuten anschließend abgebrochene Zweige und Blätter darüber. Zufrieden betrachteten sie ihr Werk und schlichen dann durch die Dornenbüsche zurück zur Gräfin, die bereits den Blutfleck ordentlich mit Wasser abgespült hatte. Wenn man nicht ganz genau hinsah, fiel nicht mehr auf, dass hier etwas anders war.

Und wer sah schon genau unter eine Hecke? Gleich am nächsten Tag würde der Graf die Gärtner anweisen, dass sie die hintere Buschgruppe mit dem Dornengestrüpp nicht mehr beschneiden, sondern von jetzt an wild wuchern lassen sollten.
In einvernehmlichem Schweigen gingen sie zurück ins Haus, wuschen sich die Erde und den Schweiß vom Körper und gingen anschließend ins Bett. Alle drei schliefen tief und fest.

Als Hanna am nächsten Morgen das Zimmer betrat, konnte Leonida schon an ihren Augen sehen, dass etwas nicht in Ordnung war. Sie hatte diesen typischen Blick, den sie immer dann hatte, wenn etwas Schlimmes passiert war. Als Lioba damals die Treppe hinabgestürzt war, hatte sie diesen Blick gehabt. Und auch, als Poldi, ihr treuer Hund gestorben war. Kurz, bevor sie Leonida vor einigen Jahren erzählt hatte, dass ihre Großmutter schwer krank war und auch, als sie ihr dann eröffnet hatte, dass sie sich nicht mehr erholt hatte und im Krankenhaus gestorben war, immer hatte Hanna genau diesen Blick gehabt.
„Was ist los, Hanna?"
„Nichts, Gräfin", behauptete Hanna und wich ihrem Blick sorgsam aus.
„Ich sehe es an deinem Blick, Hanna. Irgendetwas Furchtbares ist geschehen."
„Es ist nichts, Herrin."
Leonida konnte sehen, wie sehr Hanna mit sich rang. Wie schwer es ihr offensichtlich fiel, Leonida zu belügen. Leonida wusste, dass Hanna sie nicht grundlos anlog. Hanna war, neben der Köchin Marthe, die liebste und zuverlässigste Person in diesem Haus. Zu diesen beiden konnte sie immer kommen und sie waren ihr treu ergeben. Wenn Hanna sie anlog, dann musste sie einen sehr guten Grund dafür haben. Dennoch konnte Leonida in ihrer Situation einfach nicht billigen, dass ihr etwas verschwiegen wurde. Sie würde die kommenden Monate bis zur Geburt ihres Kindes in

diesem Zimmer eingesperrt sein. Wenn sie es schon nicht selbst sehen und erleben konnte, so musste sie doch wenigstens erfahren, was im Hause vor sich ging.
„Hanna, bitte lüg' mich nicht an", sagte sie sanft und sah das Dienstmädchen liebevoll an. „Ich weiß, dass du es tust, um mich vor irgendetwas zu beschützen, aber ich muss wissen, was vor sich geht."
Als Hanna schuldbewusst den Kopf senkte, ging Leonida zu ihr und griff sanft nach ihrer Hand.
„Sieh mich doch an, Hanna. Ich bin nicht mehr das Kind, das du vor unliebsamen Wahrheiten beschützen musst. Ich bin schwanger, Hanna. Ich werde bald selbst ein Kind bekommen. Bisher warst du immer wie eine Mutter für mich, aber jetzt ist alles anders. Unsere Kinder werden aufwachsen wie Geschwister, Hanna. Du bist nicht mehr wie eine Mutter, du bist jetzt wie eine Schwester für mich. Bitte sprich wie eine Schwester mit mir. Lass das blöde *'Gräfin'* sein. Sag Leonida zu mir. Sag *du* zu mir. Sei nicht mehr meine Lehrerin, sei meine Vertraute. Bitte, Hanna."
Die ganze Zeit über hatte Hanna sich nicht bewegt. Nun hob sie den Kopf und blickte Leonida aus tränennassen Augen an. Sie öffnete den Mund, doch schloss ihn wortlos wieder. Dann nahm sie Leonida fest in die Arme, drückte ihren Kopf an ihre Schulter und schluchzte: „Leonida… er ist fort. Er ist gegangen, Leonida… oh Gott… es ist alles meine Schuld… es tut mir so leid."
Erschrocken nahm Leonida Hannas Kopf in beide Hände und hob ihn sanft von ihrer Schulter, sodass sie Hanna direkt in die Augen sah. „Wer? Wer ist gegangen, Hanna?"
„Graf Eduard. Er ist gestern Abend abgereist."
Wie im Rausch taumelte Leonida rückwärts und kam erst zum Stehen, als sie die kalte Wand hinter sich spürte. Mit starrem Blick sank sie an der Wand hinunter und blieb dort zusammengekauert sitzen. Schnell lief Hanna zu ihr, kniete sich vor ihr nieder und streichelte ihr das nach Lavendel duftende Haar.

„Es tut mir so leid, Leonida. Ich war gestern bei ihm und habe ihm gesagt, dass du schwanger bist. Dass sie dich hier eingesperrt haben und ich euer Kind als das Meinige annehmen soll. Er war so schockiert. Oh mein Gott, er war so schockiert, Leonida. Immer wieder hat er mich angesehen und gesagt: „Sag, dass das nicht wahr ist!“ Doch ich konnte ihm keine andere Wahrheit bieten. Schließlich hat er mich einfach stehen lassen und ist aus dem Zimmer gestürmt. Oh Leonida, ich hätte es ihm nicht sagen dürfen. Aber ich fand, er sollte wissen, dass er Vater wird. Ihr liebt euch doch. Das ist doch ein Kind der Liebe. Er musste es doch wissen. Oh Leonida, es tut mir so leid. Es tut mir so unglaublich leid. Aber er musste doch wissen, dass er Vater wird, er musste es doch einfach wissen.“

Hanna schluchzte ihre ganze Verzweiflung aus sich heraus und Leonida bekam furchtbares Mitleid mit ihr. Ihre arme, treue Hanna. Immer hatte sie nur das Beste für Leonida gewollt. Sie konnte ja nicht wissen, dass Eduard gar nicht der Vater des Kindes war. Natürlich musste sie davon ausgehen, dass die Schwangerschaft das Resultat einer heimlichen Liebesnacht war. Und natürlich musste sie mit ihrem guten Herzen annehmen, dass Eduard von seinem Vaterglück wissen und sein Kind kennenlernen wollte.

„Schschscht, Schschscht“, machte Leonida leise, während sie Hanna tröstend über das Haar streichelte, so wie es noch am Abend zuvor Eduard bei ihr getan hatte. Leonida hatte Recht gehabt. In dieser Situation waren sie nicht mehr Gräfin und Dienstmädchen, sondern Schwestern. Verbunden in schicksalhaftem Unglück.

Indem Leonida Hanna tröstete, wurde auch ihre eigene Verzweiflung erträglicher. Es war einfacher, für einen anderen stark zu sein als für sich selbst.

„Du hast nichts falsch gemacht, Hanna“, flüsterte sie leise, als sie Hanna immer und immer wieder über den Kopf streichelte, bis diese sich schließlich beruhigte.

„Es tut mir wirklich leid, Leonida, ich wollte das alles nicht. Aber ich dachte, er wird das Kind lieben. So wie du. So wie ihr euch."
Als Leonida Hanna in die Augen sah, wusste sie, dass diese genau so sehr litt wie sie selbst. Und dass sie sich auf Hanna immer hundertprozentig verlassen konnte.
„Es ist kein Kind der Liebe", sagte Leonida schließlich so ruhig, wie sie konnte.
Hanna blickte Leonida verwirrt an. Sie wirkte irgendwie desorientiert.
„Nicht?"
„Nein. Doch das darf niemand je erfahren. Ich bin dir sehr dankbar, dass du es aufnehmen willst, Hanna. Ich kann es nicht behalten. Ich hasse dieses Kind. Ich wünschte, es wäre tot."
Hanna nickte. Dann begann sie erneut fürchterlich zu weinen. Obwohl Leonida die Wahrheit nicht ausgesprochen hatte, schien Hanna sofort begriffen zu haben, was geschehen war. So fest sie konnte, ohne ihr weh zu tun, drückte sie Leonida an sich. Und Hanna weinte den ganzen Kummer aus sich heraus, den Leonida verspürte. Leonida selbst saß reglos und schweigend da. Sie war dankbar, dass Hanna für sie weinte, denn sie selbst hatte keine Tränen mehr.
Minutenlang weinte das treue Dienstmädchen. Wegen Leonidas Leid und wegen ihrer eigenen Schuld. Sie hatte schließlich die Treffen der beiden unterstützt. Ohne ihre Hilfe hätte die beiden sich niemals heimlich treffen können. Sie hatte ja nicht ahnen können, dass Eduard die Situation so ausnutzen würde. Leonida hatte es zwar nicht ausgesprochen, aber angedeutet. Es war kein Kind der Liebe. Eduard hatte sie also vergewaltigt. So musste es gewesen sein. Und nun hatte sie ihm auch noch von der Schwangerschaft Leonidas erzählt. Kein Wunder, dass er sofort seine Sachen gepackt hatte und verschwunden war. Dieser Schuft. Niemals hätte sie ihm das zugetraut. Er wirkte so anständig, der hübsche Graf Eduard mit seinen wasserblauen Augen. Niemals

hätte sie es für möglich gehalten, dass er Leonida etwas antun würde. Nicht einmal jetzt stand er zu seiner Verantwortung. Er war einfach abgereist. Als die Gräfin das Hauspersonal heute Morgen über die plötzliche Abreise des jungen Grafen unterrichtet hatte, da hatte sie ihn noch bewundert, dass er so tapfer seine Familie unterstützte. Doch jetzt war ihr klar, dass er die Flucht ergriffen hatte. Nachdem sie ihm gestern von Leonidas Schwangerschaft erzählt hatte, musste er sofort abgereist sein. Nun konnte sie seinen erschrockenen Blick auch verstehen. Er hatte Angst, dass seine Tat herauskam. Aber sie würde das Kind bei sich aufnehmen und bestens für das kleine Würmchen sorgen. Das Kind konnte am allerwenigsten für die Grausamkeit seines Vaters.

„Du musst es deinen Eltern sagen“, sagte Hanna schließlich. „Diese Tat muss bestraft werden.“

Erschrocken zuckte Leonida zusammen.

„Gar nichts werde ich sagen. Und du auch nicht, das musst du mir versprechen, Hanna!“ Ihre Augen waren vor Panik derart weit aufgerissen, dass Hanna alles versprochen hätte. „Versprichst du es, Hanna? Versprich es mir in die Hand.“

Hanna nahm die ausgestreckte Hand und drückte sie an ihr Herz. „Ich schwöre es bei meinem Leben.“

Warum Leonida erleichtert aufatmete, konnte sich Hanna nicht erklären, aber sie wusste, dass sie alles für sie tun würde. Wenn Leonida wollte, dass sie schwieg, dann würde sie schweigen. Egal wie schwer es ihr fallen würde.

Plötzlich wurde die Tür aufgerissen. Erschrocken drehten die beiden Frauen, die noch immer auf dem Boden saßen, sich um und sahen direkt in die bösartig funkelnden Augen von Ferdinand.

„Was machst du noch hier?“, schnauzte er Hanna an. „Es ist schon kurz vor Mittag, geh an deine Arbeit.“

Verschreckt sprang Hanna auf, knickste flüchtig und huschte dann durch die Tür hinaus. Der Graf war theoretisch im Recht. Sie hätte nicht so viel Zeit bei Leonida verbringen und darüber ihre häuslichen Pflichten vernachlässigen dürfen. Doch es war in dieser Situation einfach gar nichts anderes in Frage gekommen und deshalb war es ihr egal, was er über sie dachte oder ob er sie bei der Gräfin anschwärzen würde, die sie natürlich bestrafen würde. Mit den Gedanken und dem Herzen immer noch bei Leonida, ging sie an ihre Arbeit und begann, in den Gästezimmern die Betten zu machen.

Sobald Hanna zur Tür hinausgegangen war, sah Ferdinand grinsend auf Leonida, die noch immer auf dem Boden saß und mit dem Rücken an der Wand lehnte. Langsam kostete er jeden Meter aus, in dem er ihr näher kam und jede Sekunde, in der sich ihre Augen vor Angst weiteten. Als er schließlich genau vor ihr stand, kauerte sie sich zusammen und hielt schützend die Hände über den Kopf. Ferdinand lachte.

„Keine Angst, ich würde dir doch niemals etwas tun, Schwesterlein“, zischte er hämisch und tätschelte ihr die Wange. Dann ging er zu ihrem Bett und legte sich darauf. Genüsslich streckte er die Beine von sich und schob die Hände angewinkelt unter seinen Kopf.

„Nun ist er also weg, dein geliebter Eduard“, begann er mit einem gespielten Seufzen, als täte sie ihm leid. „Das wundert mich gar nicht.“ Ferdinand machte eine Pause, wie um zu sehen, ob Leonida auf seine Provokationen einsteigen würde, doch sie hatte nur den Kopf gehoben, starrte auf die Zimmertür an der gegenüberliegenden Seite des Raumes und schwieg.

„Er wird auch nicht mehr wiederkommen“, versuchte es Ferdinand erneut.

Er wollte sie quälen. Mit jedem seiner Worte wollte er ihr seelische Schmerzen zufügen, weil er sich nicht mehr traute, ihr hier im Zimmer körperlich weh zu tun. Als er sah, wie sie bei seinen Worten die Lippen aufeinanderpresste, lächelte er zufrieden. „Wer kann es ihm auch verdenken? Immerhin weiß er, dass du schwanger bist. Deine treue Hanna hat es ihm verraten, wusstest du das? Natürlich denkt er, du hättest ihn betrogen. Da das Kind nicht von ihm sein kann, muss er davon ausgehen, dass du einen Anderen hattest. Und so ist es ja auch. Armer Eduard.“ Er schob mit gespieltem Mitleid die Unterlippe etwas vor und sprach die Worte betont tief und langsam aus. „An seiner Stelle hätte ich auch meine Sachen gepackt und wäre abgehauen. Was will er denn noch hier bei einer Hure, die es nicht nur mit einem Anderen treibt, sondern sich auch noch schwängern lässt. Eduard tut gut daran, sich eine bessere Frau zu suchen. Eine Jungfrau, die seiner würdig ist. Nur gut, dass er bald die kleine von Trochtenau heiraten wird. Die ist bestimmt noch unberührt.“ Nun konnte Ferdinand das Lachen nicht mehr zurückhalten. Er lachte und lachte, bis ihm die Tränen kamen.

Obwohl Leonida mit zusammengebissenen Zähnen versucht hatte, Ferdinand einfach nicht zuzuhören, hatte sich jedes Wort in ihr Herz gebohrt wie ein giftiger Pfeil. Was er ihr angetan hatte, war schlimm genug, aber dass er nun auch noch ihre Beziehung zu Eduard zerstören wollte, war einfach unerträglich. Als sie ihm nun direkt in die Augen sah, waren ihre Augen kalt und leer.

„Ich wette, er kommt zurück. Dann werden wir heiraten und von hier fort gehen. Und dann muss ich dich nie wieder sehen.“

Ferdinand lachte laut auf. „Träum weiter, Schwesterlein. Ich wette dagegen. Ich wette, er kommt nie wieder hierher und ich wette, ihr werdet euch niemals wieder sehen.“

Das hämische Grinsen in seinem Gesicht machte Leonida misstrauisch. Wusste Ferdinand etwas, das er ihr verheimlichte? Warum war er sich so sicher? Hatte er mit Eduard gesprochen? Hatte er Eduard vielleicht sogar eingeredet, dass sie ihn betrogen hatte? Hatte Eduard ihm vielleicht gesagt, dass er nie wieder kommen würde? Leonida spürte einen Kloß in ihrem Hals, als würde ihr jemand die Luft abdrücken. Ohne Eduard würde sie ihres Lebens nicht mehr froh werden. Er war das Glück ihres Lebens. Die Liebe ihres Lebens. Wie sollte sie nur ohne ihn überleben? Wie

sollte sie ohne ihn auch nur einen Tag lang glücklich sein? Er musste wiederkommen. Und er würde wiederkommen. Sie durfte sich von Ferdinand nicht so etwas Gemeines einreden lassen. Sie musste daran glauben. An ihre Liebe und ihre gemeinsame Zukunft. Dieser Glaube war alles, was sie noch hatte.
Plötzlich stieg eine derartige Wut in ihr hoch, dass sie ihren Bruder direkt ansah. Ihre Augen funkelten so zornig wie sonst die Seinigen, was ihn kurz erschrocken innehalten ließ. Dann sprach sie die Worte aus, von denen sie nicht einmal wusste, wie sie den Weg in ihren Mund gefunden hatten. Es sprudelte einfach aus ihr heraus:
„Ich verfluche dich, Ferdinand von Strentel. Du sollst deines Lebens nie mehr froh werden. Du sollst elendig und unter übelsten Schmerzen verrecken und während deine Seele in der Hölle schmort, soll dein Geist auf ewig ruhelos in dieser Welt gefangen sein. Damit du immer das Leben vor Augen hast, das dir verwehrt war. Sei verflucht auf ewig."
Nachdem sie die Worte mit einer Kraft ausgestoßen hatte, die Ferdinand zum ersten Mal in seinem Leben einen kalten Schauer über den Rücken jagten, sank sie erschöpft in sich zusammen. Ferdinand blieb einen Moment lang unbeweglich stehen und betrachtete seine Schwester. So etwas hätte er ihr nie im Leben zugetraut. Es war fast unheimlich gewesen, wie sie mit funkelnden Augen den Fluch in seine Richtung ausgestoßen hatte. Doch er glaubte nicht an Flüche.
Vorsichtig trat er zu ihr und kickte ihr mit der Fußspitze in den Rücken. Leonida regte sich nicht. Schnell verließ er das Zimmer, das Gesicht zu einem schiefen Grinsen verzogen. Das Lachen war ihm vergangen.

2018 Diana

Als sie aufwachte, war sich Diana nicht sicher, ob sie nur geträumt hatte oder ob das alles wirklich passiert war. Vorsichtig, als habe sie Angst davor, dass es doch nur ein Traum gewesen sein könnte, tastete sie mit der Hand neben sich. Als sie einen Arm berührte, drehte sie sich lächelnd um und blickte direkt in die wasserblauen Augen von Joschua.

„Weißt du eigentlich, dass du die abgefahrensten Augen hast, die ich je in meinem Leben gesehen habe?“

„Guten Morgen erst mal“, brummte Joschua und küsste sie sanft auf die Stirn.

„Guten Morgen. Wollen wir frühstücken gehen? Ich habe einen wahnsinnigen Hunger.“

„Ich dachte eigentlich, du bringst mir einen Kaffee ans Bett“, scherzte Joschua.

„Würde ich ja, aber der Weg von der Küche hierher ist so weit, dass der Kaffee kalt ist, bis ich wieder hier im Schlafzimmer ankomme. Ich habe es schon mal probiert.“

Joschua wirkte alarmiert. „Wem hast du denn schon alles einen Kaffee hier ins Bett gebracht?“

„Mir selbst.“ Diana lachte. „Ich wollte im Bett frühstücken, weil ich fand, in einem Herrenhaus sei das irgendwie stilvoll. Und manchmal muss man sich auch einfach selbst etwas gönnen.“

„Ach so.“ Joschua wirkte erleichtert. „Und wie war’s?“

„Kalt. Die Milch kalt, der Kaffee kalt, die Eier kalt. Das war der erste und letzte Versuch, hier im Bett zu frühstücken. Seitdem esse ich morgens direkt in der Küche oder draußen auf der Terrasse.“

„Warum nimmst du denn nicht einfach ein Schlafzimmer, das näher an der Küche liegt? Die Auswahl ist ja wohl groß genug.“

„Schon, aber die Zimmer weiter vorne sind mir irgendwie unheimlich. In einem davon ist meine Großtante Leonida gestorben. In einem anderen habe ich hinter einem losen Brett im Schrank zwei Kleider mit Blutflecken gefunden. Und ein paar andere haben eine ganz gruselige Atmosphäre. Dieses Zimmer hier war das erstbeste, das mir neutral vorkam."

„Hm." Joschua kniff die Augen zusammen und musterte sie. So ganz sicher war er nicht, ob sie ihn vielleicht gerade auf den Arm nahm. Doch dann beschloss er, auf ihre Geschichte einfach einzusteigen. Immerhin war sie eine Schriftstellerin. Vielleicht erwartete sie das von ihm.

„Na, dann bleibt nur zu hoffen, dass sich die Geister auch in den gruseligen Zimmern wohler fühlen und uns hier hinten in Ruhe lassen."

Diana puffte ihn spielerisch in die Seite. Sein Scherz schien gelungen zu sein. Zufrieden stand er auf und lief zur Tür.

„Halt!"

„Was ist denn?"

„Willst du dir nicht etwas anziehen?"

„Wieso?"

„Na, falls jemand kommt."

„Ich dachte, du wohnst allein hier?"

„Ja schon, aber…" Diana wusste auch nicht so recht, was sie sagen sollte, aber irgendwie kam es ihr komisch vor, dass Joschua nur mit Boxershorts bekleidet hier durch das Herrenhaus laufen wollte. Es passte nicht zum Haus. Zu der Atmosphäre hier. Halbnackte Männer gehörten in eine Stadtwohnung oder in ein Haus am See, aber doch nicht in ein majestätisches Herrenhaus, in dem es Minuten dauerte, wieder zurück zu dem Zimmer zu gehen, in dem man seine Kleidung vorfand, wenn man sie dann vielleicht doch benötigte. Diana überlegte, wie sie Joschua klar machen sollte, dass es ihrer Meinung nach unpassend war, wenn er so hier herumlief, aber da war er schon zur Tür hinaus.

Zerknirscht stand sie auf und ging zum Kleiderschrank. Sie wählte absichtlich ein besonders elegantes Sommerkleid und streifte es

über. Dann legte sie eine dezente Kette um und steckte ihre Haare mit einer Klammer fest. Ein prüfender Blick in den Spiegel gab ihr Recht. So schritt man angemessen durch ein Herrenhaus.
Schnell raffte sie Joschuas Kleidung zusammen, die vom gestrigen Abend noch überall im Raum verteilt herum lag. Beim Gedanken an den gestrigen Abend und die vergangene Nacht legte sich ein verträumtes Lächeln auf ihre Lippen. Nun war es doch noch so gekommen, wie sie es sich seit der ersten Begegnung mit Joschua vorgestellt hatte. Und er hatte ihre Erwartungen übertroffen. In jeder Hinsicht. Er sah nicht nur gut aus, er war auch ein überragend guter Liebhaber. Diana war sich sicher, dass sie das breite Lächeln den ganzen Tag nicht mehr aus ihrem Gesicht bekommen würde. Jeder, dem sie begegnen würde, würde sofort kapieren, was los war: Sie war verliebt.
Glücklich lief sie in die Küche, wo Joschua bereits den Tisch gedeckt hatte und gerade Kaffee aufbrühte. Als er sich umdrehte und Diana in der Tür erblickte, pfiff er anerkennend durch die Zähne und ließ seinen Blick einmal von oben nach unten und wieder zurück über ihren Körper wandern.
„Hat dir niemand gesagt, dass man in Anwesenheit einer Dame nicht durch die Zähne pfeift“, sagte sie mit gespieltem Ernst, doch ihr Lächeln verriet, dass sie sich über das spontane Kompliment freute.
„Jetzt komme ich mir tatsächlich blöd vor in meinen Boxershorts“, gab Joschua zu. Diana warf ihm das Bündel mit seiner Kleidung entgegen, das er überrascht auffing.
„Dachte ich mir. Halbnackte Menschen passen einfach nicht in ein Herrenhaus.“
„Willst du mich etwa schon wieder rausschmeißen?“
„Nein! Auf keinen Fall!“ Diana war ehrlich erschrocken. „Ich meinte nur, dass es irgendwie komisch wirkt, wenn jemand hier herumläuft und nichts an hat. Ich kann es dir auch nicht erklären, es wirkt einfach seltsam. Aber wenn du unbedingt willst, kannst du

gerne nackt bleiben. Meinetwegen musst du nie wieder etwas anziehen. Hauptsache du bleibst."
Joschua lachte. „Du hast ja Recht. Ich habe zwar keine Ahnung, wieso, aber es ist echt komisch, hier halbnackt herumzulaufen. Danke für meine Sachen."
Er zog sich an und dann frühstückten sie endlich. Das erste Mal gemeinsam und doch kam es Diana vor, als sei es schon immer so gewesen.
Nachdenklich sah sie Joschua an, der sich genüsslich ein Honigbrot schmecken ließ. „Weißt du eigentlich, dass es total komisch ist, dass ausgerechnet wir beide uns gefunden haben?"
Joschua lachte. „Wieso? Wen hättest du denn statt meiner lieber gefunden?"
„Nein, ich meine, dass du und ich hier gemeinsam sitzen ist irgendwie total abgefahren."
„Warum denn?"
„Na, weil du genauso aussiehst wie Eduard und ich so wie meine Großtante Leonida. Wenn jemand jetzt von uns beiden ein schwarzweiß Foto machen würde, dann würde das doch aussehen, als hätten Leonida und Eduard eine total glückliche, normale Beziehung geführt."
Joschuas Honigbrot, dass er gerade zum Mund hatte führen wollen, blieb vor Staunen in der Luft hängen. „Du hast Recht. Das ist ja krass."
„Ja, nicht? Vor allem, weil ihre Liebe offensichtlich nie erfüllt wurde. Es ist ein bisschen so, als würden wir die Liebe nun leben, die ihnen immer verwehrt geblieben ist."
„Nur zwei Generationen zu spät."
„Ja. Nur zu spät." Diana wirkte traurig.
„Aber wir sind nicht sie, Diana. Wir leben nicht ihre Liebe. Das hier ist unsere Liebe. Und sie wird nicht unglücklich enden. Zumindest, wenn es nach mir geht, nicht."

Offensichtlich hatte Joschua den Gedanken erraten, der sich Diana unweigerlich aufgedrängt hatte. Wenn sich ihre Liebe wiederholte, dann vielleicht auch das Unglück, das die beiden getrennt und Leonida zu der verbitterten, einsamen Frau hatte werden lassen, als die sie schließlich gestorben war. Joschua hatte seine Arme über den Tisch gestreckt und nahm ihre Hand liebevoll in die Seinen. Er blickte ihr tief in die Augen und sagte: „Wir sind nicht sie, Diana. Geschichte wiederholt sich nicht. Wir schreiben unsere eigene Geschichte."
Diana nickte. Wenn sie in Joschuas wasserblaue Augen blickte, konnte sie einfach nicht anders, als ihm alles zu glauben und ihm blind zu vertrauen. Ob es Leonida mit Eduard wohl auch so gegangen war? Warum war er nur verschwunden? Und warum war er nie zu Leonida zurückgekehrt? Was war nur aus ihrer Liebe geworden?
„Oh, ich muss los."
„Wohin denn?"
„Na, arbeiten."
„Oh." Diana war ehrlich überrumpelt. Sie hatte gar nicht daran gedacht, dass Joschua ja vermutlich einer normalen Arbeit nachging. Der Alltag hatte in ihrer Welt der Verliebtheit bis jetzt einfach keinen Platz gehabt.
„Was arbeitest du denn eigentlich?"
„Ich bin Kinderarzt."
„Oh!" Diana strahlte. „Was für ein wundervoller Beruf."
„Ja, du sagst es. Und bestimmt warten auch schon ganz viele wundervolle, winzige Menschen auf den Onkel Doktor." Lächelnd klappte er sich zwei Scheiben Brot zusammen, die er eben noch mit Käse belegt hatte und wollte zur Tür hinaus.
Da ging Diana plötzlich ein Licht auf. „Der Pieper bei unserer ersten Begegnung…?"
„...war ein dringender Notfall. Ist inzwischen aber wieder wohlauf. Leider mit dem Gipsbein zehn Wochen kein Fußball, aber auch das

wird der kleine Mann überleben. Hoffe ich.“ Joschua grinste und Diana hatte keinen Zweifel daran, dass er seinen Beruf wirklich liebte.
„Die Praxis ist heute nur bis vierzehn Uhr geöffnet. Ich kann also um drei wieder hier sein, wenn du willst. Ich verspreche auch, ich komme in angemessenem Outfit.“
„Das will ich hoffen“, lachte Diana und tippte sich auf die Wange, um anzuzeigen, dass er ihr einen Kuss darauf geben sollte. Das tat er auch. Erst auf diese Wange, dann auf die andere, dann auf den Mund, auf die Stirn und wieder auf den Mund. Dann wich er ruckartig zurück und lief rückwärts zur Tür. Kam wieder zurück und küsste sie erneut auf den Mund.
„Irgendwie hast du etwas Magnetisches.“
Diana lachte. „Jetzt aber raus hier, sonst bist du um drei noch immer hier und das Wartezimmer ist voller weinender Kinder.“
„Bin schon weg.“ Es fiel ihm wirklich schwer, doch Joschua zwang sich, aus der Tür zu gehen, ohne sich noch einmal umzudrehen. Bevor er verschwand, warf er einen Handkuss hinter sich und konnte leider nicht mehr sehen, wie Diana auf ihrem Küchenstuhl dahinschmolz wie ein verliebter Teenager.
Als sich ihr Herzschlag schließlich etwas beruhigt hatte, beschloss sie, heute endlich das zu tun, was sie schon lange vorgehabt hatte. Sie würde auf dem Friedhof nach einem Hinweis auf Elisabeth suchen. Vermutlich war diese, wie die anderen Familienmitglieder auch, in der Familiengruft bestattet. Dann würde Diana wenigstens einmal das genaue Geburts- und Todesdatum erfahren. Im Nachhinein kam sie sich ziemlich dumm vor. Sie hatte so lange gerätselt, wann Leonida wohl ein Kind bekommen haben könnte. Dabei hätte sie lediglich auf dem Friedhof nachschauen müssen. Wenn sie das Geburts- und Todesdatum von Elisabeth wusste, musste sie ja nur ein bisschen rechnen und schon würde sie zweifelsfrei wissen, in welchem Alter Leonida ihre kleine Tochter bekommen und dann wieder verloren hatte.

Bisher hatte Diana Friedhöfe immer für unheimliche Orte gehalten. Schließlich lagen dort Unmengen toter Menschen unter der Erde. Was dort mit ihnen geschah, wollte sie sich lieber erst gar nicht vorstellen. Doch es waren nicht nur die Leichen unter ihren Füßen, an die sie jeden Gedanken am liebsten verdrängen würde. Es waren auch die Lebenden, die ihr auf einem Friedhof begegneten. Die Gesichter gezeichnet von tiefer Trauer, spiegelten eine Endgültigkeit, mit der Diana sich noch nicht auseinanderzusetzen bereit war.

Normalerweise mied sie Friedhöfe, so gut es ging. Umso mehr überraschte es sie, dass der Friedhof von Lürnau in ihr ganz und gar nicht das Gefühl weckte, sofort wieder verschwinden zu wollen. Im Gegenteil. Als sie durch das große Eisentor trat, fühlte sie sich irgendwie wohl. Als würde sie gerade einen Spaziergang durch einen schönen Park beginnen. Irritiert blieb sie stehen und ließ die Eindrücke einen Moment lang einfach auf sich einströmen wie die Samen einer Pusteblume, die der Wind in eine Richtung trägt. Es roch nach Rosen, Veilchen und Gras. Als sie tief einatmete, stach ein Geruch besonders hervor und nach einem kurzen Moment erkannte sie ihn als den Duft einer frisch geschnittenen Thuja-Hecke. Diana schloss die Augen, warf den Kopf genießerisch in den Nacken und sog den Geruch tief in sich auf. Sie spürte, wie die warmen Sonnenstrahlen sofort ihr Gesicht wärmten. Am liebsten hätte sich Diana auf eine der einladend aussehenden Holzbänke gesetzt, aber sie hatte schließlich eine Aufgabe: Sie wollte das Grab von Elisabeth finden.

Als sie über den knirschenden Kies den Weg zurücklegte, den ihre Mutter ihr damals beschrieben hatte, schämte sie sich ein bisschen, denn sie war seit dem Tod von Leonida bisher noch nicht einmal an deren Grab gewesen, dabei war sie inzwischen lange genug hier und hätte mehrfach die Gelegenheit dazu gehabt. Außerdem hätte es sich ja auch irgendwie gehört, dass sie ihr wenigstens am Grab für das großzügige Erbe dankte, zumindest hatte Dianas Mutter das mehrfach betont und Diana musste ihr nun insgeheim Recht geben. Eigentlich war ihr auch völlig klar gewesen, dass ihre Mutter in dieser Angelegenheit Recht hatte und sie hatte auch wirklich mehrmals vorgehabt, herzukommen, aber dann hatte sie doch jedes Mal wieder spontan entschieden, dass sie nicht auf einen Friedhof gehen wollte. Auch dieses Mal hatte sie bis kurz vor dem Tor noch überlegt, wieder umzukehren, doch diesmal war ihr einfach keine passende Ausrede eingefallen, um sich selbst zu belügen und außerdem war sie es nun nicht nur Leonida schuldig, sondern irgendwie auch Elisabeth.

Hätte sie allerdings gewusst, dass dieser Friedhof so ganz anders war als alle, die sie bisher gesehen hatte, dann wäre sie bestimmt schon viel früher hergekommen. Die hübschen und ordentlich bepflanzten Gräber wirkten fröhlich und hatten rein gar nichts von der Düsternis des Todes. Gut gelaunt kam Diana bei der großen Familiengruft an. Auf einer Tafel vor dem Eingang waren alle Namen derer in Stein gemeißelt, die hier ihre letzte Ruhe gefunden hatten. Schnell huschten Dianas Augen über die Buchstaben. Ihr war nicht bewusst gewesen, dass sich die Ahnenreihe der von Strentels so weit zurückverfolgen ließ. Leonidas Name war der aktuell letzte in der Reihe, doch es war noch jede Menge Platz unter ihr auf der Steintafel. Diana las alle Namen noch einmal rückwärts, doch es half nichts. Elisabeth tauchte einfach nicht auf. Von Leonidas Kind gab es nicht einmal im Reich der Toten eine Spur.

1952 Wilhelmine

Gräfin Wilhelmine von Strentel hatte sich ganz bewusst dazu entschieden, ihren Gast persönlich an der Eingangstür zu begrüßen. Als Gräfin Bernadette von Belzner zu Küngenheim ihren Besuch auf Gut Strentel angekündigt hatte, war Gräfin Wilhelmine von Strentel für einen Moment wirklich schockiert gewesen. Sie wusste bereits, warum Gräfin Bernadette nach Gut Strentel kommen wollte. Es war nun bereits zwei Monate her, dass sie Eduard im Garten begraben hatten, nachdem Ferdinand ihn mit einer Statue erschlagen hatte. Die offizielle Version, er sei abends überraschend nach Hause aufgebrochen, hatte bis dato wunderbar die Runde gemacht. Niemand hegte auch nur den kleinsten Zweifel daran, dass es stimmte, denn Eduard war unter den Bediensteten für seinen Familiensinn und sein gutes Herz bekannt. Dass er sofort aufbrach, wenn seine Familie ihn brauchte, und sei es auch mitten in der Nacht, wurde von niemandem hinterfragt, weil es einfach zu gut zu ihm passte. Die ganze Geschichte hatte perfekt funktioniert, bis schließlich vor einer Woche die Geburtstagseinladung von Bernadette von Belzner zu Küngenheim ins Haus geflattert war. Selbstverständlich an Eduard adressiert. Da war Wilhelmine von Strentel gezwungen gewesen zu handeln. Schnell hatte sie Kontakt zu der jungen Gräfin aufgenommen und ihr in äußerst überzeugend gespielter Überraschung erzählt, dass Eduard gar nicht mehr im Haus lebe, weil er bereits vor sieben Wochen nach Hause aufgebrochen sei. Heuchlerisch hatte sie sich danach erkundigt, ob der familiäre Notfall denn zu einem guten Ende gefunden habe, und hatte sich mehr als erstaunt darüber gezeigt, dass Bernadette nichts von einem familiären Notfall wusste. Anschließend hatte sie in einer schauspielerischen Meisterleistung ihre Verwunderung darüber kundgetan, warum Eduard denn dann so plötzlich mitten in der Nacht aufgebrochen sei. Dabei war sie in ihrer Darstellung der

besorgten Gastgeberin vielleicht ein bisschen zu überzeugend gewesen, denn Bernadette von Belzner zu Küngenheim hatte daraufhin angekündigt, so bald wie möglich nach Gut Strentel zu kommen, um mit Wilhelmine von Strentel gemeinsam das Rätsel um das Verschwinden ihres Bruders Eduard zu lösen.
Wilhelmine von Strentel konnte sich nichts Dämlicheres vorstellen als die Farce, mit dieser Frau Detektiv zu spielen, aber wenn sie keinen Verdacht erregen wollte, blieb ihr nichts anderes übrig als gute Miene zum bösen Spiel zu machen, und so hatte sie sich an diesem Tag in ihr bestes Kleid geworfen, ihr unschuldigstes Lächeln aufgesetzt und begrüßte nun den ungeliebten Gast als sei diese ihre allerbeste Freundin.
„Meine liebste Bernadette, herzlich Willkommen auf Gut Strentel. Ich wünschte, unser Wiedersehen fände unter schöneren Umständen statt, doch ich freue mich außerordentlich, dich nun endlich einmal als Gast in unserem Haus begrüßen zu dürfen. Sag, wie geht es deiner Frau Mutter? Aber komm doch erst einmal herein."
„Vielen Dank!" Bernadette knickste höflich. Als sie die Gräfin von Strentel zum letzten Mal gesehen hatte, war sie selbst noch ein Kind von knapp zehn Jahren gewesen. Alt war sie geworden, die Gräfin, schoss es Bernadette durch den Kopf. Obwohl sie offenbar alles dafür tat, ihr Alter zu vertuschen, konnten doch ihre schlanke Figur und das mädchenhafte Make-up nicht darüber hinwegtäuschen, dass sich tiefe Falten in ihrem Gesicht gebildet hatten, und als die Frauen sich nun die Hand reichten, bemerkte Bernadette, dass die Haut der Gräfin insgesamt ihre einstige Spannkraft eingebüßt hatte. *Egal wie reich jemand ist, vom Altern kann man sich nicht freikaufen,* dachte sie bei sich und schenkte ihrer Gastgeberin gleichzeitig ein gewinnendes Lächeln.
„Ich danke Ihnen, dass Sie mich empfangen, liebste Gräfin von Strentel. Ich weiß, Sie haben gewiss genug zu tun, doch das plötzliche Verschwinden meines Bruders lässt mir keine Ruhe und

ich habe zu große Sorge, dass ihm etwas zugestoßen sein könnte, als dass ich tatenlos zu Hause herumsitzen und auf eine Nachricht warten könnte. Gewiss haben Sie Verständnis dafür, dass ich meine Suche nach ihm hier bei Ihnen beginnen möchte, wo er zuletzt gesehen wurde."

„Aber gewiss doch, meine Liebste. Nun komm aber doch erst einmal herein. Bei einer Tasse Kaffee und einem Stückchen Kuchen lässt es sich doch viel angenehmer plaudern als hier auf der Türschwelle. Lioba, bring bitte den Koffer der Gräfin von Belzner zu Küngenheim in das vorbereitete Gästezimmer. Und dann serviere uns auf der Terrasse."

Dankbar gab Bernadette ihren Koffer dem Dienstmädchen, das höflich knickste. *Als müsse sie sich noch dafür bedanken, dass sie das schwere Ding schleppen durfte,* dachte Bernadette. Dann folgte sie der Gräfin von Strentel durch die imposante Eingangshalle und das überdimensionierte Wohnzimmer hinaus auf die Terrasse, wo bereits zwei Gedecke bereit standen. *Man kann sagen, was man will, aber ihren Haushalt hat sie im Griff,* dachte Bernadette und setzte sich auf einen der vorbereiteten Plätze.

„Nun, verehrte Gräfin, Sie haben mir zwar schon geschrieben, dass Eduard an diesem Abend vor einigen Wochen einfach aufgebrochen sei, doch ich kann mir noch immer nicht vorstellen, wohin er gewollt haben könnte."

„Angeblich zu dir und deiner Mutter." Wilhelmine von Strentel zuckte die Achseln. „Es kam wirklich ganz plötzlich. Nach dem Abendessen hatten mein Mann und ich uns schon auf unser Zimmer zurückgezogen. Plötzlich klopfte es und Eduard stand vor uns. Er wirkte aufgelöst und irgendwie gehetzt." Vorsichtig nippte sie an ihrem Kaffee, den Lioba ihr eben eingeschenkt hatte, und schielte über den Rand der Kaffeetasse hinweg zu Bernadette, doch sie konnte nicht wirklich einschätzen, ob diese ihr das Erzählte abkaufte. Also beschloss sie, in ihrer Geschichte noch deutlicher zu werden. „Ich fragte ihn, was denn passiert sei und ob wir ihm irgendwie helfen könnten, doch er schüttelte nur den Kopf und meinte, er müsse sofort abreisen. Er müsse unverzüglich zu seiner Familie. Ich sagte, dass doch hoffentlich nichts Schlimmes passiert sei, und er meinte nur, er habe keine Zeit für Erklärungen, es sei allerhöchste Eile geboten. Seine Sachen habe er schon gepackt, er habe uns nur kurz informieren wollen."

Bernadettes skeptischer Blick verriet ihr, dass sie nun wirklich aufpassen musste, dass ihre Geschichte glaubwürdig war.

„Mein Mann fragte ihn, ob er ihn begleiten solle, doch Eduard meinte, er könne nicht warten, bis dieser gepackt habe, er müsse ohne Verzögerung unmittelbar jetzt los. Dann bedankte er sich bei uns für unsere Gastfreundschaft in den vergangenen Wochen, bat uns, Leonida und Ferdinand herzlich zu grüßen, die ja in der Zwischenzeit wie Geschwister für ihn geworden waren, und verschwand. Das war das letzte Mal, dass ich ihn gesehen habe."

Bernadette hatte aufmerksam zugehört und jedes Wort gierig in sich aufgesaugt, das einen Hinweis auf das Verschwinden ihres Bruders geben könnte. Was die Gräfin da erzählte, war total schlüssig und zugleich machte es überhaupt keinen Sinn. Warum hätte Eduard denn einen familiären Notfall vortäuschen sollen, wenn es überhaupt keinen gegeben hatte? Und warum hatte er sie nicht wenigstens vorher darüber informiert, dass er nach Hause kommen wollte? Sicher, die Gräfin hatte gesagt, Eduard sei mehr als überstürzt aufgebrochen, doch das passte überhaupt nicht zu ihm. Normalerweise überlegte er immer sehr gewissenhaft, was er tat und was nicht. Selbstverständlich wollte sie der Gräfin keine Lüge unterstellen, doch etwas an dieser Geschichte kam ihr faul vor. Bernadette wusste nicht so recht, was sie tun sollte. Doch eines war sicher: Wenn sie etwas über das Verschwinden ihres Bruders herausfinden wollte, dann musste sie hier auf Gut Strentel damit beginnen. Irgendwie wurde sie das Gefühl nicht los, dass die von Strentels doch etwas damit zu tun hatten. Sie wusste zwar noch nicht was, aber das würde sie schon noch herausfinden.

„Nun lass uns doch hineingehen, damit man dir dein Zimmer zeigen und du dich etwas frisch machen kannst“, sagte die Gräfin mit einem liebreizenden Lächeln. Und Bernadette erwiderte das Lächeln so gut sie konnte.
Insgeheim beschloss Wilhelmine von Strentel, dass sie den ungebetenen Gast so schnell wie möglich wieder loswerden musste. Schließlich würde man bald die Geburt eines Säuglings vertuschen müssen. Und eine Fremde, die währenddessen hier herumschnüffelte, war das Letzte, was sie dabei gebrauchten konnte.
Plötzlich fiel ihr Blick auf Lioba, die noch immer dastand, bereit, die beiden Damen zu bedienen. „Du blutest“, bemerkte Wilhelmine schlicht, als sie sah, wie einzelne Tropfen auf den Boden fielen. „Geh und wasch dir die Hände. Danach wischst du das hier auf. Und achte darauf, dass deine Hände sauber sind, wenn du das Geschirr abräumst. Ich will keine Blutflecken auf meinem Porzellan.“
Erschrocken betrachtete Lioba ihre Hände. Tatsächlich hatte sie während Wilhelmine von Strentels Schilderungen die Hand so fest um das Kuchenmesser geschlossen, dass die Klinge tief in ihren Handballen geschnitten hatte. Ein paar Tropfen Blut waren auf dem Boden gelandet. Doch das Blut auf ihren Händen war nichts im Vergleich zu ihrem blutenden Herzen. Wie konnte die Gräfin nur so eiskalt und abgebrüht sein. Jedes Wort von ihr war eine Lüge. „Er ist tot!“, hätte Lioba am liebsten geschrien, doch sie zwang sich, den Mund zu halten. Niemand wusste, dass sie in jener verhängnisvollen Nacht schlaflos am Fenster gestanden hatte. Niemand wusste, was sie wusste. Dass Eduard noch immer auf Gut Strentel war. Vergraben im hintersten Teil des Gartens. Doch sie würde nichts sagen. Was konnte sie schon ausrichten? Sie musste darauf hoffen, dass Gott, genau wie sie, die Untaten dieser Familie gesehen hatte. Und dass er sie für ihre Taten bestrafen würde.

So schnell sie konnte, rannte Lioba in die Küche und wusch sich das Blut von der Hand. Körperlichen Schmerz spürte sie schon lange nicht mehr. Das eiskalte Wasser stoppte nicht nur die Blutung, sondern ließ sie auch wieder einen klaren Gedanken fassen. Wenn sie wollte, dass die von Strentels für ihre Untaten bestraft wurden, dann musste sie dafür sorgen, dass es geschah. Am liebsten würde Lioba sie eigenhändig bestrafen. Alle drei. Nicht Leonida, denn diese war selbst nur ein Opfer ihrer furchtbaren Familie. Aber Lioba wusste, wenn sie irgendeine Möglichkeit sähe, diese Familie zur Rechenschaft zu ziehen, das Böse in ihnen auszumerzen oder alle drei zu vernichten, dann würde sie es tun. Ohne zu zögern. Sie wusste noch nicht wie, aber sie würde einen Weg finden, davon war sie überzeugt. Ferdinand, die Gräfin und der Graf, sie sollten in der Hölle schmoren.

2018 Diana

„Du wirst es nicht glauben, aber ich habe dich tatsächlich vermisst." Joschua lachte, hob Diana hoch und drehte sie einmal im Kreis, bevor er sie wieder auf die Füße stellte.
„Jetzt übertreib' mal nicht, es ist gerade mal einen halben Tag her, dass wir uns gesehen haben."
„Ja. Um genau zu sein, heute Morgen um zehn vor acht. Lange, lange Stunden liegen zwischen dem Abschied und dem Wiedersehen."
„Ich wusste ja gar nicht, dass du ein Romantiker bist!" Diana lachte, aber innerlich freute sie sich über Joschuas überbordende Wiedersehensfreude wie ein Kind an Weihnachten.
„Und? Hast du vielen kleinen Kindern dabei geholfen, gesund zu werden?"
„Vielen. Leider nicht allen. Und ein paar habe ich sogar geärgert."
„Wieso."
„Naja, weil nicht jedes Kind sich über eine Impfung freut."
Diana lachte. Ja, das konnte sie sehr gut nachvollziehen. Ihr grauste heute noch vor Impfungen. Alles, was mit einer Spritze verbunden war, war nicht gut. Lachend und scherzend gingen sie in den Speisesaal, wo Diana schon ein leckeres, wenn auch spätes Mittagessen vorbereitet hatte. Sie setzten sich und begannen zu essen.
„Wie war denn dein Tag?", fragte Joschua zwischen zwei Bissen
„Ach, leider nicht so gut. Ich war auf dem Friedhof und habe nach einem Hinweis auf Elisabeth gesucht."
„Und?"
„Erfolglos." Diana schüttelte enttäuscht den Kopf. „Es ist wie verhext. Als ob ich sie gar nicht finden *soll*. Egal, wo ich suche, es gibt nicht den kleinsten Hinweis darauf, dass sie überhaupt existiert hat. Weder auf Fotos, noch in Unterlagen oder auf dem Friedhof.

Nicht einmal die Menschen, die Leonida oder die Familie gekannt haben, wissen etwas von ihr. Man könnte fast meinen, Marita hätte Recht gehabt und… nein, das wäre zu absurd.“
„Was meinst du?“
„Ach nichts.“ Diana wischte mit der Hand durch die Luft als könne sie den Gedanken mit einer Handbewegung wegstreichen, doch Joschua ließ nicht locker.
„Sprich es doch aus. Egal, wie absurd es dir erscheinen mag. Was auch immer du gedacht hast, es könnte doch der Schlüssel zu allem sein.“
„Nein, das glaube ich nicht. Das wäre zu krass.“
„Dann sag doch einfach, was du gedacht hast und ich sage dir, ob es zu krass ist.“
Diana war förmlich anzusehen, wie sie sich dazu durchringen musste, ihren Gedanken auszusprechen.
„Was wäre, wenn Leonida sich Elisabeth nur ausgedacht hätte?“
Joschua runzelte fragend die Stirn. „Wie meinst du das, ausgedacht?“
„Na, wenn es Elisabeth in Wirklichkeit gar nie gegeben hat. Wenn Leonida sich nur ausgedacht hat, dass sie eine Tochter gehabt hätte, weil sie es nicht ertragen konnte, das Leben lang allein zu sein. Meine Freundin Marita hat mich vor Kurzem auf die Idee gebracht. Und je länger ich darüber nachdenke, desto mehr halte ich es für möglich. Ja, inzwischen sogar für wahrscheinlich.“
„Traust du ihr das denn wirklich zu? Das wäre ja schon ein bisschen verrückt.“
„Ja, aber vielleicht war sie ja verrückt.“ Diana hatte nicht bemerkt, wie leise sie die letzten Sätze ausgesprochen hatte. So, als dürften die Worte den Raum auf keinen Fall verlassen. „Ich kann mich gar nicht mehr richtig an sie erinnern. Ich durfte sie ja ab meiner Jugendzeit nicht mehr besuchen, das habe ich dir ja schon mal erzählt. Ich weiß nur noch, dass sie mir immer schon extrem seltsam vorkam, als ich noch ein Kind war. Und wer weiß – ich

denke mir ja auch Geschichten aus. Sogar beruflich. Vielleicht habe ich meine blühende Phantasie ja von Großtante Leonida geerbt."

„Ich verstehe, wie du denkst, und ich finde, dass das unter normalen Umständen auch gar nicht so absurd klingt, wie du behauptet hast. Aber das passt doch überhaupt nicht damit zusammen, dass sie nun von dir verlangt, Elisabeth ein Leben zu schenken, das sie nicht hatte. So hat es deine Großtante in ihrem Brief doch ausgedrückt, oder?"

„Ja, fast wörtlich so."

„Wenn Elisabeth nur in ihrer Fantasie existiert hätte, dann wäre es folglich doch egal, wenn Elisabeth quasi mit dem Tod deiner Großtante Leonida auch stirbt, oder?"

„Stimmt." Von dieser Seite aus hatte sie es noch gar nicht betrachtet.

„Diana?"

Diana kannte die Stimme, die zögerlich nach ihr rief, aber sie konnte sie im ersten Moment nicht einordnen.

„Hier! Wir sind im Speisezimmer", rief sie.

Die Tür öffnete sich einen Spalt breit und Emma streckte langsam ihren Kopf herein. „Bitte nicht schießen, ich bin nicht bewaffnet", bat sie scherzhaft. Diana lachte bei der Anspielung auf ihre erste Begegnung.

„Oh, Entschuldigung, wir wollten nicht stören", sagte sie schnell, als ihr bewusst wurde, dass Diana und Joschua gerade beim Essen waren.

„Kein Problem, wir sind gerade fertig. Warum *wir*?"

„Ach so, ich habe dir jemanden mitgebracht: meine Mutter Hanna. Allerdings wartet sie im Wohnzimmer, bis ich dich gefunden habe. Sie ist nicht mehr so gut zu Fuß in ihrem Alter. Schließlich knackt sie in ein paar Jahren schon die 100. Aber im Kopf ist sie eigentlich noch ganz fit und ich dachte, vielleicht kannst du ihr ein paar Fragen stellen. Schließlich kannte sie Leonida ja von klein auf und hat sich schon um sie gekümmert, als diese noch ein Kind war. Ich habe sie schon nach einem Kind von Leonida gefragt, aber sie hat nur gesagt, ich solle meine Nase nicht in Dinge stecken, die mich nichts angingen."

Diana strahlte. Es war wirklich eine geniale Idee, mit Hanna zu sprechen. Dass sie da nicht selbst darauf gekommen war. Und außerdem freute sie sich, Emma wiederzusehen. Sie hatte die nette alte Frau direkt bei ihrem ersten Treffen ins Herz geschlossen. Schnell stellte sie Emma und Joschua einander vor und schichtete dann eilig ein paar Naschereien auf ein Tablett, um es mit ins Wohnzimmer zu nehmen.

„Lass nur, ich mach das schon", bot Joschua an, als Diana noch schnell die Teller abräumen wollte. „Ich muss dann eh noch ein paar Telefonate führen. Ich komme nach, wenn ich fertig bin, aber das kann noch eine ganze Weile dauern."

Diana warf ihm einen dankbaren Blick zu und ging dann eilends mit Emma ins Wohnzimmer, wo Hanna mit aufrechtem Rücken und geschlossenen Beinen auf dem Sofa saß und wartete.

Als sie Diana sah, erhellte ein plötzliches Strahlen ihr Gesicht. Die alte Frau stand auf, streckte ihr freudig die Arme entgegen und drückte Diana fest an ihre Brust. Diana wusste nicht genau, wie sie sich verhalten sollte. Mit so einer innigen Begrüßung hatte sie überhaupt nicht gerechnet. Also hielt sie einfach still und ließ sich von der netten alten Dame drücken.

Schließlich schob diese Diana eine Armeslänge von sich weg und betrachtete sie eingehend. Liebevoll strich sie mit ihrer faltigen Hand über Dianas Haar und zog sie dann, erschrocken über sich selbst, schnell wieder zurück. „Oh entschuldigen Sie bitte, wie anmaßend von mir. Da hat mich die Erinnerung einfach übermannt. Für einen Moment hatte ich das Gefühl, ich wäre wieder jung und Leonida stünde vor mir." Ohne ihren Blick von Diana abzuwenden, sagte sie zu ihrer Tochter: „Du hast wirklich nicht übertrieben, Emma. Sie sieht genauso aus wie Leonida."

Diana fühlte sich geschmeichelt. Leonida war ihr in den vergangenen Wochen, seit sie auf Gut Strentel lebte, irgendwie ans Herz gewachsen und sie empfand ihre Ähnlichkeit mit ihr inzwischen als etwas Positives, obwohl sie keine Ahnung hatte, warum. Auch wenn alles darauf hindeutete, dass Leonida zwei schlimme Verbrechen verübt hatte, konnte Diana das einfach nicht glauben.

„Setzen wir uns doch“, schlug sie schließlich vor und deutete auf das Sofa, von dem Hanna sich gerade erhoben hatte. Es fühlte sich wirklich mehr als seltsam an, dass die Frau, die damals das Kindermädchen von Leonida gewesen war, nun tatsächlich neben ihr auf dem Sofa saß.

„Emma meinte, Sie könnten mir vielleicht ein paar Fragen zu meiner Großtante beantworten?“

„Bestimmt, verehrte Gräfin. Aber sagen Sie doch bitte Hanna zu mir. Es kommt mir ganz komisch vor, wenn Sie mich siezen.“

Diana lachte. „Dasselbe gilt für dich aber auch, Hanna. Ich bin gar keine Gräfin, ich heiße Diana Schatt. Aber ich würde mich freuen, wenn du einfach nur Diana zu mir sagst.“

„In Ordnung, Diana.“ Hanna zwinkerte Diana verschwörerisch zu, als hätten sie gerade einen Pakt fürs Leben geschlossen. Äußerlich versuchte Diana zwar ruhig zu bleiben, aber innerlich hätte sie vor Freude explodieren können. Nicht genug, dass sie dem alten Kindermädchen von Leonida endlich ihre Fragen stellen konnte, nein, die alte Dame schien mit ihren über neunzig Jahren tatsächlich geistig noch komplett fit zu sein. Das war ebenso erstaunlich wie genial, denn sie würde natürlich aus erster Hand erzählen können, was damals in dem Herrenhaus geschehen war. Diana hoffte nur, dass ihre Erinnerung auch noch funktionierte.

„Ich freue mich so sehr, dass du da bist, Hanna“, begann sie. „Leonida war, wie du bereits weißt, meine Großtante. Sie hat mir Gut Strentel und all ihr Vermögen vererbt, aber ich kannte sie gar nicht so gut. Ich habe sie nur ein paar Mal gesehen, bis ich ein

Teenager war. Danach hat sie mir verboten, herzukommen. Angeblich, weil sie nicht ertragen konnte, dass ich ihr ähnlich sah."
„Ja, das kann ich mir denken." Hanna nickte verständnisvoll. „Du bist ihr wirklich wie aus dem Gesicht geschnitten. Eine ganz unglaubliche Ähnlichkeit."
„Aber jetzt habe ich natürlich keine Ahnung, wie Leonida eigentlich wirklich war. Im Alter, aber auch als Kind oder Teenager."
„Oh, da kann ich dir ein paar Geschichten erzählen." Hanna lächelte glücklich bei der Erinnerung an Leonida als kleines Mädchen. Mit strahlenden Augen erzählte sie Diana, wie Leonida sich immer in die Küche geschlichen hatte, um mit Marthe und den Dienstmädchen zu plaudern. Wie erbittert sie die Dienstmädchen vor den Bosheiten ihres Bruders Ferdinand zu schützen versucht hatte, obwohl sie oft genug selbst darunter zu leiden gehabt hatte. Davon, wie Leonida verirrte und verletzte Tierchen aufgenommen und in ihrem Zimmer heimlich gesund gepflegt hatte. Wie sie herangewachsen und immer hübscher geworden war.
Die schwärmerischen Erzählungen von Hanna ließen keinen Zweifel daran, dass diese Leonida nicht nur für ihr gutes Herz bewundert, sondern sie auch aufrichtig geliebt hatte. Schon nach kurzer Zeit strahlte Diana ebenso wie Hanna. Es tat gut, ihre Großtante in einem so positiven Licht dargestellt zu sehen. Diana konnte das kleine, aufgeweckte Mädchen förmlich vor sich sehen, wie es lachend durch den Garten streifte oder mit den Dienstmädchen scherzte. Doch als Hanna endlich mit ihren Erzählungen bei Leonida als Teenager angekommen war, fiel plötzlich ein Schatten auf ihr Gesicht und das Lächeln verschwand. Schließlich schwieg sie einfach. Diana wusste im ersten Moment gar nicht, wie sie reagieren sollte, denn die alte Frau starrte einfach still geradeaus und wirkte mit ihren Gedanken auf einmal sehr weit fort. Fragend blickte Diana zu Emma, doch diese zuckte nur hilflos mit den Schultern.

„Hanna?“, fragte Diana ganz vorsichtig.
Hanna sah auf und blickte ihr in die Augen, als habe Diana sie gerade aus einem langen Schlaf geweckt. Als ihr Blick sich klärte und sie Diana wieder direkt ansah, lächelte sie erneut. Diana atmete auf.
„Was ist mit Leonida passiert, als sie fünfzehn war, Hanna?“, fragte Diana sanft.
Das Lächeln in Hannas Gesicht gefror. Sie antwortete nicht, wandte den Blick ab und starrte stumm die Wand an.
„Hanna?“ Bittend sah Diana Hanna an. Diese sah ihr erneut in die Augen, sprach aber nicht. Da beschloss Diana, einfach aufs Ganze zu gehen.
„Kann es sein, dass Leonida ein Kind bekommen hat?“
Mit schreckgeweiteten Augen sah Hanna Diana an, als habe diese ihr gerade eine furchtbare Nachricht überbracht. Dann begann sie nervös auf ihrer Unterlippe zu kauen, sagte aber weiterhin kein Wort.
„Bitte, Hanna, ich muss es wissen.“
„Ich habe keine Ahnung, wovon du redest“, sagte Hanna und ihre bisher so warme Stimme klang plötzlich kalt und schneidend. Diana sah ihr in die Augen. Hanna wusste etwas, das war offensichtlich. Und vielleicht war sie die Einzige, die etwas über Elisabeth wusste. Endlich war sie kurz davor, das Geheimnis zu lüften. Sie durfte auf keinen Fall lockerlassen. Sie musste Hanna einfach damit konfrontieren.
„Hanna, Leonida hat ein Kind bekommen. Elisabeth. Was ist mit ihr passiert?“
Hannas Reaktion war furchtbar. Sie riss panisch die Augen auf, knetete ihre Finger so fest, dass ihre Knöchel knackende Geräusche von sich gaben und starrte verzweifelt geradeaus. Noch immer kaute sie auf ihrer Unterlippe, die inzwischen zu bluten begonnen hatte.

„Diana, ich glaube das reicht“, mischte sich nun Emma ein, die aufstand und ihrer Mutter mit einem Taschentuch liebevoll das Blut von der Lippe tupfte. Die alte Frau regte sich nicht. Nicht einmal, als Emma sich neben sie setzte, sie in den Arm nahm und begann, sie beruhigend hin und her zu wiegen.
„Es tut mir leid, aber ich muss es wissen“, verteidigte sich Diana. Ihr tat Hanna auch leid. Offensichtlich litt die alte Frau bei der Erinnerung an das, was geschehen war, aber sie war der einzige Schlüssel zur Vergangenheit und Diana wollte nichts unversucht lassen, um ihr das Geheimnis um Elisabeth, das sie ganz offensichtlich kannte, zu entlocken.
„Hanna, bitte!“, flehte sie. „Was ist mit Elisabeth geschehen?“
Doch Hanna schüttelte nur den Kopf und begann zu weinen. Emma warf Diana einen wütenden Blick zu, den diese zerknirscht annahm. Die alte Frau mit der Vergangenheit zu quälen, war nicht richtig, das wusste sie selbst auch, aber sie konnte einfach nicht anders. Vielleicht hatte sie doch auch etwas von der Grausamkeit ihres Großonkels Ferdinand geerbt. Diana fröstelte bei dem Gedanken.
„Für die Damen noch etwas Kaffee und ’was Süßes?“, frage Joschua fröhlich, der just in diesem Augenblick mit einem Tablett, auf dem drei dampfende Tassen und drei Kuchenteller standen, in der Tür erschien.
Genau im richtigen Moment, dachte Diana und wollte sich gerade strahlend bei ihm bedanken, als Hanna plötzlich aufsprang.
„Du mieser Verräter“, zischte sie und stürmte dann in einer überraschenden Geschwindigkeit auf Joschua zu. Wie eine Furie stürzte sie sich auf ihn, sodass er vor Schreck das Tablett fallen ließ und die Hände schützend vor sein Gesicht hielt. Doch Hanna schien gar nicht mitzubekommen, dass sie inmitten von Scherben und Kaffee stand, der sich auf dem Fußboden verteilte. Wie von Sinnen schlug sie auf Joschua ein. Dabei schrie sie ihn wütend an:

„Wie konntest du nur? Du mieser Schuft, wie konntest du ihr das nur antun? Wie konntest du nur?“
Das alles war so schnell vonstatten gegangen, dass Emma und Diana nur völlig perplex dabei zugesehen hatten, wie Hanna auf Joschua losgegangen war. Emma gewann als erstes die Fassung wieder und flitzte nun ihrerseits zu ihrer Mutter, die immer noch wie von Sinnen auf Joschua einprügelte, der sich gegen die alte Dame vor lauter Schreck überhaupt nicht zu wehren wusste. Doch auch Emma konnte gegen Hannas Wut nichts ausrichten. Hanna schien nicht einmal zu bemerken, dass ihre Tochter neben ihr stand. Erst als Diana sich schließlich auch aus ihrer Schockstarre löste und Emma zur Hilfe eilte, schafften die beiden Frauen es gemeinsam, Hannas Arme festzuhalten. Doch weil diese nun mit den Füßen nach Joschua zu treten versuchte, wich dieser erst zurück und hielt sie dann an den Schultern auf einer Armeslänge Abstand von sich.
„Mama, beruhige dich doch.“
„Du bist schuld!“, schrie Hanna. „Du bist schuld, dass sie so gelitten hat. Du bist schuld daran, dass sie ihr Leben lang unglücklich war. Du bist schuld, dass sie ihr Kind umgebracht hat. Du bist schuld!“ Hanna wollte sich gar nicht mehr beruhigen und Emma und Diana hatten alle Mühe, die alte Frau festzuhalten, die beim Anblick von Joschua nahezu unmenschliche Kräfte entwickelt zu haben schien. Warum prügelte sie nur wie eine Wahnsinnige auf Joschua ein?
„Ich weiß auch nicht, was sie hat“, rief Emma entschuldigend und versuchte, das Gezeter ihrer Mutter zu übertönen. „Mama, beruhige dich bitte.“
„Du bist schuld!“, schrie Hanna weiter.
Plötzlich schoss die Erkenntnis wie ein Blitz durch Dianas Kopf. Eduard! Hanna hielt Joschua für Eduard. Natürlich! Die verblüffende Ähnlichkeit hatte Hanna anscheinend völlig aus der

Bahn geworfen. Sie prügelte nicht auf Joschua ein, sondern auf Eduard.
„Hanna, das ist Joschua, mein Freund. Das ist nicht Eduard. Joschua ist sein Großneffe. Er kann nichts dafür, was Eduard getan hat. Das ist Joschua!“ Wider Willen hatte Diana die Worte auch gebrüllt, weil Hanna Joschua noch immer anschrie. Plötzlich stoppte diese ihre Attacke so abrupt, dass ihre Fäuste noch in der Luft hingen. „Joschua?“, fragte sie ungläubig und musterte ihn mit zusammengekniffenen Augen. „Du heißt Joschua?“
Vorsichtig wagte sich Joschua ein wenig aus seiner Deckung und sah seine Peinigerin misstrauisch an. Jederzeit bereit dazu, den nächsten Schlag abzufangen.
„Ich bin Joschua!“, bestätigte er. So ganz traute er der Ruhe noch nicht. Vermutlich würde die alte Frau gleich wieder wie wild auf ihn einprügeln. Weiß Gott, vielleicht war sie doch ein bisschen verrückt auf ihre alten Tage. Doch Hanna ließ kraftlos die Arme sinken. „Du bist nicht Eduard.“
„Nein. Ich bin Joschua.“
Erschöpft sank Hanna zu Boden.
„Es tut mir so leid, Joschua. Bitte verzeihen Sie einer verwirrten alten Frau, ich weiß nicht, was da in mich gefahren ist.“ Mit diesen Worten begann Hanna herzzerreißend zu schluchzen.
Diana hatte da so eine Ahnung, was in sie gefahren sein könnte. Offensichtlich hatte Hanna gedacht, sie habe Eduard vor sich und das hatte sie wahnsinnig wütend gemacht. Aber warum war sie nur so unglaublich wütend auf ihn? Emma hatte doch erzählt, dass Leonida fast bis zu ihrem Tod von Eduard geschwärmt hatte. Doch Hannas Wut schien ganz schön tief zu sitzen. Und noch schlimmer fand Diana den Hinweis, den Hanna ihnen eben ganz unbewusst gegeben hatte.
„Hanna?“, fragte sie leise. Doch Hanna reagierte nicht.
Vorsichtig brachten die drei das alte Dienstmädchen zum Sofa und legten sie darauf. Joschua holte einen kalten Lappen aus der Küche

und legte ihn auf ihre Stirn. Für sich selbst hatte er einen Eisbeutel mitgebracht. Der erste Schlag von Hanna war so unerwartet gekommen, dass er ihn heftig am Kiefer getroffen hatte, wo die Stelle nun bedenklich anschwoll.
Emma saß am Kopfende des Sofas und streichelte Hanna beruhigend das Haar. Diana saß neben ihr auf einem Stuhl.
„Hanna?“, versuchte es Diana nach einer Weile wieder vorsichtig.
Diesmal blickte Hanna sie an. Ihre Augen waren wieder klar. Ihre Gesichtszüge noch ein wenig verkrampft, aber sie erinnerten wieder eher an die nette alte Dame, die Diana vorhin begrüßt hatte, als an die Furie, die bis vor wenigen Minuten ihren neuen Freund verprügelt hatte.
„Hanna, warum bist du so sauer auf Eduard?“
Hanna schüttelte den Kopf.
„Hanna, du hast vorhin gesagt, er sei schuld, dass Leonida ihr Kind umgebracht habe. Was ist mit Elisabeth passiert?“
Hanna schüttelte erneut schweigend den Kopf.
Sie wollte nichts sagen. Sie hatte es bei ihrem Leben geschworen. Leonida war zwar tot, doch der Pakt, den die beiden Frauen geschlossen hatten, galt über den Tod hinaus.
„Hanna, bitte, du bist meine einzige Hoffnung, etwas über Elisabeth zu erfahren.“
Hanna war anzusehen, wie sehr sie mit sich rang. Schließlich seufzte sie. Dann sagte sie leise, fast tonlos: „Du solltest Elisabeth besser vergessen. Lass die alten Geister ruhen. Was geschehen ist, ist so schlimm, dass man nie mehr darüber sprechen sollte. Ich werde nicht darüber sprechen. Niemals. Und du solltest das auch nicht.“
Traurig sah sie Diana an. Diana kämpfte mit sich. Sie wusste einfach nicht mehr, was sie noch tun sollte. Sie wollte unbedingt die Wahrheit wissen, endlich erfahren, was Leonida zugestoßen war, was mit Elisabeth geschehen war. Hanna hatte in ihrer Wut gesagt, dass Leonida ihr Kind umgebracht habe. Vielleicht musste

sie sich damit abfinden, dass ihre Großtante eine Mörderin war. Vielleicht sollte sie sich einfach damit zufrieden geben und endlich mit dem Roman über Elisabeth beginnen. Die alten Geister ruhen lassen, wie Hanna es ausgedrückt hatte. Aber sie konnte einfach nicht. Etwas in ihr sagte ihr, dass sie weitersuchen musste. Dass sie es Elisabeth schuldig war, die Wahrheit über ihr Leben herauszufinden. Wenn Hanna absolut nicht dazu zu überreden war, etwas zu sagen, dann musste sie eben eine andere Möglichkeit finden.

„Diana, ich glaube, es ist besser, wenn wir jetzt gehen", flüsterte Emma vorsichtig und deutete mit einer leichten Kopfbewegung auf ihre Mutter.

„Ja, ich denke auch", pflichtete Diana ihr bei. „Es tut mir leid, dass das passiert ist. Es war wirklich eine tolle Idee, deine Mutter mitzubringen, Emma, vielen Dank."

„Ja. Vielleicht." Emma schien enttäuscht und ein bisschen sauer zu sein. Verständlich. Der Besuch hatte ihrer Mutter ganz schön zugesetzt und Diana war mit ihrer hartnäckigen Fragerei nicht ganz unschuldig daran.

„Es tut mir leid, dass sie dich verletzt hat, Joschua", entschuldigte sich Emma dann in Richtung von Joschua und plötzlich meldete sich auch Hanna wieder zu Wort.

„Ja, es tut mir auch leid, Joschua. Bitte verzeihen Sie, ich habe Sie einfach verwechselt."

Mit einer abwinkenden Handbewegung brachte er zum Ausdruck, dass er ihr schon längst verziehen hatte.

„Braucht ihr irgendetwas? Soll ich ein Taxi rufen oder einen Krankenwagen?"

„Nein, danke, es geht schon."

Vorsichtig half Diana Hanna beim Aufstehen. Die sonst noch überraschend rüstige Frau wirkte deutlich geschwächt. Emma und Joschua stützten sie, während Diana die Handtaschen und Jacken der beiden Frauen zum Auto trug.

Als sie schließlich abgefahren waren und Diana endlich die Scherben und den Kaffee aufwischte, sah Joschua sie nachdenklich an. Auf sein Kinn drückte er noch immer den Kühlbeutel.
„Was ist?“
„Nichts.“
„Sag nicht *nichts,* wenn es nicht stimmt, ich sehe doch, wie du mich ansiehst.“
„Ich weiß nicht, ob ich deine Hartnäckigkeit bewundern oder fürchten soll“, erklärte Joschua.
Peinlich berührt blickte Diana zu Boden. Wie sie die alte Frau zu einer Antwort gedrängt hatte, tat ihr wirklich leid.
„Wenigstens wissen wir jetzt, dass Leonida Elisabeth umgebracht hat.“
„Ja.“ Traurig sah Diana auf. „Vielleicht wäre es doch besser gewesen, wir hätten die alte Geschichte auf sich beruhen lassen. Ich weiß wirklich nicht, wie ich damit umgehen soll, im Haus einer Frau zu leben, die ihr eigenes Kind umgebracht hat. Womöglich sogar noch in einem dieser Zimmer hier.“ Erschrocken über ihren eigenen Gedanken ließ Diana die Kehrschaufel sinken, woraufhin die Scherben wieder vom Blech rutschten. Joschua ging zu ihr und nahm ihr Kehrblech und Besen aus der Hand.
„Lass mich das machen.“
Dankbar sah Diana ihn an. Dann brach es einfach aus ihr heraus: „Oh Gott, Joschua, wie wir es drehen und wenden, wir werden vermutlich damit leben müssen, dass unsere Vorfahren Monster waren. Leonida genauso wie Eduard. Was, wenn wir sind wie sie?“
Joschua sah, wie Diana die Tränen über die Wangen kullerten. Behutsam nahm er sie in den Arm und drückte sie an sich. Doch er sagte nichts. Er hatte ihren Worten einfach nichts entgegenzusetzen. Der gleiche Gedanke war ihm nämlich auch schon durch den Kopf gegangen.

1953 Leonida

Dieses Kind wird mich umbringen, dachte Leonida, während sie möglichst geräuschlos versuchte, eine weitere Wehe wegzuatmen. Wilhelmine von Strentel stand neben ihr und sah sie vorwurfsvoll an. Vermutlich war ihr das leise Stöhnen schon wieder zu laut. In den vergangenen Wochen hatte ihre Mutter ihr immer wieder eingetrichtert, wie wichtig es sei, dass sie das Kind leise gebar. Aus dem Zimmer durften keinerlei Geräusche dringen, die auch nur den geringsten Verdacht auf eine Geburt erregen könnten. Sonst wäre der ganze, sorgfältig geschmiedete Plan dahin. Für die Geburtsbegleitung und die Erstversorgung des Säuglings hatte die Gräfin extra eine Ärztin aus einem anderen Teil des Landes einreisen lassen. Deren Schweigen über die Vorgänge im Haus bezahlte sie teuer, aber das war ihr der gute Ruf der Familie von Strentel wert. Nach der Geburt würde die Ärztin, die offiziell eine Lungenfachärztin war, sofort wieder abreisen. Der Säugling würde Hanna übergeben werden und dann könnte Leonida wieder, als von ihrer langen Lungenkrankheit Geheilte, am normalen Familienleben teilnehmen. Es war alles bis zur Perfektion durchdacht. Leider spielte das Baby bei diesem Plan nicht die Rolle, die ihm zugedacht war, denn anscheinend wollte es viel früher zur Welt kommen, als es vorgesehen war. Leonida lag bereits jetzt in den Wehen, dabei hatten sie frühestens in drei Wochen mit der Geburt gerechnet.

Wilhelmine von Strentel war sauer. Was für eine missratene Tochter hatte sie da nur großgezogen. Erst ließ sie sich von einem Hausgast schwängern und dann konnte sie sich noch nicht einmal an den einfachsten Plan halten. Den Schmerz, der ihr Gesicht eben mit einer neuen Wehe zeichnete, hatte sie verdient. Wenn sie nur durchhalten und leise sein würde. Wilhelmine von Strentel selbst hatte ihre drei Kinder nahezu geräuschlos auf die Welt gebracht,

wie es sich für eine echte Dame gehörte. Obwohl auch sie die Schmerzen sehr wohl gespürt hatte.
„Jetzt pressen, Leonida, ich sehe schon das Köpfchen. Gleich hast du es geschafft." Die fremde Ärztin sprach Leonida seit Stunden Mut zu. Tätschelte ihr die Hand, wischte ihr den Schweiß von der Stirn. Das arme Mädchen tat ihr so furchtbar leid. Was auch immer geschehen war, war sicherlich eine grausame Geschichte, wenn die Gräfin alles daran setzte, sie zu vertuschen. Natürlich hatte sie sofort eingewilligt, dem jungen Mädchen zu helfen. Das hätte sie auch ohne die horrende Summe, die ihr die Gräfin für ihr Schweigen angeboten hatte. Sie bewunderte die Tapferkeit dieses jungen Mädchens, das in wenigen Augenblicken viel zu jung eine Mutter sein würde.
„Du schaffst das, Leonida, gleich hast du dein Baby im Arm", ermutigte sie dennoch weiter und warf Leonida einen liebevollen Blick zu, obwohl diese ihr fast die Hand zerquetschte. Dann entwich Leonida doch noch ein leiser Schrei, den die Gräfin sofort mit einem strafenden Blick quittierte.
„Herzlichen Glückwunsch, du hast eine wundervolle kleine Tochter!" Die Ärztin strahlte und tupfte den kleinen Säugling schnell mit einem feuchten Handtuch ab. Das winzige Mädchen hatte die Augen geschlossen. Sein Mund war weit geöffnet, als wolle es schreien, aber kein Ton kam aus dem kleinen Geschöpf. Zufrieden betrachtete die Gräfin das Kind. Wenigstens eine, die sich an den Plan hielt. Sie hatte schon Sorge gehabt, der Säugling würde brüllen wie am Spieß. Immer wieder riss das kleine Menschlein den Mund weit auf, als wolle es schreien, aber es kamen nur seltsam krächzende Geräusche heraus. Die Ärztin betrachtete es nachdenklich.
„Was ist mit meinem Kind?" Leonidas Frage klang ängstlich. Sie hatte zwar noch nie ein Kind zur Welt gebracht, aber sie war sich sicher, dass es nicht normal war, dass die Ärztin ein Neugeborenes so lange mit besorgtem Blick betrachtete. Diese setzte schnell ein

Lächeln auf und versuchte, ihrer Stimme einen möglichst fröhlichen und unbeschwerten Klang zu verleihen.
„Wie soll der kleine Schatz denn heißen?“
„Das Kind braucht keinen Namen“, mischte sich die Gräfin sofort schroff ein.
„Elisabeth“, sagte Leonida sanft. „Ich möchte sie Elisabeth nennen.“
Die Ärztin ignorierte den Einwurf der Gräfin ganz bewusst und legte Leonida vorsichtig das kleine Bündel Mensch in den Arm.
Als Leonida in das winzige Gesichtchen sah und die weiche Haut ihres Kindes spürte, da überwältigte sie ein plötzliches Gefühl von absoluter Liebe, das sie noch nie zuvor empfunden hatte. Der Gedanke, das Kind weggeben zu müssen, der ihr noch bis vor wenigen Stunden ganz selbstverständlich und wie eine Erlösung vorgekommen war, brach ihr nun fast das Herz. Tief atmete sie den süßen Geruch ihres Neugeborenen ein und dankte Gott in einem stummen Gebet für das kleine Leben in ihrem Arm. Tränen des Glücks flossen ihr die Wangen hinunter. Niemals hätte Leonida so eine Empfindung für möglich gehalten. Die ganze Schwangerschaft über war sie sich sicher gewesen, dieses Kind zu hassen. Oft hatte sie in Gedanken durchgespielt, wie sie es anstellen sollte, das Kind nicht berühren zu müssen, wenn es aus ihr herauskam. Doch nun, da das kleine Mädchen in ihrem Arm lag und diese leisen, seltsamen Geräusche von sich gab, war es ihr ein Rätsel, wie man dieses Kind nicht lieben könnte.
„Es riecht noch nach Himmel“, erklärte die Ärztin schmunzelnd, die erfreut beobachtet hatte, wie Leonida lächelnd immer wieder an dem kleinen Säugling roch.
„So ein Unsinn“, brummte Wilhelmine von Strentel abschätzig. Dann ging sie zu Leonida und flüsterte ihr leise ins Ohr: „Gewöhne dich bloß nicht zu sehr an dieses kleine Ding. Du kannst es nur behalten, bis Hanna ihr Kind entbindet. Dann wirst du es ihr sofort übergeben.“

Die Ärztin hatte zwar nicht verstanden, was die Gräfin zu ihrer Tochter gesagt hatte, doch sie konnte sehr wohl sehen, dass sich Leonidas Gesichtszüge verhärteten. Sie spürte, wie eine heiße Wut in ihr aufstieg. Es war ja wohl schwierig genug für dieses arme Mädchen, in seinem zarten Alter eine Schwangerschaft und eine Geburt zu überstehen, die zugegebenermaßen nicht einmal ganz leicht gewesen war. Das Letzte, was sie nun gebrauchen konnte, war eine Mutter, die ihr Vorwürfe machte oder Schuldgefühle einredete oder was auch immer die Gräfin da gerade getan hatte. Schnell überlegte sie, wie sie die Situation für Leonida erleichtern könnte.
„Nun, verehrte Gräfin, Sie können jetzt gerne zu Bett gehen. Ihre Tochter und Ihr Enkelkind sind gesund und wohlauf. Ich denke, Leonida muss sich nun ein wenig erholen und sicher können auch Sie etwas Schlaf vertragen nach dieser anstrengenden Nacht.“ Sie hatte zwar keine Ahnung, inwiefern die Geburt für die Gräfin anstrengend gewesen sein könnte, denn diese hatte die ganze Zeit nur teilnahmslos und mit vorwurfsvollem Blick in der Ecke gesessen und dabei zugesehen, wie ihre Tochter sich gequält hatte, doch die Ärztin war sich sicher, dass nur ein Hinweis auf ihr eigenes Wohlergehen die Gräfin dazu bringen könnte, den Raum endlich zu verlassen. Und sie hatte sich nicht getäuscht. Mit einem majestätischen Nicken, das wohl einen Gruß ersetzen sollte, schritt die Gräfin von Strentel aus dem Zimmer. Für ihre Tochter hatte sie nicht einmal einen Glückwunsch übrig, was die Ärztin zutiefst schockierte. Dennoch war sie mehr als erleichtert, dass sie nun mit Leonida alleine war. Sie durfte diese zwar nichts fragen, was mit der Vorgeschichte der Geburt zu tun hatte, das hatte sie in ihrem Vertrag mit der Gräfin sogar unterschrieben, aber sie würde die junge Mutter wenigstens ein wenig trösten können. Die alte Ärztin nahm sich einen Stuhl und setzte sich damit neben Leonidas Bett. Schweigend betrachtete sie Mutter und Kind, die vor Erschöpfung gemeinsam eingeschlafen waren, kaum dass die Gräfin den Raum

verlassen hatte. Dann legte sie ihren Kopf auf die weiche Bettdecke und schlief ebenfalls ein.
Leonida erwachte von einem gurgelnden Geräusch neben sich. Verwirrt schlug sie die Augen auf. Draußen war es noch stockdunkel und sie hatte keine Ahnung, wie lange sie geschlafen hatte. Ängstlich betrachtete sie das Gesicht ihres kleinen Mädchens, das schmerzhaft verzerrt war. Was hatte sie nur? Vorsichtig berührte sie mit ihrer freien Hand die Ärztin an der Schulter und schüttelte sie leicht. Erschrocken hob diese den Kopf und blickte in die großen Augen Leonidas.
„Elisabeth hat irgendetwas. Ich glaube, es geht ihr nicht gut."
Schnell erhob sich die Ärztin und betrachtete den kleinen Säugling.
„Sie wird Hunger haben. Du musst sie stillen."
Schnell half sie Leonida dabei, ihre Brust zu entblößen und den kleinen Säugling anzulegen. Gierig saugte das kleine Mädchen und Leonida war überrascht, dass es ein bisschen schmerzte.
Nachdem die Kleine getrunken hatte, zeigte die Ärztin Leonida, wie sie Elisabeth wickeln und anziehen konnte. Leonida stellte sich sehr gut dabei an, obwohl sie ständig Angst hatte, etwas an den winzigen Ärmchen und Beinchen kaputt zu machen. Schließlich kuschelte sich Elisabeth satt und zufrieden wieder in Leonidas Arm.
Ein zaghaftes Klopfen an der Tür ließ Leonida und die Ärztin erschrocken zusammenfahren. Niemand außer der Gräfin selbst durfte das Zimmer betreten und wieder verlassen, das hatte Wilhelmine von Strentel ihnen unmissverständlich klar gemacht. Aber die Gräfin würde wohl kaum anklopfen. Es musste jemand anderes vor der Tür stehen. Ratlos blickten die beiden Frauen sich an. Als es ein zweites Mal klopfte, ergriff die Ärztin die Initiative. Sie ging zur Zimmertür und sagte laut:
„Wer immer Sie sind, Sie müssen sofort wieder von hier weg. Die Patientin ist hoch ansteckend. Wir können nicht garantieren, dass das Virus sich nicht durch die Tür hindurch übertragen kann."

„Ich bin es, Hanna“, erklang eine leise Stimme von draußen. Leonida atmete erleichtert auf.
„Sie können Hanna hereinlassen, sie weiß Bescheid“, sagte sie zur der Ärztin, die daraufhin nickte und die Tür vorsichtig öffnete. Schnell schlüpfte Hanna herein und lief sofort zu Leonida.
„Herzlichen Glückwunsch, mein Schatz“, sagte Hanna, nachdem sie Leonida liebevoll auf die Stirn geküsst hatte. Lächelnd sah die Ärztin dabei zu, wie Leonida stolz das kleine Mädchen in ihrem Arm präsentierte und Hanna, die offensichtlich selbst hochschwanger war, das kleine Köpfchen streichelte und dann auch dem Baby einen vorsichtigen Kuss auf die Stirn gab. Die zwei schienen sich so nah und gingen so innig miteinander um, dass die Ärztin mit Sicherheit Hanna und Leonida für Mutter und Tochter gehalten hätte, wenn sie es nicht besser gewusst hätte.
Plötzlich stand Hanna auf, ging verlegen lächelnd auf die Ärztin zu und streckte ihr die Hand entgegen.
„Entschuldigen Sie bitte vielmals. Ich bin Hanna. Es war sehr unhöflich von mir, mich nicht vorzustellen, aber ich musste einfach zuerst sehen, dass es meiner Leonida gut geht.“
„Und das war genau richtig so von Ihnen“, lächelte die Ärztin und drückte freundlich Hannas Hand.
„Ich bin die Ärztin. Meinen Namen darf ich leider nicht sagen. Befehl der Frau Gräfin. Ich betreue Leonida, bis sie alleine mit dem Kind zurechtkommt. Warum wissen Sie denn von der Geburt? Ich dachte, das wäre alles höchst geheim?“
„Ist es auch“, bestätigte Hanna. „Aber die Gräfin schickt mich, um hierzubleiben, falls Leonidas Kind schreit. Denn dann kann sie gegenüber den Angestellten behaupten, dass ich bereits entbunden hätte und es mein Kind wäre, das schreit. Das geht aber natürlich nur, wenn niemand sieht, dass ich noch schwanger bin.“ Grinsend strich sich Hanna über ihren kugelrunden Bauch.
Die Ärztin wusste nicht, ob sie schockiert oder beeindruckt sein sollte von so viel eiskalter Berechnung. Schließlich beschloss sie,

dass es sie einfach nichts anging. Die ganze Geschichte war so haarsträubend, dass es sicher besser war, sich aus all dem herauszuhalten. Auch emotional.
„Wann soll denn Ihr Kind zur Welt kommen?“
„Also meinem Bauch nach zu urteilen, würde ich sagen, es müsste eigentlich schon längst da sein“, lachte Hanna, die wirklich aussah, als würde sie gleich platzen. „Ich weiß auch nicht, warum sich das Kind in meinem Bauch anscheinend so wohl fühlt.“
„Darf ich mal?“, fragte die Ärztin und streckte eine Hand aus, um Hannas Bauch zu fühlen.
„Natürlich“, erwiderte Hanna und trat einen Schritt näher an die Ärztin heran. Diese tastete vorsichtig über Hannas Bauch. Erst auf der einen, dann auf der anderen Seite. Ihre flinken Hände bewiesen jahrelange Erfahrung. Dann nickte sie, tastete noch einmal und nickte wieder. „Dachte ich es mir doch“, entfuhr es ihr dann.
„Ist etwas mit meinem Kind nicht in Ordnung?“, fragte Hanna alarmiert.
„Nein, nein, es ist alles bestens, zumindest, soweit ich das beurteilen kann“, beruhigte die Ärztin. „Allerdings wird es meiner Meinung nach noch einige Wochen dauern bis zur Geburt.“ Dann sah sie Hanna in die Augen und lächelte verschmitzt. „Wollen Sie wissen, warum ihr Bauch so dick ist?“
„Ja natürlich.“ Hanna war verwirrt. Was war denn nur los mit ihrem Kleinen?
„Sie bekommen Zwillinge.“
„Zwillinge?“ Hanna schlug sich überrascht die Hände vor den Mund. Leonida lachte in ihrem Bett.
„Na, das ist ja mal eine Überraschung.“
„Oh mein Gott, das wird aber eine Klatschmeldung werden“, ächzte Hanna.
„Zwillinge sind gar nicht so selten, wie man denkt“, wandte die Ärztin sachlich ein.

„Mag sein“, stimmte Hanna zu, „aber wenn ich Leonidas Kind auch noch als meines ausgebe, dann müssen wir behaupten, ich hätte Drillinge geboren. Und darüber werden sich die Menschen schon das Maul zerreißen.“
Lachend sahen Leonida und Hanna sich an. Das war ja mal eine Neuigkeit. Drei Kinder statt einem, das würde sicher eine Herausforderung werden. Was würde nur die kleine Emma sagen, wenn sie plötzlich drei Geschwisterchen bekommen würde?
„Kinder sind ein Segen“, sagte die alte Ärztin nur und lächelte und Hanna und Leonida gaben ihr Recht.
„Nun, dann werde ich mich hier mal ein bisschen häuslich einrichten“, sagte Hanna und öffnete den großen Koffer, den sie mitgebracht hatte. „Schließlich werden wir alle zusammen ja nun noch einige Wochen in diesem Zimmer verbringen, nicht wahr? Ich bin gespannt, was sich die Gräfin diesmal für eine Lüge ausdenkt, warum ich nach der angeblichen Geburt meiner Drillinge das Zimmer für so lange Zeit nicht verlassen kann.“
„Nun, das wird nicht nötig sein“, sagte die Ärztin und blickte etwas traurig drein. „Sie müssen nicht hierbleiben, wenn Sie nicht wollen.“
„Aber wenn das Baby schreit?“, erinnerte Hanna.
„Das wird es nicht“, erwiderte die Ärztin sachlich. „Es tut mir sehr leid, Leonida, aber ich glaube, ich muss dir etwas sagen.“
Verwirrt sah Leonida die Ärztin an. Mit Elisabeth war doch alles in Ordnung. Sie hatte gegessen, sie bewegte sich, sie schlief und sie gluckste zufrieden vor sich hin.
„Was ist mit Elisabeth?“, fragte sie ängstlich und drückte den kleinen Säugling intuitiv etwas fester an sich heran.
„Ich fürchte, der kleine Schatz ist stumm.“
„Stumm?“ Überrascht sahen Leonida und Hanna die Ärztin an.
„Aber sie gibt doch Geräusche von sich.“ Leonida blickte besorgt auf das kleine Bündel in ihrem Arm.

„Auch stumme Kinder geben Laute von sich“, erklärte die Ärztin und war froh, dass Leonida nicht halb so schockiert war, wie sie befürchtet hatte. Sie schien die Information eher interessiert anzunehmen. An dem liebevollen Blick auf ihr Kind hatte sich nichts verändert.
„Die kleine Elisabeth wird vermutlich niemals sprechen oder schreien können, aber diese kleinen Laute kann sie durchaus von sich geben.“
„Kann sie denn hören?“, fragte Hanna vorsichtig. Sie wollte nicht den Eindruck erwecken, als wolle sie ein behindertes Kind nicht annehmen. Selbstverständlich würde sie Elisabeth wie geplant als ihr eigenes Kind großziehen, doch sie wollte schon wissen, woran sie war. Wenn das Kind weder sprechen noch hören konnte, dann würde die Erziehung ganz schön schwierig werden, denn sie selbst beherrschte keine Gebärdensprache und kannte auch niemanden, der ihr das hätte beibringen können. Doch irgendwie würde man Elisabeth helfen müssen, sich auszudrücken.
„Nein, ich denke, hören kann sie sehr gut“, erwiderte die Ärztin. „Sie dreht das Köpfchen in die Richtung, aus der die Stimmen kommen, und wenn man ein Geräusch macht, reagiert sie auch darauf.“ Sie klatschte zweimal laut in die Hände, woraufhin Elisabeth das Gesichtchen verzog und den Mund öffnete, als wolle sie schreien. Doch wieder kam nur ein leises Krächzen aus dem Mündchen. Schnell drückte Leonida die Kleine fest an sich und schaukelte sie, während sie beruhigend vor sich hinsummte.
„Es ist mir egal, welche Behinderungen sie hat“, sagte Leonida. „Für mich ist sie das schönste Baby, das je auf Gottes Erde gelebt hat. Nicht wahr, mein kleiner Engel?“ Liebevoll stupste sie mit dem Zeigefinger auf das winzige Näschen. Dann legte sie Elisabeth wieder an und stillte sie so selbstverständlich, als würde sie das schon jahrelang machen.
Zufrieden betrachtete die Ärztin die beiden. Es war erstaunlich, wie schnell Leonida sich in die Mutterrolle eingefunden hatte.

Kaum, dass das Baby auf der Welt gewesen war und sie es in Leonidas Arm gelegt hatte, hatte das Mädchen sich verändert. Ihre Gesichtszüge, die ihr zuvor überaus hart und verbittert für ein junges Mädchen in ihrem Alter vorgekommen waren, waren weicher geworden. Ihre Augen, die in den Tagen vor der Geburt oft so kalt und leer gewirkt hatten, dass die Ärztin sich jeden Tag gefragt hatte, was das Mädchen wohl durchgemacht haben mochte, wirkten nun liebevoll, glänzend und strahlend. Der Moment, in dem Leonida ihr kleines Mädchen zum ersten Mal berührt hatte, war zugleich der Moment, in dem die Ärztin sie zum ersten Mal glücklich gesehen hatte. Leonida hatte sich auf den ersten Blick in ihr kleines Mädchen verliebt, das war deutlich zu sehen gewesen und es machte die Ärztin sehr glücklich. Denn jedes kleine Menschenwesen verdiente es, bedingungslos geliebt zu werden. So viele Jahrzehnte lang begleitete die Ärztin nun schon Frauen bei der Geburt ihrer Kinder und doch wurde ihr bei jedem einzelnen Baby bewusst, was für ein Wunder doch so ein neugeborener Mensch war. Wenn die Mütter sich dann dieses Wunders bewusst wurden, das sie im Arm hielten, ging der alten Ärztin jedes Mal das Herz auf.

Auch Leonida staunte darüber, wie leicht es ihr gefallen war, ihr kleines Baby zu lieben. Vom ersten Moment der Gewissheit an, dass sie schwanger war, hatte sie das Kind in ihrem Bauch gehasst. Jeden Tag hatte sie sich gewünscht, dass es in ihrem Bauch einfach sterben würde. Dann würde man es aus ihr herausoperieren und sie würde es niemals sehen müssen. Stattdessen hatte sie es austragen müssen. Jeder Zentimeter, den ihr Bauch gewachsen war, war eine schmerzhafte Erinnerung an die Geschehnisse der verhängnisvollen Sommernacht. Immer und immer wieder hatte sie Schmerz und Angst durchlebt. Das Kind in ihrem Bauch war nichts anderes als das Ergebnis der furchtbaren Tat eines furchtbaren Menschen. Leonida hatte nicht gewusst, wie sie damit umgehen sollte. Jeden Abend hatte sie zu Gott gebetet, dass er das Kind in

ihrem Bauch töten möge, doch er hatte sie einfach nicht erhört. Das unselige Geschöpf war gewachsen und gewachsen und sie war immer runder geworden. Als sie schließlich gespürt hatte, dass die Geburt begann, war sie erleichtert gewesen. Endlich würde das Ding aus ihr herauskommen. Dann konnte sie es endlich loswerden. Hanna hatte ja keine Ahnung, wie froh sie war, dass sie es ihr abnehmen wollte.
Und dann hatte ihr die Ärztin das Kind in den Arm gelegt und es hatte sich schlagartig alles verändert. Durch Leonida war eine Welle des Glücks geflossen, das sie so noch nie in ihrem ganzen Leben gespürt hatte, nicht einmal bei ihrem ersten Kuss mit Eduard. Von diesem Moment an hatte sie gewusst, dass sie dieses kleine Geschöpf für immer lieben würde.
Ewig.
Unendlich.
Bedingungslos.
Es konnte nichts dafür, wer sein Vater war. Es konnte nichts für die Umstände, unter denen es gezeugt worden war. Das kleine Bündel Mensch, das da so warm in ihrem Arm lag, war vollkommen unschuldig an allem.
Leonida sog tief den Duft des kleinen Mädchens ein und strahlte noch mehr, als sie feststellte, dass Elisabeth wie sie selbst auch, einen unerklärlichen Duft nach Lavendel verströmte. Elisabeth war ihr Kind. Keine Sekunde hatte sie sich während ihrer Schwangerschaft Gedanken über den Namen des Kindes in ihrem Bauch gemacht. Für sie war es immer nur *das Ding* gewesen. Doch sobald sie Elisabeth gesehen hatte, hatte sie sofort gewusst, wie sie heißen sollte. Dass sie nun stumm war, war völlig egal. Leonida würde Elisabeth auch lieben, wenn sie weder Arme noch Beine hätte. Zum ersten Mal empfand Leonida die einzigartige Liebe einer Mutter für ihr Kind.
„Was ist denn hier los?“ Die empörte Stimme der Gräfin durchbrach jäh die so harmonische Runde der drei Frauen. „Hanna,

du hast ja noch nicht einmal deinen Koffer ausgepackt.“ Das Missfallen in ihrem Blick war überdeutlich. Die Gräfin konnte es ganz und gar nicht ertragen, wenn man ihren Befehlen nicht unverzüglich Folge leistete.
Hanna hatte beim Eintreten der Gräfin mit dem Rücken zur Tür gestanden und war heftig zusammengezuckt, als sie die schneidende Stimme vernommen hatte. Nun blickte sie verlegen zu Boden und deutete einen Knicks an.
„Bitte verzeihen Sie vielmals, verehrte Frau Gräfin, aber die Ärztin meinte, dass das nicht nötig sein wird.“
„Was hier nötig ist und was nicht, entscheide immer noch ich. Also? Warum hast du nicht ausgepackt, wie ich es dir befohlen hatte?“
„Verehrte Gräfin, die Ärztin meint… ich meine… also, es wird vielleicht gar nicht nötig sein, dass ich hierbleibe“, stammelte Hanna verlegen.
„Abgesehen davon, dass es überaus frech und anmaßend von dir ist, in dieser Sache eigene Überlegungen anzustellen, würde mich doch sehr interessieren, wie du auf so einen Schwachsinn kommst. Natürlich bleibst du hier. Ich werde nach dem Abendessen die freudige Nachricht verkünden, dass du Zwillinge entbunden hast. Falls das Ding hier dann schreit“, sie deutete mit einem angewiderten Blick auf Elisabeth „dann wird sich niemand darüber wundern.“
„Drillinge“, sagte die Ärztin.
„Wie bitte?“
„Verzeihung, Sie werden verkünden müssen, dass Hanna Drillinge entbunden hat. Hanna bekommt nämlich selbst Zwillinge. Wenn sie Leonidas Kind dann noch dazunehmen soll, dann muss sie offiziell Drillinge bekommen.“ Die Ärztin lächelte verschmitzt, als sei ihr ein wunderbarer Streich gelungen. Insgeheim freute sie sich spitzbübisch darüber, dass nun tatsächlich etwas geschehen war, das sich sogar dem berechnenden Verstand der Gräfin entzogen

hatte. Diese ließ sich nun spontan auf den nächstbesten Stuhl plumpsen. Leonida war sich sicher, dass dies das erste Mal war, dass sie sah, wie ihre Mutter die Fassung verlor. Dann legte Wilhelmine von Strentel die Stirn in Falten, als würde sie nachdenken.
„Nun, auch die neue Sachlage scheint aber nichts an der Grundsituation zu ändern, wenn ich es richtig erkenne“, sagte sie nach einer ganzen Weile des Schweigens. „Dann hat Hanna eben Drillinge bekommen.“
„Aber es ist wirklich nicht nötig, dass sie hierbleibt“, erklärte die Ärztin nun. „Hanna kann sich bis zur Geburt frei im Haus bewegen. Wenn sie ihre Kinder entbindet, dann wird es genügen, Elisabeth einfach zu den Zwillingen dazu zu legen.“
„Und wenn das Ding durch sein dämliches Schreien alles verrät?“
„Das wird sie nicht.“
„Wie können Sie das wissen?“
„Weil Elisabeth stumm ist. Sie kann nicht schreien.“
Innerhalb kürzester Zeit sah Leonida ihre Mutter zum zweiten Mal die Fassung verlieren. Ihre Gesichtszüge entgleisten ihr zu einem derart dümmlichen Grinsen, wie Leonida es noch nie zuvor bei ihrer Mutter oder auch sonst irgendjemandem gesehen hatte. Dann begann sie plötzlich zu lachen. Die Gräfin lachte und lachte, bis ihr die Tränen kamen. Als sie sich schließlich wieder beruhigt hatte, sah sie triumphierend zu Leonida.
„Es ist schon lustig, wie Gott die Sünden der Menschen bestraft, nicht wahr? Die ganze Zeit habe ich überlegt, wie ich dich dafür bestrafen soll, dass du dich vor der Hochzeit einem Mann hingegeben hast wie eine Gossenhure. Und nun erledigt das Schicksal die Strafe von ganz allein. Dass dein Bastard stumm geboren wurde, ist deine Schuld, das ist dir ja wohl klar?“
Leonida nickte schuldbewusst. Insgeheim hatte sie selbst schon mehrfach überlegt, ob Elisabeth vielleicht stumm geworden war, weil sie sie während ihrer Schwangerschaft so sehr gehasst hatte.

Doch eigentlich war sie zu der Überzeugung gelangt, dass Gott niemals ein so süßes kleines Wesen für die Vergehen seiner Eltern strafen würde.
Selbstzufrieden erhob sich die Gräfin von ihrem zufälligen Sitzplatz. „In diesem Falle kannst du tatsächlich gehen, Hanna. Leonida kann mit ihrem Bastard hier warten, bis du deine Zwillinge gebärst. Dann wirst du sofort in dieses Zimmer hier gehen und alles läuft wie geplant, habe ich mich klar ausgedrückt?“
Obwohl nicht ganz klar war, wem diese Frage gelten sollte, nickten vorsichtshalber alle drei Frauen. Ebenfalls atmeten alle drei erleichtert auf, als die Gräfin endlich den Raum wieder verließ.
„Was für eine Schreckschraube“, entfuhr es Hanna und sie sprach damit aus, was alle drei gedacht hatten. Daraufhin begannen sie so sehr zu lachen, dass sie Mühe hatten, einigermaßen leise zu sein, denn schallendes Gelächter aus einem Krankenzimmer mochte nicht gerade überzeugend klingen.
Den gesamten Abend verbrachten die drei Frauen gemeinsam im Zimmer. Sie badeten Elisabeth und erzählten sich allerlei Geschichten aus ihrem Leben. Als Hanna schließlich spät am Abend das Zimmer verließ, um ihre kleine Tochter Emma ins Bett zu bringen, die eigentlich schon bei den Großeltern untergebracht war, bis zur Entbindung der Zwillinge, wurde Leonida bewusst, dass sie zum ersten Mal seit Monaten wieder gelacht hatte. Zum ersten Mal seit Monaten hatte sie wieder einen schönen Abend verbracht. Zum ersten Mal seit Monaten schlief sie glücklich ein. Und zum ersten Mal seit Monaten hatte sie wieder einen Funken Hoffnung, dass doch noch alles irgendwie gut werden würde.
Die folgenden Tage vergingen wie im Flug. Leonida war voll und ganz damit beschäftigt, Elisabeth zu versorgen. Obwohl es ihr gefiel, sie zu füttern, zu wickeln und mit ihr zu spielen, war sie traurig, dass sie nicht mit ihr in den Garten konnte. Zu gerne hätte sie sie im Kinderwagen durch den weitläufigen Park geschoben.

Stattdessen mussten sie noch immer hier im Zimmer bleiben. Zwei Wochen waren inzwischen bereits vergangen doch bei Hanna zeigten sich noch immer keinerlei Anzeichen einer bevorstehenden Geburt. Sie wurde immer runder und mittlerweile munkelte man auf Gut Strentel schon von sich aus, dass sie wohl mindestens Zwillinge bekommen würde, so riesig, wie der Bauch aussah. Jeden Tag besuchte Hanna Leonida und Elisabeth und häufig blieb sie bis zum Abend, da sie nun sowieso keine Arbeit mehr im Haus verrichten konnte. Meist saßen die drei Frauen dann zusammen, lachten und scherzten, während Elisabeth selig in der wunderschönen Wiege vor sich hin schlummerte.
Als schließlich der Tag kam, an dem die Ärztin abreisen sollte, wurde es Leonida ganz weh ums Herz. Die alte Frau hatte ihr so sehr geholfen. Während der Geburt, aber auch besonders in der Zeit danach. Sie hatte ihr alles gezeigt, was sie im Umgang mit ihrem Kind wissen musste und in den vielen Stunden, die sie nun gemeinsam verbracht hatten, war ihr die alte Ärztin sehr ans Herz gewachsen. Heimlich, weil die Gräfin auf keinen Fall etwas davon erfahren durfte, gab die Ärztin Leonida einen Zettel mit ihrer Adresse und sagte, dass sie sich wahnsinnig freuen würde, wenn Leonida sie eines Tages besuchen käme. Leonida versprach, dies zu tun und konnte den Tag des Wiedersehens bereits jetzt kaum noch erwarten. Als die Ärztin Elisabeth ein letztes Mal auf den Arm nahm und liebevoll auf die Stirn küsste, standen beiden Frauen die Tränen in den Augen. Nun drückte sie Leonida fest an sich. Beide sagten nichts, denn sie brauchten nichts zu sagen. Die beiden Frauen waren sich innerhalb der kurzen Zeit so nah gekommen, dass sie sich wortlos verstanden. Dann trat die Ärztin ein letztes Mal aus der Tür hinaus und war wieder aus Leonidas Leben verschwunden. Traurig legte diese die Wange an Elisabeths weiches Köpfchen und atmete tief den süßen Duft von Lavendel ein.

„Nun sind wir wieder allein, mein Schatz“, seufzte sie und küsste sie zärtlich auf das kleine Köpfchen. „Ich liebe dich, mein Engel.“
Die Tage ohne die Ärztin kamen Leonida seltsam vor, aber wenigstens kam Hanna sie täglich besuchen. Furchtbar waren allerdings die Nächte. Seit der Geburt hatte die Ärztin Tag und Nacht bei Leonida verbracht. Nun war sie zum ersten Mal in den Nächten wieder allein. Meist brauchte sie sehr lange, bis sie überhaupt einschlafen konnte. Doch wenn sie schlief, dann schlief sie tief und fest. Einerseits sehnte sich Leonida danach, dass Hanna endlich ihre Zwillinge entbinden würde. Denn dann hätte sie endlich wieder Gesellschaft. Andererseits graute ihr davor, dass Hanna niederkam, denn das bedeutete, dass sie Elisabeth würde abgeben müssen. Zwar in Hannas liebevolle Hände, aber Leonida wusste, dass jeder Moment, in dem sie von ihrem Kind getrennt sein würde, sich anfühlen würde wie ein glühendes Eisen im Herzen. Obwohl Elisabeth erst wenige Wochen alt war, konnte sie sich ein Leben ohne ihr kleines Mädchen überhaupt nicht mehr vorstellen.
Zärtlich betrachtete sie ihre kleine Tochter, die friedlich in der alten Wiege schlief. Heute war Elisabeth acht Wochen alt geworden. Seit zwei Monaten schon war dieses Zimmer ihre gemeinsame kleine Welt und doch hatte Leonida inzwischen das Gefühl, gar nicht mehr zu brauchen. Sie war vollkommen zufrieden mit ihrem kleinen süßen Baby in diesem Zimmer. Sie brauchte keine Menschen, keinen Garten, keine Partys. Sie brauchte nur das fröhliche Lächeln ihres kleinen Lieblings und ab und zu einen Besuch von Hanna, dann könnte sie den Rest ihres Lebens hier verbringen, da war sich Leonida inzwischen sicher. Glücklich und zufrieden schlief sie ein. Und so bemerkte sie nicht, dass sich kurz nach Mitternacht die Zimmertür geräuschlos öffnete und eine Gestalt den Raum betrat.

2018 Diana

Erschöpft saßen Joschua und Diana nebeneinander auf der gemütlichen Gartenbank und starrten gleichermaßen ins Leere. Die Begegnung mit Hanna hatte beide doch mehr mitgenommen, als sie sich im ersten Moment hatten eingestehen wollen. Nachdem Diana schließlich beim Versuch, die Scherben des zerbrochenen Kaffeegeschirrs aufzusammeln, in Tränen ausgebrochen war, hatte Joschua beschlossen, dass es höchste Zeit für ein paar Minuten an der frischen Luft war. Liebevoll hatte er Diana auf seinen starken Armen in den Garten hinausgetragen und sie hatte sich dankbar an ihn geschmiegt wie ein kleines Kind. Danach hatten sie einfach nur nebeneinander gesessen und in den blühenden Garten hinausgestarrt, jeder seinen eigenen Gedanken nachhängend.

„Ich weiß nicht, ob ich hier wohnen bleiben will“, brach Diana schließlich das Schweigen.

Joschua schwieg. Er konnte in etwa erahnen, was in ihr vorging.

„Offensichtlich hat Großtante Leonida ihr eigenes Kind umgebracht. Zumindest ist das Hanna herausgerutscht. Ich glaube nicht, dass sie uns das freiwillig verraten hätte, aber es hat sie so wütend gemacht, dass es wahr sein muss.“

Joschua schwieg weiter, doch er legte den Arm um ihre Schultern und zog sie vorsichtig an sich.

„Ich meine, kann ich wirklich in einem Haus leben, in dem meine Großtante ihr eigenes Kind umgebracht hat? Ich weiß noch nicht einmal, in welchem Zimmer. Vielleicht ist Elisabeth in dem Zimmer gestorben, in dem ich gerade schlafe. Wenn ich wenigstens wüsste, wo es passiert ist. Ich meine, Zimmer gibt es hier ja genug, ich habe bis jetzt noch nicht alle gesehen.“ Sie hielt kurz inne und überlegte. „Und das ist es ja auch noch: Dieses Haus ist so riesig. Ich habe das alles völlig unterschätzt. Ich lebe nun bereits seit Wochen auf Gut Strentel und ich war noch nicht einmal im

Dachgeschoss oder im Keller und den halben Nordflügel habe ich auch noch nicht gesehen. Wer um Himmels Willen braucht denn bitte siebzig Zimmer? Was, wenn das Dachgeschoss bereits komplett eingestürzt oder verschimmelt ist? Es würde Jahre dauern, bis ich das bemerke. Ich kann das alles nicht, Joschua."
Plötzlich fühlte sich Diana furchtbar klein und machtlos. Einem so riesigen Gebäude war sie einfach nicht gewachsen. Einer so furchtbaren Geschichte war sie einfach nicht gewachsen. „Ich dachte, ich bekomme das alles hin, Joschua, aber ich schaffe das nicht. Vielleicht sollte ich Gut Strentel einfach verkaufen und den Erlös davon einem wohltätigen Zweck spenden. Einer Stiftung für minderjährige Mütter vielleicht."
Joschua hatte beschlossen, dass es besser war, wenn er Diana sich erst einmal alles von der Seele reden ließe. Aber angesichts der Verzweiflung in ihrer Stimme entschied er nun doch, etwas dazu zu sagen.
„Diana, im Endeffekt ist das alles deine Entscheidung", begann er sanft. „Du hast Gut Strentel geerbt und damit die ganze Familientragödie aufgewirbelt, die offenbar damit verbunden ist. Es ist dein Haus, deine Familie und deine Entscheidung. Aber ich würde an deiner Stelle nichts überstürzen."
„Ich wollte doch einfach nur Elisabeths Geschichte herausfinden. Ich dachte, es wäre schön, der Familie von Strentel, meinen Verwandten, durch diese ganze Geschichte ein bisschen näher zu kommen. Aber je mehr wir herausfinden, desto unheimlicher wird es. Und eigentlich haben wir noch nicht einmal viel herausgefunden. Nur, dass meine Großtante ihr eigenes Kind umgebracht hat. Das Kind, das sie offensichtlich mit deinem Großonkel gezeugt hat. Ich wünschte, ich hätte einfach den Roman über Elisabeth geschrieben, wie es Großtante Leonida in ihrem Brief verlangt hat und nicht weiter nachgefragt. Dann wäre jetzt alles in Ordnung."
„Und warum machst du das nicht?"

„Was?“
„Na, den Roman über Elisabeth schreiben. Offensichtlich hatte deine Großtante ja allen Grund dazu, Elisabeth ein schönes Leben in einem Roman zu wünschen. Warum schreibst du es nicht einfach und vergisst, wie ihr wahres Schicksal war?“
„Weil das nichts an der Wahrheit ändert, Joschua.“ Diana blickte traurig zu Boden.
„Ja, aber vielleicht an deinen Gefühlen.“ Joschua nahm ihr Kinn in seine Hand und hob ihren Kopf leicht an, so dass sie ihm wieder in die Augen sah.
„Ich habe dich als eine quirlige, lebenslustige Frau kennengelernt, Diana. Es tut mir weh, zu sehen, wie du mit jedem Tag, an dem wir der Geschichte deiner Familie näherkommen, trauriger wirst.“
Diana missglückte der Versuch eines Lächelns. Ihr war einfach nicht nach guter Laune zumute. Aber vielleicht hatte Joschua Recht. Vielleicht sollte sie einfach endlich mit dem Roman beginnen. Sie könnte Elisabeth ein wunderschönes Leben auf den Leib schreiben, ein Leben, das ihre wahre traurige Geschichte einfach verdeckte.
„Okay, ich werde es versuchen“, seufzte sie schließlich. „Ich mache mich gleich auf an den Schreibtisch und beginne mit Elisabeths Geschichte. Schließlich habe ich mir ja gleich zu Beginn ein wunderschönes Arbeitszimmer eingerichtet. Eigentlich schade, dass ich es seitdem nicht ein einziges Mal benutzt habe.“
„Das halte ich für eine hervorragende Idee. Und ich werde dir ein paar Snacks und ein Glas Wein bringen, damit du in deiner Konzentration nicht unterbrochen wirst“, bot Joschua an und küsste sie auf die Stirn.
„Das wiederum halte *ich* für eine hervorragende Idee“, schmunzelte Diana.
„Sieh an, sie kann wieder lächeln.“
„Ja. Du hast ja völlig Recht. Ich darf nicht zulassen, dass diese düstere Geschichte einen so dunklen Schatten auf mein eigenes

Leben wirft. Trotzdem werde ich mich immer fragen, warum Leonida Elisabeth umgebracht hat. Und warum Eduard es nicht verhindert hat."
„Naja." Joschua stützte nachdenklich das Kinn in seine rechte Hand. „Eduard war ja angeblich abgehauen, wenn man Emma oder Hanna glauben kann. Vielleicht war Leonida ja mit dem Kind einfach überfordert. Ich meine, sie war ja erst fünfzehn. Vielleicht hat die Kleine Tag und Nacht geschrien und sie hat sie dann aus Verzweiflung geschüttelt oder so. Man hört ja leider öfter von solchen Geschichten."
„Du meinst, sie hat schlichtweg die Nerven verloren?"
„Könnte ja sein. Oder vielleicht hatte sie ja eine Wochenbettdepression."
„Davon habe ich auch schon gehört", antwortete Diana leise. „Die Frauen werden nach der Geburt aus unerklärlichen Gründen depressiv und wollen ihr Kind nicht mehr haben."
„Ja, genau, das meine ich. Wenn man das nicht behandelt, kann das so weit gehen, dass die Mütter ihre Kinder zur Adoption freigeben wollen. Was, wenn Leonida eine solche Wochenbettdepression bekommen hat und niemand es erkannt hat? Vielleicht hat sie Elisabeth dann einfach loswerden wollen."
„Aber Hanna hat dich doch angebrüllt, dass du, also Eduard schuld seist. Wie soll das denn damit zusammenhängen?"
„Na, vermutlich, weil er abgehauen ist. Er hat sie einfach mit dem Kind und ihren ganzen Gefühlen und der Situation alleine gelassen. Wenn er da gewesen wäre, hätte er den Tod vielleicht verhindern können."
„Du magst mich vielleicht für komisch halten, aber egal, welche Theorie nun stimmen mag, alles erscheint mir besser als der Gedanke daran, dass Leonida einfach böse war und Elisabeth grundlos kaltblütig ermordet hat."
„Das kann ich mir wiederum auch nicht vorstellen. Dann hätten Emma und Hanna sie nicht so sehr geliebt. Die beiden Frauen

erscheinen mir nämlich tatsächlich sehr vernünftig." Er hielt kurz inne und fügte dann hinzu: „Trotz Hannas Ausraster mir gegenüber."
„Na schön." Diana erhob sich seufzend von der kleinen Gartenbank. „Dann will ich mich mal an die Arbeit machen."
„Wie willst du anfangen?"
Diana hob hilflos die Arme: „Ich habe nicht die geringste Ahnung. Aber irgendetwas wird mir schon einfallen."
Etwas unsicher dachte Diana an ihren letzten Versuch zurück, den Roman über Elisabeth zu beginnen. Damals hatte sie nicht mehr hinbekommen als den Namen zu schreiben, woraufhin sie ja beschlossen hatte, zunächst einmal mehr über die wahre Elisabeth herauszufinden. Und da kam sie nun doch: die berüchtigte und allseits so gefürchtete Angst vor dem leeren Blatt, die Diana bisher immer so fremd gewesen war. Normalerweise lehnte sie sich vor Beginn eines neuen Romans einfach in ihrem Stuhl zurück und schloss die Augen. Dann entspannte sie sich und dachte an die Figur, die die Hauptrolle in ihrem Roman spielen sollte. Erfahrungsgemäß dauerte es dann nie allzu lange, bis sie die Figur in ihrem Kopf vor sich sah, wie in einem Film. Dann musste sie nur noch beobachten, was ihre Hauptfigur tat oder sagte und alles möglichst schnell mitschreiben. Das war auch der Grund dafür, dass ihre Finger beim Schreiben immer so schnell über die Tasten huschten, als wolle sie einen neuen Tipprekord aufstellen. Wenn die Figuren in ihrem Kopf erst einmal zu leben begannen, dann ging alles ganz schnell. Diana sah dabei zu, was alles passierte, und schrieb einfach nur mit, so schnell sie konnte.
So setzte sie sich auch jetzt auf den alten Holzstuhl, den sie sich vor einigen Wochen bereitgestellt hatte, lehnte sich zurück und schloss die Augen. Es dauerte nicht lange, da entstand in ihrem Kopf das Bild einer Frau, die aussah, wie sie selbst. Diana erschrak, doch dann erinnerte sie sich daran, dass Leonida ihr wahnsinnig ähnlich gesehen hatte. Als sie die Bilder in ihrem Kopf

zuließ, erkannte sie, dass Leonida einen kleinen Säugling in der Hand hielt. Sie hielt den Kopf leicht geneigt und blickte voller Liebe auf den kleinen Menschen in ihrem Arm. Diana war verwundert. Eigentlich hatte sie damit gerechnet, dass sie Leonida in einer Depression oder in einer Situation der Überforderung vor sich sehen würde. Doch dass sich nun vor ihrem inneren Auge das Bild einer liebevollen Mutter abzeichnete, brachte sie völlig aus dem Konzept. Anscheinend war sie nicht in der Lage, sich Leonida als Mörderin ihrer Tochter vorzustellen. Nicht einmal, wenn sie es versuchte.

Als sie das Knarren der sich öffnenden Tür hinter sich hörte, schüttelte sie verzweifelt den Kopf.

„Ich kann es einfach nicht, Joschua. Ich komme einfach nicht an Elisabeth heran. In meinem Kopf sehe ich immer nur Leonida.“

Mit diesen Worten drehte sie sich um und erstarrte, als sie in zwei funkelnde Augen starrte, während sich im ganzen Raum ein Hauch von Lavendel ausbreitete.

1953 Leonida

Ohne auch nur das kleinste Geräusch zu verursachen, schlich sich Ferdinand in das angebliche Krankenzimmer und stellte zu seiner Zufriedenheit fest, dass Leonida tief und fest in ihrem Bett zu schlafen schien. Ohne sie aus den Augen zu lassen, schlich er sich zu der alten Wiege, in der er und Leonida bereits als Babys gelegen hatten. Dort angekommen warf er noch einen letzten prüfenden Blick auf seine schlafende Schwester und lauschte für einen Moment ihren tiefen, gleichmäßigen Atemzügen. Irgendwie war es eine ganz eigene Art von Befriedigung, in ihrem Zimmer zu sein und sie im Schlaf zu beobachten, während sie völlig hilflos und ahnungslos in den weichen Kissen ruhte. Fast musste er sich überwinden, sich von ihrem Anblick loszureißen und das zu tun, weswegen er gekommen war: Er wollte seine Tochter sehen. Gespannt beugte er sich über die Wiege und betrachtete das schlafende Baby. Hoffentlich würde sie nicht aufwachen und schreien. Dann würde er so schnell wie möglich verschwinden müssen. Von Leonida ging keine Gefahr aus. Selbst wenn sie ihn erkennen würde, würde sie niemals verraten, dass er in ihrem Zimmer gewesen war. Doch wenn ihm auf der Flucht im Gang jemand von den Dienstboten oder gar seine Mutter entgegenkam, würde ihn das ziemlich in Erklärungsnot bringen. Leise schnappte er sich ein Kissen vom Sofa neben der Wiege. Falls die Kleine schreien würde, musste er schneller sein und ihr das Kissen auf das Gesicht pressen.

Er hatte keinerlei Gefühle für das Kind. Als er erfahren hatte, dass Leonida schwanger war, hatte er hin- und herüberlegt, wie er das Kind loswerden könnte. Er hatte sogar darüber nachgedacht, Leonida so zu schlagen, dass das Kind in ihrem Bauch mit Sicherheit nicht überleben würde, doch als er schließlich bei ihr im Zimmer gewesen war und die Gelegenheit dazu gehabt hätte, hatte sie ihn mit ihrem plötzlichen Fluch derart überrumpelt, dass er lieber so schnell wie möglich wieder verschwunden war. Seitdem war er nicht mehr bei ihr gewesen und hatte jeden Tag gefürchtet, dass Leonida ihren Eltern doch noch das dunkle Geheimnis verraten würde. Doch sie hatte dichtgehalten. In dieser Hinsicht war er wirklich stolz auf seine kleine Schwester. Sie hatte geschwiegen und das Kind einfach bekommen. Selbstverständlich war Ferdinand in den Plan seiner Mutter eingeweiht, dass Hanna das Kind großziehen sollte. Darüber war er mehr als erleichtert. Doch als seine Mutter ihm schließlich erzählt hatte, dass Leonida das Kind nun geboren hatte, da hatte er plötzlich so ein komisches Gefühl verspürt. Als würde von seiner Tochter eine stille Bedrohung ausgehen. Deshalb hatte er beschlossen, sich das Kind anzusehen.

Lange hatte er mit sich gehadert. Hatte geschwankt zwischen dem Wunsch, nichts mit dem Kind zu tun haben zu wollen und es unbedingt einmal sehen zu wollen. Endlich war er bereit, sich dem Anblick seiner Tochter zu stellen.

Vorsichtig beugte er den Kopf über die Wiege und betrachtete die schlafende Elisabeth. Plötzlich schlug diese die Augen auf und starrte Ferdinand an. Er hatte das Gefühl, als wäre die Raumtemperatur urplötzlich um mehrere Grad gefallen. Die Augen, in die er blickte, waren seine eigenen. Sie hatten dieselbe Farbe, dieselbe Form und dasselbe bösartige Funkeln.

Für einen Moment war Ferdinand nicht in der Lage, sich zu bewegen, irgendetwas zu spüren oder zu denken. Dann machte sich sein Körper einfach selbstständig. Ohne auch nur einen Moment lang darüber nachzudenken, was er tat, drückte er dem kleinen Wesen das vorbereitete Kissen auf den Mund. Zuerst zappelte Elisabeth verzweifelt mit Ärmchen und Beinchen. Doch schließlich lag sie völlig regungslos da.

Ferdinand schlug die zarte Decke zurück und hob das schlaffe Körperchen aus der Wiege. Fest drückte er die kleine Elisabeth an

seinen Körper und stülpte vorsichtshalber seinen Pullover über sie. Dann rannte er ungesehen aus dem Zimmer, den langen Gang entlang und aus dem Haus.
Die kalte Nachtluft schlug ihm in das überhitzte Gesicht wie Nadeln aus Eis. Erst jetzt schien sich sein Gehirn wieder einzuschalten. Was sollte er denn jetzt bloß mit dem leblosen Säugling unter seinem Pullover tun?
Schnell sah er sich in alle Richtungen um, doch es war weit und breit niemand zu sehen. Gut Strentel lag in stiller Dunkelheit wie das Dornröschenschloss nach dem Zauber der dreizehnten Hexe.
Ferdinand begann zu rennen. Er kannte einen Ort, an dem niemand das tote Kind finden würde. Ohne sich noch einmal umzudrehen, rannte er blindlings in den hintersten Teil des Gartens zu der wilden Buschgruppe, die seit Monaten nicht mehr gestutzt worden war. Die Gärtner hatten sich an den Befehl des Grafen gehalten und diesen Teil des Gartens einfach verwildern lassen. Wenn der Platz gut genug für eine Leiche war, dann sicherlich auch für zwei, dachte Ferdinand und kämpfte sich durch das inzwischen dichte Gestrüpp. Die Dornen an den verwilderten Büschen zerkratzten ihm die Arme, doch das war ihm egal. Sein einziger Gedanke galt der Tatsache, dass er den toten Säugling in seinem Arm schnellstmöglich ablegen und dann verschwinden musste. Ferdinand wusste, dass in diesem Teil des Gartens häufig wilde Tiere des nahen Waldes umherstreiften. Sie würden ihr grausames Werk von ganz allein verrichten, er würde das Kind nicht einmal begraben müssen. Ungerührt legte er die kleine Elisabeth inmitten der wilden Büsche ab und schlich sich wieder davon.
Zufrieden ging er zurück ins Haus und schlich sich wieder in Leonidas Zimmer.
Als Leonida erwachte und ihren Bruder schlafend auf dem Sofa erkannte, war sie sofort alarmiert.
„Was machst du hier?“

Ferdinand räkelte sich genüsslich und grinste seine Schwester hämisch an. „Ich dachte, es wäre dir lieber, wenn dir die schlimme Nachricht von einem Familienmitglied überbracht wird.“
„Welche schlimme Nachricht?“ Blitzschnell richtete sich Leonida in ihrem Bett auf und starrte Ferdinand panisch an. Dieser zog in gespielter Trauer die Mundwinkel nach unten und wischte sich eine imaginäre Träne aus dem Augenwinkel.
„Deine Tochter Elisabeth ist in der vergangenen Nacht leider verstorben.“
„Du lügst, sie liegt in ihrer Wiege und schläft!“ Leonida war sofort aus dem Bett gesprungen, rannte zu der Wiege und starrte schockiert auf das leere Kissen. „Was hast du mit ihr gemacht?“ Die Tränen strömten ihr unaufhaltsam über die Wangen. In ihrem ganzen Leben hatte sie noch niemals eine so tiefe Trauer und zugleich einen so unbändigen Hass verspürt wie in diesem Moment, als sie ihrem Bruder nun genau ins Gesicht starrte.
„Ich?“, fragte dieser scheinheilig. „Die Frage ist ja wohl eher, was *du* gemacht hast. Du hast nicht aufgepasst, Leonida. Du hast dein Kind alleine schlafen lassen. Wie fahrlässig von dir, Leonida.“ Er schüttelte den Kopf wie ein Vater, der sein Kind tadelt, weil es unerlaubt an die Bonbondose gegangen war. „Deine Elisabeth ist erstickt. Hat sich im Schlaf die Decke über den Kopf gezogen und ist erstickt. Du hättest wirklich besser aufpassen müssen, Leonida. Was bist du nur für eine Rabenmutter. Ich korrigiere: Warst. Vielleicht ist es besser, dass du nun keine Mutter mehr bist.“
Leonida war nicht mehr Herrin ihrer Sinne. Wie eine Furie rannte sie auf ihren großen Bruder zu und schlug und kratzte mit aller Kraft, die sie aufbringen konnte. Doch diesmal war Ferdinand auf den Angriff vorbereitet. Grob packte er sie an den Armen und stieß sie dann mit dem Fuß von sich, sodass sie rückwärts taumelte und erst zum Stehen kam, als die harte Wand ihren Schwung bremste.
Ferdinand lachte schallend und ging aus dem Zimmer. Schließlich musste er seine Eltern noch darüber informieren, dass Elisabeth im

Schlaf erstickt war und er die Leiche vorausschauend bereits bei ihrem Vater Eduard beerdigt hatte. Seine Eltern waren gewiss stolz auf ihn, weil er das Problem so schnell und so unkompliziert gelöst hatte.

2018 Diana

Mit einer Mischung aus Überraschung und Panik starrte Diana die Frau an, die da plötzlich vor ihr im Arbeitszimmer erschienen war. Mit nackten Füßen stand diese auf dem blanken Dielenboden. Ein langes weißes Nachthemd reichte ihr bis an die Knöchel und schlug wilde Falten um den mageren Körper. Das knochige Gesicht wurde von schlohweißen Haaren umrahmt, die ihr wild und unkontrolliert bis zum Bauchnabel reichten. In die weichen Gesichtszüge hatten sich bereits tiefe Falten eingegraben. Der Gesichtsausdruck wirkte starr wie bei einer Statue. Lediglich die funkelnden Augen verrieten, dass Leben in dieser Person steckte und zogen Diana sofort in ihren Bann. Sie wusste, dass es das Beste wäre, einfach aufzuspringen, aus dem Zimmer zu rennen und in Joschuas rettende Arme zu flüchten. Doch erstens stand die Frau noch immer genau in der Tür und blockierte somit jede Fluchtmöglichkeit und zweitens wirkte der Blick aus den funkelnden schwarzen Augen wie eine unsichtbare Fessel, die sie bewegungslos auf ihren Stuhl bannte. Diana spürte, wie ihr Herz immer schneller schlug, sodass sie überzeugt war, es würde früher oder später entweder explodieren oder einfach stehenbleiben.

Ohne den Blick auch nur eine Sekunde lang von der seltsamen Erscheinung abzuwenden, zwang sie sich, vernünftig nachzudenken. War es möglich, dass es noch weiteres Hauspersonal gab, von dem sie nichts wusste? Möglich sicherlich, aber dann würde dieses doch wohl kaum barfuß und im Nachthemd durch die Flure wandeln. Was, wenn die Gestalt vor ihr wirklich ein Geist war? Konnten Geister Menschen verletzen? Oder war es nur die Angst, die sie einem einjagten, die sie so gefährlich machte?

Anhand der Erscheinung versuchte sie schließlich abzuschätzen, ob von der Gestalt eine Gefahr ausging, doch eigentlich wirkte die

Frau, entgegen ihres unheimlichen Erscheinungsbildes, eher harmlos. Trotz der funkelnden schwarzen Augen, denen irgendetwas Bösartiges anhaftete, wirkte die Frau weder gefährlich noch aggressiv und irgendwie kam sie ihr sogar bekannt vor, fast vertraut, wie eine alte Freundin, die man jahrelang nicht mehr gesehen hatte und dann bei einer zufälligen Begegnung auf der Straße fast nicht mehr wiedererkannte.
Noch immer unfähig sich zu bewegen, kramte Diana in ihrer Erinnerung, ohne die Gestalt auch nur einen Augenblick aus den Augen zu lassen, doch ihr fiel nicht ein, wo sie das Gesicht schon einmal gesehen hatte. Plötzlich bewegte sich die fremde Frau. Ganz langsam näherte sie sich Diana, die nicht wusste, warum sie sich noch immer nicht bewegen konnte, doch sie musste machtlos dabei zusehen, wie die Gestalt in langsamen Schritten, geräuschlos, nahezu schwebend auf sie zu kam. Zarter Lavendelduft schlug ihr so plötzlich ins Gesicht, dass sie intuitiv die Luft anhielt. Die Gestalt hatte sie inzwischen erreicht und streckte die Hand nach ihr aus. Ihre schwarzen Augen, die Diana mit ihrem bösartigen Funkeln eben noch Angst eingejagt hatten, wirkten auf einmal sanft und sie konnte erkennen, dass das Funkeln in Wirklichkeit daher rührte, dass sich das hereinfallende Sonnenlicht in dem Tränenschleier brach, der in den Augen der seltsamen Frau glänzte. Diana wusste selbst nicht, was sie tat, als sie die Hand der Frau ergriff und sich von ihrem Stuhl erhob. Irgendetwas war zwischen ihnen, das sie sich nicht erklären konnte und das auch keinerlei Erklärung bedurfte. Es war eine selbstverständliche Innigkeit, die Diana schlagartig ganz ruhig werden ließ. Während sich die kalten pergamentartigen Finger um ihre Hand schlossen, fühlte sie sich seltsam geborgen und ihr Herz fand wieder in einen gleichmäßigen Rhythmus. Schweigend ließ sie sich von der fremden Gestalt aus dem Zimmer führen und folgte ihr, langsam und still wie eine Schlafwandlerin.

Die Gestalt führte sie durch den langen Gang des Nordflügels. Diana fiel auf, dass die einzigen Schritte, die sie hörte, ihre eigenen waren. Die Geräusche ihrer Schuhe auf dem Steinboden wirkten wie Verräter in der Weite der Lautlosigkeit. Lediglich der Hauch von Lavendel, der auf jedem Meter, den sie gegangen waren, zurückblieb, war lautloser Zeuge für die Anwesenheit der merkwürdigen Gestalt.

Diana verspürte keinerlei Angst mehr. Auch nicht, als die Gestalt sie schließlich in ein Zimmer in der Mitte des Flügels führte und geradewegs auf die Wand zu lief. *In diesem Haus verschwinden Menschen!* – hörte sie nun wieder die alte Warnung in ihrem Kopf. Doch es machte ihr nichts mehr aus.

Zuerst Eduard, dann Elisabeth, dann Ferdinand. Vielleicht war es ihr Schicksal, als Mitglied der Familie ebenfalls in diesem Haus zu verschwinden. Doch auf eine unerklärliche Weise war sie vollkommen mit sich und ihrem Schicksal im Reinen.

Wie benebelt nahm sie wahr, dass die weiße Gestalt nun durch die Wand ging und sie mit sich zog.

Erst auf den zweiten Blick begriff sie, dass die Frau die Wand mit einer Hand aufgedrückt hatte. Offensichtlich ließ jene sich drehen. Nun befanden sie sich in einer Art Geheimgang. Auf kaltem Steinboden führte ein langer Weg in die Dunkelheit. Ohne irgendetwas zu sehen, lief Diana immer weiter, ließ sich in tiefem Vertrauen von der kalten Hand führen, die sie mühelos immer weiter in die Tiefe der Dunkelheit zog. *Vielleicht ist es das,* dachte Diana. *Vielleicht sind sie hier alle verschwunden. In der Dunkelheit irgendwo im Herzen dieses Hauses. Und ich werde ebenso verschwinden.*

Doch als sie scheinbar endlos gelaufen waren, drückte die Frauengestalt offenbar eine weitere Geheimtür, denn in die Dunkelheit fiel plötzlich helles Licht und sie gingen gemeinsam erneut durch eine Wand, die sich drehen ließ. Die plötzliche Helligkeit schmerzte Diana in den Augen, welche sie erschrocken

zusammenkniff. Da ließ die Gestalt plötzlich ihre Hand los. Vorsichtig öffnete Diana die Augen und versuchte, sich ein Bild von dem Zimmer zu machen, in dem sie sich befanden. Dem Augenschein nach zu urteilen, handelte es sich um ein typisches Zimmer von Gut Strentel. Die meterhohen Decken und die bodentiefen Sprossenfenster waren exakt gleich wie in den anderen Räumen, die Diana bisher aus dem Herrenhaus kannte. Dennoch wirkte dieses Zimmer bewohnter als die anderen Gästezimmer, die sie bei ihrer Erkundungstour vor wenigen Wochen gesehen hatte. Der große Schrank stand einen Spalt offen, in seinem Inneren konnte man Kleidung erkennen. Auf dem kleinen Esstisch standen zwei Gläser, ein Teller mit Suppe und eine Tasse, als hätte erst vor kurzem jemand hier gegessen. Auf einem Brett, das notdürftig an der Wand befestigt worden war, befanden sich zwei elektrische Kochplatten. Durch die Tür am anderen Ende des Zimmers konnte Diana ein kleines Bad erkennen, wie es einige von den Gästezimmern hatten. Auf dem Tischchen an der Seite lagen verschiedene Bücher, Blöcke und Schreibhefte. Das Wandregal neben dem breiten Himmelbett war bis zur Decke hinauf vollgestopft mit Büchern. Erst jetzt bemerkte sie, dass bei dem breiten Himmelbett die Vorhänge zugezogen waren. Das war untypisch. Normalerweise waren die langen Vorhänge zurückgeschlagen und mit Bändern an den jeweiligen Pfosten befestigt.
Eine kalte Hand, die nach der Ihren griff, riss Diana aus ihren Beobachtungen. Sie hatte die seltsame Gestalt tatsächlich für einen Moment vergessen. Sie wandte den Kopf und bemerkte, dass die Frau nun wirklich weinte. Zarte Spuren von Tränen verliefen über ihre Wangen und verliehen diesen einen unwirklichen Glanz. Sanft zog die Gestalt sie nun an die Seite des breiten Himmelbettes und sah Diana fragend an. Diese nickte stumm. Da schob die Gestalt langsam den Vorhang des Himmelbettes zur Seite und Dianas Blick fiel auf das starre, bleiche Gesicht einer uralten Frau.

Ohne zu überlegen fasste Diana mit zwei Fingern an die Halsschlagader. Kein Puls. Die Frau war tot. Diana hätte gerne gefragt, wer die Frau war, doch noch immer brachte sie keinen Ton heraus. Stattdessen blieb sie regungslos stehen und betrachtete die bestimmt hundertjährige, alte Frau, die friedlich in den weichen Kissen lag, als wäre sie eben erst eingeschlafen.
So ruht man in Frieden, schoss es Diana durch den Kopf. Eigentlich hätte sie ihr gerne die Hände gefaltet, die teilnahmslos neben ihrem Körper lagen, aber die gesamte Erscheinung wirkte so friedlich in ihrer Leblosigkeit, dass es Diana wie ein Verbrechen vorgekommen wäre, sie auch nur zu berühren.
Völlig in Gedanken erschrak sie fürchterlich, als sie nun plötzlich eine kalte Hand auf ihrer Schulter spürte. Langsam wandte sie sich um. Sie wusste noch immer nicht, was die seltsame Frau von ihr wollte. Sollte sie so sterben, wie die alte Frau, die da vor ihnen im Himmelbett lag? Doch die Ruhe, die sie bereits zu dem Zeitpunkt ergriffen hatte, als sie die Hand der fremden Frau berührt hatte, fiel auch jetzt nicht von ihr ab. Mit einer seltsamen Gelassenheit blickte sie der geheimnisvollen Frau in die glänzenden Augen. Erst jetzt bemerkte sie, dass diese ihr ein kleines Büchlein entgegen streckte. Als Diana danach griff und sich mit einem Blick rückversicherte, ob es das war, was die seltsame Frau von ihr wollte, da nickte diese bestätigend.
Diana betrachtete das kleine Büchlein. Es war ein typisches Notizbuch, wie man es in jedem Schreibwarenladen bekommen konnte. Der schwarze Ledereinband wurde von einem kleinen Gummiband zusammengehalten. Die seltsame Gestalt führte Diana schweigend zu einem der Stühle an dem kleinen Tisch und bedeutete ihr mit sanftem Druck, sich zu setzen. Als sie saß und das kleine Buch in ihren Händen betrachtete, machte die Frau ein komisches Geräusch, griff dann nach dem Buch, klappte es auf und drückte es Diana wieder in die Hand. Dann tippte sie mit dem Finger auf die erste Seite. Diana begann zu lesen:

Das ist meine Geschichte, mein Vermächtnis und mein Geständnis. Wenn es jemand in den Händen hält, werde ich tot sein. Zum Glück, denn ich würde es nicht ertragen, zu erfahren, wie jemand über mein Leben, mein Handeln und mein Schicksal urteilt. Möge Gott meiner armen Seele gnädig sein.

Ich bin Lioba.

Mit achtzehn Jahren kam ich als Dienstmädchen nach Gut Strentel.

Ich war glücklich über die Anstellung in einem der angesehensten Häuser des Landes und dankbar für die überaus großzügige Bezahlung. Damals wusste ich noch nicht, dass der Preis, den ich bezahlen würde, viel höher sein würde als alles, was ich mir je hätte ausmalen können. Ich ahnte noch nicht, dass das Böse auf Gut Strentel regiert und neben ihm kein Platz ist für Hoffnung, kein Platz für Freude, kein Platz für Glück. Der Teufel hat in Ferdinand von Strentel seinen Meister gefunden und Wilhelmine und Gustav von Strentel sind die Dämonen, die ihn hofieren.

Als ich meinen Dienst hier begann, bemerkte ich schnell, dass der Erbgraf eine Bedrohung war, egal, wo, wann oder unter welchen Umständen ich ihm begegnete. Die anderen Dienstmädchen, die er ebenfalls drangsalierte, gaben mir Tipps und verrieten mir ihre Strategien, wie man ihm aus dem Weg gehen könne. Es gelang gut, aber nicht immer. Graf Ferdinand schien mich zu verfolgen. Wohin ich auch ging, überall schien er schon zu sein und oft sah ich keine andere Möglichkeit, ihm zu entkommen, als wegzulaufen. Doch wegen der außerordentlich guten Bezahlung blieb ich. Ein Fehler. Es hat schon seinen Grund, warum Habgier eine Todsünde ist. Ich wollte den üppigen Lohn und erhielt dafür die Strafe.

Einmal lauerte mir der Erbgraf in einem Zimmer auf. Er schloss uns ein und hatte die deutliche Absicht, mich zu vergewaltigen. Nur seiner Schwester Leonida, die durch Zufall unsere Stimmen in dem Zimmer hörte, ist es zu verdanken, dass nichts Schlimmeres geschehen ist. Besonders, weil ich bereits zu diesem Zeitpunkt ein Kind unter dem Herzen trug. Das Kind, das er mir später nahm. Denn als ich ihm wenige Wochen nach diesem Vorfall oberhalb der großen Steintreppe begegnete, erschrak ich derart, dass ich ihm rückwärts ausweichen wollte und die Treppe hinunterstürzte. Ich war schwer verletzt, doch ich überlebte. Das Kind in meinem Bauch aber starb. Wilhelmine von Strentel dachte wohl, Ferdinand hätte mich gestoßen, was angesichts seines gesamten Verhaltens kein abwegiger Gedanke war. Sie bot mir eine Menge Geld dafür, wenn ich im Dienste der von Strentels bleiben und über den Vorfall für immer schweigen würde. Ich willigte ein. Doch das ganze Geld half mir nicht über meine Verbitterung über den Verlust meines Kindes hinweg. Lange, viel zu lange, hatte ich versucht, schwanger zu werden. Und nach dem Tod meines Kindes wollte es wieder nicht klappen. Schließlich meinte der Arzt, dass mein Leib wohl durch den Sturz schlimmer verletzt worden sei als er dachte und dass ich wohl niemals in der Lage sein würde, eigene Kinder zu bekommen. In diesem Moment brach für mich die Welt zusammen. Ich zog mich ganz in mir selbst zurück, sprach kaum noch ein Wort mit jemandem. Meine Ehe ging in die Brüche. Die Gräfin bot mir eine Unterkunft im Dienstbotentrakt an, die ich dankbar annahm. Von da an verbrachte ich mein gesamtes Leben auf Gut Strentel. Meine persönliche Hölle wurde zu meinem Zuhause. Am Tage arbeitete ich wie im Rausch. Nachts fand ich keinen Schlaf und stand häufig am Fenster, wo ich in die Weite der Dunkelheit starrte und spürte, wie sie eins wurde mit der Dunkelheit in meinem Herzen. Ich konnte ja nicht ahnen, dass mich ausgerechnet diese Dunkelheit zur Zeugin von schrecklichen Taten machen würde.

Eines Nachts stand ich wachend am Fenster und starrte hinaus in die graue Dunkelheit. Plötzlich sah ich Leonida, die aus dem Haus huschte und, wohl um kein Geräusch zu machen, barfuß durch das feuchte Gras in den Garten rannte. Schnell verlor ich sie aus den Augen. Sie musste ganz nach hinten gerannt sein, in den Winkel

des Gartens, der sich den Blicken aus dem Haus gänzlich entzieht. Noch bevor ich mich darüber wundern konnte, warum sich Leonida mitten in der Nacht aus dem Haus stahl, sah ich, wie auch Ferdinand aus dem Haus trat, sich mehrfach hektisch umsah und dann in der gleichen Richtung verschwand wie Leonida.
Ich stand einen Moment lang einfach da, unsicher, ob ich mir die zwei Menschen eben nur eingebildet hatte, denn ich konnte mir nicht vorstellen, warum Leonida und Ferdinand sich des Nachts im Garten treffen sollten. Wenn schon, dann hätte ich mir gut vorstellen können, dass Eduard und Leonida sich treffen würden. Eduard, der Schwarm aller Hausmädchen. Er war bereits seit Monaten zu Gast auf Gut Strentel. Was war er nur für eine gute Seele. Freundlich, höflich und stets bestrebt, uns Dienstboten möglichst keine Umstände zu machen. Ein wundervoller Mann. Viele von den Dienstmädchen himmelten ihn an und ich weiß, dass die kleine Anni heimlich Herzchen in ihr Tagebuch zeichnete und sich erträumte, Eduard würde sich in sie verlieben und sie würde eine reiche Gräfin werden. Dumme Schwärmereien eines kleinen Mädchens. Denn Eduard hatte nur Augen für Eine: Leonida. Immer wieder konnte ich aus meiner Dachkammer beobachten, wie die beiden sich tagsüber aus dem Haus stahlen und sich im hinteren Teil des Gartens im Rosenpavillon trafen. Dieser ist zwar vom Haus aus nicht sichtbar, doch ich bin ihnen einmal gefolgt, weil ich wissen wollte, ob meine Vermutung stimmte, dass sie sich heimlich trafen. Wie zwei unschuldige Kinder saßen die beiden nebeneinander, hielten sich bei den Händen und redeten miteinander. Und doch strahlte dieses Zusammensein ein solch pures Glück aus, dass ich mich noch heute gerne daran erinnere. Nie wieder habe ich eine so reine, so unschuldige Liebe gesehen wie die zwischen Leonida und Eduard.
Doch in dieser Nacht war es nicht Eduard, der Leonida in den Garten folgte, sondern Ferdinand. Ich überlegte lange, ob ich nicht ebenfalls hinterherschleichen sollte, um zu sehen, was die

beiden dort im Garten mitten in der Nacht heimlich zu schaffen hätten. Doch schließlich beschloss ich, dass es mir besser anstünde, meine Neugier im Zaum zu halten. Es ging mich schließlich nichts an. Bis heute bereue ich diese Entscheidung. Denn keine halbe Stunde später sah ich Ferdinand, wie er wieder ins Haus zurückkam. Sein triumphierender Gesichtsausdruck verhieß nichts Gutes. Wenige Minuten später tauchte auch Leonida aus dem Dunkel der Nacht wieder auf. Sie war von oben bis unten mit Erde beschmiert. Ihr weißes Kleid war von der Hüfte bis zum Saum von Blut befleckt und sprach eine eindeutige Sprache. Ferdinand, dieses Monster, hatte seine eigene Schwester vergewaltigt.

Mit tränenverschleiertem Blick konnte ich erkennen, wie Leonida völlig verstört ins Haus zurückrannte.

Ich überlegte nicht, folgte einfach meiner Intuition und lief hinunter in ihr Zimmer, um sie in den Arm zu nehmen und ihr dabei zu helfen, sich zu waschen. Doch sie war nicht da. Nach einigen Minuten ging ich wieder nach oben und beschloss, nicht zu verraten, dass ich sie in dieser Nacht beobachtet hatte. Doch ich suchte in den nächsten Tagen verstärkt ihre Nähe. Ich las ihr jeden Wunsch von den Augen ab, schüttelte die Kissen in ihrem Bett noch einmal zusätzlich, nachdem das andere Hausmädchen das Bett gemacht hatte. Ich sorgte dafür, dass die schönsten Blumen in ihrem Zimmer standen und überredete Marthe, Leonidas Lieblingskuchen zu backen. Doch ich sprach nicht mit ihr. Das tapfere Mädchen ließ sich nichts anmerken.

Einige Monate später wurde Leonida schwer krank, so hieß es. Sie bekam Zimmerarrest und durfte ein halbes Jahr lang ihr Krankenzimmer nicht mehr verlassen. Alle Dienstmädchen waren überaus besorgt und Marthe, die Köchin, hörte ich mehrfach mitten am Tag für Leonidas Gesundheit beten. Alle liebten Leonida und ich kann es den Mädchen nicht verdenken, dass die meisten von ihnen sich jeden Tag fragten, warum die schwere Krankheit

Leonida erwischt hatte und nicht Ferdinand. Erneut gelang es der Familie von Strentel, alle an der Nase herumzuführen. Alle außer mir. Leonida war schwanger, das hatte ich ihr sofort angesehen. Ihre plötzliche Übelkeit am Morgen, ihr Gesicht, das runder und ihre Haut, die strahlender wurde. Das waren keine Anzeichen einer schlimmen Krankheit, sondern die deutlichen Anzeichen einer Schwangerschaft. Natürlich wollte die Gräfin von Strentel das vertuschen. Was genau sie im Schilde führte, das weiß ich nicht, doch sie täuschten eine gefährliche Krankheit vor, sodass niemand auf den Gedanken kam, Leonida könne ein Kind bekommen.

Sie tat mir so leid. So unglaublich leid. Denn natürlich durchschaute ich, dass das Kind das Ergebnis jener verhängnisvollen Nacht gewesen sein musste, in welcher ich Ferdinand und Leonida im Garten gesehen hatte. Leonida trug in ihrem Bauch das Kind ihres eigenen Bruders, dieses Teufels. Ich will mir gar nicht vorstellen, wie sehr sie gelitten haben muss.

Dann kam die zweite verhängnisvolle Nacht. Wieder konnte ich nicht schlafen und wieder stand ich am Fenster und starrte in den vom Mond spärlich beleuchteten Garten hinaus. Weil die Hitze in der kleinen Dachkammer unerträglich war, hatte ich das Fenster geöffnet, um die kühle Nachtluft hereinzulassen.

Hinter einer Hecke lag Graf Ferdinand auf der Wiese und rauchte. Es verschaffte mir eine innere Befriedigung, ihn mit dem ganzen Hass zu betrachten, den ich für ihn empfand und zu wissen, dass er keine Ahnung davon hatte, dass er beobachtet wurde. Minutenlang malte ich mir aus, wie es wäre, wenn plötzlich ein Blitz vom Himmel herunterkäme und ihn träfe, sodass er unter größten Schmerzen verbrennen würde. Oder wie die Erde sich unter ihm auftun und ihn in den Feuern der Hölle verschlingen würde. Ich ahnte ja nicht, dass der Tod tatsächlich auf dem Weg zu ihm war. Allerdings in der harmlosesten Gestalt, die ich mir hätte vorstellen können. Mit Entsetzen sah ich, wie Eduard aus dem Haus kam. Seine ganze Erscheinung wirkte unnatürlich verkrampft, sein

Gesicht in blinder Wut verzerrt. Und wieder wünsche ich mir, ich hätte eingreifen und das Folgende verhindern können, doch es ereignete sich alles so schnell, dass ich gar nicht wusste, wie mir geschah. Ich sah, wie Eduard wutentbrannt auf Ferdinand zustürmte. Als er einige Meter vor ihm war, griff er plötzlich nach einer steinernen Statue, die auf einem Sockel der Terrassenbrüstung stand, hob sie von der Säule und schwang sie noch im Gehen in die Luft. Seine Körperhaltung sprach eine eindeutige Sprache: Er wollte Ferdinand mit der Statue erschlagen. Ich weiß noch, als wäre es gestern gewesen, dass mein Herz vor Freude einen Sprung machte. Endlich würde jemand dieses Monster umbringen. In diesem Moment liebte ich Eduard für seinen Mut und seine Entschlossenheit. Endlich würde er die Welt von diesem Teufel erlösen, der alle nur schikanierte und quälte. Auf ewig würde Eduard mein Held sein und Gott würde ihm diese Tat vergeben, kaum, dass er sie vollbracht hatte, dessen war ich mir absolut sicher. Kaum konnte ich es erwarten, dass Eduard seinen Arm niedersausen ließ und Ferdinand mit der Statue den Schädel zerschmettern und seinem bösen Treiben damit ein für alle Mal ein Ende bereiten würde, da musste ich plötzlich mit größtem Entsetzen mit ansehen, wie Ferdinand blitzschnell von seiner liegenden Position aufsprang, Eduard die Figur entriss und sie ihm auf den Kopf schlug. Eduard ging sofort bewusstlos zu Boden. Ob er tot war, kann ich nicht sagen, doch Ferdinand überließ nichts dem Zufall. Das Geräusch, das Eduards Kopf machte, als ihn die steinerne Figur erneut traf, verfolgt mich noch heute in meinen Alpträumen. Danach verschwand Ferdinand einfach, während Eduards Blut den Rasen tränkte.

Als ich mich vom ersten Schock erholt hatte, griff ich mir schnell meinen Mantel und stürmte hinunter in den Garten, um zu sehen, ob ich noch irgendetwas für Eduard tun, ihn irgendwie am Leben erhalten könnte. Doch es war nichts mehr zu machen. Er atmete längst nicht mehr und in seinen Adern war der letzte Pulsschlag bereits verklungen. Ich schloss ihm die Augen und küsste ihn auf die blutgetränkte Stirn. Da hörte ich plötzlich leise Stimmen. Schnell verbarg ich mich im Gebüsch. Von dort sah ich, wie der Graf und Ferdinand die Leiche Eduards in eine Buschgruppe im hintersten Teil des Gartens brachten. Dort schaufelten sie ein tiefes Loch und warfen ihn einfach hinein, während die Gräfin das Blut aus dem Gras wusch.

Als sie verschwanden, eilte auch ich wieder zu Bett, doch ich tat die ganze Nacht kein Auge zu. Was sollte ich nur tun? Sollte ich jemanden auf die Leiche Eduards aufmerksam machen? Die Tat der gräflichen Familie verraten? Zur Polizei gehen? Vielleicht hätte ich das tun sollen. Doch ich wusste, dass die Gräfin derart durchtrieben war, dass es ihr mit Sicherheit gelungen wäre, die Tat gänzlich von sich zu weisen und jemand anderem in die Schuhe zu schieben. Vermutlich sogar mir, da ich sie angeschwärzt hatte. Nein, diesen Weg konnte ich nicht gehen, wenn ich nicht mein eigenes Verderben wählen wollte. Das einzige, was ich tun konnte, war, die von Strentels in Zukunft genau zu beobachten und alles Übel, das sie anrichten wollten, zu verhindern oder zumindest zu mindern. Dies sollte meine Lebensaufgabe werden.

Dann kam die dritte verhängnisvolle Nacht. Wie in den vielen Nächten zuvor, stand ich schlaflos am Fenster, als ich auch dieses Mal plötzlich Ferdinand aus dem Haus eilen sah. Er trug etwas im Arm, was genau, das konnte ich nicht erkennen, doch da er sich mehrfach ängstlich umsah, war ich mir sicher, dass er wieder etwas Böses im Schilde führte. Und dieses Mal, so schwor ich mir, würde ich es verhindern.

So schnell ich konnte, schnappte ich meinen Mantel und rannte in den Garten hinunter. Zunächst konnte ich Ferdinand nirgends entdecken, deshalb lief ich eine ganze Weile einfach geradeaus. Und ich hatte Glück. Als ich an der Buschgruppe ankam, an der Ferdinand und seine Eltern vor wenigen Monaten die Leiche Eduards hatten verschwinden lassen, hörte ich ein leises

Geräusch. Schnell verbarg ich mich im Schatten eines dichten Busches. Keine Sekunde zu früh, denn schon kam Ferdinand aus dem wuchernden Gestrüpp heraus. Sein Grinsen bewies, dass ich recht hatte: Er hatte irgendetwas Böses getan. Fast ohne zu atmen, wartete ich, bis er sich so weit in Richtung des Hauses entfernt hatte, dass er sich meinem Blick entzog. Dann zählte ich sicherheitshalber noch bis hundert, doch alles blieb still.

Schnell kam ich aus meinem Versteck und kämpfte mich durch die wild gewachsenen Dornensträucher. In der Mitte der Buschgruppe war es licht. Eine Stelle sah noch immer anders aus als der Rest. Dort musste Eduard begraben sein. Am Rande seines vermutlichen Grabes lag ein kleines Bündel. Ich bückte mich, zog das dunkle Tuch etwas zur Seite und traute meinen Augen nicht. Vor mir lag ein winziges Baby und starrte mich aus funkelnden Augen an. Ich wusste sofort, dass dies Leonidas Kind sein musste, denn es hatte Leonidas weiche Gesichtszüge, jedoch zugleich die schwarzen, funkelnden Augen von Ferdinand. Ich weiß bis heute nicht, was in diesem Moment in mir vorging. Ich dachte nicht nach, ich handelte einfach. Auch wenn es Ferdinands Baby war und ganz offensichtlich etwas Böses von ihm in sich trug, so war es doch ein kleines Baby. Ein Kind, wie es mir immer versagt bleiben würde. Ferdinand hatte es töten wollen. Niemand würde es vermissen, da niemand wusste, dass es existierte. Außer Leonida, doch diese musste ich vor diesem Kind beschützen.

Schnell nahm ich das Baby hoch, drückte es an meinen Körper und hüllte den warmen Mantel darüber. Auf eine unerklärliche Weise duftete es nach Lavendel. Es war der gleiche Geruch, den auch Leonidas Haar verströmte, wenn sie abends die strenge Frisur löste. Das Kind gab keinen Laut von sich. Ich huschte zurück ins Haus und verbarg das kleine Mädchen einige Tage in meiner Kammer. Schnell wurde mir klar, dass es offensichtlich stumm war, was ein großer Segen war, denn sonst wäre die Gefahr viel zu groß gewesen, dass es jemand entdecken könnte.

Einige Monate lang ging alles gut. Das Baby schlief in meinem Bett und tagsüber ließ ich es auf dem Boden zurück. Als Dienstmädchen war es mir ein Leichtes, Milch aus dem Vorratskeller zu stehlen. Das kleine Mädchen wuchs und gedieh. Erst nach ein paar Wochen fiel mir auf, dass ich keinen Namen für das Kind hatte. Da fiel mir ein, dass ich Leonida einmal im Schlaf einen Namen hatte murmeln hören: Elisabeth. Also beschloss ich, das kleine Kind Elisabeth zu nennen. Meine Liebe zu ihr wurde jeden Tag stärker und bereits nach wenigen Wochen liebte ich das kleine Wesen so abgöttisch, dass es mich umgebracht hätte, wenn jemand uns entdeckt und es mir weggenommen hätte. Vielleicht gelang es mir aufgrund dieser Angst, so viel Vorsicht walten zu lassen, dass uns niemand entdeckte.
Als Elisabeth schließlich anfing, sich zu drehen, war mir klar, dass sie nicht in der Dachkammer würde bleiben können, wenn sie anfing zu krabbeln. Ich würde eine andere Unterkunft für uns finden müssen. Ein paar Wochen lang durchforstete ich in jeder freien Stunde das riesige Herrenhaus auf der Suche nach einem unbenutzten Zimmer. Und tatsächlich wurde ich fündig. Hier, im hinteren Teil des Nordflügels, waren einige Zimmer, die nie genutzt wurden. Weder von der Familie noch von Gästen oder dem Personal. Also brachte ich Elisabeth heimlich in das hinterste dieser Zimmer, das so abgeschieden lag, dass man nicht einmal etwas hören würde, wenn sie hätte weinen können. Von da an verlagerte ich mein Leben immer mehr in die hinteren Zimmer des Nordflügels. Es ist mir bis heute ein Rätsel, dass nie jemand etwas davon mitbekommen hat, aber vielleicht ist das nur ein Beweis dafür, wie sehr die meisten Menschen mit sich selbst beschäftigt sind.
Es war überraschend einfach, zwei Leben gleichzeitig zu führen. Im Herrenhaus war ich das brave, unscheinbare Dienstmädchen, das unauffällig, fast unsichtbar seine Aufgaben erledigte. Doch

erst in den hinteren Zimmern des Nordflügels wurde ich zu dem Menschen, der ich wirklich sein wollte. Zu einer liebenden Mutter.
Ein Jahr lang lebte ich mit Elisabeth alleine im Nordflügel, ohne dass es jemand mitbekam.
Elisabeth war ein erstaunlich einfach zu pflegendes Kind. Sie sprach nicht und weinte nicht. Das Alleinsein schien ihr nichts auszumachen, solange sie ein paar Spielsachen hatte. Wenn ich mich am Tage mehrfach zu ihr schlich, um sie zu füttern oder mit ihr zu spielen, begrüßte sie mich mit einem strahlenden Lächeln. Zu meinem Glück wurde immer deutlicher, dass sie in ihrem Wesen absolut nach Leonida schlug. Von ihrem teuflischen Vater schien sie tatsächlich nur die bösartig funkelnden Augen zu haben. Ihr Wesen war äußerst sanftmütig und das ist es bis heute geblieben. Glücklicherweise ist ihr Verstand auch nicht der schärfste. Sie hinterfragte nie, warum sie allein mit mir im hinteren Nordflügel lebte und keine Geräusche machen durfte. Sie akzeptierte alles, was ich ihr sagte und richtete sich danach. Bereits als Kind war sie ein Engel und das ist sie bis zum heutigen Tage geblieben. Bis heute tut es mir manchmal leid, dass ihr vieles versagt geblieben ist, was für andere Kinder eine Selbstverständlichkeit ist. Mit anderen Kindern zu spielen, zur Schule zu gehen oder am Samstag einen Einkaufsbummel zu machen. Aber die Gefahr, dass jemand sie erkannt hätte, war einfach zu hoch. Und wie hätte ich erklären sollen, dass ich plötzlich ein Kind hatte?
So lebten wir zu zweit ein kleines, aber sehr glückliches Leben. Ich bin eine gute Mutter. Es hat Elisabeth nie an etwas gefehlt, außer an anderen menschlichen Kontakten.
Als das Grafenpaar früh verstarb und Gut Strentel in den Besitz von Leonida überging, wurde unser Leben einfacher, denn nun wimmelte es nicht mehr überall von Dienstpersonal. Offiziell wurde auch ich entlassen, doch glücklicherweise hatte ich in den vergangenen Jahren einige Geheimgänge auf dem Gut entdeckt, sodass es mir ein Leichtes war, jederzeit in das Haus und wieder

hinaus zu gelangen. Ich nahm zwei Putzstellen in Lamenau an, wo ich auch unsere notwendigen Lebensmittel besorgte. Weder die Haushalte, in denen ich angestellt war noch sonst jemand interessierte sich für mich. Auch das kam mir sehr gelegen. Als Wohnsitz gab ich eine beliebige Adresse in Lürnau an – niemand hat diese je überprüft. Ich weiß nicht einmal, ob sie tatsächlich existiert. Bis zum heutigen Tage konnten wir von meinem Gehalt und später von meiner kleinen Rente gut leben. Wir brauchten nicht viel. Solange wir uns hatten, waren wir glücklich.
Im Verborgenen lebte ich mein Leben mit Elisabeth im Nordflügel weiter. Dass Leonida ein Leben in Einsamkeit wählte, kam uns sehr gelegen, denn so konnte ich ab und an, wenn Leonida das Haus verließ und kein Personal da war, mit Elisabeth nach draußen gehen. Ich werde niemals ihre Freude vergessen, als sie das erste Mal durch den Garten rannte und das kitzelnde Gras an ihren nackten Füßen spürte. Man mag mich verurteilen, für das, was ich tat, doch wir waren glücklich. Elisabeth weiß nicht, was sie im Leben verpasst hat. Sie hat keinen Grund, anzunehmen, dass ihr etwas fehlte. Sie ist glücklich. Wir waren immer glücklich zu zweit…

Wie ein Stromschlag durchfuhr Diana die plötzliche Erkenntnis. Die weichen Gesichtszüge. Die bösartig funkelnden Augen von Ferdinand. Der Hauch von Lavendel. Sie sah der eigenartigen Frau direkt in die Augen, die noch immer neben ihr stand und ihr die ganze Zeit beim Lesen zugesehen hatte.
„Elisabeth?“, fragte sie leise und deutete auf die Frau.
Elisabeth nickte strahlend als freue sie sich, dass Diana ihren Namen wusste.
„Kannst du mich verstehen?“
Elisabeth nickte erneut. Klopfte dann auf ihren Mund schüttelte den Kopf und machte mit dem Finger eine verneinende Bewegung. Dann hob sie entschuldigend die Arme.

„Du kannst nicht sprechen, ich weiß“, sagte Diana verständnisvoll. „Aber es ist schön, dass du mich verstehen kannst. Ich bin Diana.“
Elisabeth ging auf Diana zu und reichte ihr strahlend die Hand. Diana war erstaunt, wie seltsam das freundliche Lächeln den böse wirkenden Blick kontrastierte. So ganz geheuer war ihr Elisabeth noch immer nicht, obwohl sie harmlos zu sein schien. Plötzlich lächelte Elisabeth nicht mehr. Mit strengem Blick sah sie Diana an und tippte energisch auf das Büchlein, das diese noch immer aufgeschlagen in der Hand hielt.
„Soll ich weiterlesen?“
Elisabeth nickte strahlend und tippte wieder auf das Büchlein.
Diana senkte den Blick und suchte die Stelle, an der sie stehengeblieben war.

...waren glücklich zu zweit. Bis eines Tages der unselige Graf Ferdinand wieder auftauchte. Da er direkt bei Leonidas Übernahme von Gut Strentel nach Indien ausgewandert war, wähnte ich uns in Sicherheit. Doch eines Tages war das Haus leer und ich ging, wie so oft an solchen Tagen, mit Elisabeth in den Garten. Plötzlich stand er direkt vor mir. Ich erschrak zu Tode und auch er war zutiefst erschrocken, als er mich wiedererkannte. Er öffnete die Lippen, um etwas zu sagen, da fiel sein Blick auf die erwachsene Frau neben mir. Ich sah ihm an, dass ein Blick genügte. Er erkannte sich selbst in ihren Augen und wusste sofort Bescheid. Die Angst, Elisabeth zu verlieren überwältigte mich so sehr, dass sich mein Verstand sofort ausschaltete. Ich tat das, wofür ich ihn so sehr verachtet hatte. Ich nahm eine der steinernen Statuen von ihrem Sockel und schlug zu. Als Graf Ferdinand plötzlich vor mir im Gras lag, leblos und aus der Kopfwunde blutend, da war ich eher überrascht als schockiert. Wie in Trance beugte ich mich hinab und fühlte seinen Puls. Er war tot. Rasch blickte ich zu Elisabeth und stellte zu meiner Verwunderung fest, dass sie lediglich interessiert das Geschehen beobachtete.

Natürlich. Sie hatte keine Ahnung, was der Tod war. Ich hatte nie mit ihr darüber gesprochen. Sie hatte noch nie jemanden sterben gesehen, weder Tier noch Mensch. Der Tod an sich war ihr völlig fremd. Dankbar für ihre Unwissenheit, schickte ich sie zurück ins Zimmer. Die Statue, mit der ich Ferdinand erschlagen hatte, gab ich ihr mit. Es war dieselbe, mit der Ferdinand vor vielen Jahren Eduard erschlagen hatte. Ferdinand hatte sie nach Eduards Tod gesäubert und zurück auf ihren Sockel gestellt. So schließt sich der Kreis, dachte ich bitter bei mir.
Ich schleppte Ferdinand unter Aufbietung all meiner Kraft zu der Buschgruppe, in der er selbst damals Eduard begraben hatte und später Elisabeth ihrem Schicksal hatte überlassen wollen. Notdürftig hob ich mit bloßen Händen ein Loch aus und warf Ferdinand hinein. So lag nun der Teufel neben dem Engel und ich fragte mich, ob auf diese Weise das Gleichgewicht vielleicht wieder hergestellt sein würde. Doch der Gedanke, dass irgendwann jemand die beiden finden und verwechseln könnte, stieß mir bitter auf. Deshalb fertigte ich in höchster Eile zwei notdürftige Holzkreuze, steckte sie in die beiden Gräber und ritzte mit meinem Messer, das ich immer bei mir trug, die Anfangsbuchstaben ihrer Namen ein.
Als ich wieder bei Elisabeth ankam, war sie gerade dabei, der Statue, die sie auf den Tisch gestellt hatte, einen Kranz von Gänseblümchen aufzusetzen. Es war das wohl groteskeste Bild, das ich je in meinem Leben gesehen habe: Eine Statue, an deren Sockel das Blut eines eben erschlagenen Teufels klebte, und davor sitzend ein Engel, der summend ein Blumenkränzchen auf ihr Haupt drückt. Ich werde dieses Bild niemals vergessen.
Von diesem Augenblick an lebten Elisabeth und ich wieder einige Jahrzehnte lang in Frieden auf Gut Strentel. Anfangs habe ich Leonida hin und wieder beobachtet. Es brach mir fast das Herz, zu sehen, wie Kummer und Schmerz sie zerfraßen. Innerlich wusste ich genau, dass es an mir lag, diesen Schmerz zu lindern.

Sicherlich hätte es sie sehr glücklich gemacht, zu wissen, dass ihre Tochter lebt, die sie glaubte, als Baby verloren zu haben. Ich weiß, dass es grausam war, sie in dem Glauben zu lassen, ihre Elisabeth sei gestorben. Doch in diesem Falle war ich egoistisch und bin es bis heute. Vielleicht liegt es in der Natur des Menschen, dass wir lieber uns selbst retten, als jemand anderen, wenn es wirklich darauf ankommt. Ich wusste, ich könnte Leonidas Leben retten, wenn ich Elisabeth zu ihr bringen würde. Doch zugleich wäre dies mein Tod gewesen. Denn mit Sicherheit hätte sie nicht zugelassen, dass Elisabeth weiterhin bei mir bleibt. Sie hätte sie mir weggenommen. Mit jedem Recht der Welt, denn sie ist ihre Mutter. Auch Elisabeth hätte das gespürt, da bin ich mir sicher. In dem Moment, in dem Elisabeth und Leonida sich getroffen hätten, wäre für mich die Welt zusammengebrochen. Mein Kind zu verlieren, hätte bedeutet, alles zu verlieren, was ich habe. Das hätte ich nicht überlebt. War es grausam oder menschlich? Ich weiß es nicht. Und es ist auch nicht mehr wichtig. Leonida ist tot und ich werde ihr bald ins Grab folgen. Mag sie mich im Reich des Todes für meine Taten zur Verantwortung ziehen. Ich habe getan, was ich musste. Getan, was ich konnte, um Elisabeth ein schönes Leben zu bereiten. Und das war es. Wir lebten glücklich hier. Bis Leonida schließlich verstarb und eine neue Gutsherrin einzog. Wenn ich mich nicht irre, müssten Sie gerade meine Geschichte lesen. Diana heißen Sie, nicht wahr?

Diana zuckte innerlich zusammen, als sie sich aus dem Brief heraus so direkt angesprochen sah. Woher wusste Lioba nur ihren Namen? Bisher hatte Diana nicht einmal gewusst, dass die von Strentels ein Dienstmädchen namens Lioba gehabt hatten. Und nun stellte sich heraus, dass sie sogar heimlich auf Gut Strentel gelebt hatte. Über Jahrzehnte hinweg. Unerkannt. Nicht zu fassen.

Erschrocken zuckte sie zusammen, als Elisabeth plötzlich wieder neben ihr stand und energisch auf das Büchlein tippte. Offenbar hatte sie in den vielen Jahren auf Gut Strentel gelernt, sich völlig lautlos zu bewegen. Diana hatte überhaupt nicht bemerkt, dass sie wieder zu ihr gekommen war. Vermutlich wäre es vernünftiger, das Gelesene zunächst einmal sacken zu lassen, aber ihre eigene Neugier und Elisabeths eindringliches Tippen auf die aufgeschlagene Seite, ließen ihr keine Wahl.

...heißen Sie, nicht wahr? Ich habe Sie beobachtet, Diana. Es tut mir leid, so in Ihre Privatsphäre eingedrungen zu sein, aber immer wieder habe ich Sie beobachtet und auch manchen Gesprächen gelauscht. Ich wollte mir ein Bild davon machen, was Sie für eine Person sind und ich bin froh und dankbar, dass Sie mir vertrauenswürdig erscheinen. Als ich mir sicher war, dass Sie ein guter Mensch sind und nicht nach Ferdinand kommen, sondern nach Leonida – der Sie im Übrigen wie aus dem Gesicht geschnitten sind – habe ich auch Elisabeth mitgenommen. Sie sollte Sie sehen, sich an Sie gewöhnen.
Leider ist sie einmal eigenmächtig in Ihren Bereich eingedrungen. Mir blieb fast das Herz stehen, als ich ihr Verschwinden bemerkte. Als sie schließlich zurückkam, mit einem kleinen Baby auf dem Arm, da dachte ich, ich bekäme gleich einen Herzinfarkt und als ich dann die Polizeisirene hörte, dachte ich, jetzt sei alles aus. Schnell nahm ich Elisabeth das Baby wieder weg und brachte es zurück in die Wiege. Es tut mir unglaublich leid, dass das passiert ist. Elisabeth hat es nicht böse gemeint, sie fand das kleine Baby einfach nur unglaublich süß und wollte es behalten. Ich habe ihr lange erklärt, was ein Baby ist und dass man es nicht einfach nehmen darf. Sie hat sehr geweint und hat seitdem immer wieder davon gesprochen, dass sie auch ein Baby haben will. Das hat mir fast das Herz gebrochen.
Es tut mir unglaublich leid, wenn Elisabeth oder ich Ihnen einen Schrecken eingejagt haben, Diana, aber es ist notwendig, dass Sie

nun von unserer Anwesenheit erfahren. Und da es sowieso mit mir zu Ende geht, möchte ich gleich reinen Tisch machen.
Ich bin alt. Sehr alt, Diana. Ich bin mehr als glücklich darüber, dass ich fast hundert Jahre lang durchgehalten habe. Hätte ich meine Elisabeth nicht, wäre ich vermutlich längst gestorben. Doch die Angst, sie auf dieser Welt alleine zurückzulassen, zwang mich zum Weiterleben. Nun aber ist es so weit. Niemand ist unsterblich, Diana, auch wenn wir uns dieser Illusion zu gerne hingeben. Ich spüre, dass es mit mir zu Ende geht. Und ich muss eine Möglichkeit finden, meine geliebte Elisabeth, meinen kleinen Engel, in Sicherheit zu wissen. Deshalb habe ich Elisabeth angewiesen, sofort zu Ihnen zu gehen und Sie hierher zu führen, wenn sie bemerkt, dass ich nicht mehr reagiere, egal, was sie unternimmt. Ich habe ihr aufgetragen, Ihnen dies Büchlein zu geben und ihr verboten, darin zu lesen. Ich weiß, dass sie gehorchen wird, denn sie war noch niemals ungehorsam. Bitte denken Sie daran. Elisabeth weiß von alldem nichts. Vor allem weiß sie nichts über ihre eigene Herkunft und das ist gut so. Sie soll nicht wissen, dass sie ein Kind des Teufels ist, gezeugt in einer grausamen Tat und ausgesetzt, um von wilden Tieren zerfleischt zu werden. Falls sie jemals danach fragt, erfinden Sie eine Geschichte für sie. Aber schützen Sie sie um jeden Preis vor der Wahrheit.
Bis heute weiß sie nicht, was der Tod ist. Ist das nicht wunderbar? Für Elisabeth gibt es nur das Leben, die Liebe und das Glück. Trauer, Kummer und Not sind ihr fremd. So falsch kann es also nicht sein, was ich getan habe, auch wenn Sie mich sicher dafür verurteilen. Es ist mir gleich, denn ich werde tot sein. Doch Elisabeth wird leben und es ist unbedingt nötig, dass sich jemand um sie kümmert, wenn ich nicht mehr da bin. Deshalb bitte ich Sie von ganzem Herzen, Diana: Nehmen Sie sich ihrer an und sorgen Sie für meine Elisabeth. Sie wird Ihnen nur Freude machen, da bin ich mir ganz sicher. Und immerhin sind Sie genau genommen ihre

nächste Verwandte. Bitte ermöglichen Sie Elisabeth ein wunderbares Leben. Wenn möglich auf Gut Strentel, denn das hier ist ihr Zuhause. Sie kennt nichts anderes. Mich mögen Sie verurteilen und verdammen, wie Sie wollen, doch bitte sorgen Sie für meinen kleinen Engel.
Es tut mir leid, dass ich damals vor vielen Jahren zu feige war, um die Vergewaltigung Leonidas anzuzeigen. Es tut mir unglaublich leid, dass ich zu feige war, den Mord an Eduard der Polizei zu melden. Ich bereue aufrichtig, dass ich nicht früher einen Weg gefunden habe, Graf Ferdinand auf irgendeine Art und Weise aus dem Verkehr zu ziehen. Das hätte vielen Menschen sehr viel Kummer und Leid erspart. Es tut mir leid, dass ich Elisabeth nicht das Leben innerhalb einer Familie ermöglichen konnte. Es tut mir leid, dass Leonida ihr Leben lang gelitten hat. Und es tut mir leid, dass ich Ihnen einen Schrecken eingejagt habe. Aber es tut mir nicht leid, dass ich Elisabeth damals an mich genommen habe und ich bereue keinen Augenblick, dass ich den Erbgrafen erschlagen habe. Möge seine Seele für immer in der Hölle brennen.
Ich wünsche Ihnen Glück, Diana. Möge Ihr Leben mit all dem Glück beschenkt werden, das Leonida, Elisabeth und mir versagt blieb.
Mit meiner Leiche können Sie tun, was auch immer Sie wollen. Ich habe weder Gottes Segen noch die Strafen des Teufels verdient. Ich bin ein Mensch zwischen den Welten, bin weder gut noch böse. Und so werde ich gehen, wie ich gelebt habe. Leise und heimlich.
Mit stillem Gruß,
Lioba

Als Diana aufblickte, spürte sie, dass ihre Wangen nass waren von all den Tränen, die sie während des Lesens vergossen hatte. Elisabeth saß inzwischen auf dem großen Himmelbett, hielt Liobas Hand und streichelte immer wieder zärtlich ihr Gesicht. Es war ein gruseliger Anblick, aber er bewies, dass Lioba nicht gelogen hatte.

Elisabeth liebte ihre Ziehmutter über alles und sie hatte keine Ahnung, was der Tod überhaupt ist.
Diana stand auf, ging zu Elisabeth hinüber und legte ihr sanft die Hand auf die Schulter. Elisabeth drehte sich zu ihr um und lächelte. Der Lavendelduft, der sofort wieder in Dianas Nase stieg, war umwerfend.
„Hast du das gelesen?“, fragte Diana sanft und tippte auf das kleine Büchlein.
Elisabeth schüttelte den Kopf. Dann stand sie auf und zog ein ganzes Bündel Papier aus der Tasche ihres Kleides. Sie hielt es Diana hin und schüttelte die Blätter, zum Zeichen, dass Diana sie sich anschauen sollte. Vorsichtig griff sie danach und begann zu lesen:

Meine geliebte Elisabeth,

Diana hob den Blick, sah Elisabeth lächelnd an und gab ihr das Bündel Papier zurück.
„Das hat sie für dich geschrieben“, erklärte sie lächelnd.
Obwohl es sie interessiert hätte, was in dem langen Brief stand, fand sie doch, dass die letzten Worte Liobas an Elisabeth einfach zu persönlich waren. Dann streckte sie Elisabeth einfach die Hand hin und fragte: „Möchtest du mit mir kommen?“
Diana staunte, wie einfach ihr alles erschien. Selbstverständlich würde Elisabeth von nun an bei ihr wohnen. Selbstverständlich würde sie für sie sorgen. Elisabeth selbst schien sich über gar nichts Gedanken zu machen, denn sie legte ihre Hand einfach lächelnd in die von Diana und ließ sich von ihr aus dem Zimmer führen. Obwohl es noch nicht einmal ein paar Stunden her war, dass Elisabeth in ihrem Arbeitszimmer erschienen war und sie sie für einen Geist gehalten hatte, kam sie ihr bereits jetzt sehr vertraut vor. Vielleicht lag es daran, dass Elisabeth wirkte wie ein hilfloses kleines Kind, obwohl sie mindestens sechzig zu sein schien. Hand

in Hand liefen sie diesmal durch den Flur zurück, obwohl Diana immer noch beeindruckt davon war, dass es im Haus offenbar einige Geheimgänge gab, von denen weder sie noch ihre Großtante Leonida etwas geahnt hatten.

Erst jetzt fiel Diana ein, dass Joschua ja noch da war und sie grinste voller Vorfreude, als sie sich sein Gesicht vorstellte, wenn er ihr gleich Elisabeth vorstellen würde, die Frau, deren Leben sie seit Monaten auf der Spur waren, ohne auch nur einen einzigen verwertbaren Hinweis auf ihre Existenz gefunden zu haben. Voller Vorfreude lief sie mit Elisabeth an der Hand durch den langen Gang, als sie plötzlich ein schwaches, seltsames Aufblitzen von Licht wahrnahm. Schnell ging sie zu einem der großen Fenster, die zum Hof hinaus zeigten.

„Polizei?“, entfuhr es ihr überrascht.

Tatsächlich. Im Hof parkte ein Polizeiwagen. Er hielt an und aus ihm stiegen die beiden Polizisten, die hier gewesen waren, als Nina verschwunden gewesen war.

„Na, denen werde ich jetzt aber eine Geschichte erzählen“, lachte sie und merkte erst an Elisabeths verwirrtem Blick, dass diese ja gar keine Ahnung hatte, welches Chaos sie mit ihrer Kurzentführung der kleinen Nina angerichtet hatte. Überhaupt würde auf Elisabeth eine ganz schön heftige Zeit zukommen. Denn Diana würde sie auf keinen Fall weiterhin auf Gut Strentel einsperren. Im Gegenteil. Sie freute sich unbändig, Elisabeth die Welt zu zeigen und die vielen Menschen, die in ihr lebten. Elisabeth sollte endlich am Leben teilhaben. Natürlich musste sie dabei behutsam vorgehen, aber sicherlich würde es Elisabeth einen riesigen Spaß machen, nach und nach die Welt neu zu entdecken. Sie drückte Elisabeths Hand etwas fester und lächelte ihr aufmunternd zu, als sie vor der großen Wohnzimmertür stehenblieb, hinter der sie bereits die Stimmen von Joschua und den beiden Polizisten hören konnte.

„Da drinnen werden gleich drei Männer sein, Elisabeth“, erklärte sie ruhig. „Alle drei sind furchtbar nett, auch wenn sie jetzt vielleicht ein bisschen aufgeregt sein werden. Du brauchst keine Angst zu haben, niemand wird dir was tun. Ich lasse dich nicht los, okay?“
Elisabeth nickte zum Zeichen, dass sie verstanden hatte und hielt Dianas Hand mit ihren beiden Händen fest. Diana ging ein bisschen voraus, sodass Elisabeth die Möglichkeit hatte, sich etwas hinter ihrem Rücken zu verstecken. Dann holte sie einmal tief Luft und öffnete die große Flügeltür.
„Oh Gott sei Dank, da bist du ja. Wo bist du nur gewesen, ich habe dich überall gesucht!“ Joschua rannte auf Diana zu und umarmte sie stürmisch, bemerkte aber in diesem Moment die ältere Dame, die sich eingeschüchtert hinter Dianas Rücken versteckte und sich ängstlich an ihrer Hand festklammerte. „Wer ist das?“
Doch bevor Diana antworten konnte, meldete sich der jüngere Polizist zu Wort.
„Gehe ich recht in der Annahme, dass das die vermisste Person ist?“
„Ja, das ist sie“, sagte Joschua fröhlich zu dem Polizisten, doch sein fragender Blick ruhte auf Diana.
„Na“, warf der ältere Polizist etwas ironisch ein, „es scheint ja in diesem Herrenhaus nahezu in Mode zu sein, dass Personen verschwinden und wieder auftauchen. Das ist nun bereits das dritte Mal, dass wir umsonst hergerufen werden. Vielleicht sollten sie die Anzahl der Zimmer einmal überdenken.“
„Oder sich besser absprechen, wo sie sich aufhalten“, schlug der jüngere Polizist vor.
„Es tut mir furchtbar leid, dass sie schon wieder wegen eines Irrtums herkommen mussten“, sagte Diana freundlich. „Doch umsonst war es dieses Mal ganz und gar nicht.“
Weil die drei Männer sie nur fragend anblickten, aber keiner ein Wort sagte, redete sie einfach weiter. „Die Dame, die ich hier dabei

habe, ist Elisabeth von Strentel. Sie ist die Tochter von Leonida von Strentel und vor ungefähr 62 Jahren hier verschwunden."
„Na, das ist ja mal eine nette Geschichte", sagte der ältere Polizist und Diana sah ihm an, dass er ihr kein Wort glaubte. Deshalb machte es ihr fast ein bisschen Spaß, ihm nun die eigentliche Sensation zu präsentieren.
„Es wird noch netter", sagte sie und zwinkerte Joschua verschwörerisch zu. „Sie werden heute noch berühmt werden durch den Fund von drei Leichen. Alle drei sind vor vielen Jahren hier auf Gut Strentel verschwunden und Sie werden Ihrem Polizeichef in wenigen Minuten sowohl die Leichen als auch deren Mörder und die Mordwaffe präsentieren können. Noch heute werden Sie beide sich in der örtlichen Kriminalgeschichte verewigen."
Diana konnte sehen, wie die Polizisten Feuer fingen. Keiner von beiden glaubte ihr zwar, doch die Aussicht auf den plötzlichen Ruhm ließ sie an ihrer rationalen Einschätzung der Situation zweifeln, das konnte sie den beiden deutlich ansehen.
Nachdem Diana die Polizisten schließlich dazu überredet hatte, auf einen Kaffee und ein Stück Kuchen hierzubleiben, damit Elisabeth sich zunächst an die neue Situation gewöhnen konnte, erzählte Diana, wie Elisabeth sie im Arbeitszimmer überrascht und dann zu der toten Lioba geführt hatte. Als sie sich sicher war, dass Elisabeth sich im Wohnzimmer allein wohl fühlen würde, ließ sie Elisabeth dort auf dem Sofa zurück, wo diese sich verschiedene Bücher anschaute. Sie sollte nicht mitbekommen, was Diana den anderen erzählte. Denn wie Lioba es sich gewünscht hatte, war es vermutlich besser für Elisabeth, wenn sie nichts über ihre eigene Herkunft wusste.
Diana ging mit Joschua und den beiden Polizisten hinaus in den Garten. Dort erzählte sie ihnen in aller Kürze die ganze Geschichte, die Lioba dokumentiert hatte. Alle drei hörten gebannt zu und Diana konnte Joschua die Erleichterung darüber, dass sein

Großonkel Eduard sich als ein völlig unschuldiger, liebenswerter Mann entpuppte, kaum verbergen. Die Polizisten schienen allerdings noch immer daran zu zweifeln, ob Diana ihnen nicht gerade den Streich ihres Lebens spielte. Erst als Diana die beiden Beamten schließlich in den hinteren Teil des Nordflügels führte, wo sie auf dem riesigen Himmelbett die Leiche der alten Lioba vorfanden, wussten sie, dass jedes Wort, das Diana ihnen erzählt hatte, der Wahrheit entsprach.

2019 Diana

„Ich liebe es, wenn das Kinderlachen durch den Garten schallt", strahlte Diana und stellte die heiße Kanne Kaffee auf den kleinen Gartentisch.

Es war nun bereits über ein Jahr her, dass ein Sondereinsatzkommando der Polizei drei Leichen auf Gut Strentel geborgen und zwei freundliche Dorfpolizisten den Ruhm ihres Lebens geerntet hatten.

Elisabeth hatte sich schnell an ihr neues Leben gewöhnt. Sie hatte Diana vom ersten Augenblick an gemocht und sie war wirklich eine unglaublich liebenswürdige Person. Nur manchmal jagte das Funkeln ihrer dunklen Augen Diana noch ein bisschen Angst ein, doch sie wusste nun, dass es nun mal der natürliche Glanz von Elisabeths Augen war. Den zarten Lavendelhauch, der Elisabeth ständig umgab und vor dem sich Diana noch vor einem Jahr schrecklich gefürchtet hatte, hatte Diana längst liebgewonnen.

Nachdem sie für Lioba eine wunderschöne Beerdigung auf dem örtlichen Friedhof gefeiert hatten, war Diana von der Polizei befragt worden, wie sie denn mit den sterblichen Überresten von Eduard und Ferdinand umgehen sollten. Diana hatte nicht lange überlegt. Ferdinand sollte verbrannt und seine Asche im Familiengrab aufbewahrt werden. Denn auch wenn er der Teufel in Person gewesen war, so gehörte er doch zur Familie. *Das Böse und das Gute, beides gehört zum Leben,* dachte Diana und so akzeptierte sie auch Ferdinand als einen Teil ihrer Familie, obwohl es vielleicht angenehmer gewesen wäre, die Verwandtschaft mit ihm zu leugnen.

Bei Eduard war es einfacher. Ohne zu überlegen gab Diana an, dass er neben Leonida beerdigt werden sollte. So sollten die beiden wenigstens im Tode zusammen sein. Nie wieder sollte etwas oder jemand sie trennen. Auch Joschua war sehr glücklich mit dieser

Entscheidung. Nach seinem Einzug ins Herrenhaus hatten er und Diana alle Fotos digitalisiert und die schönsten davon im Wohnzimmer aufgehängt. So konnten Leonida und Eduard, die sie gerne gekannt hätten und denen sie so ähnlich waren, wenigstens auf diese Art in ihrer Nähe sein.
Nach wenigen Monaten hatte Diana beschlossen, dass das ganze Herrenhaus zu groß für sie und Joschua allein war. Deshalb hatten sie sich im Südflügel häuslich eingerichtet und den Nordflügel umbauen lassen. Im vorderen Bereich befand sich nun Joschuas Kinderarztpraxis und im hinteren Bereich eine Kindertagesstätte mit Ganztagesbetreuung.

„Dass ich das auf meine alten Tage noch erleben darf", seufzte Hanna glücklich, während sie Elisabeth dabei zusah, wie diese mit einer Horde von Kindern *faules Ei* spielte.
Fast ein Jahr war es nun bereits her, dass Diana plötzlich bei ihr und Emma aufgetaucht war und ihnen die ganze verrückte Geschichte erzählt hatte. Hanna und Emma hatten ihren Ohren nicht getraut und waren sich bis zuletzt nicht sicher gewesen, ob Diana sie nicht nach allen Regeln der Kunst zum Narren halten wollte. Bis zu dem Moment, in dem sie Diana schließlich ins Herrenhaus begleitet und dort Elisabeth leibhaftig getroffen hatten. Hanna hatte vor Freude fürchterlich geweint und Elisabeth lange und innig an sich gedrückt. Schließlich hatte sie jahrzehntelang geglaubt, Elisabeth sei eines furchtbaren Todes gestorben. Sie nun, nach so vielen Jahren, am Leben und glücklich zu sehen, war ihr wie ein Wunder vorgekommen. Seitdem waren Hanna und Emma regelmäßige Besucher auf Gut Strentel und zwischen Emma und Elisabeth entwickelte sich schnell eine Art geschwisterliches Verhältnis. *So, wie es hätte sein sollen*, dachte Hanna oft bei sich, wenn sie die beiden beobachtete.
Obwohl die Geschichte nun trotz all der schrecklichen Taten doch noch ein verhältnismäßig gutes Ende genommen hatte, sprach

Hanna niemals über das, was sie mit Leonida durchgemacht hatte.
„Versprochen ist versprochen", murmelte sie leise, während sie ihren Blick zum Himmel wandte.
„Was hast du gesagt?", fragte Diana, die nur gehört hatte, dass Hanna etwas vor sich hingemurmelt hatte.
„Nichts", antwortete Hanna. „Ich bin sehr froh, Elisabeth so spielen zu sehen."
„Ja, ich auch." Glücklich umarmte Diana Joschua, der ihr liebevoll einen Kuss auf die Stirn gab. Dann sah auch sie hinauf zum Himmel und hoffte, dass Leonida und Lioba von dort herunterschauten. Denn dann würden sie erkennen, dass Gut Strentel endlich so war, wie sie es sich gewünscht hätten: belebt von glücklichen Menschen und erfüllt von Kinderlachen.

Ende.

Nachwort

Liebe Leserinnen und Leser,
ich danke euch von ganzem Herzen dafür, dass ihr „Lavendelduft der Vergangenheit“ gelesen habt. Ihr seid so unglaublich wichtig für diesen Roman, denn Geschichten werden nur dann wirklich lebendig, wenn sie auch gelesen werden. Wenn euch die Geschichte von Diana, Leonida und all den anderen Figuren, die in diesem Roman leben, lieben und leiden, also begeistert hat, dann würde ich mich sehr freuen, wenn ihr das nicht für euch behaltet, sondern in die Welt hinausposaunt, damit die Geschichte ihren Weg zu all jenen Leserinnen und Lesern findet, denen sie gefallen könnte. Denn dazu sollen meine Geschichten da sein: Sie sollen unterhalten und begeistern, die Leser für einige Zeit in andere Leben und Welten entführen. Sie sollen ergreifen und die Gefühle ebenso herausfordern wie den Verstand.
Tausend Dank, dass ihr euch auf dieses Abenteuer mit meinem Roman eingelassen habt.
Auf Instagram könnt ihr unter meinem offiziellen Profil **gisela.b.schmidt_autorin** Einblicke in mein Schreiben sowie weitere Informationen zu meinen Romanen erhalten. Bei Facebook findet ihr meine offizielle Autorenseite unter: **Gisela B. Schmidt_Autorin**. Dort könnte ihr mir auch gerne einen persönlichen Kommentar zu „Lavendelduft der Vergangenheit“ hinterlassen.

Fühlt euch herzlich umarmt.
Eure Gisela B. Schmidt

Danksagung

Mein größter Dank gilt natürlich all meinen Leserinnen und Lesern. Ein ganz besonderer Dank aber denjenigen von ihnen, die mir geholfen haben, den Roman qualitativ noch zu verbessern:

Meiner Schwester Johanna Kugler und meiner Mutter Brigitte Kuhnle: Ihr seid immer die ersten Testleserinnen und ohne eure Meinung geht einfach gar nichts. Eure Unterstützung in allem, was mit meinem Schreiben zu tun hat, ist von unschätzbarem Wert. Ob es um die Idee, die Inhalte oder gar den Titel geht, steht ihr mir immer mit Rat und notfalls auch Tat zur Seite. Ich liebe euch!

Vanessa Raschke: Dein Adlerauge ist mir eine unverzichtbare Unterstützung und deine scharfzüngige Kritik eine liebgewordene Begleiterin geworden. Beide verbessern die Qualität meines Schreibens ungemein.

Josia Sturm und Kira Augenstein: Euer detaillierter Blick auf die historischen Hintergründe und logischen Zusammenhänge ist einfach unerlässlich und erspart mir so manchen Fauxpas.

Rosi Hund und Daniela Bertram: Eure langjährige und umfangreiche Leseerfahrung ist von unschätzbarem Wert für die Überarbeitung und Einschätzung meines Schreibens.

Zudem danke ich meinen Vorablesern für ihre Meinung und Einschätzung:
Carla Schmidt, Gisela Brumme, Celine Imensek und Larissa Rauh.

Ihr alle seid einfach fantastisch. Gerade dadurch, dass ihr kein Blatt vor den Mund nehmt und auch auf Kleinigkeiten herumreitet, aber

auch durch eure ehrliche Begeisterung, habt ihr meinen Schreibprozess begleitet und damit alles aus dem Roman und auch aus mir als Autorin herausgeholt. Für eure Zeit, euren Eifer, eure Anmerkungen und alles andere werde ich euch ewig unendlich dankbar sein.
Von ganzem Herzen danke ich natürlich auch meinem Mann Denny. Hab Dank für dein Verständnis, deine Unterstützung und deine Kritik, die mich immer zu Besserem anspornt.
Und zum Schluss danke ich natürlich dir, meine geliebte Tochter Rosalie. Nur, weil du so brav bist, hatte ich überhaupt die Möglichkeit, mir den Traum vom Schreiben zu ermöglichen.
Ich liebe euch!
Ewig, unendlich, bedingungslos.